Initiée

LUNE POURPRÉE

www.gesteditions.com

Danaë

Initiée

LUNE POURPRE

SNAG

Prologue

Lorsque les lourdes portes en chêne s'ouvrirent pour laisser passer Lùmenia, une rumeur de réprobation se répandit au sein des sujets du palais. Pour l'occasion, les comtes, seigneurs et membres du clergé avaient fait le déplacement, se chuchotant allègrement diverses plaisanteries à l'oreille. Il était rare de jouir de distractions à Fall Marma, si bien que cet événement était attendu par tous depuis déjà bien longtemps.

Lùmenia était à leurs yeux une intrigante, une sauvage ayant grandi dans la brousse, sans repères ni éducation. Soucieux de l'éblouir, ils s'étaient tous vêtus de leurs tenues d'apparat, bien décidés à affirmer leur supériorité. Leur but n'étant bien entendu pas de lui souhaiter la bienvenue, mais d'intimider cette pauvre indigène qui ne connaissait sûrement pas leurs coutumes et qui n'avait certainement jamais vu autant de richesses dans sa misérable vie.

Pourtant, au moment où la jeune amazone posa ses pieds nus et délicats sur le parquet sans prix de la salle destinée aux jugements et aux interrogatoires, elle n'était pas le moins du monde effarouchée, ni même impressionnée. La tête haute, elle chaloupa des hanches, plus provocante que jamais. Ses yeux d'un rouge velouté passaient de visage en visage et défiaient quiconque de faire ne fusse qu'une remarque déplacée sur sa venue en ces lieux. On lui avait retiré son arc et ses flèches, mais la belle indigène savait parfaitement s'en passer. Ce n'était pas l'envie qui lui manquait de tordre le cou à l'un de ces dandys qui la dévisageaient les yeux ronds.

Son bustier en cuir offrait une vue des plus plongeantes aux mercenaires l'encadrant, qui ne se gênaient pas pour se rincer l'œil. Amusée, elle repoussa sa chevelure frisée dans un ultime geste de provocation. Les humains… comme ils étaient malléables et faciles à duper.

En revanche, celui qui lui faisait face n'était pas de ceux qui se laissent abuser par les secrets de séduction des amazones. Et Lùmenia ne put que lever les yeux vers le trône qui surplombait l'assistance.

Un des soldats posa une main sur son épaule pour la forcer à se prosterner. La jeune femme obtempéra, non sans contracter les mâchoires, assaillie par la furieuse envie d'envoyer tous ces hommes au tapis. Au moment où elle croisa le regard gris acier du roi, elle baissa pudiquement les yeux au sol quelques secondes, tentant de remettre de l'ordre dans ses pensées. Son cœur lui disait de vomir toutes les insultes qu'elle aurait aimé lui asséner. Sa conscience, elle, lui murmurait de rester sagement agenouillée et de feindre la soumission.

— Merci à toi d'être venue, Devineresse.

Le dernier mot claqua comme une insulte et Lùmenia serra les poings. Cependant, affichant une mine polie, elle répondit d'une voix affable :

— C'est bien normal… Donovan.

Les yeux de son interlocuteur s'arrêtèrent quelques

instants sur les lèvres charnues de l'amazone, des lèvres appelant les baisers fiévreux.

— J'ai beaucoup entendu parler de toi, bien au-delà de la mer Cernée. Si mes renseignements sont exacts, tu es, après cette très chère Chimère, la plus grande Oracle d'Hibendrill, ce qui n'est pas peu dire.

Lùmenia aurait aimé lui répondre qu'à ce stade, il n'était pas bien difficile d'être la plus grande de tous les Oracles, sachant que le roi lui-même s'évertuait à réduire leur race à néant. Cependant, mettant de côté ses sarcasmes, elle s'entendit rétorquer :

— C'est exact.

Les doigts pâles de Donovan pianotèrent sur le rebord de son siège. Derrière son éternel masque finement ciselé, il semblait soucieux.

— J'aurais aimé faire venir Chimère, mais il faut dire que dernièrement, elle s'est faite discrète. Se cache-t-elle ? M'évite-t-elle ? J'aurais tendance à penser que oui… Et toi, qu'en dis-tu ?

Lùmenia ouvrit la bouche, la referma, ne trouvant rien à dire.

— Tu n'en as aucune idée, n'est-ce pas ? ronronna le roi, un sourire torve étirant ses lèvres. Laisse-moi te rafraîchir la mémoire.

Un bruit de pas répondit à un geste de sa main, et trois gardes apportèrent une enfant qu'ils tentaient de retenir avec les plus grandes peines du monde.

Le visage sale, mais les yeux flamboyants de fierté, Nakéa s'avança dans la pièce. À la vue de l'amazone, elle poussa un cri déchirant, tel un animal blessé.

Lùmenia lutta de toutes ses forces contre l'appel de son cœur, fermant les yeux comme si, par ce simple geste, elle pouvait repousser son trouble.

— C'est bien pour cette raison que tu as répondu à mon invitation, n'est-ce pas, Devineresse ? Tu savais que je retenais ta jeune sœur, et tu t'es précipitée, consciente qu'en échange de sa vie, j'exigerais quelque chose de toi.

L'amazone plissa les lèvres avec contrariété et un éclair de satisfaction passa dans le regard de Donovan.

— À présent, c'est très simple. Je vais te poser une question. Rien qu'une. Et tu vas devoir me répondre.

— Et si je refuse ?

— Si tu refuses, tu devras subir, disons… quelques désagréments.

Il attendit patiemment une quelconque réaction venant d'elle, mais la jeune femme resta imperturbable.

— Tu verras, même une sauvage telle que toi est capable de comprendre. Il y a quelques jours, alors que mes troupes et moi-même nous retirions sur nos terres, le prétendu roi Maolen – paix à son âme – n'a pu contenir ses nerfs et m'a certifié quelque chose. Il faut dire que la chose en question m'a laissé coi d'étonnement. Tu m'imagines, moi, étonné ? Eh bien c'est effectivement l'effet que cette information troublante a eu sur moi.

Il promena un regard suspicieux sur son visage avant de poursuivre :

— Il m'a parlé d'une malédiction qui toucherait ma personne et mes descendants. As-tu une idée de ce dont il s'agit ? Alors ? J'attends ta réponse. Car j'imagine que si Maolen est au courant de cela, le bras droit de Chimère l'est tout autant.

La jeune femme respira profondément avant de répondre, essayant d'ignorer le minois suppliant de Nakéa tourné vers eux. Elle savait désormais que son destin était à jamais scellé et qu'elle n'échapperait pas à ce qui l'attendait.

— Êtes-vous assez naïf, Monseigneur, pour croire

qu'une amazone trahirait son peuple ? Dans nos veines coulent la hargne, la soif de sang et le ressentiment à votre encontre. Chacun de nous est prêt à garder ses secrets, quel qu'en soit le prix à payer. Vous croyez m'intimider en retenant ma propre sœur en otage… C'est un terrible leurre. Vous vous attaquez à un morceau bien trop gros pour votre petite personne, si royale soit-elle. Cette malédiction, vous avez parfaitement raison de la craindre. Pour le moment, elle n'est qu'à l'aurore de sa vie, mais elle ne saurait tarder à vous toucher. Elle vous procurera une honte telle que vous n'en avez jamais connu, elle salira votre nom à tout jamais et sera à l'origine de votre perte.

Pour appuyer ses paroles, la belle indigène cracha au sol avec mépris et se redressa, pleine de défi. Un concert de hurlements et d'insultes se fit écho dans la salle, tandis que les invités du roi se tortillaient sur leurs sièges, hors d'eux.

Donovan ne sourcilla pas, mais un simple assentiment de la tête fit comprendre à Lùmenia que l'entrevue était terminée. Pas une seule fois ses yeux flamboyants ne laissèrent transparaître l'émotion déroutante qui l'assaillait tout au fond de son cœur. Elle croisa le regard de Nakéa à qui elle adressa un unique et dernier sourire qui lui fut rendu.

Un craquement sinistre retentit dans la pièce et fit taire toutes les conversations. La tête de Lùmenia pivota brusquement sur l'axe de son corps, et la jeune femme tomba au sol, tel un pantin désarticulé.

Chapitre Premier
À l'aube d'un secret

On ne pouvait pas vraiment dire qu'il faisait bon vivre à Mänsamel, ce modeste village rustique connu de personne et caché dans le flanc d'une colline. Les contacts avec les contrées voisines se faisaient rares, et le royaume ne s'en préoccupait guère. Malgré cela, les habitants s'y sentaient bien. Ils avaient l'impression d'être seuls au monde, perdus dans leur bulle brumeuse et isolés de toute autre civilisation. Jamais ils n'avaient vent de ce qui se passait en dehors de chez eux, et cela ne les dérangeait pas outre mesure. Un roi qui les gouvernait? Ses soldats? Personne n'avait eu l'occasion de les voir et on en venait même à douter de leurs existences, tant ils étaient inaccessibles, capitonnés dans leurs demeures de pierre. Les villageois, eux, étaient habitués à leurs bâtisses en brasier, leurs toits de chaume et à leurs routes boueuses, sillonnées par les roues des charrettes. La vie en autarcie était satisfaisante et comme les vieux dictons des paysans l'affirmaient, un mänsamelien n'aspirait qu'à deux choses dans la vie: que les récoltes soient bonnes et les potins locaux croustillants.

Cette nuit-là, comme toutes les autres nuits, un épais brouillard s'était abattu sur la bourgade. L'air était chargé de soufre, dû aux montagnes déversant leurs sources chaudes dans le lac en contrebas. Au fond d'une allée, dans une chaumière pas bien différente des autres, un homme veillait encore.

Assis dans son fauteuil préféré, Léon, la pipe à la main, réchauffait ses bottes près du feu. La journée avait été bien rude. Comme toujours, son travail le laissait éreinter le soir venu.

L'homme laissa son regard errer dans la pièce désuète. Il n'était pas le plus riche du village, mais s'en accommodait très bien. N'étant pas matérialiste, il se contentait de l'essentiel et se passait du superficiel. La table en bois grossièrement taillée lui convenait parfaitement, ainsi que les chaises raboteuses, le vieux poêle à bois laissant encore échapper un filet de fumée et les petits lits de fortune uniquement éclairés par une modeste bougie posée sur un rondin. Celle-ci illuminait la dormeuse couchée sur la paillasse faite de foin, de son et de paille. La lueur vacillante donnait à ses cheveux épars de doux reflets cuivrés. Le paysan resta captivé devant sa fille quelques instants. Celle-ci était une de ces beautés qu'on ne se lassait pas d'admirer. Même crasseuse, elle restait admirablement jolie, du haut de ses dix années. Elle avait hérité de la grâce naturelle de sa mère, de son sourire et de sa chevelure opulente. Sans compter son caractère bien trempé et sa timidité trompeuse aux premiers abords.

Longtemps, le paysan s'était demandé comment une femme aussi délicate que Laora, avait pu s'enticher d'un homme comme lui, si banal et bourru en comparaison. Au souvenir de sa défunte épouse, une vague lointaine de nostalgie le submergea. En partant, sa femme lui avait laissé le plus beau cadeau qui fût : une enfant. Une enfant tout bonnement incroyable.

Trois coups bien distincts le tirèrent de ses pensées. Surpris, il se redressa brusquement, se demandant qui pouvait bien lui rendre visite à une heure aussi avancée de la nuit.

Sur la pointe des pieds, pour ne pas réveiller la fillette endormie, il franchit les quelques mètres le séparant de la porte et l'ouvrit à moitié. Une femme ronde au visage luisant se tenait derrière le battant. Il ne put cacher son étonnement.

— Aénor? Que puis-je faire pour toi?

Aénor était la femme du boucher de Mänsamel, une des habitantes les plus aisées de la bourgade. On aurait pu croire qu'avoir de l'argent rendait les gens faux et arrogants, mais ici, il n'en était rien. Chacun avait commencé de zéro avant de s'établir, Aénor la première. Sous des abords secs et grincheux, c'était une bonne vivante. Néanmoins, à cet instant précis, elle ne semblait pas d'humeur à rire.

— J'ai besoin de ta fille, Léon, déclara-t-elle, sans autre préambule.

Le dénommé Léon leva un sourcil.

— Je te demande pardon?

— Ta fille! martela-t-elle avec impatience en pointant un doigt accusateur sur sa poitrine. Pas de simagrées entre nous, hein. Je sais ce dont elle est capable. Je l'ai vue de mes propres yeux, la dernière fois. J'ai besoin d'elle! Georges… Il est en train de partir, je veux juste savoir si elle peut intervenir, tu comprends?

Sa voix se brisa dans un sanglot, laissant Léon pantois. Il n'en croyait pas ses oreilles. Ce secret qu'il s'évertuait à cacher depuis toutes ces années n'en était plus un. Ce secret qui condamnait sa fille à une mort certaine si jamais quelqu'un le découvrait…

Il resta figé sur place, ne sachant quoi dire. Seulement la femme ne l'entendait pas de cette oreille. Elle le houspilla sans ménagement, les yeux révulsés par la peur :

— Léon, je t'en supplie ! C'est mon mari, je ne peux pas rester ainsi sans rien faire ! Réagis, par Guardian !

Hébété, il fit un pas en arrière pour la laisser entrer puis se rendit au pied du lit en murmurant :

— Lilith, réveille-toi, ma chérie.

Ses grands yeux peinèrent à s'ouvrir et elle poussa un long gémissement. Comme toujours, il eut l'impression de se noyer dans ses iris d'un vert presque transparent, bordés par de longs cils frangés. Elle releva la tête pour mieux l'observer et son regard ensommeillé s'attarda sur Aénor qui se tenait derrière lui, les poings sur les hanches.

— Papa ? Qu'est-ce qui se passe ?

— On a besoin de toi et de tes... connaissances, ma chérie.

Il sentit la conscience de la fillette se presser contre la sienne avec avidité. Une chose était certaine, elle se montrait plus prompte à réagir que lui. Quelques secondes plus tard, elle sautait au bas de la paillasse, agile comme un petit chat.

— Je te suis, Aénor, je vais voir ce que je peux faire pour Georges.

L'intéressée la regarda de travers, la bouche entrouverte, incapable de prononcer une syllabe. Puis reprenant ses esprits et secouant ses courtes boucles brunes, elle entraîna l'enfant à sa suite. Léon les suivit sans plus tarder. Il était hors de question qu'il arrive quelque chose à sa fille une fois qu'elle aurait servi à cette femme.

Lilith sentit les derniers effets du sommeil se dissiper à mesure qu'ils avançaient à travers le brouillard compact baignant le village. Les sens en alerte, elle savait bien que quelque chose n'allait pas aux alentours. Cela faisait quelques mois qu'une sorte de mal courait dans les veines de Georges, le boucher du village. Au début, elle avait cru à une erreur de sa part, car celui-ci, encore dans la force de l'âge, ne paraissait pas malade. Quelques semaines plus tard, sa femme l'avait retrouvé cloué au lit, incapable d'ouvrir sa boutique et assailli par un mal inconnu. Pour éviter d'être trop éprouvée par son état, Lilith s'était appliquée à éviter sa maison, quitte à prendre un chemin plus long pour parvenir à la grande place. À l'image de la plupart des habitants qui craignaient d'être contaminés par cette maladie mystérieuse.

La fillette détestait la douleur qui l'entourait constamment. Il suffisait d'une chute, d'une entaille ou d'une souffrance morale… Après dix années de pratique, elle parvenait désormais à fermer son esprit aux tourments divers qui rythmaient la vie de leur village. Malgré un sentiment de culpabilité permanent, elle s'en portait nettement mieux.

Au commencement de ses maux, son adoré père la trouvait souvent recroquevillée dans un coin, les mains sur les oreilles et isolée au possible de la maisonnée la plus proche. Il avait d'abord pensé à un pouvoir d'empathie exacerbé. Aujourd'hui, il savait qu'il en était tout autre… Sa fille ne percevait pas seulement les pensées, elle les maniait et les modulait selon son bon vouloir.

Pour une raison que Lilith ignorait, on lui demandait d'aider l'homme qui, à en croire les réflexions d'Aénor, n'en avait plus pour longtemps à vivre. Son secret devait être farouchement gardé, c'était la première règle instaurée par son père. Que la femme du boucher fût mise dans la confidence l'étonnait au plus haut point.

En entrant dans la maison, l'enfant se rendit compte que c'était plus grave qu'elle ne l'avait d'abord suspecté. La pièce était chaude comme une fournaise et Georges gisait dans son lit, couvert jusqu'à mi-poitrine. Un linge tiède et mouillé était posé sur son front brûlant. Il frissonnait et un râle à glacer le sang s'échappait de ses lèvres livides. Ses paupières gonflées contrastaient avec son visage émacié, et ses yeux exorbités regardaient déjà au loin, vers un point vu de lui seul.

La fillette s'accroupit près de lui, quelque peu intimidée. Ce n'était pas la première fois qu'elle se trouvait face à un mourant. En revanche, le fait qu'on lui demande de l'aide était une totale nouveauté. Elle leva la tête vers les deux adultes se tenant à ses côtés. Aénor se sentit obligée d'insister en crochetant son épaule :

—Je suis sûre que tu peux faire quelque chose, ma grande. Que Guardian m'en soit témoin, tu es en mesure d'y arriver ! Je t'ai vue la semaine dernière… le papillon à l'aile cassée. Je t'ai vue !

Lilith grimaça au son de sa voix de plus en plus hystérique et se sentit soudain toute petite. Trop petite. Elle n'avait que dix ans ! Comment pouvait-elle aider en quoi que ce fût ? Et si jamais elle aggravait les choses ?

Voyant que la paysanne était à deux doigts de s'arracher les cheveux, ses mains se portèrent à sa tête qui tambourinait furieusement. Si c'était à choisir, elle aurait aimé être le plus loin possible d'ici.

— Arrête de crier, souffla-t-elle enfin. Je pourrai jamais me concentrer si tu cries comme ça. Papa, dis-lui, s'il te plaît.

— Ne me parle pas sur ce ton ! grinça la paysanne d'une voix blanche.

Du regard, Lilith chercha l'approbation de son père. Celui-ci s'éclaircit la voix.

— Elle a raison. Boucle-la, Aénor.

Choquée, l'intéressée se tassa sur elle-même, la main sur le cœur. Que la fillette lui manque de respect était une chose, mais que son père l'approuve en était une autre. Quel manque d'éducation ! Cependant, sa colère s'émoussa bien vite, laissant place à la détresse de perdre son époux.

Lilith reporta son attention sur l'homme agonisant et sentit Léon s'approcher pour lui murmurer à l'oreille :

— Penses-tu pouvoir faire quelque chose ?

Elle haussa les épaules, incertaine. À vrai dire, elle ignorait comment s'y prendre. Son don, bien qu'elle en usât le plus souvent à volonté, lui semblait soudain étrangement lourd à assumer. Posant une main légèrement tremblante sur le front de Georges, elle le regarda longuement, consciente qu'elle s'apprêtait à faire quelque chose qu'elle n'avait jamais osé essayer auparavant.

Peu à peu, ses paupières s'alourdirent.

Avant cette nuit-là, Lilith essayait de toucher l'esprit des gens, cette matière dans leur tête qui leur permettait de penser, de s'exprimer, de ressentir diverses émotions, parfois très profondes et bien enfouies derrière des semblants de sourires. Avec le papillon, c'était différent. Elle n'avait pas vraiment réfléchi à la façon de s'y prendre. Elle se souvint avoir bien regardé comment la texture de son aile se présentait et était parvenue à entrelacer les lambeaux de nervure jusqu'à les rendre comme neufs. Ça avait été instinctif, presque primitif. Et le processus s'était révélé plutôt long.

C'était peut-être possible de faire la même chose avec Georges, du moins si quelque chose dans son corps était cassé ou déchiré…

La fillette se vida la tête de toute pensée parasite – un exercice qu'elle maîtrisait à présent à la perfection – et put ainsi projeter son esprit en dehors de son corps. Pendant un infime instant, elle eut une conscience aiguë de la présence de son père et d'Aénor dans la pièce, leurs corps respectifs gorgés d'énergie et de belles auras lumineuses. Son esprit se propulsa vers l'avant à la manière d'un effluve ondoyant. Très vite, il effleura la distance qui le séparait du corps de Georges avant de rencontrer une résistance invisible. Cette barrière n'était pas plus difficile à franchir qu'un couteau dans du beurre. Lilith poussa plus loin encore, ignorant cet obstacle dérisoire, et la seconde d'après, se trouvait dans son organisme. Elle réalisa alors la douleur que devait ressentir le pauvre homme. Chaque muscle, chaque fibre de son organisme criait souffrance et implorait la délivrance. Elle pouvait voir de minuscules bulles circuler dans une architecture complexe. Des nuances d'écarlate, une odeur accrue de métal, d'étranges substances spongieuses et collantes… Tout cela lui était inconnu. Ne sachant pas comment fonctionnait le corps d'un humain, elle ignorait s'il lui était possible d'intervenir sans aggraver l'état du boucher, déjà très critique.

Prenant son courage à deux mains, elle partit à la découverte de chaque vaisseau, puis remarqua un schéma étrange à de multiples endroits. Quelques bulles étaient complètement hors de contrôle, pompant toutes les maigres ressources du corps de Georges.

Les éradiquer semblait être la décision la plus sage. Lilith concentra toute son énergie là-dessus. Au bout de quelques instants cependant, la faiblesse commença à faire trembler ses mains. Jamais elle ne pourrait toutes les éliminer, du moins de cette façon. Il y en avait trop et elles étaient éparpillées dans les moindres recoins. Son propre corps ne possédait pas assez de ressources pour en venir à bout, si bien que tout naturellement, elle tourna son esprit vers les deux autres êtres doués de vie dans la chambre : Léon et Aénor. Elle prit l'énergie qu'elle pouvait, tout en tâchant de leur en laisser suffisamment pour ne pas les tuer. À partir de ce moment, elle n'eut plus aucune conception du temps, plus rien ne comptait sinon traquer, tordre, toucher, percer, dissoudre et éliminer ces organites parasites.

Après un moment qui lui parut interminable, la fillette finit par trouver le plus gros noyau, localisé dans un endroit qu'elle ne connaissait pas vraiment, constitué de tubes très cartilagineux. Elle fut sans pitié, essayant tout de même d'épargner les bulles saines. Une fois sa tâche achevée, elle s'évertua à les rechercher plus loin encore, dans les tréfonds de chaque organe, et au bout d'un certain temps elle n'en vit plus du tout. Elle s'accorda à dire que son travail était terminé et se retira en elle-même.

Reprendre conscience était comme une douche froide. Le soleil commençait déjà à se lever, et elle comprit vite qu'elle avait trop usé de ses forces lorsque son corps tout entier se mit à flancher. Elle se tint à la rambarde du lit, les mains moites. Un désagréable goût de rouille envahit son palais et en portant sa main à ses lèvres, elle comprit que son nez déversait un flot de sang. Son père s'empressa de placer un torchon dessus et d'amener sa tête en arrière.

Aénor ne semblait pas avoir trop souffert de l'énergie que la fillette lui avait subtilisé. Son visage était plus pâle que d'ordinaire, et lorsqu'elle avança sa main vers son époux, ses doigts tremblèrent.

— Dis-moi seulement, est-ce que tu l'as sauvé ?

Lilith tourna la tête vers le lit. Georges avait fermé les yeux et sa poitrine se soulevait régulièrement. Il semblait plus paisible.

—Je crois, oui.

La femme se traîna jusqu'à elle et la serra contre sa poitrine avec ferveur, tout en pleurant de joie. Lilith, un peu confuse, se contenta de tapoter maladroitement son épaule.

C'est Léon qui la tira de cette étreinte gênante :

— Aénor, est-ce que j'ai ta parole que tu ne parleras de cela à personne ?

La paysanne lâcha Lilith pour s'essuyer les yeux avec un pan de sa robe.

— Bien entendu. Elle a sauvé mon époux, comment pourrais-je la remercier en la dénonçant ? Non vraiment, mon vieux Léon, tu peux compter sur ma discrétion.

Il hocha la tête, visiblement satisfait de sa réponse. Lilith tenta de se lever, mais ses jambes se dérobèrent au dernier moment et elle s'écrasa lourdement sur le parquet en étouffant un grognement. Son père se pencha alors sur elle et la tint dans ses bras sans effort. L'enfant vit son regard plein de fierté se poser sur elle, ce qui la conforta dans l'idée qu'elle avait bien joué son rôle, cette nuit-là. Il sortit de la maison en prenant soin de fermer la porte derrière lui.

Épuisée et titillée par une désagréable envie de vomir, la fillette posa sa tête contre le torse de son père. Sur la route du retour, elle s'endormit rapidement, bercée par le balancement régulier des pas soulevant une légère poussière dans leur sillage. Elle ne sentit même pas quand il la posa dans le lit avec douceur, qu'il repoussa une mèche sur son front et qu'il murmura :

— Tu es vraiment incroyable, ma petite Lilith.

Chapitre II

Le parfum de la malédiction

— J'suis un professionnel, pas un charlatan. J'sais tout d'même c'que vaut ma marchandise, hein !

— Et moi j'suis pas un pigeon, donc remballe ton faux cuir.

— Par les bourses des enfers, la méfiance te rend aussi bête qu'un mulet. Touche, sens, c'est du vrai, ça tu peux m'croire. Allons chez moi, j'te prouv'rai qu'il brûle pas.

— Tu m'auras pas avec tes artifices de charlatan.

— Réfléchis ben, mon ami, tu trouveras pas d'meilleure affaire.

— Soit. À combien tu l'fais, ce p'tit bout d'cuir ?

— Quarante-cinq ailes de bronze. Ni plus ni moins.

— Boudiou, tu m'prends pour un idiot ! Autant voler ma bourse, ça reviendra au même.

— Si t'es pas capable de voir de la qualité quand t'en as sous le nez… Y'a qu'les relents de chiasse sous mes bottes qui cracheraient sur une occasion pareille.

— Alors propose-leur, on verra bien.

— Non attends ! Reviens, fais pas l'balluche ! Trente, et on en reste là.

— Va brûler en enfer.

— Les gars, vous êtes sous la fenêtre de ma fille,

tonitrua une voix menaçante. Dégagez de là ! Elle dort encore.

Le renâclement des chevaux et les cris des marchands à la sauvette parvenaient aux oreilles de Lilith dans un épais brouillard hasardeux. Elle ne dormait plus, mais son esprit continuait de fonctionner au ralenti, bercé par tous les bruits environnants. Le soleil réchauffait ses jambes étendues au-dessus de la couverture et elle savourait comme dans un état second le bien-être de rester allongée ainsi. Puis petit à petit, ses yeux s'ouvrirent, s'accoutumant à la lumière baignant la pièce. Les souvenirs firent lentement leur chemin jusqu'à la surface de sa conscience, et elle se remémora les événements de la veille: Georges, sa lutte contre la maladie et surtout… son secret découvert par Aénor.

La fillette se redressa en grattant le sommet de sa tête, la mine soucieuse. Elle avait été imprudente d'utiliser ses pouvoirs au vu et au su de tout le monde. Mais le papillon était si joli et si mal en point… Sa couleur semblable au ciel en pleine nuit et les calligraphies noires qui ornaient ses ailes l'avaient contrainte à s'arrêter pour le prendre dans le creux de sa main. Une de ses excroissances était anormalement repliée et la fillette l'avait réparée, sans même penser que quelqu'un pouvait l'avoir observée durant ce moment. Sa naïveté et sa désobéissance la perdraient un jour.

L'entrée de Léon la tira de ses sombres pensées. Il avait déjà revêtu ses vieilles bottes et ses gants de travail.

—Tiens, tu es réveillée. La nuit a été bonne?

Lilith lui sourit d'un air contrit. Une enfant de son âge devait être sur le pied de guerre dès l'aurore pour accomplir ses tâches quotidiennes. Hélas, ce matin, elle se faisait violence pour quitter sa paillasse, ce qui devenait de plus en plus courant.

— Comment il va, Georges ?

— Il est déjà dans sa boutique, au grand plaisir d'Aénor.

La fillette ouvrit de grands yeux, estomaquée d'avoir réussi un tel exploit. Certes, elle avait fait de son mieux la veille, mais pas au point qu'il fût rétabli en l'espace de quelques heures. Comme elle gardait le silence, Léon poursuivit :

— Tous les villageois parlent d'un miracle... Ne t'inquiète pas, Aénor a su garder notre secret. Georges croit que Guardian en personne lui est venu en aide. Je te savais douée, mais pas à ce point-là.

— Je ne pensais pas y arriver aussi bien, avoua-t-elle, le rouge aux joues.

En vérité, elle s'était attendue à des reproches pour avoir désobéi en soignant le papillon blessé. Avoir des pouvoirs et ne pas pouvoir s'en servir était parfois si frustrant... Elle connaissait les risques, son père les énumérait régulièrement, mais plus le temps passait, plus l'envie de savoir jusqu'où elle pouvait aller se faisait impérieuse.

— Tu as réussi et tu ne pouvais pas mieux faire.

Il caressa sa chevelure en bataille avec tendresse. Un détail continuait de la chatouiller :

— Tu ne crois pas qu'Aénor me dénoncera ?

Elle le vit se rembrunir.

— C'est un risque non négligeable, mais je suis là et je te protège. Rien n'est plus important que la famille. Et ça, Aénor le sait. Lorsqu'elle me dit qu'elle ne cafardera pas, je choisis de la croire. C'est une femme bien...

Pas totalement rassurée, les petits doigts de Lilith se mêlèrent à la couverture rêche, tandis que sa sourde inquiétude lui faisait froncer les sourcils. Aénor était une pie jacasse. Personne ne le disait, mais tout le monde le pensait. Même si aucune mauvaise intention ne l'animait, le secret de Lilith était bien trop croustillant pour rester caché toute une vie. Surtout en ces jours sombres, où la moindre nouvelle de ce genre pouvait faire grand bruit.

— Te sens-tu suffisamment en forme pour travailler aujourd'hui ? s'enquit Léon. Je peux m'en charger, si tu le souhaites.

La fillette secoua la tête, chassant ses pensées parasites, avant de considérer son père d'un sourire lumineux.

— Bien sûr que non, je vais le faire. J'ai juste besoin d'un peu de temps pour me préparer.

— C'est d'accord.

Il ressortit de la maison d'un pas pesant, sa houe se balançant joyeusement à son bras. Lilith s'extirpa du lit et se rinça le visage à l'eau claire. Elle troqua sa chemise de nuit pour une robe et de vieux sabots crottés.

En sortant, elle aperçut le seau en cuivre plein d'épluchures et de grains qui l'attendait juste sous le porche. Son père avait installé un élevage de volailles dans l'arrière-cour, et elle était chargée de s'en occuper. Elle prenait son rôle très au sérieux, appréciant particulièrement les responsabilités qui lui étaient attribuées, même si certains jours, elle préférait nettement s'enfoncer dans la sylve et jouer avec sa magie.

Une fois sa tâche accomplie, Lilith se dirigea vers la maison pour y tresser l'osier, comme à son habitude à cette heure précise. Léon l'autorisait à vendre au marché du village ses paniers, ses coffres et même parfois des couffins pour les nouveau-nés. À force de pratique, la manipulation de l'osier n'avait plus de secret pour elle, et son travail était très apprécié village. L'impression d'être utile, de contribuer à leur semblant de confort était sa plus grande récompense. Ses aspirations dépassaient les courses-poursuites dans les champs et les farces espiègles auxquelles les autres enfants aimaient s'adonner.

— Lilith, tu viens? Le père de Rory lui a taillé de nouvelles toupies. Ce serait bien d'aller les voir ensemble, tu ne penses pas?

La petite fille leva le nez vers celui qui venait de l'interpeller. Les pommettes rebondies et piquées de taches de rousseur, Odryen était un gentil garçonnet qui ne pouvait s'empêcher de l'inviter dès que l'occasion se présentait.

Lilith appréciait la compagnie des enfants de son âge, mais à petites doses. Ce fut avec douceur qu'elle refusa sa proposition :

— Désolée, Odryen, j'ai beaucoup de choses à faire, aujourd'hui.

Bravement, il haussa les épaules, cachant mal sa déception. Les yeux rivés sur ses chaussures, il tapa dans un caillou pour se donner une contenance.

— Très bien, comme tu voudras.

Lilith le regarda s'éloigner avec un pincement au cœur. Odryen était l'un des rares enfants à ne pas la voir comme la bête noire de ses camarades. Ses airs de biche effarouchée faisaient fondre les adultes, mais agaçaient prodigieusement les plus jeunes.

— Tu aurais dû dire oui.

Vivement, elle fit volte-face pour découvrir Léon, nonchalamment appuyé contre sa bêche, un sourire mutin accroché aux lèvres.

—Je ne vois pas de quoi tu parles, marmonna-t-elle gauchement.

— Eh bien, de toute évidence, ce chenapan d'Odryen en pince pour toi. Qu'attends-tu pour accepter ses nombreuses propositions?

— Papa ! s'insurgea-t-elle sur le ton de l'avertissement.

— Oh, ma chérie, je plaisantais, reviens !

Avant que son rire ne roule dans sa gorge, elle avait déguerpi. C'était gênant. Horriblement gênant.

Son père s'inquiétait beaucoup trop à son sujet. Lilith était une enfant solitaire, seule la famille avait son importance, et ne pas avoir d'amis ne lui pesait pas tant que cela. Enfin, c'est ce qu'elle se répétait inlassablement…

En contournant la devanture de leur maisonnette, la fillette fut surprise de découvrir Kaleb, le conteur du village, frapper timidement à leur porte. Sa tenue extravagante et ses bottes rutilantes attiraient comme toujours le regard, lui donnant l'allure d'un de ces personnages risibles qui ont pour but d'amuser la galerie.

— Bonjour, Kaleb.

Le conteur lui fit face, raide comme des baguettes de tambour. Pas un cheveu ne dépassait de sa coiffure qui se voulait sophistiquée, sûrement découverte lors de ses nombreux périples dans les villes aisées d'Hibendrill.

— Tiens, Lilith, comment vas-tu ? Ton père m'a demandé de passer le voir aujourd'hui. Tu n'aurais pas une petite idée de ce qu'il me veut ?

— Je sais pas. Venez, entrez.

Elle passa devant lui avant de s'effacer pour le laisser pénétrer dans l'unique pièce de leur maison. Le jeune homme ne se fit pas prier, observant avec une curiosité non dissimulée le mobilier austère. Léon choisit cet instant pour les rejoindre. Après avoir essuyé ses doigts crasseux sur un chiffon, il serra la main de son convive.

Lilith se percha sur une des chaises, prit son osier, et commença à le tresser, non sans aviser de temps à autre les deux hommes. Ceux-ci commencèrent par s'échanger les banalités d'usage.

Pourquoi son père avait-il fait venir le jeune conteur chez eux? Ce n'était pas dans leurs habitudes de recevoir des invités...

Léon se tourna vers elle.

—Ma chérie, pourrais-tu nous laisser, que je m'entretienne avec ce cher Kaleb?

Sincèrement étonnée d'être congédiée, la fillette pencha la tête.

—Mais, papa...

—Lilith, j'ai besoin de parler avec Kaleb seul à seul. Et il n'y a pas de mais. Lors d'une conversation d'adultes, les enfants se doivent de sortir.

Elle prit une mine chagrinée, posa son matériel sur la table et quitta la pièce, non sans avoir pris soin de bien claquer la porte pour exprimer son mécontentement.

La demande de son père l'étonnait au plus haut point. En effet, Léon clamait toujours à qui désirait l'entendre que préserver les enfants des sujets délicats était une erreur. Il fallait croire que ce jour-là, il avait changé d'avis.

Elle se plaça sous la fenêtre restée ouverte et tendit l'oreille en retenant sa respiration. L'affaire devait être très importante pour que son père tienne à ce qu'elle n'assiste pas à l'entrevue.

Léon finit par se lancer après avoir prié Kaleb de s'asseoir dans son propre fauteuil:

—Écoute, je ne vais pas y aller par quatre chemins. Si je t'ai fait venir ici aujourd'hui, ce n'est pas pour parler de la météo ou de la qualité des récoltes. J'ai une requête à te soumettre, et je compte sur toi pour y répondre par l'affirmative.

Il marqua une pause. Intriguée, Lilith leva légèrement la tête pour apercevoir ce qui se passait. Les yeux à demi-clos, Léon soupira bruyamment puis lança d'une voix sans timbre :

—Je voudrais que tu appelles les abels.

La mine polie du conteur se disloqua et un pli soucieux lui barra le front. Son regard fuyant parcourut l'ensemble de la pièce, à la recherche d'une réponse à donner. Ses tempes suaient déjà à grosses gouttes.

—Pardon? Je... Tu disais? finit-il par balbutier après s'être copieusement raclé la gorge.

Léon soupira de nouveau et avança une chaise vers lui.

—Tu m'as bien compris. Je veux que tu appelles les abels pour qu'ils viennent chercher Lilith. Ce n'est pas un endroit sûr pour elle, ici. Plus depuis très longtemps.

La fillette sentit son cœur bondir dans sa poitrine et s'accrocha instinctivement au rebord de la fenêtre. De quoi son père parlait-il? Pourquoi voulait-il qu'elle parte? Et avec qui? Et comment avait-il pu garder pour lui le fait qu'elle devrait quitter Mänsamel un jour ou l'autre? Elle se sentait vexée de ne pas avoir été mise dans la confidence. L'apprendre au détour d'une conversation à laquelle on ne l'avait pas conviée était pire encore. Sans parler du sentiment d'abandon intolérable qui lui nouait la gorge en cet instant.

Kaleb se gratta la nuque d'un air embarrassé, puis déclara :

—J'ignore comment tu peux croire que je suis en contact avec... ces gens. Et même si c'était le cas, je doute qu'ils viennent chercher une vulgaire enfant pour satisfaire ta paranoïa.

—Ne me prends pas pour un imbécile, gamin, prévint Léon. J'étais déjà là quand tu ne faisais que mouiller tes langes. Alors évite les faux-semblants avec moi.

— Sincèrement, Léon, je ne comprends p…

— Je t'ai vu parler avec un abel, il y a quelques années de ça. Il portait une capuche, mais j'ai distingué son front brillant. J'ai tout de suite compris que tu étais en contact avec eux.

— Quand bien même, souffla le jeune homme, ta fille ne sera jamais considérée comme une priorité à leurs yeux. Ils ont une guerre à mener et cette enfant n'a pas sa place là-dedans. Tu imagines si tous les parents inquiets réagissaient comme toi ? Sois sensé, Léon, Lilith est bien trop banale pour des gens de cet acabit.

Il pâlit brusquement en voyant la colère obscurcir les prunelles de son interlocuteur.

— Ce… Ce n'est pas ce que je voulais dire.

— Ma fille n'est pas banale, gronda le paysan. Elle possède des pouvoirs que tu ne pourrais même pas rêver d'avoir.

— Tu es un homme intelligent, Léon, chevrota le conteur. Peut-être même le plus subtil et perspicace de tout le village. Seulement là, tu divagues sérieusement. Des pouvoirs, vraiment ? Tu me connais et tu sais pertinemment que je ne m'avance pas sans des preuves concrètes.

Léon se leva de sa chaise et Lilith s'écarta brusquement de la fenêtre, devinant ses intentions. Lorsqu'il ouvrit la porte d'entrée et la chercha du regard, elle était adossée contre le mur, la mine renfrognée.

— Viens, ma chérie, j'ai besoin de ton aide.

Elle s'exécuta et une fois à l'intérieur, vint s'asseoir sur les genoux de son père, l'attention fixée sur ses sabots.

— Montre-lui ce que tu sais faire.

— C'est pas une bonne idée, murmura-t-elle silencieusement en s'enfonçant dans les méandres de ses pensées.

— Fais-le, chérie. C'est tout ce que je te demande, pensa Léon.

Avec la désagréable impression d'être un animal de foire, elle redressa la tête à contrecœur et fixa le conteur qui se troubla. Elle fit jaillir son esprit à l'encontre du sien et plutôt que de s'immiscer directement, le frôla d'une caresse en murmurant dans sa tête :

— Alors, tu penses toujours que je suis banale, Kaleb ?

Kaleb tressaillit violemment avant d'abdiquer :

— Je le conçois, ce n'est pas donné à tout le monde. Mais s'il te plaît, Lilith, ne le fais plus jamais. C'est… C'est assez désagréable.

La fillette se retira tout aussi doucement qu'elle était arrivée et posa sagement les mains sur ses genoux. Elle attendait la suite des événements, s'interrogeant déjà sur ce qui allait advenir d'elle, maintenant qu'une personne supplémentaire connaissait son secret. Quitter Mänsamel ne lui posait pas problème - elle ne s'identifiait pas vraiment au village - en revanche, elle refusait catégoriquement de partir sans son père.

— Pardonne ma froideur de tout à l'heure, Léon. Je ne voulais pas remettre ta parole en question. Je vais contacter les abels. Ils répondront, tu peux en être certain.

— Quand ? voulut savoir le paysan.

— Je l'ignore. Je me contente de leur faire parvenir des informations lorsque l'occasion se présente.

— Dis-moi quand, insista son interlocuteur.

— Quelques semaines, peut-être un mois, tout au plus. J'ignore où ils se trouvent et dans ma situation, moins on en sait, mieux il en est. Le roi se soucie peu des bourgades insignifiantes telles que Mänsamel et c'est pour cette raison que j'ai élu domicile ici. C'est le lieu de rendez-vous idéal pour des hors-la-loi.

— Ces abels sont des hors-la-loi ?

La question pleine d'inquiétude venait de Lilith. Les deux hommes se tournèrent vers elle en même temps, ayant presque oublié sa présence. Léon s'apprêtait à répondre, mais Kaleb le devança :

— C'est exact. Pas des hors-la-loi comme tu l'entends, cependant. Ils œuvrent pour le bien et pour la liberté de chacun. Eux seuls sont en mesure de te protéger et de préserver ton secret. Ce sont peut-être les seules personnes en qui tu pourras avoir une confiance aveugle.

— J'ai pas besoin de ces gens.

— Les personnes comme toi sont rares. Si rares qu'on les chérit comme des trésors. Tu as besoin d'une protection.

— De quoi vous voulez me protéger ? Je suis bien ici et notre vie est toute tranquille. Si ce sont mes pouvoirs qui dérangent, je promets d'arrêter ! Je les utiliserai plus jamais, je le jure !

Kaleb s'avança un peu plus sur son siège, brusquement ému par sa détresse.

— Rien n'est de ta faute, petite. Tu es née avec un don, et le refouler n'y changera strictement rien. Tu sais certainement pourquoi ton père t'a demandé de n'user en aucun cas de tes pouvoirs devant des tierces personnes…

Lilith coula un rapide regard vers Léon. Avait-elle le droit de se dévoiler ainsi à quelqu'un qu'elle ne connaissait jusqu'ici que vaguement ?

— Notre roi est méchant.

— Mais encore ?

— Il tue et emprisonne les gens comme moi.

Kaleb consentit d'un signe de la tête, la mine grave.

— C'est assez grotesque quand on y pense, car lui-même présente des aptitudes qu'il est loin de nier.

— Vous voulez dire que le roi me ressemble ? Qu'il a les mêmes pouvoirs que moi ?

— Pas tout à fait. Il fait partie d'une de ces espèces que nous appelons les nephilim.

— Les nephilim... Jamais entendu parler.

— Cela ne m'étonne guère. Le roi Donovan est très doué pour laisser filtrer ce qui l'arrange. Il est le maître d'une caste très rare qui manifeste des dons stupéfiants. Personne ne sait d'où ils puisent leur puissance, mais on dit que par la pensée, ils sont capables de laisser l'enveloppe charnelle vide comme une coquille.

— Ça suffit. Tu devrais t'arrêter là, Kaleb.

Léon, qui jusqu'ici était resté en retrait, venait d'intervenir. Terrorisée, la fillette avait enfoui le nez dans sa chemise, comme si ce simple geste pouvait suffire à la protéger de ce monde de noirceur.

— Je n'ai pourtant rien dit de particulier. Je voulais simplement...

— Ça ira, elle est assez effrayée comme cela.

Le jeune conteur se leva pour prendre congé.

— Tu as sûrement raison. Et puis j'ai un rapport à rédiger et à envoyer au plus vite.

Léon l'accompagna jusqu'à la sortie, laissant une Lilith désemparée dans la pièce.

Elle courait à en perdre haleine dans les larges rues mal pavées, faisant mine de ne pas voir les habitants qui chuchotaient sur son passage ni les enfants qui riaient à gorge déployée. Au loin, quelqu'un cria son nom avec entrain, mais elle choisit de ne pas s'arrêter. Elle étouffait, il lui fallait de l'air. Trouver un endroit où elle ne serait plus une toute petite fille, où elle ne serait qu'un être humain, rien de plus.

Personne ne la prenait jamais au sérieux, la faute à son jeune âge. Ce qu'elle avait à dire n'était que le gazouillement d'une enfant qui, il n'y avait pas si longtemps que cela, était encore nourrie au sein.

Pourtant, Lilith en avait, des choses à dire. Et les mänsameliens auraient été ahuris de l'entendre parler. Ils étaient tellement attachés à leurs stéréotypes et leur prétendue homogénéité, que la fillette ne pouvait que rentrer la tête dans les épaules et se faire minuscule. Les différences étaient proscrites dans son monde.

Elle descendit une pente abrupte creusée par les roues des charrettes et les sabots des chevaux. Des cailloux vinrent lui écorcher les mollets, mais rien ne pouvait ralentir sa progression. Elle passa devant la statue amochée du dieu Guardian sans s'arrêter.

Bien que le village fût coupé de tout, les habitants n'en étaient pas moins des adorateurs de leur dieu céleste. Ils représentaient celui-ci par un homme barbu et musclé, un linceul négligemment jeté sur les épaules. À ses pieds fleurissaient des lys sauvages et de nombreux talismans de protection reposaient sur des tapis de mousse. Les mänsameliens glorifiaient leur divinité et les superstitions rythmaient leur vie avec une précision chronométrée.

La fillette ne croyait pas une seconde en ces mythes arriérés, à l'instar de son père. Ils faisaient mine d'entrer dans le moule pour éviter de faire jaser les plus fervents qui ne perdraient pas de temps à en faire des gorges chaudes.

Lilith gagna la forêt située en contrebas. Une fois qu'elle eut atteint l'ombre des arbres centenaires, son allure ralentit. Les oiseaux chantaient de toute leur vive voix. L'enfant était devenue si silencieuse dans ces bois que sa présence passait facilement inaperçue.

Elle s'enfonça entre les branches basses barrant son chemin. Le calme environnant et le bruit d'un ruisseau voisin l'apaisèrent peu à peu. Bientôt, son impression de suffoquer dans l'ambiance paysanne ne fut plus qu'un vague souvenir et elle savoura ce moment proche de la liberté. Rien ne valait l'atmosphère sereine et reposante de la nature.

Essoufflée, elle s'étala de tout son long sur le sol, le visage baigné dans le soleil qui se frayait un passage à travers les feuilles des arbres. Elle resta là longtemps, les yeux fermés, un brin d'herbe coincé entre les lèvres. Malgré la décontraction progressive de ses muscles, son esprit continuait de lui faire voir de multiples scénarios susceptibles de se réaliser prochainement. Son père et elle pourraient être séparés. À jamais. Se persuader qu'il serait aisé de convaincre les abels n'était qu'une amère illusion.

La fillette n'entendit pas tout de suite les sabots marteler le sol, légèrement feutrés par un tapis de feuilles mortes. Ce ne fut que quand des voix lui parvinrent qu'elle leva brusquement la tête, agacée d'être dérangée.

Du nord venaient un enfant d'une douzaine d'années – peut-être plus – ainsi qu'une femme corpulente. Tous deux montaient des chevaux majestueux. Les rênes d'un troisième étaient tenues par la grosse dame. Lilith n'avait jamais vu ce genre de bêtes au village, puissantes et nerveuses. Leurs hennissements fébriles prouvaient qu'elles étaient bien racées et certainement pas originaires de Mänsamel.

Poussée par la curiosité, elle se dissimula derrière un fourré alors qu'ils approchaient à vitesse moindre, sillonnant les arbres au trot.

—Messire, je vous en prie, attendez, implora la femme.

Son visage cramoisi jurait avec le mantelet pourpre qui lui ceignait les épaules. Celui-ci laissait entrevoir une robe de piètre valeur qui la boudinait affreusement.

L'enfant qui chevauchait en tête avait belle allure, un diadème encerclait son front. Sa lourde cape de voyage cachait un torse déjà large pour son âge, avec ce qui semblait être une broche en or, et retombait avec grâce sur la croupe de sa fantastique monture.

Ce fut avec une envie non dissimulée que Lilith dévora des yeux ses bottes cirées et rutilantes, ainsi que son pantalon qui semblait avoir été cousu dans la soie la plus fine du pays. Les yeux ronds, elle n'en perdait pas une miette. Son état proche de l'endormissement quelques minutes plus tôt s'était transformé en curiosité insatiable.

— Tu n'as qu'à être plus rapide, venyr Sorielle ! lâcha le garçon, une pointe de dégoût dans la voix. Avec tes grosses fesses, ce n'est pas étonnant que ton cheval rechigne à avancer.

Une venyr, se répéta mentalement la petite fille sans cacher sa surprise.

Les histoires des conteurs disaient que chaque enfant de noble famille avait à son service une venyr. Une espèce de gouvernante chargée de répondre à tous ses désirs. Beaucoup de rejetons bouseux auraient rêvé d'une telle femme à leurs côtés afin d'avoir à leur disposition sucreries et jouets en bois précieux.

Le garçonnet inconvenant avait tout d'un enfant normal, si ce n'était l'apparente richesse qui l'entourait jusqu'à la pointe des orteils. Pas étonnant qu'il fût doté d'une venyr ! Suivant les pensées de la fillette, la lumière filtrant à travers les arbres capta l'éclat princier d'une chevalière irisée à son index.

La femme enfonça ses talons dans les flancs de l'animal qui continuait de marcher paresseusement.

— Rien n'y fait, désespéra-t-elle. Ce n'est pas un cheval, mais une mule !

— Que vais-je faire d'une telle empotée ? grinça le garçon entre ses dents.

Lorsque la monture de la venyr s'arrêta à sa hauteur, elle lui suggéra timidement :

— Votre frère est certainement rentré au château de Pendral, messire Zendel. Nous devrions peut-être rebrousser chemin et…

— Cesse de dire des bêtises, espèce de sotte ! coupa hargneusement le garçon. Il est là, occupé à chasser je ne sais quoi alors que les cuisines du château regorgent de gibier et de mets délicats. Comme toujours, mon cher frère se comporte comme une saleté de paysan. S'il peut tirer sur un ou deux villageois tant qu'il y est, ça fera moins de canailles sur nos terres.

Il cracha par terre pour ponctuer ses paroles. Lilith se demanda alors si ce « messire Zendel » n'était pas plutôt un esprit d'homme tempétueux dans un corps d'enfant.

La gouvernante se contenta de baisser la tête d'un air penaud et tritura maladroitement ses rênes.

— Excusez mon impardonnable insolence, messire, cela ne se reproduira plus.

— Tais-toi ! Lorsque nous serons rentrés, je demanderai à Père de t'enfermer dans les cachots, au milieu des rats. Après cela, tu n'oseras plus ne serait-ce que lever les yeux vers moi.

La pauvre femme ne répliqua pas et Lilith la prit en pitié. Tributaire d'un morveux insolent, gâté et contrainte de supporter sa cruauté à chaque moment, sa vie devait être d'une tristesse…

La fillette secoua brusquement la tête quand un craquement se fit entendre dans son dos. Le garçon et sa venyr ne perçurent rien et accélérèrent l'allure, leurs montures ruant furieusement. Lilith pivota et le cœur battant la chamade, scruta les buissons environnants. Plus un frémissement, plus un bruit, à croire qu'elle avait rêvé.

Rassurée, elle émit un profond soupir de soulagement et tourna les talons… pour faire face à la pointe d'une flèche à quelques centimètres de son œil. Les contours de son propriétaire étaient flous, tant elle se concentra sur l'arme qui la tenait en respect. Puis, aussi rapidement que c'était arrivé, la personne abaissa son arc et elle perdit toute contenance et toute notion du temps.

Le garçon qui lui faisait face était d'une anormale immobilité, signe que ses muscles étaient contractés et prêts à agir, le faisant ressembler à un chasseur évaluant sa proie. Si elle l'avait aperçu avant qu'il ne la menace de son arc, elle serait sortie de son fourré pour le rejoindre. Cet acte ne lui aurait semblé ni dangereux, ni fou, ni insensé, même si elle ne comprenait pas très bien pourquoi. Il devait être un peu plus vieux qu'elle. Une chevelure aussi noire que de l'obsidienne lui tombait négligemment sur les épaules. Son visage avait encore les rondeurs de l'enfance, mais ses yeux gris comme de l'acier trempé étaient tout autres. Froids et sévères, néanmoins empreints d'une émotion ardente, touchante et galvanisante. Une onde de chaleur la parcourut tout entière. Ce n'était pas de la peur, mais une sensation si primitive qu'elle dut se tenir à une souche d'arbre pour ne pas que ses jambes tremblantes ploient sous son poids. Il dévorait son visage avec une attention proche de la convoitise, observant avec la plus grande attention ses traits figés. Elle savait qu'il ressentait la même chose à cet instant. Elle le voyait en lui, comme si ses pupilles cachaient des promesses enfouies depuis des millénaires. Pour la première fois de sa vie, Lilith sentit qu'une partie d'elle avait trouvé ce qui lui manquait, comme si à travers les yeux de ce garçon, elle prenait soudainement vie.

La magie fut rompue comme un couteau poignardant une toile de maître lorsqu'un des chevaux un peu plus loin se mit à hennir. Leurs regards accrochés cillèrent et le garçon tourna la tête avec pudeur. Elle le vit ranger sa flèche dans son carquois et se détourner sans un regard de plus dans sa direction. Ce fut seulement à cet instant qu'elle se relâcha, encore toute tourneboulée. Elle sortit de sa cachette, puis se mit à courir.

Chapitre III
Sando et Kalenken

Le temple était le lieu le plus important et le plus respecté de Mänsamel. Malgré son évidente décrépitude et l'intérieur vétuste, les habitants y tenaient et s'y rendaient tous les vendredis pour l'office du Père Gé. Ce dernier était un prêtre austère qui aimait taper sur les doigts des retardataires.

Au village, la religion tenait une place primordiale, et personne ne dérogeait à la règle. Si vous aviez le malheur de ne pas vous déplacer hebdomadairement pour l'occasion, le Père Gé se faisait un plaisir de venir frapper à votre porte pour vous demander des comptes ou vous intimider. De plus, vous étiez condamné à vivre comme un pestiféré, car la bonté du dieu Guardian vous ferait défaut pour le restant de vos jours.

Presque onze ans plus tôt, une jeune femme nommée Laora subit un traitement similaire. Celle-ci se montrait plus que sceptique et refusait catégoriquement que le père Gé pose ne fusse qu'un orteil sur le plancher de sa maisonnée pour lui faire un sermon. Laora n'avait cure des rumeurs qui couraient à son sujet et avec le temps, elle cessa d'échauffer les esprits.

Les habitants étaient convaincus que son obstination la perdrait, et la mort de la jeune femme à la saison des flocons dernière avait confirmé leurs dires.

Le jour suivant son décès, le Père Gé jubilait, prouvant ainsi à quel point le manque de dévotion auprès du dieu Guardian pouvait se révéler fatal. D'après lui, l'hérésie était toujours punie par le Très-Haut.

Cette histoire avait rendu Léon, l'époux de Laora, fou de rage. Étant mis en marge de la société, à l'instar de sa femme, il n'avait eu d'autre choix que de se racheter une conduite en se rendant aux offices. En effet, les légumes ne se vendaient plus très bien et son affaire battait de l'aile, sachant que lui et sa femme s'étaient durant des années évertués à défier l'autorité régissant la bourgade. Au fond de lui, Léon savait que son défunt amour ne lui en voulait pas d'avoir cédé à la poigne de fer de l'ecclésiastique. Avec une jeune enfant sur les bras, en période froide, il ne pouvait se permettre de faire la fine bouche.

Voilà pourquoi en cette matinée particulièrement chaude, Lilith et lui pénétrèrent dans le sanctuaire craquelé d'abrasions, la mine sombre.

La fillette détestait cordialement ces jours-là. Elle ne croyait pas le moins du monde en un dieu qui laissait des guerres éclater et n'intervenait pas en voyant le sang de ses enfants baigner les terres de leurs ancêtres. Les nombreux souvenirs qu'elle avait de sa mère lui rappelaient qu'il ne fallait pas céder aux injonctions de ceux qui se proclamaient tout puissants.

Pour continuer de faire vivre l'image de Laora à travers elle, Lilith avait refusé en bloc la proposition du Père Gé de devenir une Enfant de Guardian. Suivre et suppléer le vieil homme dans son œuvre pour se rapprocher de la divinité n'entrait pas dans ses attributions. Son refus avait beaucoup fait parler les habitants, mais elle s'en fichait. C'était une chose qu'elle assiste à la messe, mais passer tout l'office agenouillée sur le sol froid, le front collé à la pierre, en était une autre.

La semaine suivant son rejet s'était révélée difficile pour Lilith et son père. Deux de leurs dindes avaient été retrouvées mortes dans l'arrière-cour, étranglées et baignant dans leur sang. C'était sans parler des poteries entreposées sur le rebord de la fenêtre pour les laisser sécher. Réduites en morceaux. Typique des adorateurs et des plus fidèles citoyens de Mänsamel.

Léon n'avait pas émis de protestation et la petite fille était restée campée sur ses positions, prête à reprendre, d'une manière ou d'une autre, le flambeau de sa mère dans sa lutte contre les manipulations du pontife.

Celui-ci était revenu leur rendre visite pour réitérer sa proposition, mais cette fois-ci, Léon avait pris la relève et clairement signifié qu'il était inutile d'insister.

Le Père Gé n'avait que peu bronché et s'était contenté de grincer des dents en crachant que de toute façon, le joug de Guardian ne tarderait pas à s'abattre sur leur famille et qu'un jour ou l'autre, ils devraient subir son courroux.

Ce jour-là, lorsque le père et sa fille pénétrèrent dans le temple, peu d'individus leur accordèrent de l'intérêt. Les habitants s'étaient lassés de leurs histoires et ne cancanaient plus. En revanche, le regard à demi voilé que leur lança le Père Gé fut sans appel : de toute évidence, lui continuait de se souvenir et d'entretenir sa rancœur.

Léon et Lilith se placèrent en retrait sur une des assises en bois, face au cœur du temple. Une lyre et une flûte à bec laissaient échapper la douce musique cérémonieuse qui était d'usage.

La mine grave, une poignée d'Enfants de Guardian vêtue de toges jaune poussin avança d'un pas solennel vers l'autel. Le Père Gé, son éternel crâne chauve luisant à la lueur des bougies, ouvrit les bras à la manière d'une chauve-souris. Leur procession était ridicule et comme d'habitude, Lilith dut retenir son hilarité.

— Mes chers fidèles, bienvenue dans la maison de notre Créateur bien-aimé, le plus grand de tous. Prions, mes amis. Prions pour échapper à sa colère et être ainsi préservés de ce monde de folie qui emplit les cœurs et pousse les plus obstinés à de noirs desseins. Prions pour l'absolution de nos péchés.

Ses yeux vicieux n'étaient pas baissés en signe de servitude comme le reste de l'assemblée, mais scrutaient d'un air peu amène le moindre faux pas pouvant être commis par un fidèle. Son regard s'attarda plusieurs fois sur Lilith et Léon qui s'ennuyaient ferme.

L'office parut interminable à la fillette qui supportait de moins en moins le compromis que son père avait passé avec le prêtre. Certes, il était important d'avoir de quoi vivre, mais de là à fléchir la nuque devant une autorité qu'ils méprisaient l'un comme l'autre…

La voix monocorde emplit l'église, infatigable. Le Père Gé prêchait tout en condamnant avec véhémence les ennemis de Guardian. À l'entendre, la liste était très longue et loin d'être exhaustive.

Au bout de deux longues heures, Lilith et son père sortirent du temple sans parvenir à cacher leur soulagement. Elle s'accorda même un sourire, sa petite main logée dans celle de Léon, imaginant déjà tout ce qu'elle ferait à son retour à la maison. Peut-être s'amuserait-elle à effleurer les esprits des voisins. Ils avaient parfois des réflexions amusantes…

— Bonjour, lança soudain une voix suave dans leur dos.

Ils se tournèrent pour faire face au visage ridé et imberbe de l'homme d'Église.

— Mon Père, salua Léon avec réserve.

L'intéressé laissa sortir le dernier flux de fidèles à l'extérieur avant de poursuivre :

— Quelle belle journée, n'est-ce pas ?

Le paysan se contenta de hocher la tête, la mâchoire contractée. L'air détendu, le Père Gé s'abîma dans la contemplation du firmament, comme s'il n'avait jamais rien vu de plus beau. De sa voix faussement aimable, il demanda ensuite :

— Avez-vous entendu parler de la guérison miraculeuse de Georges ?

Instinctivement, Lilith se raidit, et le prêtre ne perdit pas une miette de son air inquiet.

— Tout le monde en a entendu parler, rétorqua-t-elle froidement.

Sa face grasse lui sourit, dévoilant des dents jaunâtres et gâtées.

— Cela reste un fait des plus étranges, vous ne croyez pas ? J'ai rendu visite à Georges pas plus tard qu'il y a deux jours. Le börvion avait fait le déplacement et l'examinait. Son diagnostic ne laissait aucune place au doute, voyez-vous. Georges était condamné au trépas. Il affirmait qu'il ne vivrait pas plus d'une journée. Aénor était effondrée. Qui sait ce qu'une femme pourrait faire dans pareille situation…

— Le börvion, si professionnel soit-il, s'est certainement trompé.

Le Père Gé prit une mine affectée.

— C'est pourtant notre meilleur soignant. Il a étudié la médecine classique à Viteors, l'une des villes les plus avancées de notre temps.

— La méprise est humaine.

— Oui, mais Guardian ne l'est pas. Et lorsqu'il décide de prendre une vie, ce n'est pas dans ses habitudes de changer brusquement d'avis pour la céder de nouveau.

— Les voies des dieux sont impénétrables, conclut Léon. Nous ne le saurons certainement jamais. Georges devrait jouir de cette deuxième chance qui lui est accordée.

Le prêtre éclata d'un rire mesuré.

— Décidément mon cher, vous avez réponse à tout.

— J'essaie simplement de me montrer sensé et rationnel, mon Père.

Le prêtre croisa les mains dans son dos. S'il était contrarié, il n'en montra rien.

— Et vous avez bien raison. Nous manquons cruellement de gens comme vous, ici.

Ils se jaugèrent quelques secondes avant que l'homme de foi se décide à prendre congé.

Sur le chemin du retour, la fillette lança mentalement à son père :

— *On va devoir faire attention, il se doute de quelque chose.*

— *Tu n'as sûrement pas tort, ma chérie.*

À la demande de Lilith, ni elle ni son père n'avaient reparlé de son potentiel départ. Les jours étaient passés. Puis les semaines. Et malgré l'insouciance que devait lui conférer son jeune âge, la petite fille ne faisait que ressasser ce qui arriverait peut-être. Des inconnus viendraient la chercher, l'emmèneraient loin de tout, loin de son foyer, de son père, de sa vie actuelle. Elle essayait de se raisonner, se persuadant que c'était peu probable. Et plus les semaines s'allongeaient, plus le corbeau semblait s'être perdu en chemin.

Depuis que Georges avait réchappé à une mort inévitable, Aénor venait régulièrement rendre visite au père et sa fille. Le plus souvent, elle amenait dans son sillage de belles pièces de viande tout droit sorties de la boutique de son époux, afin de leur exprimer sa gratitude. Son visage, toujours franchement rieur, ne laissait planer aucun doute sur sa loyauté.

De son côté, Lilith fréquentait Kaleb avec assiduité, dans le but de glaner quelques informations. Tous les matins, peu après le lever du soleil, elle s'invitait dans le foyer du jeune homme, non sans une pointe d'appréhension. L'intérieur était intimidant, les étagères accueillaient des bibelots comme jamais elle n'en avait vu : des statuettes de manticores, les mâchoires en avant, de noirs scorpions brandissant leurs dards au-dessus de leurs têtes… Toute la demeure de Kaleb respirait les mythes et les légendes. Malgré ses nombreuses connaissances concernant les mystères d'Hibendrill, le conteur fut incapable d'apporter une lumière sur ses interrogations. Il se contentait d'obéir mécaniquement aux instructions des abels, sans se poser de questions. En revanche, il restait très curieux quant aux aptitudes de la fillette. Guère habituée à partager des confidences avec quelqu'un qui n'était pas son père, celle-ci gardait ses distances, ne parvenant pas à accorder sa confiance au conteur, si gentil fût-il.

Un jour, alors qu'il insistait particulièrement, elle perdit patience :

— Écoutez, je vous le répète, personne ne sait d'où vient mon don. Je l'ai, c'est tout. Et puis moi aussi j'ai des questions : vous n'arrêtez pas de dire qu'Hibendrill a aucun secret pour vous. Alors aidez-moi à trouver des réponses !

Elle accompagna sa dernière phrase d'un papillonnement de paupières destiné à l'attendrir. Les yeux du conteur s'attardèrent quelques instants sur sa mine empourprée et un sourire adouci étira ses lèvres.

— Tu as raison, ma curiosité est vraiment déplacée.

Il bourra sa pipe avant de la porter à sa bouche, l'air songeur.

— Puisque tu brûles tant de curiosité, je vais te dire ce que je sais.

Il prit tout son temps avant de poursuivre, inspirant paisiblement la fumée avant de la laisser ressortir par le nez.

— Les abels ne sont pas comme nous. C'est une race à part, et on les appelle communément Fronts Marqués. Tu as déjà dû l'entendre au moins une fois dans ta vie…

— Les Fronts quoi ?

— Silence, petite fille, la réprimanda-t-il gentiment. Lorsque le conteur parle, le public se tait. Où en étais-je ? Ah oui, les Fronts Marqués ! C'est un peuple qui vit en autosuffisance dans le sud-est du pays, mais personne ne sait où avec exactitude. Ils se préoccupent en priorité d'eux-mêmes.

— Alors pourquoi le roi cherche à les éliminer ?

— Parce qu'ils font partie des rares à encore oser le défier. Pour le moment, ils l'évitent comme la peste, tapis dans l'ombre, attendant juste le bon moment pour le renverser. J'en ai rencontré un, à l'époque où je vivais au port de Gestero. Sando, qu'il s'appelait. C'est ainsi que je suis devenu un informateur, le genre de gaillard que le roi aimerait pendre au-dessus de sa fenêtre, tu comprends ?

Lilith hocha silencieusement la tête, même si au fond, elle ne saisissait pas tout.

— Sando m'avait chargé de le prévenir si j'avais vent d'une rumeur sur quelqu'un doté de pouvoirs particuliers. Après m'être assuré qu'il ne s'agissait pas d'un thaumaturge, je devais lui communiquer la nouvelle. Ce qui est certain, c'est que tu n'es pas une thaumaturge.

—Ah non?

—Eh non. J'ai eu la chance d'en voir une, un jour, juste avant que sa tête ne soit plantée sur une des piques faisant office de rempart à Fall Marma. Je peux t'assurer que quand on en croise une, de thaumaturge, on le sent tout de suite. Toi tu es…

Il hésita, tapotant sa bouffarde sur son menton mal rasé.

—J'ignore ce que tu es vraiment. Il ne m'a jamais été donné de voir une personne dans ton genre. Ce qui est quand même bien étrange, car je peux me vanter d'en avoir vu, des choses. Au début, je pensais que Sando cherchait un abel enlevé, ou un truc dans ce genre, mais à présent que je t'ai devant moi, je me prends à penser que c'est plutôt quelqu'un comme toi qu'il voulait.

Sa conversation avec le conteur avait laissé Lilith frustrée et sur les rotules. En rentrant à la maison, elle s'était jetée dans les bras de Léon sans explication, pour mouiller de quelques larmes son tablier crasseux. La peur se mêlait à la mélancolie, pour un peu plus les lier l'un à l'autre. Sous des discussions légères et quelconques était cachée une profonde angoisse qu'ils tentaient tous deux de juguler. Le temps qu'ils s'accordaient n'avait jamais été aussi important, et Lilith n'hésitait pas à se salir les mains en aidant dans la restauration de la maison et dans la culture de la terre, afin de se rapprocher un peu plus de lui. Il cultivait le plus grand et le plus riche des potagers du village. Ses légumes étaient toujours si gros et si beaux qu'il en tirait chaque fois un bon prix.

La fillette ne s'était plus rendue dans la forêt depuis la scène qu'elle avait surprise entre la venyr, le petit seigneur prétentieux et le jeune archer. Elle repensait très souvent à ce dernier, mais quelque chose la retenait d'en parler librement avec Léon, comme si ce qui était arrivé là-bas était trop personnel, trop intime. C'était pourtant complètement grotesque, elle ne connaissait même pas cet avorton ! Cependant, il aurait été vain de nier qu'un lien, l'espace de quelques secondes, l'avait rapprochée du jeune garçon comme jamais. Ça en devenait une obsession et elle désespérait d'avoir une explication un jour.

Léon avait remarqué le repliement soudain de sa fille, malgré leurs étreintes répétées. Il attribuait cet état au fait qu'elle lui en voulait encore d'avoir demandé que les abels viennent la chercher. Il essayait souvent de la détendre ou de la faire rire, mais Lilith se contentait de lui répondre distraitement ou avec un mince sourire énigmatique au coin des lèvres.

Un après-midi, alors que son père bêchait et qu'elle lui tenait compagnie tout en tissant ses rameaux séchés, il se décida à parler d'une voix faussement joviale :

— Comment s'est passée ta matinée au marché ?

La fillette leva un regard absent de son ouvrage, ses mains toujours fébrilement actives.

— Très bien.

Elle se garda de préciser qu'elle avait laissé sa conscience vagabonder, laissant les différentes émotions voisines la traverser de part en part. C'était plus fort qu'elle, il fallait qu'elle s'amuse avec cette magie qui vivait en elle.

Il se racla la gorge pour se donner une contenance.

— Combien as-tu vendu de paniers ?

— Quatre. Aénor m'en a pris trois. Je crois qu'elle s'est sentie obligée de me les acheter.

Elle cessa le va-et-vient de ses mains quelques secondes et plissa le nez.

— Il faudrait que tu lui en touches un mot, je crois. Ce serait dommage qu'elle ruine son mari et leurs économies juste par reconnaissance.

Léon étouffa un gloussement. Décidément, sa fille n'avait rien en commun avec les enfants de son âge…

— Tu sais, je pense que cette bonne vieille Aénor sait très bien gérer ses comptes. Et puis tout cet engouement cessera bien un jour ou l'autre. Elle finira même par oublier que tu as sauvé Georges, tu peux me croire.

Une étincelle amusée traversa les prunelles de la fillette, mais elle répondit néanmoins d'une voix très sérieuse :

— Si elle a la bonne idée d'oublier mon secret par la même occasion…

Ils restèrent silencieux quelques minutes, chacun focalisé sur son occupation. Après s'être de nombreuses fois mordu l'intérieur des joues pour se taire, Léon finit par lancer :

— Je suis désolé pour Kaleb. Et pour les abels.

Lilith se figea, attendant la suite. Il s'accouda contre sa bêche et s'essuya le front.

— Je sais que tu es blessée par ma démarche.

Elle pinça les lèvres, les yeux résolument braqués sur ses doigts qui virevoltaient sur son travail.

— Te protéger, poursuivit-il, c'est tout ce que je souhaite.

— Et mon bonheur ? T'y as pensé, à mon bonheur ?

Il baissa les yeux, ne pouvant soutenir la douleur et le reproche contenus dans son regard.

— J'y pense… tous les jours. Mais ta sécurité prime, le bonheur viendra plus tard.

— Qu'est-ce que t'en sais ? explosa-t-elle alors, laissant libre cours à sa colère. Tu sais rien des gens qui viendront me chercher ! On peut avoir confiance qu'en la famille, c'est toi qui l'as dit !

Léon vit rouge et gonfla la poitrine.

— Calme-toi, jeune fille. Depuis quand parles-tu ainsi à ton père ?

— Depuis qu'il a décidé d'abandonner sa propre fille !

Bouillonnante de rage, Lilith jeta son ouvrage par terre et tourna les talons.

Lorsque Léon la retrouva, elle était assise contre le mur de leur chaumière, écrasant les larmes qui noyaient ses joues. Il ne put s'empêcher de la serrer contre lui et fut soulagé de voir qu'elle ne cherchait pas à se dérober.

— Pardonne-moi, ma chérie. Je voudrais juste que tu fasses preuve d'empathie, que tu te mettes à ma place. Prier chaque jour pour que sa fille passe entre les mailles du filet, c'est très éprouvant. Je ne supporterais pas de te voir périr alors que tu n'as cherché qu'à aider. Si mon dernier devoir en tant que père est de t'envoyer loin de moi pour te sauver de l'emprise du roi, alors je le ferai. Sans sourciller.

Elle leva un regard implorant vers lui avant d'enfouir son nez dans sa barbe drue.

— Je veux pas te quitter. Tu… T'es tout ce que j'ai. Je suis certaine que maman aurait pas été d'accord.

Ce fut au tour de Léon de se raidir. C'était la première fois que sa fille évoquait sa mère comme moyen de défense. Il attrapa son menton pour la forcer à relever la tête.

— Laora t'aimait plus que sa propre vie. Tu peux être sûre qu'elle aurait approuvé mon choix.

Lilith se tut, ne sachant quoi répondre à cela. Son abattement aurait brisé le cœur du plus insensible.

Tout mais pas ça, pria-t-il intérieurement.

Comment la faire sortir de cet état de déni ? Il leur restait tellement peu de temps à passer tous les deux. Au lieu de se déchirer à cause de sa décision, ils devaient profiter de ces moments. D'ailleurs, Lilith ignorait encore beaucoup de choses qu'il n'avait pas eues le temps de lui d…

— Quelles choses ? résonna la voix de l'enfant dans sa tête.

Sa brusque infiltration venait de bloquer les réflexions du paysan qui ne put s'empêcher de sourire, ravi de constater que malgré ses yeux vides, elle écoutait avec la plus grande concentration le cours de ses pensées.

— Quelle sale habitude tu as prise en t'insinuant dans mon esprit à toute heure du jour et de la nuit, remarqua-t-il d'une voix faussement sévère.

Un sourire timide vint fleurir sur les lèvres de la fillette.

— *Pourtant je sais que tu dis jamais tout. Certains endroits dans ta tête sont tellement obscurs que je suis pas capable d'y aller.*

Léon savait que lui répondre par la pensée était sa façon de lui signifier qu'elle lui en voulait encore. Cependant, il décida de se lancer, pour la première fois depuis que Lilith était en mesure de comprendre les choses de la vie.

— De toutes les histoires que je t'ai racontées, il y en a une que j'ai omis d'aborder. Volontairement. J'attendais que tu sois prête à l'entendre.

— *Ou prête à partir loin de toi,* coupa-t-elle avec acidité.

Il la pinça gentiment pour lui intimer de se taire, puis la serra un peu plus fort contre lui.

— Il s'agit du jour où tu es entrée pour la première fois dans ma tête, friponne.

Surprise, elle l'écouta avec une attention redoublée.

—Tu ne t'attendais pas à ça, n'est-ce pas? fit-il, amusé.

—C'est vrai. Vas-y, raconte ton histoire, papa.

—Alors que tu n'étais âgée que de quelques semaines, il s'est passé un événement des plus étranges. J'étais seul, ce soir-là, car ta mère s'absentait régulièrement pour seconder le börvion chez un enfant atteint d'ergotisme. C'était à moi d'aller te récupérer chez Laula, notre vieille voisine de l'époque. Cette dernière m'a accueilli, très inquiète. Elle prétendait que tu avais dormi toute la journée, peu après avoir mangé le matin même. Malgré ses supplications et ses pleurs, tu refusais de te réveiller. Nous avons essayé durant de longues heures de te sortir de cette torpeur, par tous les moyens connus, mais rien à faire. Tu restais désespérément inconsciente. Soucieux, je t'ai ramenée à la maison. Au retour de ta mère, je lui ai fait part du problème, et elle s'est montrée encore plus consternée que moi. Le lendemain, nous sommes venus te voir et... tu dormais encore. Seule ta respiration régulière nous a convaincus que tu étais en bonne santé. C'était à n'y rien comprendre !

—Je suppose que vous avez demandé au börvion de venir me voir, déduisit-elle.

—Non. Par les temps qui couraient, ça n'aurait pas été très futé d'ameuter le village tout entier. Le roi promettait de fortes sommes d'argent pour ceux qui dénonceraient une personne douée de pouvoirs particuliers ou présentant des signes étranges. Je ne voulais pas te perdre.

—Tu craignais pas que Laula...

—J'ai menti à Laula. J'ai prétendu que tu t'étais réveillée et que désormais, je tenais à passer un peu de temps auprès de mon enfant. Je ne lui ai pas précisé quand j'aurais à nouveau besoin de ses services. Ta mère et moi avons consacré nos journées et nos nuits à te veiller, dans l'espoir que tu émerges enfin.

— Et comment vous m'avez réveillée ?

— Nous avons attendu. Que voulais-tu que l'on fasse d'autre ? J'étais complètement démuni, impuissant face à tout cela. Ce furent les deux semaines les plus longues de nos vies. Ta mère ne cessait de pleurer sur tes draps, priant pour qu'un être spirituel entende nos prières. Puis un jour, un matin plutôt, j'ai été réveillé par tes gazouillis. En me levant de la couche, je t'ai vue, logée dans le creux des bras de ta mère, tétant furieusement le sein. Tu étais en parfaite santé, et apparemment pas dénutrie du tout.

Il marqua une pause, absorbé et les yeux dans le vague.

— Je me souviendrai toujours de ce matin-là. Je suis venu près de vous deux et tes yeux m'ont sondé comme ils le font toujours lorsque tu me regardes. Tu m'as tout de suite reconnu, car tu as souri. Et c'est à cet instant que j'ai ressenti quelque chose de différent. J'ai alors compris que tu voyais en moi, que tu savais tout. Je sentais ta petite conscience toucher la mienne. C'était une expérience unique.

— Vous vous êtes jamais demandé comment cette drôle de maladie avait pu me toucher ? s'étonna Lilith.

Léon se redressa et leva sa bêche avec énergie pour se remettre au travail.

— Je refuse de me poser cette question. Avec des quoi et des qu'est-ce, on s'arrête de vivre, tu ne crois pas ?

Le feu qui ronflait dans le foyer depuis quelques heures, commençait à s'éteindre, tandis que Lilith et son père, tapis dans l'ombre, discutaient de tout et de rien.

Du poêle à pot s'échappaient les derniers effluves du lard qu'ils avaient fait dorer la veille au soir. Le soleil ne tarderait pas à se lever.

Léon se tenait dans son fauteuil à bascule, fumant sa pipe, sa moustache drue se soulevant au rythme des mouvements que faisait sa bouche pour expulser la fumée odorante. Ses ongles encore incrustés de terre grattaient distraitement le vieux bois de l'accoudoir. Lilith s'était assise juste devant lui et buvait littéralement ses paroles.

Un frappement à la porte leur fit dresser la tête d'un même mouvement. Une sorte de pressentiment assaillit la fillette qui plaça les bras autour de ses jambes repliées, comme pour se protéger. Lorsque son père se leva pour aller ouvrir, elle faillit lui demander de s'abstenir.

La porte tourna sur ses battants et une haute silhouette se dessina dans l'embrasure.

Les Fronts Marqués, pensa-t-elle en frissonnant d'effroi.

L'étranger baissa la tête pour traverser l'ouverture et alors que le père et la fille le dévisageaient les yeux ronds, il renversa sa capuche de voyage, laissant s'échapper une longue chevelure brune qui lui tombait jusqu'au bas des reins.

— Bonjour, Léon… Lilith. Je m'excuse d'être là aux aurores. Ce n'est guère courtois, mais il n'a pu en être autrement. Mon nom est Sando, fils d'Elgar.

Son timbre de voix rauque et chantant respirait une parfaite sérénité. Ce ne fut que lorsqu'il tourna la tête dans leur direction qu'ils purent discerner un étrange bijou gris de Payne logé sur son front.

— Vous êtes le bienvenu, Sando. Nous ne vous attendions plus, salua Léon, cherchant à masquer sa fascination.

L'homme était fort atypique. Ses yeux noirs, profondément enfoncés dans leurs orbites, ressemblaient à des abysses sans fin, sa haute stature donnait l'illusion qu'il prenait toute la place dans la pièce sans prétention de la maison. L'arête très fine de son nez attribuait à son visage un air aristocratique. Il était vêtu d'une chemise lisse et cintrée, faite dans une matière inconnue, du moins à Mänsamel. Elle épousait sa fine musculature comme une deuxième peau. Son pantalon, un peu plus lâche, tombait sur ses hanches et semblait cousu dans le même tissu. Il avait abattu sur ses larges épaules une opulente cape noire retenue par deux broches en argent en forme de tête de loup. Il était magnifique, tout en élégance et en beauté.

—Je sais que je vais devoir partir avec vous, répliqua Lilith. Je vous demande une seule chose : acceptez que mon père nous accompagne. Je veux pas voyager sans lui.

L'étranger baissa les yeux, et elle crut y lire une étrange émotion, un peu comme de la compassion. Avec grâce, il repoussa sa cape dans son dos et s'agenouilla devant elle.

—La réponse que je vais te donner ne me réjouit pas, jeune Lilith, mais c'est impossible. Notre peuple a des règles intransigeantes et ton père ne pourra pas traverser la barrière magique séparant les deux mondes. Même s'il se joignait à nous durant le voyage, il serait dans l'incapacité d'atteindre la cité des abels.

—Alors je viendrai pas, trancha-t-elle en croisant les bras sur sa frêle poitrine. Je suis désolée que vous ayez fait tout ça pour rien, mais je veux pas le laisser derrière moi.

L'homme soupira, las. Avec satisfaction, elle redressa le menton, plus déterminée que jamais. Léon choisit cet instant pour intervenir :

— Lilith chérie, c'est impossible, tu l'as entendu.

— Mais…, bredouilla-t-elle, perdant soudain de sa superbe.

— Tu refuses de partir sans moi ? Eh bien moi, je refuse que tu restes ici. J'ai entendu des rumeurs qui n'augurent rien de bon, notamment certains habitants qui clament que Georges ne s'est pas guéri tout seul. Ils commencent à se suspecter et je ne serais pas étonné que les soldats viennent y jeter un œil lorsque l'un d'entre eux se sera décidé à envoyer un corbeau au roi.

— Si je te laisse derrière moi, ils viendront quand même et te trouveront.

— Quelle importance ? Je ne suis pas doué de pouvoirs surnaturels, ils n'auront rien à me reprocher. Et je suis intimement persuadé qu'Aénor saura se taire.

— Les gens demanderont où je suis, plaida la fillette. Ils s'interrogeront sur ma disparition.

— Je leur dirai que tu es décédée d'une grosse angine, répondit-il sur le même ton. Je placerai un monticule de terre dans l'arrière-cour, et je feindrai le chagrin le plus profond qui soit. Le Père Gé jubilera et dira à qui veut l'entendre que Guardian t'a punie d'avoir refusé de devenir une de ses Enfants, et les adeptes seront encore plus fidèles à ce culte de malheur.

Lilith sentit ses résistances faiblir au fur et à mesure que son père trouvait des solutions aux problèmes qu'elle lui soumettait. Elle avait beau avoir l'esprit de répartie, les idées commençaient à lui manquer.

L'étranger posa une main apaisante sur son épaule, sans qu'elle cherche à se dégager.

— Me suivre ne signifie pas que tu vivras telle une recluse, condamnée à ne plus voir ton père, jeune Lilith.

Elle le fixa, incrédule.

— Vrai ?

—Je ne vais pas te mentir, dans notre cité, tu grandiras et perfectionneras tes pouvoirs durant de longues années. Et puis un jour, une fois ta tâche achevée, tu reviendras ici, dans ton village.

Lilith fronça les sourcils, cherchant à déceler le mensonge dans ses propos. Le dénommé Sando paraissait plus sincère que jamais.

— Va, ma chérie, compléta Léon avec un sourire qui se voulait rassurant. J'ai toujours su que c'était ton destin de quitter ton vieux père un jour. Ce ne sont pas des adieux, ce jeune homme te l'a certifié. Et peut-être pourrons-nous correspondre durant toutes ce temps que nous passerons loin l'un de l'autre.

L'étranger opina du chef, faisant briller de mille feux le bijou sur son front. Lilith se tourna vers son père et enlaça sa taille imposante de ses petits bras. Elle serra les mâchoires pour étouffer le sanglot qui menaçait de lui échapper. Léon saisit ses mains et les porta à ses lèvres avec ferveur.

—Je te le dis jamais, papa, mais tu dois savoir que…

—Je sais, chérie, je l'ai toujours su. Et je t'aime, moi aussi.

Elle vit deux larmes perler à ses yeux, puis disparaître dans sa barbe fournie. Elle n'était pas prête, tout arrivait trop vite !

Le nouveau venu s'éclipsa dehors, les laissant s'étreindre et discuter une dernière fois. Lorsqu'elle sortit de la chaumière, elle avait troqué sa robe pour des braies et des houseaux qui lui remontaient juste en dessous des genoux. Son père lui avait donné une tunique noire, achetée la veille pour quelques plumes d'argent. Ainsi vêtue, elle ressemblait à un de ces garçonnets de la bourgade, si ce n'était la cascade de cheveux roux indomptables qui lui tombait dans le dos.

Son père l'aida à enfiler la bandoulière de sa besace en peau de chèvre contenant ses effets personnels. Enfin, le plus discrètement du monde, il glissa dans sa botte un poignard au manche joliment taillé. Décidément, il avait pensé à tout, préparant minutieusement le jour où ils devraient se dire au revoir.

— Il me reste quelques tranches de lard grillé. Attendez-moi ici, je vous les apporte.

— Inutile, refusa poliment l'abel. J'ai tout ce qu'il nous faut à l'orée du bois.

Ce dernier sortit de derrière sa cape un grand manteau à capuche d'un joli bleu foncé. Il le plaça sur le dos de la fillette qui ne put s'empêcher de toucher le tissu étrange, doux comme la peau d'un bébé.

— Ainsi, elle ne craindra pas le froid.

Ses yeux se posèrent sur la mine soucieuse de Léon avant de poursuivre :

— Ayez confiance, votre fille est entre de bonnes mains.

Le paysan hocha la tête.

—Je n'en doute pas une seconde. Mais… dans les moments difficiles de votre périple, rappelez-vous toujours qu'elle est l'être le plus cher à mon cœur. Protégez-la comme si elle était votre fille.

Sando acquiesça avant de conclure leur accord par un contact entre leurs poings, le geste qui était d'usage chez les humains. Lilith embrassa ensuite une dernière fois Léon.

—Je t'écrirai dès que je serai arrivée, promit-elle, la voix fendue par l'émotion.

Ils restèrent quelques instants l'un contre l'autre, savourant ce dernier moment de proximité qui leur était accordé. Puis Léon relâcha son étreinte et l'enjoignit à y aller. La petite fille ne se força pas à sourire

– elle en était incapable – et se détourna pour suivre l'abel.

Ce ne fut qu'en sortant du village que Lilith s'accorda un moment pour pleurer. Si Sando vit le torrent de larmes noyant ses joues rebondies, il n'en fit pas la remarque.

Il l'entraîna à la lisière de la forêt dont le sommet des pins ployait sous la brise. La pénombre environnante lui conférait encore une ambiance sombre et inquiétante en ce début de matinée. C'était un coin que Lilith évitait soigneusement, habituellement. L'on disait qu'il abritait des houards, des farfadets farceurs qui vivaient dans les racines des arbres les plus anciens et avaient pris leur apparence pour mieux se fondre dans la nature. Quelques années plus tôt, à la suite d'un pari fait avec un enfant du village, Lilith l'avait mis au défi d'y pénétrer sans la présence d'un adulte. Le marmot en était revenu mort de peur et la culotte trempée. Sur le coup, l'expérience avait été cocasse et elle ne s'était pas gênée pour en fanfaronner. Désormais, seule, elle n'oserait s'y aventurer.

C'est pourquoi la présence de l'étranger, son épée à la ceinture, la rassurait. D'autant plus que pour l'heure, l'endroit paraissait si hanté que l'on aurait pu s'attendre à voir débarquer une poignée de houards ricaneurs.

L'abel ralentit le pas, jusqu'à s'arrêter complètement. Surprise, Lilith regarda autour d'elle, cherchant d'éventuels chevaux et des sacs de voyage. Les lieux étaient déserts. Ils n'allaient tout de même pas marcher jusqu'au prochain village, si?

—Les gens de mon village disent que vos terres sont très, très loin. est-ce que vous avez un cheval et une charrette pour m'amener chez vous?

Sando plissa les lèvres, se retenant visiblement de

rire de ses mots si soigneusement choisis, destinés à ne pas le froisser.

— Patience, enfant. Je mets à tes pieds bien plus qu'une vulgaire bête de somme et sa carriole.

Un bruit de pas pesants parvint alors à leurs oreilles. Le vent apporta aux narines de la fillette une forte odeur chaude et musquée. Plissant les yeux pour mieux distinguer une éventuelle silhouette dans cette pénombre, elle perçut surtout une conscience imposante pas bien loin. Le genre d'esprit qu'elle n'avait jusqu'ici jamais eu l'occasion de pénétrer. À l'image de l'esprit, l'ombre de la chose, elle, était plus que massive et avançait tranquillement dans leur direction.

Haut de plus de neuf pieds de haut, la carrure considérable, le port altier et le pelage d'un blond cendré, un loup ne les quittait pas du regard. Pas un de ces loups que les fermiers piègent lorsqu'ils s'approchent trop près de leurs élevages, non. Celui-ci avait d'immenses yeux noirs, coulés dans l'encre, et des oreilles si fièrement dressées qu'il semblait être à l'affût du moindre bruit suspect. Si cette bête-là voulait les prendre en chasse, elle n'aurait aucun mal à ne faire qu'une bouchée d'eux.

Sando franchit les quelques mètres qui le séparaient de l'animal resté impassible et caressa avec tendresse sa fourrure dorée. À cet instant, il ne ressemblait plus à l'homme austère qui avait passé la porte de sa chaumière, mais à un jeune adolescent fougueux.

— Je te présente mon plus vieil ami.

Un ami ? Lilith déglutit avec peine et resta en position statique, n'osant pas déranger le loup majestueux.

— Eh bien, quoi ? s'enquit Sando, interrogateur. Qu'attends-tu pour le saluer ?

Par tous les dieux, ce loup n'était qu'un animal ! Elle aurait l'air ridicule en faisant une chose pareille.

Néanmoins, elle baragouina d'une voix à peine audible :

— Bon… Bonjour.

Un sourire étira les lèvres de l'abel, elle crut qu'il allait se mettre à rire.

— *Enchanté, Lilith, je suis Kalenken.*

La voix profonde et vibrante comme un début d'orage explosa dans sa conscience. Médusée, elle fit un bond en arrière, prête à détaler comme un lièvre. C'était comme si une partie de son cerveau la démangeait, comme si on grattait dans tous les petits recoins de son entendement. En somme, une sensation très désagréable qu'elle prit pour une attaque mentale.

— C'est quoi cette chose ?

Sando ne put retenir un gloussement.

— C'est la première fois que quelqu'un entre dans ton esprit, n'est-ce pas ? L'effet est toujours, disons… surprenant, les premiers temps. Tu t'y feras. À moins que la compagnie de Kalenken te révulse, bien entendu.

Elle tâcha de reprendre ses esprits, encore un peu sonnée.

— Pardon, j'ai juste été un peu surprise. Ce… Ce loup m'a parlé, n'est-ce pas ?

Les sourcils de l'homme se levèrent.

— Cela t'étonne tant ? Tu as déjà dû observer des choses autrement plus extraordinaires, là où tu vis.

Lilith secoua la tête. Elle se serait souvenue d'avoir assisté à un moment plus stupéfiant que sa rencontre avec un loup géant et télépathe de surcroît.

— Mänsamel est un minuscule village. Il se passe rien de très intéressant.

— Dans ce cas, dis-toi que le monde que tu as connu jusqu'ici n'est qu'une poussière dans le désert. Au-delà des frêles remparts de ton hameau, les choses peuvent dépasser toute ton imagination.

C'était certainement cela qui inquiétait le plus la fillette. N'ayant jamais quitté son village natal, la seule allusion à une cité plus ou moins éloignée représentait un danger à ses yeux. Il suffisait d'observer Kalenken pour comprendre qu'Hibendrill ne tournait pas comme elle l'avait jusqu'ici imaginé.

— Pourquoi vous êtes venu me chercher sans savoir si j'avais bien un pouvoir magique ?

— J'ai reçu une lettre de Kaleb, cela m'a suffi.

— Vous savez pas si je suis vraiment la bonne personne. Vous prenez même pas la peine de vérifier…

— Je recherchais quelqu'un ayant le don étonnant de converser par la pensée, à la manière de Kalenken. Un don très pratique, je l'avoue. C'est une prédisposition extrêmement rare, mais je te conseille tout de même de ne pas en user sur n'importe qui. Là où nous allons, il est des créatures qu'il vaut mieux éviter de chatouiller mentalement.

Tout en parlant, Sando resserra les courroies sur le flanc du loup resté impénétrable, puis se saisit de la besace de Lilith. Il la rangea dans un sac un peu plus volumineux accroché sur les côtés de la selle en cuir.

— L'heure est venue de partir. Es-tu prête ?

La fillette hocha la tête sans conviction et il la souleva de terre pour la placer sur le dos de Kalenken. Tandis qu'il ajustait et attachait ses pieds à des sangles pour ne pas que son corps glisse en cours de route, elle se permit de poser la main sur la fourrure du loup. Elle était douce, soyeuse et donnait envie de fourrer son nez dedans, ce qu'elle n'oserait évidemment jamais faire.

Sando finit par se placer devant elle après avoir sauté à la seule force de ses jambes, et l'invita à entourer sa taille de ses bras.

— Nous sommes prêts, Kalenken. Tu peux y aller.

Le loup s'ébroua avec grâce et Lilith sentit ses muscles puissants rouler sous son épaisse peau. Il bondit vers le sentier à une vitesse effarante.

Son père aurait été ahuri d'apprendre de quelle façon ils voyageaient jusqu'aux terres des abels. Du haut de sa monture, elle se sentit immensément grande et forte. Avec un tel compagnon à ses côtés, rien de fâcheux ne pourrait arriver. N'est-ce pas ?

Tout au loisir de sentir le vent fouetter son visage et siffler à ses oreilles, elle contempla le paysage qui changeait à vue d'œil. Kalenken étant bien plus rapide que n'importe quel cheval au galop. Ses pattes se posaient sans le moindre bruit au sol, comme s'il marchait sur une terre de velours. Ses mouvements étaient fluides, et alors que la nuit laissait place à un lever de soleil sanguin, ils avaient déjà bien avancé et dépassé Mänsamel de plusieurs lieues.

Soufflée, Lilith observait les monts et les rivières autour d'elle, en passant par les arbres et les fleurs qui orientaient leurs pétales en fonction de la luminosité environnante. Ils traversèrent même des champs d'orge et de blé qui se gorgeaient de lumière matinale. Lorsqu'elle fut rassasiée de toute cette nature et de ces paysages colorés, elle posa sa joue sur le dos musculeux de Sando, bercée par les mouvements de Kalenken. D'ailleurs, ce dernier ne paraissait pas faiblir, fendant les sentiers avec aisance.

Les heures s'égrenèrent lentement. Les environs se révélèrent bientôt indignes d'intérêt, se fondant dans un flou compact de couleurs verdoyantes. Pour couronner le tout, les deux amis ne semblaient pas disposés à discuter, au grand dam de la fillette. Celle-ci entra alors dans une douce léthargie où se superposaient les visages de Léon et de tous ceux qu'elle quittait en ce jour.

Sa torpeur finit par disparaître au bout de quelques heures, alors que son minois commençait à souffrir de la brûlure du soleil au zénith. Et malgré le vent gonflant ses cheveux, sa peau très pâle cuisait à petit feu.

Son soulagement fut sans nom lorsque le loup commença à ralentir. La nuit ne tarderait pas à tomber et elle allait enfin pouvoir échapper aux morsures ardentes de la journée.

Kalenken s'arrêta au bord d'une colline mangée par les herbes folles. Sando se laissa tomber avec agilité, puis sourit à Lilith.

— Il est très malaisé de voyager à dos de loup, mais c'est tout de même moins pénible que de faire des lieues à cheval, tu ne penses pas ?

— J'ai soif, se contenta-t-elle de répondre, oubliant momentanément qu'il était discourtois de ne pas répondre à une question posée.

Elle tendit les bras vers lui pour qu'il l'aide à toucher terre et scruta les lieux avec méfiance. Quelque peu inquiétante, une grotte était encastrée dans le flanc de la colline. Des points de lumière leur permettaient de découvrir l'immensité de la cavité, rustique, mais vaste.

— Nous nous arrêterons ici pour la nuit.

Avec bonheur, elle se dégourdit les jambes en sautillant sur place. Ses fesses étaient douloureuses d'avoir supporté un si long voyage. Sando lui lança une gourde en cuir qu'elle attrapa au vol. Elle but de grandes goulées, appréciant sa fraîcheur.

L'abel l'observa quelques secondes, satisfait, puis sortit une gamelle en cuivre d'un des sacs que portait Kalenken. Il y versa l'eau de sa propre gourde qu'il tendit ensuite à son compagnon. Celui-ci lapa son contenu en trois gorgées, et une fois débarrassé de sa selle, s'élança dans la nature, les laissant dans la semi-obscurité de la grotte.

— Où est-ce qu'il va ? s'enquit Lilith.

— Chasser. Pour parcourir une telle distance, bien se nourrir est primordial.

Elle l'aida à amener du bois sec jusqu'à l'entrée de la grotte. Sando fixa avec concentration le tas de brindilles et, quelques secondes plus tard, un feu joyeux projetait sa lumière dansante dans les recoins de leur refuge. Lilith ne put cacher son étonnement. C'était la première fois qu'elle assistait à un pur moment de magie.

— Comment vous avez fait ça ?

— À ton avis ? répliqua-t-il, sibyllin.

— Votre magie ?

— Pas la mienne. Juste celle utilisée par ceux qui savent l'exploiter.

— Vous m'apprendrez, un jour ?

— C'est fort possible.

Claquant des dents, elle approcha ses mains du foyer vigoureux. Elle ne releva la tête que lorsque Sando agita sous son nez une grappe de raisin et du pain frais. Avec empressement, elle s'en saisit avant de le remercier timidement. Le jus coulant sur son menton, elle se risqua à lui demander :

— Comment vous avez réussi à apprivoiser un animal comme Kalenken ?

L'abel tisonnait rêveusement le feu avec une branche morte.

— Les loups daïsiens comme Kalenken ne s'apprivoisent pas, ils se méritent et sont destinés dès leur naissance à l'être qu'ils choisissent.

— Comment ils choisissent leur maître, dans ce cas ?

— Le loup n'a pas de maître, c'est un compagnon et un égal. La façon dont on les rencontre est un secret gardé dans les tréfonds de notre peuple. Tu en prendras connaissance le moment venu.

Lilith appréciait particulièrement cette relation d'égal à égal entre un homme et un animal. À Mänsamel, les bêtes étaient soit engraissées puis mangées, soit chassées à coups de pied dans l'arrière-train.

— Si vous avez les loups dans votre camp, alors vous gagnerez la guerre contre le roi, c'est certain.

Sando eut un rictus amer.

— Tu as vraiment une foi d'enfant. Si seulement c'était si simple…

Kalenken revint bientôt, alourdi par son ventre rond et visiblement repu. La fillette, elle, se sentait plutôt rassasiée, malgré son repas frugal. Sando mangeait plus doucement, prenant son temps pour mastiquer chaque bouchée de pain.

— C'est quoi cette chose que vous portez là ? interrogea Lilith en désignant le joyau sur son front qui captait les reflets des flammes.

L'abel porta une main distraite au talisman avant de répondre :

— Ce qui a, plus d'une fois, sauvé mon peuple.

Elle ne comprit pas l'allusion.

— Ah. Ça s'enlève ?

— Tu poses beaucoup trop de questions pour quelqu'un qui ne voulait, à l'origine, pas faire route avec moi. Je t'invite à t'endormir, enfant. La journée de demain risque d'être longue et pénible.

Il se leva et posa une épaisse couverture sur ses jambes, lui signifiant ainsi que la conversation était terminée. Lilith ne se fit par prier et sombra rapidement dans le sommeil, bercée par les crépitements du feu.

Chapitre IV
La thaumaturge de Termoren

Au moment où Lilith ouvrit les yeux et jeta un œil au-dehors, l'aube était grise et les nuages n'auguraient rien de bon. Elle grimaça en massant son cou endolori, résultat d'une nuit passée sur un sol trop dur. La fillette était habituée aux couches inconfortables, ayant dormi dans une vieille masure avec son père durant de longues années, mais cette nuit avait été particulièrement rude.

Sando et son loup se tenaient dans l'embrasure de leur refuge, apparemment en pleine conversation mentale.

— Bonjour, les interrompit la fillette en se frottant les yeux.

Ils se tournèrent dans sa direction et un sourire éclaira le visage harmonieux de Sando.

— Bonjour, Lilith. Nous n'allons pas tarder à partir, tu devrais aller te rafraîchir. J'ai trouvé une rivière en contrebas de la vallée.

Elle acquiesça en silence et se leva. La pente abrupte et rocailleuse indiquée par l'abel menait à un cours d'eau si clair et pur qu'il donnait envie de s'y plonger entièrement. L'eau, divinement fraîche, finit de la convaincre de se débarbouiller le visage, chassant les derniers effets du sommeil. Ses houseaux enlevés, elle trempa avec délice ses petits pieds aux ongles incrustés de terre. Après leur chevauchée d'hier, rien ne valait un moment de détente. Délassée, elle pencha la tête au-dessus de la surface ondoyante. Vue d'ici, l'arête de son nez ressemblait fort à celle de son père.

Son père... Avait-il bien vécu sa première nuit sans elle? En ce qui la concernait, ses rêves s'étaient révélés très agités.

Lilith en était là de ses pensées, lorsqu'une pointe glacée effleura paresseusement sa nuque. Son corps se raidit tout entier face à l'agression, si discrète fût-elle.

—Très intéressant. On peut trouver tout et n'importe quoi sur les terres d'Hibendrill. Hé, gamine, que fais-tu là, perdue et à des lieues du village le plus proche?

La lame de l'épée quitta sa nuque pour tapoter sa frêle épaule, l'invitant à se retourner.

L'estomac liquéfié par la peur, elle fit demi-tour et se redressa avec lenteur. L'homme qui lui faisait face portait une tunique poussiéreuse, blanchie par le voyage. Son visage barbu laissait entrevoir deux yeux noirs, torves et malfaisants. Il promena son regard sur son visage et un sourire carnassier dévoila ses dents jaunes.

—Une belle prise. À mon avis, je tirerai une jolie bourse de plumes d'argent de toi. À moins que les acheteurs soient alléchés par ta chevelure de feu. Là, je pense que l'on pourra négocier en plumes d'or.

D'autres bandits déboulèrent à grand fracas, les traits étirés par des rictus mauvais. Leurs visages patibulaires exprimaient le plus profond ravissement. Cette enfant était une prise de choix.

L'homme poursuivit sur sa lancée:

—La journée commence très bien, ma foi. Vas-tu

te laisser embarquer ou va-t-on devoir te tirer par la peau du cou ?

—Je… Je me laisserai pas faire, lâcha-t-elle, des trémolos dans la voix.

Le chef se mit à rire et passa une main calleuse sur le front de la fillette. Celle-ci ne put retenir une grimace de dégoût avant de le repousser avec aplomb.

— Arrêtez de rire, je suis sérieuse. Je me laisserai pas faire par des voyous pleins de puces !

Elle mit toute sa hargne et son aversion dans ces derniers mots. Une énorme gifle l'envoya valdinguer au sol dans un cri aigu. Elle se massa la joue en retenant tant bien que mal les sanglots qui se noyaient dans sa gorge. Une sourde colère la poussa à se relever presque immédiatement. Cet homme avait osé porter la main sur elle, alors que personne avant lui ne s'y était risqué. Elle avait envie de lui griffer le visage, le mordre, lui faire mal.

En la voyant tituber vers lui, le bandit partit d'un rire retentissant et moqueur. Ses acolytes ne tardèrent pas à le suivre dans son hilarité. Si avec tout ce chahut Sando et Kalenken ne rappliquaient pas…

Un hurlement étranglé jaillit de ses lèvres lorsque la poigne de fer du chef des bandits se referma sur ses cheveux avec brutalité. Le cou tordu dans une position inconfortable, Lilith jeta un regard noir à son assaillant avant de lui asséner une claque sur la conscience, par réflexe de survie. Un sentiment de jouissance la submergea lorsqu'il tressaillit violemment.

Semblant comprendre, il la lorgna avec insistance.

— Compagnons, attendez avant de vous esclaffer. Nous avons ici un plus gros gibier que les habituels va-nu-pieds de nos comtés. Le grand Guardian est de notre côté, en ce jour. Il nous a envoyé une saleté de thaumaturge !

Les brigands se turent, la mine grave. Leur chef ceintura violemment Lilith. Elle essaya de crier, mais avant qu'un son ne sorte de sa bouche, l'homme la bâillonna. Sa main dégageait une vieille odeur rance et elle suffoqua, les yeux exorbités.

Elle tenta d'enfoncer ses ongles dans sa peau cuivrée, mais le bandit restait insensible à ses maigres attaques. Réduite au silence, une peur épouvantable s'insinua dans chaque parcelle de son corps.

— Apportez la charrette, hurla-t-il à la cantonade.

Un des hommes tira un vieux cheval attelé au véhicule à roues. Une cage aux barreaux rouillés était engoncée dans l'espace drapé situé à l'arrière.

Lilith fut jetée à l'intérieur sans ménagement, et alors qu'elle se retournait vivement pour se faufiler vers la sortie, la lourde porte claqua et un des brigands enclencha le verrou avec un rire dément. Elle enroula ses mains à travers les barreaux, tirant dessus comme s'il était possible de les faire céder.

— Pas de panique, petite thaumaturge, grinça le chef. D'ici quelques semaines, nous serons à Fall Marma, et nous pourrons te vendre au roi en personne. Après, ce qu'il te fera, c'est un mystère connu de lui seul.

Impossible. Alors qu'elle cherchait justement à éviter le roi, voilà qu'elle allait bientôt faire route vers sa demeure. Si personne n'intervenait, le sacrifice de son père aura été vain !

Folle d'angoisse, ce fut tout naturellement qu'elle rassembla son énergie pour l'expulser vers le chef des bandits. Elle défonça son esprit comme on défonce une porte verrouillée. L'homme hurla de douleur en se tenant le crâne. Lilith se saisit de sa conscience avec rage et la pressa de toutes ses forces. Rapidement, l'air lui manqua, à croire qu'une main invisible était plaquée contre ses lèvres et son nez. Ce fut dans un état proche de l'inconscience qu'elle distingua un esprit tourmenté et profondément mauvais. Cet homme méritait amplement la douleur que son intrusion lui causait. À cette pensée, elle redoubla d'efforts, lacérant les limbes de son cerveau comme un chat sauvage.

Lui faire payer, c'était tout ce qu'elle désirait. Jamais auparavant il ne lui était arrivé d'utiliser son don pour faire souffrir quelqu'un, mais la présence de ce macabre individu occultait toute pensée cohérente. Son cri redoubla d'intensité alors qu'elle entrevoyait les visages malpropres de centaines d'innocents tombés dans ses griffes par le passé. Comment trouvait-il le sommeil, la nuit venue ?

Le sifflement d'une lame ramena la fillette à la réalité et l'obligea à relâcher son emprise pour reprendre une goulée d'air bienvenue. Le bandit était à présent par terre, un sang noir coulant à flots de ses narines et de sa bouche.

Sando et Kalenken avaient choisi cet instant pour faire leur entrée. Ils se ruèrent avec une souplesse féline sur le regroupement de bandits. Tandis que l'abel abaissait son épée avec une force surhumaine, le loup les réduisait en charpie d'un coup de croc. Le grognement s'échappant de sa gorge soyeuse faisait vibrer l'air avec une telle force que Lilith le sentait même dans sa poitrine, ses entrailles.

Ces deux-là étaient des adversaires formidables. Sando se mouvait avec une aisance hors du commun. Les balancements de son corps et de son arme étaient si rapides qu'un œil normal ne pouvait tous les discerner.

Lilith se tenait toujours dans sa cage, agenouillée et courbée, ne pouvant détacher les yeux de ce spectacle lugubre. Alors que les bandits battaient en retraite, leur chef se redressa et ouvrit la porte de sa prison. Il saisit la fillette par le bras avant de la soulever de terre. La froideur d'une lame sur sa gorge lui tira un gémissement angoissé.

— Si j'avais su que je tenais l'être qui ferait ma fortune, je n'aurais pas patienté plus longtemps, grinça-t-il en enfouissant son nez empoissé de sang contre son oreille. Et ne t'avise plus jamais d'entrer dans ma tête de la sorte, autrement je te tranche la gorge !

Sando acheva un des hommes sans un battement de cils et se tourna vers eux. Kalenken à ses côtés se remit à gronder, les muscles bandés et les babines retroussées.

— Lâche-la ! ordonna l'abel d'une voix forte. Tes compagnons sont morts ou ont fui, il n'y a plus d'issue pour toi.

L'homme avait perdu de sa belle assurance, mais ne libéra pas pour autant son otage. Elle sentit la morsure de la dague qui entaillait sa peau.

— N'avance pas, toi et ton sale cabot, cracha-t-il.

Kalenken grogna encore plus fort sous l'insulte, prêt à se jeter sur lui. Sando recula de quelques pas, faisant mine de tourner les talons. Lilith déglutit avec difficulté. Allait-il l'abandonner ? S'était-elle fourvoyée en lui donnant sa confiance ?

Au dernier moment, il s'élança dans leur direction et elle comprit qu'il avait seulement pris de l'élan. Un élan qui lui permit de les atteindre en quelques bonds à peine. L'instant d'après, un craquement sinistre retentit et Lilith tomba à genoux sur le sol. Le bandit gisait à terre, la nuque brisée. Sando avait agi telle une brise, telle une ombre.

N'y tenant plus, les nerfs de la fillette lâchèrent et elle enfouit son visage dans ses mains. Son protecteur fut près d'elle et la serra doucement contre lui.

— C'est fini. N'aie crainte, je suis là.

Elle se laissa bercer en sanglotant.

— Tu as été très courageuse en l'attaquant ainsi. Ce n'est pas donné à tout le monde d'accomplir un tel exploit, poursuivit-il d'une voix douce.

Elle renifla bruyamment, partagée entre le rire nerveux et les pleurs. Ses larmes finirent par se tarir et elle s'essuya le nez avec sa manche.

Autour d'eux gisaient encore les images insoutenables des brigands démembrés ou transpercés. Pas d'erreur, désormais, même quand Lilith fermerait les yeux, elle verrait ces corps à travers ses paupières, à jamais gravés dans son esprit.

— Je suis navré que tu aies eu à vivre ce moment éprouvant, les routes de l'est ne sont plus sûres depuis longtemps. Cependant, il faut se ressaisir. Nous devons partir au plus vite, car le bruit ne tardera pas à courir qu'un abel, un loup géant et une enfant parcourent les terres officielles d'Hibendrill en toute impunité. Nous nous arrêterons cette nuit aux portes de Termoren.

— Pourquoi ?

— Nous sommes presque à court de provisions et j'ai une visite à rendre là-bas.

Il aida la fillette à se redresser et lui tendit un tissu pour essuyer la blessure superficielle de sa gorge.

Une fois dans la grotte, elle se contenta d'un petit pain rond et de fromage en guise de déjeuner, l'appétit coupé. Ils plièrent bagage sans laisser de traces de leur passage.

Le train d'enfer de Kalenken redoubla d'intensité, ce jour-là. Le loup géant s'était donné pour objectif d'arriver à Termoren avant la tombée de la nuit. Toutes ces heures de chevauchée mirent les cuisses de Lilith à vif, mais jamais elle ne s'en plaignit.

Le paysage commença à changer. Les herbes folles et les vallonnements boisés laissèrent place aux chemins austères et aux arbres clairsemés qui, d'après Sando, caractérisaient le sud-est d'Hibendrill. Au bout de quelques heures, ils décidèrent de lever le pied pour se reposer quelques minutes et ainsi permettre à Kalenken de s'abreuver. La fillette en profita pour poser la question qui lui brûlait les lèvres :

— Vous pensez qu'on arrivera quand chez les abels ?

— Il faut bien compter une semaine.

— Si vite ? Vous avez pourtant mis un mois entier pour arriver dans mon village.

— Erreur, répondit Sando avec un sourire, l'oiseau qui a apporté la nouvelle a mis trois semaines pour nous parvenir. Dès que nous avons appris ton existence, Kalenken et moi-même sommes venus, ventre à terre, te rejoindre.

Elle resta silencieuse quelques secondes, puis finit par demander :

— Je suis si importante que ça pour vous ?

— Tu l'es, en effet.

Il avait dit cela sans la moindre emphase. Comme si à ses yeux, ce n'était pas une chose dont il fallait se réjouir.

Une autre interrogation subsistait dans l'esprit de la petite fille. Les Fronts Marqués tenaient-ils à elle parce qu'elle leur serait utile, ou bien parce qu'ils cherchaient réellement à la protéger des dures lois du monarque ? L'idée que Sando et Kalenken fussent venus la chercher dans le seul but de l'utiliser comme un objet ou une arme lui déplaisait particulièrement.

— Pourquoi vous êtes arrivés si vite ?

— D'après Kaleb, les commérages commençaient à aller bon train et les habitants n'auraient pas tardé à faire certains liens. Je ne pouvais me permettre de perdre du temps. Aujourd'hui encore, je guette une éventuelle traque, de peur que les hommes du roi suivent nos traces.

Lorsqu'ils reprirent leur route, Lilith se massa les articulations douloureuses trop longtemps restées entravées. Elle se demanda combien de temps elle tiendrait ce rythme infernal. Sando et Kalenken ne paraissaient pas le moins du monde affectés par la fatigue et les courbatures, c'en était frustrant.

Ce ne fut que lorsque l'opalescence de la lune les enveloppa qu'ils s'arrêtèrent au sommet d'une colline, juste en dessous d'un arbre. Cette nuit, ils dormiraient dans l'herbe moelleuse, et non sur les douloureuses pierres qui jalonnaient les sentiers.

—Nous n'allumerons pas de feu, l'informa l'abel. Termoren se trouve en contrebas, à environ cinq cents mètres. Il ne faudrait pas attirer l'attention des gardes qui font leurs rondes.

Épuisée, la fillette se contenta d'assentir d'un signe de tête, trop pressée de s'étendre sur la structure molle. Elle n'attendit pas que Sando finisse de retirer sa selle à Kalenken et s'emmitouflait déjà dans la chaude couverture quand son protecteur lui demanda, amusé :

—Tu dors déjà ? Ne désires-tu pas manger quelque chose ?

Pour seule réponse, elle émit un long bâillement. Elle n'entendit pas le rire attendri de Sando, que déjà le sommeil s'emparait d'elle.

À l'aube, l'abel la secoua avec douceur. Le ciel était encore sombre, mais on voyait une mince bande de lumière orangée se profiler à l'horizon.

—Si tôt ? s'étonna Lilith d'une voix ensommeillée.

—Les soldats ouvriront les portes dans environ une heure et je voudrais te donner quelques instructions avant d'y aller.

Elle leva la tête vers lui, attentive.

— Tout d'abord, il va falloir que tu retires la cape de voyage que je t'ai donnée. Le tissu n'est pas commun aux hommes qui vivent dans cette région et ils se poseront des questions.

Lilith obéit en silence et fit glisser de ses épaules la pèlerine satinée qu'elle avait finie par adorer.

— Lorsque nous serons aux portes de Termoren, tu devras te faire discrète. Arrange-toi pour baisser les yeux. Si jamais il y a un avis de recherche te concernant, tes yeux te trahiront. Sans compter tes cheveux. Viens donc par là.

Il se contenta de prendre un semblant de corde dans son sac et se plaça dans son dos. Il souleva sa lourde chevelure et tira dessus maladroitement à plusieurs reprises. En portant la main à sa tête, Lilith constata qu'ils étaient attachés en un chignon lâche.

— Je ne suis pas un expert en la matière, mais désormais ils attirent moins l'attention. Troisième chose, c'est moi qui parlerai, et surtout ne laisse rien entrevoir de tes émotions, même si tu es terrifiée.

Pour couronner le tout, il se saisit d'un peu de terre à ses pieds. Elle retint un mouvement de recul au moment où il fit mine d'en barbouiller son visage.

— Une vraie enfant de la campagne. Allons-y, maintenant.

Après avoir laissé un Kalenken tendu à l'ombre d'un saule, ils descendirent la pente raide et glissante à pas prudents. Lilith soupçonnait Sando de feindre la maladresse pour tromper les soldats qui devaient déjà les voir, là où ils étaient postés. Elle avait placé sa petite main dans celle de l'abel. Sa chaleur et sa fermeté finirent de la rassurer, la confortant dans l'idée qu'elle n'était pas seule dans cette entreprise périlleuse.

La ville de Termoren se situait sur une éminence qui surplombait une grande étendue d'herbes jaunies, hautes jusqu'au tronc. Les remparts s'élevaient haut dans le ciel, immenses fortifications crénelées solides, bien qu'antiques. Seul le grand portail en bois rustique était gardé par des soldats armés de lances.

Le cœur battant la chamade, la fillette s'appliqua à regarder ses pieds tout le long de la distance qui la séparait de l'entrée. À ses côtés, Sando tira sur le haut de sa capuche afin de dissimuler la pierre précieuse brillant de mille feux sur son front.

— Halte, là ! les héla un des soldats d'une voix gutturale.

Il pointa sa lance dans leur direction et son armure flamboyante cliqueta. Son acolyte l'imita, raide comme une statue. Leurs heaumes étincelants ne laissaient voir que leurs yeux. Des yeux typiques d'hommes de l'est : d'un noir d'encre, parsemés d'une touche de noisette.

Sando leva une main pacifique dans leur direction.

— Paix, mes amis.

— Qui êtes-vous et que venez-vous faire ici ? rétorqua le garde, pas décidé à se laisser attendrir avec des paroles mielleuses.

— Je n'suis qu'un pauv' paysan du village de Méloc, et ci ma p'tite Grazie. J'viens rend' visite à ma tante Ludmilla, une habitante d'votre agr'able cité.

Le soldat renifla d'un air dédaigneux à l'entente du fort accent de roturier.

— Méloc ? Jamais entendu parler.

— C'est un tout p'tit village sans grand' prétention, messer, répondit son interlocuteur en inclinant modestement la tête.

Les paupières mi-closes, Lilith évitait le regard insistant d'un des gardes qu'elle sentait peser sur elle.

Après une attente qui lui parut interminable, leurs lames s'abaissèrent.

— Bien, entrez. Et pas d'entourloupes, hein ! prévint-il d'un air menaçant. On n'aime pas les faiseurs de troubles ni les mendiants, nous, ici.

— C'est ben normal... Ben normal, marmonna l'abel dans une dernière imitation parfaite.

Les massives portes en chêne s'ouvrirent lentement, laissant voir le soleil matinal. Ils avancèrent et sentirent les deux battants se refermer avec un bruit sourd dans leur dos.

Lilith n'était jamais sortie de son village natal, si bien que lorsque Termoren apparut sous ses yeux, elle ne sut où regarder tant les choses lui semblaient attractives.

Les rues étaient sinueuses et étroites, pavées de pierres. Les maisons à encorbellement s'élevaient sur plusieurs étages, pratiquement collées les unes aux autres. Le plus impressionnant restait l'agitation qui régnait dans la rue principale. Un troupeau de chalands évoluait entre des étalages d'artisans itinérants, de marchands et de colporteurs. Les gens de toutes les classes sociales se regroupaient là, écoutant les mérites vantés pas les boutiquiers. Des effluves et des épices parvenaient au nez de Lilith dont les papilles se réveillèrent. À cet instant, elle regrettait de ne pas avoir mangé la veille.

Sando se pencha et plaça une grosse pièce de monnaie dans sa main ainsi qu'un sac en toile qu'il sortit de derrière sa cape.

— Va chercher de quoi manger, murmura-t-il à son oreille. La traversée qui nous attend ne sera pas sans difficulté. Je dois juste aller voir quelqu'un, pendant ce temps.

Elle haussa les sourcils.

— Est-ce que c'est une pièce en or?

— En effet. Pourquoi cette question?

— J'en avais jamais vu avant. Y a que les plumes d'argent et de bronze qui circulent à Mänsamel.

— Ici, tu es dans une grande ville et les choses marchent différemment. Les plumes d'or sont plus fréquentes.

Lilith baissa des yeux émerveillés sur la monnaie. Elle était frappée d'une majestueuse aile imprimée sur le profil du roi, un homme au nez long et au menton affirmé. En son centre apparaissait un trou en forme de triangle à base supérieure, prouvant son authenticité. La fillette la trouva si irréelle qu'elle fut tentée de mordre dedans pour s'assurer qu'il s'agissait bien d'une vraie. Si seulement ils avaient eu une pièce comme celle-ci à Mänsamel…

Encore impressionnée par la richesse que renfermait sa main, elle se rua vers les déploiements de nourriture odorante. Les étalages étaient riches en toutes sortes de mets appétissants. Elle traversa les allées, les oreilles emplies des cris des marchands, essayant de se frayer un chemin parmi les badauds curieux.

Elle acheta du pain, du lard et quelques légumes qu'elle avait l'habitude de manger avec son père, notamment du panais, des pois chiches et des épinards. Lorsque le sac de provisions fut rempli, elle se décida à faire demi-tour, non sans loucher sur le marchand de sucreries. Son cœur menaça de tomber dans sa poitrine lorsqu'une main s'empara de la sienne. L'enfant qui venait de la héler était bien plus jeune qu'elle. Ses cheveux d'un roux carotte surplombaient un visage rond et parsemé de taches de son.

— Aide-moi.

Il avait faim. Son corps décharné et ses vêtements rapiécés le prouvaient. Lilith n'hésita pas et glissa dans le creux de sa paume le reste de la monnaie en sa possession. Il y en avait assez pour nourrir une famille nombreuse durant plusieurs semaines. Les yeux d'un marron boisé la dévisagèrent d'abord avec stupéfaction, avant de se reporter sur les pièces.

— Cache-les au fond de ta poche avant qu'on te les vole, fit-elle simplement.

Les bras maigres l'encerclèrent comme un étau quelques secondes, et un sourire illumina son minois. Sa réaction lui gonfla le cœur. Termoren avait beau être une grande ville, elle n'en demeurait pas moins cruelle envers les plus démunis.

Après un dernier adieu à son nouvel ami, elle chercha du regard Sando en prenant le chemin inverse. Les soldats qui la croisèrent ne firent pas attention à elle.

Bientôt, son protecteur entra dans son champ de vision, en grande conversation avec une petite femme voûtée qui lui tournait le dos. Il se tut à son arrivée, et son interlocutrice lui adressa un sourire édenté. Ses cheveux grisonnants étaient rassemblés en un chignon. Une vieille robe d'un blanc cassé moulait sa silhouette rondouillarde. Ses yeux bleu clair évaluaient la fillette sous toutes les coutures.

— Voici donc cette enfant qui a fait tant parler d'elle. Je m'attendais à quelque chose de plus… spectaculaire.

Sa voix nasillarde déplut immédiatement à Lilith, qui se rapprocha imperceptiblement de son ami.

— Je te présente Suavë, dit Sando en saisissant sa main pour la rassurer.

— Pas le temps pour les présentations, bougonna la vieille dame en réajustant le châle en peau de zibeline sur ses épaules. Allons chez moi, nous serons plus tranquilles pour papoter. Puis j'entends d'ici le ventre de cette gamine gargouiller.

Avec une vitesse étonnante pour une femme de son âge, elle fila dans les dédales des rues sans prétention. Sando marchait d'un pas énergique pour la suivre, mais Lilith devait littéralement courir pour ne pas les perdre de vue.

De toute évidence, Suavë connaissait la ville comme sa poche, n'hésitant pas à passer par des ruelles sombres et malodorantes. Ils croisèrent des enfants en guenilles jouant à la toupie et des femmes bien en chair qui jasaient à voix basse.

Bientôt, une forte odeur humide parvint aux narines de la fillette, et avant qu'elle puisse se demander d'où cela provenait, une étendue d'herbe apparut sous ses yeux éblouis. L'eau calme venait lécher le bord où des pêcheurs dénouaient leurs filets avec précaution. Au loin, quelques embarcations flottaient paresseusement sur l'eau.

— C'est la première fois que je vois la mer, dit-elle à l'attention de Sando.

Ce dernier émit un petit rire attendri.

— Il s'agit d'un lac. La mer produit de grands remous et a le goût du sel. C'est sûrement l'un des plus beaux paysages que cette terre nous ait donné. Attends de voir les plages de Sanshee, la cité des abels, c'est d'une beauté à couper le souffle.

— La minute guide touristique est terminée, intervint Suavë, impatiente. Vous venez ?

Une maison à colombages se dressait derrière elle, haute de trois étages. Des fenêtres sombres étaient encastrées sur la devanture.

La femme poussa le battant en bois et une forte odeur d'épices se répandit autour d'eux. Lilith s'attendait à découvrir un endroit plein de toiles d'araignées et de poussière, à l'image de la propriétaire des lieux, mais la pièce était très propre, presque chaleureuse.

Une immense bibliothèque vernie tapissait chaque mur jusqu'au plafond bas, et regorgeait de volumes épais. Un bureau imposant, recouvert de rouleaux de parchemin, siégeait dans un coin et une cheminée sur laquelle reposaient des brûleurs d'encens chauffait l'ensemble de la pièce. Un charmant escalier brun donnait sur l'étage supérieur.

— Asseyez-vous, leur proposa Suavë en montrant deux fauteuils moelleux.

Sando et Lilith s'exécutèrent de bonne grâce. La vieille dame avança un récipient à couvercle et le pencha sur deux tasses. De l'eau fumante à l'arôme agréable chatouilla leurs narines.

— C'est une boisson que j'ai découverte lors d'un voyage vers le nord, au-delà des terres Oubliées, informa Suavë sur un ton badin. Goûtez et dites-m'en des nouvelles !

Lilith porta la tasse à ses lèvres avec méfiance. Le liquide chaud lui brûla les entrailles, mais son goût était délicieusement sucré. Elle complimenta son hôte qui parut flattée. Cette dernière la lorgna pendant quelques secondes avant de demander à Sando :

— Es-tu certain que c'est elle ? Toi et ton peuple n'avez pas vraiment droit à l'erreur.

— J'en suis certain.

— Que fait-elle de spécial ?

— Ça, c'est notre affaire.

— Ne joue pas la carte de la réserve avec moi, prévint la vieille dame en agitant un doigt menaçant sous son nez. Cette gosse n'est peut-être pas…

— Lilith, coupa Sando en insistant bien sur le prénom de la fillette, est bien la personne recherchée. Ce qu'elle est en mesure de faire, je ne suis pas habilité à en parler…

— Bah voyons ! Parce que ma race te déplaît ?

L'abel émit un soupir de lassitude.

—Je croyais que nous avions dépassé ce stade, Suavë. Il y a longtemps que nos deux peuples ont fait la paix.

Celle-ci ne parut pas pour autant convaincue. Elle mâchonna sa langue distraitement, apparemment plongée dans des pensées profondes.

—Tu t'appelles comment, déjà? baragouina-t-elle enfin de sa voix de crapaud.

—Lilith.

—Ce n'est sûrement pas ton vrai nom, mais on s'en accommodera… pour l'instant.

La fillette la considéra quelques secondes sans trouver quoi répondre à une telle remarque.

—Qu'est-ce que vous dites?

—Eh bien quoi? Ça t'étonne tant de ne pas connaître ton véritable prénom?

—Vous insinuez quoi?

—Que tu n'es peut-être pas celle que tu crois.

Elle accompagna sa réponse d'un clin d'œil qui acheva de l'exaspérer.

—Je sais peut-être pas tout de ce monde, j'ai peut-être pas autant d'expérience de la vie que vous, mais vous savez rien du tout de moi, d'accord?

Cette fois-ci, Suavë éclata d'un rire franc, se tenant les côtes.

—Elle a de l'esprit, cette mioche. Quel âge a-t-elle, tu m'as dit?

—Je ne te l'ai pas dit, répondit Sando d'une voix mesurée.

—J'ai neuf ans.

—Alors écoute-moi, tu crois te connaître, mais c'est faux. Ton nom n'est pas vraiment Lilith.

—Un nom c'est qu'un nom. Laissez-moi tranquille.

En réalité, elle brûlait de curiosité, mais plutôt mourir que de l'avouer à cette vieille bique.

— Par Chimère, comme la faim rend irascibles les rejetons de ton espèce, glousssa Suavë.

Les larmes de colère commencèrent à perler au bord des yeux de la fillette. Elle les retint non sans mal avant de relever fièrement le menton.

— Laisse-la donc en paix, objecta l'abel, toujours stoïque.

Suavë eut une petite moue, mais ne répliqua pas tout de suite. Elle prit le temps de se tortiller sur son siège sans se départir de son air suffisant.

— De toute façon, les discussions vierges ne m'émoustillent plus comme dans le temps. Passons. J'ai fait ma ronde hier soir, à proximité des bouches à égouts, là où tout se dit. Et si je dois te conseiller quelque chose, c'est d'éviter à tout prix les sentiers boisés pour parvenir à l'Asséchante. Le roi y a placé des Pantins pour intercepter tous ceux qui essaieraient de gagner les terres non officielles d'Hibendrill. Des créatures mauvaises comme la gale, si tu veux mon avis. Je n'ai même pas pu faire une lieue qu'elles étaient déjà sur moi. Si deux abrutis de soldats n'avaient pas été là, j'aurais été vite découverte. Tout ça pour dire que tu vas devoir emprunter…

— Le mont Setemùnia, coupa Sando, visiblement contrarié.

— Le mont quoi ? intervint Lilith qui tenait à montrer qu'elle était toujours là.

— Setemùnia. Il s'agit d'une montagne, répliqua la vieille dame. Je suis étonnée que personne ne t'en ait parlé, là d'où tu viens. Son flanc offre un passage qui permet de parvenir à l'Asséchante. C'est bien moins rapide que les chemins boisés, mais le choix n'est pas permis. Et le roi Donovan ne contrôle pas cet endroit sauvage.

Sando acquiesça, la mine ombrageuse.

— Il nous faudra voyager de nuit.

Voyant le regard interrogateur de Lilith peser sur lui, il demanda :

— N'as-tu jamais entendu parler du désert de l'Asséchante ?

— Si, bien sûr que si. Enfin, peut-être une fois. Je crois qu'il faut marcher longtemps pour en faire le tour.

— Personne, de mémoire d'homme, n'a réussi à parfaitement cartographier cet endroit. Nous n'en traverserons qu'une infime partie pour atteindre la terre des abels.

— Et ce désert est jalonné par les goules la nuit, compléta Suavë. Lorsque le jour pointe son nez, elles se réfugient dans les cavités sombres de la montagne. C'est pourquoi il est nécessaire de la traverser après le coucher du soleil, lorsque les goules errent dans le désert.

La fillette frissonna. Les goules étaient une espèce de légende à Mänsamel. Personne n'y croyait vraiment et on en parlait pour effrayer les enfants récalcitrants. Jamais elle n'aurait imaginé que ces créatures existaient réellement. L'idée qu'ils puissent les croiser en cours de route la paralysait d'effroi.

Suavë parut remarquer son soudain émoi :

— Ne fais pas cette tête, petite chose. Certes, les goules sont des êtres repoussants et ma foi, très incommodants, mais tu es bien entourée. Sando et ce vieux Kalenken sont de bons guerriers.

Sando s'éclaircit la gorge.

— Ce serait mentir que de minimiser l'étendue de la force d'une goule. De la vieille magie coule dans leurs veines, leur conférant une vigueur bien plus grande que la nôtre. Cependant, elles sont très imprécises et pas malignes du tout. Nous n'aurons aucun mal à les éviter.

Il posa sur elle un regard destiné à la rassurer, malgré la gravité de ses paroles.

La vieille dame marmonna une excuse avant de monter les escaliers qui grincèrent sous ses pieds. Ils patientèrent en silence.

Des bruits d'entrechoquement se faisaient entendre et le pas lourd de Suavë finit par faire de nouveau craquer les marches en bois lorsqu'elle revint vers eux.

Ses mains tenaient un large plateau verni sur lequel reposaient deux gamelles remplies à ras bord de pommes de terre persillées et de poulet. Toute l'animosité que Lilith ressentait à son égard s'envola et elle s'empara du plat avec gratitude. Elle n'attendit même pas l'autorisation de son hôte et s'attaqua goulûment à sa première pomme de terre. Sa fourchette allait et venait sans interruption. La sauce était succulente et la volaille fondait dans la bouche. Comme toujours, Sando mangeait avec réserve, picorant son plat de-ci de-là.

Au bout d'un quart d'heure, Lilith repoussa sa gamelle, le ventre distendu.

—Merci, vraiment. Je mourais de faim.

—C'est ce que j'avais cru comprendre, répondit la vieille dame avec un sourire entendu.

Lorsque Sando eut terminé, cette dernière sortit de la poche de son tablier deux parchemins manuscrits pliés avec soin et les lui tendit.

—Tiens, voilà ce que tu étais venu chercher. Cela prouve ma bonne foi auprès de ta reine. Personne ne pourra retracer leur appartenance, mais évite tout de même de te les faire prendre, sinon tes ravisseurs ne tarderont pas à comprendre que tu es un ennemi du royaume. Quoi qu'il en soit, Amarah sera contente de les avoir.

L'abel les déplia délicatement et leva brusquement la tête vers Suavë.

— Comment t'es-tu procuré ces papiers ?

Elle se tapota le bout du nez d'un air mystérieux.

— Allons, mon mignon. Tu ne crois tout de même pas que je vais te dévoiler tous mes secrets. Ce n'est pas parce que je suis une dame d'un certain âge que je suis incapable de rédiger de tels parchemins.

— Tu es pleine de ressources, consentit Sando.

Ils finirent par prendre congé. Avant même d'esquisser un geste d'adieu, Lilith se sentit projetée vers la poitrine fatiguée de la vieillarde. Celle-ci la serra dans ses bras menus avant de la regarder avec un mélange de tristesse et d'émotion qui la mit très mal à l'aise.

—Je compte sur toi pour tous nous sortir de ce cauchemar, mon enfant. Toutes les races de ce pays comptent sur toi.

Lilith se contenta de murmurer un vague « oui », troublée par cette soudaine sollicitude.

Ils furent accompagnés jusqu'à la porte et embrassés une dernière fois chaleureusement. Suavë leur fourra dans les mains les restes du repas à réchauffer au-dessus des braises pour le dîner. Ils traversèrent les rues un peu plus calmes en sens inverse sans échanger un mot, évitant de se faire remarquer auprès des soldats qui jaugeaient la population du haut de leurs remparts.

Les portes s'ouvrirent pour les laisser sortir de la cité, et Termoren se cacha bientôt à leur vue. Les rires et la musique provenant de la ville moururent avec elle.

Chapitre V

Dans les dédales du mont Setemùnia

Kalenken les attendait, allant et venant le long d'une parcelle d'herbes folles. Le loup géant cachait mal son anxiété et ne cessa de faire les cent pas que lorsque les silhouettes de Sando et Lilith se profilèrent au loin. Jappant de contentement, il vint vers eux au petit galop.

Pour que la fillette entende leur échange, Sando parla à haute voix :

— Tout s'est passé comme prévu. Tu t'es fait du mauvais sang pour rien, mon ami. Je te l'avais bien dit.

Le loup répondit par un éternuement contrarié et s'approcha de Lilith en la fixant de son regard déconcertant. Elle comprit qu'il évitait d'entrer dans son esprit et lui posait une question muette.

— Je vais très bien. Merci de me demander, Kalenken.

Il parut satisfait et alla s'asseoir près d'une montagne de gibiers entassés : une poignée de blaireaux, quelques oiseaux, des biches et une bonne dizaine de lièvres.

— C'est quoi, tout ça ? s'enquit Lilith, intriguée.

Sando sortit un sac de la selle posée dans l'herbe et l'approcha des carcasses.

— Il n'y aura pas beaucoup de chair fraîche là où nous allons. Kalenken risque de s'épuiser à la chasse, alors il a préféré attraper ses prochains repas.

— Dans le désert, il fait chaud et les provisions de Kalenken vont pourrir, non?

— Très bonne remarque. C'est pourquoi je vais te montrer quelque chose de très utile. Approche.

Elle obtempéra. Sando passa ses mains fines au-dessus des carcasses et son amulette frontale se mit à briller et à faire vibrer l'air. Un épais film grisâtre flotta quelques secondes entre ses doigts avant d'envelopper les animaux qui avaient pris une couleur livide. Puis un son étrange s'échappa de la gemme et les contours du gibier s'effacèrent dans un rai de lumière. Lilith plissa les yeux, aveuglée. Lorsqu'elle regarda à nouveau, quelle ne fut sa surprise de voir les mêmes animaux en miniatures, pouvant aisément tenir dans le sac de toile posé aux pieds de l'abel.

— De cette façon, expliqua-t-il, les repas de Kalenken seront protégés de la pourriture et assez légers pour ne pas l'entraver durant notre traversée. J'ai fait de même avec notre eau.

Il agita la gourde qui n'avait pas eu l'air de désemplir depuis leur départ. Lilith était impressionnée. S'il avait fallu compter sur elle, ils seraient morts depuis longtemps.

— est-ce que je serai capable de faire tout ça, un jour?

— Tout cela et bien plus encore, acquiesça-t-il. Je voudrais juste que tu retiennes une chose. Une chose qu'il ne te faudra jamais oublier. La magie se paye, et parfois au prix fort.

— Comment ça?

— Chaque être vivant, quel qu'il soit, possède au fond de lui une part de magie. Chez la majorité des humains, celle-ci n'est pas exploitée.

— Et pour la minorité ?

— On les appelle des thaumaturges. Suavë en fait partie. Ce sont des personnes très rares qui en usent d'une façon différente de la nôtre, nous, abels. Le prix à payer est le même pour tout le monde, et la magie n'est pas inépuisable. Elle est comme une coupe de vin qu'il faut attendre de remplir. Cela nécessite du temps et de la patience. Si tu lances un sort trop puissant pour ta magie, il puisera dans tes ressources vitales et les choses peuvent devenir sacrément dangereuses. Kaleb m'a raconté que tu avais sauvé un habitant de ton village. Te souviens-tu de ce qu'il s'est passé après ton passage dans son corps ?

Lilith réfléchit quelques secondes, se remémorant cette nuit-là.

— Je saignais du nez. Et je me sentais très fatiguée.

Sando hocha la tête d'un air triste.

— C'est notre lot à tous. Plus ton sort est puissant et mobilise une grande magie, plus il puise dans les méandres de ton être. Ça, c'est ce qui concerne les thaumaturges. Pour les abels, c'est différent. La gemme que tu vois là fait office de réservoir. Nous pouvons choisir de n'utiliser que ce qu'elle contient, sans prendre le risque de puiser dans notre corps.

— Vous voulez dire que votre bijou contient de la magie ?

— C'est en son sein que sont stockés les pouvoirs contenus en nous. En les canalisant dans notre pierre, nous nous assurons de leur quantité. Les thaumaturges sont plus avares en sortilèges, car ils puisent directement dans leur corps et ne connaissent pas vraiment leurs limites.

Lilith se sentit blêmir.

—J'ai pas de gemme, moi. Donc ça signifie que si j'en utilise trop je peux... me tuer?

—En effet. Il faut toujours évaluer ta magie avant de lancer un sort. Ce soir-là, avec ce villageois, tu aurais pu mourir. Je suis même étonné que ce ne soit pas le cas.

—C'est pas tout à fait vrai, se défendit-elle. Je me suis servie dans la magie de sa femme et de mon père. J'ai bien senti que j'y arriverais pas seule.

Les prunelles sombres de son protecteur jetèrent des éclairs.

—Ne recommence plus jamais une chose pareille. C'est un très gros risque que tu as pris. Tu aurais pu vous tuer tous les trois. Désormais, j'aimerais que tu fasses très attention au moment d'utiliser tes pouvoirs. Entrer simplement dans l'esprit de tes amis ou de tes ennemis ne mobilise que peu de magie. Agir dessus, c'est une autre histoire.

Voyant sa mine surprise face à cette soudaine brusquerie, il se gratta la tête, l'air peiné.

—Tu en sais suffisamment désormais pour te montrer prudente.

—Il y a beaucoup de thauma-trucs comme Suavë?

—Un certain nombre, éluda distraitement Sando. Suavë est la reine des anguilles, si tu veux mon avis. Elle est insaisissable, même pour ceux de son espèce. De tout temps, les thaumaturges se sont tenus à l'écart des conflits internes, bien que souvent rangés aux causes que nous défendons. Suavë fait partie des rares à avoir clairement choisi son camp, suite au massacre de sa famille par les soldats du roi.

—Est-ce que je suis une thaumaturge, moi aussi?

Cette fois-ci, l'homme éclata de rire.

—Tu n'as rien d'une thaumaturge.

Lilith porta instinctivement la main à son front. Un sentiment de tristesse l'envahit soudain.

—Je suis pas non plus une abel, j'ai pas votre pierre précieuse sur le front. Ça veut dire que je suis d'aucune espèce…

—Non, bien sûr que non, protesta Sando après un dernier gloussement attendri. Il n'y a pas de doute, tu es une abel, l'une des nôtres. Ton cas est juste un peu plus… compliqué.

—Je comprends pas, souffla-t-elle d'une voix de plus en plus paniquée.

—N'aie crainte. Tu es tout ce qu'il y a de plus normale. Considère-toi comme une Hybride. Mi-humaine, mi-abel.

Elle aurait aimé le croire, mais impossible de chasser l'idée qu'elle était une atypique parmi des êtres atypiques.

Kalenken choisit ce moment pour s'approcher d'elle et frotta son museau humide contre son épaule. Tirée de ses mornes pensées, la fillette put lire dans ses yeux d'un noir profond une immense tendresse, comme s'il lui intimait de ne pas s'en faire. À cet instant, elle aurait aimé qu'il entre dans son esprit, ne serait-ce que pour entendre quelques paroles de réconfort.

—Nous ne sommes qu'à quelques heures du mont Setemùnia, enchaîna Sando en rangeant les derniers effets qui traînaient sur le sol. Une fois arrivés, nous dormirons un peu en attendant que le soleil se couche. Puis nous poursuivrons notre périple.

Cette fois-ci, Lilith monta seule sur le dos de Kalenken et serra les boucles des sangles autour de ses jambes. L'abel la rejoignit bientôt et le rythme soutenu reprit.

Très rapidement, un paysage montagneux les entoura, et apparurent des pics à moitié dissimulés par les nuages. L'air s'était nettement réchauffé et le sable voletait autour d'eux, soulevé par les immenses pas du loup.

Il ne leur fallut que quelques heures pour parvenir à l'entrée du mont. Une ouverture étroite et obscure perçait son flanc, semblable à un gouffre. À sa vue, Lilith sentit la nervosité s'insinuer dans ses veines comme un poison.

— Vous êtes sûr qu'on peut pas passer par un autre endroit ? hasarda-t-elle.

Sando sauta à terre.

— Tu as entendu Suavë comme moi. Si on ne veut pas avoir affaire aux plus sanguinaires et malins soldats du roi, c'est le seul passage possible.

Ils se couchèrent sur une motte de terre un peu sèche, cachés par une petite dune. Lilith mit un certain temps avant de laisser ses lourdes paupières se fermer.

Lorsqu'elle s'éveilla, le soleil était sur le point de se coucher. Sando, assis non loin, affûtait son épée d'un air absent. Kalenken paraissait très agité et sa queue panachée battait l'air avec vigueur.

— Prends ça et noue-le autour de ton cou, lui intima l'abel en lui tendant un foulard ambré. Nous n'aurons que très peu de temps au moment de sortir du mont. Il y aura beaucoup de sable, alors couvre-toi le nez et la bouche. Je ne sais pas quand nous nous arrêterons, tout dépendra des circonstances.

Lilith ne parvint pas à formuler une réponse, tant sa gorge était serrée. Elle se limita à solidement enrouler le foulard autour de son cou. Ils enfourchèrent Kalenken. Elle s'apprêtait à attacher ses pieds lorsque Sando l'arrêta.

— On fera une exception. Si jamais il nous arrive quelque chose à Kalenken et à moi, il sera vital que tu puisses te mouvoir rapidement. Les sangles te ralentiront.

Lilith se ravisa en silence, et alors que le soleil disparaissait totalement et que la nuit tombait sur le mont Setemùnia, ils s'engouffrèrent dans l'ouverture.

Une forte odeur de cadavres en décomposition emplissait le passage. Ses parois humides étaient à peine assez larges pour que Kalenken y passe, si bien qu'ils furent contraints de descendre de son dos et d'avancer à sa suite. Lilith fermait la marche et ne cessait de jeter de fréquents coups d'œil en arrière. La semi-obscurité ne laissait presque rien entrevoir du chemin qu'ils empruntaient. Kalenken ne rencontrait aucune difficulté à trouver le bon parcours.

La fillette tenait d'une main le bras de Sando et de l'autre effleurait les murs suintant pour ne pas perdre l'équilibre. Par moments, elle ne rencontrait que du vide, signe que d'autres passages entrecroisaient leur route, faisant du mont Setemùnia un véritable labyrinthe.

Ses houseaux s'enfonçaient peu à peu dans une texture molle, ressemblant à de la vase, et lorsque Sando en eut jusqu'aux genoux, il la laissa monter sur son dos.

Quelques longues minutes plus tard, Kalenken s'arrêta et l'abel tourna imperceptiblement la tête vers elle, un doigt sur les lèvres pour lui intimer de ne pas parler. Juste devant eux, une galerie coupait leur route, et un bruit traînant se fit entendre. Une silhouette courbée sortit du passage et sans se soucier des intrus, poursuivit son chemin en ligne droite.

Lilith serra un peu plus ses bras autour des épaules de Sando. L'envie de partir à toutes jambes dans la direction opposée la taraudait. Ils lui avaient pourtant assuré que les passages étaient vides en pleine nuit !

Kalenken reprit son chemin, plus silencieux que jamais. De temps à autre, il s'arrêtait pour livrer le passage à une goule. Celles-ci ne paraissaient jamais remarquer leur présence.

Au bout d'une heure passée à marcher sans interruption, Lilith commença à se relâcher. Il était presque possible de s'habituer à la présence des goules. Finalement, ces répugnantes créatures pouvaient être aisément évitées. Elles étaient non seulement aveugles, mais en plus dénuées de tout odorat. La preuve : le fort parfum musqué de Kalenken ne trompait personne dans ces galeries nauséabondes. Il y avait bien trois êtres vivants qui n'avaient rien à faire là.

Soudain, elle entendit un bruit étouffé, ne provenant pas de l'avant de leur procession, mais bien de leur dos. Elle se retourna et ses yeux s'étant accoutumés à l'obscurité distinguèrent l'ombre d'une goule, se dirigeant droit sur eux. Elle pressa sa main sur l'épaule de son protecteur, affolée. Ce dernier l'avait déjà remarquée et accéléra l'allure, pour finir par sortir de la vase.

Le sol craquait affreusement sous les pas de Sando, comme s'il marchait sur des os. Étrangement, la goule accélérait également, ses mouvements saccadés se faisant de plus en plus rapides.

Kalenken étouffa un jappement quand ils percutèrent de plein fouet une créature claudiquante sortie de la galerie voisine.

Et leur traversée vira au cauchemar.

La goule se remit sur pied et avança vers eux, une de ses jambes, inerte, traînant dans son sillage. Lilith ne réussit pas à distinguer son visage, mais le simple fait de voir sa tête tourner démesurément sur l'axe de ses épaules la glaça. Sando dut sentir sa terreur, car il raffermit un peu plus sa prise sur ses jambes.

— Kalenken mon ami, nous n'avons plus le choix, murmura-t-il à voix basse.

Le loup fondit sur la goule dont le cri emplit les galeries et envoya son écho dans les tuyaux labyrinthiques. La créature échappa avec agilité à ses mâchoires et planta ses doigts dans sa fourrure. Celui-ci se jeta contre le mur pour lui faire lâcher prise.

Au même instant, une lamentation grinçante se manifesta à quelques pas d'eux. Sando n'eut pas le temps de se retourner, la goule qui les suivait auparavant balança son bras en aveugle et Lilith ressentit une douleur cuisante le long du dos. Ses griffes noires et pleines de champignons venaient de mordre dans sa chair. Elle gémit, le cœur balafré par la peur.

Une faible lumière emplit le couloir rocheux et elle distingua l'abel, une sphère lumineuse dans la main. De l'autre, il tenait fermement son épée. La lueur éclaira le faciès repoussant du monstre. Sa peau parcheminée saillait sous des os noueux, son visage rond et chauve pelait légèrement. Ses yeux d'un blanc laiteux prouvaient que la créature était bien aveugle. Un simple pagne sale entourait sa taille maigre, d'où sortaient deux jambes décharnées et sa bouche pendante laissait entrevoir un trou noir et putride.

Quatre doigts fripés se posèrent sur l'épaule de l'abel, à un pouce de la main de Lilith et la seconde d'après, une force dévastatrice les souleva de terre avant de les jeter à plusieurs mètres de là. Ils s'écroulèrent contre un Kalenken complètement sonné.

La sphère de Sando, à présent éteinte, avait roulé dans un coin de la galerie. Sans réfléchir, Lilith se précipita pour aller la chercher.

— Non, laisse-la ! hurla l'abel en essayant de l'attraper par le col.

Trop tard. Alors que ses doigts se refermaient sur la petite boule et que la lumière envahissait à nouveau la galerie, une main aux ongles jaunes la saisit par la gorge, et ses pieds quittèrent la terre ferme. Elle suffoqua, regardant d'un œil vitreux le visage cadavérique qui lui faisait face. Elle sentit le sang refluer de son visage à mesure que l'emprise de la goule se resserrait.

À son grand soulagement, la pression cessa lorsque Sando trancha d'un coup sec le buste du monstre. Il la rattrapa de justesse et elle crachota avec vigueur.

— On court, maintenant, beugla-t-il, alors que d'autres goules fonçaient sur eux à une vitesse surhumaine.

Lilith noua ses jambes autour de Sando et celui-ci s'élança à en perdre haleine, presque aussi leste que Kalenken.

Ils traversèrent les méandres du labyrinthe à pleine vitesse, repoussant les goules s'approchant trop près d'eux d'un coup de mâchoire ou d'un mouvement d'épée. Lilith ne regardait même plus autour d'elle et fermait résolument les paupières, ne supportant pas de voir les créatures décharnées les suivre sans mal et les fixer de leurs yeux morts.

— On y est presque ! lâcha Sando.

Elle osa un coup d'œil, la moitié de son visage cachée par son épaule musculeuse. La lueur de la lune se profilait au loin.

Alors qu'ils s'apprêtaient à traverser l'ouverture, une des créatures se jeta sur le pied de l'abel, projetant Lilith vers l'avant. Elle s'écrasa dans la vase avec un bruit de mastication et se releva, tous les sens en alerte. Déjà, Kalenken faisait demi-tour pour prêter main-forte à son compagnon. Une goule sortie de nulle part lui barra le chemin. Il se jeta sur elle et ils roulèrent dans un conduit voisin qui donnait sur un autre chemin.

À quelques mètres de là, Sando était aux prises avec l'une d'entre elles. Celle-ci se tenait au-dessus de lui et tentait de lui labourer le visage. Elle s'arquait et glapissait comme une bête enragée, rendue folle par les blessures que lui avait infligées l'abel. Son sang poisseux et noir coulait le long de sa gorge.

La détresse qui se lisait sur les traits de son ami galvanisa la fillette qui sortit le poignard que son père avait soigneusement rangé dans sa botte, quelques jours auparavant. Sans plus réfléchir, elle évita deux goules désorientées et courut en direction de la lutte. Elle n'hésita pas une seconde en portant ses deux mains sur le manche du poignard et en l'enfonçant fermement au niveau de la colonne vertébrale de la créature. La peau était fine, et la lame acérée pénétra sans mal dans les tissus. La goule hurla à la mort avant de se tourner dans sa direction. Ses longs doigts effilés tâtonnèrent autour de la plaie suintante, avant de faire face à son assaillante.

Profitant de ce moment d'inattention, Sando se releva avec difficulté, chancela, se rattrapa et chuchota d'une voix faible :

— Non, Lilith. Fuis !

Mais elle ne l'entendait plus. Fermement campée sur ses deux pieds, elle regardait la goule s'approcher de son pas vacillant. Cette dernière tendit les mains dans sa direction à une vitesse stupéfiante, mais la fillette s'y attendait. Faisant un pas sur le côté, son bras enfonça de toutes ses forces la lame dans son flanc, faisant gicler un nouveau flot de sang. La bouche de la créature se tordit en un horrible rictus, tandis que ses mains crochues la cherchaient de toutes parts.

Exaltée par ses dernières victoires, comme en transe, Lilith bondit sur le dos de son adversaire, avant de saisir son cou desséché. Elle lâcha la sphère de lumière qui s'écrasa au sol et se cassa en mille morceaux, tira sur la tête de la créature d'une main, et de l'autre lui trancha la gorge.

Du sang chaud lui emplit la bouche avant qu'elle n'ait eu le temps de s'y préparer. La goule émit un dernier râle, noyé dans des gargouillis, avant de s'écrouler.

Lilith se sentit tirée par le bras. Sando s'était relevé et cherchait son regard.

— Cours. Dès que tu auras atteint la sortie, escalade la paroi rocheuse, les goules ne savent pas grimper. Attends-moi et ne bouge pas.

— Vous allez où ? glapit-elle.

— Chercher Kalenken.

Un aboiement de douleur ponctua ses paroles et il frissonna. Une goule s'approcha d'eux et il lui donna un énorme coup de poing dans le ventre qui la projeta contre un mur où elle s'effondra.

— Je viens avec vous, dit la fillette, déterminée.

— Pas question, trancha-t-il d'une voix dure. Tu fais ce que je te dis, d'accord ?

Il ne la laissa pas exprimer de nouveau son refus et la poussa dans la direction opposée, avant de disparaître dans une galerie. Résolue, Lilith courut vers la sortie, obligée de jouer des coudes pour écarter les monstres encore déroutés.

Bientôt, l'odeur putride fut derrière elle, laissant place à un air glacial, mais pur.

Chapitre VI
L'Asséchante

Une foule compacte de goules lui faisait face et, le cœur battant, elle entreprit d'escalader la montagne. La roche n'était pas complètement lisse et offrait quelques prises grâce auxquelles elle se hissa sans trop de difficultés. Une poigne de fer enserra sa cheville, mais la fillette se dégagea en agitant fébrilement le pied. Ses mains furent bientôt ensanglantées à force de buter contre les bords tranchants de la pierre.

Elle réussit néanmoins à atteindre une partie plane et épurée qui offrait assez de surface pour s'asseoir.

En regardant en contrebas, elle constata qu'elle se trouvait à environ cinq pieds au-dessus du sol. À sa droite affluaient les goules dans l'ouverture de la montagne.

Comment Sando et Kalenken pourraient-ils s'en sortir vivants ? À deux contre une bonne cinquantaine de créatures cadavériques, c'était tout bonnement impossible.

Elle sentit les larmes perler au coin de ses yeux. Quelle lâche elle faisait de les abandonner à leur triste sort ! Où trouverait-elle la force de se pardonner d'être la cause de leur mort ?

Elle en était à se demander s'il ne valait pas mieux redescendre, lorsqu'une intense lumière rougeâtre illumina la sortie du labyrinthe. Un son grave explosa dans les environs, faisant frémir la montagne entière. Se penchant à nouveau, elle vit les goules se marcher dessus pour sortir et échapper à la lueur flamboyante, semblable à des flammes venant lécher la moindre parcelle du tunnel. Elles se dispersèrent dans les recoins sombres du désert sans demander leur reste, tenant de leurs mains malhabiles leurs membres sévèrement brûlés.

Lilith crut que son cœur tombait dans sa poitrine lorsque la dernière goule émergea et qu'il n'y eut plus rien. Elle attendit, une minute, puis deux… Rien ne vint.

Et alors qu'elle s'apprêtait à éclater en sanglots, l'immense silhouette de Kalenken surgit des flammes, Sando étendu à plat ventre sur son flanc.

—Je suis ici ! cria-t-elle en agitant la main.

Le loup leva la tête dans sa direction, puis l'abel fit de même, le visage ruisselant de sang. Malgré l'effroi que lui procura la vue de ses blessures, Lilith fut en joie de les voir tous les deux vivants.

Kalenken prit son élan avant de bondir et d'atterrir à un mètre de l'endroit où elle se tenait. Il enfonça plus profondément ses griffes dans les crevasses pour ne pas glisser et se hissa dans un dernier effort colossal. Lorsqu'il eut atteint la bordure, Lilith tira sur une de ses pattes pour l'aider à monter, bien que sa force de mouche ne change rien à la donne.

Heureuse, elle noua ses bras autour de sa fourrure moite qui sentait légèrement le brûlé.

— Vous êtes vivants, je suis tellement contente !

Le loup la regarda un instant sans rien dire, puis farfouilla dans les pensées de la fillette qui s'efforça de ne pas grimacer.

—J'en suis également très heureux. Seulement, Sando a besoin de beaucoup de repos.

Il se coucha sur le ventre pour laisser l'abel glisser au sol en douceur. Ce dernier venait de perdre connaissance et son nez laissait encore couler quelques gouttes d'hémoglobine.

Lilith fourragea dans le sac de toile et en sortit deux couvertures qu'elle étendit au sol. Avec l'aide de Kalenken, ils placèrent Sando par-dessus. Sa poitrine se soulevait régulièrement. Si on oubliait tout ce sang, il avait juste l'air profondément endormi.

— *Qu'est-ce qui lui est arrivé*? pensa Lilith en direction du loup.

Elle essayait tant bien que mal de démêler ses pensées afin qu'il ne reçoive pas toutes les émotions contradictoires qui l'assaillaient en même temps.

—Il y est allé un peu trop fort en formulant son sort. Heureusement que je lui ai prêté main-forte, autrement il serait mort à l'heure qu'il est.

Elle hocha la tête en silence, essayant d'ignorer les lamentations des goules sous leurs pieds, qui tentaient encore d'escalader la paroi.

Elle sortit la gamelle que Suavë leur avait donnée et posa par terre le torchon dans lequel se trouvait la viande du loup.

— *Comment je dois m'y prendre pour redonner à ta nourriture sa taille normale*?

Kalenken l'observa attentivement.

— *Te sens-tu assez forte pour cela*?

— *Oui je crois*, répondit-elle avec sincérité.

—Alors vide ton esprit de toutes réflexions parasites, et essaie d'imaginer la nourriture reprendre sa forme d'origine.

Lilith obéit et ferma les yeux avec concentration. C'était beaucoup plus difficile qu'il n'y paraissait et elle dut s'y reprendre à plusieurs fois avant d'observer un résultat. Au bout d'un quart d'heure cependant, deux blaireaux et un lapin se matérialisèrent sous ses yeux, ce qui la gonfla de fierté. Elle avait fait de la magie, de la vraie ! Et ce, avec seulement un mince flux de perdu, rien de gravissime.

Kalenken la remercia et partit s'isoler pour dévorer son repas à son aise. Elle prit un deuxième chiffon qu'elle humidifia et épongea délicatement le visage de Sando. Le sang commençait à sécher par endroits et elle dut frotter avec un peu de vigueur pour le rendre intact. Sa peau était rougie, mais il avait l'air plus détendu.

Une fois cela fait, la fillette s'attaqua à la blessure de son dos. L'adrénaline retombée au point mort dans son corps lui faisait ressentir certaines douleurs qu'elle n'avait pas, quelques heures plus tôt. Elle retint un gémissement au moment de retirer sa chemise. Le sang commençait déjà à coaguler et le tissu collait à la plaie. Kalenken, qui avait terminé de se restaurer, lui facilita la tâche en prenant un pan de sa chemise entre ses puissantes mâchoires. Avec l'aide de ce dernier, elle imagina son dos dénué de cette la longue estafilade. C'était bien plus compliqué que le sort précédent et elle ne réussit qu'en partie, laissant – d'après le loup – une cicatrice boursouflée et rosée. La balafre lui faisait encore mal, mais beaucoup moins que lorsqu'elle était béante et sanguinolente.

Après avoir nettoyé ses joues noircies par le sang des goules, elle mangea les restes du repas de Suavë et s'accorda un moment pour observer le désert. Il était comme les bardes le décrivaient : du sable à perte de vue et la nuit venue, d'un froid polaire.

Kalenken s'approcha tout doucement. Sa main lui flatta l'encolure, encore enjouée par sa victoire contre les goules, oubliant presque la cicatrice qui enlaidissait son dos.

— *T'es pas très bavard, hein, Kalenken?*

— *Les loups n'entrent pas dans les esprits qui ne désirent pas les entendre.*

Elle fut troublée par sa réponse.

— *C'est pas... Enfin, c'est simplement que...*

— *Je sais,* ronronna l'animal, serein. *Tu n'as pas d'explication à me fournir. Je ne tiens simplement pas à te mettre mal à l'aise avec ma présence.*

La fillette se massa les tempes avec un sourire.

— *Je commence à m'y faire. Je suis sûre que dans pas longtemps, je te sentirai plus.*

Elle sortit une des grosses couvertures et s'enveloppa dedans. Le loup se coucha sur le flanc et l'invita à poser sa tête sur lui. Elle accepta de bon cœur, contente de bénéficier d'un peu de chaleur supplémentaire.

— *Il s'est passé quoi tout à l'heure? Lorsque je vous ai laissés dans le tunnel... J'ai vu une lumière rouge. J'ai cru que je rêvais.*

— *C'est un des vieux pouvoirs des abels. Une sorte d'ultime moyen de défense. Quand une situation leur paraît inextirpable, leur corps se consume littéralement. Personne ne sait le contrôler. Ce pouvoir est là, c'est tout.*

— *Il aurait pu l'utiliser avec les brigands, non?*

Elle avait tenté de cacher sa déception, mais c'était peine perdue.

— *Ce n'était pas un moment de grande peur pour Sando. Il maîtrisait totalement la situation. Chez certains abels, le pouvoir de combustion spontanée ne se matérialise jamais. Ce que tu as vu était un phénomène extrêmement rare.*

Décidément, les abels étaient de sacrés adversaires!

— *Il y a beaucoup de loups comme toi, dans la ville où on va?*

Une émotion fugace traversa les yeux de Kalenken.

—Pas suffisamment à mon goût. Les loups comme moi sont très peu répandus là où nous allons, un peu comme les gens de ton espèce.

—Mais t'es pas seul, t'as des êtres comme toi, qui te ressemblent.

— Toi aussi, répondit-il du tac au tac.

Elle rit, n'osant trop y croire.

Il y a vraiment des gens qui ont le même pouvoir que moi ?

Le loup pencha sa grosse tête triangulaire en signe d'assentiment. La fillette comprit qu'il n'en dirait pas plus, mais lui laissait néanmoins entendre qu'elle n'était finalement pas aussi étrangère aux races qui vivaient dans la région d'Hibendrill. Satisfaite et avec un peu de baume au cœur, elle enfouit son visage dans ses poils, emplissant ses narines de son entêtant parfum musqué. Elle s'endormit d'un sommeil sans rêves.

Ce ne furent ni Sando, ni Kalenken qui réveillèrent Lilith le lendemain matin, mais les grains de sable incrustés dans le coin de ses yeux. Un vent chaud les projetait droit sur son visage et elle se redressa, gênée de ne plus pouvoir respirer par le nez. Ses deux compagnons de route se tenaient côte à côte, les yeux tournés vers l'horizon malgré le mauvais temps.

Elle voulut les saluer, mais en ouvrant la bouche, une bourrasque lui envoya une poignée de sable qui la fit tousser. Sando se retourna et lui fit signe d'enrouler le foulard encore accroché à son cou. À cet instant, elle comprit très bien son utilité.

—Comment vas-tu ? lui demanda-t-il, lorsqu'elle fut à leur hauteur.

—C'est plutôt à moi de vous poser cette question.

Il haussa les épaules d'un air encore fatigué.

—Une nuit difficile de passée, mais c'était à prévoir. Je tenais à te remercier de ce que tu as fait. C'était vraiment très courageux de t'attaquer à une goule à toi toute seule. Et très imprudent aussi.

—J'avais pas le choix, elle allait vous dévorer le visage.

Un mince sourire étira ses lèvres blêmes pour seule réponse.

—Nous allons attendre que le temps se calme. Cela ne sert à rien de s'acharner. Il nous sera, de toute façon, difficile de retrouver notre chemin dans pareille tempête.

—Si on attend trop longtemps, protesta la fillette, la nuit tombera et les goules sortiront.

—Alors nous attendrons le jour d'après.

Ça ne ressemblait pas à l'abel de baisser les bras aussi rapidement, et surtout d'afficher un air aussi las. Kalenken crut bon de lui expliquer :

—Il n'est pas tout à fait remis. Je crains qu'en partant maintenant, il ne survive à un tel climat. Nous allons devoir patienter.

Ils laissèrent Sando dormir toute la matinée, essayant de tromper l'ennui en badinant de tout et de rien. La chaleur devint vite insupportable et ils n'avaient rien pour les protéger du soleil chauffé à blanc. Bientôt, deux taches rouges apparurent sur les pommettes de Lilith.

—Tu penses qu'on sortira du désert dans combien de temps ?

Le loup huma l'air, son museau sec pointé vers le ciel. À cet instant, sa robe dorée se fondait à la perfection dans le paysage environnant.

—Si cette tempête perdure, je n'ose l'imaginer.

—Et si elle se calme ?

—Environ trois jours, peut-être quatre, bien que je me sente encore fatigué de la nuit dernière.

Trois jours… Ça lui semblait énorme et insurmontable. Voyager dans de telles conditions météorologiques la privait de tout son courage. Du sable, toujours du sable à perte de vue…

—Ne t'inquiète pas, la rassura Kalenken qui avait suivi le fil de ses pensées. Je connais bien ce désert. Même avec une tempête pareille, je saurai m'y retrouver.

Lorsque le soleil fut à son zénith dans le ciel, le vent commença à tomber, au grand soulagement de la fillette qui n'en pouvait plus de devoir s'emmitoufler le visage pour échapper à la morsure des rafales. Kalenken réveilla doucement Sando qui sauta lestement sur ses deux jambes, visiblement un peu mieux si on en oubliait son teint blafard.

Il mangea les restes de Suavë avec appétit, oubliant sa raideur habituelle. Lorsqu'ils eurent terminé, ils plièrent bagage et descendirent la paroi abrupte avec précaution. Kalenken se contenta de sauter les cinq pieds qui le séparaient de la terre ferme, se réceptionnant sans un bruit sur le sable.

Ils grimpèrent sur son dos et le loup reprit la route, tentant de mettre le plus de distance entre eux et le passage montagneux regorgeant de goules.

Le vent brûlant était tombé, si bien que Lilith put observer tout à loisir les dunes sillonnées, comme si un géant avait tracé des rainures à l'aide de ses doigts gigantesques. Bien plus loin, elle aperçut des plateaux rocailleux un peu plus foncés. La terre là-bas paraissait craquelée et aussi desséchée qu'une vieille pomme.

Comme s'il avait lu dans ses pensées, Sando pointa son doigt dans cette direction et lança :

—Plus loin vers le nord vit un peuple que l'on appelle les cournols. Ce sont de vieux alliés des abels et les maîtres de l'Asséchante. Survivre sur ces terres hostiles n'est pas une difficulté, pour eux.

Elle arqua un sourcil. C'était bien étonnant que des gens décident, en toute conscience, de s'infliger la torture de s'implanter dans des endroits aussi arides.

—Je préfère largement l'herbe et les odeurs de fleurs, répondit-elle.

Autour d'eux, le paysage semblait figé, si bien que sa redondance l'ennuya rapidement. Heureusement, l'abel eut la bonne idée de mettre à profit le calme environnant et qu'il régnât un silence religieux autour d'eux :

—Je dois t'apprendre quelques détails avant que tu ne rencontres les habitants de Sanshee. Tu te rendras vite compte qu'ils te traiteront avec un égard auquel jusqu'ici tu n'as pas été habituée.

—Ah oui ? Pourquoi ça ?

Sando ne répondit pas tout de suite, réfléchissant à la manière dont il allait lui annoncer cela.

—Cela fait longtemps qu'ils t'attendent. Tu te rappelles sûrement des derniers mots de Suavë avant que l'on ne quitte Termoren…

—Que toutes les races comptaient sur moi, murmura-t-elle en imitant la voix fluette de la vieille thaumaturge.

Elle vit la nuque de Sando s'abaisser en signe d'assentiment, alors que ses épaules étaient secouées de soubresauts.

—Exact. Tu es une source d'espoir pour tous ceux qui luttent contre le roi.

—Pourtant, j'ai jamais rien fait de particulier. Sans compter que personne me connaissait, avant que vous veniez me chercher.

—Ce n'est pas ce que tu as accompli qui les intéresse, mais ce que tu représentes.

Lilith se sentit mal à l'aise. Des gens plaçaient leurs espoirs en elle, pour une raison qu'elle ignorait. C'était d'une tristesse navrante, car elle n'avait rien d'unique, si ce n'était la capacité de pouvoir entrer dans l'esprit des gens.

— *Un don très pratique, j'en sais quelque chose,* résonna la voix de Kalenken dans sa tête.

Elle eut un bref sourire, n'ayant même pas remarqué jusque-là que le loup suivait avec attention ses réflexions.

— *Vraiment ?* s'étonna-t-elle. *Je sais rien faire d'autre à part ça.*

— *Tu as tué une goule. À ton âge, cela relève de l'exploit. Ce n'est pas suffisant pour dire que tu es quelqu'un de spécial ?*

Elle se gratta la tête, plus gênée que jamais. Heureusement que le loup ne pouvait voir le rouge lui monter aux joues.

— *Je sais pas ce qui m'a pris. J'ai vu Sando en danger, et j'ai pas réfléchi.*

Le loup ne répondit pas, la laissant se démener avec ses pensées contradictoires.

— Kalenken a raison, lança soudain Sando, tu n'es pas ordinaire, même chez les abels. Et ne va pas penser que je sous-entends que tu es un monstre de foire qui n'appartient à aucune espèce de ce monde. Je dis simplement qu'il y a quelque chose qui te rend unique. Et c'est pour cette raison que les abels t'accueilleront avec le plus grand des égards, ainsi que les thaumaturges et bien d'autres encore. Même s'ils l'ignorent encore.

Il avait parlé d'une voix mystérieuse, piquant encore plus la curiosité dévorante de la fillette.

— Les abels sont très différents des humains. Bien que, par beaucoup d'aspects, nous nous ressemblions, tu dois retenir que nous ne sommes pas de la même race. Nos avis diffèrent, nos us, nos coutumes et notre mentalité également. Tu le découvriras bientôt. Pour de nombreux abels, les premiers temps, tu seras considérée comme une humaine. N'aie crainte, la bonté d'âme naturelle des habitants te permettra de t'intégrer rapidement. Cela aussi, nous distingue des humains. Les autres espèces ne nous font pas peur au point que nous cherchions à les éradiquer de la surface de la Terre. Nous savons faire preuve de tolérance, bien que notre fierté soit légendaire.

Lilith comprit tout de suite ce qu'il voulait dire. Il suffisait de le regarder, lui et son port altier, son menton relevé et sa démarche assurée.

— Tu devras traiter les habitants avec la même déférence, que ce soit un personnage haut placé ou une suivante chargée de t'ouvrir une porte. Les abels sont très sensibles aux marques de respect. Pour le reste, sois naturelle et le charme opérera, j'en suis persuadé. Une fois à Sanshee, tu vas rencontrer Amarah, notre souveraine. Tu verras, c'est une femme très changeante, mais agréable au possible. Elle te posera de nombreuses questions et tu devras y répondre le plus sincèrement du monde.

Lilith acquiesça. Étrangement, l'excitation l'emportait sur la crainte de commettre une bévue. Il lui tardait d'arriver à destination pour saisir un parchemin et écrire à son père qui devait se faire des cheveux blancs depuis son départ.

Ils s'arrêtèrent lorsque le soleil commença à descendre à l'ouest. Sando se montra enchanté de la distance parcourue dans l'après-midi et déclara que les goules ne s'aventureraient jamais aussi loin dans le désert. Il proposa qu'ils établissent leur camp de fortune au sommet d'une dune. Son état de grande faiblesse se manifesta au moment où il sauta du dos de Kalenken. Il vacilla brièvement, comme un homme ivre, avant de retrouver son équilibre.

— Tout va bien, ce n'est rien, promit-il en repoussant d'une main Kalenken qui approchait pour le maintenir debout.

Il fut impossible d'allumer un feu. Pas une herbe ne poussait dans cette étendue hostile et vierge. Ils se contentèrent du lard fumé, de fromage et de pain. La chaleur déplaisait fortement à Lilith qui n'avait même plus d'appétit, mangeant du bout des lèvres.

La nuit tomba sans prévenir et très vite, un froid glacial s'installa, les faisant tous grelotter. Ils s'emmitouflèrent dans les couvertures, se collant les uns aux autres pour garder un peu de chaleur. Lilith mit du temps avant de s'endormir. Elle resta prostrée longtemps, claquant des dents et pleine d'interrogations, ignorant les myriades d'étoiles scintillant au-dessus de sa tête.

La journée qui suivit fut tout aussi laborieuse que la veille. Le climat ne réussissait pas du tout à Lilith, qui, malgré son foulard ne laissant entrevoir que ses yeux, affichait de grosses plaques rouges sur le front. La chaleur était insupportable et pas une brise ne venait alléger son calvaire.

Ils avaient retiré capes et tuniques pour les fourrer dans les sacs. Le plus à plaindre restait Kalenken qui souffrait terriblement avec son épaisse fourrure. Sa langue pendante dévoilait ses crocs blancs en permanence. Il consommait une quantité astronomique d'eau et heureusement que Sando avait pensé à ensorceler la gourde, autrement ils n'auraient jamais survécu dans ce monde extrême.

En début d'après-midi, il fut évident qu'ils ne tiendraient jamais un rythme aussi soutenu jusqu'à Sanshee. Le pas de Kalenken s'alourdit et pour le décharger un peu, Lilith et Sando descendirent pour marcher près de lui. Les pieds de la fillette s'enfonçaient profondément dans le sable et chaque fois, l'abel la rattrapait de justesse. Ses habits poisseux de sueur, de sang et de vase lui collaient à la peau, sans parler de ses cheveux qui s'effritaient comme de la paille. Elle se sentait sale, fatiguée et surtout de mauvaise humeur. Ce n'était pas dans son caractère de se plaindre ou de ronchonner, mais la situation devenait de plus en plus insoutenable.

Alors qu'elle trébuchait pour la énième fois, Sando proposa de faire une petite halte. Ils se rafraîchirent le visage à l'eau et Kalenken émit un soupir d'aise en sentant le liquide pénétrer sa toison dorée.

Ils reprirent leur chemin sans échanger un mot, économisant leur souffle et leur salive.

Après quelques minutes, ou quelques heures – elle ne savait plus – Lilith ne put s'empêcher de placer le foulard sous son menton pour respirer un peu. Elle essuya les gouttes de transpiration barrant son front et tira sur la chemise qui collait sa cicatrice encore lancinante. Au comble du malaise, elle passa sa main sur son bras, essayant de retirer les grains de sable accrochés par la sueur. Comme tout cela était déplaisant ! Si son père savait dans quel environnement ils se trouvaient, jamais il ne l'aurait envoyée aussi loin de lui !

À cet instant, elle maudit tout le monde. Elle maudit Léon, elle maudit le roi, elle maudit même les Fronts Marqués d'avoir eu la brillante idée de s'implanter derrière des terres aussi arides.

Elle fut presque soulagée lorsque le soleil se coucha et qu'ils purent poser les couvertures.

Ça commençait d'abord par une légère brise. C'était le moment qu'elle préférait. Moment durant lequel ses cheveux volaient derrière elle comme un voile et que ses brûlures lui faisaient moins mal. Puis ça se dégradait.

La douce fraîcheur se muait en une morsure qui leur glaçait les os et c'était à ce moment qu'ils se rapprochaient les uns des autres, seuls dans cette immensité, luttant contre la colère de la nature.

Les deux jours suivants ne furent pas mieux pour les trois compagnons. L'esprit de Lilith commençait à s'échauffer à mesure que les heures défilaient, son optimisme partant lentement en fumée. Sando et Kalenken étaient toujours d'une humeur égale, ce qui l'agaçait au plus haut point et renforçait sa colère. Ceux-ci faisaient mine de ne rien voir, mais elle savait très bien qu'ils tentaient de faire tampon.

Ce fut à la fin du quatrième jour, quelques heures avant qu'ils n'établissent leur campement de fortune, qu'elle vit se profiler droit devant eux une immense étendue rouge sang, argentée et dorée. Cela faisait quatre jours qu'elle n'avait pas vu une plante, alors cette explosion de couleurs la laissa coite.

— Nous sommes à une journée de la forêt de Sanshee, fit remarquer Sando d'un air indifférent. Le plus dur est derrière nous.

Curieusement, ses paroles chassèrent comme par magie l'irritation de Lilith qui se sentit plus légère.

Le lendemain… Le lendemain, ils seraient sur les terres des Fronts Marqués. Le lendemain, ils laisseraient derrière eux cet enfer, aussi brûlant qu'une fournaise.

Elle fut la première levée aux aurores. Kalenken montait la garde et parut amusé de la voir de meilleure humeur.

— *Bonjour, enfant. La nuit a été bonne ?*

— *Courte*, répondit-elle simplement en pliant sa couverture avec application.

Cette fois-ci, ils grimpèrent sur le dos du loup qui

semblait tout aussi exalté à l'idée d'être plus proche de chez lui que jamais. Il était loin, le temps où elle ruminait ses sombres pensées sous un soleil cuisant. Ce jour-là, même l'astre mortel ne paraissait plus si mortel que cela. Son dos la faisait moins souffrir et c'est à peine si elle sentait encore les coups de soleil sur son visage et ses bras.

En fin d'après-midi, la forêt ne se trouvait plus qu'à une lieue. Lilith vit même une biche passer sa tête à travers les buissons épais. La verdure, la fraîcheur et l'herbe ondulante n'étaient plus très loin.

Ce fut soulagés qu'ils s'apprêtèrent à pénétrer dans la végétation luxuriante pour savourer le plus beau bruit du monde : celui de mère Nature qui se réveille.

Chapitre VII
La cité de Sanshee

Avant même qu'ils envisagent de mettre ne fusse qu'un pied dans la forêt rougeoyante, une arme rutilante et aiguisée émergea des buissons, comme sortie de nulle part. Sur le coup, Lilith ne vit rien, mais en sentant la promesse d'un baiser glacé à quelques centimètres de son ventre, elle recula vivement, horrifiée.

Par réflexe, sa tête pivota en direction de ses compagnons. Eux étaient menacés par deux flèches mordorées et pas un ne sourcillait.

Impossible de discerner qui les tenait en respect, leurs assaillants étaient aussi invisibles et insaisissables qu'une brise.

— Un geste et chacun de vous finira en passoire.

Trois déglutitions se firent entendre distinctement dans le silence religieux.

— Qui entre en ces terres bénies et sacrées ? Qui êtes-vous ?

L'accent roulant s'apparentait à celui de Sando, en plus martelant.

Ce dernier ne perdit en rien sa belle contenance. Près de lui, Kalenken ne paraissait pas plus étonné, bien que sa queue eût cessé de s'agiter en tous sens.

—Je suis Sando, fils d'Elgar. Kalenken, mon loup

géant, m'accompagne. Ainsi que Lilith, fille de Léon, Hybride du cercle Maolen.

Le cercle Maolen…

Cette appellation intrigua la fillette, mais lorsque la pointe de la lance remonta jusqu'à son menton, ses interrogations fondirent comme neige au soleil. Ses paupières papillonnèrent tandis qu'elle s'imaginait embrochée comme un vulgaire cochon de lait.

L'arme avança alors tout doucement et d'instinct, elle recula de quelques pas. Un homme surgit alors de la végétation, suivi de deux autres silhouettes. La lame et les flèches s'abaissèrent pour laisser place à des abels, un sourire jusqu'aux oreilles affiché sur leurs visages anguleux, toute réserve disparue. D'abord, ils plaquèrent leurs paumes contre celles de Sando en guise de salut, puis l'enlacèrent avec des rires et des murmures prononcés dans une langue inconnue.

Seule la femme du groupe restait légèrement en retrait, affichant cependant une petite risette faisant plisser des paupières frangées d'immenses cils. La fillette l'observa tout à loisir alors que les retrouvailles s'éternisaient. Elle avait une peau cuivrée et des cheveux mousseux qui retombaient librement sur ses épaules. Son visage était empreint d'une certaine aristocratie, qui pouvait facilement passer pour de l'arrogance. Son corps paraissait souple comme une liane, longiligne et parfait. Elle portait un pantalon moulant, fait dans un tissu semblable à celui de Sando, et sa chemise, tout aussi près du corps, était recouverte par quelque chose ressemblant à une cotte de maille bien ceintrée. Lorsqu'elle tourna la tête vers Lilith, celle-ci retint un frissonnement. Ses yeux, d'un rouge sombre, n'avaient rien d'effrayant mais l'intimidèrent grandement. Le talisman sur son front avait une couleur semblable et donnait l'impression qu'elle était dotée d'un troisième œil. Contrairement à ceux de ses acolytes, qui en arboraient des grises. Le même gris que Sando.

La main de ce dernier sur son épaule ramena la fillette à la réalité. Elle répondit au salut des trois abels, essayant d'ignorer les yeux vermeils qui la détaillaient sans vergogne. Les deux autres étaient secs, mais musculeux. Leurs cheveux bruns noués en catogan leur donnaient un air très distingué et leurs sourires chaleureux mirent tout de suite Lilith en confiance. On aurait facilement pu les prendre pour des jumeaux, même si l'un d'eux paraissait nettement plus vieux.

—Je suis Nahoum, lança ce dernier en inclinant légèrement la tête. Et voici mon frère cadet, Hiro.

—Mutiane, lança simplement la femme d'une voix nonchalante.

Lilith leur répondit par un sourire timide et les remercia quand ils l'invitèrent à les suivre.

En pénétrant dans la forêt silencieuse, elle resta muette d'étonnement. C'était comme si, à l'orée de ces bois, le temps avait arrêté sa course et tous les éléments extérieurs s'étaient figés. D'étranges feuilles tirant sur le rouge écarlate recouvraient les branches des arbres. Fragiles et douces au toucher, on aurait dit des pétales de rose. Tout le sol en était jonché et autour d'eux, elles tombaient, inlassablement, virevoltant dans un charmant ballet. À chaque fois qu'une branche se séparait de son pétale, un nouveau émergeait. Lilith en saisit un entre ses doigts, impressionnée par sa texture satinée. Kalenken s'approcha d'elle silencieusement.

—*C'est dans les fibres de ces feuilles que les abels confectionnent leurs vêtements. Elles sont plus résistantes qu'elles en ont l'air.*

La forêt respirait une douce quiétude et l'ambiance feutrée ne pouvait qu'apaiser les esprits les plus torturés. Ils marchèrent longtemps. Celui qui ne connaissait pas son chemin n'avait pour ainsi dire aucune chance de s'y retrouver, car les arbres centenaires se ressemblaient tous.

Pendant ce temps, Nahoum et Hiro parlaient avec emphase, toujours dans ce dialecte roulant et chantant. Il n'y avait que la femme qui restait silencieuse, ouvrant la marche à travers la magnifique forêt.

— *Qui c'est, cette abel ?* demanda la fillette à l'adresse de Kalenken.

— *Pourquoi cette question ?* répondit-il immédiatement.

Lilith s'empourpra, de peur d'avoir commis sa première bévue.

— *C'est juste qu'elle a l'air… différente des autres.*

Elle entendit le loup soupirer mentalement.

— *Tu as vu juste. Elle est différente. Un peu comme toi.*

Il se retira de son esprit juste après avoir prononcé ces mots, comme s'il craignait qu'elle pose encore des questions. Et des questions, Lilith en avait. Observant plus attentivement la femme, elle se demanda ce que toutes deux pouvaient vraiment avoir en commun. Sa démarche ondulante, sa grâce indéniable et surtout cette façon de la prendre de haut… Rien ne correspondait avec son propre caractère.

Alors que cette pensée lui traversait l'esprit, la tête de Mutiane se tourna brusquement dans sa direction, bien que la fillette n'eût pas parlé tout haut. Elle piqua un fard. Les prunelles de l'abel la transperçaient avec un mélange de dédain et d'impudence, faisant courir un frisson le long de son échine. Ça faisait froid dans le dos. L'expression de cette femme n'augurait rien de bon et la fillette se sentit envahie par une crainte qui balaya toute son excitation.

Et alors que Mutiane reportait son attention devant elle, sa tête explosait de doutes. Si jamais les autres abels chuchotaient sur son passage ce que cette femme avait l'air de penser? Si jamais elle n'était pas acceptée parmi eux?

Tant bien que mal, elle s'évertua à ravaler ses craintes. Elle était arrivée à bon port, au prix de nombreux efforts. Il était hors de question que cette journée fût assombrie par des fabulations hasardeuses.

Au détour d'un carrefour, les arbres s'effacèrent pour laisser place à un ruisseau au clapotis enchanteur. Le glougloutement de l'eau contre les rochers marins apaisait les sens. Un pont en bois, propre et poli, enjambait les rebords éloignés, effleuré par un saule pleureur aux feuilles ambrées. Celui-ci courbait l'échine vers l'eau translucide.

Mutiane poursuivit son chemin sans s'arrêter devant pareille beauté. Ses bottes en cuir claquèrent sèchement contre le bois du joli pont et l'espace d'une seconde, son corps fut arrêté dans sa course avant de traverser une barrière invisible. Son passage laissa une trace ressemblant aux remous d'une surface liquide, légèrement alambiquée.

Sando baissa les yeux sur une Lilith bouche bée.

— Il s'agit de la barrière magique dont je t'ai parlé lors de notre première rencontre. Les humains, entre autres, ne sont pas autorisés à la traverser.

Elle blêmit, le front emperlé de sueur. Une soudaine appréhension la paralysait tout entière. Jamais elle n'arriverait à passer cette frontière entre les deux mondes. Ses parents n'étaient que des humains dénués de pouvoirs. Elle n'avait ni loup, ni bijou scintillant sur le front. En somme, rien d'une abel.

Kalenken choisit cet instant pour la pousser de son museau humide.

—Je sais que tu as peur. Viens, nous la passerons ensemble.

Pas le moins du monde ragaillardie, elle le suivit néanmoins sans broncher, la main posée sur son poitrail duveteux.

Le pont grinça sous ses pas et lorsqu'elle entra en contact avec la barrière magique, une structure cotonneuse l'entoura de tous côtés. Durant d'infimes secondes, elle crut que cela l'empêcherait de passer, mais Kalenken et elle continuaient d'avancer. Ouvrant les yeux, elle s'aperçut alors qu'ils se trouvaient de l'autre côté.

—J'ai réussi ! jubila-t-elle.

—Bien sûr que tu as réussi, répondit Sando, amusé. Me crois-tu, maintenant, lorsque je te dis que tu es une abel?

Rassérénée, elle suivit ses guides à travers la verdure. Le paysage paraissait différent au-delà du pont. Au-dessus de leurs têtes, des oiseaux au jabot jaune soleil virevoltaient, leurs ailes brassant l'air à une vitesse stupéfiante.

Au bout de quelques minutes de marche, Lilith remarqua que les arbres flamboyants s'espaçaient, laissant le passage à une étendue d'eau transparente dans laquelle évoluaient des poissons tropicaux. De ces eaux jaillissaient de majestueux promontoires de pierre, percés de trouées, sur lesquels reposaient des habitations en pierre blanche, tannées par le soleil. Les maisons, qui ressemblaient à de petits palais, étaient jalonnées de tapis de mousse rougeâtre, enfouis sous des quantités impressionnantes de pétales emportés par le vent. Un peu plus loin, caché derrière les édifices toujours plus hauts, un bruit semblable à des chutes d'eau se faisait entendre. À l'ouest, la cité de Sanshee était ceinturée par des chaînes de montagnes verdoyantes, contrastant avec le monde tout de rouge vêtu qui les entourait. Des rampes d'escalier finement sculptées d'arabesques faisaient office de passerelle entre les édifices. C'était un lieu d'habitation fabuleux pour des êtres vivants. L'espace de quelques minutes, Lilith se sentit comme dans les confins du paradis.

Ils passèrent un pont à la rampe basse. Sur un hectare de terre jonché de coquelicots, un comité d'accueil les attendait. L'attention de la fillette fut immédiatement attirée par le loup resté à l'écart, les pattes élégamment posées parallèlement l'une de l'autre. Celui-là était nettement plus menu que Kalenken, mais sa robe perle, son port de tête et ses yeux en amande lui donnaient un air coquet qui n'avait rien à envier au loup de Sando.

Lorsqu'elle eut fini de détailler l'animal, Lilith s'intéressa à la femme qui se tenait légèrement en avant par rapport aux autres abels. Elle en resta estomaquée.

Froide comme une madone, une robe légère et transparente comme un voile, la dame était d'une beauté à couper le souffle. Ses cheveux, d'un blond presque blanc, étaient ramenés en un chignon serti de tresses compliquées et de boucles savamment laissées en liberté. Un gracieux diadème encerclait sa tête et un joyau d'une agréable couleur semblable au soleil ornait son front. Son minois paraissait irradier de sa propre lumière. Elle était fine comme une tige, mais sans pour autant paraître frêle, bien au contraire. Son visage régulier aux traits ciselés dégageait une sagesse vieille de cent ans et sa bouche charnue laissait voir des dents nacrées et régulières.

— Sando, Kalenken, vous voilà arrivés. Et entiers. Quel soulagement !

Sa voix avait des intonations pures et mélodieuses, à l'instar de son physique délicat.

Le loup courba l'échine avec respect, tandis que Sando la saluait selon les usages, un immense sourire aux lèvres.

— Amarah, vous n'avez pas idée à quel point ce plaisir est partagé.

Il se retourna et poussa gentiment Lilith devant lui.

— Laissez-moi vous présenter Lilith, fille de Léon. Je l'ai trouvée sans peine, et croyez-le ou non, cette jeune fille est plus courageuse que n'importe qui. Elle a fait ressortir le meilleur de moi durant ce voyage.

L'intéressée se sentit rougir jusqu'à la racine des cheveux. Les compliments de Sando la flattaient plus que jamais. De toute évidence, l'abel avait une image d'elle très reluisante, qu'elle ne parvenait pas à s'expliquer.

La reine s'approcha d'une démarche légère, sa longue traîne derrière elle. Elle baissa les yeux sur la fillette.

— Lilith, quel joli nom, ma foi. Si tu savais comme nous t'avons attendue. Tu es un véritable cadeau du ciel. Au nom de tous les abels et de moi-même, je te souhaite la bienvenue à Sanshee.

Elle la salua gauchement, se sentant très insignifiante à côté de pareille prestance.

— Merci, madame.

— Amarah. Appelle-moi Amarah.

Elle hocha la tête, la bouche sèche, tandis que le reste du comité d'accueil s'inclinait à son tour.

— Une grande fête sera donnée ce soir en ton honneur, poursuivit la reine. Nous la préparons depuis que Sando et Kalenken ont pris la route. En attendant, quelqu'un va t'accompagner à tes appartements pour que tu te rafraîchisses. Je m'excuse à l'avance, mais nous ne savions pas si tu préférais vivre seule ou dans une famille prête à t'accueillir. Dans le doute, nous préférons te faire cadeau d'une de nos belles demeures. Tu verras, tu y seras très bien.

Lilith ne releva pas, soudain mal à l'aise d'être gâtée sans pouvoir leur rendre la pareille. Une demeure à elle toute seule… N'était-ce pas trop extravagant pour une enfant de son âge?

Amarah ne remarqua pas son trouble, trop occupée à donner ses instructions:

—Sando, Kalenken, je vous invite à reprendre des forces, puis à me rejoindre quand le temps vous le permettra. Nous avons beaucoup de choses à nous dire, je crois.

Sans un mot de plus, elle se retira, suivie de près par sa garde rapprochée.

—Nous allons devoir nous séparer pendant quelques heures, lui chuchota Sando. Tu vas partir avec Douce, c'est elle qu'Amarah a choisie pour te montrer tes quartiers.

Lilith suivit le regard de son ami. Une fille d'à peu près son âge lui faisait un signe de main, son sourire creusant de ravissantes fossettes sur ses joues.

—Salut! lança-t-elle d'une voix enjouée, illuminant ses grands yeux marron.

—Bonjour, répondit Lilith, prudemment.

Sans préambule, sa guide fit demi-tour et entreprit de monter une rangée d'escaliers donnant sur un monticule de pierres. Lilith la suivit en se tenant fermement à la balustrade, étant sujette au vertige.

—Tu vas voir, ici c'est le plus bel endroit du monde, tu t'y sentiras comme chez toi. Au fait, moi c'est Douce, fille d'Ismeline.

—Ismeline? C'est le nom de ta mère?

—Ouaip. Mon père est mort il y a déjà longtemps, pendant la guerre.

— Oh, je suis désolée pour toi.

Douce la reluqua sans pudeur.

— Bah, tu pouvais pas savoir.

Lorsqu'elles parvinrent à hauteur des habitations, le soleil inondait les dômes émeraude des maisons. Les feuilles avaient cessé de tomber et le sol de marbre était immaculé.

Douce l'entraîna vers une maison encadrée par une arche joliment sculptée dont les fenêtres rondes et délicatement ouvragées renvoyaient des éclats lumineux.

— On y est. C'est ici que tu vas vivre. Ça te plaît, au moins ?

Lilith passa une main timide sur les poutres en bois précieux.

— Je vivais dans plus petit, avec mon père.

— Tu préférerais plus petit ?

— Oh, non.

Et elle se mit à rire. Pour la première fois.

Douce ne sembla pas comprendre ce qui se jouait dans son esprit, car ses sourcils se froncèrent légèrement.

Durant dix années, Lilith et Léon avaient vécu dans la maison la plus vétuste qui fût. Aujourd'hui, on lui donnait une grande demeure, plus que ce qu'elle aurait pu imaginer. Et gratuitement. Sans rien lui demander en retour. Les abels devaient être très riches.

— Moi j'habite juste à côté, avec mon grand frère adoptif et ma mère. Si l'envie te prend de venir nous voir de temps en temps, hésite pas.

Douce posa sa main sur la poignée en or blanc et fit coulisser la porte épaisse sur ses gonds. Celle-ci était surmontée d'un « M » et d'un diamant entrelacés.

— « M » ? s'interrogea Lilith à voix haute.

Douce haussa les épaules avec indifférence.

— Un truc d'abel. C'est pas important. Entre.

Il y avait là trois pièces adjacentes. La principale était grande et circulaire, agréablement chauffée par une imposante cheminée en marbre, encastrée dans le mur d'en face. Le reste se composait d'une bibliothèque avec un coin pour lire, ainsi que deux fauteuils moelleux et rembourrés. Une arcade reliait ce coin à la chambre. Un lit à baldaquin trônait au milieu et un coffre massif s'appuyait contre ses pieds, regorgeant de sublimes tenues. Une jolie coiffeuse et un miroir finissaient d'habiller la pièce d'une touche indéniablement féminine. L'endroit était confortable et intime. Une agréable odeur de pins, d'écorce et de fleurs sauvages flottait dans l'air. Lilith s'y sentit tout de suite très bien.

— Alors ? Ça te plaît ? lança la blondinette avec un grand sourire.

— Plus que ça, répondit-elle en effleurant le couvre-lit aussi doux que du satin.

— Tu peux y apporter toutes les modifications que tu veux. Pour ça, tu verras avec Mareto, c'est notre architecte ! Il changera tout ce que tu voudras ! Si t'as besoin de quelque chose, tu…

— Du papier, coupa la fillette. Je voudrais du papier.

Douce l'observa d'un drôle d'air.

— Je t'apporte ça tout de suite. En attendant, tu vois la porte, là-bas ? C'est la salle d'eau. Tu peux y faire un brin de toilette. C'est pas pour dire mais… tu cocottes un peu. Ça te fera pas de mal de plonger la tête dans un seau.

Elle quitta la pièce après lui avoir adressé un clin d'œil amical.

Lilith leva un bras pour renifler son aisselle et retint une grimace. Douce avait raison, il était grand temps de prendre un bain. En traversant la pièce, elle croisa son reflet dans le miroir et s'arrêta net.

Son visage n'était plus celui qui avait quitté Mänsamel. Dans ses yeux brillait une flamme toute nouvelle. Ses traits étaient tirés, mais plus volontaires. Elle avait beaucoup maigri, aussi. Ses joues auparavant rondes et rebondies s'étaient creusées. Ses cheveux auburn, d'habitude si soyeux et lustrés, étaient désormais ternes et emmêlés.

Lorsqu'elle plongea dans le bain tiède qu'on avait préparé à son intention, elle ne put retenir un soupir d'aise. Ses muscles commencèrent à se délier et son corps flotta bientôt tranquillement à la surface de l'eau.

Sur une table ouvragée posée contre la baignoire, l'éclat de flacons colorés attira son attention. Curieuse, elle en prit un à l'apparence ambrée et souleva le couvercle cristallisé. Il s'en dégageait une agréable odeur d'orange et de romarin. Elle en versa quelques gouttes dans son bain, ainsi qu'un autre aux effluves framboisés. Rapidement, la fillette fut entourée de mousse parfumée dans laquelle elle s'amusait joyeusement.

Au bout d'une bonne heure passée à barboter, elle sortit du bain et s'enveloppa dans un tissu éponge. En pénétrant dans sa chambre, elle remarqua qu'une tenue avait été apportée et posée sur le dossier de la chaise. Ce qui attira le plus son attention fut le rouleau de parchemin placé en évidence sur le bureau. Encore toute mouillée, elle s'assit et trempa sa plume dans l'encrier, les mains tremblantes.

Papa,

Je t'écris, sans savoir quand exactement tu recevras cette lettre. Je suis arrivée après plus d'une semaine de voyage en compagnie de Sando et de son compagnon Kalenken. Notre périple n'a pas été sans danger, mais je suis parvenue à destination. Et je peux te dire que c'est magnifique ici, je pense que tu aurais beaucoup aimé cet endroit.

En attendant, j'espère que tu te portes bien, et surtout que tu ne te fais pas trop de souci en ce qui me concerne. Je me porte comme un charme, si ce n'est que tu me manques terriblement. J'espère venir te voir dès que possible.

Je t'aime de tout mon cœur,

Lilith.

La fillette fut lente à mettre un point final à sa lettre. Ses phrases étaient devenues inégales et hésitantes, signe qu'elle n'avait pas écrit depuis longtemps.

Elle enroula le parchemin et le ficela avec un ruban. La robe sur le dos, elle se contempla dans le miroir audessus de la coiffeuse. Il s'agissait d'une tenue typiquement abelienne, ressemblant un peu à celle que portait la reine Amarah. Sa jolie couleur verte faisait ressortir ses yeux et cintrait sa silhouette au niveau de la taille. En l'enfilant, elle eut l'impression que le tissu coulait sur elle comme de l'eau. Elle mit de petites chaussures basses à revers, placées juste à côté de la porte.

Jamais dans l'histoire du monde, une fille de paysan n'avait porté tenue aussi élégante. Son père aurait essuyé une larme s'il l'avait vue ainsi.

Chapitre VIII
Un prénom pour Lilith

Douce avait dû être un ouragan dans une vie antérieure. Elle déboula par la porte avec une telle brusquerie que Lilith sursauta violemment.

—Je t'ai fait peur? Désolée! Amarah veut te voir. Alors suis-moi.

Lilith cacha précipitamment la lettre destinée à son père dans son dos et lissa les plis de sa robe pour se donner une contenance. Jusqu'ici, elle n'avait jamais vraiment eu besoin d'intimité, mais à présent, fraîchement arrivée dans un endroit qui n'était pas son foyer, la solitude lui manquait affreusement.

Personne n'aurait pu imaginer qu'une ville aussi proche du désert fût dotée d'un climat aussi doux. Une légère brise fit d'ailleurs gonfler ses cheveux encore mouillés par le bain, faisant courir un léger frisson le long de son dos. Les alentours étaient déserts, mais une agréable odeur de viande grillée embaumait l'air, tandis que des échos de conversations joyeuses lui parvenaient.

— Où est-ce qu'ils sont tous passés, les gens?

Douce pouffa derrière sa main.

— À ton avis? Aux préparatifs de la fête, bien sûr!

Elle sera grandiose, tu peux m'croire.

—Ce... C'est gentil de faire tout ça pour moi. Même si je comprends pas vraiment pourquoi.

Elle eut droit à un de ses drôles de regards.

—T'es sérieuse? Tu connais pas la raison de toutes ces réjouissances?

Lilith secoua la tête.

—T'es une personne importante à nos yeux. La dernière pièce du puzzle.

—La quoi?

—Une espèce d'élue, si tu préfères.

Une élue? Quelle étrange idée. Certes, la vieille Suavë avait eu l'air d'insinuer la même chose. Mais une élue pour faire quoi, exactement? Sauver tout le monde? C'était d'un ridicule! Comparée à Sando par exemple, qui manifestait des dons stupéfiants, elle n'avait rien d'exceptionnel. Mieux valait porter ses espoirs dans des personnes réellement douées. Lilith était fille de paysan. Pas magicienne. Pas guerrière.

Les rues de la cité étaient larges et illuminées par des lanternes flottant au-dessus du sol. Elles projetaient leur lumière sur plusieurs mètres, chaleureuses et surtout magiques. À cette heure de la soirée, la lune se profilait déjà, donnant au ciel une teinte violette féerique.

Lorsque les deux fillettes parvinrent devant un grand édifice s'élevant en spirale, bien plus haut que les maisons avoisinantes, Douce se tourna vers Lilith.

—Amarah habite ici. Son palais est plutôt modeste comparé aux grands châteaux et aux forts dans lesquels les rois et les seigneurs des humains vivent habituellement. Nous, on est plus simples et moins attachés aux choses matérielles.

Le noyau des habitants se concentrait ici. De grandes tables en bois se joignaient les unes aux autres, animées par la magie.

Près de la bâtisse, en plein milieu de la grande place fleurie qui s'ouvrait en arc de cercle autour des habitations, trônait une sculpture d'un blanc laiteux, semblable à celle qui se trouvait à Mänsamel. Cependant, celle-ci était bien moins vieille, moins décrépie et plus majestueuse. Elle représentait une femme voluptueuse courbée avec grâce, un loup se frottant à sa jambe. L'idole était d'une beauté fracassante, peut-être même plus que la reine elle-même.

— C'est qui ? interrogea Lilith en la pointant du doigt.

— Chimère. Notre déesse et protectrice. Elle est belle, hein ?

Lilith retint de justesse un soupir désabusé. Pourtant, les abels semblaient intelligents et doués d'un esprit critique. À croire que chaque peuple priait sa divinité.

Douce frappa trois coups distincts sur le battant. Il s'ouvrit la seconde suivante, laissant place à Amarah, vêtue d'une robe prune dont le col rigide remontait le long de son cou. Elle mettait en valeur sa silhouette fine.

— Ah, Douce, te voilà. Merci d'avoir fait venir cette chère petite Lilith.

— À votre service, Amarah, s'inclina l'intéressée en plaquant sa paume contre la sienne.

Lorsqu'elle eut pris congé, la reine invita Lilith à entrer.

Une agréable chaleur régnait dans le palais. Elles traversèrent un couloir illuminé par des cierges. Le sol damé renvoyait l'écho de leurs pas. La fillette regarda autour d'elle, subjuguée par la beauté des lieux. Sur le côté, un escalier en courbe donnait sur l'étage supérieur. Les voûtes étaient serties de pierres précieuses et brillaient de mille feux.

— La demeure de mes ancêtres te plaît-elle ? demanda Amarah, une lueur amusée dans les yeux.

— Il y a pas de mots pour décrire cet endroit, déclara Lilith poliment.

Un rire de gorge s'échappa des lèvres peintes de la reine.

— Ton père est un homme fort instruit, je me trompe ? Il t'a appris les bonnes manières.

— Mon père est un paysan. C'est ma mère qui m'a enseigné les usages des nobles gens.

— Ta mère avait-elle côtoyé des personnes de sang noble ?

Pour seule réponse, Amarah essuya un silence froid. Les lèvres de la fillette restèrent hermétiquement closes et elle dut comprendre qu'il ne valait mieux pas insister. Lilith détestait parler de sa mère, morte l'année précédente. Y faire allusion ravivait une douleur qu'elle s'interdisait de ressentir.

La pièce à vivre présentait les mêmes proportions que les quartiers qui lui avaient été attribués. Des fauteuils en cuir chaud se faisaient face sur un tapis soyeux. Les murs arrondis étaient couverts de bibliothèques géantes sur lesquelles reposaient des centaines de livres. Une échelle s'appuyait sur un battant de l'étagère. Il y avait un pan du mur drapé de tapisseries légères duquel une petite tige en or dépassait. Deux colombes roucoulantes y siégeaient. Le plus impressionnant restait le bureau en chêne trônant au milieu de la pièce, sur lequel s'amoncelaient des piles d'ouvrages et des rouleaux de parchemin. Sans parler de la massive peinture qui mangeait un pan entier du mur, immortalisant une scène mythologique qui lui était inconnue.

— Tu te trouves dans mon bureau personnel. Comme tu peux le voir, ces temps-ci je suis plongée dans un registre très prenant.

Sa main caressa distraitement la reliure d'un gros volume aux pages racornies.

—Je t'en prie, prends place. Nous avons prévu une fête en ton honneur, donc je ne te retiendrai pas longtemps. Ne sois pas intimidée, les gens ici ont longtemps attendu ta venue. Cela ne veut pas pour autant dire que tu dois t'angoisser quant à l'importance d'être à la hauteur. Tu es ici chez toi et tu agrandis ainsi notre communauté. Je te prierai donc de t'amuser et d'en profiter.

Elle se tut un instant. Lilith n'osa pas intervenir, joignant sagement les mains sur ses genoux. Elle aurait aimé que Sando et Kalenken soient ici avec elle, ça lui aurait certainement donné plus de confiance.

—J'ai conscience à quel point une telle situation peut être dérangeante pour toi. Il y a quelques jours encore, tu vivais tranquillement dans une ferme, auprès de ta famille. Aujourd'hui, tu dois t'habituer à un tout autre endroit, perdre tes anciens repères et essayer de construire une nouvelle vie. J'imagine que tu as beaucoup de questions à me poser et c'est tout à fait normal. Selon moi, tu n'es pas prête à tout entendre. J'aimerais te préserver de tous les changements qui vont survenir dans ton existence, mais je ne peux pas. Tu vas devoir apprendre que notre monde fonctionne différemment. Le but de notre vie n'est pas de survivre, car tout ici regorge en profusion. Du moins jusqu'à maintenant. Nous ne manquons de rien et notre communauté est agencée de façon à ce que chacun de nos besoins soit comblé. Tous, sauf un: la liberté d'aller où bon nous semble. Et c'est Donovan, le roi des nephilim et des humains, qui nous maintient captifs à Sanshee. Pourquoi? Là encore, c'est une autre histoire, mais les choses ne dureront pas, car désormais tu es arrivée.

— Vous attendez quoi de moi ?

— Que tu accomplisses la tâche qui t'incombe.

— Et si je refuse ?

Amarah émit un long soupir. Pas las, juste triste.

— On ne peut pas refuser son destin. Je ne te mettrai pas tout de suite devant le fait accompli, rassure-toi. Nous allons procéder par étapes. Tout d'abord, je vais te révéler ton vrai nom, ensuite, tu devras…

— Vous avez dit quoi ? coupa la fillette, les sourcils froncés.

Il lui semblait encore entendre les ricanements suffisants de Suavë, quelques jours auparavant.

— Tu fais désormais partie de Sanshee. Il te faut y trouver ta place.

— Changer mon nom, ça n'a pas d'importance, pas vrai ? Je pourrai quand même être Lilith…

— Chaque abel porte un nom scellant un destin bien particulier. Il existe néanmoins quelques exceptions. Et elles sont au nombre de trois : Mutiane, que tu as déjà rencontré, Melhen le frère adoptif de la petite Douce. Et toi. Vous trois n'êtes pas nés sur nos terres et provenez de différentes espèces qui peuplent ce pays. Avant d'être abel, tu as été humaine. Mutiane est une amazone et Melhen un cournol.

Lilith se tortilla sur son siège, mal à l'aise.

— Tu as le don de communiquer et d'agir sur l'esprit des gens. Moi, j'ai le don de trouver la vraie nature qui demeure en chacun de nous. La déesse met à notre disposition bien des faveurs. Il faut donc en user dans un but commun. Lorsque je trouverai ton vrai nom, tu seras alors en mesure de t'épanouir correctement au sein de notre cité et d'exploiter le potentiel qui sommeille en toi. Car ta magie n'attend que cela pour grandir : que tu te découvres.

— Et si j'ai envie de garder Lilith ?

Amarah ouvrit la bouche, puis la referma, cherchant visiblement une réponse appropriée. Elle secoua la tête, faisant voler les mèches qui encadraient son visage.

— C'est impossible. Je suis navrée. Ce nom scellera ton destin, il fera de toi une Front Marqué, une partie intégrante de notre monde.

— Alors j'imagine que Mutiane s'appelait pas Mutiane ? Et Melhen, Melhen ? Ils ont accepté ça sans broncher ?

La reine inclina la tête avec une petite moue.

— C'est toujours difficile d'accepter l'idée que nous sommes différents de ce que nous croyons être. Pour devenir plus forts, nous devons rester unis et trouver au fond de nous qui nous sommes vraiment.

— Vous répondez pas à ma question, s'entêta la fillette. C'est qu'un nom ! Comment un simple mot peut contrôler toute ma vie ?

— Dans notre langue, chaque nom a une signification bien particulière. Il définit et prédit bien des choses. Et il en est de même pour nos loups. On ne choisit pas le nom d'un loup de manière aléatoire, c'est ce que l'on sent émaner de l'animal qui détermine le nom qu'on lui donnera.

— Et vous allez vous y prendre comment pour trouver le mien ?

— Ça, j'en fais mon affaire.

Ses yeux de biche la transpercèrent de leur profondeur troublante et Lilith s'empourpra.

— J'ai besoin de savoir qui tu es. Dis-m'en plus à ton sujet.

— Vous savez déjà tout. Sando a dû vous le dire…

— Pour que mon travail soit productif, je dois tout entendre de ta bouche, répondit patiemment la reine.

Lilith se gratta la tête, un peu mal à l'aise.

— Par où je dois commencer ?

— Par où tu veux.

Elle n'était pas habituée à se livrer de la sorte, mais l'exercice paraissait normal à Amarah qui attendait patiemment, sa plume en l'air.

Les premiers mots furent bredouillants. Il faut dire que Lilith n'avait aucune idée de ce qu'elle devait dire ou non. Alors elle parla. D'une voix presque inaudible pour commencer, puis lorsqu'elle fut lancée, elle conta tout ce qui lui venait à l'esprit. Leur maisonnette, la vie recluse à Mänsamel, son père, sa bonté, son amour, son instinct de protection, son envie d'utiliser sa magie malgré les interdictions, Georges, le papillon, Aénor, sa solitude, son désintérêt pour les autres, sa manie de toujours rejeter les enfants de son âge et de ne s'impliquer dans aucune relation sinon dans celle qu'elle entretenait avec son père… Elle lui dit tout, en omettant volontairement de dévoiler certaines choses, notamment sa rencontre avec le garçon qui l'avait menacée de son arc et ce moment de parfaite communion.

Même ici, en présence de personnes qui pourraient répondre à toutes ses questions, elle préférait garder ce moment intime intact, appréciant son mystère, même si elle brûlait d'en comprendre le sens.

Alors que les informations franchissaient ses lèvres de plus en plus rapidement, elle coula un regard en direction d'Amarah. Cette dernière restait droite sur sa chaise, les yeux fermés en signe de concentration. Elle semblait s'imprégner de ses paroles et sa bouche remuait parfois pour former des mots incompréhensibles.

— Je sens qu'il y a autre chose, je me trompe ? s'enquit-elle enfin, lorsque la voix enrouée de la fillette se fut éteinte.

Lilith fixa ses chaussures sans répondre, gênée. Parlait-elle de sa mère qu'elle avait gardée sous silence ou bien du garçon archer ?

— Peu importe, je pense en savoir suffisamment.

D'un bon gracieux, la reine se leva de son siège, puis marcha vers la bibliothèque. Elle se saisit d'un livre, l'ouvrit, puis le referma d'un coup sec avant d'en prendre un autre qu'elle laissa retomber sur une pile lorsqu'elle eut terminé. Elle marmonnait toute seule, les sourcils froncés, visiblement plongée dans une réflexion intense.

Lilith la regarda tout à loisir, notant ses mouvements rapides et fluides, sa nuque fine et ses cheveux qui paraissaient toujours en mouvement, comme si un vent soufflait à l'intérieur même de la pièce.

— Je sais, lança soudainement Amarah, victorieuse, la faisant sursauter.

Elle vint se rasseoir devant la fillette, les yeux brillants.

— Moira. Enfant de la lune en shaan.

Lilith se sentit toute chose. Comme si le mot que venait de prononcer la reine était une pièce de puzzle qui venait s'attacher à une des fissures de son âme.

— Vous pouvez répéter ? la pria-t-elle d'une voix faible.

— Moira. Cela t'évoque-t-il quelque chose ?

Lilith se frotta la poitrine, essayant de démêler ses pensées.

— C'est un mot… c'est un mot qui sonne étrangement, vous trouvez pas ?

— Ce n'est pas seulement un mot, c'est aussi ton prénom.

Cette fois-ci, elle repoussa la remarque de l'abel en bloc.

— Désolée, moi, mon nom, c'est Lilith.

— D'une certaine façon, ça l'est encore, mais tu fais partie de notre peuple et à mes yeux, tu es un membre de notre grande famille. Je sais que pour l'heure, tout s'enclenche bien trop vite pour toi. Je te demande simplement de considérer cet état de fait.

La petite fille ne put s'empêcher d'insister :

— Mon nom c'est mon identité, vous comprenez ? En me renommant, vous faites comme si Lilith n'avait jamais existé. Et ça, je veux pas !

Amarah soupira d'un air désolé.

— Melhen et Mutiane ont réagi comme toi lorsque je leur ai donné leur vrai nom. Peut-être même plus vivement. Pardonne-moi de t'infliger cela. Lilith, c'est ce que tes parents ont voulu que tu sois. Moira, c'est ce que tu es. Ce prénom détermine ta nature la plus profonde. J'imagine que l'éloignement de ton père n'est pas pour arranger les choses, mais c'est ainsi. Tu t'appelles Moira, même ton corps le sait. Je te vois tressaillir rien qu'en l'entendant. Tu es très jeune. Trop jeune pour comprendre et pour assimiler cette nouvelle. Avec le temps, la maturité et l'expérience, tu comprendras que tu peux très bien être Moira, tout en restant Lilith. Ton destin est d'être une abel et de t'allier à la cause de ton peuple. Un jour, tout sera plus clair pour toi. Fais-moi confiance.

— Reste pas plantée là. Allez rejoins-nous ! lui cria Douce avec bonne humeur.

Lilith se tenait penchée sur le rebord de la fenêtre, tendant le cou vers la place pour apercevoir la fête qui s'y déroulait. Sanshee brillait de mille feux, en liesse. Des lanternes célestes flottaient par magie autour des abels rassemblés en son honneur, telles des larmes lumineuses. Les flambeaux laissaient des reflets sur les murs et le rythme entêtant des tambours couvrait les rires et les conversations. Des fleurs jaillissaient de partout et décoraient la place centrale comme s'il s'agissait d'un jardin géant.

La fillette referma la fenêtre et sortit de la maison qui lui avait été attribuée. L'air était doux en cette nuit et le ciel constellé d'étoiles.

Kalenken l'attendait à quelques mètres de là, la queue remuant joyeusement.

— *Content de te voir*, Moira.

— *Lilith*, corrigea la fillette. *C'est Lilith.*

Une étrange émotion traversa le regard du loup.

— *Tu vas devoir t'y faire, désormais. Une nouvelle vie s'ouvre devant toi, il faut faire le deuil de l'ancienne.*

— *Amarah m'a déjà dit tout ça. Je… je suis pas encore très bien habituée.*

— *Je comprends très bien*, répondit Kalenken d'une voix ronronnante, destinée à l'apaiser. *Tu dois accepter certains états de fait. Notamment qu'Amarah te connaît mieux que tu ne le penses.*

Ne lui laissant pas le loisir de répondre, il se plaça derrière elle et la poussa vers la foule des abels qui l'accueillirent avec de grands sourires et des applaudissements. Lorsqu'elle vit tous ces beaux visages tournés dans sa direction, elle en oublia ses griefs contre Amarah et Kalenken.

Les habitants aux gemmes de toutes les couleurs la saluaient, l'entouraient et lui tapotaient le dos. Bon nombre d'entre eux parlaient dans cette langue qu'elle ne connaissait pas, mais certains prenaient le temps d'articuler quelques mots maladroits dans son dialecte. Amarah ne fut pas longue à la rejoindre et lui présenta quelques abels de haute distinction, connus pour leurs talents au sein de la cité : un forgeron du nom d'Atanian, une célèbre chanteuse fort appréciée, Clossande, et un guerrier, chef des troupes, qui n'avait pas quitté son armure rutilante, Marzio. Les autres prénoms qui tintèrent à ses oreilles furent engloutis par le brouhaha général et elle se contenta bientôt d'opiner de la tête avec un sourire réservé.

Bientôt, elle perdit la notion du temps. Elle buvait avec délice un breuvage gazeux au goût d'abricot qui lui faisait légèrement tourner la tête. Elle se surprit à rire à une blague de Douce qui ne la lâchait pas d'une guenille. On la fit s'asseoir à la place d'honneur, en bout de table. Celle-ci regorgeait de mets appétissants et fumants. Comme ça lui changeait des maigres repas pris à la hâte pendant son voyage avec Sando et Kalenken ! En y repensant, c'était comme si tout ce qu'elle avait vécu auparavant n'avait été qu'un rêve. À moins que ce ne fût ça, le rêve : dîner en compagnie d'individus charmants qui la traitaient comme une princesse, se goinfrer de nourriture goûteuse et battre la mesure du pied au son des tambours.

À sa droite se tenait Amarah, en grande conversation avec un abel à la mine revêche. Et de l'autre côté, Sando tapait joyeusement des mains en inclinant la tête pour suivre le rythme de la musique.

C'était une belle soirée. Une soirée comme jamais elle n'en avait connue. En temps normal, elle aurait été gênée en compagnie de personnes qu'elle ne connaissait pas encore, mais c'était le contraire, elle se sentait vraiment bien.

Alors qu'elle enfournait dans sa bouche la dernière part de son copieux repas, le tempo des instruments changea brusquement pour livrer le passage à trois filles d'une quinzaine d'années. Elles étaient vêtues de robes mi-longues et échancrées, ressemblant à un enchevêtrement de feuilles d'automne. Des bottes brunes remontaient sur leurs jambes nues et interminables.

Lorsqu'elles se mirent à danser au son des tambours, leurs corps ondulant et brillant sous la lumière de la pleine lune, la foule s'arrêta de parler et les observa. Avec un mélange de fascination et d'envie, Lilith ne pouvait détourner son regard de pareil spectacle. Ces abels étaient captivantes et leurs mouvements fluides, souples et ondoyants témoignaient d'une pratique ancestrale et rigoureuse, équilibre parfait entre danse et combat.

Bientôt, d'autres habitants se joignirent à elles, tout aussi gracieux. Lilith aurait aimé se dandiner à son tour, danser jusqu'au petit matin et s'abandonner à cette musique lancinante, mais étant incapable de reproduire de telles prouesses, elle se contenta de les observer en dodelinant de la tête.

— C'est magnifique, n'est-ce pas ?

La fillette sursauta légèrement et sourit à Sando qui l'observait.

— C'est incroyable. J'aimerais pouvoir danser comme ça.

— Il s'agit d'une pratique d'Originel que tu seras amenée à apprendre, de toute façon. Il arrive que la danse soit une échappatoire contre les ennemis. Malheureusement, je n'excelle pas dans cette activité, donc ce n'est pas moi qui te l'enseignerai.

Lilith se demanda s'il était sérieux. Étrange d'utiliser cette danse langoureuse dans l'art de la guerre.

— Alors dis-moi, quelles sont tes impressions jusqu'ici ? La cité est-elle à ton goût ? Et tes quartiers ?

— Tout est parfait. Cette cité est magnifique. Il y a juste…

— Oui ?

Lilith enfouit sa main dans une poche cousue dans sa robe et en sortit le rouleau de parchemin.

— Ça vous dérangerait d'envoyer cette lettre à mon père le plus rapidement possible ?

— Pas du tout, répondit Sando en s'en emparant.

Ce sera fait dès ce soir, tu peux compter sur moi.

Il lui posa une main sur l'épaule.

— Son absence doit beaucoup te peser.

Elle haussa les épaules en prenant un air détaché. Une vague de tristesse l'envahit soudain, balayant toute sa gaieté. Pour se donner une contenance, elle porta de nouveau le regard vers la danse chaloupée des abels. Lorsque la chanson fut terminée, elle applaudit avec vigueur comme les autres, essayant d'occulter le fait que son père était sûrement seul en cette nuit, alors qu'elle faisait la fête.

Elle ne put se retirer que lorsque les lumières renvoyées par les lampions commencèrent à vaciller. Dans le noir le plus complet, la tête posée sur l'oreiller de plumes et entourée des agréables odeurs environnantes, elle s'accorda quelques pleurs silencieux, attendant que le sommeil s'empare d'elle.

Chapitre IX

La vie dans les moindres recoins

— Je te le redis, Mel. Tu peux pas entrer comme ça !

— Laisse-moi faire, tu veux ? J'ai pas d'ordre à recevoir d'une mioche.

— Non… Mais… Tu sais ce qu'elle te dit, la mioche ? Maintenant, t'arrêtes tes âneries et tu laisses ma copine tranquille. Elle dort et si tu la réveilles, je pense pas que tu entreras dans ses bonnes grâces.

Un marmonnement bien senti répondit à cette dernière remarque acerbe.

Lilith était couchée sur le dos, au chaud sous la couette. Elle fixait le plafond en écoutant les voix derrière sa porte. Un mince sourire étira ses lèvres lorsqu'elle reconnut celle de Douce, apparemment très agacée.

Ses mains froissaient les draps aux couleurs chatoyantes d'un air distrait. Sa première nuit à Sanshee avait été parfaite. Après les différentes découvertes et la fête de la veille, le besoin de dormir s'était fait sentir. Et pour la première fois, elle avait sommeillé dans des soieries tissées dans des feuilles aussi douces que les pétales d'une rose, entourée de tapisseries luxueuses et de bois nobles, comme jamais elle n'en avait vu auparavant.

Où mieux dormir, sinon au paradis ?

— Laisse-moi faire ce que je veux ! poursuivait la voix à moitié étouffée. On m'a dit que c'est une fille gentille, elle m'en voudra pas si je viens la saluer.

— C'est hors de question ! Amarah m'a demandé de faire en sorte qu'elle se sente chez elle, et traîner avec toi nuira à sa bonne santé !

— Comment tu oses dire un truc pareil ? Attends qu'on rentre, je vais tout rapporter à maman.

— Et alors, tu crois peut-être que j'ai peur ?

Cette fois-ci, impossible d'ignorer les éclats de voix. Lilith se redressa et enfila un bliaud par-dessus sa chemise de nuit légère. Elle craignait que ses deux visiteurs n'en viennent aux mains.

Ses pas l'amenèrent jusqu'à la porte qu'elle ouvrit en grand.

— Bonjour.

Comme elle l'avait deviné, Douce se tenait derrière le battant en compagnie d'un garçon un peu plus grand qu'elle. La situation était comique. La petite abel faisait quasiment barrage entre le visiteur et la porte d'entrée.

— Salut. Désolée si mon imbécile de frère t'a réveillée !

Douce accompagna sa réplique d'un coup de coude dans les côtes de l'intéressé, mais celui-ci ne parut même pas s'en apercevoir et affichait un sourire proche de la béatitude.

— Salut, Moira. Moi, c'est Melhen.

Lilith renonça à le corriger en ce qui concernait son prénom. Hier soir, elle avait eu beau dire ce qu'elle voulait, les Fronts Marqués s'entêtaient à l'appeler par ce sobriquet.

En revanche, elle tiqua lorsque le jeune homme se présenta, ayant déjà entendu son nom dans la bouche d'Amarah la veille au soir. Celui-ci avait le front caché derrière des boucles châtain. Entre ses mèches rebelles se distinguait une gemme bleu lagon. Son corps était celui d'un adolescent en pleine croissance et son sourire ravageur devait sûrement rencontrer un franc succès auprès des filles de son âge. Le plus surprenant restait la marque dorée sous son œil, semblable à un grain de beauté. Si on s'en approchait, suffisamment, on distinguait une sorte de moitié de sphère ornée de quelques points.

— Il m'a pas réveillée, répondit-elle en pouffant. Ça me fait plaisir d'avoir de la visite.

Elle s'effaça pour les laisser entrer. Douce paraissait fort mécontente et lançait par intermittence de sombres regards en direction de son frère.

— Melhen voulait te voir le plus rapidement possible, je sais même pas pourquoi.

— N'importe quoi ! protesta celui-ci avec véhémence. Venir dire bonjour et bienvenue, c'est normal. J'ai pas pu l'approcher de toute la soirée, avec tous ces gens autour d'elle.

Son air bourru amusa la fillette qui ne put s'empêcher de se sentir flattée. Ils s'attablèrent autour d'un repas qui, elle l'aurait juré, n'était pas là l'instant précédent.

— Elle vient d'où, cette nourriture ?

Douce s'appliquait à couper le pain en trois parts égales.

— Nos maisons sont enchantées et s'adaptent à tous nos besoins naturels.

— Dans la limite du possible, nuança Melhen. Les baignoires se remplissent seules, la nourriture est envoyée des cuisines de la cité et les feux de cheminée s'allument spontanément lorsqu'il fait trop froid.

Lilith haussa un sourcil sans relever. Elle n'était plus à une surprise près.

— C'est quoi mon programme pour aujourd'hui ?

— Alec, répondit immédiatement Melhen en réprimant une grimace.

— Hein ?

Le jeune garçon lui expliqua qu'Alec était son professeur attitré, chargé de la former à la vie et aux coutumes des abels. Lorsque Lilith fit mine de s'intéresser un peu plus en détail à ce qui l'attendait, les deux abels furent unanimes : ils n'étaient pas en droit d'en parler tant qu'elle n'avait pas assisté à son premier cours. Le portrait qu'ils tirèrent de son professeur fut loin de la rassurer. Manifestement, celui-ci faisait partie des plus vieux habitants de la cité et son savoir était sans limites. Cependant, sa sagesse n'incluait ni la modestie ni l'amabilité. C'était, d'après eux, un rustre à l'esprit étroit qui tenait à une certaine rigueur durant ses cours.

— Il est le bras droit d'Amarah, l'informa Melhen en mordant à belles dents dans un morceau de pain à la groseille. Il considère que c'est un honneur pour ses élèves de suivre ses enseignements.

— Ce serait plutôt à lui d'être flatté qu'on lui demande quelque chose, ronchonna Douce d'un air crâneur. Après tout, c'est un privilège de vous apprendre les valeurs de notre peuple.

Lilith reposa son verre de jus qu'elle s'apprêtait à boire.

— Tu veux dire qu'à part Melhen et moi, aucun d'entre vous n'a reçu d'enseignement de cet… Alec ?

— Aucun, affirma la blondinette. Nous baignons dans ce milieu depuis notre naissance. Nos parents nous racontent les vieilles histoires de la cité et les exploits de notre peuple depuis que l'on suce notre pouce. Alec aurait rien à nous apprendre.

— Oh, ça va hein, rétorqua Melhen en toisant sa sœur.

Redescends de ton piédestal, princesse à deux plumes. D'accord, on est des Hybrides, mais au moins notre culture est plus riche !

Douce se redressa de toute sa petite taille et leva fièrement le menton.

— Parce que tu penses que s'assécher au soleil comme de vieux lézards c'est une culture, peut-être ?

Le ton commença à monter lorsque Melhen répliqua par une phrase proche de l'insulte et qu'ils commencèrent à se traiter de tous les noms d'oiseaux connus ou inconnus.

Lilith rentra la tête dans les épaules, n'osant intervenir dans cette conversation qui pour elle, n'avait ni queue ni tête.

Elle jeta un œil vers le garçon, dont le teint olivâtre avait pris une couleur rouge pivoine. Douce s'époumonait, à présent debout sur sa chaise, dans le but de dominer son frère.

Ils en étaient là de leur dispute lorsqu'une voix martela au-dessus de leur tête :

— Serait-il possible que vous arrêtiez de vous battre comme les coquins que votre mère s'évertue à ne pas vous voir devenir ?

La voix de ténor faisait presque frémir les murs, bien que basse et mesurée. Les bagarreurs s'arrêtèrent net et trois paires d'yeux se levèrent vers la fenêtre laissée entrouverte. Un homme d'une trentaine d'années avait passé la tête par l'entrebâillure et les regardait tour à tour.

Lilith le reconnut tout de suite : il s'agissait de l'abel à la mine rébarbative assis près d'Amarah, la veille.

— C'est ainsi que vous accueillez une nouvelle venue ? En vous chamaillant comme des chnaps ?

Melhen et Douce avaient l'air dans leurs petits souliers et baragouinèrent une réponse inintelligible.

Lilith ne trouva rien à dire, trop intimidée pour parler.

— À présent, sortez ! Et que je ne vous revoie plus avant un bon moment ! Toi, Moira, tu te changes et tu me suis.

Elle s'exécuta en vitesse, laissant les deux autres se dépatouiller avec l'homme venu les réprimander.

Une fois dans sa chambre, elle prit soin de fermer la porte avant de s'y adosser quelques secondes. Cet abel là n'avait rien de complaisant !

Elle farfouilla dans l'immense commode face à son lit. Celle-ci regorgeait de tenues en tous genres et elle se demanda de quelle façon elle devrait s'habiller, ne sachant pas vraiment à quelle activité elle allait s'adonner.

Finalement, elle opta pour une simple robe blanche qui s'arrêtait aux chevilles. Elle attacha un ruban délicat autour de sa taille, comme elle l'avait vu auparavant sur Amarah.

En sortant de la pièce, elle dut affronter le regard de l'homme qui l'attendait devant la porte. Melhen et Douce avaient déjà filé et il était seul, le dos négligemment calé contre le mur. Il avait des cheveux en brosse, blond cendré et des yeux noirs. Derrière ce visage anguleux se dissimulait une totale absence d'humour. Pas besoin de beaucoup creuser pour le comprendre. En d'autres mots : tout le contraire des autres Fronts Marqués qu'elle avait eu l'occasion de fréquenter jusqu'ici.

—Je suis Alec, dit-il de sa voix caverneuse. Mon rôle consiste à t'apprendre tout ce que je sais.

—J'ai entendu parler de vous ce matin, répondit Lilith en tentant un sourire timide.

Peine perdue. Pas un frémissement, ni même l'ombre d'une chaleur dans ses yeux sombres. Décidément, elle allait avoir du mal à se faire aimer de cet Alec.

Il décroisa les bras et lui tourna le dos.

— Ton cours commence maintenant. Tu me suis et sans discussion.

La fillette ne put retenir un couinement d'appréhension.

Il marchait bien plus vite qu'elle. Son pas paraissait mesuré, mais pour une raison qu'elle ignorait, ses enjambées étaient immenses. Elle dut courir jusqu'à en perdre haleine pour le suivre, se prenant les pieds dans sa robe. Ils traversèrent quelques rues pavées abritant d'autres maisons. Les abels qui passaient par là, leurs fronts lumineux brillant sous le soleil, la hélaient chaleureusement. Lorsqu'ils voyaient qu'Alec l'accompagnait, leurs sourires se transformaient en grimace et la main destinée à la saluer restait en suspens.

Bientôt, Lilith ne tint plus le rythme et s'arrêta, un point de côté lui vrillant la poitrine.

— Attendez ! J'en peux plus…

Alec se figea et fit volte-face.

— C'est ce que tu diras à ton adversaire avant qu'il te transperce de son épée ? Quand je te dis suis moi, tu me suis ! Cela m'est égal que tu n'en puisses plus. L'endurance est une capacité essentielle pour pouvoir combattre. Si la marche te déplaît, je t'en prie, rentre à Mänsamel !

Elle se sentit rosir de colère, mais préféra se taire. Ce n'était sûrement pas une bonne idée de se mettre son professeur à dos dès le premier jour.

Sur ces derniers mots, il poursuivit son chemin, sans même un dernier regard à lui accorder.

Pliée de douleur, elle le talonnait à présent dans la forêt. La même qu'ils avaient empruntée une journée auparavant avec Sando, Kalenken et leur comité d'accueil. Alec avait ralenti l'allure et ils marchaient à présent à la même hauteur.

En pénétrant dans la pinède rougeoyante, tous les bruits provenant de la cité s'étaient brusquement tus.

— On l'appelle le bois des Murmures, l'informa l'abel, crevant le silence de tombeau.

— Pourquoi les Murmures ? On n'entend rien ici, à part les battements d'ailes de ces oiseaux bizarres.

Elle tendit la main vers l'un d'entre eux qui fit un brusque écart pour ne pas être touché.

Alec émit un bruit de bouche destiné à la faire taire.

— Ne commence pas. Quand je parle, tu te tais.

— Et si j'ai des questions ? protesta-t-elle.

Un regard noir lui répondit, l'obligeant à se tasser sur elle-même avec crainte. Néanmoins, elle se permit un soupir bruyant pour bien lui signifier que son comportement arbitraire lui déplaisait.

— Je poursuis, si tu veux bien. Le bois des Murmures se nomme ainsi car il est chaque jour parcouru de long en large par un corps de notre armée bien particulier. Ce sont des abels surentraînés, ayant la capacité de se fondre totalement dans ces bois.

— Ça c'est pas très difficile, coupa-t-elle malgré elle. Cette forêt est grande et on peut se perdre à tout moment.

Cette fois-ci, Alec serra les mâchoires pour se faire violence.

Lorsqu'ils cuisaient à petit feu dans l'Asséchante, Sando avait dit à Lilith qu'un abel sage savait toujours contrôler ses nerfs. C'était un art qui venait avec l'expérience. Il fallait croire qu'en cet instant, l'expérience et l'art de prendre sur soi étaient mis à rude épreuve chez son professeur.

— Ces soldats, on les appelle les Murmures. Ils sont très peu nombreux. Tu as déjà rencontré Mutiane, Nahoum et Hiro, mais il y en a d'autres. Je doute que tu les croises souvent. Lorsque l'on passe sa vie dans ces bois, on finit par oublier comment c'est, de vivre en société. Nos sentinelles se contentent de faire leur rapport comme demandé, mais ne se mêlent que rarement à la population.

Il marqua une pause.

— Si les Murmures parcourent les bois, c'est pour déceler d'éventuels intrus. Nos barrières magiques nous protègent des humains, des nephilim et des goules, mais pas des autres races magiques. Comme tu l'as déjà remarqué, il est très facile de se perdre ici.

Sa voix s'était imperceptiblement radoucie. Se pouvait-il que son silence soumis soit à l'origine de cette trêve ?

— Tu as un don. Un don très rare que l'on ne rencontre qu'une fois dans sa vie. D'après ce que j'ai entendu, tu sais l'utiliser pour communiquer et te défendre. Je te propose d'essayer quelque chose de nouveau. Ta faculté est riche en possibilités, et jamais un abel ne doit s'égarer. Tu es dénuée de notre instinct d'orientation. Alors tu dois utiliser tes prédispositions pour compenser ce que ta condition d'humaine implique. Écoute les chemins. Tout le monde doit pouvoir retrouver le sien, toi la première.

— Hein ?

Il passa une main dans ses cheveux courts, les lèvres retroussées dans un rictus agacé.

— Viens près de moi, maintenant.

Elle obéit de bonne grâce. Il la plaça dos à lui, et elle sentit un tissu effleurer son visage.

— Voilà, je te bande les yeux, à toi de retrouver ton chemin. Et tu ne pourras pas tricher, j'ai scellé le nœud par magie.

— Pardon ? Vous plaisantez ! Je suis incapable de m'orienter sans voir où je vais !

— C’est bien pour cela que j’ai couvert tes yeux. Sache que lorsqu’un sens est occulté, les autres gagnent systématiquement en sensibilité.

— Qu’est-ce que vous voulez dire ?

Seuls des pas feutrés, faisant bruisser les feuilles mortes éparpillées au sol, lui répondirent. Elle comprit alors qu’il s’en allait et un sentiment de panique l’envahit. Tendant les mains devant elle, sa voix se fit tremblotante :

— Attendez-moi ! Vous avez pas le droit de me laisser comme ça, je peux rien faire toute seule ! Promis, je vous couperai plus lorsque vous parlerez. Je serai muette comme une tombe. Revenez !

Sa voix mourut sur ses lèvres tandis qu’elle trébuchait contre ce qui semblait être une racine fichée dans le sol. Elle tomba à la renverse. Un goût de rouille envahit son palais et elle étouffa un sanglot à peine voilé.

Le silence. Il n’y avait plus un bruit, comme si Alec s’était volatilisé. Lilith tira sur son ruban, mais il était fermement serré autour de sa tête. Elle tenta de dénouer les nœuds, mais c’était comme essayer d’apprendre à un loup à miauler. Ses supplications se transformèrent en une sourde colère.

— Revenez, Alec ! Vous avez pas le droit !

Au fond, elle savait très bien que son professeur était parti, et non resté caché pour l’observer durant cet exercice. Elle serra les poings et vida ses poumons dans un cri de rage. Comment osait-il l’abandonner ainsi ? Elle n’avait que dix ans et la première fois qu’elle avait traversé cette forêt, c’était la veille. Cet homme était inconscient de la laisser ainsi se perdre dans les tréfonds sombres du bois ! Elle avait du mal à imaginer Sando et Kalenken cautionner pareille chose.

Ses pensées s’arrêtèrent là, car une vague idée venait de germer dans son esprit. Une onde d’excitation la parcourut tout entière lorsqu'elle se fit cette réflexion. Mais oui, avec son don, il lui était possible de contacter quelqu'un venant de la cité ! Elle avait conscience que celui-ci s'amenuisait avec la distance, mais elle ne se rappelait pas avoir beaucoup marché avec Alec. Elle imaginait déjà la tête de ce dernier s'il la voyait revenir en conquérante. Il serait sûrement horriblement déçu…

Se concentrant au mieux, elle expulsa son esprit en dehors de son propre corps. Un hoquet de surprise lui échappa en s'apercevant qu'elle était loin d'être seule. Une sensation de brume, de brouillard infini l'enveloppa et son haleine se mit à fumer. La température avait chuté et sans les voir, elle imaginait aisément les ombres statiques tapies dans chaque recoin du bois. Ces esprits n'avaient rien de ceux qu'elle avait coutume de pénétrer. À vrai dire, elle se demanda s'il était même possible de lire en eux. Car à première vue, ils avaient tout d'une substance inaccessible, mais aussi transparente que du cristal, flottant paresseusement au-dessus du sol.

Hésitante, elle approcha son esprit d'eux, surprise de ne percevoir aucune réaction, comme s'ils ne s'étaient pas aperçus de sa présence. Elle en effleura un au hasard et eut l'impression que sa poitrine allait exploser sous le froid qui venait de l'envahir. Sa tentative de traverser l'aura mystérieuse fut infructueuse. C'était comme de se heurter à un mur de fer. Elle perçut seulement une réflexion déposée là, abandonnée : ces êtres n'étaient ni bons ni mauvais. Justes neutres. Comme si les affaires et les conflits des êtres faits de chairs et de sang les laissaient indifférents.

Et il y en avait tant ! Si paisibles, si sereins… À mesure que les minutes passaient, Lilith chercha plus loin, une personne physique pouvant lui venir en aide, mais l'amas d'esprits invisibles était tellement compact qu'il formait une sorte de barrière entre elle et Sanshee.

Soupirant de désespoir, elle tenta le tout pour le tout :

— Eh, oh ! Je sais que vous êtes là. S'il vous plaît, aidez-moi !

Pas de réponse et les âmes flottantes n'eurent aucune réaction. L'entendaient-ils, seulement ?

Lilith se retira en elle-même, retrouvant ainsi la chaleur bienvenue de l'air ambiant.

Elle fit ensuite ce que n'importe quelle enfant aurait fait dans son cas : elle marcha. À demi accroupie, les mains devant elle en cas de chute, elle mettait un pied devant l'autre, les mâchoires serrées par la colère, l'estomac contracté par la peur.

Une légère brise la fit frissonner. Elle marcha durant ce qui lui sembla être une éternité. Son ventre émettait des gazouillements mécontents et les larmes séchées sur ses joues collaient encore plus le tissu qui lui bandait les yeux. Son esprit était désormais fermé aux esprits du bois des Murmures. Elle avait fini par comprendre qu'il était vain d'espérer de l'aide venant de ces créatures.

Elle ruminait sa rancœur envers Alec. Que cet homme était détestable ! Et surtout profondément méchant de la laisser ainsi, les yeux bandés, sans autres repères que quelques auras abandonnées là.

Si impression il y avait, ne pouvait-elle pas s'y fier ? Après tout, pensa-t-elle en haussant les épaules, elle ne perdait rien à essayer. Se concentrant, elle marcha au hasard et distingua bientôt ce drôle de pressentiment avec plus de force. Elle était passée par là il y avait peu. Avançant en ligne droite, elle heurta un arbre dans un bruit sourd. Sonnée, elle se rattrapa à son tronc avant de tomber. La texture de celui-ci l'interpella. Douce et rugueuse par endroits, le sentiment d'être déjà passée par là s'accrut de plus belle. Elle avança en tâtonnant chaque arbre, oubliant durant ce laps de temps la brise fraîche faisant courir des frissons sur ses avant-bras.

Elle comprenait mieux désormais comment cette influence fonctionnait. La forêt ne lui cachait pas ses secrets, au contraire, elle gardait pour elle les traces de son passage. Il lui suffisait simplement de prendre le chemin dans l'autre sens !

Lilith commença enfin à croire en sa bonne étoile. Si le bois des Murmures n'était pas ligué contre elle, alors la route qu'elle empruntait était forcément la bonne. Néanmoins, en parallèle, elle craignait que son instinct ne la trahisse. Et si jamais elle s'enfonçait encore plus dans les méandres sombres de la forêt ? Le temps que les habitants s'aperçoivent de son absence, elle serait déjà perdue, peut-être même morte... À moins que les Murmures ne se joignent aux recherches, et là elle aurait peut-être une chance de s'en sortir...

Ses muscles criaient de souffrance et la faim la taraudait toujours plus. Le repas en compagnie de Melhen et Douce lui semblait très loin.

Les heures passèrent et les pauses qu'elle s'accordait se firent plus nombreuses. Elle commençait à perdre courage. Le chemin était si long...

Un bruit vibratoire parvint tout près de son oreille, comme un chuchotement. Elle ne put s'empêcher de sourire à travers ses larmes. Les oiseaux ! Ils ne piaillaient pas, mais leurs ailes caractéristiques étaient comme un message de bienvenue.

— Moira ! Te voilà enfin.

Elle se raidit, accrochée au dernier arbre qu'elle avait agrippé comme une noyée. Ses oreilles lui jouaient-elles un tour? Ou était-ce une illusion, un égarement?

Non, elle ne rêvait pas, pensa-t-elle avec soulagement en tendant l'oreille vers la rumeur des voix devant elle. Deux mains froides soulevèrent délicatement son bandeau. Aveuglée, elle se frotta les yeux quelques secondes. Ses paupières, peu accoutumées à une telle luminosité, se soulevèrent et elle discerna les contours de Sando. Sans réfléchir, ses bras se nouèrent autour de son cou et elle s'accrocha à lui à la manière d'un primate. Il la porta comme si elle ne pesait rien.

— Ma petite Moira, quelle épreuve tu as eu à vivre !

Lilith aurait voulu laisser libre cours à sa joie, mais la présence d'Alec en retrait la coupa net dans son élan. Près de lui se tenaient Kalenken, Melhen et Douce.

— Te rends-tu compte de ce qu'elle a subi, seule pendant presque une journée? persifla Sando.

Alec haussa négligemment les épaules.

— Il faut bien qu'elle apprenne un jour ou l'autre, non? Cette enfant n'est pas en sucre, tu l'as vue comme moi, elle est sortie du bois presque sans égratignures.

— Presque? s'étrangla Lilith, soufflée. Vous êtes fou? C'est une chance que je sois parvenue jusqu'à la sortie, rien de plus. Vous m'avez abandonnée sans un regard en arrière.

— Tu es parvenue jusqu'à la sortie grâce à ton don. Je t'ai donné toutes les pistes qu'il te fallait. Tu n'avais pas besoin de sens de l'orientation pour quitter ce bois, mais de ton pouvoir, ni plus ni moins.

Des larmes de colère perlèrent aux yeux de la fillette qui se détourna, refusant que son professeur la vît dans pareille détresse.

—Tu t'es trop attaché à elle, Sando. Ton manque de discernement te perdra.

Sando ouvrit la bouche pour répondre, mais son interlocuteur avait déjà tourné les talons. Lorsqu'il se fut éloigné, Douce et Melhen s'avancèrent timidement.

—Désolé, Moira, souffla le jeune adolescent. On a voulu partir à ta recherche, mais Alec nous l'a interdit. Il a dit que tu devais trouver ton chemin toute seule.

Il semblait sincèrement navré et Lilith ne lui accorda qu'un bref coup d'œil, toujours accrochée à Sando. Douce, la mine déconfite, la suppliait du regard de lui pardonner.

Ils prirent congé des deux enfants et partirent en direction des appartements de la fillette. Kalenken à leur suite.

Alec est complètement inconscient, gronda-t-il. Je le savais acariâtre, mais il faut croire que les années n'ont pas temporisé son mauvais caractère. Sando et moi aurons une conversation avec lui, tout à l'heure. La façon dont il t'a traitée est inqualifiable, surtout pour ton premier jour.

Lilith approuva silencieusement. Elle n'aimait pas particulièrement se faire plaindre, mais il fallait avouer qu'entendre ses amis pester contre ce professeur la confortait dans l'idée que celui-ci s'était montré trop dur vis-à-vis d'elle.

Une fois devant la maison, elle descendit et leva les yeux vers eux. Encore une fois, leur dévotion lui réchauffait le cœur. Sando et Kalenken soulageaient les petites peines que son père atténuait auparavant.

—Merci, fit-elle d'une voix éraillée.

Sando inclina légèrement la tête.

—Il n'y a pas lieu de dire merci, c'est tout à fait normal. Maintenant, va te reposer, tu as quartier libre en cette fin d'après-midi. Quant à nous, le moment est venu d'aller parler un peu à Amarah, histoire de lui rapporter les actes de ton professeur.

— Oh, vous savez, c'est pas vraiment nécessaire…

L'idée que ses amis aillent se plaindre en son nom ne lui plaisait guère. Et puis Alec ne redoublerait-il pas de méchanceté une fois qu'Amarah s'en serait mêlée ?

— Fais-nous confiance, la rassura Sando.

Tu n'as pas à t'inquiéter, renchérit Kalenken.

Elle les quitta à contrecœur et entra dans sa chambre pour se débarbouiller. En croisant son regard dans la glace, elle grimaça. Son minois était plein de terre, crasseux, et ses cheveux emmêlés pendaient tristement de part et d'autre de son visage. Elle se sépara de la délicate robe désormais hors d'usage et se rendit dans la salle d'eau pour nettoyer son corps avec un gant.

Lorsqu'elle entra dans la pièce principale, elle trouva une marmite posée sur la table, apparue là par magie. La maisonnette avait entendu son ventre gronder. Sans se poser plus de questions, elle se saisit d'un bol et de la louche posée à côté. Au coin du feu, lovée dans son fauteuil moelleux, elle le but avec avidité, ses pensées tournées vers cette horrible journée.

Chapitre X
Retour aux origines

Ce fut fraîche et dispose que Lilith claqua la porte derrière elle. L'idée de rester enfermée dans la maison en cette belle matinée ne la tentait pas vraiment. Ses appartements avaient beau être fabuleux, ils n'étaient pas vraiment un lieu débordant de loisirs auxquels s'adonner.

Elle s'était intéressée aux ouvrages rangés dans la bibliothèque, mais n'avait trouvé que des calligraphies qu'elle ne connaissait pas et les avait refermés rapidement.

Cela faisait six jours que la fillette se trouvait dans la cité de Sanshee et chacune de ses journées se déroulait selon le même rituel: se préparer avec soin et sortir voir ses nouveaux amis.

Les abels étaient un peuple réellement accueillant, mais comme tout peuple qui reçoit un individu étranger, ils exprimaient tous une certaine curiosité qui indisposait parfois Lilith. Chaque fois qu'elle mettait le nez dehors, de nombreuses paires d'yeux la lorgnaient, telle une bête curieuse.

La fillette était fière d'être avant tout humaine, si bien qu'elle s'appliquait au mieux à faire bonne impression. Melhen lui avait confié avoir souffert de ce comportement la première année de sa venue ici. Pour toute réponse, Lilith lui avait ri au nez.

— Raconte pas n'importe quoi, t'avais quatre ans, lorsque t'es arrivé !

Le jeune garçon avait pris la mouche.

— Et alors ? Je m'en souviens très bien !

Finalement, que Melhen se souvienne ou non, elle avait fini par penser qu'intriguer la population durant une année avant qu'ils finissent par se désintéresser d'elle allait être long. Heureusement, il y avait des gens qui ne la considéraient pas comme un objet de curiosité. Et c'était un véritable soulagement de passer ses journées avec eux et non pas abandonnée à l'attention des plus indiscrets.

La fillette se dirigea vers la maison de Douce et frappa deux coups. Comme toujours, une femme au visage rayonnant vint lui ouvrir.

— Bonjour, petite Moira ! J'espère que tu vas bien, aujourd'hui.

— Très bien, madame. Je vous dérange pas ?

La femme balaya sa phrase d'un revers de main.

— Pas du tout, au contraire. Et je ne te le dirai jamais assez, mais pas de madame entre nous ! Ismeline suffira.

Elle accompagna ses derniers mots d'un rire cristallin qui dévoila des dents nacrées et parfaites. Une fragrance sucrée s'insinua dans les narines de Lilith, excitant ses papilles. Ismeline était dotée d'un de ces dons très particuliers qui constituait à calmer n'importe qui par sa simple présence, en expulsant des arômes exquis et vaporeux de ses pores. Le plus souvent, c'était elle qui envoyait ces ondes apaisantes. Il arrivait qu'elles échappent à son contrôle au moment de rire, par exemple.

Lilith se percha sur une chaise haute et s'empara du liquide rosâtre qu'Ismeline lui tendait. Le soleil filtrait et baignait la pièce d'une agréable chaleur. La fillette remarqua un étrange chapelet translucide accroché au loquet de la fenêtre. Melhen lui avait dit qu'Ismeline, comme beaucoup de Fronts Marqués, était très respectueuse envers leur déesse, sans être pour autant superstitieuse. Ils pensaient que les signes religieux et purs chassaient l'œil ténébreux des nephilim et du dieu des humains.

— Tu n'as pas idée à quel point tu es appréciée ici. Bien que tu sois Hybride, nous n'avons côtoyé les humains que trop peu et avons tendance à les croire tous un peu rébarbatifs. Tes yeux qui pétillent et ta joie de vivre nous prouvent le contraire.

— C'est un peu comme les abels, vous savez, répondit Lilith en balançant ses pieds d'avant en arrière. Vous êtes très gentille et c'est pas le cas d'Alec.

Cette fois-ci, Ismeline hurla de rire, se tenant les côtes. Ses gloussements ressemblaient à des carillons parfaitement délicieux. Étonnée, Lilith sursauta, mais avant qu'elle ne se fût remise de sa surprise, la femme s'était reprise et pouffait derrière sa main.

— C'est joliment dit, ma grande. Je te remercie de cette comparaison si… pleine d'esprit.

Lilith lui rendit son sourire resplendissant, se retenant de rire à son tour.

Tandis que la femme rangeait quelques assiettes dans un meuble, elle l'observa de biais. Certes, elle n'avait pas la prestance royale d'Amarah, mais sa beauté typiquement abelienne pouvait faire tourner la tête de n'importe quel humain non averti.

La fillette porta la boisson à ses lèvres.

Chùmpi, pensa-t-elle en savourant le breuvage.

Depuis six jours qu'elle venait rendre visite à

Douce, et donc à Ismeline par la même occasion, cette dernière lui servait un jus différent. La veille, son choix s'était porté sur la pomme verte. Et rien que pour ce petit plaisir, Lilith ne ratait pas une journée sans venir la saluer. Se délectant de sa boisson, elle se dit avec mélancolie que son père aurait adoré y goûter, gourmand comme il était. Elle n'avait mangé du chùmpi qu'une fois dans sa vie. Ce fruit bourgeonneux étant très rare et coûteux dans son village.

— Qu'avez-vous décidé de faire, aujourd'hui ? s'enquit Ismeline, la tirant de ses pensées.

— Oh, Douce m'a dit qu'elle voulait m'emmener voir des cascades. Je sais pas trop où c'est...

La femme hocha la tête avec satisfaction.

— Les cascades Desmée. Ce sera un des lieux que tu verras le plus durant ton initiation.

— Ah oui ?

— C'est l'endroit idéal pour gagner en finesse et en force. Sais-tu nager ?

Lilith réfléchit quelques secondes avant de répondre.

— Je sais pas, y a pas de grand cours d'eau à Mänsamel. En tout cas, je me suis encore jamais noyée dans mon bain, ça compte ?

Ismeline rit de bon cœur et pinça gentiment le menton de la fillette. Celle-ci se sentit emplie d'aise. Elle aimait être considérée avec autant de tendresse maternelle.

Des bruits de pas retentirent au-dessus de leurs têtes et Douce déboula comme une tempête, sa crinière blonde volant derrière elle comme une poignée de lave dorée.

— Maman, pourquoi tu m'as pas dit que Moira était là ?

Ismeline haussa les épaules, un demi-sourire au coin des lèvres.

— Et alors ? N'ai-je pas le droit de discuter tranquillement avec elle ?

Douce ne répondit pas et sauta au cou de Lilith qui faillit tomber à la renverse.

— Allez viens, on va aux cascades !

— Une minute, jeune fille, tu n'oublies pas quelque chose ?

Douce fronça les sourcils avec consternation, puis son visage s'éclaira soudain. Elle tendit les lèvres vers la joue satinée de sa mère.

— Ah oui ! Bisou…

Ismeline se pencha pour recevoir son baiser sans se dérider.

— Je ne parlais pas de ça, bécasse. Tu n'as pas déjeuné. Prends au moins quelque chose !

Douce se saisit d'un morceau de pain et mordit dedans pour montrer à sa mère qu'elle mangerait sur la route. Sans ménagement aucun, elle saisit ensuite Lilith par le bras et la tira vers la sortie. Cette dernière eut à peine le temps de poser son verre sur la table.

— Merci pour le jus de chùmpi, Ismeline !

Elles eurent juste le temps d'entendre la voix de la femme dans leur dos.

— À ce soir, les filles. Moira, viens dîner avec nous, ça nous ferait grand plaisir de t'avoir à notre table. Ça me fend toujours le cœur de te savoir seule, le soir venu, et…

— Maman, protesta Douce en levant les yeux au ciel, on en parlera ce soir, d'accord ?

Pour atteindre les cascades Desmée, il fallait traverser toute la cité de Sanshee en direction du sud. Ce jour-là, le soleil était haut dans le ciel, rendant les dômes émeraude des maisons presque aveuglants. Les rues étaient pleines de jeunes enfants se courant après.

Les deux fillettes longèrent une rangée d'arbres projetant leurs ombres sur un groupe de femmes en pleine conversation et empruntèrent une succession de ponts reliant les blocs de pierre les uns aux autres. Lorsqu'elles arrivèrent aux limites des terres de Sanshee, Lilith aperçut le vide donnant sur une étendue rougeoyante. Le bois des Murmures s'étendait bien plus loin qu'elle ne l'avait imaginé. Même de l'autre côté des habitations, les arbres centenaires régnaient en maître, touffus et imprenables. Ils formaient un immense labyrinthe feuillu, à la fois beau et dangereux.

Douce secoua légèrement Lilith par l'épaule.

— Regarde, c'est par là.

Du doigt, elle lui montra une rangée d'escaliers incurvés dans la roche, se perdant dans la brume. C'était un étonnant contraste avec la forêt juste à côté, baignée de soleil. Les escaliers, eux, semblaient mener vers des profondeurs abyssales inconnues.

— T'es certaine que c'est là ? hésita Lilith. On ne voit rien, en bas.

— Fais-moi confiance, affirma son amie.

Elles descendirent les marches pentues et étroites avec précaution et une atmosphère humide les entoura rapidement. Lilith sentit ses paumes devenir moites et resserra son emprise sur la main de Douce qui ne paraissait pas inquiète du tout. À proximité retentissaient les remous furieux de l'eau se jetant dans le vide.

— Tous les enfants viennent ici quand il fait trop chaud. Il faut dire que c'est drôlement rafraîchissant.

Au bout de quelques minutes, un spectacle surprenant apparut sous leurs yeux. Peu à peu, le brouillard s'était estompé, dévoilant un paysage des plus paradisiaques. Une immense étendue d'eau translucide et profonde reflétait les rayons du soleil, sertissant l'air de minuscules paillettes brillantes. Les bruits d'eau qu'elle avait entendus étaient en réalité des cascades tombant avec grand fracas, perçant la surface de la rivière. De la mousse s'étendait sur les pierres dépassant de l'eau. Juste en face, la cascade n'était qu'un mince film transparent, cachant une crevasse dans la roche de laquelle on pouvait voir une autre statuette de la déesse des Fronts Marqués, Chimère.

— C'est beau, n'est-ce pas ? triompha Douce, les mains sur les hanches. On dit que cet endroit était un lieu de repos pour les sirènes, mais que lorsque les abels sont venus se cacher des nephilim afin de vivre en paix, elles ont fui, préférant la compagnie de leurs semblables. Ces eaux sont traîtresses, un peu comme elles. Reste prudente, certains endroits sont moins profonds que d'autres et en sautant, on peut s'écraser contre la roche.

Lilith se pencha légèrement pour apercevoir les énormes pierres tranchantes qui tapissaient le fond.

— Là-bas, poursuivit son amie en pointant le menton vers leur droite, c'est réservé aux plus grands. Cette rivière que tu vois va se jeter dans la mer. Le courant y est plus fort et il est très difficile de résister aux tourbillons. En tout cas, nous, on a interdiction d'y aller.

Elle paraissait très déçue de cet état de fait, comme si lutter contre les forces de la mer était un jeu auquel elle rêvait de participer.

Les fillettes poursuivirent leur descente et passèrent sous une énième cascade. L'espace de quelques secondes, elles furent comme dans un carcan d'eau, coupées du reste du monde. Lorsque Lilith descendit la dernière marche, elle distingua Melhen, un bâton à la main, se tenant face à un abel qui leur tournait le dos.

Alec.

Lilith retint un soupir d'exaspération. Le souvenir de son dernier cours restait vivace dans son esprit.

Depuis ce jour désastreux, elle ne l'avait plus croisé. Ismeline lui avait dit qu'Amarah réfléchissait encore à une alternative, car de toute évidence le courant ne passait pas entre eux. Ces derniers jours de répit lui avaient fait le plus grand bien, lui permettant de s'habituer au rythme de sa nouvelle vie.

Melhen lui adressa un sourire lumineux, mais son inattention déplut à Alec qui lui porta un coup de bâton sur la cuisse. Le jeune garçon se plia face à l'assaut en grimaçant.

— Tu n'es pas là pour faire le joli cœur, mon garçon ! gronda son professeur. À présent, arrête de bayer aux corneilles, resserre ta garde et bats-toi.

Tapi dans un coin, le loup gris que Lilith avait remarqué le jour de son arrivée était sagement assis sur son arrière-train et léchait sa patte avant, à la manière d'un chat. Il tourna son museau vers les nouvelles arrivantes avec une attention soutenue. Lilith s'apprêtait à amener son esprit à son encontre dans le but de le saluer, mais Douce lui attrapa le bras pour l'entraîner plus loin.

— On va les laisser avant de se prendre les foudres d'Alec. Tu vas voir, il y a des tas de choses à faire, ici !

Lilith jeta un dernier coup d'œil à Melhen qui avait riposté, leurs coups volants avec une force effrayante.

T'inquiète pas pour moi, va ! Je me débrouille très bien. Je viendrai vous rejoindre tout à l'heure.

Elle essaya de déglutir, mais sa gorge était trop serrée. La première fois que quelqu'un avait pénétré son esprit, la voix était veloutée et berçante. Or cette fois-ci, il ne s'agissait pas de Kalenken, mais les intonations qui venaient de résonner dans sa tête ressemblaient étrangement à celles de Melhen. Seulement celui-ci paraissait tellement absorbé dans son exercice que…

— Moira, qu'est-ce qui va pas ?

Elle secoua légèrement la tête pour revenir à la réalité et cligna des yeux, comme égarée. Douce parut comprendre.

— Il est entré dans ta tête, c'est ça ?

Lilith se tourna une dernière fois vers le jeune Front Marqué avant de répondre par l'affirmative. Elle qui avait cru être la seule à avoir ce don…

— Comment c'est possible ? Je veux dire… il est abel. Sando m'a dit que les abels étaient incapables de communiquer par la pensée autrement qu'avec les loups. Je sais qu'il est à moitié cournol, mais personne m'avait dit qu'il…

Douce s'assit sur une surface polie par l'eau et déposa son sac près d'elle.

— C'est normal. Melhen est un Maolen. Comme toi.

— Un Mao-quoi ?

La petite blonde secoua la tête. On lui avait interdit d'en dire plus.

Lilith comprit soudain ce que Kalenken avait voulu lui dire ce jour-là, après leur aventure dans le Mont Setemùnia. Ainsi, elle n'était pas vraiment seule. Il y avait des gens qui partageaient une nature semblable à la sienne à Sanshee. Des gens ayant hérité du même don qu'elle.

— J'imagine que Mutiane a cette capacité aussi.

— Exact, répondit la blondinette à contrecœur.

— Pourtant, elle est jamais entrée dans mon esprit.

Douce émit un bruit moqueur.

— Mutiane entre dans l'esprit de personne, de toute façon. C'est une amazone, je te rappelle. Les amazones ont beau être des cousins éloignés des abels, il n'empêche qu'ils sont solitaires et très... sauvages. Tout le monde sait que Mutiane déteste son don, car elle pense qu'il la rend vulnérable.

— Et Melhen, il aime ce pouvoir ?

— Il adore l'utiliser. C'est un peu comme une extension de sa personnalité. Il s'invite dans la tête des gens et c'est vraiment agaçant.

La fillette resta longuement pensive.

Mutiane était bien différente d'elle. Quand elle voyait dans sa particularité un véritable cadeau du ciel, l'amazone la considérait comme un boulet à sa cheville.

— Je donnerais cher pour savoir à quoi tu penses, lança soudain Douce d'un air taquin.

— Oh, simplement à Mutiane. La première fois que je l'ai vue, j'ai eu l'impression qu'elle m'aimait pas beaucoup.

Douce attrapa un caillou près d'elle et le jeta dans la surface argentée du cours d'eau.

— Faut que tu saches une chose : Mutiane, elle aime personne. Tu dois pas le prendre personnellement. Elle est loyale, droite et sincère, mais c'est pas son genre de s'attacher. Maman disait l'autre fois qu'elle est mécontente de voir que la troisième et dernière Maolen est une enfant de dix ans. J'ai entendu dire que lorsque Melhen est arrivé, elle était dans tous ses états. Il avait quatre ans, donc c'est compréhensible.

— C'est pas un peu exagéré, comme réaction ? interrogea Lilith en haussant un sourcil étonné.

— Non. Parce qu'envoyer des enfants au combat, c'est pas à son goût. Mais attends, s'empressa-t-elle de répondre en voyant la mine atterrée de son amie, vous allez pas combattre maintenant. On va tous devenir des guerriers, et tu fais partie de notre peuple. À toi de voir si t'es prête à rejoindre nos rangs pour combattre.

Lilith porta la main à sa poitrine comme pour en chasser le froid qui venait de l'envahir. Se battre? Elle n'avait jamais signé pour ça… En venant à Sanshee, elle pensait avoir trouvé un havre de paix, loin du courroux du monarque d'Hibendrill. Elle était loin d'imaginer qu'en retour, il lui faudrait prendre les armes.

Douce parut suivre le cours de ses pensées et se voulut rassurante :

— Tu sais, si tu veux pas mener la guerre à nos côtés, personne t'y obligera. Ici, chacun est libre de faire ce qu'il souhaite.

— Y a des gens qui refusent de combattre? demanda-t-elle avec une pointe d'espoir.

Son amie baissa les yeux, prise au dépourvu.

— Disons qu'il y a que les enfants qui participent pas au massacre.

Décidément, Douce avait vraiment le chic pour rassurer les gens…

— On est un peuple fier, on tient à nos familles. Chacun de nous est prêt à donner sa vie pour que la paix et la justice règnent de nouveau. T'inquiètes pas, j'ai souvent entendu Maman dire qu'elle doutait qu'une guerre se profile avant longtemps. Depuis la bataille des Cinq Vies, y a plus eu d'attaques.

Lilith s'accrocha à ces derniers mots comme elle le put. L'idée de mener un combat contre les ennemis des abels ne l'enchantait pas vraiment. Elle pensait qu'en venant ici, une vie tranquille l'attendrait.

À partir de cet instant, Douce s'évertua à changer de sujet et réussit même à lui tirer un maigre sourire. Elles se déshabillèrent et entrèrent dans l'eau tiède. Lilith n'avait jamais eu la chance de nager et ce fut impressionnée qu'elle vit son amie fendre l'eau avec adresse. Elles s'éclaboussèrent joyeusement jusqu'à ce que Douce lui lance :

— Viens, on va sauter des falaises.

Malgré ses protestations véhémentes, la fillette fut tirée sans ménagement jusqu'à la falaise en question, à trente-deux pieds de hauteur. Brusquement, ce fut comme si le soleil avait cessé de frapper et elle se mit à frissonner nerveusement. La nausée la guettait déjà.

— T'es sûre qu'on a le droit de…

— Ne fais pas ta chochotte, railla son amie, hilare.

— Je… Je peux pas, Douce, paniqua-t-elle en claquant des dents.

La blondinette mit ses mains sur ses hanches sans se départir de son air ironique.

— T'es une abel, Moira ! Les abels sont braves et courageux ! Oublie ce que t'as été, pense à ce que t'es. Et saute !

Douce accompagna sa tirade d'un large mouvement des bras en direction du ciel.

— Tu comprends pas, je…

— Regarde pas en bas, laisse-toi aller. T'es un oiseau, imagine-toi voler. Vas-y, ferme les yeux !

Lilith s'exécuta, comprenant que de toute façon, elle n'avait pas le choix. Un léger vent lui donna la chair de poule, mais elle s'efforça de ne pas y prêter attention. Elle joignit les mains devant elle et avança prudemment. Ses pieds trouvèrent rapidement le bord et ses orteils se replièrent dessus. Après avoir respiré profondément, elle sauta.

Elle tomba comme une pierre et la chute lui parut sans fin, lui donnant le vertige. Durant cet instant, elle s'autorisa à ouvrir les yeux et vit le monde qui l'entourait complètement flou, tel un amas verdoyant et azur. L'impact contre la surface fut rude. C'était comme une claque en pleine figure. Elle fit quelques mouvements maladroits pour ne pas couler et sentit un rire rouler dans sa gorge. Elle avait réussi à vaincre sa peur ! Elle avait sauté.

— Allez, viens !

Douce éclata de rire et après avoir hurlé un « Youhou ! », sauta à son tour. Elles se laissèrent flotter sur le dos, ignorant les frottements visqueux des poissons multicolores passant par là. Ce moment était magique. Elles ne parlaient pas et se contentaient de contempler le ciel fendu de quelques nuages cotonneux.

— Attention, j'arrive !

Une silhouette plongea avec grâce tout près, les éclaboussant abondamment. Le visage de Melhen émergea de l'eau. Il leur sourit tour à tour.

— Je suis enfin débarrassé de cet horrible Alec ! J'ai des hématomes partout.

Douce vint s'asseoir sur le rebord tapissé de mousse et lui lança :

— Comme je te plains. C'est bien connu qu'il est pas tendre.

Un souffle bruyant retentit dans leur dos et Lilith aperçut le loup gris la toisant de toute sa haute taille.

Hum, bonjour, baragouina-t-elle timidement.

Pour toute réponse, l'animal lui montra ses crocs luisants en grondant.

— Opléa, sois gentille, je te prie, la réprimanda Melhen en s'accoudant au bord.

La dénommée Opléa s'approcha de lui, les oreilles baissées. Il caressa avec adoration sa tête argentée.

— Voici ma louve. Elle est un peu capricieuse et ronchonne, mais quand on la connaît bien, c'est un amour.

Douce qui sortait également de l'eau, leva théâtralement les yeux au ciel d'un air exaspéré.

— Elle aime pas les filles. En ce qui me concerne, elle m'a adressé la parole que deux fois depuis que je la connais.

Melhen ne releva pas, le regard toujours fixé sur son amie, visiblement au comble de l'émerveillement.

Ils semblaient seuls au monde et se regardaient dans le blanc des yeux, plongés dans une conversation muette, plus complices que jamais.

—J'ai envie de vomir, se moqua Douce en se tenant le ventre.

Les deux fillettes s'assirent sous l'ombre d'un chêne et entreprirent de se rhabiller.

—Depuis quand elle est ici? chuchota Lilith en direction de la louve qui ronronnait de plaisir sous les caresses de Melhen.

—Environ un an. Normalement, les abels vont pas à la recherche de leur loup avant l'âge de quinze ans. Melhen a rien voulu savoir, il est parti en cachette, contre l'avis d'Amarah. Il a jamais passé les Épreuves exigées par le Conseil restreint.

—Pourquoi ils se comportent ainsi? C'est vraiment… étrange.

Elle pointa du menton le couple insolite. Douce attrapa une branche morte et tâcha de la plier jusqu'à la casser. Elle semblait profondément agacée par la présence des deux autres.

—Le lien entre un loup et son abel est difficile à expliquer. Ils sont tellement unis dans leur relation qu'ils finissent par plus pouvoir vivre l'un sans l'autre.

—Et combien ils sont, à Sanshee? J'en ai pas vu beaucoup…

—Seulement deux. Il paraît qu'Amarah en avait un aussi. Vanyae. Il est mort durant la guerre. Elle en parle jamais et je te déconseille d'aborder le sujet avec elle un de ces jours. Perdre son loup, c'est comme perdre une partie de son identité.

Lilith eut du mal à imaginer une telle relation entre deux êtres, même si elle comprenait sans mal à quel point il devait être difficile de vivre sans son compagnon de toujours.

—J'aimerais bien avoir un loup, moi aussi, soupira la blondinette d'un air faussement impassible. Y en a que pour Melhen, ici.

Elle paraissait soudainement abattue et Lilith la soupçonna de tenir Opléa pour responsable de l'éloignement de son frère adoptif vis-à-vis d'elle. D'un côté, c'était compréhensible. Malgré leurs copieuses disputes, Douce tenait vraiment au jeune cournol.

Elle tenta de changer de sujet:

—Comment on fait pour avoir un loup? Où ils sont?

—Au Daïs.

—Au quoi?

—Au Daïs, répéta Douce patiemment. Ce sont de petites îles à l'est de Sanshee, au-delà du cours d'eau. Elles sont enneigées à n'importe quel mois de l'année et regorgent de créatures en tout genre. Les loups règnent en maître là-bas. Ce sont pas des loups comme t'as déjà pu en voir, en dehors d'ici. Ils sont assez… spéciaux. Chaque abel qui se sent prêt se rend au Daïs dans l'espoir d'en trouver un. Ils sont nombreux à tenter l'aventure, mais les créatures savent bien se cacher. Ces trente dernières années, personne a réussi, sinon Sando, Amarah et Melhen. C'est un cadeau des loups exceptionnel que de céder un de leurs enfants. Et c'est pas souvent qu'ils accordent cette chance.

Elle lança un coup d'œil vers son frère et sa louve en train de nager vers la cascade qui leur faisait face.

—Enfin, est-ce que c'est une chance d'être lié à un animal avec un caractère comme celui d'Opléa? Je pense pas.

—Sois pas si négative, la rassura Lilith avec un demi-sourire. Lorsque tu auras ton loup, il fera en sorte de rééquilibrer l'ordre des choses.

—Et quand toi tu reviendras avec ton loup, poursuivit Douce qui avait retrouvé sa bonne humeur,

Opléa fera plus le poids.

Elles rirent à cette idée, même si au fond, Lilith savait que toutes deux enviaient leur relation.

— De quoi vous parlez ? On peut venir ?

Le courant ramenait naturellement Melhen et sa compagne vers la berge. Lilith et Douce se raclèrent innocemment la gorge.

— Bien sûr, venez ! On parlait… de loups. Oui, des loups en général.

Melhen parut satisfait de la réponse, mais Opléa les considéra tour à tour d'un œil bilieux.

Ils passèrent le reste de l'après-midi à bavarder de tout et de rien, même si la tension entre Douce et Opléa restait palpable. Celles-ci ne cessaient de se lancer des regards chargés de rancœur. Elles n'étaient pas prêtes à s'entendre de sitôt.

Ce ne fut que lorsque le ciel commença à prendre une jolie couleur orpiment qu'ils emballèrent leurs affaires pour remonter vers les habitations. Melhen grimpa sur le dos d'Opléa et les invita à le rejoindre.

— Non merci, lâcha Douce d'une voix tranchante. On préfère marcher, Moira et moi.

— Très bien, répondit-il en haussant les épaules. On se retrouve là-haut !

Opléa se mut avec une grâce surnaturelle et gravit les marches en quelques bonds élastiques. Douce émit un bruit de bouche grossier sans les quitter des yeux. Qu'elle fût jalouse à ce point démontrait combien cette relation lui pesait.

Elles n'échangèrent pas un mot jusqu'à la maison d'Ismeline et furent chaleureusement accueillies par cette dernière. Les fumets ragoûtants firent gronder les ventres des deux fillettes. La louve était restée dehors, aux prises avec un gros morceau de sanglier sauvage.

— Allez, venez vous mettre à table, invita Ismeline en les embrassant l'une après l'autre.

Melhen et Douce se sourire. La présence d'Ismeline et de sa table regorgeant de mets raffinés avaient suffi à les réconcilier.

Ce fut dans les rires et les plaisanteries que la soirée se termina. Lillith eut presque l'impression d'être transportée à Mänsamel, les soirs où elle retrouvait son père. Cette réunion familiale et cette impression d'avoir été acceptée dans un groupe la comblèrent d'une joie qui l'étonna elle-même. Elle avait trouvé un substitut à sa nostalgie, et ce substitut s'appelait famille.

Chapitre XI
Un combat à l'abelienne

Lorsqu'elle vivait à Mänsamel, Lilith avait toujours été fascinée par les légendes et l'histoire de son pays. Les conteurs parlaient des contrées d'Hibendrill comme immensément dangereuses. Ils aimaient raconter leurs périples pour échapper aux géants et aux manticores enragées. Les enfants qui buvaient leurs paroles avec avidité sursautaient et ouvraient des yeux ronds lors des scènes les plus insoutenables. Lilith, elle, écoutait sans sourciller, désireuse d'emmagasiner le plus de connaissances possible.

À entendre ces racontars, on était tenté de croire que les monstres se tapissaient partout et n'attendaient que le bon moment pour sortir et attaquer leurs proies. Et qu'à la nuit tombée, le pays se transformait en festin géant pour ces créatures dignes de faire frémir Guardian.

Néanmoins, en arrivant à Sanshee, la fillette fit part de son étonnement à Douce : elle n'avait jamais pensé que les routes d'Hibendrill n'étaient que de simples routes. Certes, foulées par quelques bandits et de repoussantes goules chauves, mais pas aussi périlleuses que Kaleb se plaisait à le dire.

Douce avait éclaté d'un rire teinté d'une certaine pitié.

— Ma pauvre Moira, t'as encore bien des choses à apprendre.

Elle avait soupiré avant de la prendre par le bras.

— Qui dit légende dit pas forcément monstre purulent assoiffé de sang.

Lilith s'était mise à rougir jusqu'à la racine des cheveux.

— Je sais bien ! C'est juste que… j'ai vu la grande bibliothèque dans le palais d'Amarah. Vous devez bien répertorier toutes les créatures peuplant le pays, non ?

— Tu veux qu'on aille voir ?

La question l'avait prise au dépourvu, et Lilith bafouilla :

— Heu, beh… Oui pourquoi pas ?

Ce fut donc en pleine nuit, lorsque la cité dormait déjà, que les deux fillettes se faufilèrent dans le palais royal, aussi silencieuses que possible.

Lilith avait l'impression d'être une voleuse et commençait à se demander si sa soif de savoir insatiable n'était pas en train de l'emmener trop loin. Elle se considérait encore comme une invitée à Sanshee et entrer en cachette en ces lieux la culpabilisait.

— T'es certaine qu'on pouvait pas demander l'autorisation, tout simplement ? hasarda-t-elle, alors que Douce ouvrait la porte principale.

— Chut ! lui intima son amie en fronçant les sourcils.

Elles traversèrent le hall d'entrée sans rencontrer âme qui vive. Douce lui fit traverser une antichambre seulement éclairée par des lumignons déjà bien consumés, dont la mèche vacillait dans une mare de cire. Leur faible lumière renvoyait sur les murs nus des ombres diaphanes. Douce ferma lentement la porte dans leurs dos, avant d'adresser un sourire victorieux à Lilith.

— Après toi.

De plus en plus réticente, la fillette obéit et ses quelques enjambées la menèrent à une nouvelle pièce. Magnifique. De grands lustres en cristal étaient suspendus au plafond et de lourdes tapisseries luxueuses habillaient les murs, plongeant l'endroit dans une ambiance intime et moirée. Elles devaient se trouver dans l'une des nombreuses tours visibles de l'extérieur, à en croire sa superficie circulaire. Les murs étaient si richement décorés que le fait que la pièce fût peu meublée ne choquait pas. Il n'y avait qu'un grand fauteuil moelleux, conçu pour épouser la forme du mur contre lequel il était installé.

— Incroyable, ne put s'empêcher de murmurer Lilith.

Douce émit à nouveau un de ses rires dont elle avait le secret, avant de s'enfoncer dans le fauteuil comme si elle était chez elle.

— Vas-y, choisis un livre ! Cette aire du château est uniquement réservée aux races d'Hibendrill.

Lilith tourna sur elle-même, à la recherche d'un dressoir ou d'une quelconque archelle.

— Je veux bien, mais… où ?

Le sourire agaçant de Douce s'estompa.

— Tu les vois pas ?

La fillette secoua la tête.

— Je suis bête ! Amarah craint tellement d'être envahie par le roi et les humains qu'elle a placé un sortilège pour protéger les ouvrages les plus précieux. Attends deux minutes.

Elle se redressa avant d'aller palper le mur près de l'entrée. Ses petits doigts effleurèrent la tapisserie, sûrement à la recherche d'une dépression. Son manège dura quelques secondes, jusqu'à ce que son visage s'éclaire.

— Ah, voilà, j'ai trouvé !

Elle appuya son index contre le motif d'une rosace nacrée et une étrange lumière en émana. Lilith ne put s'empêcher de reculer de quelques pas, de peur que l'éclat ne l'atteigne. Son inquiétude s'amenuisa lorsque la pièce tout entière se mit à vibrer et que ses contours devinrent flous. Apparurent alors d'immenses colonnes de bois précieux qui s'élevèrent comme des édifices, courant sur les murs, tel un liquide transparent.

Le souffle coupé, Lilith se régalait du spectacle, admirant cette démonstration magique avec un plaisir intense. Elle comprenait à présent pourquoi la pièce ne contenait à l'origine qu'un simple divan. Le reste de la tour était envahi par les livres. Leur reliure, en cuir bouilli rougeâtre, brillait sous la lueur des cierges.

Douce sembla lire dans ses pensées :

— Te fie pas à la couverture des bouquins. Ils sont tous plus différents les uns que les autres. Vas-y maintenant, choisis-en un !

Lilith tendit une main hésitante vers un gros volume. Sous la pulpe de ses doigts, elle crut le sentir frémir. Des lettres en or se formèrent, comme écrites à la plume sur l'instant, au moment où elle posa les yeux dessus.

Créatures non apprivoisées des contrées voisines de Menëka.

— Où se trouve Menëka ? interrogea-t-elle en ouvrant l'objet avec convoitise.

— C'est l'une des plus grandes cités amazones.

— est-ce que Mutiane vient de là-bas ?

— Aucune idée.

Douce lui lança un regard acéré. Elle devait certainement se demander pourquoi Lilith faisait une fixette sur la Murmure.

La page choisie au hasard par la fillette laissa voir une silhouette fuligineuse, dessinée comme un croquis au-dessus d'un long paragraphe. Elle était dotée d'un nez crochu qui s'allongeait jusqu'au nombril. Les jambes étaient maigres, mais diablement musclées et ses yeux noirs et ronds comme des billes ne quittaient pas la curieuse du regard.

— Celui-là a pas l'air commode, murmura-t-elle, comme pour elle-même.

— Qui ça ?

Douce lui prit le recueil des mains.

— Tu plaisantes, j'espère ? C'est un goguenard ! Un lutin des prés, si tu préfères. Il est pas plus grand que ton index.

— Ah.

Son amie pointa du doigt une inscription manuscrite juste sous le croquis.

— Tu vois bien. Il fait même pas deux pouces de hauteur.

Lilith plissa les yeux, mais comme elle avait déjà pu le constater dans la jolie bibliothèque ornant ses quartiers, cette écriture lui était inconnue.

— Je sais pas lire cette langue, Douce.

La blondinette eut un air désolé.

— Excuse-moi, Moira. J'ai tendance à oublier que t'es encore très humaine.

Encore très *humaine*… Qu'entendait-elle par là ? D'ici quelques mois ou quelques années, serait-elle moins *humaine* ?

— Donne, je vais te faire la lecture.

Quelques heures s'écoulèrent ainsi, tandis que Douce lui contait les différentes particularités des races qui la titillaient le plus. Certaines d'entre elles étaient intéressantes, pourvues d'une réserve de magie exploitable, mais gardant des instincts sauvages, comme les goules. D'ailleurs, Lilith apprit même qu'il existait différentes espèces de goules. Celles qui infestaient le mont Setemùnia étaient appelées « goules charmeuses ». Un nom que les deux fillettes ne s'expliquaient pas…

— Pourquoi on n'a pas le droit d'être ici ? demanda soudain Lilith, en coupant Douce dans la lecture d'une fiche technique.

Cette dernière se rembrunit.

— C'est pas ça. Enfin, n'importe quel abel est autorisé à venir ici. Ma mère veut pas. D'après elle, je serais disons… impressionnable.

Lilith réprima son sourire moqueur. Douce, impressionnable !

Un bruit de pas coupa leur échange et la blondinette agrippa son amie par le coude avant de l'entraîner derrière le divan.

— Fais pas de bruit !

Elle mit son index sur ses lèvres et Lilith acquiesça.

En spectatrices invisibles, elles observèrent les nouveaux venus. Amarah était habillée d'une robe à traîne se mariant à la perfection avec sa gemme solaire. Une mine ombrageuse assombrissait son visage splendide, ce qui n'augurait rien de bon.

Alec la suivait de près, l'air bougon.

La reine se laissa choir sur le divan, et les deux fillettes échangèrent un regard inquiet.

— Te rends-tu compte de ce que tu me demandes de faire ? Mon rôle en tant que reine n'est pas de mettre la vie de mes sujets en péril. À ce stade, il vaudrait mieux que je m'en charge moi-même.

— Amarah, votre vie est bien plus précieuse que…

— Que qui ? Que Hiro ? Que Pameron ou Elros ? En voilà une idée ! En quoi ma vie vaut-elle plus que celle d'un autre ?

Elle secoua la tête avec colère, faisant voler ses mèches dans tous les sens.

Alec toussota pour masquer son embarras.

—Je me suis mal exprimé, je n'ai jamais voulu insinuer pareille chose. Pour Donovan, vous avez plus de valeur que n'importe qui. S'il vous détenait, nous nous précipiterions tous pour vous libérer. Et ça, il le sait.

— est-ce une raison pour envoyer un Murmure là-bas ?

— Pas un Murmure, ma reine. Sando. Il connaît les contrées humaines. C'est d'une importance capitale si nous voulons avancer dans notre croisade.

Amarah tapota nerveusement le coin du fauteuil. Alec poursuivit sur sa lancée, sûrement encouragé par son silence :

— Vous le savez, notre plus grosse faille réside dans l'art de la dissimulation. Notre morphologie est hors-norme et facile à reconnaître. Sando connaît les ficelles. Et avec l'aide de Nedril, nous pourrons certainement…

— Pas là-bas. L'art de la dissimulation n'a aucune espèce d'importance, dans cet endroit. Même pour quelqu'un d'aussi expérimenté que Sando, c'est du suicide.

— Nous savons nous défendre mieux que n'importe qui.

— Ce n'est pas aussi simple que cela. Tu veux envoyer un des nôtres en espionnage dans la ville la mieux gardée qui soit. J'ai grandi avec chacun de ces Murmures, j'ai connu Sando enfant, je ne tiens pas à être responsable de sa perte ! À mes yeux, personne ici n'est prêt pour une telle mission.

— Et Mirah ? Elle a longtemps étudié le comportement des humains.

— Mirah ? répéta Amarah, outrée. Mirah est encore une enfant !

— Une enfant de presque soixante ans, fit remarquer Alec. Elle n'est pas Moira, ne mélangez pas tout !

Le poing de la reine s'abattit sur le bras du divan avec force.

— Merci de cette précision, mais je sais ce que je fais. Pour toi, les choses sont bien plus aisées, tu n'as de comptes à rendre à personne, sinon à moi. J'estime qu'il est risqué de mettre un abel à Fall Marma, même pour sauver nos alliés retenus captifs là-bas. Les thaumaturges sont bien plus doués pour ce genre de choses. Et même s'ils se prétendent neutres, certains n'attendent qu'un signe de notre part pour rejoindre les causes que nous défendons.

— Et pourquoi pas un nain, tant qu'on y est, ricana son conseiller en levant les yeux au ciel. Les thaumaturges sont peu nombreux, diablement indépendants et, par extension, indignes de confiance. Ils ne se soucient que de leurs propres intérêts.

— Peut-être, mais je doute que réduire leur race à néant entre dans leurs intérêts. Ils connaissent sûrement mieux que nous les plans de Donovan et ne se rangeront jamais de son côté. De plus, leur don pour se fondre dans une foule est à prendre en considération. Jamais les nephilim ne remarqueront que les abels les observent à travers des yeux humains.

Alec retint une grimace d'impatience.

— Et vous connaissez des thaumaturges ? Soyons sérieux, Amarah, ils sont tellement insaisissables…

— Sando a rencontré une thaumaturge, répliqua-t-elle sèchement en lui tendant ce qu'elle avait en main. C'est une pointure dans sa discipline et d'ailleurs, pour nous prouver sa bonne foi, elle lui a donné un plan détaillé de l'aile ouest du palais des nephilim. Nous n'avons rien eu à lui demander, elle s'en est chargée seule. D'après Sando, elle voue une haine sans nom à ces créatures depuis que sa famille tout entière a été décimée par les soldats du roi, il y a de ça une dizaine d'années. Elle s'est juré de les voir tomber un jour.

Déroulant le parchemin, elle lui montra une esquisse des plus précises mises sur le papier à la plume d'encrier. Lilith et Douce ne purent s'empêcher de lever la tête pour lorgner la carte.

— Hum, je ne suis pas totalement convaincu, râla Alec en plissant les yeux pour observer les plus petits détails. Il ne suffit pas de savoir faire quelques gribouillis pour s'accorder les bonnes grâces des abels !

— C'est mon dernier mot, trancha Amarah d'une voix sans appel. Je ferai venir Suavë, que ça te plaise ou non.

Elle se pencha pour reprendre le rapport de la thaumaturge des mains de son conseiller, et l'enroula sur lui-même avant de se lever.

Un discret coup frappé à la porte la réveilla. En jetant un coup d'œil en direction de la fenêtre arquée donnant vers l'arrière-cour, Lilith vit qu'il faisait encore nuit. Bougonnant intérieurement, elle traîna les pieds vers la porte qu'elle ouvrit largement pour découvrir Sando et le poitrail de Kalenken, bien plus haut que le plafond de la maison.

— Bonjour Moira, navré de ce réveil forcé.

Sa voix était toujours aussi douce et posée. Tellement apaisante, que pas une seule fois, elle eut envie de protester contre sa présence.

— Faut dire que vous êtes bien matinaux, répondit-elle en étouffant un bâillement.

Kalenken se ramassa sur lui-même pour pencher la tête vers elle.

—*Nous aimerions que tu viennes avec nous. Tu devrais te changer.*

Et comme pour compléter les paroles du loup, Sando lui tendit un paquet bien plié. Elle le souleva pour découvrir quelques vêtements.

—Attendez-moi, j'arrive dans quelques minutes, les pria-t-elle avant de s'éclipser.

La tenue fournie par ses amis n'avait rien de très féminin. Un pantalon noir assez bouffant, une ample chemise aux manches remontées et pour accompagner le tout, une ceinture qui enserrait sa taille. Elle attacha ses cheveux avec un cordon en cuir et sortit rejoindre Sando et Kalenken. Il fallait avouer qu'ainsi affublée, elle se sentait très à l'aise, bien que peu coquette.

—Et voilà pour toi, fit Sando en posant devant elle une paire de bottes ternie par l'âge. Je pense qu'elles sont à ta taille.

En effet, les bottes en question étaient parfaitement ajustées à ses pieds. Elle suivit ses deux compagnons à travers la cité encore endormie. La nuit était parsemée de ses milliers d'étoiles et la lune, dégagée des nuages, brillait au-dessus d'eux, envoyant une lueur douceâtre sur Sanshee.

Lilith bâilla à nouveau à s'en décrocher la mâchoire. Elle avait peu dormi. Trois heures, tout au plus. Après avoir écouté, malgré elles, la conversation houleuse entre Amarah et Alec, les deux fillettes s'étaient empressées de reposer l'ouvrage dans la bibliothèque avant de s'enfuir à toutes jambes. Leur discussion avait longuement trotté dans la tête de Lilith alors qu'elle sommeillait à moitié dans son lit.

—Ça fait longtemps que je vous ai plus croisés, remarqua-t-elle en essayant de cacher son amertume.

Kalenken se rapprocha et la caressa de sa grosse tête poilue. Sando, quant à lui, posa une main amicale sur son épaule.

— À notre décharge, nous avions de nombreuses affaires qui nécessitaient notre présence. Puis je ne peux pas te cacher qu'Alec nous a donné du fil à retordre, en ce qui te concerne.

Lilith se tordit les mains avec nervosité.

— Comment ça ?

— Eh bien, il tenait beaucoup à te donner des cours, mais après la désastreuse scène dans le bois des Murmures, Kalenken et moi avons préféré intervenir. C'est pourquoi nous sommes ici avec toi, ce matin.

Elle leva la tête vers le loup dont les yeux semblaient étirés par un sourire invisible.

— Vous voulez dire que vous serez mes professeurs à partir de maintenant ?

Son cœur fit un vol plané dans sa cage thoracique tant cette idée lui plaisait. Hélas, la réponse de Sando ne fut pas à la hauteur de son enthousiasme :

— Pas exactement. Après de nombreuses déblatérassions, nous avons trouvé un compromis. Alec sera chargé de te donner les cours de coutumes, d'histoire, de stratégie de combat, de sport et d'atelier de survie. Ismeline s'occupera de t'enseigner l'art de la danse abelienne et enfin, Kalenken et moi nous chargerons de ton éducation en matière de combat à l'épée, de tir à l'arc, de lecture et d'écriture.

Il lui laissa quelques secondes pour digérer la nouvelle avant de poursuivre :

— Amarah a accepté d'alléger la chose en me donnant le statut de mentor. C'est pourquoi ce matin, nous t'avons tirée du lit. Car rien ne vaut un combat avant le lever du soleil.

— Un combat ? glapit-elle, déjà glacée d'effroi. Je veux pas me battre !

Le sourire engageant de Sando mourut sur ses lèvres, tandis qu'il la regardait plus attentivement.

— Pourquoi cela, Moira ?

Elle entreprit de lui raconter tout ce que Douce lui avait dit. Les guerres qui les attendaient, sa place qui serait importante dans leurs rangs...

Ses amis l'écoutèrent sans l'interrompre, parfaitement immobiles.

— Vous comprenez, finit par dire Lilith, je me sens pas prête et surtout pas faite pour le combat. Mon père a toujours dit que j'étais une peureuse, je prends jamais de risques inutilement, je...

— Et comment appelles-tu quelqu'un qui saute sur le dos d'une goule pour lui trancher la gorge ? coupa Kalenken d'une voix désarmante.

Sando hocha la tête.

— Ce que tu as fait dans le mont Setemùnia prouve bien que tu n'es pas une simple fillette qui se cache dans les jupons de sa mère au moindre danger.

— Ça veut pas dire que je suis une meurtrière. Je peux pas faire ce que vous attendez de moi, rétorqua-t-elle d'une voix de plus en plus aiguë.

Sando plia les jambes pour être à sa hauteur et encadra de ses mains son petit visage. Il parla avec une telle emphase que Lilith n'osa pas décrocher un mot de plus.

— Écoute-moi bien, tu es une abel et une humaine. Tu as un don que tout le monde rêverait d'avoir, alors où que tu ailles, dès à présent, des gens essaieront d'attenter à ta vie. Tu es une menace pour le royaume, pour le monarque d'Hibendrill, ses descendants et tous ses sujets. Tu apportes le changement, la nouveauté, la vigueur et la passion. Tout ce que les persécuteurs craignent. Pour que tu accomplisses ta destinée, en tant qu'élue, tu es obligée de savoir te battre. Ouvre ton esprit, Moira, tous les guerriers ne sont pas des meurtriers. Nous nous battons pour l'égalité des races, la chute des frontières, et l'abolition de la peur qui mine les habitants d'Hibendrill. Le choix t'appartient. Tu peux retourner à Mänsamel et reprendre le cours de ta vie jusqu'à ce que les soldats du roi viennent te chercher, ou alors tu peux rester ici, grandir, t'épanouir et te battre aux côtés de ceux qui t'aiment et en ce que tu crois.

Elle grelottait à présent, essayant d'imprimer dans son esprit tout ce que Sando venait de lui dire. Elle sentit la conscience de Kalenken se presser contre la sienne.

—*Qu'as-tu ressenti lorsque tu étais dans des situations de danger ? Au bord du lac avec les brigands, puis avec la goule ?*

Elle réfléchit quelques instants avant de répondre, puis projeta son esprit vers le loup et Sando afin que tous deux l'entendent :

—*De la peur surtout. Une envie de fuir.*

—*Et quand tu t'es aperçue que ce bandit était sur le point de t'étouffer ? Quand tu as vu cette goule prête à engloutir Sando ?*

—*De la colère… de la rage*, répondit-elle simplement.

Oui, c'était le mot. De la rage. Elle avait eu envie de supprimer ces êtres, parce qu'ils avaient cherché à lui faire du mal et à attaquer quelqu'un de cher à son cœur. Et l'idée de rester plantée là, à attendre que la mort s'abatte, lui était soudainement insupportable.

—Plus généralement, poursuivit Sando qui suivait lui aussi, via Kalenken, le cours de ses pensées, imagine les gens que tu aimes, les gens que tu as appris à connaître à Sanshee, se battre pour la cause de toutes les races opprimées, que ferais-tu? Les laisserais-tu lutter sans leur procurer ton aide?

—Non, répondit-elle immédiatement. Je veux pas que des gens meurent, si je peux empêcher ça.

Elle avait relevé fièrement le menton, pensant à son père, aux habitants de Mänsamel, à ses amis ici. Les laisser aller vers la mort sans intervenir, sans se sacrifier pour une cause… Elle ne pouvait le tolérer.

—*Tu es d'une grande maturité, remarqua Kalenken. C'est un lourd fardeau à porter pour une enfant de dix ans, nous en avons tous conscience. Contrairement à Amarah, nous préférons que tu sois préparée à ce qui est susceptible d'arriver.*

—Amarah voudrait en effet conserver ton innocence le plus longtemps possible, comme elle s'est évertuée à le faire avec Melhen, confirma Sando. Kalenken et moi-même ne sommes pas de cet avis. Tu mérites de savoir et de choisir ton camp.

—Mon camp est déjà choisi, répondit immédiatement Lilith.

La pièce ressemblait à une salle d'entrepôt, abritant une multitude d'armes. L'endroit était chaotique et encombré d'objets en tout genre: des chaises, des tables massives et même des machines à moudre le grain abandonnées. Seul un petit carré restait vide, comme si l'agencement était prévu pour quelque chose de particulier. Les lieux sentaient le parchemin neuf et le foin. Il y faisait chaud.

—Où on est? demanda Lilith.

Sando et Kalenken paraissaient totalement incongrus dans un lieu pareil, mais au moins, le loup y tenait-il sans problème.

—Dans un hangar. C'est le meilleur endroit pour apprendre à combattre. Nous avons une arcade spécialement prévue pour les affrontements, mais j'ai pensé que l'on serait plus tranquille ici.

Stupéfaite, la fillette regarda autour d'elle, peu convaincue par la véracité de sa phrase.

— On peut même pas circuler.

— C'est pour cela que c'est le meilleur endroit. Sur un champ de bataille, il faut s'adapter à toutes les situations et se battre même lorsque le terrain est accidenté et dangereux. On peut aussi user de ce secteur difficile pour en faire une force.

Il se dirigea vers les armes entreposées contre le mur et sortit un simple bâton, semblable à celui que Melhen tenait lors de son combat avec Alec.

— Pour l'instant, nous nous contenterons de ça, fit-il en lui lançant son arme en bois qu'elle attrapa de justesse. Lorsque tu seras plus à l'aise, nous utiliserons de vraies épées. En garde, jeune fille !

Elle le regarda sans comprendre, puis devant sa mine interrogative, se mit à rire.

— Désolée, je sais pas ce que ça veut dire.

Une étincelle d'amusement saupoudra le regard sombre de Sando.

Pour commencer, il lui enseigna les positions de base, n'hésitant pas à repositionner correctement ses pieds, ou à réaligner son buste dans l'axe de son corps. Rapidement, la fillette se sentit raide à cause de toutes ces postures à adopter.

— Il faut que tu saches que chaque combattant a un espace bien à lui que l'on appelle communément une « bulle de survie ». Il s'agit de la distance idéale entre toi et ton ennemi. Trop loin et le combat devient vraiment endurant, trop près et tu risques de te blesser toi-même. Cette bulle te permet de parer les coups et d'en envoyer de manière efficace.

Il accompagna ses paroles d'une démonstration et

Lilith hocha la tête.

—J'ai compris. Respecter la bulle de survie.

Il s'évertua ensuite à lui enseigner les techniques d'esquive les plus élémentaires. Lilith se révéla plutôt maladroite dans l'exercice. Son corps se mouvait gauchement, au rythme du bâton claquant sur celui de Sando.

—Tu verras que les cours de danse d'Ismeline te seront très utiles lorsque tu voudras éviter une attaque. Non seulement tu auras la grâce, mais en plus l'agilité. L'idée première, c'est de ne pas te fatiguer en esquivant. C'est pour cela qu'il te faudra une bonne endurance. Et l'enseignement d'Alec prendra alors tout son sens.

Ils poursuivirent l'exercice quelques minutes encore, jusqu'à ce que Sando estimât que ce fut suffisant.

—Passons aux choses intéressantes et mettons en application ce que tu viens d'apprendre.

—Comment? brailla Lilith, les yeux écarquillés. Vous m'avez rien appris!

—*Garde ton calme*, ronronna Kalenken. *Aie confiance en toi et ne quitte pas des yeux ton adversaire.*

Elle déglutit péniblement et leva son bâton qui lui parut une arme bien dérisoire contre son mentor. Le silence régna autour d'eux.

Sando enjamba l'espace qui les séparait en se jetant sur elle et instinctivement, la fillette ferma les yeux, en tâchant tout de même de mettre le bâton en travers de son visage.

Le premier coup se porta exactement à cet endroit et, stupéfaite, elle ouvrit les yeux pour voir la mine satisfaite de son professeur. Il se retira puis tenta de lui porter un coup vers l'épaule qu'elle para encore une fois de façon malhabile. À la troisième attaque, elle réussit à garder les yeux bien ouverts tandis qu'il tentait d'atteindre son flanc. Et cette fois-ci, elle rejeta en arrière l'arme de son adversaire, même si elle avait bien conscience qu'avec sa force de mouche, Sando n'allait pas reculer d'un pouce. Elle esquiva le bâton en faisant un pas brusque sur le côté et osa porter son premier coup sur la nuque de l'abel, mais celui-ci fut plus rapide et se défendit aisément.

Rapidement, l'effroi qui l'avait gagnée à l'idée de se battre ne fut qu'un vague souvenir et elle essaya même de lancer ses offensives de manière plus osée. Peu à peu, Sando abandonna sa tactique d'attaquer de front tout en feintant. Lilith eut droit à plusieurs ecchymoses dues à des attaques mal évaluées, mais ne se démonta pas pour autant. Chaque fois qu'elle perdait, une ardeur nouvelle l'envahissait, lui donnant envie de se démener davantage. Les feintes se révélèrent être son plus gros point faible et bientôt, elle se retrouva à perdre du terrain.

En jetant un rapide coup d'œil derrière son épaule, alors qu'elle esquivait un énième assaut, elle comprit qu'il essayait de l'amener vers le tas de meubles entreposés dans un coin. Elle tenta un passage sur la gauche, mais Sando paraissait être partout à la fois. Elle se retrouva bientôt acculée de tous côtés, incapable d'attaquer ni de se défendre. Elle tenta un ultime coup en biais, mais son professeur attrapa d'une main son poignet et lui fit une clé de bras. Elle gémit en serrant les dents.

— Lorsque les mains sont prisonnières, parer avec les jambes, murmura-t-il à son oreille en la lâchant. Parfois, un coup bien senti dans l'entrecuisse peut faire toute la différence.

— *Pas mal du tout, pour une première fois.*

— N'est-ce pas, rit Sando. Je dirais même que tu es assez douée. Je pense que l'on pourra faire quelque chose de bien, ensemble.

Flattée face au compliment, elle réajusta ses cheveux qui s'échappaient de sa queue-de-cheval, entravant sa vision. Ses joues étaient rosies par l'effort et le plaisir de combattre.

— On reprend, l'invita son professeur d'un mouvement de bâton, et cette fois-ci, je te dirai au

Lilith ne vit pas le temps passer, ce matin-là. La fillette qui s'était levée la mine boudeuse le matin même n'existait plus. À la place, il y avait une enfant avide d'apprendre et pleine d'énergie qui ne se lassait pas de jongler entre la défense et l'attaque. Certes, elle avait parfaitement conscience que Sando retenait la force de ses coups, mais de voir qu'elle était capable de faire autre chose que de rester tremblante en attendant que les torgnoles pleuvent la grisait étrangement. Elle se fichait des bosses, des bleus et des hématomes qui jonchaient son petit corps nerveux. Elle adorait ce jeu !

Lorsque Sando comprit qu'elle n'en pouvait plus, il abaissa son arme. Hors d'haleine, elle s'accouda à une vieille commode en se tenant la poitrine pour réguler sa respiration.

— Nous allons nous arrêter là, l'après-midi est déjà bien avancé et tu dois mourir de faim.

Elle le regarda quelques secondes, complètement hébétée, comme si elle sortait d'un rêve.

— Faim ? Non, je crois pas.

Il ébouriffa ses cheveux avec tendresse et saisit son bâton qu'il partit ranger. Pendant ce temps, Kalenken s'approcha d'elle et lui lécha affectueusement le visage. Elle se mit à rire.

— Quand est-ce qu'on recommencera ?

— *Tous les matins désormais, histoire que tu ne perdes pas la main.*

Heureuse, elle se mit à dodeliner de la tête sur une chanson imaginaire.

— Chouette, il me tarde déjà !
— *Nous aussi, tu n'as pas idée.*

Chapitre XII

Sur les traces de Maolen

Plus d'un mois était passé depuis son premier cours de combat. Chaque matin depuis ces quelques semaines, Lilith était prévenue par les grattements de Kalenken à sa porte.

Avant que le soleil ne se lève, elle attendait la venue du loup, les yeux grands ouverts dans la pénombre, toujours plus pressée d'être à son cours que la veille. Se lever très tôt lui permettait d'avoir les idées plus claires et malgré les protestations de son corps perclus de courbatures, elle s'accrochait, considérant ses blessures comme des leçons qu'il fallait retenir.

Après le bâton, Sando l'avait estimée prête à tenir une épée. À cause de sa petite taille et de sa force limitée, elle devait se contenter pour l'instant d'une arme courte, presque aussi légère qu'une dague. Les combats à l'épée étaient bien plus excitants, car susceptibles de devenir dangereux.

À midi, lorsque le soleil était à son zénith et que l'entrepôt se faisait irrespirable, Sando mettait fin au cours et elle avait quartier libre le restant de la journée. Le plus souvent, elle rejoignait Douce et Melhen et partait visiter les recoins reculés de la cité. Elle réussissait enfin à s'orienter sans se perdre parmi toutes les bâtisses. Ses amis lui avaient expliqué que toutes les habitations étaient construites autour du palais d'Amarah et fleurissaient en étoile. La colonne de pierre sur laquelle il était établi représentait le centre même de la cité. Il y avait quatre autres blocs, situés de part et d'autre du promontoire principal. Deux près du chemin le plus rapide vers la barrière magique érigée par les habitants dans les bois des Murmures et deux autres à proximité des cascades Desmée.

Durant ces dernières semaines, Ismeline lui donna son premier cours de danse. Celui-ci se déroula au palais, dans une pièce au parquet ciré et à l'agréable odeur boisée. Des joueurs de tambours et d'ocarina interprétaient des musiques diverses sous l'ordre d'Ismeline et Lilith était chargée de l'imiter. L'abel évoluait avec une grâce inhumaine, chaloupant en englobant toute la pièce dans sa danse. Au départ, l'exercice parut périlleux à la fillette, mais en suivant les conseils de son professeur, elle finit par se détendre et s'imprégner de la musique. Elle était encore bien loin d'égaler les prouesses d'Ismeline, mais celle-ci fut très positive dans ses critiques. En quittant le palais, Lilith se massa la nuque en se demandant ce qui était le plus difficile physiquement, la danse ou le combat ?

Elle savait qu'une autre confrontation avec Alec ne tarderait pas à arriver. Elle repoussait toujours cette idée dans un coin de sa tête. Celui-ci, depuis sa discussion avec Amarah, ne s'était pas manifesté dans sa vie et elle ne s'en plaignait guère.

Ce ne fut qu'un matin, alors qu'elle et Sando sortaient de l'entrepôt à la chaleur cuisante, qu'elle le revit. Accoudé sur la devanture en bois, les bras croisés sur sa poitrine athlétique, il attendait. Ses yeux inquiétants restaient impénétrables, s'attardant à peine sur elle.

— Te voilà. Tu me suis, s'il te plaît ?

Elle obtempéra, non sans avoir consulté Sando qui opina de la tête.

Les deux abels se jaugèrent quelques instants avant qu'Alec ne se détourne, Lilith à sa suite. Elle s'attendait à ce qu'il évoque l'épisode de la forêt et avait déjà préparé son discours à cet effet, mais pas une fois il n'ouvrit la bouche pour aborder le sujet. Au contraire, les yeux résolument fixés sur un point imaginaire devant lui, il parla d'une voix monocorde :

— Aujourd'hui, nous allons nous charger d'améliorer ta condition physique. Le combat à l'épée est un excellent moyen de travailler ton endurance, mais ne mobilise pas chaque muscle qui te constitue. Connais-tu une activité physique capable de demander à chacun de tes muscles un effort considérable, sans pour autant te faire suer ?

— Nager ? suggéra-t-elle.

Alec hocha la tête.

— Exact. C'est un art difficile, mais encore plus dans nos eaux. Comme cette pipelette de Douce a déjà dû te le dire, plus loin à l'est se trouve la mer dans laquelle se jette le cours d'eau de Sanshee. Cette mer est façonnée par les tourbillons et même le meilleur des nageurs humains aurait du mal à s'extirper d'un tel courant.

Lilith sentit son cœur accélérer comme un oiseau en cage. Alec n'allait tout de même pas l'obliger à sauter dans ces eaux profondes empestant la mort, si ?

— Pour commencer, nous allons améliorer ton évolution dans la rivière.

Elle se détendit imperceptiblement et il ne parut pas s'en apercevoir. Nager dans cette zone ne la dérangeait pas le moins du monde. Elle l'avait bien fait avec Douce.

— Désormais, lorsque tu auras terminé ton cours avec Sando, tu devras venir me rejoindre ici et en tenue. Nous irons d'abord courir, puis ensuite nager. Et je ne tolérerai aucun retard.

La fillette se renfrogna soudain. À l'avenir, elle n'aurait aucun moment à elle. Les choses sérieuses avaient commencé et la mine farouche de son professeur lui laissait présager le pire.

Fort heureusement, l'après-midi aux côtés d'Alec se déroula sans encombre. À la grande surprise de Lilith, il passa même relativement vite.

La journée avait failli basculer lorsque l'abel s'était mis à hausser le ton et qu'elle avait répliqué de la même façon, refusant de se laisser faire. Certes, Alec était son professeur et elle lui devait le respect, mais sa façon hautaine de la considérer l'horripilait et elle craignait qu'en se montrant faible, il n'en profite pour se débarrasser d'elle comme il l'avait fait dans le bois des Murmures.

Cependant, elle n'avait pas bronché lorsqu'il l'avait sommée de retirer ses chaussures et sa chemise pour lui montrer ce qu'elle savait faire. Après avoir transpiré dans ses vêtements, elle n'était pas mécontente de s'en défaire pour goûter aux délices du cours d'eau. Elle avait nagé sur toute la longueur séparant la berge des rochers desquels dégorgeait une cascade et sans difficulté, avait fait demi-tour, la tête hors de l'eau. Alec l'observait, accroupi et à moitié caché par les hautes herbes.

— C'est pas mal, déclara-t-il d'une voix bourrue lorsqu'elle l'eut rejoint.

Lilith leva les yeux vers lui, étonnée de ce semblant de compliment.

— Pour quelqu'un qui ne tiendrait pas dix secondes dans la mer, c'est pas mal du tout, poursuivit-il, retrouvant son flegme naturel.

Elle lui jeta un regard incendiaire.

— Au moins, vous savez motiver vos troupes.

Le reste du cours, il s'évertua à lui expliquer les gestes de base afin de rester à la surface de l'eau sans fournir trop d'efforts, ainsi que quelques conseils lui permettant de nager plus vite, dans l'urgence.

Malgré sa réticence vis-à-vis de son professeur, Lilith l'écoutait avec attention. Cela la mettait dans une position de dominée et elle en avait conscience. Son objectif était d'en apprendre le plus possible et si cela nécessitait de piétiner un peu sa fierté, ça en valait tout de même la peine. Elle était têtue, mais pas idiote. Malgré tous ses griefs, force était d'avouer que l'abel enseignait bien et que même s'il avait la critique facile, sa façon de nager devenait de plus en plus précise au fil des heures.

Le lendemain, il l'emmena dans des eaux un peu plus capricieuses, mais cette fois-ci entra à son tour dans l'eau afin d'éviter un quelconque incident.

Une drôle de relation s'installa entre eux à mesure que le temps passait, tel un accord tacite entre deux caractères forts.

À l'issue de quelques jours, les remarques acides et les propos froids avaient laissé place à des rapports neutres, si bien que les cours parurent moins pénibles à Lilith.

Tous les jours, ils couraient le long du ruisseau, passant par des chemins escarpés, barrés de racines noueuses et de pièges en tout genre. Les premières fois, la fillette ne tint pas plus de quelques minutes à un rythme soutenu. Seules les moqueries de son professeur l'avaient obligée à rejeter plus loin ses limites. Alec jouait de cette animosité pour la pousser dans ses derniers retranchements et elle-même se servait de sa colère pour aller toujours plus loin.

Les combats avec Sando devinrent, quant à eux, de plus en plus physiques. Même s'il retenait encore ses coups, il s'autorisait quelques libertés et Lilith devait sans cesse s'adapter. L'abel lui faisait également travailler ses attaques à mains nues ainsi que sa souplesse. Elle apprit des mouvements complexes permettant d'échapper aux bords tranchants des lames et même s'il lui manquait la grâce de la danse, elle devenait de plus en plus douée dans cet exercice. Sa petite taille lui conférait une aisance qui faisait parfois défaut à Sando et sa haute stature. Elle se faufilait, feintait et volait presque pour échapper aux attaques de son assaillant. La natation, la course et les exercices divers avaient complètement changé son corps, lui conférant une endurance qu'elle n'avait jamais eue auparavant. Passées les courbatures et les douleurs articulaires, Lilith se sentait beaucoup mieux, comme si toute cette activité physique lui faisait prendre conscience de son propre corps. Lorsqu'elle avait du temps devant elle, Melhen lui proposait toujours un combat, sous les regards curieux de Douce et d'autres enfants de la cité.

Le jeune cournol ressortait toujours plus frustré de leurs joutes car rapidement, Lilith commença à l'égaler en force, en vitesse et en finesse. Pourtant, il en redemandait chaque fois, prenant un plaisir certain à combattre contre elle. Il tentait parfois de la distraire en s'insinuant dans son esprit, mais passée la première fois où son plan fonctionna, elle se ferma volontairement à toute intrusion.

Kalenken, une nuit où ils veillaient tard en face de l'âtre de la cheminée, lui avait appris que contre un agresseur tel qu'un loup sauvage ou un thaumaturge qui cherchait à forcer les pensées, il fallait faire le vide autour de soi afin de rendre sa conscience parfaitement impénétrable. C'était un exercice périlleux qui nécessitait beaucoup de concentration. Ce qui se révélait d'autant plus difficile lorsque l'on combattait. Il lui avait bien précisé qu'on ne pouvait attaquer mentalement quelqu'un, tout en se protégeant d'un autre ennemi. Par défaut, il était donc plus sage de se barricader dans les tréfonds de son esprit et de se défendre par les armes.

Lilith buvait toutes ces informations comme du petit-lait. Elle avait l'impression d'être arrivée à Sanshee vide de tout savoir. Découvrir autant de nouvelles choses était comme d'apprendre à se connaître.

L'ancienne Lilith n'était plus, laissant place à une enfant de dix ans, déterminée, caractérielle et énergique. Son père ne l'aurait jamais reconnue.

Pour la première fois ce soir-là, Sando avait consenti à entrer dans la maison lorsqu'elle l'avait invité. Il arborait une mine grave et solennelle. Elle versa du jus de groseille dans un verre qu'elle lui tendit, attendant qu'il manifeste la raison de sa présence tardive. L'abel ne put se retenir d'esquisser un sourire amusé en la voyant le recevoir comme un adulte l'aurait fait. Il but lentement, prenant tout son temps avant de commencer à parler.

—J'espère que je ne te dérange pas.

Lilith resserra les pans de son bliaud autour d'elle, encore ensommeillée.

—Je m'apprêtais à aller au lit, mentit-elle.

Il s'excusa vivement et elle le rassura d'un geste de la main.

—Il vous fallait quelque chose?

Sando fixa son verre vide, ne sachant visiblement pas comment aborder le sujet qui lui tenait à cœur. La fillette patienta, de plus en plus intriguée.

— Il est temps que je réponde à tes questions. Paraît-il que tu assailles Douce et Melhen d'interrogations de tout ordre sur la légende des Maolen, et je pense que le moment est venu de t'avouer toute la vérité. Je t'ai bien observée ces derniers temps et tu me sembles prête à tout entendre, quoi qu'en dise Amarah.

Il reposa son verre d'un geste lent. Lilith en profita pour s'asseoir à ses pieds, sur le tapis épais. La suite promettait d'être très intéressante et elle tenait à se mettre à l'aise.

— Amarah... Elle est notre mère nourricière à tous. À la fois si bonne et si réticente à l'idée de te perdre, de perdre ce que tu représentes pour notre peuple.

— Ouais, je vous avoue que je sais pas trop pourquoi.

Sando passa une main dans ses longs cheveux, apparemment fourbu. À cet instant, il paraissait plus vieux, plus las que jamais.

— Elle veut te protéger. Elle craint qu'en t'avouant la vérité sur tout ceci, tu prennes peur et tu décides de partir, nous laissant seuls et sans défense contre les nephilim.

— Je suis donc une sorte de... de bouclier ? demanda-t-elle, s'attendant à ce qu'il démente tout de suite cette affirmation.

— Toi seule, non, mais aux côtés de Mutiane et de Melhen, oui. Vous êtes la botte secrète que nous comptons jouer contre le roi Donovan. Car il n'est pas au courant de votre existence et voilà presque onze ans que nous nous appliquons à la lui cacher.

Lilith prit une profonde inspiration, se préparant à la question qui lui brûlait les lèvres depuis déjà longtemps.

— Qui sommes-nous, dans ce cas ?

— À l'origine, tu es une humaine, Melhen un cournol et Mutiane une amazone. Il y a dix ans, quelque chose dans votre nature a été modifié, et ce quelque chose s'appelle Maolen.

Il prit une grande inspiration et Lilith s'accrocha un peu plus à ses lèvres, fébrile et impatiente.

—Maolen était un abel. Plus précisément le roi de Sanshee, Amarah étant sa fille. Le plus craint et le plus respecté de tous en Hibendrill. Vois-tu, un abel n'est pas immortel. Cependant, notre déesse suprême Chimère nous a dotés d'une longue vie pour saluer le courage et l'amour que nous nous portions. Nous ne vieillissons pas à proprement parler. Nous prenons de l'âge, mais notre enveloppe charnelle reste figée à une époque aléatoire. Maolen a vécu presque deux cents ans et durant ces nombreuses années, il a développé ses pouvoirs au-delà du pensable, exploitant sa force comme n'importe qui avant lui n'avait osé le faire. J'ai eu la chance de le connaître. C'était un homme d'une grande sagesse et très bon. Je pense que tu l'aurais beaucoup apprécié.

—Il savait faire quoi, exactement?

—Il maîtrisait trois éléments que personne avant lui n'avait réussi à exploiter. Un peu comme Ismeline et son don des Essences. Une prédisposition qui touche de façon hasardeuse. Dans le cas de notre roi, c'était une forme de magie très complexe, composée de jeux lumineux d'une puissance phénoménale. Chaque jet, lorsqu'il touchait une victime, avait un pouvoir particulier. Moi-même je n'en sais pas plus. Maolen savait garder pour lui ses secrets et c'est aujourd'hui ce qui pose problème.

Il vit le regard plein d'interrogations de la fillette peser sur lui et s'empressa de préciser:

—Je veux dire par là que je ne connaissais pas exactement l'étendue de son pouvoir. Son but ultime était de vaincre Donovan. Celui-ci avait cette soif de sang insatiable que rien ne pouvait arrêter, sinon la mort. Le roi des nephilim désirait plus que tout raser de la carte les créatures magiques civilisées. Seul Maolen avait réussi à développer des dons inépuisables et était réellement susceptible de lui poser des difficultés.

— Inépuisables ? répéta Lilith. Vous entendez quoi par là ?

— Te souviens-tu lorsque je t'ai dit que la magie était coûteuse ? Eh bien, la plus grande force de Maolen pouvait se passer d'énergie. Il maîtrisait des éléments si authentiques et naturels, qu'il n'avait qu'à puiser dans ce que le monde lui offrait. L'air, qui est à portée de tous, l'eau qui hydrate nos palais et le feu, qui réchauffe nos maisons. Sa puissance n'avait rien de commun avec notre magie quotidienne, c'était une jauge indépendante. Et en cas de besoin, il pouvait la renforcer avec l'énergie contenue dans sa gemme. Un véritable don de Chimère…

— Ça devait faire de sacrés ravages !

— Oh oui, tu peux me croire.

Il insista bien sur ces derniers mots.

— Les abels, les cournols, les amazones et les nains étaient les ennemis publics numéro un. Pour Donovan, nous ne sommes que des bombes à retardement qui pourraient le détrôner si nous devenons trop puissants. Se débarrasser de nous est son unique but. En premier lieu, il s'est attaqué aux amazones, car ils étaient ceux qui l'effrayaient le plus. Il a exterminé la plus grande partie de ce peuple respectable. Puis il a tenté de nous prendre de revers. Nous savions, grâce à Maolen qui l'avait senti venir. Et nous étions prêts.

Sando frissonna, comme s'il revivait ce moment.

— Pour la première fois dans l'histoire, toutes les races étaient prêtes à se battre contre l'oppresseur.

Les nains avaient fait le voyage depuis le nord-ouest, les dernières amazones s'étaient jointes à nous. Et les cournols, le peuple du Sable, avaient répondu à notre appel. La bataille des Cinq Vies, la bataille de toutes nos vies.

— Cinq ? Vous n'étiez que quatre peuples…

— Tu oublies les loups. Les loups étaient là. Et à leur tête la terrible Amepone, louve de Maolen. Cinq vies, Moira. Nous nous battions pour un pays sans différence, sans mépris des races, sans distinction. Dans le but de laisser un monde meilleur à nos descendants, nous étions prêts à sacrifier nos vies aux côtés de Maolen. Ce fut un carnage, comme tu l'imagines. Donovan en personne et sa caste s'étaient déplacés pour le spectacle. L'espace d'une journée, nous avons vraiment pensé que nous pourrions vaincre. Les hommes du roi étaient bien trop dispersés, ne se battant pas avec leur cœur, comme nous. Ils n'avaient aucun idéal, aucun amour profond pour les causes qu'ils défendaient. Ils n'étaient que des pantins et Donovan en tirait les ficelles. Maolen s'est mesuré à lui. Nous nous sommes vite rendu compte qu'ils s'affrontaient à armes égales. Les pouvoirs vieux de deux cents ans de notre roi avaient réussi à égaler la puissance d'un nephel. Pour la première fois, après tant d'années à nous sentir menacés, nous avons commencé à reprendre espoir.

— Ça s'est pas passé comme vous l'espériez, n'est-ce pas ?

Sando se prit la tête dans les mains, assailli par de vieux démons. Lilith aurait voulu se redresser et le prendre dans ses bras, mais à la place elle resta figée, les jambes repliées sur sa poitrine, presque effarée de ce que Sando s'apprêtait à lui dire.

— Maolen n'a pas vaincu. Alors que Donovan gisait au sol, proche de l'inconscience, il a été galvanisé par une énergie sans précédent qui lui a rendu toute sa force, alors que Maolen avait épuisé une bonne partie de son pouvoir. Il l'a tué sans sourciller.

— Mais… comment c'est possible ? s'étonna Lilith, effarée. On ne peut pas être sans force et la seconde d'après se relever comme… comme…

— Je sais, coupa Sando. Nous le savons tous. Personne n'a pu expliquer ce qui s'est passé ce jour-là. Maolen n'a pas survécu. Alors qu'il était sur le point de vaincre et de lui trancher la gorge, les rôles ont été brusquement inversés, on ne sait comment. L'histoire ne s'arrête pas là. Après avoir achevé notre roi, Donovan, très affaibli, s'est replié. Ses troupes l'ont suivi et nous nous sommes occupés de nos morts et de nos blessés. Je m'en souviens encore très bien. Alors que nous mettions le corps de Maolen dans une des tentes en attendant de le placer dans une sépulture décente, une immense lumière a éclairé les environs sur plusieurs lieues à la ronde. Un cri a retenti dans nos troupes et une amazone est tombée, inconsciente, touchée par une traînée lumineuse sortie du corps de Maolen. Cette amazone se nommait Pryah. On la connaît aujourd'hui sous le nom de Mutiane. À des lieues de là, dans le désert, un enfant de quatre ans a également été touché, Teomen. Il s'appelle désormais Melhen.

— Vous voulez dire que…

Sando ne lui laissa pas le loisir de terminer sa phrase.

— Ils sont restés inconscients pendant plusieurs jours. Amarah est montée sur le trône et nous a avoué un secret qu'elle gardait pour son père depuis de longues années. Celui-ci avait prévu que s'il mourait de la main de Donovan, une partie de son pouvoir reviendrait à trois individus choisis aléatoirement dans le pays. Ainsi, le roi n'aurait pas accès à sa puissance.

Ces individus, à eux trois, seraient à même de renverser Donovan et ainsi mettre un terme à son régime de terreur. Seuls, vous restez plus puissants qu'un abel moyen, mais à trois, vous êtes aussi solides que Maolen lui-même.

—Pourquoi est-ce que Maolen a pas donné son pouvoir à une seule personne? À trois, on a plus de chance de se diviser.

—Comme je te l'ai dit, Maolen était un sage. Il savait qu'en privilégiant une personne, celle-ci pouvait changer d'idéal, user de son don en commettant des erreurs qui pourraient mettre les peuples en péril. Trois, c'est un parfait équilibre. Si vous parvenez à travailler ensemble et à vous entendre comme les frères et sœurs de sang que vous êtes, vous y arriverez. Vous devez d'abord découvrir le secret de l'énergie dévastatrice de Donovan et alors, vous serez en mesure de vaincre. Vous avez l'avantage de la surprise, car celuici ne se doute pas une seconde que trois fragments de Maolen se trouvent encore sur terre et non sous terre.

Lilith resta silencieuse.

—Tu connais ton destin, désormais. En venant ici ce soir, j'étais déterminé à ne plus rien te cacher. Tu méritais de savoir ce à quoi tu étais vouée.

—Et si... Et si je reviens pas de cette guerre? Pardon, mais j'ai l'impression que vous nous envoyez au casse-pipe.

Elle leva vers lui de grands yeux assombris par la peur. Il ne put s'empêcher de la prendre dans ses bras et de la serrer contre son torse.

—Jamais je ne laisserai quelqu'un te faire du mal, Moira.

Elle répondit à son étreinte avec l'énergie du désespoir. Des larmes silencieuses coulèrent le long de ses joues pour venir mouiller la chemise de son ami.

— Mutiane me déteste. On arrivera jamais à s'entendre. C'est perdu d'avance.

Sando la relâcha légèrement pour plonger son regard dans le sien.

— Depuis que tu es à Sanshee, dis-moi combien de fois tu as croisé Mutiane.

Elle baissa la tête.

— Une fois.

— C'est bien peu pour se faire une image de quelqu'un, tu ne crois pas ?

Lilith opina du chef, un peu ragaillardie.

— Le jour où on est arrivés à Sanshee, je crois qu'elle a entendu mes pensées. Elle m'a regardé froidement et j'ai senti qu'elle savait.

— C'est fort possible. Étant pourvus chacun d'une partie de Maolen, vous êtes donc très intimement reliés les uns aux autres. Pour parler, vous n'avez pas besoin d'entrer dans les esprits comme tu le fais avec Kalenken ou n'importe qui d'autre. Vous êtes naturellement connectés, il arrive parfois qu'une bribe de pensée s'échappe pour parvenir au Maolen le plus proche. C'est également pour cela que Mutiane se tient le plus loin possible de vous. De nature très secrète, elle n'apprécie guère que ses pensées lui échappent.

— Je peux la comprendre. Ça m'enchante pas non plus.

— Et pourtant vous allez devoir en faire une force. À toi et Melhen d'aller à sa rencontre pour l'apprivoiser. C'est à vous de faire en sorte que le plan de Maolen fonctionne.

— Si plan il y a, nuança-t-elle, la mine sombre.

— Oh, tu peux me croire, Maolen avait un plan. À vous de deviner ce qu'il avait en tête et de trouver les indices qu'il a semés durant ces deux derniers siècles.

Chapitre XIII
Nedril l'herboriste

D'un crochet du droit, je l'envoyai valdinguer au sol. Repliant et dépliant mes doigts pour ignorer la décharge qui les avait parcourus au moment de l'impact, je fixai mon ennemi qui avait mordu la poussière. Ses yeux d'ardoise me jaugèrent avec amusement. Un sourire narquois étira ses lèvres minces tandis qu'il essuyait d'un revers de main le sang dégoulinant sur son menton.

— Tu crois sincèrement pouvoir me vaincre ? Moi ? Pauvre fou, tu ne sais pas à qui tu as affaire.

Sa chevelure s'agita dans tous les sens, tandis que deux immenses extrémités noires apparaissaient de part et d'autre de ses omoplates. Une fumée suspecte l'entoura, telle une aura maléfique.

Je le fixai, interdit. Il n'allait tout de même pas oser…

— Une de tes plus grandes faiblesses mon ami, c'est que tu n'as pas idée de ce dont je suis capable. Tu prétends être le plus puissant de ta basse espèce, mais mon pouvoir dépasse tout entendement. Abandonne, abandonnez tous ! Ou vous ferez de vos enfants des orphelins à jamais.

Je me contentai d'observer ce semblant de prestance, proche de la malfaisance. Donovan avait toujours aimé le spectacle, mais aujourd'hui, je tenais à assister à la pièce qui se jouait jusqu'à la fin.

Non, ce roi félon ne m'empêcherait pas de vivre jusqu'au bout de sa petite comédie...

Pekelo tirait de toutes ses forces sur les pierres précieuses incrustées dans les murs. Encombré par sa lourde armure, il grommelait face à l'effort.

— Laisse tomber, répliqua Oleg, elle se détache pas, y a aucun moyen. Allons fouiller dans les tiroirs des chambres. Ils doivent bien y cacher des trucs brillants !

Pekelo n'écoutait pas, préoccupé par sa tâche. Au bout de quelques secondes de lutte, la pierre grossièrement taillée se détacha enfin et vint à lui avec un pan du mur. Émerveillé, il contempla la topaze en l'élevant juste au-dessus de sa tête pour qu'elle aspire la lumière en son cœur. Avant qu'il ne puisse la ranger au fond de sa poche, elle tomba en poussière et glissa entre ses doigts pour venir s'éparpiller à ses pieds.

— Bougres de Fronts Marqués ! Ils ont ensorcelé toutes les pierres de leurs édifices.

— Viens, je te dis, insista Oleg en grimpant les escaliers quatre à quatre.

La chambre dans laquelle ils pénètrent était petite, mais décorée avec goût. Leurs bottes crottées ruinèrent le tapis somptueux, tandis qu'ils se jetaient sur les tiroirs des commodes. Les tenues, rubans, livres et autres objets exquis volèrent dans toute la pièce, créant un méli-mélo indescriptible autour des deux pilleurs.

— Oh, oh, oh, triompha Oleg d'une voix grasse, regarde ce que je viens de trouver.

Se redressant de sous le lit, il tira à l'aide de ses gros doigts sales une jolie – quoiqu'imposante – boite incrus-

tée de joyaux bleus, rouges et blancs. Trois serrures la surmontaient sur le côté.

— C'est de l'or ? demanda son acolyte, les yeux brillants.

Il effleura de son pouce noirci le métal ouvragé, surmonté d'inscriptions en langue inconnue.

— Ça m'en a tout l'air.

Il tira sur le couvercle en grommelant, mais comme il s'y attendait, celui-ci résista.

— Amenons-le avec nous ! On tirera un joli pactole de ce truc.

— Hors de question, gronda Oleg. Même si on essaie de le cacher, le roi l'apprendra et je ne donnerai pas cher de nos vies. On va le lui donner, il saura sûrement l'ouvrir. Et avec de la chance, il nous paiera en conséquence.

— Lorsque j'égorgerai ta jolie fille sans âge sous tes yeux, tu me supplieras. Tu te traîneras à mes pieds pour que je vous accorde mon pardon.

— Ton pardon ? Voyons Donovan, il y a longtemps que ce n'est plus une question de pardon entre nous. Pour toi, nous sommes certainement aussi insignifiants que des insectes, mais tu te leurres. Nous sommes prêts à lutter contre ton ignominie jusqu'au bout. Toi, ta famille et tes descendants êtes maudits, damnés, répudiés. L'Oracle a parlé.

À ma grande satisfaction, le sourire narquois de Donovan se flétrit.

— Une malédiction ? Que veux-tu dire ?

— Je croyais que les nephilim étaient une grande famille unie qui partageait tous ses secrets... J'ai bien peur qu'Hämon et Artos aient préféré garder certains de leurs savoirs pour eux tout seuls.

— Comment oses-tu ? gronda alors Donovan d'une voix à faire frémir la terre entière. Comment oses-tu salir le nom de mes ancêtres ?

Une chaleur inhabituelle régna autour de nous. Les cheveux de mon ennemi s'agitaient de plus en plus. Il paraissait hors de lui. Éberlué, je vis la blessure mortelle que je lui avais infligée à hauteur de la cuisse se refermer en quelques secondes. Donovan se leva, empli d'une énergie qui, je le sentais, n'était pas la sienne.

— Que vas-tu faire, désormais ? Me garder en vie pour tenter de savoir de quoi je parle ? Cher Donovan, si tu veux connaître l'histoire de ta famille, tu n'as qu'à écouter ton instinct et aller là où il te mène.

Mon dernier piège était posé. Il y avait peu de chances pour qu'il fonctionne, je le savais. J'avais au moins le mérite d'attirer l'attention de ce roi malveillant. Je savais qu'il me prendrait au sérieux.

À cet instant, je me sentis en paix avec moi-même. J'étais prêt à partir, à laisser Amarah me succéder, à perdurer, même mort. Je le sentais, c'était maintenant.

Mes Maolen devront s'en souvenir… Ils devront savoir… Comprendre… Où est le point faible.

Lilith se leva brusquement du lit, le souffle court. Portant ses mains à ses tempes, elle posa sa tête sur le couvre-lit, assaillie par une migraine qui lui transperçait les tympans. Trois jours que cela durait.

Gémissante, elle resta prostrée ainsi pendant près d'une demi-heure, incapable de faire l'impasse sur sa douleur. Elle eut le temps de repenser à toutes les images qui avaient peuplé ses rêves, cette nuit. Toujours les mêmes : Maolen combattant Donovan lors de la bataille des Cinq Vies. Et comme chaque nuit, le roi se cachait derrière un étrange masque noir qui lui mangeait presque l'entièreté du visage.

Le deuxième rêve lui faisait vivre le même jour, mais à des endroits différents. Des soldats ennemis s'étaient fait une joie de piller le palais d'Amarah.

Lilith en avait parlé à l'intéressée, quelques jours plus tôt, mais celle-ci n'avait pas su l'éclairer sur une éventuelle boîte ouvragée.

En s'épanchant auprès de Douce, la réponse n'avait pas été pour lui plaire :

— Tu t'es jamais dit qu'il se pouvait que ce soit… uniquement un rêve, avait avancé son amie prudemment.

— Un rêve avec une telle précision ? Non, c'est pas possible.

— Bah, on sait jamais. Le fait que Sando t'ait révélé ta véritable nature a dû te perturber et t'as inventé tout un scénario dans ta tête.

Ne pas être prise au sérieux avait agacé Lilith. Elle décida, à partir de ce jour-là, de taire ses visions. Cela ne l'empêchait pas de revivre ces moments inlassablement.

Lorsque la douleur s'apaisa un peu, la fillette tâtonna sur sa table de chevet, à la recherche du broc en cristal. Haletante, elle s'en saisit et versa un peu de lait frais dans un verre qu'elle but avec avidité. Elle se rendit ensuite dans la salle de bains et s'aspergea le visage d'eau contenue dans une vasque posée sur la commode. Ce simple contact lui fit un bien fou et elle s'accouda quelques secondes pour reprendre son souffle.

Ses migraines étaient de plus en plus fortes et personne ne lui avait apporté de réponses sur ses origines éventuelles. Elle n'en pouvait plus et se réveillait chaque matin un peu plus fatiguée que la veille.

S'asseyant derrière sa coiffeuse, elle entreprit de se brosser les cheveux. Son visage était encore bouffi par le sommeil et ses joues rouges lui donnaient un aspect fiévreux.

Ça va pas, pensa-t-elle en son for intérieur. Ça va pas du tout.

Quelques coups sèchement frappés à sa porte la firent sursauter. En ouvrant le battant à moitié, elle se figea à la vue des yeux écarlates de sa visiteuse.

— Ça ne va pas, nota simplement Mutiane.

Son visage fin et régulier était empreint d'une certaine mélancolie. Elle ne la fixait plus avec animosité et ne ressemblait en rien à l'amazone rencontrée la première fois.

— T'as entendu, constata-t-elle platement.

Mutiane hocha la tête et pénétra dans la pièce sans y avoir été invitée. Elle était habillée d'un pantalon beige en toile très moulant ainsi que d'une simple chemise blanche faisant ressortir son teint hâlé. Ses manches étaient remontées jusqu'aux coudes et Lilith put y voir des tatouages argentés faits d'arabesques épais, naissant dans le creux de ses bras et de ses poignets.

— Il est tard, je t'ai entendue gémir, puis tes pensées sont venues à moi. Je n'ai pas pu m'empêcher d'écouter.

Lilith haussa tristement les épaules.

— On n'a pas le droit à beaucoup d'intimité quand on est Maolen, pas vrai ?

Mutiane ne répondit pas tout de suite. Elle marcha nonchalamment dans la pièce, saisissant un bibelot par-ci, ou un livre par-là.

— Si on veut de l'intimité, mieux vaut se tenir loin des autres Maolen.

— C'est ce que tu fais, c'est ça ? En jouant le rôle d'un Murmure… C'est ce que tu fais.

L'amazone ne parut pas le moins du monde embarrassée par sa remarque et se contenta de fixer les livres entreposés dans la bibliothèque.

Lilith se massa le crâne en grimaçant. Une onde de douleur venait à nouveau de la traverser. Son geste ne passa pas inaperçu auprès de Mutiane.

— Il y a un herboriste près du palais. Tu devrais aller le voir, il te donnera quelque chose pour tes maux de tête.

Un léger sourire étirait ses lèvres pulpeuses.

— Tu sais ce qui m'arrive ?

Son sourire s'élargit et la fillette jura voir ses yeux pétiller.

— Dis-moi ce qui cloche chez moi, insista-t-elle à haute voix. J'ai demandé à Ismeline et Sando, personne ne sait.

Un doigt fin vint tapoter la tempe de Mutiane. Son air énigmatique ne l'avait pas quitté.

— Réfléchis un peu. Qu'est-ce qui, selon toi, serait susceptible de te faire aussi mal ?

Lilith haussa les épaules, de plus en plus perdue. Mutiane semblait prendre un plaisir tout particulier à la savoir dans le questionnement.

— Je te laisse y penser au calme, dans ce cas. À plus tard.

D'une démarche légère et chaloupée, elle atteignit la porte en deux enjambées avant de disparaître, laissant la fillette en proie au vertige.

Décidément, pensa-t-elle, cette amazone était de loin l'être le plus bizarre qu'elle avait jamais rencontré.

— Tu ne peux pas imaginer à quel point ta remarque est juste, résonna une voix espiègle dans sa tête.

Exaspérée, Lilith se jeta sur son lit et enfouit son visage dans les couvertures. Elle ferma son esprit aux intrusions de Mutiane. Ce ne fut qu'au bout de plusieurs heures qu'elle finit par s'endormir d'un sommeil sans rêves.

En se levant le lendemain matin, Lilith se demanda si la venue de Mutiane n'avait été qu'un rêve. En retrouvant ses livres éparpillés dans la maison et les breloques rangées à la mauvaise place, elle comprit que l'amazone était effectivement passée la voir.

Étonnamment, leur brève conversation avait été bénéfique. La fillette entrevoyait une chance de mieux s'entendre et de ne former qu'un bloc en tant que choisis de Maolen.

Depuis les révélations de Sando, elle tenait beaucoup à remplir les desseins du défunt roi, quoi qu'il eût prévu pour eux. Dans tous les cas, Mutiane et elle avaient une part en commun, similaire. Il n'y avait pas de raison pour que leur nature les oppose. En fait, même si l'amazone s'était montrée énigmatique, Lilith ne pouvait s'empêcher de l'apprécier et de désirer l'être en retour.

Un grattement à la porte la prévint que Kalenken était arrivé pour l'amener à son cours de combat.

— *Bonjour*, salua-t-elle joyeusement en ouvrant la porte.

Le loup tenait dans son immense gueule une corde s'enroulant autour d'un rouleau de parchemin.

— *Moira, j'espère que la nuit a été bonne.*

Instinctivement, elle porta une main à sa tête, repensant au fantôme de sa migraine de la nuit.

— *Je suis prête.*

— *Pas aujourd'hui.*

— *Comment ça, pas aujourd'hui ?*

— *Voilà pour toi.*

Dans sa main tendue, il déposa le parchemin.

— *Il n'a pas été ouvert. Et je suis chargé par Sando de te dire que ce matin, il ne pourra assurer son cours. Alec ne sera pas là non plus. Passe une bonne journée.*

Sur ces derniers mots, le loup frotta son collet contre le sommet de sa tête puis repartit dans la direction opposée, sans lui laisser le temps de répondre.

Lilith referma le battant de la porte derrière elle et s'y accouda, la respiration saccadée.

Elle savait ce que le parchemin renfermait. Un mot de son père. Enfin, il lui répondait !

Avide et les mains tremblantes, elle détacha le cordon qu'elle jeta au loin et déroula sa lettre.

Ses yeux parcoururent la missive avec empressement.

Ma L,

Quel plaisir d'avoir reçu de tes nouvelles. Tu n'as pas idée à quel point ta lettre m'a touché. Savoir que tu te trouves en sécurité et auprès de personnes sympathiques et bienveillantes me comble de joie.

Ici, les nouvelles ne sont pas très bonnes, même s'il n'y a pas lieu de s'inquiéter. Pour une raison que j'ignore, les soldats ont réquisitionné plusieurs bâtiments du village et s'y sont installés. J'ignore si c'est sur le long terme, mais leur présence rend la population un peu nerveuse. J'ai eu droit à un panel de questions, mais n'aie crainte, personne n'a vendu la mèche. Tout le monde est persuadé que tu es décédée, et je pense que c'est mieux ainsi. Je suis obligé de feindre le chagrin dès que je mets un pied dehors. Bien que mon cœur soit brisé de ne plus t'avoir à mes côtés, je suis heureux de te savoir saine et sauve.

Quoi qu'il en soit, ne t'inquiète pas pour moi, je me porte comme un charme.

Les cultures marchent très bien, ces temps-ci. Il a beaucoup plu et ça a été une grande bénédiction après des semaines de sécheresse intense. J'ai vendu tes derniers paniers à la vieille Iokina et je pense que tes petites œuvres manqueront à tout le monde. Même à cet infernal Père Gé qui a dû jeter une bonne partie de ses sièges au temple pour cause de moisissure.

Sache tout de même que tu manques à ton vieux père.

Les journées me semblent plus longues et bien moins divertissantes sans ta présence à mes côtés.

Il me tarde déjà de recevoir ta prochaine lettre. J'espère que tu m'y raconteras toutes les belles choses que tu fais (si tu es autorisée à le faire).

Prends soin de toi et surtout n'oublie pas que je t'aime,

Ton papa qui pense à toi.

La fillette laissa libre cours à ses pleurs, la lettre serrée contre son cœur. Revoir l'écriture gauche et si caractéristique de Léon la comblait d'une joie indicible, mais aussi d'une peine qu'elle avait cherché à contenir durant plusieurs semaines.

Lorsque ses larmes se tarirent, elle relut la lettre, toujours partagée entre des sentiments contradictoires. Elle savait bien que son père minimisait la gravité de la situation à Mänsamel et elle comptait bien en toucher un mot à Sando afin de voir ce qu'il était possible de faire.

Redressant les épaules et ignorant son mal de tête persistant, elle inspira un bon coup. Avant tout, il était nécessaire de répondre à Léon et ensuite d'aller voir l'herboriste dont Mutiane lui avait parlé.

Elle s'assit derrière sa table, prit une plume et écrivit avec frénésie, comme si ça ne pouvait attendre. Elle parla des cours de Sando, évoqua la présence apaisante de Kalenken et vanta ses progrès en matière de combat.

L'évocation de Douce et de Melhen lui fit monter les larmes aux yeux. Léon serait tellement heureux de savoir qu'elle s'était fait des amis ! Il avait toujours été inquiet de voir que sa fille n'était pas sociable avec les enfants de son âge.

Lilith omit volontairement de parler d'Alec et de son caractère impossible. Inutile qu'il se fît du mouron pour une si petite chose. Sando lui avait conseillé de rester évasive et de ne pas donner trop de détails si jamais la lettre était interceptée. Elle relisait donc chacune de ses phrases afin de s'assurer qu'aucune de ses précisions ne serait susceptible de servir à leurs ennemis.

Elle termina sa missive en lui demandant de plus amples explications concernant les circonstances exclusives qui régnaient à Mänsamel. Un mauvais pressentiment grignotait son cœur et elle craignait que la situation ne dégénère.

Une fois sa tâche accomplie, Lilith fourra la lettre dans sa poche et se prépara à sortir.

Elle tomba nez à nez avec Melhen qui eut un large sourire à sa vue. Opléa le suivait d'une démarche féline, les yeux emplis d'éclairs de désapprobation.

— Tiens, je venais te voir, justement.

— J'ai pas le temps, répondit-elle sans préambule. Je cherche n'importe quoi, un corbeau, une colombe, peu importe. Je dois envoyer un courrier.

Il perçut tout de suite son agitation et ses traits réguliers se firent songeurs.

— J'ai vu une corneille chez ma mère aujourd'hui. Elle a sûrement reçu du courrier. Je te l'amène tout de suite.

Lilith resta sur le perron de la maison, se massant les tempes dans l'espoir de chasser ses douleurs de plus en plus insistantes. Opléa n'avait pas bougé et fixait ses yeux d'ambre sur elle. Mal à l'aise, la fillette se détourna pour se donner l'air absorbé. Elle sentait toujours le regard de la louve dans son dos.

Lorsque Melhen revint sur ses pas, il tenait dans ses mains un choucas qui médisait de toute sa grêle voix.

— Le voici. Je t'ai amené de la ficelle, j'ai vu que t'en avais pas.

Lilith attrapa le cordon sans un mot et enroula le parchemin, trop affairée pour penser à remercier son ami.

— T'es sûre que ça va ?

— Tiens bien le corbeau, j'accroche la lettre.

Elle jeta un enchantement sur le volatile pour imprimer dans son esprit la destination de la missive. Puis ils le regardèrent s'envoler, côte à côte. C'était comme si une partie des angoisses de Lilith partait avec lui. Elle se sentait nettement plus légère.

— C'est pour qui ?

Melhen frémissait de curiosité.

— Mon père. J'ai reçu sa missive ce matin et je devais lui répondre le plus vite possible. Tu comprends, plus je réponds tôt et plus j'aurai des nouvelles rapidement.

Elle porta sa main à son front, effleurant sa peau brûlante. Le jeune garçon suivit son regard.

— T'as mal ?

— C'est atroce. J'ai l'impression que mon crâne est enfermé dans… dans…

— Dans un étau, compléta-t-il à brûle-pourpoint.

Lilith tourna la tête vers lui.

— Oui exactement. Ça t'est déjà arrivé ?

Melhen haussa les épaules d'un air qui se voulait évasif et décontracté.

— Heu, non. Si tu veux que ça s'apaise, je te conseille d'aller voir l'herboriste. Il a plein de remèdes qui font des miracles. Je pourrais te montrer où ça se trouve, si tu veux.

La fillette le considéra avec un mélange de défiance et d'étonnement. Puis finalement, elle acquiesça. Au moins, elle n'irait pas se perdre dans les coins et les recoins de la cité.

Elle suivit son ami sur le chemin menant au palais. Comme tous les jours à cette heure-là, l'air était frais et le ciel avait pris une jolie couleur pourpre, plongeant la ville dans une ambiance nébuleuse en cette délicieuse journée. Les rues étaient foulées par des abels matinaux vaquant à leurs occupations. Ils furent chaleureusement salués par les habitants enjoués aux bijoux scintillants.

Lorsque les deux enfants parvinrent au palais, Lilith aperçut pour la première fois une toute petite maison en pierre située sur leur droite. Des herbes semblables à des algues pendaient sur des poutres mangées par les mites, et du lierre courait sur la façade, jurant avec les allées propres et impeccables de la cité. La porte de la masure était boisée et sertie d'une simple feuille sculptée.

— On dirait que cette maison sort de la jungle.

Melhen se mit à rire.

— Crois-moi, Nedril l'herboriste a également l'air de sortir de la jungle.

Comme pour confirmer ces derniers mots, un homme hirsute émergea de la masure d'une démarche un peu arquée. Vêtu d'une longue toge qui recouvrait des chaussures ouvertes et fatiguées, il avait le visage presque entièrement caché derrière une toison poivre et sel. Seuls ses yeux, d'un joli vert d'eau, contrastaient avec son aspect grisâtre.

— Ne serait-ce pas ce garnement de l'autre côté de la rue et sa sublime louve ? Comment allez-vous, mes enfants ?

Opléa émit un ronronnement de plaisir et tourna son regard vers Lilith pour lui signifier quelque chose ressemblant à : « au moins, moi, il m'a remarquée ».

Lilith l'ignora – n'étant pas d'humeur à rivaliser – et s'attarda sur l'homme qui leur faisait face. Sa voix chevrotante prouvait qu'il était très vieux, certainement plus vieux qu'un humain moyen. Habituée depuis plus d'un mois à voir des visages jeunes et regorgeants de vitalité, elle fut frappée par son air fripé.

Le dénommé Nedril cligna plusieurs fois des paupières en les regardant tour à tour. Il ressemblait plus que jamais à un hibou effrayé.

— Salut Nedril, lança Melhen en faisant quelques pas dans sa direction. J'espère qu'on vous dérange pas.

— Pas du tout, pas du tout, répondit son interlocuteur avec un demi-sourire. Et vous m'avez ramené cette jolie Moira. Comme je suis content ! Entrez, mes enfants. Opléa, tu ne m'en voudras pas, mais je crains qu'en te laissant entrer, ma modeste demeure ne s'écroule. C'est que tu as étonnamment grandi depuis notre dernière rencontre. Tu deviens de plus en plus puissante.

Exprimer un refus en le déguisant en mielleux compliment. Une tactique des plus subtiles et Opléa n'y vit que du feu. La louve inclina la tête en signe d'assentiment et Lilith se promit d'essayer un jour.

En pénétrant dans l'unique pièce, l'humidité les prit à la gorge et ils furent obligés de respirer bruyamment pour expulser l'air de leurs poumons.

—Je peux vous offrir quelque chose ? proposa Nedril en se courbant un peu plus.

Lilith regarda autour d'elle. Le plafond était bas, étayé par des poutres en chêne robustes. Les étagères ployaient sous le poids des bocaux et des plantes ; de minuscules particules de poussière flottaient dans la pièce. C'était comme d'entrer dans un jardin sauvage.

— Non merci, répondirent-ils en chœur.

Le vieil homme se versa un verre de jus, à la consistance un peu grumeleuse, qu'il but d'une traite. Les deux enfants furent contents à cet instant d'avoir décliné son offre.

— Il ressemble à personne d'autre, cet abel.

— Tout simplement parce que ça n'en est pas un. Il est humain.

— Je croyais que les humains n'étaient pas autorisés à entrer à Sanshee.

— Parce qu'il n'est pas n'importe quel humain. C'est un herboriste, Moira. En Hibendrill, il n'en existe que deux. Et ils sont frères.

— Où se trouve le deuxième, alors ?

Elle sentit l'esprit de Melhen se rembrunir, signe de son mécontentement.

— À Fall Marma. Il est au service de Donovan.

Comment Nedril réagissait-il face à un tel affront venant de son propre frère ?

— Ils savent faire quoi les herboristes, au juste ? Ils ont des pouvoirs ?

— En quelque sorte, éluda Melhen. Ils s'échangent leurs secrets par le sang. D'après ce que je sais, Nedril et son frère étaient jumeaux. Ils ont tous les deux hérité du don, ce qui est très rare. Les herboristes sont utiles, surtout en période de grande guerre.

— Avez-vous terminé cette petite conversation, ou vais-je devoir attendre encore longtemps ? murmura Nedril d'une voix suave.

— Oh ! Pardonnez-nous.

Ils rougirent violemment. Le vieil homme eut un sourire indulgent et édenté.

— Je vous en prie, ne vous excusez pas. Utiliser son don au quotidien, c'est toujours passionnant. Rappelez-vous cependant qu'en présence d'un étranger, cela peut passer comme malvenu. Si tant est qu'il soit capable de remarquer que vous êtes lancés dans une conversation, bien entendu. Passons aux choses sérieuses…

Il marcha droit sur Lilith restée sagement derrière son ami et saisit son crâne entre ses deux mains osseuses. Il approcha son visage vers le sien, sans pudeur aucune, et lorgna ses yeux d'un air expert. Lilith sentit sa barbe lui chatouiller le menton et son souffle à l'odeur fruitée.

— C'est du kiwi, répondit simplement l'herboriste.

Elle haussa un sourcil. Ce vieil homme ne lisait tout de même pas dans ses pensées, si ? Elle aurait senti son esprit se presser contre le sien, autrement. À moins qu'il n'eût d'autres secrets…

— Quand est-ce arrivé ? demanda-t-il en pinçant ses joues.

— De… De quoi ? Qu'est-ce qui est arrivé quand ?

Il tapota sa tempe, comme Mutiane l'avait fait quelques heures auparavant.

— Tes maux de tête. Ils sont arrivés quand ?

— Ah, bafouilla-t-elle, se sentant de plus en plus idiote. Il y a une semaine, environ.

Il continua de l'ausculter d'un œil professionnel.

— C'est tôt, fit-il en la relâchant. Je ne m'attendais pas à ce que tu viennes me voir en cette période de l'année. C'est bon signe pour la suite. Très bon signe.

Lilith lança un regard interrogatif à Melhen qui lui répondit par un haussement d'épaules innocent.

Nedril se plaça devant ses étagères encombrées et déplaça quelques flacons poussiéreux. Lorsqu'il revint vers elle, il tenait une minuscule fiole transparente entre ses doigts.

— Tu préfères que ça te fasse mal ou que ça te gratte ?

— Pardon ? répondit-elle, pensant mal comprendre.

Le vieil homme soupira d'un air contrit.

—Je n'ai pas le temps de te concocter un remède avant deux mois. La saison *Glos* est capricieuse en ces terres, et il me faudrait des semaines avant de terminer la recette dans ces conditions. Tu as donc le choix : repartir les mains vides ou prendre ce que je t'offre. Il y a des effets secondaires à ce médicament, ton corps risque de te démanger.

Il eut une petite moue.

— Tes cheveux pourraient même tomber.

Elle secoua la tête avec vigueur.

— J'avalerai jamais ça.

— Elle le prendra, intervint Melhen en s'emparant de la fiole.

L'herboriste gloussa derrière sa main parcheminée.

— Sage décision.

— Attendez ! protesta Lilith. Je refuse de perdre mes cheveux à cause de cette mixture bizarre.

— Crois-moi, il vaut mieux perdre ses cheveux que subir ce qui t'attend si t'avales pas ce médicament.

Le garçon paraissait inflexible. Elle ne l'avait jamais vu comme ça. D'habitude, Melhen avait tendance à céder à tous ses désirs et non à s'opposer vivement à ses décisions.

— Qu'est-ce que tu racontes ? est-ce que tu sais ce que j'ai ?

Il resta muet, fixant le mur en face de lui, les mâchoires serrées.

— Je peux supporter la douleur, affirma Lilith en cherchant son regard. Dis-moi seulement ce que j'ai !

Nedril se frotta les mains et s'approcha d'eux silencieusement.

— Tu n'as pas une petite idée ? Rien qu'une petite ?

Ils la fixaient tous les deux comme si elle était devenue folle, comme si ne pas se douter une seconde de ce dont elle souffrait était inconcevable. Leur comportement de plus en plus étrange agaça Lilith qui commençait à en avoir par-dessus la tête qu'on lui cache des choses.

— Oh, et puis zut ! jura Nedril en les faisant tous sursauter. Dis-lui Melhen ! Et tant pis pour la tradition.

— Mais…

— Dis-lui, insista-t-il. De toute évidence, elle ne s'en apercevra que le moment venu. Et si elle ne sait pas, jamais elle ne prendra le contenu de cette fiole.

Le regard de la fillette passa de l'un à l'autre. Était-ce vraiment elle, la folle ? Avait-elle perdu le fil de la conversation à un moment donné ?

Melhen lui posa une main sur l'avant-bras, hésitant et attentif à ses réactions.

— Lorsque les abels naissent, ils sont dotés d'une gemme sur le front. Cette gemme est le symbole même d'un membre de leur espèce. Toi, Mutiane et moi ne sommes pas nés ici. Nos parents ne sont pas issus de cette cité, si bien qu'une partie de la magie des abels nous échappe à cause de l'absence de cette gemme.

Lilith leva les yeux sur le front du jeune garçon. Pourtant, le bijou bleu était profondément incrusté dans sa peau.

— Chez nous, c'est un peu différent. Notre pierre ne pousse que lorsque nous devenons plus forts. Et lorsque ça pousse, c'est d'une douleur épouvantable. Si tu t'obstines à refuser la fiole que t'offre Nedril, tu resteras clouée dans ton lit durant des semaines.

— Ne fais pas la même erreur que Mutiane, gloussa le vieillard, pétillant. Elle s'est traînée à ma porte, deux jours après avoir refusé mon remède, ne supportant plus ses maux.

L'idée qu'un être aussi fier et digne que Mutiane puisse réclamer une aide extérieure plongea Lilith dans la confusion la plus totale. La souffrance devait être réellement insupportable.

— Très bien, capitula-t-elle en prenant la fiole des mains de Melhen. Je vais boire ce truc.

Le mélange à l'intérieur était granuleux et opaque.

Elle le but en se refusant à vomir, ignorant son goût chargé d'amertume, ainsi que son odeur répugnante.

Nedril et Melhen la regardèrent avec intérêt.

— Quoi ? rétorqua-t-elle avec humeur.

Elle reposa la fiole sur une vieille commode. La pièce sembla soudainement tourner autour d'elle. Des fourmis imaginaires picotaient les extrémités de ses doigts et elle se sentit perdre pied. Dans sa conscience brumeuse, elle discerna Melhen qui la réceptionnait avant que son corps ne touche le sol. Ses lèvres bougeaient, mais aucun son n'en sortait. Portant les mains à ses oreilles, la fillette baragouina :

— Je suis... Je suis sourde !

À son grand désarroi, elle ne s'entendit pas parler et sa vision commença à se troubler. Les sourcils de son ami penché sur elle se rapprochaient. Il devait être inquiet. Près de lui, légèrement en retrait, Nedril l'observait, un sourire angélique et innocent accroché à sa barbe.

Chapitre XIV
La pierre de lune

Les fourmis… Elles couraient partout sur son corps, sous sa peau, fouillant les méandres de ses organes, se frayant un chemin dans ses entrailles. Lilith fut réveillée par ces mouvements involontaires de va-et-vient sur ses jambes. Lorsqu'elle ouvrit les yeux, elle était emmitouflée dans sa couverture, au chaud, et se débattait avec les démangeaisons de plus en plus fortes parcourant son corps tout entier.

Fichu Nedril et ses étranges potions !

Le soleil s'était insinué par la fenêtre et baignait la pièce d'une chaleur agréable.

Lilith se redressa en position assise et repoussa sa couverture. La vue de ses jambes lui arracha une grimace de dégoût. En sang et pleines de traînées blanches, elles témoignaient de sa furieuse envie de s'arracher la peau centimètre par centimètre.

Par réflexe, la fillette porta la main à son crâne et tira sur une mèche. Au moins y avait-il une bonne nouvelle : elle n'avait pas encore perdu ses cheveux !

—Je me suis permis d'entrer, je t'amène de quoi manger.

Voir le visage de Douce s'encadrer dans l'embrasure de la porte lui redonna le sourire.

—T'étais où hier quand j'avais besoin de toi pour pas avaler la terrible mixture de Nedril ?

Son amie posa un plateau sur la coiffeuse et sauta sur le couvre-lit, les quatre fers en l'air, son éternel sourire espiègle accroché aux lèvres.

—De toute façon, je t'aurais forcée à la boire, mais avec nettement moins de patience que Melhen. Nedril et moi on t'aurait attachée à ta chaise et ouvert la bouche contre ton gré.

—Je suis contente du soutien que tu me portes.

Lilith ne put s'empêcher de pouffer. Douce ne changeait pas. Elle n'était ni compatissante, ni aveuglément plaignante. Contrairement à ce que son prénom laissait entendre, elle présentait un caractère nerveux, malgré l'attachement que les gens lui portaient au premier regard.

—Il paraît que c'est une vraie torture de laisser pousser sa gemme sans médicament. Tu fais bien d'avoir accepté, autrement les habitants t'auraient entendue hurler ta souffrance jusqu'à Ametys.

—Personne m'avait dit que j'aurais moi aussi un bijou qui pousserait sur mon front.

—Parce que c'est devenu une espèce de tradition de rien dire et de laisser les Maolen l'apprendre par hasard. Tu dois normalement le découvrir par toi-même et avoues que ça aurait fait une belle surprise ! Grâce à ces deux zigotos de Melhen et Nedril, ça tombe à l'eau !

Lilith se pencha vers son amie et passa un doigt sur son talisman gris. Il était taillé à la manière d'une pierre précieuse et demeurait aussi tiède que de la chair. Surprise par sa texture, elle recula brusquement sa main, comme si elle s'était brûlée.

—Quand on n'y connaît rien à ce sujet, c'est sûr que c'est un peu étrange, concilia Douce en touchant le bijou à son tour.

—Ça te fait quelle impression, quand tu déverses ton pouvoir dedans?

—Tut tut! J'ai pas le droit de l'dire!

Lilith lui jeta son oreiller en pleine figure, ce qui lui arracha un cri étouffé.

—S'il te plaît... J'en sais suffisamment pour que tu continues à me donner toutes les informations importantes.

Douce leva les yeux au ciel sans répondre.

—Allez, supplia Lilith en faisant la moue. Je dirai pas que je sais. Je feindrai la surprise!

—Il suffira d'un regard de Sando pour qu'il devine que j'ai vendu la mèche.

—Ça lui est bien égal, à Sando, répondit la fillette. C'est lui qui m'a parlé des Maolen.

—La gemme, c'est différent. C'est comme le loup, tu ne peux pas l'apprendre avant l'heure. Et arrête-moi ces battements de cils idiots! Ça marche qu'avec Melhen, ça!

Lilith lui jeta un regard circonspect.

—En gros, tu sais pas comment ramener un loup?

Douce secoua négativement la tête.

—Non. Je sais juste qu'il faut se rendre au Daïs Enneigé. Le reste, on le découvre une fois qu'on y est. Sando, Amarah et Melhen ont jamais voulu me le dire. Et c'est pas faute de leur avoir demandé! Quant à la gemme, poursuivit-elle en lui adressant un regard noir, j'ai interdiction formelle de t'en parler avant que Sando décide de le faire. Qu'est-ce que tu fais, à la fin?

Lilith s'arrêta en plein grattage de son front.

—C'est insupportable. Je pense qu'à apaiser ces démangeaisons. Je commence à me dire que les maux de tête étaient pas si graves que ça.

Un rire moqueur lui répondit.

—Tu plaisantes? Melhen m'a raconté qu'au bout

d'un certain temps, les douleurs sont tellement atroces que pendant toute cette période t'es alitée et tu vis dans le noir. La lumière du soleil devient une torture et chacun de tes muscles s'atrophie.

— Ah oui, c'est sûr que dit comme ça...

Douce haussa les épaules.

— Boarf ! Tu sais bien que Melhen fabule souvent pour se donner de l'importance. Si j'étais toi, je mettrais ces boniments de côté. Dis-toi que si Mutiane – qui est la plus insensible de tous les êtres – résiste pas à une telle douleur, t'aurais pas tenu cinq minutes, ma p'tite !

En retour, elle lui renvoya son oreiller.

— Bon, c'est pas tout, mais j'ai faim ! Pas toi ?

Elle apporta le plateau et piqua une pâtisserie pleine de crème qu'elle fourra dans sa bouche. Lilith se saisit de sa tasse de lait d'une main, l'autre étant accaparée par le prurit s'épanouissant sur sa joue.

Les fillettes discutèrent encore une petite heure jusqu'à ce que l'arrivée de Sando contraigne la blondinette à s'en aller. Ce jour-là, l'abel était vêtu d'un pantalon noir et d'une longue veste tombant jusqu'à ses genoux, lui donnant l'allure d'un rôdeur.

— Je sais qu'avec ton nouveau traitement tu n'es pas en mesure de t'adonner à un exercice physique intense. Pour occuper tes mains à autre chose qu'à te gratter, je te propose de commencer un nouveau cours, indispensable dans ton cursus abelien. Et le plus sympathique, c'est que tu pourras demander l'aide de tes amis lorsque je ne serai pas là.

Il sortit de sous son manteau un bouquin à la reliure fatiguée.

— Je vais t'apprendre à lire et à écrire avec un de nos contes les plus populaires : « Quand le dragon voyait trouble ».

Lilith suspendit son geste, les mains s'attaquant déjà au bras gauche.

— Comment ? Je vous ai dit que ma maman m'avait appris à lire et écrire !

Sando tapota la couverture de l'ouvrage.

— Je sais. Et c'est d'ailleurs étonnant venant d'une jeune fille de condition modeste.

— Elle a toujours pensé que c'était une aptitude utile.

— Et elle avait bien raison, approuva-t-il en lui tendant le livre. Tu verras qu'à Sanshee, notre culture est légèrement différente de la vôtre.

L'ouvrage était plus lourd qu'il ne le paraissait. Lorsqu'elle l'ouvrit, une forte odeur de vieux papier envahit la pièce. L'écriture était fine, calligraphiée avec grâce. Lilith avait eu l'occasion de la voir auparavant et elle était toujours aussi indéchiffrable à ses yeux.

— Oh !

Elle ne remarqua pas tout de suite le sourire ravi flottant au coin des lèvres de Sando.

— Oui, ce n'est pas le genre de graphisme auquel tu es habituée. Comme tu as dû le remarquer, le dialecte culturel de notre cité est différent du tien. La grande majorité des abels maîtrise les deux langues.

La fillette passa ses doigts sur les symboles, envahie par une soudaine curiosité. Si elle apprenait à lire cette langue, elle serait en mesure de dévorer les livres entreposés dans sa bibliothèque. Et ça, elle en rêvait depuis son arrivée à Sanshee.

Revenant brusquement à la réalité, elle se maudit d'avoir oublié le plus important et farfouilla dans sa poche, à la recherche de son parchemin soigneusement plié.

— Avant de commencer, pardon de vous déranger avec ça, mais j'ai reçu une réponse de mon père.

—J'ai entendu ça, affirma Sando. Les nouvelles sont-elles bonnes ?

— Pas vraiment, répondit-elle. D'après lui, Mänsamel a vu arriver des soldats du roi.

Son protecteur s'assit sur un pouf posé près d'elle.

—Je suis au courant, Kaleb m'en a parlé. Il n'y a rien de grave là-dedans. Donovan s'est mis dans la tête d'effectuer un recensement complet des humains d'Hibendrill. C'est un moyen détourné pour découvrir d'éventuelles créatures normalement étrangères à son royaume. J'espère que tu ne t'es pas fait trop de mouron à ce sujet.

La fillette haussa les épaules en se grattant machinalement le front.

Comme son père l'avait pressenti, il était grand temps qu'elle s'éclipse du village. Quelqu'un capable de découvrir un être doué de magie parmi des humains l'aurait immédiatement remarquée. Ses aptitudes secrètes ne trompaient pas les gens habitués à côtoyer le surnaturel.

Non seulement en quittant Mänsamel Lilith avait sauvé sa peau, mais en plus elle permettait à son père de ne pas être pendu haut et court pour avoir sympathisé avec une « ennemie » du royaume. Le soulagement qui l'assaillit à cette pensée lui fit presque oublier la présence de Sando, occupé à parler.

— Cette langue n'est pas bien difficile. Une fois que tu as compris les intonations à donner à chaque symbole, le reste vient tout seul. À savoir que chaque signe est soit un mot – et un mot se prononce de différentes manières – soit une syllabe lorsque le mot a été introduit après l'édition de l'ouvrage. Tu l'auras compris, les symboles sont multiples et variés. Il te faudra tous les maîtriser. Le plus facile pour commencer serait que je t'apprenne les bases à l'oral. Moira ?

Tu m'écoutes ? Voyons, cesse de te gratter ainsi.

La fillette secoua la tête, comme pour sortir de ses songes et baissa le nez, honteuse.

— Désolée, je pensais encore à mon père.

Sando posa une main sur son épaule et elle eut une furieuse envie qu'il la gratte à cet endroit.

— Je comprends. Comme je te dis, il n'y a pas lieu de s'inquiéter. Maintenant, si tu veux bien, nous allons commencer le cours. Je suis convoqué dans quelques heures à une réunion du Conseil restreint. Je ne saurais me permettre d'avoir du retard.

— Très bien, je suis prête, répondit Lilith en crispant les mains sur les accoudoirs de son fauteuil, luttant contre ses démangeaisons.

Plus elle évitait d'y penser et plus elle y pensait. C'était tout bonnement infernal !

L'abel se redressa et alla se poster devant la fenêtre donnant sur le jardin de l'arrière-cour.

— La langue des abels s'appelle le shaan. Nos incantations n'ont aucune valeur avec cette langue. Tu ne peux pas allumer une flamme en disant « feu » en shaan.

— Comment on lance un sort ?

— Il faut se souvenir de trois choses : s'imaginer avec le plus de précision possible ce que tu désires, avoir le niveau de magie requis pour émettre ce sortilège et y mettre la conviction. Lorsque tu as voulu soigner mes blessures aux abords de l'Asséchante, Kalenken t'a dit exactement quoi faire. Ses mots étaient soigneusement trouvés et tu avais le désir profond de m'aider et d'apaiser mes douleurs. Au moment de lancer un sort, tu dois te délivrer de toutes tes pensées parasites. Tu ne dois penser ni en shaan, ni en langue humaine. La magie va au-delà des dialectes, elle est authentique et inaltérable. C'est pourquoi tu dois apprendre à purifier ton esprit. Si la puissance que tu veux mettre à profit n'est pas réquisitionnée comme c'est exigé, les conséquences peuvent être désastreuses. Tu peux aggraver l'état de la personne dans le cas où tu voudrais guérir, ou te tuer, car le sort demandera une magie que tu n'es pas en mesure de fournir.

— Vous m'avez dit une fois de jamais utiliser la magie d'un humain pour réaliser un enchantement. Et si j'en prends qu'une toute petite pincée ?

Au moment où sa question franchit ses lèvres, Lilith la regretta. Les lèvres de Sando se replièrent sur elle-même et l'étincelle de réprobation qui brilla dans ses pupilles lui confirma qu'elle aurait mieux fait de se taire.

— Effectivement, nous en avons déjà parlé et je suis surpris que tu désires revenir là-dessus. C'était un « non » catégorique, il me semble. La magie est plus gourmande en énergie lorsque tu désires lancer un sort en te servant de quelqu'un d'autre. À tous les coups, tu tueras cet individu. Un humain dénué de dons aura tout de même une part de magie en lui, mais si infime et insignifiante que si tu n'y prends pas garde, tu risques d'en venir à bout. Certains humains stockent inconsciemment plus de magie que d'autres, mais comment le savoir ? Non, Moira, tu dois chasser cette idée de ton esprit.

— On peut l'utiliser contre nos ennemis. C'est pas plus simple de procéder comme ça plutôt que de faire couler le sang et perdre nos guerriers ?

— Bien des abels ont pensé qu'il serait intéressant de faire une telle chose, mais cela ne marche pas avec les nephilim. Ils sont barricadés derrière leurs propres sortilèges de protection et leurs esprits sont aussi insurmontables que les fortifications de leurs châteaux.

Les soldats du roi sont préparés à de telles éventualités et ont appris à se cacher derrière des consciences de fer. Donovan aura également pensé à les protéger d'un potentiel prélèvement de magie externe.

Il soupira.

— Nous nous égarons du sujet. Si tu veux bien, nous allons en revenir au shaan.

Sando se plaça alors juste en face d'elle et entreprit de lui faire répéter des mots simples de la vie de tous les jours. La fillette en maîtrisa rapidement une poignée, car l'abel revenait souvent en arrière pour rafraîchir sa mémoire. Le shaan était une langue riche en vocabulaire. Un mot dans la langue natale de Lilith se disait de multiples façons différentes. Et chaque terme avait une consonance bien particulière qu'il fallait respecter, au risque d'émettre des paroles qui pourraient être mal interprétées. L'application de la fillette fut telle qu'elle en oublia de se gratter, bien que ses ongles continuassent inconsciemment à s'agiter de temps en temps.

Ils abordèrent ensuite les lettres de l'alphabet abelien sur le papier. Lilith était chargée de recopier avec exactitude chaque caractère auparavant tracé habilement par Sando. Au début, très concentrée et penchée sur sa table, la langue dépassant légèrement de ses lèvres, elle en oublia les effets secondaires du traitement de Nedril. Bientôt, ses vieux réflexes reprirent le dessus et ses mains devinrent incontrôlables. Au bout d'une heure de calligraphie, Sando l'exonéra de cette tâche pour le restant de la journée.

Lorsqu'il prit congé, elle fut quelque peu soulagée. Les mots commençaient à se mélanger dans sa tête. Et bien que la langue fût musicale et très belle à l'oreille, la fillette désespérait d'avoir un jour le même accent roulant et chaud que son professeur.

Vingt-quatre jours. Vingt-quatre longues journées durant lesquelles elle dépérissait au fond de son lit, confinée entre les quatre murs de sa chambre. Des plaques disgracieuses étaient apparues sur la totalité de son corps. Et son visage, bien qu'encore lisse, présentait des rougeurs au niveau des pommettes et du front.

Lilith peinait à dissimuler son malaise lorsqu'elle recevait de la visite et s'évertuait à cacher son cou, ses bras et ses jambes sous son bliaud préféré. Alec, à sa grande surprise, avait accepté de ne lui donner cours que le soir, lorsque les rues étaient désertes. Ils allaient courir dans les bois ou nager dans le cours d'eau et cette proximité, loin de toute autre civilisation, avait pacifié leurs rapports. L'abel rébarbatif avait renoncé à asseoir son autorité à tout bout de champ et laissait parfois tomber le masque, ce que Lilith ne l'avait jamais vu faire auparavant.

Son besoin d'air frais et de grands espaces n'était cependant pas rassasié par les quelques heures d'entraînement données par son professeur. Heureusement, Douce et Melhen la rejoignaient toujours en cachette, très tard, et ils discutaient au bord des cascades Desmée. Malgré tout, chaque jour était un peu plus dur que le précédent. Lorsque tout le monde profitait des doux rayons du soleil et vaquait à des occupations diurnes, Lilith s'ennuyait ferme. Ses démangeaisons attaquaient sa peau avec une férocité sans cesse redoublée. Elle s'accrochait à ces nuits passées sous la lueur pâle de la lune. Seuls ces moments lui permettaient de ne pas devenir folle dans la maisonnette.

Pourtant, on lui avait bien dit qu'elle n'était pas consignée dans ses quartiers. Les habitants de Sanshee savaient de quoi elle souffrait et avaient déjà vu ces horribles plaques sur les corps de Melhen et de

Mutiane avant elle. Se présenter à découvert, sous le regard curieux de tous, la mettait très mal à l'aise.

Le seul avantage de sa condition se présenta au bout d'une semaine. Sando venait la voir de plus en plus souvent et restait de plus en plus longtemps. Lilith lui parlait en shaan, d'abord gauchement, puis à force de pratique, son vocabulaire commença à s'enrichir. Elle fut rapidement capable de discuter comme un enfant de son âge et avait mis un point d'honneur à ne communiquer avec Douce et Melhen que dans cette langue. Les cours de calligraphie furent, quant à eux, plus ardus. Ses mains étaient souvent rappelées à la démangeaison, ce qui gênait fortement sa dextérité.

Dans la journée, confortablement assise dans son fauteuil préféré, elle s'absorbait dans les ouvrages les plus faciles à lire et oubliait l'espace de quelques heures les conditions dans lesquelles elle vivait.

Comme presque chaque matin, Lilith fut réveillée par un cauchemar, mettant en scène Maolen et Donovan. Celui-ci ne faisait que revenir, sans répit. Et tous les jours, elle s'extirpait de son sommeil profond la sueur aux tempes, avec une phrase trottant dans sa tête, toujours la même : Mes Maolen devront s'en souvenir… Ils devront savoir… Comprendre… Où est le point faible.

Le point faible… des nephilim ? Après une longue discussion avec Sando, Lilith avait finalement retenu que justement, les nephilim n'étaient pas vulnérables. Il n'y avait aucun point faible à leur tableau, du moins rien de connu. Ce qui laissait des soupçons quant à l'intérêt du cercle Maolen. S'ils étaient là, dotés d'un fragment du défunt roi des abels, c'était pour une raison bien précise. Et Lilith était persuadée que trouver le point faible de Donovan et de sa famille devait faire partie de leur mission.

Elle s'était plongée dans des ouvrages de la collection personnelle d'Amarah. Celle-ci avait accepté volontiers, deux jours auparavant, qu'elle et Douce se rendent dans son bureau pour feuilleter quelques livres. Sauf que, et la blondinette ne s'était pas gênée pour le faire remarquer avec grandiloquence, la reine ne leur avait pas précisé le moment durant lequel elles pouvaient venir. Si bien qu'en pleine nuit, lorsque tout le monde dormait, les deux amies se glissaient dans la pièce au moyen d'une porte latérale. Bien entendu, Ismeline n'en savait jamais rien.

Lilith se débrouillait de mieux en mieux pour déchiffrer les écrits abeliens et put apprendre quelques éléments utiles sur leurs ennemis, mais rien qui puisse la mettre sur la voie d'une quelconque victoire. Bien que les livres fussent fournis, ils manquaient cruellement de détails.

Passant une main dans ses cheveux, Lilith bâilla longuement. Elle repoussa sa couverture et se dirigea vers sa coiffeuse. L'image que lui renvoya le miroir était à faire peur : d'immenses cernes violets creusaient son visage. Sa peau – déjà pâle en temps normal – était désormais translucide, laissant voir des veines saillantes et contrastant avec la couleur flamboyante de ses boucles rebelles.

Il lui fallut plusieurs minutes pour se rendre compte qu'elle ne se grattait plus. Durant la nuit, les traînées de sang sur son corps avaient séché, formant des croûtes déplaisantes.

Approchant un peu plus son minois contre le miroir, la fillette étudia plus attentivement ses traits. La couleur de ses yeux, déjà très claire, s'était accentuée, cela étant dû au manque de lumière de ces dernières semaines. Elle tenta un sourire en direction de son reflet et ses lèvres blanches s'étirèrent pour dévoiler ses dents alignées. Après avoir repoussé une mèche qui lui chatouillait la joue, elle eut un haut-le-cœur en découvrant son front et s'agrippa violemment à la poignée du meuble.

Une légère dépression était apparue et un minuscule bijou y trônait. Bien plus petit que ceux qu'elle avait eu l'occasion de voir sur les autres abels. Quelques plis disgracieux se formaient tout autour et en touchant délicatement sa peau marquée, elle sentit une onde de chaleur la traverser.

La pierre était fine et avait la texture de sa peau, comme si elle faisait partie intégrante de son corps, comme si elle avait toujours été là. Cette fois-ci, elle ne recula pas sa main comme elle l'avait fait avec Douce, elle étudia chaque angle de la gemme, appréciant ses bords parfaits, comme taillés par un joaillier de renom.

Le bijou était d'un blanc pur, mais lorsqu'elle se pencha de quelques centimètres pour le faire briller à la lumière, elle remarqua qu'il prenait une teinte étrange, semblable à une pierre de lune…

Dans le passé, la fillette avait eu la chance de voir une de ces pierres rares chez un artisan qui passait vendre ses breloques à Mänsamel. Même si sa gemme n'avait pas le doux arrondi de la pierre de lune, elle possédait une couleur qui s'en rapprochait étrangement. Du blanc. Mais un blanc qui tirait parfois vers l'émeraude et le cobalt. C'était à peine percevable, mais pourtant bien là. Elle n'en avait vu chez personne d'autre, jusqu'ici. La plupart des abels portaient des talismans gris perle, mais du blanc, Lilith était prête à mettre sa main au feu qu'il n'y en avait aucun.

Je suis unique, pensa-t-elle, non sans fierté.

Elle attacha ses cheveux au-dessus de son crâne pour dégager son front et ainsi bien apercevoir le bijou. Fière, elle resta assise devant sa coiffeuse une bonne heure, subjuguée par sa découverte, et ne cessait de se palper et de s'apprécier devant la glace.

— Moira, c'est moi !

Douce pénétra sans frapper dans la pièce et la surprit en train de s'admirer.

— Eh bien, quelle mouche te pique, ma grosse ? Je sais que t'es charmante, mais de là à tomber amoureuse de ton reflet. C'est limite un peu glauque, si tu veux mon avis.

Cependant, la blondinette se tut lorsque son amie tourna son visage rayonnant dans sa direction.

Un immense sourire aux lèvres, elle attendait sa réaction.

Douce s'approcha, le regard fixé sur son front, aussi curieuse que si elle découvrait un animal inconnu sur le pas de sa porte.

— Enfin, murmura-t-elle, comme pour elle-même. Elle est enfin là.

Lilith la laissa poser un doigt sur sa gemme comme elle l'avait fait quelques semaines auparavant. Le contact avec son amie lui procura une sensation étrange, tel un léger chatouillis.

— J'avais oublié à quel point c'était minuscule au début, rit la petite blonde.

Elle la serra dans ses bras avec chaleur avant de lui chuchoter à l'oreille :

— Bienvenue, t'es officiellement une abel, désormais.

Chapitre XV
Les Épreuves

C'était un de ces temps durant lequel on restait sagement chez soi, au chaud devant un bon feu et sous une montagne de couvertures en laine. La terre était creusée par les trombes de pluie qui s'abattaient et faisaient des bruits désagréables en clapotant contre les dômes vert émeraude. De lourds nuages gris couvraient le ciel d'habitude azur, baignant la cité de Sanshee dans une ambiance triste et déprimante.

Tous les habitants s'étaient réfugiés dans leurs maisonnettes dont les murs tiraient désormais vers le gris. La journée était déjà bien entamée, mais une chape de plomb semblait avoir englouti la ville entière, la plongeant dans une obscurité peu commune.

On avait coutume d'appeler cette période de l'année *la purge*, ou encore *Amariё*. Une saison qui rythmait la cité et ses environs et qui ne s'arrêtait qu'à l'issue de trois longs mois pour laisser place au soleil. Les abels aimaient la qualifier de «période transitoire», car elle signifiait l'arrivée du printemps. De plus, la fin de *la purge* n'était plus très loin et on pouvait voir à de nombreuses fenêtres s'encadrer des visages impatients. Tout le monde désirait du soleil, après des mois passés dans une semi-pénombre.

Une porte claqua quelque part et deux bottes sautèrent dans une flaque d'eau, éclaboussant un peu plus les dalles déjà humides. Moira resta debout, son visage oblong tourné vers le ciel, ses longs cils frangés caressant ses joues trempées, souriant en sentant l'eau ruisseler le long de son minois. Ses cheveux mouillés collaient à sa chemise au col ouvert et dégoulinaient le long de ses épaules. Ismeline l'aurait assassinée sur place si elle l'avait vue ainsi, non couverte et offerte à la morsure du froid.

Elle passa une main sur son front pour se dégager la vue puis commença à courir, avalée par l'obscurité. Sa condition physique lui permit d'atteindre les cascades Desmée en quelques minutes. Longeant le cours d'eau devenu opaque à cause des averses, elle offrait sa frimousse rougie par l'effort aux embruns fouettant. Ses longs cheveux volaient derrière elle comme un étendard enflammé.

Au fil des années, la jeune fille n'avait pas lésiné sur les efforts et les possibilités qu'offrait Sanshee. Les sentiers escarpés des chaînes de montagnes n'avaient désormais plus de secret pour elle et étaient devenus les lieux de longues courses matinales auxquelles elle s'adonnait avec délectation.

Si elle ne courait pas, Moira escaladait. D'abord d'inoffensives corniches sans prétention, puis de véritables parois abruptes et mortelles s'ouvrant dans le vide. Sans corde ni protection, il lui arrivait de passer ses journées à titiller la mort, la chair à vif, en poussant son corps dans ses derniers retranchements. D'ailleurs, celui-ci avait gagné en finesse, en habileté et en souplesse, s'adaptant aux défis constants qu'elle lui soumettait.

Lorsqu'elle eut atteint le bord de la pierre géante, là où se jetait l'ultime et vertigineuse cascade, elle regarda en contrebas.

Les vagues de l'océan Songua s'écrasaient avec fracas sur les parois rocheuses, furieuses et rugissantes. Quelques tourbillons solitaires apparaissaient sur l'étendue sans fin de la mer, menaçants et destinés à intimider les plus braves.

À cet instant, Moira se sentit comblée et béate. Son sourire n'était pas factice. Sous ces conditions météorologiques défavorables, elle se sentait prête à soulever des montagnes.

Elle ouvrit les yeux. D'un vert envoûtant, ils fixèrent quelques instants l'horizon. Ses vêtements tombèrent à ses pieds comme les corolles d'une fleur, ne laissant qu'un tissu blanc dissimulant sa poitrine et ses hanches. Sa morphologie avait bien changé depuis son arrivée à Sanshee. Ses courbes s'étaient accentuées, sa silhouette fine et athlétique se mouvait à la manière des Fronts Marqués, pleine de grâce et de sensibilité. Sculptés par les heures d'entraînement, ses muscles étaient capables de braver des conditions bien pires.

Elle recula d'un pas, puis sauta.

Son corps exécuta un arc de cercle dans le vide. L'espace de quelques instants, le froid, la pluie et le danger n'existèrent plus. La jeune fille fendit le vent comme une flèche. Sa chute sembla durer des heures et elle eut envie que jamais cela ne cesse. Ce ne fut que lorsqu'elle creva la surface de l'océan que la réalité la rattrapa. L'impact fut rude, même si son corps parut entrer dans l'eau avec aisance. La différence de pression faillit lui broyer les os et l'adrénaline commença à courir dans ses veines. L'instinct de survie prenait le pas sur le plaisir.

L'océan n'était pas son ami, il ne l'avait d'ailleurs jamais été. Depuis des années, elle tentait de l'apprivoiser, de l'appâter et le narguait en lui présentant son corps à malmener. L'océan lui avait bien fait comprendre qu'elle n'était pas la bienvenue, qu'elle devrait se débattre chaque seconde qu'elle entrerait sur son territoire. Qu'il pouvait, s'il le désirait, l'envoyer s'écraser contre les falaises voisines, la propulser dans les tourbillons ou lui arracher les membres à l'aide de vagues de plusieurs pieds de haut.

Moira recracha l'écume argentée qui s'insinuait dans sa bouche. Le froid menaçait de faire exploser ses poumons.

Elle savait qu'elle pouvait mourir à tout instant et de mille façons différentes, mais elle adorait cela. Le plaisir funeste de lutter contre les vagues était une activité qu'elle s'octroyait régulièrement et malgré la peur excitante qui se frayait un chemin dans ses entrailles, elle en demandait toujours un peu plus.

Devant elle se profila un ressac aussi large que haut. Moira ne réfléchit pas plus d'une demi-seconde et plongea. Elle s'enfonça dans les profondeurs, enveloppée dans l'obscurité, ses poumons écrasés par la pression toujours plus forte. Son corps se laissa aller implacablement vers le fond. Ce ne fut qu'au moment où ses pieds touchèrent une pierre sertie d'algues qu'elle prit appui, cambra les reins et se propulsa vers la surface.

Un poids immense pesait sur sa cage thoracique et quelques bulles irrégulières s'échappaient de sa bouche. Elle manquait d'air et l'océan la ceignait comme dans un carcan. Le cœur au bord des lèvres, les mains devant elle, Moira battait des jambes de plus en plus rapidement, attirée par le semblant de lumière dansante flottant au-dessus de sa tête.

L'air explosa brusquement autour d'elle et ses poumons se remplirent avec bonheur. Le soulagement fut de courte durée car déjà, elle se débattait pour rester la tête hors de l'eau. Elle nagea de toutes ses forces, ses bras fouettaient la surface tels des lames transperçant une peau à découvert.

Ses muscles s'échauffèrent devant l'effort, mais elle ne décéléra pas. Il fallait qu'elle s'acharne à lutter, à se battre, à braver, à défier… jusqu'à ce que ses forces l'abandonnent. Elle ne se laisserait pas entraîner dans les profondeurs de l'océan sans en découdre.

La jeune fille reposait sur le sable, sa poitrine se soulevant avec force, ses muscles parcourus de spasmes nerveux.

Les yeux tournés vers le ciel, elle s'aperçut que les nuages s'étaient transformés en amas cotonneux, plus noirs que jamais. L'orage ne tarderait pas à s'abattre, si on en croyait l'air lourd et chargé d'électricité.

Elle gisait, les bras en croix laissant la pluie fine tomber sur ses épaules, son ventre, ses jambes.

Elle se sentait vivante et complète. Pour la première fois, elle avait dansé avec l'océan. Celui-ci tentait de la molester, comme toujours, mais aujourd'hui, elle l'avait déjoué, tentant de ne faire qu'un avec lui. Elle avait gagné.

Et l'océan lui faisait une promesse. Il murmurait à son oreille la réponse à sa question.

Elle était prête à partir.

—J'ai bien cru que tu n'y arriverais pas, lâcha une voix rauque dans son dos.

La jeune fille se redressa vivement et son sourire s'élargit davantage en apercevant Melhen. Celui-ci avait poussé en hauteur depuis leur première rencontre. Âgé de dix-neuf ans, il était doté d'une haute stature. Sa musculature fine saillait sous ses habits et ses cheveux châtains rebelles cachaient une gemme d'un bleu de Prusse. Sous son œil, la marque en moitié de soleil trônait toujours, signe que malgré sa condition d'abel, il resterait à jamais un cournol. Melhen était toujours ce jeune homme jouant de ses charmes auprès de la gent féminine et le sourire éclatant et séduisant qu'il lui adressa à cet instant en attestait.

— Tu es monté jusqu'en haut pour prendre mes vêtements, remarqua-t-elle d'une voix chargée d'ironie. Comme c'est gentil à toi.

— Gentil est mon deuxième prénom.

— Voyez-vous ça…

— Je n'allais tout de même pas te laisser à moitié nue par ce temps, argua-t-il en lui lançant son paquetage qu'elle rattrapa au vol.

Ils se jaugèrent avant de se sourire.

Le jeune homme se pencha vers elle et l'aida à se relever.

— Tu es complètement folle, poursuivit-il tout en lui frottant les épaules pour atténuer les tremblements de son corps. Tu sais parfaitement qu'il est interdit de venir nager ici en cette saison. Sais-tu combien de nos compatriotes y ont laissé la vie ?

Il l'enveloppa d'un regard si protecteur que Moira ne put s'empêcher de lui tirer la langue, avant de faire mine de torsader ses cheveux pour les essorer. Certes, elle appréciait énormément son ami, mais il arrivait parfois que sa sollicitude fût telle qu'elle se sentait non plus couvée, mais étouffée.

— Il le fallait et tu le sais aussi bien que moi. Si je veux y aller, je dois me présenter dans la meilleure condition physique qui soit.

— Moira, plaida Melhen en prenant une mine affectée, tu as une meilleure condition physique que n'importe qui, ici. Tous ces fastidieux entraînements ont payé et Amarah en a conscience. Tu n'as pas besoin de faire tout ça pour réussir. Tu n'as rien à prouver.

— Pourtant je vais bien devoir passer les Épreuves, comme tout le monde. Et je dois m'en montrer digne. Alors pas de remontrances s'il te plaît, Mel.

Elle accompagna ses paroles d'un léger baiser déposé dans le creux de sa joue. Melhen sentait l'herbe trempée de rosée. Un de ses effluves préférés.

Comme elle s'y attendait, une présence toute nouvelle, bien cachée dans les fourrés, se manifesta dans leur dos. La jeune fille ne prit pas la peine de se retourner.

— N'essaie même pas, Opléa. Tu n'as aucune chance contre moi.

Un aboiement semblable à un rire retentit dans son esprit et la silhouette de la louve de Melhen se montra. En cinq ans, celle-ci avait gagné en taille, mesurant près de cinq pieds de haut. Son regard, en revanche, n'avait pas changé lorsqu'il se posa sur la jeune fille : méprisant et suffisant.

— Redescends sur terre, Moira. J'ai bien plus d'expérience que toi et tu ne tiendrais pas cinq minutes en combat à la loyale contre moi.

— Ce n'est pas ce que Kalenken avait l'air de dire, la dernière fois.

— Au diable Kalenken, que peut-il en savoir, réellement ? Ne t'a-t-on jamais dit que les femelles étaient les plus tenaces ?

— Si seulement tu pouvais faire un peu plus preuve de sa sagesse, ça t'éviterait de te couvrir de ridicule à tout bout de champ.

Son interlocutrice retroussa les babines, le poil hérissé.

— Opléa, Moira, cessez ce jeu stupide, s'il vous plaît, temporisa Melhen en leur jetant tour à tour un regard noir.

La louve redressa le museau d'un air de défi. Elle ne supportait pas la proximité qu'il y avait entre Melhen et Moira qu'elle considérait comme une petite arriviste. Le jeune homme avait beau faire de son mieux pour apaiser les tensions qui régnaient entre elles, rien n'y faisait. La situation ne changerait pas tant qu'un combat ne serait pas organisé. Pour Opléa, il fallait une dominante et une dominée. Et même si ce principe archaïque déplaisait à Moira, elle n'était pas prête à céder du terrain et se ranger à la place de dominée.

La jeune fille ne détestait pas Opléa. Elle cherchait juste à se défendre contre son animosité qui grandissait au fil des années. La louve se montrait très jalouse et même si Moira avait tenté de la convaincre maintes et maintes fois qu'il n'y avait que de l'amitié entre eux, elle ne voulait rien savoir.

Son mauvais caractère s'était amplifié au fil des années et elle ne tolérait aucune présence féminine très longtemps auprès du jeune homme. Seule Douce était acceptée, et encore ! Elle n'était que la sœur adoptive et présentait un danger que seule Opléa était à même d'imaginer.

Melhen faisait mine de n'en avoir cure. Même s'il adorait sa louve avec qui il était très lié, il ne se gênait pas pour papillonner et fanfaronner auprès des plus jolies filles de la cité. Ce qui mettait toujours Opléa hors d'elle. Il était difficile de concevoir ce qui le retenait auprès de sa compagne qui, avec l'âge, devenait de plus en plus acariâtre et querelleuse.

Ces deux-là avaient un caractère diamétralement opposé et Ismeline disait souvent que c'était le genre de choses qui arrivait lorsqu'un abel trouvait son loup trop tôt. Car pour se lier à un animal aussi noble, il fallait déjà bien se connaître soi-même, autrement les caractères risquaient d'être incompatibles par la suite.

Cependant, cet état de fait ne semblait gêner Melhen qu'occasionnellement, car mis à part son amour certain pour les femmes, il n'en échangerait pas une contre Opléa.

— C'est bon, on peut y aller, claironna Moira en enfilant sa deuxième botte par-dessus son pantalon.

Ils marchèrent côte à côte sur le chemin du retour, pataugeant dans les mares d'eau qui s'étaient formées un peu partout. Opléa les suivait, volontairement en retrait.

Lorsqu'ils atteignirent le palais, deux suivantes les attendaient. Placées sous le vaste dôme pour échapper à la pluie, leurs catogans presque identiques perchés sur la tête, elles affichaient un sourire plein de dévotion.

— Dame Moira, la reine Amarah vous attend, lancèrent-elles en chœur.

La jeune fille et son ami échangèrent un regard amusé. Tant de cérémonies pour pas grand-chose…

— Bon, à plus tard alors. Je ne me fais pas de soucis, tu y arriveras.

Après un claquement de leurs paumes pour se porter chance – au grand dam de la louve qui grogna – Melhen s'éloigna, Opléa sur ses talons.

Moira suivit les abels à l'intérieur du palais. Elle avait parcouru ce chemin bien des fois dans le passé et savait très bien où on l'amenait.

Lorsque les portes d'ivoire s'ouvrirent sur son passage, elle vit tout de suite que la commission restreinte qui l'attendait n'était autre qu'Amarah, Alec, Ismeline et Sando.

Tous les cinq habillés somptueusement pour l'occasion, ils siégeaient sur de grandes chaises princières royalement rembourrées. Une longue table vernie leur faisait face, sur laquelle reposaient des parchemins ainsi que des plumes et des encriers.

Pour l'avoir lu dans le règlement de Sanshee, Moira savait que ces parchemins seraient ensuite scellés et ajoutés dans la réserve personnelle de la reine, uniques traces d'un passage aux Épreuves pré-Daïs.

— Moira, la salua Amarah, les bras écartés en signe de bienvenue. Comment vas-tu, mon enfant ?

L'intéressée inclina légèrement la tête et la salua en retour avec respect.

— Très bien, Amarah.

Elle croisa le regard de Sando qui lui fit un clin d'œil malicieux et se retint de sourire.

— Tu es en retard, feula froidement Alec. Et tu sais parfaitement, je l'imagine, qu'il est formellement interdit d'aller nager dans l'océan Songua par une si fâcheuse averse.

Elle ne répondit pas et contracta les mâchoires. Alec, toujours lui. Leurs rapports, bien que meilleurs qu'à leur début, étaient loin d'être chaleureux. Chaque fois que l'abel l'assaillait de commentaires réprobateurs, elle se contenait pour ne pas lui répondre vertement. Après toutes ces années passées à suivre ses entraînements de plus en plus ésotériques, Moira avait fini par accepter l'idée que l'abel ne serait jamais pleinement satisfait de ses faits et gestes.

— Voyons, mon ami, ce n'est pas grave, objecta Amarah.

— Moira est juste curieuse de nouvelles expériences, intervint Ismeline qui paraissait très tendue. Elle est jeune, c'est de son âge. Tu devrais comprendre cela mieux que personne, Alec.

Celui-ci se renfrogna sans émettre plus de son.

Ces dernières années, Ismeline avait élevé Moira comme sa fille. Bien qu'Amarah lui eût attribué des quartiers à elle toute seule, elle passait le plus clair de son temps dans le foyer de la mère de Douce et Melhen.

C'était pour cette raison qu'Ismeline se comportait de manière aussi protectrice et maternelle. Entendre des reproches sortir de la bouche de quelqu'un d'autre qu'elle à l'encontre de ses enfants avait le don de lui hérisser l'échine. C'était une femme bienfaitrice, ayant passé les cinq dernières années à se faire des cheveux blancs face aux quatre cents coups de Moira, de Douce et de Melhen.

—Nous allons commencer. Si tu veux bien aller choisir ton arme...

La jeune fille traversa la salle de danse et prit un arc en bois plus long que les autres sur les crochets en métal. L'instrument présentait des branches légèrement recourbées au niveau des poupées. Trois flèches étaient rangées dans le carquois. Trois. Pas une de plus. Ce qui ne signifiait qu'une chose : elle avait une chance par objectif.

Moira resserra les lacets de son protège bras en cuir et se plaça devant la première cible. Plus personne ne respirait dans la pièce.

Elle le sentait.

Bien que placée à plus de dix mètres de son jury, elle avait une conscience aiguë de ce qui se passait aux alentours. C'était ce qu'Alec avait tenté de lui apprendre en l'abandonnant dans le bois des Murmures.

Savoir écouter et sentir.

Quelqu'un s'humecta les lèvres. Tout près, un autre frottait ses mains sèches l'une contre l'autre. Un glissement de tulle parvint même à son ouïe fine.

Elle ferma les yeux et respira tranquillement par le nez. Elle leva l'arc devant elle, à hauteur des épaules, et lâcha la corde. La flèche se planta en plein milieu de la cible.

Elle perçut un petit mouvement chez le comité : Ismeline se passait une main sur le front avec nervosité.

La deuxième flèche fit exactement le même trajet.

Au moment de lancer la troisième, Moira roula des épaules pour se détendre et repoussa une de ses mèches qui pendait devant ses yeux, faisant briller la gemme sur son front. Lorsque la troisième flèche atteignit sa cible, un concert de soupirs retentit et la jeune fille ne put s'empêcher de sourire. Le jury était loin d'être impartial, aujourd'hui.

— Félicitations, cette Épreuve est validée. Passons à la prochaine.

Une des suivantes trottina jusqu'aux cibles pour les enlever avec empressement, tandis que sa jumelle plaçait deux objets sur des monticules en cristal. Le premier était une bouteille en verre remplie d'eau à ras bord. Le second, une simple pierre, aussi grosse qu'un poing.

Moira les remercia du bout des lèvres, se débarrassa de son arme et se plaça juste devant lesdits objets. Elle lança sa conscience en direction de la chopine et effleura la matière à la fois fragile et froide, partant à la recherche des microfissures susceptibles de se présenter. Ses professeurs lui avaient enseigné qu'un objet n'était jamais parfait et toujours assemblé avec des défauts, des failles. Pour trouver un moyen de détruire une structure inerte et même un être vivant, il fallait déceler la faille sur la carapace. Pour une chose sans vie, la faiblesse se situait toujours sur son enveloppe externe. En ce qui concernait les êtres vivants, toutes races confondues, il fallait chercher du côté de l'esprit, qui était la partie la plus sensible et la plus propice à présenter des brèches et des lacunes.

Au bout de cinq minutes, la bouteille explosa, faisant sursauter tout le monde. L'eau se déversa sur le sol en flots réguliers. Satisfaite, Moira passa à la pierre, objet bien moins fragile et beaucoup plus épais. Les lézardes étaient plus nombreuses, mais d'autant plus difficiles à exploiter, car l'énergie à déverser pour accentuer ces faiblesses était plus considérable. La jeune fille serra les dents et puisa dans la magie qu'elle avait commencé à stocker dans sa gemme depuis que celle-ci était apparue. La pierre finit par se fendre en son centre au bout d'un gros quart d'heure.

Les suivantes se précipitèrent sur les objets pour vérifier l'authenticité des fissures avant de les brandir à bout de bras pour que le jury en atteste. Moira leva les yeux au ciel. Tout ça pour ça…

— Deuxième Épreuve validée, se réjouit Amarah. Toutes mes félicitations. Néanmoins, je tiens à te rappeler qu'il est important de garder la magie contenue dans ta gemme la plus intacte possible. C'est une énergie à utiliser en dernier recours, lorsque tu es en danger de mort.

Moira acquiesça sans répondre. Elle savait parfaitement ce qu'Amarah cherchait à lui faire comprendre, mais savoir que sur son front, un bijou renfermait plus de magie que son propre corps, c'était tentant à utiliser. Même si elle avait conscience que sur un champ de bataille, cette énergie serait d'une précieuse aide.

— Sando je t'en prie, à toi l'honneur, invita la reine, d'un mouvement de main gracieux.

L'interpellé descendit les deux marches, les mains dans le dos et se planta devant Moira. Celle-ci avait déjà choisi son épée et se tenait prête, bien appuyée sur ses deux jambes. Son adversaire lui sourit avec décontraction. Malgré cette démonstration de bonne entente, la jeune fille ne se faisait pas d'illusions : Sando ne lui laisserait pas de porte de sortie. La veille, son ami et mentor lui avait bien précisé qu'il ne tolérerait aucune faiblesse de sa part. Le combat à l'épée était le domaine de prédilection de la jeune fille et il voulait qu'elle exprime la totalité de son potentiel dans cet art, afin d'en mettre plein la vue au comité.

Sando sortit son épée du fourreau pendant à sa ceinture et attaqua le premier. Moira plaça la sienne juste devant son visage et lorsque les lames s'entrechoquèrent, elle remarqua l'éclair amusé dans les prunelles de son ami. Lui aussi se souvenait. C'était le même mouvement qu'ils avaient effectué lors de leur premier combat. Elle le repoussa et fit un tour sur elle-même, de biais, pour éviter que la lame ne la tranche en deux. Sando répliqua par un coup de coude et elle étouffa un grognement rauque avant de contre-attaquer. Elle feinta en faisant mine de se jeter sur lui et frappa son flanc du plat de son arme alors que l'épée de celui-ci s'abattait dans le vide. Ce fut à lui de grogner de douleur.

Ils se regardèrent quelques secondes, méfiants, jusqu'à ce que Moira arrive droit sur lui. Leurs lames se heurtèrent de nouveau et cette fois-ci, grâce à un habile moulinet du bras et un croche-pied, Sando se retrouva à terre, la pointe de l'épée de Moira contre sa gorge.

Des applaudissements nourris retentirent autour d'eux et elle se pencha pour relever son ami. Celui-ci était radieux.

— Tu as été merveilleuse, murmura-t-il en la prenant dans ses bras et en la soulevant de terre. Ta victoire est amplement méritée. Aujourd'hui, je suis en mesure de dire que l'élève a surpassé le maître.

En plongeant dans son regard, elle crut qu'il allait pleurer d'émotion. Perdre n'avait aucune espèce d'importance aux yeux de son mentor. Ce qui importait, c'était sa victoire à elle. Une victoire bien méritée. Elle se serra contre lui un peu plus fort, ignorant les autres qui se rapprochaient pour la congratuler. Sando avait été comme un père pour elle. À la fois présent et bienveillant. Dans son étreinte, elle mit tout son attachement et toute son affection. Ce fut naturellement qu'elle ouvrit la porte de ses pensées pour y déverser toute la tendresse qui la liait à son ami.

Lorsque Moira arriva chez elle, le soleil terne était en train de se coucher et l'horizon explosait dans des couleurs vives et chatoyantes derrière les chaînes de montagnes encore enfouies sous le brouillard. La pluie avait momentanément cessé.

Douce et Melhen l'attendaient, assis sur le perron de la porte. Leur anxiété était tellement palpable que la jeune fille n'avait pas besoin d'entrer en eux pour le comprendre.

— Alors ?

Elle les regarda tour à tour et leur sourit de toutes ses dents.

— Alors c'est bon !

Le frère et la sœur se précipitèrent pour la serrer dans leurs bras en bredouillant les félicitations d'usage. Elle les invita à pénétrer dans la tiédeur de la maisonnette et entreprit de leur narrer le déroulement des Épreuves. Melhen et Douce étaient des spectateurs très enthousiastes et curieux, si bien qu'elle prit un plaisir tout particulier à leur relater et leur mimer son bref combat avec Sando.

Lorsqu'il fut assez tard pour qu'Ismeline leur tire les oreilles, ils la quittèrent et s'enfoncèrent dans la nuit noire et froide.

Moira était dans un tel état d'effervescence qu'elle ne dormit pas tout de suite et griffonna sur un parchemin tout ce qu'il lui fallait prendre pour son périple. Au bout d'une demi-heure, elle plia le papier brun et le fourra dans sa poche. Cela fait, elle s'étira, puis ouvrit machinalement le tiroir de son bureau. Une boîte en bois rectangulaire s'y trouvait. Elle était vernie et brillait d'un joli éclat face aux lueurs du feu qui brûlait joyeusement dans l'âtre.

Elle leva mentalement le sortilège qui la scellait et, dans un cliquetis caractéristique, le fermoir en argent s'ouvrit. La jeune fille avait ensorcelé la boîte afin de la cacher aux yeux de tous. Lorsque le contenu apparut, elle sourit tristement.

Quelques pétales enchantés du bois des Murmures, un camée offert par Melhen un soir d'anniversaire, un pan de la robe préférée de Douce grignotée par Opléa, une touffe de poils de Kalenken, un bout de parchemin noirci par l'écriture ronde de Sando… Et surtout, les lettres de son père.

La gorge serrée, elle saisit les missives qu'elle avait enveloppées dans un tissu de soie afin de les protéger de l'usure. Épaisses et bombées, elle les tâta quelques instants, avant de défaire la ficelle qui les retenait entre elles. Elle les compta, comme tous les soirs.

Il y en avait exactement soixante-huit. Soixante-huit lettres gribouillées maladroitement par un homme qui vivait sans sa fille depuis de longues années et dont le seul moyen de garder une petite place dans sa vie était de lui écrire le plus possible. Moira savait qu'il était ridicule de compter chaque soir les missives, mais c'était devenu son rituel. Un rituel qui lui permettait de ne pas devenir complètement folle de chagrin.

Léon n'avait pas oublié sa Lilith, du moins ce qu'il en restait. Il ne pouvait pas se douter à quel point sa fille avait changé…

Pour son treizième anniversaire, Sando lui avait remis le plus beau cadeau de toute sa vie : un magnifique portrait d'elle, plongée dans un écrit abelien. Il y avait même des couleurs, accentuant ses longs cils recourbés, sa chevelure auburn cascadant jusque dans son dos, ses lèvres vermeilles et sa taille fine rehaussée par une robe retenue par une simple broche. Le dessin de la gemme couleur pierre de lune sur son front semblait irradier en dehors du portrait. Tout y était et pas un détail ne manquait. L'envoyer en retour à son père avait aussi été le plus beau présent qui fût.

Moira savait bien que ce souvenir de sa fille avait dû le toucher plus que jamais. Il était toujours plus difficile de rester que de partir. Car Léon devait vivre avec le fantôme de Lilith, caché dans les recoins de sa masure. Dix ans qu'il élevait sa fille, et devoir mener une existence sans elle devait être, aux premiers abords, insurmontable.

Effleurant d'une caresse les lettres posées sur ses genoux, elle put presque sentir les pins bordant le village, la viande cuire sur les broches, juste devant la chaumière d'Aénor. Elle revit avec émotion l'unique pièce dans laquelle elle avait passé plus de la moitié de sa vie. Son existence aux côtés de Léon s'était révélée heureuse et malgré leur précarité, la jeune fille n'avait jamais manqué de rien. Aujourd'hui, elle possédait tout ce qu'une enfant rêverait d'avoir : la stabilité, la profusion, la tendresse des gens qui l'aimaient, l'équilibre, la force, la liberté d'esprit. Il ne lui manquait qu'une chose : la présence de son géniteur.

Plus le temps était passé et plus ses souvenirs s'étaient estompés, comme si Sanshee avait pompé les réminiscences de son enfance. À présent, la chaumière était devenue floue, les grosses tomates rebondies du potager de Léon se transformaient en une évocation lointaine et le visage de ce dernier n'était plus qu'un vague sentiment de familiarité, vestige de sa vie passée.

La Lilith de Léon avait disparu avec la barrière magique séparant les deux mondes. Elle n'était plus que Moira, la Maolen, la choisie, le plus grand espoir de son peuple.

Pourtant, l'espace d'un instant, elle aurait aimé laisser de côté son identité de Front Marqué et redevenir la petite fille qui marchait pieds nus dans la terre meuble des champs, qui s'essuyait le visage ruisselant de sueur en bêchant avec son père.

Elle déplia une lettre au hasard, prenant un paragraphe aléatoirement :

«*Je sens que je me fais de plus en plus vieux. Pourtant, c'est toujours avec le même plaisir que je me rends aux champs. Malheureusement, mes vieilles articulations m'obligent à les délaisser de temps en temps et par conséquent, certains endroits se retrouvent en friche. J'ai essayé de trouver un apprenti pour travailler avec moi, mais les soldats enrôlent les plus robustes afin de maintenir le calme au village. Car la colère gronde, parmi les illustres et même si nous, bande de paysans, n'avons pas une seule chance contre leurs épées effilées, aucun de ces combattants n'aimerait avoir à expliquer au roi comment une mutinerie est arrivée. En ce qui me concerne, je ne me mêle pas à tout ceci. Je me sens trop vieux et trop rouillé pour me battre dans ce sens. Après tout, qu'ai-je à perdre ? Ma maison ? Elle tient à peine debout. Mes champs ? Ils ne me nourrissent plus depuis plusieurs mois. Ma fille ? Elle est morte aux yeux de tous. La seule chose qui me maintient encore debout, c'est de savoir que tu es bien traitée là où tu es, et que toujours, tu penseras à m'envoyer une de ces missives dont tu as le secret*».

Ce fut prostrée au coin du feu, les larmes inondant ses joues, qu'elle s'endormit, comme chaque soir. Les lettres fermement serrées contre sa poitrine.

Chapitre XVI
Le Daïs enneigé

L'atelier du forgeron de Sanshee était une grande maison ouverte sur presque toute la longueur. Il y régnait une chaleur fort désagréable.

Seul Atanian, le ferronnier abel de la cité, paraissait s'en accommoder. En entrant dans l'habitacle, la touffeur brûla les entrailles de Moira qui porta la main à sa gorge.

Atanian frappait avec son marteau sur l'enclume dans une pluie d'étincelles. Il ne portait aucune protection, si ce n'était un simple tablier qui recouvrait son torse. De ses lèvres s'échappaient des psalmodies tellement basses que la jeune fille tendit l'oreille, mais n'en saisit pas un mot.

Le forgeron avait des cheveux courts et brillants de sueur. Sa barbe de plusieurs jours lui donnait un air un peu rétif.

— Atanian, c'est moi ! Je suis venue, comme tu me l'as demandé, claironna-t-elle.

Trop absorbé pour répondre, l'intéressé ne leva pas la tête de son ouvrage et frappa plus fort encore sur le plastron rougi, aussi pur que de l'or.

Exaspérée, la jeune fille envoya son esprit à la rencontre du forgeron. Celui-ci avait une bonne protection, mais pas assez solide pour l'arrêter.

Atanian !

L'abel lâcha son marteau qui tomba au sol avec un bruit sourd. Il se tourna vers elle, bougon.

— Tu m'as fait peur, petite folle !

Puis s'adoucissant imperceptiblement :

— Je ne t'attendais pas si tôt.

Il se pencha pour reprendre son marteau et plongea le pan de l'armure dans un seau d'eau qui laissa échapper un filet de fumée.

— C'était impossible que j'attende. Je compte partir demain, répondit-elle en s'asseyant sur un tabouret voisin après en avoir épousseté les débris. Tu voulais me voir, alors me voici. Qu'y a-t-il de si urgent ?

Atanian se dirigea vers une grosse caisse en cuivre et en sortit un objet enveloppé dans un tissu.

— Qu'est-ce que c'est ?

— Je t'ai longtemps regardée combattre, répondit le forgeron avec un sourire. Je te connais mieux que personne en matière de combat. Je sais exactement quel genre d'armes tu apprécies et de quelle façon tu aimes en user. Tu as beau être encore une gamine, c'est qu'il y en a là-dedans.

Pour illustrer ses paroles, il tapota le sommet de son crâne d'un air entendu. Son nez était parsemé d'un soupçon de suie, mais il ne semblait pas l'avoir remarqué.

— Tu ne m'as jamais rien demandé, mais je tenais à te faire ce présent. C'est devenu une tradition d'offrir ça à chaque Maolen. Tu n'es pas sans savoir que je suis le meilleur de tout Hibendrill dans mon domaine et que les hommes de ma famille l'ont été avant moi. Il est donc bien normal que l'une des plus grandes guerrières de ce pays profite de nos talents si célèbres.

Moira pouffa, amusée. Atanian n'était pas vraiment un modèle de modestie.

Lorsqu'il lui tendit son objet empaqueté, elle s'arrêta de rire, cependant.

—Qu'est-ce que c'est? répéta-t-elle.

—Le meilleur moyen de le savoir serait de l'ouvrir.

Elle repoussa le tissu et un éclat de convoitise traversa ses prunelles émerveillées. C'était une épée à la lame longue et effilée, presque transparente. Son pommeau rectangulaire épousait parfaitement sa main et brillait d'une couleur émeraude, semblable à ses propres prunelles. La garde était en forme de croix, incrustée de joyaux flamboyants, la poignée sertie d'anneaux avait une texture douceâtre et terriblement maniable. Cette arme lui ressemblait: longue, fine et tranchante.

—Elle a été forgée par un de mes ancêtres il y a de ça très longtemps, l'informa Atanian, fier comme un coq. Dans un métal renforcé par les souffles des plus vieux dragons aujourd'hui disparus. Jamais cette épée ne se brisera. J'aurais pu la donner à Mutiane, mais j'ai choisi de lui offrir un petit bijou forgé en collaboration avec un ami nain du comté de Diribil. Cette arme-ci est particulière, car elle a eu une histoire avant d'être rangée dans mon atelier.

—Laquelle?

L'abel s'assit lourdement sur sa table de travail, les mains sur les cuisses.

—C'est l'épée dont la déesse Chimère a usé lors de l'unique bataille à laquelle les dieux ont pris part. Vois-tu, dans notre monde gouverné par ces saletés de nephilim, les dieux ont choisi de ne plus interférer. Cependant, il y a déjà très longtemps, bien avant notre naissance, une guerre a fait rage entre eux. Et dans une larme que la déesse Toute-Puissante nous a donnée, mon propre aïeul a forgé cette arme afin de l'aider à combattre. Cette épée, nous autres l'appelons Devtil. Ce qui signifie…

— Larme en shaan, coupa Moira en passant une main timide sur la texture précieuse du pommeau.

— C'est exact. Un joli nom pour une épée mortelle. Tu imagines ? Tu refermes ton poing sur un objet qu'une déité elle-même a touché ! s'enthousiasma-t-il.

Elle lui lança un coup d'œil amusé avant de reporter son attention sur Devtil.

— Elle te correspond parfaitement, poursuivit le forgeron, et sera une compagne de route sûre durant le voyage qui t'attend. Prends-en grand soin. Désormais, j'ai fait ce que la grande déesse attendait de moi, j'ai armé les plus grands guerriers de notre temps. Je suis en paix.

— C'est pour cette raison que tu as décidé de me la donner ? Tout simplement parce qu'elle me… correspond ?

— Je pense que Chimère serait heureuse de savoir que tu l'as en ta possession.

Moira réprima un soupir d'exaspération. Guardian, Chimère… Les dieux lui couraient quelque peu sur le système. Il était difficile de feindre l'intérêt lorsqu'on ne croyait pas un mot des légendes qui circulaient à ce sujet.

— J'ai l'impression qu'en serrant trop fort la poignée, elle se brisera…

— C'est un leurre, vois-tu. Elle est faite dans le cristal le plus pur des chutes de Moromen. Et jamais elle ne s'effilochera. Crois-moi.

Il lui tendit un fourreau blanc aux motifs verts entrelacés, aussi magnifique que l'arme elle-même.

— Et voilà ce qui va avec. Maintenant, tu as tout en ta possession pour atteindre les objectifs que toi et les autres vous êtes fixés.

Il la contempla, les larmes perlant au coin de ses yeux, puis cilla en s'essuyant le nez d'un revers de main.

— Va maintenant. J'ai fait mon devoir, à toi de faire le tien.

Avant qu'il n'ait eu le temps de tourner les talons, Moira serra sa main avec ferveur.

— *Anahera*, mon ami. *Anahera*.

Il se détourna, à la fois touché et bourru qu'elle emploie le shaan avec autant de reconnaissance, et marmonna quelque chose dans le même dialecte. Littéralement, la jeune fille le traduisit comme « *tu me remercieras quand cette lame aura sauvé ta peau* ».

La vieille sacoche en cuir était pleine à craquer. Elle y avait fourré de la nourriture ensorcelée, comme Sando lui avait appris à le faire, une gourde et quelques chaudes couvertures. Les rumeurs qui circulaient au sujet du Daïs disaient qu'il y faisait bien plus froid que l'Asséchante en pleine nuit. Pour ne pas s'encombrer de choses et d'autres, elle avait décidé de n'emporter que le strict minimum, malgré les recommandations d'Ismeline qui craignait qu'elle ne revienne pas en un seul morceau. Avec le peu de mets emportés, la jeune fille tiendrait à peine trois jours, mais elle comptait mettre ses cours de survie en pratique et ne se priverait pas de chasser une fois sur l'île.

Jusqu'ici, elle n'avait tiré que sur des cibles, mais se savait prête à refaire la même chose sur des êtres vivants pour ne pas mourir de faim.

— Tiens-toi droite, ma chérie, l'implora Ismeline, les lèvres pincées.

Moira obéit non sans ruminer intérieurement, grimaçant de temps à autre lorsque l'abel lui tirait un peu trop les cheveux.

— Pourquoi cette coiffure ? Ce n'est pas ça qui me sauvera la vie.

— Bien sûr que si ! rétorqua Ismeline en terminant de nouer la dernière natte. Tes cheveux sont devenus tellement opulents qu'ils pourraient te gêner lors d'un combat. Et seule la déesse sait combien les affrontements que tu vas rencontrer là-bas seront difficiles.

La jeune fille repoussa la tresse dans son dos, ce qui lui valut un soupir ronchon de l'abel qui s'en saisit pour la torsader au-dessus de son crâne.

— C'est tellement laid ! ronchonna-t-elle. Puis ça n'a aucune espèce d'importance. On dirait l'une des pimbêches de Melhen, comme ça. Si tu voulais vraiment m'aider, tu aurais affûté la lame de ma nouvelle épée pour qu'elle ne s'émousse pas.

Elle accompagna sa dernière remarque d'un rire destiné à amuser Ismeline, mais il s'étrangla dans sa gorge lorsqu'à travers le miroir qui lui faisait face, elle vit l'intéressée se contenter de froncer les sourcils, pas le moins du monde amusé.

— Que racontes-tu comme sottises, encore ? Tu sais bien que ce genre de lame ne s'émousse pas. Le souffle des dragons est l'une des forces les plus puissantes qu'il y a eu sur cette terre. J'essaie de rendre service à ma fille ! C'est mon droit, non ?

Moira soupira en entendant sa voix tirer dans les aigus. C'était un crève-cœur pour Ismeline de la laisser partir à l'aventure, mais elle ne pouvait s'empêcher de trépigner d'impatience.

Cela faisait déjà quelques jours que l'humeur de cette dernière s'était assombrie. Et personne, pas même les blagues tant redoutées de Douce, n'était parvenu à la dérider. Selon son amie, la dernière fois qu'Ismeline avait exprimé cet état proche de la détresse, Melhen s'était enfui en cachette pour les îles du Daïs, dans l'espoir d'y trouver le loup dont il rêvait depuis de nombreuses années. Désormais, les choses étaient différentes, Moira avait l'aval du Conseil. Elle était jugée comme apte à s'en sortir une fois là-bas.

Ismeline prit soin de chasser des poussières imaginaires sur son pourpoint mordoré, mais agacée, Moira saisit fermement ses mains et se tourna pour lui faire face.

— Ne t'en fais pas, tout ira bien. Je suis une grande fille, maintenant. Ce n'est pas pour rien que toi et les autres m'avez initiée. Il n'y a pas de raison pour que les choses ne se déroulent pas au mieux.

Une larme roula le long de la joue d'Ismeline. Puis une deuxième. Avant qu'un sanglot ne s'échappe de ses lèvres, la jeune fille l'attira vers elle dans une longue étreinte. L'abel la repoussa quelques secondes plus tard, se mouchant bruyamment dans une serviette.

— Va, maintenant ! Et ne reviens pas les mains vides, surtout.

Elle accompagna sa phrase d'un mouvement de menton qui se voulait encourageant.

Jetant sa cape de fourrure sur ses épaules, Moira plaça son sac en bandoulière et sortit à grands pas de la maison. Ses amis étaient tous réunis, la mine grave.

— Un petit sourire me mettrait du baume au cœur, vous savez, lança-t-elle à la cantonade.

Seule Douce réagit positivement en lui ébouriffant les cheveux. Ses éclats de rire perçants firent grimacer le groupe se tenant en arrière.

— Fais tout de même attention à toi, l'avertit son amie en la pinçant gentiment. Et ne traîne pas trop, dépêche-toi de revenir. Je ne serai pas longue à te rattraper, de toute façon. J'aurai mon loup moi aussi !

— Commence déjà par t'entraîner, rétorqua-t-elle en lui tirant la langue.

— Oh, ne t'en fais pas pour ça, ma grosse. Je demanderai des cours personnels à Alec, compte sur moi.

Moira ne put s'empêcher de glousser et embrassa Douce une dernière fois sur les deux joues.

Sando la serra à l'étouffer sans un mot. Kalenken posa sa truffe humide dans son cou et la jeune fille plongea les doigts dans sa fourrure abondante. Posant son front contre le sien, elle lui dit :

— *Peut-être qu'à mon retour, un autre loup viendra agrandir notre famille.*

Elle ressentit la vague de satisfaction de Kalenken se propager dans ses propres veines.

— *J'en serais très heureux.*

— *Je ne reviendrai pas sans lui. Ou elle.*

Elle se mit sur la pointe des pieds pour embrasser son museau avec tendresse. Même si leur relation n'était pas comparable à celle qu'il entretenait avec Sando, les deux amis étaient très proches. Et ce départ les peinait l'un comme l'autre.

Lorsque Kalenken et Sando s'éloignèrent, l'attention de Moira fut attirée par Melhen, le seul qui n'avait pas abattu son chaperon sur sa tête pour se protéger de la pluie incessante. Ses boucles folles tombaient lamentablement sur son front et ses yeux exprimaient une telle panique que la jeune fille resta immobile, sans trouver quoi dire.

Avant qu'elle ne comprenne ce qui lui arrivait, il encercla sa taille d'une main et se pencha vers elle. Son baiser fut tellement prompt et chaste que Moira se demanda si elle ne l'avait pas rêvé. Elle le fixa, interdite et estomaquée.

— Mes pensées t'accompagnent. Prends soin de toi.

Totalement sciée en deux, elle ne trouva même pas la force de hocher la tête, trop abasourdie par ce qui venait de se passer. Plantée derrière eux, la mâchoire de Douce était prête à se décrocher.

Afin de se donner une contenance, Moira rangea sa nouvelle épée dans le fourreau qui pendait à sa ceinture et réajusta son arc et son carquois dans son dos. Ainsi armée, elle se sentait prête à braver tous les dangers, sauf peut-être le danger-Melhen qui semblait s'être insinué en catimini dans sa vie.

Après avoir salué les dernières personnes venues lui apporter son soutien, elle fit demi-tour, étrangement terrifiée de partir seule pour la première fois. Les quitter maintenant, c'était comme partir pour toujours et ne jamais revenir. Depuis son arrivée à Sanshee, elle n'avait pas mis un pied dans un monde autre que celui-ci.

Sans se retourner, elle courut le plus vite possible, désireuse de mettre le plus de distance entre elle et les sanglots des gens dans son dos.

Elle descendit les marches la séparant des cascades à toute volée et longea habilement les rebords léchés par l'eau agitée pour atteindre l'océan Songua.

Une fois perchée sur la falaise, elle aperçut, comme Amarah le lui avait décrit, un espace rocheux très étroit qui divisait la paroi en deux. Le sol était boueux et presque impraticable. Les pas de nombreux abels avaient rendu la pierre poreuse et spongieuse.

Le Daïs était sûrement l'objectif suprême de la plupart d'entre eux. Partir à l'aventure sur des terres glacées afin d'y chercher le compagnon d'une vie... Ils étaient nombreux à nourrir ce rêve, mais trop peu à être revenus au pays avec l'objet de leur convoitise.

Moira se retint au roc tranchant en faisant contrepoids avec son corps pour ne pas tomber. La pente était proche de la verticale et un seul faux pas pouvait se révéler fatal.

Lorsqu'elle parvint à la plage sur laquelle la houle s'échouait furieusement, la jeune fille distingua trois pirogues en bois, très sommaires, qui s'entrechoquaient les unes contre les autres au gré des vagues. Deux d'entre elles étaient perforées de trous et ne tarderaient pas à l'amener au fond de la mer si jamais elle prenait le risque de les emprunter. La troisième paraissait en meilleur état et ne comportait aucune fissure. Deux rames rudimentaires étaient accrochées à la chaloupe par des anses en métal.

Au-delà du banc de sable, à ce moment précis de la journée, une espèce de péninsule prenait forme. Les abels l'appelaient «plage enchantée», car elle disparaissait sous les mers passée une certaine heure.

L'océan refluait et les barques commençaient à racler le sable. La jeune fille ne perdit pas de temps et décrocha son embarcation du piquet profondément fiché dans le sol. Il ne lui restait que quelques minutes avant de voir la péninsule s'évanouir.

Entrant dans l'eau jusqu'à mi-cuisse, elle poussa la chaloupe devant elle, longeant la presqu'île. À sa grande satisfaction, elle ne s'enfonça pas plus qu'à hauteur de la taille, ce qui lui permit de manier correctement son matériel.

Une fois arrivée au bout de l'étendue sableuse, elle grimpa sur le monticule de sable, attirant l'embarcation vers elle, et en profita pour reprendre son souffle et évaluer les lieux. Vers l'est, l'océan était nourri par une rivière assez large retenue par de massives pierres, faisant office de barrage naturel. C'était l'unique passage à peu près praticable. Elle devait naviguer en suivant le courant pour atteindre le massif de pierre et ainsi gagner la rivière.

La jeune fille monta alors dans la barque qui grinça dangereusement sous son poids. Malgré sa silhouette assez menue, elle tanguait, prête à prendre l'eau.

Repoussant l'eau sans mal, Moira se dirigea tout droit vers les saillies rocheuses, plus imposantes à mesure qu'elle avançait. La barque cogna contre le rebord caillouteux au bout de quelques minutes et elle entreprit de la faire glisser de l'autre côté du récif. À deux, la tâche aurait été moins laborieuse et il lui fallut de longues minutes pour parvenir à la déplacer.

Au moment de la déposer, son corps épuisé l'abandonna et la barque se retourna dans un bruit de succion. Serrant les dents, la jeune fille se retint de ne pas exploser de frustration. Si seulement les abels avaient directement placé les chaloupes derrière la paroi rocheuse ! Mais non, il fallait corser l'épreuve jusqu'au bout ! Pourtant, ils n'étaient pas sans savoir qu'une adolescente fluette de quinze ans aurait les plus grandes peines du monde à déplacer une embarcation seule hors de l'eau.

Moira retira à la hâte sa cape de fourrure qu'elle jeta derrière elle, puis plongea tête la première et entreprit de remettre la chaloupe dans le bon sens. Une fois cela fait, elle grimpa et se coucha dedans, la respiration saccadée et la bouche sèche. Les choses étaient déjà si difficiles !

Une petite voix lui intima de ne pas traîner dans les environs et de vite récupérer sa cape abandonnée. La marée ne tarderait pas à remonter, et il était urgent de s'éloigner le plus possible de l'océan Songua.

Se saisissant des rames humides et recouvertes par endroits de moisissure, elle les actionna en repoussant l'eau vers l'arrière. À présent, elle naviguait à contre-courant, et l'effort demandé lui semblait colossal.

La rivière s'ouvrit bientôt sur une immense étendue d'eau, bien plus calme que la rugissante écume précédente. La jeune fille rama plus tranquillement, le courant se chargeant du reste. D'après Sando, il serait son seul ami durant cette traversée, car il menait tout droit au Daïs.

Les nuages s'étaient évanouis, laissant place à un ciel dégagé et pur. Le soleil, qui s'était fait rare ces derniers temps, transperça ses pupilles et elle dut se cacher les yeux avec ses mains pour ne pas être aveuglée. Lâchant sa pagaie, elle se laissa porter, les paupières fermées. C'était si bon. Trois mois que Sanshee était prisonnière sous les torrents de pluie et il lui suffisait de faire quelque pas en dehors de la cité pour être saluée par la lumière et la tiédeur de l'air.

La journée s'écoula doucement, morne et dénuée d'intérêt. Lorsque le soleil se coucha, elle alluma une sphère lumineuse pour se donner l'illusion qu'elle n'était pas seule. Déballant la nourriture délicatement enveloppée par les soins d'Ismeline, elle but d'un trait la soupe à la viande froide, puis engloutit un morceau de pain encore frais.

Repue, la jeune fille détacha le haut de son pantalon pour être plus à l'aise et détendit les jambes avant de poser sa tête contre la grosse couverture de voyage.

L'intérieur de la chaloupe sentait le renfermé, associé à l'humidité, mais elle s'en fichait. Observant le ciel dénué d'étoiles et de lune, Moira eut l'impression d'être enfermée dans une pièce sombre, coupée de tout. Ce moment de tranquillité lui fit remonter à l'esprit le souvenir de Melhen et de son baiser. Toute la journée, elle s'était interdit d'y repenser, mais l'inactivité la laissait songeuse.

Sa plus grande interrogation restait de savoir comment elle devrait se comporter désormais vis-à-vis du jeune homme. Jusqu'ici, elle l'avait toujours considéré comme un ami, un frère… Avec ce baiser, Melhen ouvrait la porte vers une autre sorte de relation. Une relation qu'elle n'avait jusqu'à maintenant jamais envisagée et jamais partagée avec qui que ce fût. Bien sûr, elle se doutait qu'il n'était pas insensible. Il abandonnait souvent des bribes de pensées à son encontre et la jeune fille avait parfaitement conscience de l'admiration qu'il lui vouait. De là à parler d'attraction… L'idée que leurs rapports changent la terrorisait, car imaginer Melhen comme un soupirant lui semblait hors de propos et déplacé, même s'il fallait avouer que le jeune homme était très séduisant…

Rejetant cette pensée en bloc, Moira ferma résolument les yeux et sombra rapidement dans le sommeil, les sourcils joints, signe qu'elle ne s'endormait pas l'esprit tranquille.

Le frottement du bois sur une surface solide tira Moira de sa torpeur. Son corps rétracté tremblait de froid, les poils hérissés en des milliers de picots sur sa peau. Ses doigts tâtonnèrent la couverture qui avait glissé dans le fond de la barque, à la recherche d'un peu de chaleur.

Lorsque la jeune fille se redressa, l'émerveillement lui coupa momentanément le souffle.

Le Daïs enneigé.

Les pics des montagnes blanches de neige tendaient vers le ciel, inaccessibles. L'horizon, d'un bleu pur et sans nuages, contrastait avec le froid polaire pénétrant à travers ses vêtements.

La légende disait que le dieu Guardian avait combattu ici contre Ephiomis, l'amant de Chimère. C'était du temps lointain où les humains n'existaient pas encore, les nephilims encore moins. Le Daïs représentait une de ces terres neutres, propices à un affrontement divin. Ephiomis était parvenu à pourfendre son ennemi, l'abattant avec un arc aujourd'hui disparu dans les confins du désert, un arc appelé Kungirh. Guardian, vaincu et humilié, était resté longtemps inanimé dans ce paysage vide et sans attrait. Dans son trépas, le Daïs avait gelé, à l'instar de son cœur de glace et sans pitié.

Des flocons venaient s'écraser sur la barque avant d'être absorbés par le bois. Moira plongea deux doigts dans l'eau glacée et les porta à ses lèvres. L'étendue sur laquelle elle naviguait n'était pas salée, ce qui signifiait que le voyage touchait à sa fin.

De petits icebergs flottaient sur l'eau et émettaient un crissement désagréable lorsque la barque les frôlait. La température, qui avait chuté, la força à retirer son pourpoint pour s'emmitoufler dans un pull en grosse laine donné par Ismeline. La veste enfilée pardessus, elle se sentit quelque peu réchauffée.

Comme si elle était mue par une attirance invisible, la chaloupe trouvait seule son chemin et bifurquait de-ci de-là, sans que Moira eût besoin de toucher les rames. D'ailleurs, celles-ci étaient complètement figées et refusaient de bouger.

L'embarcation filait plein sud, en direction d'une immense banquise patinée par le gel. Lorsqu'elle buta contre cette dernière, faisant clapoter l'eau, la jeune fille sauta à pieds joints, toutes ses affaires déjà sur le dos.

Avant de commencer sa route, elle jeta un dernier regard en direction de la chaloupe. Celle-ci ne paraissait pas manifester le désir de partir, si bien qu'elle renonça à l'attacher à un piquet. Après tout, si elle l'avait amenée jusqu'ici, c'était certainement parce que l'amas de glace jouait un rôle d'aimant.

Moira remonta sa grosse capuche au-dessus de sa tête, réajusta son sac et marcha, l'haleine fumante.

La glace, contrairement à ce qu'elle avait cru au départ, n'était pas le moins du monde friable et même assez épaisse pour ne pas céder sous ses pas. Néanmoins, la jeune fille prit garde à marcher avec précaution. Ce n'était ni le lieu ni le moment pour prendre un bain.

La terre aride ne semblait pas vouloir laisser un instant de clémence à ses visiteurs.

Ici, Moira ne trouverait ni habitation, ni poste de garde, ni présence humaine ou abelienne. Son seul moyen de subsistance serait la chasse et la pêche blanche.

Les chaînes de montagnes se rapprochaient et bientôt, la banquise disparut, laissant place à une forêt. Celle-ci était totalement dépouillée, les arbres sans feuilles pendaient tristement et leurs branches habillées d'un manteau blanc paraissaient ne jamais plus vouloir fleurir un jour. Ce qui était certainement le cas puisque le Daïs, comme son nom l'indiquait, était enneigé chaque jour de l'année.

Les abels étaient un peuple curieux de tout, et les îles avoisinant leur territoire restaient l'un des plus grands mystères que de nombreux érudits cherchaient encore à élucider. Personne n'avait su expliquer les conditions climatiques qui régnaient ici. La seule chose certaine était que la région transpirait la magie et que cette dernière pouvait sûrement être à l'origine de certaines « mutations ».

La jeune fille n'avait aucune idée des mutations auxquelles les chercheurs faisaient référence, mais s'en méfiait comme de la peste. Elle-même le sentait, le Daïs différait de tout ce qu'elle avait connu et l'atmosphère chargée d'enchantements qui y régnait était palpable par n'importe qui.

Vers l'est se profilait la forêt morne, semblable à un labyrinthe. Impossible d'aller plus loin dans l'île sans s'enfoncer dedans. Là-bas, la texture du sol changeait. Il devenait mou et la neige épaisse la couvrirait de givre jusqu'aux genoux.

Se mordant la lèvre, la jeune fille réfléchit. Comment trouverait-elle où dormir, sinon dans la neige ? Elle mourrait rapidement de froid si elle œuvrait dans ce sens. La banquise n'était pas un lieu assez sûr pour qu'elle y élise domicile. La neige épaisse tapissant les montagnes eut raison de sa détermination. De plus, dormir dans les arbres morts restait inenvisageable. Ils paraissaient si frêles et creux qu'elle ne prendrait pas le risque de s'écrouler en plein milieu de sa sieste avec l'un d'entre eux. Il ne restait plus qu'une solution : traverser le plus rapidement possible la sylve en espérant que la nuit ne s'abatte pas sur elle et ne la laisse perdue et frigorifiée.

Il existait sûrement un endroit plus propice à l'assoupissement, au-delà de la forêt. Elle se forçait à y croire.

Il lui sembla marcher des heures. Par deux fois, elle était tombée dans la neige, tête la première. Le froid avait laissé ses orteils gelés et ses bottes gorgées d'eau. Ses cheveux pendaient sur son front, raides et durs. En retirant un de ses gants de fourrure pour déboucher sa gourde, elle remarqua que ses jointures étaient bleutées. Il fallait absolument sortir de cette forêt et trouver un endroit plus sec pour y allumer un feu. Autrement, elle ne survivrait pas longtemps.

À mesure que le temps passait, son esprit s'engourdissait. Bientôt, les arbres l'entourèrent de toutes parts, ne laissant entrevoir aucune issue.

Lui revint en mémoire son dernier entraînement avec Sando. Entraînement durant lequel elle avait joué de son influence pour lui soutirer des informations sur le Daïs. Sando n'était pas dupe, il savait très bien ce qu'elle sous-entendait avec ses questions adroites et placées au bon moment. Il avait simplement fini par dire :

— Lorsque tout te semblera perdu, que le froid aura envahi chaque parcelle de ton corps jusqu'à la moelle, tu devras te rappeler que le sang des abels coule dans tes veines. Tu es réputée pour savoir écouter les chemins. Tu sais à quel point c'est important.

Moira l'avait observé, les sourcils en l'air et une grimace désabusée aux lèvres.

— Sando, de quoi parlez-vous ?

— Pourquoi t'expliquer plus en détail encore ? Tu es fine, intelligente et pleine d'esprit. Tu as toutes les cartes en main pour comprendre là où je désire en venir.

— Et pourtant, je ne comprends pas un traître mot de ce que vous essayez de me dire.

— Lorsqu'un sens est occulté, les autres prennent le relais. Tu le sais, n'est-ce pas ?

Persuadée qu'il se moquait d'elle, la jeune fille avait soufflé un bon coup.

— Si vous le dites.

— Rappelle-toi de notre conversation lorsque tu penseras que la mort est une ombre derrière ton épaule.

Elle avait été partagée entre se demander s'il y avait une chute à la blague de son protecteur, ou s'il avait définitivement perdu la tête.

Maintenant qu'elle y repensait, pataugeant dans ses bottes et grelottant comme une petite chose fragile, les mots de Sando prenaient peu à peu tout leur sens.

Lorsque tout te semblera perdu…

Tout était perdu, elle n'avait plus la force d'aller plus loin. Le Daïs aurait bientôt raison d'elle.

Tu devras te rappeler que le sang des abels coule dans tes veines.

Malheureusement, ce n'était pas ce sang qui était en mesure de la réchauffer. À cette pensée, une nouvelle onde de froid la traversa tout entière et elle se cambra légèrement.

Tu es réputée pour savoir écouter les chemins.

Écouter les chemins... N'était-ce pas une phrase qu'Alec aimait dire ? Pourtant cela n'avait aucun sens, cette forêt n'était pas le bois des Murmures.

Moira secoua la tête, comme pour chasser son engourdissement. Sa jambe gauche se déroba sous son poids. Elle se rattrapa maladroitement sur ses paumes en gémissant.

Jamais un abel ne doit s'y égarer.

Sa bouche était désagréablement humide et l'eau coulait le long de son menton. Elle l'essuya d'un mouvement absent, les yeux fixés sur le labyrinthe d'arbres morts. Ils se ressemblaient tous et étaient sans vie.

Sans vie.

Les esprits.

Écouter.

La voix qui grésillait dans son esprit s'arrêta brusquement et son absence sortit Moira de sa léthargie.

Mais oui ! Le voilà, le conseil. Bien avant son départ, Sando avait pensé à toutes les éventualités, essayant de faire remonter en elle des souvenirs qu'elle aurait préféré ranger dans un tiroir pour ne plus jamais les en sortir. Ce jour-là, Alec l'avait abandonnée dans la forêt, seule avec les esprits des arbres. Et les yeux bandés, elle avait retrouvé son chemin, non sans difficulté.

La jeune fille ferma les yeux et laissa sa conscience se promener le long des végétaux. Elle se rengorgea lorsque, sans anicroche, le trajet à suivre s'imprima dans son esprit. Ce fut à cet instant qu'elle prit conscience de ses progrès. Cinq ans plus tôt, elle avait tâtonné centimètre par centimètre dans le bois des Murmures. Aujourd'hui, son esprit avait la possibilité de lui transmettre au millimètre près quel chemin était le bon.

Ignorant les amoncellements de neige de plus en plus épais, elle se mit à courir, comme si les images que lui renvoyait son esprit pouvaient s'envoler à tout moment. Filant à en perdre haleine, elle esquivait habilement les branches basses et les trous plus profonds dans le sol. En moins de temps qu'il ne fallait pour le dire, elle fut sortie de la forêt.

Celle-ci donnait sur une terre dénudée de tout arbuste et à la neige beaucoup moins épaisse. Seuls d'immenses blocs de pierre couverts de glace tranchaient avec l'uniformité de l'espace. Le plus surprenant restait les étranges petites fleurs blanches piquées dans le sol froid et sans vie. Il était surprenant que la flore subsiste dans pareilles conditions.

La jeune fille soupira de soulagement. Au moins ne serait-elle pas à découvert ici. C'était son unique option. Ignorant les craquements de ses articulations, elle fit demi-tour en direction de la forêt, à la recherche de bois plus ou moins sec qu'elle disposa ensuite derrière un iceberg de plus de dix mètres de haut. Quitte à choisir, elle préférait dormir peu, mais se réchauffer que de s'assoupir longtemps et risquer de mourir de froid.

Le feu prit difficilement, mais dansa bientôt sous ses yeux, insensible au gel ambiant.

La couverture sur laquelle elle fut heureuse de poser les fesses avait été enchantée pour rester sèche et agréablement tiède, quelques jours auparavant. Ça avait été un sort compliqué qui requérait beaucoup d'énergie. D'après Sando, ce sacrifice en valait la peine. Moira en prenait à cet instant pleinement conscience. Avec la deuxième couverture, elle s'enroula jusqu'au cou, les paumes face au feu qui la réchauffait un peu. Elle ignorait combien de temps il lui faudrait rester ici, mais les conditions difficiles la forçaient à partir à la recherche de son loup le plus rapidement possible.

À cette pensée, son estomac se noua d'excitation.

Moira se réveilla avant que la lumière ne transperce la surface cotonneuse des nuages. Malgré ses couvertures et la chaleur du feu, le vent et l'air glacé l'avaient laissée frigorifiée.

Étirant ses membres endoloris, la jeune fille se remit rapidement en marche. Sa main ne quittait pas le pommeau de son épée et elle s'efforçait, malgré le manque de sommeil, de rester attentive. Jusqu'ici, elle n'avait pas croisé âme qui vive et cet état de fait, au lieu de la rassurer, l'angoissait un peu plus.

Au bout d'une heure de marche, le soleil daigna enfin se lever, éclairant les étendues toutes de blanc vêtues qui l'entouraient. La chaleur renvoyée par l'astre n'était pas assez forte pour faire fondre la neige, mais ses éclats réchauffèrent néanmoins son visage offert. Peu à peu, son corps commença à trouver un rythme de marche adapté et elle reprit courage.

Elle eut la chance, en y regardant attentivement, de voir un mulot qui grimpait sur un des arbres morts. Voilà qui s'annonçait réjouissant, car elle devrait chasser et ces animaux étaient aussi faciles à cueillir que des pommes sur une branche. Il était primordial de garder les aliments donnés par Ismeline intacts, en cas d'imprévu.

Le reste de la journée passa rapidement. Elle avait posé quelques pièges rudimentaires dans des endroits stratégiques de la forêt, mais n'avait croisé que quelques rongeurs et une chouette hulotte. Pas un bruit, sinon les hululements de cette dernière, n'était venu troubler le silence de tombeau du Daïs. Le soir venu, comme la veille, elle alluma un feu et se coucha après avoir lu quelques pages d'un ouvrage qu'elle avait apporté avec elle. Celui-ci lui permettait de ne pas perdre contact avec la réalité et lui donnait un peu plus de courage. En effet, elle avait passé la journée à fureter dans les environs, comme si par miracle elle tomberait nez à nez avec son loup, et n'avait croisé que de petits animaux. Le contact avec un humain ou un abel lui manquait déjà et ce livre l'aidait dans sa solitude.

Deux jours mornes passèrent ainsi. Moira connaissait désormais les environs comme sa poche et n'avait rien découvert de particulier.

Au cours de ces deux journées, elle put conclure que les daïsiens n'étaient pas ici, mais certainement dans les montagnes. L'idée de s'y rendre ne la tentait guère, mais il le fallait.

Ce soir-là, avant que le soleil ne disparaisse derrière la cime des arbres, elle se rendit dans la forêt pour y prendre ses prises de la journée. Deux furets et un lapin bien gras pendaient par les pattes arrière, morts.

Devant son habituel feu, repue par son repas, elle observait les chaînes de montagnes dont la blancheur était encore visible dans la pénombre. De là où elle se tenait, la brume épaisse les enveloppait et leur conférait une atmosphère pleine de danger. Avant de fermer les yeux sur le monde qui l'entourait, Moira se dit qu'elle avait assez perdu de temps, que le moment était venu de surmonter ce qui lui paraissait insurmontable.

Les cailloux roulaient sous ses bottes, la menaçant de tomber au moindre faux pas. La tourmente s'était levée tôt et la jeune fille se protégeait du mieux qu'elle pouvait avec la capuche de sa cape. Un foulard abritait son visage des violentes bourrasques hurlant à ses oreilles.

De loin, la montagne ne semblait pas si pentue, ni aride. La météo n'aidait pas et elle avançait péniblement sur les sentiers. Ceux-ci étaient surmontés d'arbres qui ployaient sous le vent, la neige volant de tous côtés.

Alors qu'elle s'arrêtait un bref instant pour cracher l'eau qui lui encombrait la bouche, un grognement sourd l'interpella. Le cœur battant la chamade, la jeune fille recula vivement, essayant de discerner de son mieux l'objet de ce bruit de mauvais augure.

Une énorme silhouette venait de sauter d'une paroi abrupte et atterrit lourdement sur ses quatre pattes, lui barrant la route. Au garrot, l'animal faisait bien cinq fois la taille d'un homme, mais le blizzard qui mugissait autour d'eux empêcha Moira de distinguer ce que c'était. Un rugissement caverneux répondit à son glapissement et il chargea, faisant trembler le sol sous ses pattes. Elle entra en contact avec une toison sale et humide qui la projeta à plusieurs mètres de là.

Son corps percuta le sol ramolli par la neige et le choc lui coupa momentanément le souffle. Elle se sentit rouler à une vitesse effarante le long de la pente et vit le rebord donnant sur l'abîme vertigineux se rapprocher à grande vitesse. Elle eut à peine le temps de sortir son coutelas destiné à dépecer ses proies de chasse et le planta profondément dans le sol. Au dernier moment et à un pied du vide, sa course s'arrêta. L'animal en avait décidé autrement et galopait déjà dans sa direction. Moira se hissa avec difficulté sur ses jambes et put par chance rassembler ses esprits à temps. Son bras tendu émit une profonde vibration, suivit de son talisman qui se mit à briller d'une lueur insoutenable. Alors que la bête n'était qu'à quelques centimètres et s'apprêtait à enfoncer ses canines protubérantes dans sa chair tendre, une force dévastatrice l'envoya heurter la paroi rocheuse lui faisant face. Celle-ci explosa et les gravats volèrent dans les airs.

Un bruit totalement différent des rugissements de l'animal se fit entendre.

La neige glissait ! Il allait y avoir une avalanche !

La bête se relevait déjà. Ce fut à cet instant que le blizzard s'estompa et qu'elle le vit. C'était un ours à la fourrure brune, bien plus gros que n'importe quel ours dont elle avait entendu parler jusqu'ici. Son museau noir se tordait de gauche à droite, sentant venir le danger. Cependant, lorsque ses yeux sombres se posèrent sur elle, ses lourdes babines se soulevèrent, dévoilant des crocs monstrueux. Il fit mine de se jeter sur elle.

Affolée, Moira leva la tête en direction du pic de la montagne. La neige dévalait les étages et arriverait bientôt sur eux. S'il fallait choisir, elle préférait être dévorée par un grizzli.

Elle fit un pas en arrière juste avant qu'il ne la heurte et dégaina Devtil, prête à riposter. L'ours lui faisait désormais face. Fermement postée sur ses pieds, la jeune fille attendait qu'il attaque, mais sa grosse tête regarda un cran plus haut et elle comprit. Elle eut le temps de se cacher dans le creux de la roche au moment où l'éboulement de neige s'abattait sur l'animal.

Malheureusement, l'avalanche n'en avait pas terminé et si elle restait là trop longtemps, son abri finirait vite enseveli, et elle avec.

Sortant de sa cachette alors que la deuxième vague se profilait plus haut, elle clopina en ligne droite, suivant la trace que laissait l'avalanche sur son sillage. Ses jambes n'étaient pas assez puissantes pour la propulser plus rapidement qu'un déluge. Elle sut qu'il l'avait rattrapée lorsque ses fesses se retrouvèrent par terre et qu'elle s'enfonça brusquement dans la neige comme dans un trou noir.

Ballottée dans tous les sens, la tête dépassant avec peine de l'amas glacé, Moira se sentit perdre pied. Ses forces l'abandonnaient peu à peu, mais elle ne put se résoudre à puiser dans la magie contenue dans sa gemme. Après tout, l'avalanche allait bien cesser à un moment donné, non ? Il lui suffisait de lutter jusqu'à ce que ça se calme…

La jeune fille perdit rapidement toute notion du temps. Elle ignorait si elle était malmenée depuis quelques secondes ou quelques heures. Sa bouche était pleine de neige et elle respirait de plus en plus avec difficulté.

Au loin, peut-être dans sa conscience vide, un bruit se fit entendre.

Un chant.

Un chant sauvage.

Dans les premiers temps, Moira crut rêver, mais lorsque quelque chose la tira par le col et la jeta contre le rebord auquel elle s'accrocha de toutes ses forces, elle reprit brusquement ses esprits. La collision entre la bordure saillante et sa poitrine lui tira un gémissement et elle poussa sur ses bras pour remonter sur le sentier qui n'avait pas été touché par l'avalanche. Cela fait, la jeune fille scruta le glissement, à la recherche de ce qui l'avait sauvée. À la vue de l'immense boule de poils blanche qui luttait en sens inverse, son estomac se tordit d'appréhension. Ça ne pouvait être…

Un loup.

Dans un ultime geste d'effort, il se ramassa sur lui-même et d'un bond élégant, se rattrapa à la roche. La jeune fille voulut se rapprocher pour lui venir en aide, mais un grognement furieux l'en dissuada. Un regard vairon la fixa sauvagement, tout en s'escrimant à ne pas tomber dans le vide. L'animal était pourvu d'un œil noir et d'un œil doré, cassant ainsi la symétrie de sa tête triangulaire. Elle resta plantée sur place, incapable de prendre la fuite, le souffle retenu, croisant intérieurement les doigts pour qu'il ne lâche pas prise.

Résistant comme pas deux, le loup – ou plutôt la louve à en juger par ses mamelles qui pendaient presque jusqu'au sol – escalada la bordure friable et s'ébroua. Elle était beaucoup plus grosse que Kalenken, ce qui n'était pas peu dire. Son regard dégageait une bestialité sans nom. Pourtant, elle continuait de toiser Moira sans faire mine de l'attaquer.

Celle-ci se massa le plexus solaire, évitant à tout prix de croiser les yeux de l'animal sauvage, par peur de lui faire perdre tout contrôle. Pourquoi l'avait-elle sortie de là, mettant en danger sa propre vie? Et pourquoi son esprit se heurtait-il à un mur fortifié autour du sien? Elle n'aurait su le dire.

Soudain, la femelle fit demi-tour et trottina le long du sentier, tout en descente.

L'avalanche s'était calmée, mais le chemin n'était plus visible et avait effacé les traces de ses pas. Cependant, la bête semblait savoir où elle allait et la jeune fille n'hésita pas un instant, son instinct lui intimant de la suivre.

Sa queue en panache se balançait d'un côté puis de l'autre au rythme de ses pas. À aucun moment elle ne se retourna pour s'assurer que Moira calquait bien son allure sur la sienne.

La jeune fille se sentit un peu stupide de marcher dans les pas d'une bête sauvage, mais une petite voix lui soufflait que la louve était un guide. Un guide qui, pour l'heure, la conduisait droit dans la forêt.

Elles passèrent devant le monticule de bois noirci par son feu de la veille et pénétrèrent dans l'ambiance lugubre de la sylve. Le soleil au zénith avait fait fondre une grande partie de la neige et elle put poser les pieds sans trop s'enfoncer.

Les hululements des hiboux qui les fixaient de leurs yeux jaunes la firent frissonner. Cette ambiance, combinée à la présence de la louve, conférait aux lieux un sentiment d'insécurité.

À cet endroit, les arbres étaient tellement rapprochés les uns des autres que Moira devait parfois se faufiler dans une mince ouverture pour passer. Lorsqu'elle regarda plus attentivement les traces laissées par la femelle, ses yeux s'arrondirent. Les troncs s'écartaient sur le passage de la massive silhouette à quatre pattes. Celle-ci traçait son propre chemin comme elle l'entendait, et les arbres se pliaient à son bon vouloir. Moira voulut en faire de même, mais la désillusion fut cuisante : elle se cogna durement l'épaule. Les couinements d'un écureuil perché sur un arbre lui firent l'effet d'un ricanement.

Secouant la tête pour chasser son égarement, la jeune fille leva les yeux vers le rongeur roux qui continuait de la considérer, sa petite bouille penchée sur le côté. Sa bouche aux dents allongées paraissait étirée en un sourire moqueur.

C'était idiot, les écureuils ne souriaient pas… Et puis, ne devraient-ils pas être en train d'hiberner, en cette période de l'année ?

La louve la conduisit vers un lac parfaitement rond, parsemé de quelques icebergs flottant tranquillement à la surface comme des nénuphars. L'eau était claire et de minces filets de gel se formaient par endroits, signe qu'avec quelques degrés de moins, on aurait pu marcher dessus.

La femelle s'assit sur son arrière-train, les yeux fixés sur la surface transparente, les oreilles tournées vers la jeune fille qui l'avait rejointe.

Cette dernière resta debout, attendant un signe de sa part, quelque chose qui lui indiquerait quoi faire. Mais rien. La louve paraissait coulée dans le bronze et demeurait parfaitement immobile.

Un clapotement attira l'attention de Moira qui porta son regard vers l'eau glacée. Un deuxième lui permit d'ajuster sa vision et un haut-le-cœur la submergea.

Un louveteau, les deux pattes accrochées maladroitement à la surface d'une masse de glace, tremblait de tout son corps. La jeune fille ne l'avait pas aperçu tout de suite, car sa fourrure d'un délicat blanc nacré se fondait à la perfection avec le reste du paysage.

Avec empressement et sans vraiment réfléchir à ses options, elle retira son sac et ses armes puis se dévêtit, ne laissant que ses sous-vêtements offerts au froid. Ses pieds furent vite gelés contre la neige et après avoir mouillé sa nuque, elle plongea.

C'était comme d'entrer dans un monde où le temps venait d'arrêter sa course. Le froid lui prit d'abord la poitrine, puis le crâne, comprimant celui-ci avec une telle force qu'elle se demanda où elle trouva la force pour brasser l'eau de ses bras. La tête totalement immergée, elle ouvrit les yeux. Le fond du lac n'était qu'abysses sombres et vertigineux. Ça aurait été la résidence idéale pour un monstre.

La jeune fille nagea vers le louveteau qui n'avait pas bougé et qui laissait échapper de temps à autre un jappement susceptible de faire fondre le plus insensible des êtres.

Lorsqu'elle fut à sa hauteur, Moira se rattrapa à l'iceberg et y posa un coude pour reprendre quelques forces. Grave erreur, plus elle restait à barboter dans cette eau, et plus elle avait des chances d'y laisser la vie. D'ailleurs, sa peau entrée en contact avec la glace refusait déjà de se décoller.

Le souffle court, elle tendit un bras vers l'animal affolé qui, à sa grande satisfaction, y accrocha ses griffes. Elle vit plus que ne sentit la marque rouge laissée par l'empreinte du petit animal. L'eau avait commencé à l'anesthésier.

Pourtant, lorsqu'elle entra en contact avec le louveteau, une décharge électrique prit naissance dans son thorax et se déploya dans son corps tout entier. Elle laissa échapper un cri, plus sonnée que blessée. La désagréable sensation s'évapora aussi rapidement qu'elle était arrivée.

Le loup s'agrippait, le museau levé vers elle, et son regard bistre n'exprimait que de la peur. Moira lui murmura quelques mots d'encouragements en shaan. Dès que les premières syllabes franchirent ses lèvres dans une fumée de condensation, l'animal se détendit. Tout en le serrant contre sa poitrine, elle lui dit qu'elle était là pour l'aider, qu'elle ne lui ferait pas de mal et qu'il n'avait rien à craindre.

Le retour fut plus difficile. Ses jambes, privées de leur vigueur, ne remuaient plus avec la même efficacité. À contrecœur, elle puisa un minuscule débit de magie dans son bijou. Des picotements parcoururent ses orteils et un regain de force l'anima de nouveau.

En quelques mouvements de bras, elle s'accrocha au bord. La boule de poils s'extirpa la première, s'ébroua, puis au lieu de partir comme la jeune fille s'y attendait, ouvrit sa gueule qui se referma sur son poignet. Cette dernière ouvrit des yeux ronds. Il essayait de la sortir de l'eau !

Avec douceur, elle le repoussa et se hissa par-dessus bord. Elle ne se rappelait pas avoir autant tremblé de froid dans sa vie ! Son premier réflexe fut de se rendre vers son sac. Elle en sortit la première couverture dans laquelle elle enveloppa tendrement le petit loup qui la fixait toujours de son regard déconcertant. Elle s'apprêtait à lui gratter la tête lorsqu'une force inconnue la fit voler à plusieurs mètres de lui. Presque assommée, Moira se redressa, tremblante, le corps meurtri.

Entre elle et le chiot se tenait désormais la louve qui l'avait sauvée de l'avalanche. Celle-ci scrutait son visage avec malveillance et se campait sur ses quatre pattes, visiblement prête à se battre.

Autour du lac circulaire, de nouveaux canidés étaient apparus. Certains mesuraient plus de vingt pieds de haut, d'autres avaient une taille plus raisonnable.

Moira n'y comprenait rien. Qu'était-elle censée faire ?

Un coup invisible dans l'estomac stoppa net ses interrogations et elle se plia sous la douleur. Une force encore plus puissante vint peser sur son dos et elle résista pour ne pas se retrouver à plat ventre dans la neige. Le froid annihilait toute sensation, même si la douleur de son abdomen restait vivace.

Dans un dernier désir de défense, la jeune fille encercla de toute part la conscience de la louve, ne lui laissant aucune échappatoire pour fuir. Celle-ci, se sentant brusquement prisonnière, relâcha son étreinte et cogna contre la barrière mentale déployée autour d'elle, dans l'espoir qu'elle cède.

La jeune fille eut le temps d'entrapercevoir une facette de sa personnalité qui l'intrigua. En effet, l'animal cherchait uniquement à la tester pour savoir jusqu'où elle irait. Ne lui laissant pas le choix, un effluve de la pensée de Moira en profita pour se détacher de la barrière et pénétrer dans son âme momentanément vulnérable.

Tout devint alors limpide lorsqu'à travers l'œil de la femelle, le doré, elle se mit à voir, à comprendre.

La louve était couchée sur le flanc et sa langue pendante touchait presque le sol. Ses minuscules bébés tétaient avec vigueur le lait contenu dans ses mamelles gonflées et parfois, leur souffle sifflant trouvait écho dans la grotte jonchée de feuilles et de paille. Alors qu'elle les observait tour à tour avec tendresse et adoration, les paupières encore closes d'un de ses louveteaux se levèrent vers elle, humant de sa truffe humide l'odeur de sa mère.

Lorsque la louve le vit, elle comprit.

Celui-là ne ferait jamais partie de la meute. Il était destiné et elle devrait le laisser partir, mais comme de nombreuses mères avant elle, jamais son petit ne serait cédé sans qu'elle n'en découse. La louve refuserait catégoriquement de céder le louveteau si la personne venue le chercher ne le méritait pas.

Moira reprit brusquement possession de son corps et avant qu'elle n'eût eu le temps de remettre ses idées en place, la femelle attaquait. Physiquement, cette fois.

Toujours en arrière, le loup laissa échapper un cri déchirant, comme s'il leur demandait de cesser le combat. Ce cri troubla la jeune fille qui se tourna vers lui, prête à lui venir en aide, à le serrer dans ses bras et le câliner. L'immense mâchoire de la louve se referma sur son épaule et ses crocs tirèrent sauvagement sur le peu de tissu qu'elle avait encore sur le dos, laissant dans sa peau des stigmates profonds et sanguinolents.

La jeune fille hurla de douleur et, sans réfléchir, enfonça son pouce dans l'œil noir de l'attaquante enragée. Celle-ci recula de plusieurs pas avant de montrer de nouveau les dents. Moira en profita pour débrider sa magie. L'énergie coula comme de l'eau le long de ses bras. Sa gemme commença à vibrer comme les ailes d'un bourdon amplifié et des sources lumineuses pâles enveloppèrent ses mains.

Elle se pencha et d'un croche-pied adroit, fit basculer l'animal. La louve s'écroula lourdement, faisant voler quelques centimètres de neige autour d'elle. Le grondement menaçant qui roulait dans sa gorge ne cessa pas pour autant.

Alors qu'elle se redressait, Moira baissa les yeux sur ses mains, plus brillantes que jamais. Son assaillante se jeta à nouveau sur elle et le seul contact de ses doigts sur son pelage la souleva de terre et l'envoya fendre les eaux glacées à plusieurs mètres de là. De grandes vagues se formèrent dans le lac, tandis que la louve, refroidie, nageait de l'autre côté de la rive. Elle remonta sans peine sur le bord et secoua sa toison trempée.

Baissant brusquement les oreilles en signe de soumission, elle s'enfonça dans la forêt en boitillant, suivie de près par sa meute.

Moira se tourna alors vers le tas de couvertures. Son soulagement fut démesuré : le louveteau s'y trouvait toujours. Le tissu tombé sur sa tête lui donnait un air perdu et parfaitement attendrissant. Elle s'approcha de lui et passa une main sur son poil trempé.

S'habillant en vitesse, elle ne put décrocher son regard de sa nouvelle trouvaille, comme si elle craignait qu'il disparaisse dans un nuage de fumée. D'un mouvement dynamique, elle essuya avec la couverture le poil de l'animal et le souleva de terre. Le petit se lova contre elle, posa son museau sur son épaule blessée et ferma tranquillement les yeux. Comme si rien de particulier ne s'était passé aujourd'hui. C'était également le sentiment de Moira. Rien ne s'était passé, sinon qu'elle avait fait la rencontre de son loup. À partir de ce jour, elle ne serait plus jamais seule.

Plus jamais.

Chapitre XVI

Jamais sans Shae

La brise glacée ne se calma pas avec la tombée de la nuit. Le ciel ne laissait rien entrevoir des étoiles, plongeant ainsi le Daïs dans les ténèbres. Cachées derrière un massif rocheux semblable à un glacier pour se protéger du vent, deux silhouettes gisaient au sol, immobiles et recroquevillées.

L'animal souffrait sûrement moins de la température que Moira. Son épais pelage immaculé était prévu pour supporter les climats difficiles. Ses yeux s'étaient refermés sur le monde. Insensible aux claquements de dents de la jeune fille, il soupirait d'aise de temps à autre.

Elle resserra sa prise, essayant désespérément de se changer les idées pour oublier que ses doigts bleuis menaçaient de tomber. La seule réflexion qui lui vint en tête à cet instant fut de se demander comment Melhen, à l'âge de douze ans à peine, était parvenu à survivre sur des terres aussi arides. Elle se promit de le lui demander à son retour.

Si elle revenait en un seul morceau, bien sûr.

Au souvenir du cournol, l'ombre du baiser volé plana sur elle avant qu'elle ne la chasse dans un coin de sa tête. L'heure n'était pas aux épanchements, ni aux sentiments.

Malgré cela, elle savait qu'à son retour, elle devrait subir les railleries de Douce et surtout la colère d'Opléa qui avait sûrement eu vent de l'événement. Elle ne s'en réjouissait pas, mais quitte à choisir, elle préférait affronter les moqueries et les éclats, plutôt que l'hostilité du Daïs.

Le vent se mit à siffler à ses oreilles de plus belle, faisant claquer contre sa joue la natte qu'Ismeline lui avait faite. La jeune fille redressa la tête, de peur qu'un animal sauvage profite de la cacophonie environnante pour la prendre par surprise. Elle ne se voyait pas se battre et en même temps défendre le petit être profondément endormi contre sa poitrine.

Baissant les yeux sur celui-ci, Moira sentit une bouffée d'amour l'envahir. Pour la première fois de sa vie, elle désirait ardemment lier sa vie à quelqu'un. Elle souhaitait plus que jamais tisser une relation forte avec le louveteau, comme Sando l'avait fait avec Kalenken. Au plus profond de ses tripes et de son cœur, la jeune fille sentait qu'entre elle et l'animal, une connexion et un attachement s'établissaient peu à peu.

Approchant discrètement son esprit du sien, comme si elle allait lui chuchoter quelques mots à l'oreille, Moira attendit, un léger sourire flottant au coin des lèvres. La conscience du loup était archaïque, presque primitive, si on oubliait le fait qu'une infime partie restait sagement dans l'ombre, tapie et endormie. Quelque chose lui disait que ce pan de son entendement lui était destiné.

Aussi furtivement qu'elle était entrée, Moira se retira. Le louveteau commençait à s'agiter, comme si son intrusion l'avait démangé.

Pressant une main cyanosée sur lui, elle sentit l'habituelle onde la traverser sans la moindre chaleur. C'était comme inhaler une odeur appétissante et ne pas se sentir rassasié pour autant.

Elle finit par céder à la fatigue et ferma les yeux. Ses songes furent peuplés de cohortes sauvages, de morsures et d'espaces enneigés.

La sensation était des plus agréables, tiède et légèrement râpeuse. Satinée aussi.

Moira sourit, ne dissociant pas encore le rêve de la réalité. Puis les certitudes la rattrapèrent lentement et son corps fut parcouru d'un long frisson désagréable. Clignant des paupières, elle redressa la tête. Elle se tenait toujours assise, le dos contre la roche transparente. Son visage craquelé s'anima lorsqu'elle prit connaissance de la situation.

Le louveteau s'était échappé de son étreinte et avait posé ses deux pattes avant sur l'une de ses cuisses. Le cou tendu, il faisait de son mieux pour atteindre son visage afin de le lui lécher abondamment.

— *Bonjour à toi aussi*, lui murmura mentalement la jeune fille en approchant ses lèvres pour lui embrasser le bout de la truffe.

Il était adorable. Et dire que dans certains comtés, ces bêtes étaient sauvagement tuées…

Moira ne put se redresser tout de suite. Ses articulations rouillées lui donnèrent du fil à retordre. Le bébé loup, lui, semblait plein de vitalité et s'appliquait à courir après sa queue. Lorsqu'elle fut enfin debout, la jeune fille constata avec dépit que le gel avait poussé dans ses cheveux comme des champignons sauvages. Des mèches solitaires pendaient lamentablement le long de son visage.

Essuyant la neige qui accrochait ses vêtements, elle leva la tête vers le ciel. Le vent de la veille n'avait pas chassé les nuages. Ceux-ci donnaient une teinte grisâtre et déprimante à l'île tout entière. Aujourd'hui, rien ne pouvait entamer sa bonne humeur, car elle avait trouvé son loup !

En faisant l'inventaire de son sac cependant, elle déplora de ne rien y trouver. Il était nécessaire de nourrir le louveteau. Pour l'heure, il semblait regorger d'énergie, mais arriverait un moment où la faim allait le tarauder.

Hésitante, Moira fit les cent pas, ignorant l'animal qui jappait et sautillait pour l'atteindre. Elle devait partir chasser. Il était trop tard pour poser des pièges, car elle désirait quitter l'île dans la journée. La jeune fille se sentait capable de supporter une journée de jeûne, mais elle refusait de priver le louveteau de nourriture. Seulement, chasser avec lui dans les bras allait être très difficile. La seule option qui lui restait était de le laisser sur place.

S'agenouillant pour qu'il vienne se lover dans le creux de son bras, elle entra franchement dans son esprit, et celui-ci se figea net, attentif et la queue basse.

— Écoute-moi bien. Je dois m'en aller, je reviens. Reste ici et ne bouge pas.

L'animal pencha la tête. Mordue, elle lui envoya une série d'images expressives.

— Je reviens. Tu dois m'attendre et ne pas chercher à me retrouver.

Un gémissement s'échappa de la gueule du louveteau. Il semblait comprendre.

— Je reviendrai, je te le promets.

Elle se redressa avant de prendre son arc et son carquois. Pas une fois elle ne cilla devant son regard mélancolique.

—*Je reviendrai*, répéta-t-elle, comme pour s'en convaincre.

Il ne réagit pas lorsque la jeune fille s'éloigna et n'esquissa pas un geste pour la rejoindre. Seul son regard semblait lui hurler « Tu m'abandonnes ! ».

Moira se mit à courir, l'image du louveteau parfaitement imprimée en elle. En agissant de la sorte, elle avait l'impression de déserter.

Dans la forêt, ses pas se firent furtifs. Elle réussit à avoir deux écureuils un peu distraits qu'elle accrocha à sa ceinture. Ignorant si ces minuscules rongeurs suffiraient à nourrir un daïsien qui ne tarderait pas à devenir aussi grand qu'une maison, elle préféra poursuivre ses recherches.

Soudain, un craquement lui fit tourner la tête. À la vue de la masse touffue qui marchait sur les branches mortes, elle se cacha derrière un arbre, priant pour ne pas être vue.

Le grizzli. Finalement, il avait survécu à l'avalanche…

Il furetait sûrement à la recherche de quoi manger, mais elle ne tenait pas à devenir son prochain repas.

Elle attendit patiemment que son pas paresseux se fût éloigné pour poursuivre sa chasse. Au bout de quelques minutes, elle finit par abattre une perdrix dodue qui bravait farouchement le vent.

Ce fut en courant que la jeune fille se rendit là où elle avait laissé le louveteau. De loin, elle le distingua sans mal, même si sa fourrure se mariait avec la glace qui l'entourait. Lorsqu'il la vit sortir de la lisière des bois, l'animal aboya de joie et s'élança vers elle. Le cœur de Moira bondit dans sa poitrine tandis qu'elle redoublait d'allure.

Alors qu'ils étaient à la croisée des chemins, son sourire mourut sur ses lèvres et sa joie se transforma en un horrible cauchemar.

NON !

Une autre silhouette, brune cette fois, s'était détachée du paysage. L'ours se tenait à quelques mètres du louveteau et ses pattes puissantes le propulsaient dans sa direction.

L'incantation fusa naturellement de son esprit, d'instinct. La jeune fille n'avait même pas pris le temps de choisir avec soin ce qu'elle s'apprêtait à faire.

Le loup, dont l'attention se tournait vers l'animal enragé, prit une couleur étrange : d'abord pâle, puis trouble, son pelage revint au blanc nacré. Recentrant son attention sur Moira, il poussa de plus belle sur ses petites pattes, les oreilles plaquées sur le crâne.

L'ours était beaucoup trop rapide. Au moment de l'impact, Moira ferma les yeux, se cachant de l'horrible réalité. Aucun bruit de lutte ne parvint jusqu'à elle. Seule sa magie vitale fut brusquement aspirée par une force étrangère et elle lutta pour rester debout. Se forçant à ouvrir les yeux, elle vit que son loup s'était arrêté, aussi surpris qu'elle.

En réalité, l'impact n'avait jamais eu lieu. L'ours s'était contenté de *traverser* sa proie, sans parvenir à la toucher. Elle avait réussi !

À présent, c'était vers elle que le grizzli fonçait, furieux d'avoir été floué.

Moira s'arrêta, décocha une flèche de son carquois, et visa. La première rata sa cible de peu. L'ours était, malgré sa corpulence, très agile. Il approchait toujours plus.

Agacée et la peur au ventre, elle visa de nouveau, essayant de visualiser à l'avance la trajectoire que l'animal allait emprunter. Ce fut une réussite. La flèche se planta dans son encolure. Le grizzli tituba, puis ses crocs se dévoilèrent plus encore alors qu'il reprenait sa course effrénée.

Moira dégaina une troisième flèche et crispa les doigts. Ses mains tremblaient et ne parvenaient plus à ajuster son tir.

Plus que quelques mètres.

Six mètres.

Son index moite glissa le long de la corde.

Quatre mètres.

Le hurlement du louveteau creva sa bulle de terreur.

Deux mètres.

La flèche fila vers la bête au moment où celle-ci se grandissait, postée sur ses deux pattes. Elle vint se ficher dans la peau tendre du poitrail, près du cœur.

L'ours s'écroula à quelques pouces du bout de la botte de Moira, la gueule béante.

L'obscurité lugubre s'était installée sur l'île en plein milieu de la journée et sans prévenir.

Un concert de loups hurlant à la lune déchirait le silence oppressant qui régnait dans les alentours. À l'instar de la lumière du jour, le vent s'était retiré, conférant aux lieux une ambiance mystérieuse.

Moira se voyait mal attendre l'aube pour repartir. Ils n'avaient que trop traîné jusqu'ici et elle ne tenait pas à se retrouver nez à nez avec une autre bête étrange peuplant le Daïs.

Après avoir assisté au repas du louveteau qui tournait de temps à autre une oreille en direction des gémissements émis par ses anciens congénères, elle décida de lever le camp. C'était avec tendresse qu'elle l'avait vu pousser du museau la grosse perdrix dans sa direction, l'invitant à manger avec lui.

L'esprit de partage de l'animal prouvait qu'il n'était en rien comme les animaux sauvages qu'elle avait eu le loisir de rencontrer auparavant. Cependant, l'idée même de manger faisait remonter la bile dans sa gorge. Un malaise sans nom l'avait prise aux tripes depuis que cette flèche s'était plantée dans le corps du grizzli, quelques heures plus tôt. D'habitude, elle tuait pour se nourrir. C'était la première fois qu'elle en arrivait là, simplement pour se défendre et venir en aide à quelqu'un.

Lorsqu'elle s'était agenouillée devant la dépouille de l'animal pour retirer délicatement les deux flèches qui lui transperçaient la peau, l'horreur l'avait saisie. La jeune fille aurait juré avoir senti des petits en gestation bouger à l'intérieur de son ventre. Des petits condamnés, et elle en était la seule responsable.

Moira s'était longtemps sentie guerrière dans l'âme, prête à tout pour parvenir à ses fins. Sa prétendue assurance s'était envolée face au crime inutile qu'elle avait commis.

La truffe humide du louveteau vint s'enfouir dans sa veste en geste d'adoration. Ce simple acte la ramena à la réalité et elle serra un peu plus fort le corps de l'animal contre elle.

Tout était prêt. Le sac, les armes ainsi que le louveteau se trouvaient dans la barque qui n'avait pas bougé depuis son arrivée. Seule l'adorable bouille de l'animal dépassait de l'embarcation, tandis qu'il observait avec une attention soutenue les efforts que la jeune fille déployait pour éloigner la chaloupe qui avait adhéré à la terre gelée, suite au blizzard.

Dans un brusque craquement, elle réussit enfin à décoller les deux matériaux.

Comme si l'étendue d'eau savait où elle devait se rendre, le courant changea sa course pour l'éloigner des côtes.

—*Dis au revoir à ton monde*, chuchota-t-elle dans l'esprit du louveteau qui lorgnait une dernière fois ses terres natales.

Il ne retira ses pattes du bastingage que lorsque le Daïs ne fut qu'un point à l'horizon.

Moira avait recommencé à pagayer, la magie des îles ne faisait plus effet, passés quelques miles. Les ressacs de la mer les ballottaient en tous sens. Pour la première fois depuis des jours, la jeune fille eut chaud. Le soleil tapait fort à cette heure de la journée et la langue du loup pendait presque dans le fond de la barque.

Au bout de plusieurs heures, en nage, Moira lâcha les rames et se saisit de sa gourde. Elle en versa dans le creux de sa main afin de barbouiller le museau sec et craquelé de son petit compagnon. Soulagé, celuici passa sa langue râpeuse sur sa truffe. Elle se mit à rire, puis lui présenta sa paume pour qu'il s'abreuve. Elle perçut distinctement la reconnaissance infinie qu'il ressentait à son égard. Lorsqu'il eut terminé, elle but deux grandes goulées, appréciant l'efficacité de son sortilège qui gardait la boisson au frais. Avant de reprendre les rames, elle sortit de sa poche la vieille boussole qu'Ismeline lui avait donnée et se dirigea plein ouest.

Alors qu'elle ramait, le louveteau vint se blottir à ses pieds. Oubliant momentanément l'effort physique, un sourire naquit sur ses lèvres. Ses pensées dérivèrent tandis qu'elle ramait d'un air absent.

Il y aurait désormais trois loups à Sanshee. Douce serait aux anges de savoir qu'elle inverserait la tendance face à Opléa. Plus que tout, la jeune abel tenait à ce que son amie ne revienne pas les mains vides. Elle s'était persuadée que la louve de Melhen s'assagirait si Moira se présentait avec son propre compagnon.

Repenser à sa vie dans la cité fit courir sur ses avant-bras des frissons d'excitation. Après tout ce temps passé sans parler ni bénéficier d'une présence humaine, elle se sentait coupée du monde.

Sa seule consolation était de compter sur le louveteau qui désormais l'accompagnerait durant toute sa vie, comme Melhen et Opléa, à l'image de Sando et Kalenken.

Malgré le crépuscule, la jeune fille s'interdit de faiblir. Et bien qu'elle se fût accordé quelques pauses destinées à détendre ses muscles endoloris, elle refusait de s'arrêter là.

La mer la secouait sans ménagement et elle savait qu'en cessant de ramer, elle l'enverrait s'échouer plus loin qu'elle ne le voulait. Ses professeurs lui avaient tous dit la même chose: il était plus facile d'aller jusqu'au Daïs que d'en revenir. À l'aller, la jeune fille devait simplement suivre le courant. Au retour, la lutte serait au rendez-vous.

Pour la énième fois, Moira relâcha l'aviron, prise d'une forte crampe dans le bras. Le secouant avec vigueur, elle soupira. C'était plus difficile qu'elle ne l'avait pensé.

Dans la pénombre, il était d'autant plus malaisé de juger du courant de l'océan.

Alors elle se saisit de la boule lumineuse rangée au fond de sa sacoche pour consulter sa boussole. La chaloupe se dirigeait trop loin vers le nord et risquait de se perdre dans les tourbillons de Songua si elle continuait ainsi.

Quand les éclats du soleil percèrent au loin dans un déchaînement de lueurs miroitantes, la jeune fille émit un glapissement de joie qui réveilla son compagnon à quatre pattes. Celui-ci s'étira à la manière d'un matou et bâilla longuement.

Des terres verdoyantes ondulaient au loin, telles les vagues de l'océan. Enfin elle approchait du but, après une nuit passée sans dormir!

Les immenses falaises qui bordaient le territoire des abels étaient baignées de leur lumière matinale. Entre les à-pics, la mer se resserrait pour donner naissance à une rivière qui glougloutait joyeusement entre les saillies rocheuses.

— *Nous sommes arrivés*, mon mignon, chantonna-t-elle en caressant le poitrail opalin du petit loup.

Celui-ci fixait l'horizon, la queue remuant de gauche à droite.

Ils furent bientôt engloutis dans le passage étroit. La jeune fille put enfin respirer et se laisser aller. Elle tendit les mains vers le louveteau qui sauta avec agilité sur ses jambes. Un sentiment de fierté la submergea de nouveau en croisant son regard déconcertant.

Cependant, lorsque le barrage de rochers se matérialisa devant eux, elle poussa un soupir agacé.

La jeune fille attendit patiemment que la chaloupe bute contre la pierre avant de soulever le louveteau et de le poser sur la rocaille humide. Celui-ci, lisant visiblement dans ses pensées, eut tout juste le temps d'attraper entre ses minuscules mâchoires la sacoche en cuir.

Moira souleva l'embarcation pour la faire passer de l'autre côté. Néanmoins, elle mit nettement moins de temps qu'à l'aller.

Lorsqu'ils arrivèrent aux abords de la péninsule, heureuse, elle mit pied à terre sans attendre et s'élança vers le comité de bienvenue qu'elle apercevait au loin, son compagnon fermement serré contre sa poitrine. À son grand étonnement, Nedril se tenait en tête de foule et lui adressa un clin d'œil mutin, encadré de près par Douce et Melhen.

Moira se laissa tomber dans les bras frais et parfumés d'Ismeline qui pleurait à chaudes larmes.

— Mon enfant, te voilà enfin ! Comme tu as maigri. As-tu eu le temps de chasser ? Par la déesse, et ton épaule ? Que s'est-il passé ?

— Tu… Tu m'étouffes, bredouilla-t-elle d'une voix brisée en tentant d'épargner son précieux ami qui se débattait en gémissant.

Ismeline s'écarta légèrement pour observer le nouveau venu.

— Et bienvenue à toi, petite chose.

Nedril s'avança de sa démarche arquée et sans y avoir été invité, arracha le louveteau de l'étreinte de sa propriétaire. Effrayé, celui-ci jeta un regard paniqué en direction de Moira.

— Alors voyons, qu'avons-nous là ?

Il le souleva face à lui, les yeux parcourant son abdomen.

— Oh, un mâle, si c'est pas mignon.

D'un geste expert, il ausculta ses oreilles et ses canines, sans oublier de le soupeser d'une main.

— Il sera sacrément costaud. Passe un de ces jours à l'herboristerie, que l'on puisse faire une simulation quant à son poids et sa taille d'ici quelques mois. Lui as-tu trouvé un nom ?

— Un nom ? répéta-t-elle bêtement, les yeux écarquillés.

— Eh bien oui, un nom ! s'impatienta Nedril. Tu ne croyais tout de même pas que cette pauvre bête allait s'appeler toute seule.

Il approcha son sourire édenté à faire peur de la jolie frimousse du louveteau. Celui-ci, après l'avoir observé sans réagir, lui administra un coup de patte joueur.

Moira resta figée de stupeur. Elle était idiote de ne pas y avoir pensé plus tôt. Au fond, elle avait imaginé que l'animal avait déjà un nom et qu'il le lui révélerait un jour.

— Vas-y, mon ange, l'invita doucement Ismeline. Dis-nous son nom.

— Je… Je ne sais pas.

Elle avait la tête totalement vide.

— Dis ce qui te vient à l'esprit ! l'enjoignit une voix dans la foule.

La jeune fille pensa à un mot en shaan qui pourrait convenir à son nouvel ami. Elle finit par bredouiller maladroitement :

— Sh… Shae ?

Le louveteau qui jouait à présent avec la barbe de Nedril émit un gazouillement de contentement et le vieil homme le lui tendit, une lueur presque sauvage dans le regard.

— Ainsi soit-il. Ce sera Shae.

Il se pencha vers Moira en chuchotant :

— Entre nous, ce n'est pas très original. M'enfin, il a l'air d'aimer, c'est le principal.

— C'est le principal, renchérit Ismeline.

Le vieil homme se frotta les mains comme à son habitude, signe que son travail ici était terminé.

— Si ça ne vous dérange pas, j'ai des concoctions qui m'attendent. Je ne passe pas toute la sainte journée à attendre patiemment que les gosses décident de revenir des monts enneigés. Allez, poussez-vous ! Laissez passer !

Sa bure grise bâillait entre ses chevilles noueuses tandis qu'il fendait la foule, muni d'une canne sortie de nulle part.

Quelques secondes plus tard, Moira et le nouvellement nommé Shae se retrouvèrent entourés d'abels curieux et désireux de souhaiter la bienvenue à ce dernier. Les uns se pâmaient d'admiration devant sa jolie couleur laiteuse, les autres déblatéraient sur l'éventuelle rapidité de sa croissance et de son gain en force. Quant à Moira, elle aurait juste aimé que Shae reste petit pour toujours…

— Dispersez-vous, cria alors Melhen d'une voix tonitruante. Rentrez chez vous, vous aurez tout le temps de voir cette merveille dans les jours qui viendront.

Déçus et non sans protester ouvertement, les badauds s'éloignèrent, ne laissant que Douce, Ismeline et Melhen. Ce dernier chercha le regard de Moira qui l'évita soigneusement.

Douce s'avança timidement. D'habitude exubérante, elle se tenait légèrement en retrait, comme effrayée. Son attitude intrigua Moira.

— est-ce que tout va bien?

Son amie leva les yeux vers elle, comme sortie d'un sommeil éveillé. De son habituelle voix railleuse, elle rétorqua:

— Ce serait plutôt à moi de te poser cette question. Tu as une tête à faire peur, tu le sais, ça?

La jeune fille passa une main lasse dans ses cheveux emmêlés.

—Je veux bien te croire. C'était pas de la tarte, làbas.

— Tu as maigri, insista Ismeline, déjà affairée à réajuster le col de sa chemise.

— Maman, laisse-la tranquille, râla Douce en attrapant sa main tremblante.

Le regard de Moira s'arrima enfin à celui de Melhen. Elle put y lire une certaine contrariété, comme s'il s'attendait à ce qu'elle lui saute au cou dès son retour. S'il n'y avait pas eu ce baiser, si pudique fût-il, c'était très certainement ce qu'elle aurait fait. La situation était légèrement différente, à présent.

La jeune fille accepta volontiers l'invitation d'Ismeline lorsqu'elle lui proposa de rentrer. Elle enroula son bras sous celui de l'abel, lui montrant ainsi la joie que lui procurait son retour. Sous ses pieds, la terre était meuble et le linceul grisâtre qu'elle avait pris l'habitude de voir au Daïs avait disparu. *La purge* était terminée.

Moira se baissa pour laisser Shae découvrir les environs. Le louveteau paraissait aveuglé par cette toute nouvelle réverbération. Contrairement au Daïs, le soleil parvenait à se frayer un chemin à travers les nuages, ici.

— Sando et Kalenken ne sont pas venus ? demanda-t-elle, sans parvenir à cacher sa déception.

Douce haussa les épaules.

— Ils sont au Conseil depuis ce matin. Je pense qu'ils viendront te voir lorsque ce sera terminé.

Moira acquiesça, pourtant toujours dépitée.

— Allez, te fais pas de bile, fit son amie en claquant sa paume de main dans son dos. Tu verras, une fois que tu auras pris une bonne douche, tu auras les idées et l'épiderme plus clairs.

— Douce ! protesta sa mère courroucée. Moira a passé presque une semaine dans des conditions effroyables. Tes remarques sont parfaitement déplacées.

Après avoir déposé ses armes qui lui semblaient peser des tonnes sur le pas de la porte, la jeune fille gravit l'escalier alors que Melhen l'interpellait d'un « Moira » à peine audible. Se retourner était au-delà du peu de forces qui lui restait.

Shae la suivait à la trace de son petit pas léger. Il ne protesta pas lorsqu'elle lui ferma la porte de la salle d'eau à la truffe.

La jeune fille prit soin de ne pas s'arrêter devant le miroir. Avec régal, elle laissa ses habits sales et collants glisser à ses pieds et pénétra dans la baignoire déjà copieusement remplie par magie. Le bain était délicieux, chaud et plein de mousse fleurée. Elle se frotta l'entièreté du corps avec vigueur en soupirant d'aise et y resta le temps de sentir ses membres se dénouer. Quand elle sortit et s'enroula dans une serviette épaisse, son cœur rata un battement : Douce, ses éternelles nattes cendrées pendant de chaque côté de sa tête, fermait soigneusement la porte derrière elle.

— Qu'est-ce que tu fiches ici ? protesta Moira.

— Oh ça va, hein ! Tu as passé six jours seule sur une île, tu vas pas dire qu'un peu de compagnie te dérange.

Shae avait profité de l'ouverture pour s'introduire furtivement dans la pièce. Il l'observa d'un air parfaitement innocent. Elle le gratta derrière les oreilles.

— Un peu de compagnie pendant ma toilette ? Ah bah oui, j'en rêvais, tu as raison, ironisa-t-elle. Qu'est-ce que tu veux ?

La blondinette soutint son regard noir sans broncher.

— Rien. Je voulais simplement parler.

— Et ça ne pouvait pas attendre que je sorte de mon bain ?

— Tu es sortie, là, non ?

— Ne te moque pas de moi, s'il te plaît.

Douce se pencha vers elle, les yeux brillants de malice.

— Ce que tu peux être susceptible ! Bon d'accord. Je suis venue parce que c'est le seul endroit où Melhen ne viendra pas te chercher et ne pourra pas nous écouter.

Moira se raidit.

— J'ignore de quoi tu veux parler.

Son amie proféra une bordée de jurons dans sa langue natale, agacée.

— Tu mens ! C'est aussi évident que le nez au milieu de la figure. On a tous vu ce qu'il s'est passé entre vous, il t'a embrassée ! Et moi… ça me met sacrément mal à l'aise, si tu veux tout savoir. C'est pour cette raison que je me demandais ce que tu comptais faire.

Moira s'assit sur le rebord de la bassine, la mine préoccupée.

— Ce que je compte faire ? Eh bien, l'éviter, j'imagine.

— Tu ne pourras pas le fuir éternellement. Il te faudra bien lui parler, à un moment ou à un autre.

La jeune fille lui jeta un regard peu amène.

— Bah quoi ? Je sais ce que tu vas me dire, je me mêle de ce qui ne me regarde pas, mais il n'empêche que vous ne pourrez pas laisser ça de côté et faire comme si de rien n'était. Et puis si vous décidez de vous mettre en couple ou je ne sais quoi… j'aimerais bien être au courant, tu vois.

Moira baissa la tête en se tordant les doigts avec embarras. Douce avait raison. Elle se devait de mettre les choses au clair avec Melhen.

Pas ce soir. Ce soir, elle avait autre chose en tête.

La maison de Sando était agencée de la même façon que les demeures de Sanshee, à la seule différence qu'une autre pièce, bien plus vaste, était accolée au mur d'enceinte, prévue pour la stature importante de Kalenken. La maisonnette n'en était que plus belle. Elle se situait à l'écart de toutes les autres et constituait l'habitation la plus proche du bois des Murmures.

Moira tenta de regarder à travers les fenêtres, mais de gracieuses plantes savamment enroulées cachaient l'intérieur aux plus curieux et faisaient office de rideaux.

La porte s'ouvrit à la volée et la tête de son protecteur apparut, une sphère lumineuse en lévitation au creux de la paume.

— Moira ?

— Bonsoir, Sando.

Il lui adressa un sourire franc auquel elle répondit.

— Oh ! Je vois que tu n'es pas venue seule.

Ses yeux d'ébène se baissèrent pour observer le louveteau qui se tenait entre les jambes de la jeune fille.

— En effet. Opléa n'a pas daigné se déplacer pour moi aujourd'hui et je tenais à ce que le premier loup abelien que Shae rencontre soit Kalenken.

Sando hocha la tête avec un fin sourire.

— Shae est donc son nom. Et un très joli nom qui plus est, très chantant, constata-t-il en grattant gentiment le chef du petit animal.

— C'est le premier qui m'est venu en tête.

— Le premier est souvent le bon.

Sando devait avoir un esprit bien tortueux pour que le premier nom qui franchisse ses lèvres soit Kalenken. Même si elle le pensa, Moira se garda néanmoins d'en faire la remarque.

— Comme je suis impardonnable ! se reprit son professeur. Entrez, je vous en prie.

Il s'écarta pour les laisser passer.

L'intérieur était sommaire et épuré. Les rares meubles qui habillaient la pièce avaient été choisis avec goût. Une simple table taillée dans le cœur d'un tronc, deux fauteuils encadrant une table basse sur laquelle reposait une bougie presque entièrement consumée. La cuisine se trouvait à l'étage supérieur.

Moira s'assit sur son siège moelleux préféré et Shae se coucha à ses pieds, non sans avoir reniflé les lieux avec méfiance. La jeune fille en profita pour observer l'ouvrage que son professeur avait posé sur la tablette avant de venir lui ouvrir : « Mythes répertoriés des terres Oubliées », lut-elle à l'envers.

—Je suis sincèrement heureux de te voir, commenta Sando en prenant place à son tour. Si j'avais su que tu comptais veiller aussi tard, je serais venu moi-même te souhaiter la bienvenue.

— Ce n'est pas plus mal. Je viens trop peu vous rendre visite. Et pourtant, quel foyer ! s'extasia-t-elle en embrassant la pièce du regard.

Sando se tortilla dans son fauteuil pour se mettre à l'aise.

— Et comment trouves-tu mon chez-moi ?

— Il est… juste comme vous, murmura-t-elle, après un temps d'hésitation. Simple, mais pas vétuste, élégant, mais pas clinquant. Juste comme vous.

Il parut satisfait de sa réponse.

— Je te remercie. Alors, dis-moi… Si tu me contais un peu tes aventures de ces derniers jours ? Je suis curieux de savoir ce qu'il s'est passé. Tu es rentrée sans une égratignure et je n'en suis que plus impressionné.

— En réalité, une égratignure, nuança-t-elle en dévoilant son épaule bandée. La mère de Shae me l'a infligée.

Elle entreprit de lui narrer les quelques journées passées en dehors de la cité. Elle ne lésina pas sur les détails. Lorsqu'elle se tut, son mentor haussa un sourcil, impressionné.

— Que d'aventures. Ça me rappelle un peu la mienne, à la seule différence que je m'étais fait courser par des lapins carnivores.

— Des… non, vraiment ? s'esclaffa-t-elle.

— Des lapins carnivores, je t'assure ! Ils sont légèrement plus gros que la moyenne et se fondent très bien avec la neige. Ce sont de vrais parasites et à plusieurs, ils font de sacrés dégâts. Tu n'as pas idée à quel point les animaux sont plein de surprises dans cet endroit.

— Les mutations, constata-t-elle. Je comprends mieux.

Il acquiesça.

— Exact. L'atmosphère magique qui siège là-bas est tellement importante qu'elle influe sur ce qui y vit. Quoi qu'il en soit, ce n'est pas donné à tout le monde de tenir tête à un grizzli géant. Ce sont des êtres sanguinaires qui peuvent paraître un peu lourdauds, mais qui peuvent pister leur proie des semaines durant. D'ailleurs, c'est sûrement ce qu'il faisait lorsque tu l'as croisé dans les bois.

— Elle.

— Pardon ?

— Elle. C'était une femelle. J'ai senti ses petits lorsque je l'ai tuée.

La jeune fille n'eut pas besoin de le dire, car Sando avait très bien compris. La culpabilité rongeait son cœur. Il se voulut rassurant :

— Tu as simplement voulu protéger Shae. Cet acte était nécessaire.

— Je l'ai tuée pour sauver ma vie, protesta-t-elle mollement.

— Cela veut-il dire que tu aurais préféré te laisser dévorer par cet animal sauvage ? Shae n'aurait pas survécu si tu t'étais condamnée. Tu n'es pas une martyre, tu dois simplement tout mettre en œuvre pour prémunir ton loup du danger. Vos destins seront toujours étroitement liés. Où tu iras, il ira et vice-versa. Ce n'est pas ton esprit de conservation qui t'a poussé à dégainer ta flèche, c'est ton amour pour Shae et rien d'autre.

Les mots de son mentor se frayèrent un chemin pour alléger sa peine. Plus elle y pensait et plus la jeune fille se disait que Sando n'avait pas complètement tort. À aucun moment elle n'avait pensé à sa propre sécurité. Elle avait bêtement jeté un sortilège sans vérifier qu'il ne la tuerait pas et uniquement dans le but de sauver le louveteau des crocs de l'ourse.

La mère de Shae l'avait cédé pour un grand destin. Par conséquent, Moira avait une responsabilité vis-à-vis de lui. Si elle s'était laissée terrasser ce matin-là, Shae se serait retrouvé seul et livré à lui-même. La flèche dans le cœur du grizzli avait été nécessaire pour préserver le louveteau.

— C'est tout de même effrayant, fit-elle soudain. Cela signifie que je ne ferai jamais les choses pour moi-même.

Les épaules de Sando s'affaissèrent et une ombre de chagrin passa sur son visage émacié.

— C'est triste à dire, mais tu ne seras jamais vraiment libre. C'est le lot de tous ceux qui sont voués à faire de grandes choses. La providence a voulu qu'une partie de Maolen perdure en toi, ce qui te lie à Melhen et Mutiane. Puis il y a ce loup, ce loup qui est devenu la pièce d'un puzzle dont tu ne pourras jamais plus te passer. C'est comme ça pour tous ceux qui sont destinés à avoir leur alter ego. Te voilà complète. Enfin.

Moira le savait et l'avait toujours senti comme tel. Un jour dans sa vie, son âme avait été dépouillée de fragments essentiels à son bonheur. Son père avait comblé une brèche, Shae était en train d'en obturer une autre. À côté de ça, elle ne ressentait pas de corrélation avec le jeune cournol et la belle amazone. La jeune fille le voyait plus comme une sangle qu'elle était obligée de boucler. Et même avec tout ça, son âme restait incomplète et elle n'aurait su dire pourquoi. C'était comme si elle tenait la réponse sur le bout de la langue, mais que son esprit fonctionnait au ralenti.

Comment expliquer cela à Sando ? Moira avait tout pour être heureuse et ne pouvait cependant pas s'en contenter, car il manquait une chose. Si elle disait tout cela à son ami, elle passerait pour une ingrate, tout simplement.

Alors, elle leva ses yeux émeraude en direction de son interlocuteur et bafouilla :

— Bien sûr, vous avez raison. Ma vie est tout ce qu'il y a de plus complète.

Shae grandissait à une vitesse effarante. Un mois après son arrivée à Sanshee, sa taille avait doublé. Il n'avait déjà plus rien du vulnérable louveteau repêché par Moira dans un lac glacé, et partait chasser sur les terres anonymes, au-delà de la cité, Kalenken dans son sillage. Sa taille se rapprochait plus de celle d'un jeune loup qui sort à peine de l'enfance.

La jeune fille était restée pantoise devant cette brusque métamorphose. Sando lui avait expliqué que la croissance ralentirait, passée la troisième année, et que l'animal continuerait de grandir tant que ses pouvoirs à elle évolueraient.

— Cela est dû au fait que vous soyez liés, avait-il expliqué. Votre magie dépend l'un de l'autre et influence votre morphologie. Cette poussée de croissance que Shae connaît actuellement est uniquement là pour rééquilibrer la balance. Tu as un certain niveau de magie et il se doit de t'égaler en s'accroissant à son tour.

Moira avait adoré tenir sa minuscule boule de poils dans le creux de ses mains. Shae grandissait à vue d'œil et ce fut avec joie qu'elle constata que son esprit gagnait en maturité tandis que leur lien mental s'affermissait.

Ils ne communiquaient pas encore avec des mots, mais en se projetant mutuellement des images explicites à l'esprit. Shae était un loup très intelligent et enjoué qui avait une vision du monde complètement différente de la sienne. Ce qu'elle trouvait fascinant.

Plus les semaines passaient, plus elle se disait

qu'ils se complétaient bien. Elle côtoyait nettement moins ses semblables, mais cela lui permettait de mieux comprendre et mieux connaître son compagnon à quatre pattes.

À côté de cela, Amarah avait décidé de lancer les travaux de construction, afin qu'une deuxième pièce, plus vaste, vînt habiller la façade ouest de sa maisonnée. Pour le moment, Shae n'y voyait pas d'utilité, préférant nettement se pelotonner dans son lit la nuit venue, mais arriverait un moment où ce ne serait malheureusement plus possible.

Une délicieuse routine s'était instaurée au fil du temps. À l'aube, ils partaient pour de longues balades endurantes en forêt, s'enfonçaient dans les recoins sombres de la ville et bataillaient côte à côte contre les rouleaux furieux de l'océan Songua. Shae avait en lui une telle soif de s'améliorer qu'il la poussait souvent à se démener jusqu'à ne plus avoir de forces.

Trois mois après leur retour du Daïs, Shae arrivait à la taille de Moira. Ce fut à ce moment-là que les cours reprirent.

Alec avait forcé Douce à les rejoindre, affirmant qu'elle ne pouvait continuer à s'empâter au chaud chez elle, et tous trois partaient courir le long du fleuve. Quant à Shae, il galopait aux côtés de Kalenken et s'entraînait au corps à corps.

La vie avait tranquillement repris son cours et rien ne semblait pouvoir inverser cet état de fait.

Chapitre XVIII

À la source de l'enfance

Il ressemblait à une boule incandescente. Les couleurs défilaient devant ses yeux à une vitesse effarante, mais il distinguait chaque particule d'air, chaque petit détail autour de lui. Comme ce grillon occupé à grignoter la mousse qui fleurissait aux pieds d'un pommier, ce lièvre qui détala comme si Guardian était à ses trousses lorsqu'il sentit son odeur suspecte, le vent qui faisait bruisser les feuilles, les envoyant s'envoler dans un tourbillonnement délicat. Il s'était habitué à ce climat clément, même si parfois la sensation glaciale sous ses coussinets lui manquait un peu. Ne plus être au Daïs n'était pas un regret profondément enfoui en lui, il préférait mille fois se trouver ici, avec *elle*.

Laissant la brise faire bouffer son poil, il était au comble de la félicité. Il y avait longtemps qu'Opléa s'était fait distancer, sans parler d'Acajou, simplement trop jeune pour tenir la cadence très longtemps.

—Arrête-toi, Shae. Ils ne sauront plus où nous sommes.

À travers les yeux de la jeune fille perchée sur son dos, il distingua une étendue vierge. Il avait laissé en arrière ses compères sans se soucier de les perdre ou non.

— *Avoue que je suis sacrément doué à ce jeu-là. Opléa va en pleurer.*

Il distingua le rire grinçant de sa protégée.

— *Tu parles, elle fera la fière en prétendant t'avoir laissé gagner pour ne pas blesser ton ego. Tu la connais, incapable d'admettre la supériorité de quelqu'un d'autre qu'elle-même.*

Au loin, la silhouette de deux loups, galopant au coude à coude dans un brouillard de poussière, commença à apparaître.

— *C'est reparti*, s'exclama-t-il en s'élançant de plus belle.

C'était comme si la caillasse sous ses pattes n'était qu'un tapis de soie. Les muscles bandés, il fila telle une flèche portée par la brise.

L'orme, majestueux et vieux comme le monde, se dessina rapidement au loin et ivre d'excitation, il l'atteignit en quelques secondes.

— *Que dis-tu de cela ? Pas mal, hein ?*

— *Reste humble dans la victoire, lui conseilla son amie, les pensées chargées d'ironie.*

— *Pas quand j'ai battu Opléa.*

Celle-ci arriva bientôt, les yeux jetant des éclairs meurtriers. Acajou la suivait de près, la langue pendante.

Moira recoiffa d'une main absente sa crinière qui s'était emmêlée dans la course. Près d'elle, assis sur Opléa, Melhen se mordait la lèvre. Il devait certainement ressentir la colère dévastatrice qui animait sa louve et savait qu'une dispute couvait.

— *Si tu continues à la devancer de la sorte, elle ne viendra plus.*

— *Tu crois vraiment qu'elle laisserait Melhen se dé-*

placer jusqu'ici, seul en compagnie de deux filles et leurs imbéciles de loups ?

Ils rirent intérieurement alors que Douce et Acajou arrivaient à leur hauteur. Celui-ci arborait une fourrure brune tirant vers l'auburn, d'où son prénom pour le moins original. Douce l'avait découvert presque une année plus tôt, alors qu'il s'apprêtait à se faire dévorer par une horde de souris géantes et enragées. La jeune abel était revenue à Sanshee les vêtements grignotés, le visage mangé par les éraflures, mais la mine ravie.

— Dis donc, lâcha-t-elle avec bonne humeur, j'ai l'impression d'avoir reçu une bonne raclée. Le jour où Acajou sera plus gros, on ne fera qu'une bouchée de vous.

— Ça, vous pouvez en être sûrs, confirma le jeune loup en prenant une pause avantageuse.

Douce sauta de son dos, bientôt imitée par Moira.

— Melhen, ça va ?

— Très bien, répondit l'intéressé, en grande conversation mentale avec sa compagne qui ne décolérait pas.

Il démonta à son tour, tandis que la louve les assassinait du regard. Shae tenta une approche pacifiste :

— *Opléa, ne tire pas cette tête. Ce n'est pas parce que…*

— *Tais-toi* ! coupa-t-elle en le bousculant.

Sa voix résonna dans l'esprit de Moira comme une barre métallique tombant au sol. Un grondement menaçant s'échappa de la gorge de Shae. Ce dernier était de bonne nature, mais il ne fallait pas trop le titiller.

Sentant que la situation pouvait à tout instant basculer, la jeune fille intervint :

— *Opléa, calme-toi. Tu dois apprendre à perdre.*

Ses paroles, au lieu de l'apaiser, parurent exacerber un peu plus la fureur de la louve. Celle-ci la détestait toujours profondément et ce n'était pas près de changer.

Melhen posa une main amicale – et légèrement tremblante – sur son poil hérissé. Opléa se détendit quelque peu, mais ses grands yeux achromatiques débordaient toujours de ressentiment.

Ils s'installèrent au pied de l'arbre géant, là où les racines saillaient au-dessus de l'herbe. Moira s'appuya contre le flanc de Shae. Il était désormais haut de six pieds et sa fourrure dégageait une odeur entêtante de pin et d'herbe fraîchement coupée.

— Cela fait exactement trois années aujourd'hui que je t'ai trouvé, nota-t-elle en enfouissant le nez dans son poitrail duveteux.

Il lui répondit par un coup de langue affectueux, ravi qu'elle se souvienne de ce jour mémorable.

— Cela signifie que tu ne grandiras plus aussi vite, remarqua le cournol qui s'était assis en tailleur, face à eux.

— Je n'en suis pas mécontente, autrement je ne pourrai plus bondir sur son dos sans qu'il ne soit obligé de se baisser.

Les deux adolescents échangèrent un regard complice. Moira avait mis du temps avant de le regarder de nouveau dans les yeux. Jamais ils n'avaient reparlé du baiser. Malgré ces non-dits, la jeune fille savait pertinemment que les sentiments du cournol s'étaient renforcés avec le temps. Leur relation en tant que Maolen se nouait un peu plus et très souvent, sans que Melhen n'y prenne garde, elle percevait son envie de la prendre dans ses bras, ou de passer une main dans ses cheveux. Il était très attaché et le plus souvent en sa compagnie, elle fermait totalement son esprit afin de ne pas être assaillie par de telles pensées parasites. Elle tenait beaucoup à lui, mais se trouvait dans l'incapacité de définir réellement ce qu'elle ressentait à son égard.

Une pluie fine se mit à tomber sur le plateau mangé par les herbes folles. Protégés par les épaisses branches de l'orme, ils ne firent pas mine de s'en aller et se contentèrent de regarder l'arc-en-ciel naître au-delà des plaines.

Douce coinça une tige de pissenlit entre ses lèvres avant de s'adosser confortablement contre le jeune Acajou.

— Maman doit se demander où on est encore passés. J'avais un entraînement prévu avec Alec, aujourd'hui.

— Tu aurais dû y aller, la gourmanda Melhen.

— Ne me fais pas croire que tu ne lui as jamais posé de lapin, ricana la blondinette.

— Eh bien, non, figure-toi. Je me le suis coltiné chaque jour sans broncher, lui et ses humeurs étranges. Pendant des années, je l'ai écouté me rabaisser et me dire que je ne serais jamais prêt à trouver mon loup. Heureusement que je ne l'ai écouté que d'une oreille, d'ailleurs…

Douce se racla la gorge l'air de dire que s'il avait été prêt, ce n'était pas cette louve qu'il aurait ramenée.

— Au fait, intervint Moira, désireuse de changer de sujet, tu ne nous as jamais expliqué comment tu as rencontré Opléa.

La sœur de l'intéressé se redressa brusquement.

— C'est vrai, ça ! Maintenant que j'ai trouvé Acajou, il nous est possible d'en parler. Il n'y a plus besoin de garder le secret.

Melhen se tritura les doigts, visiblement assailli par un grand malaise.

—Je n'ai pas trop envie d'en parler…

— Tu rigoles ? Quoi que tu dises, ça ne pourra jamais être pire que ce que j'ai vécu, claironna Douce avec un sourire contrit.

— Crois-moi, c'est pire.

Les deux jeunes filles se rapprochèrent de lui, avides d'en savoir plus. Melhen les observa tour à tour avant de secouer la tête.

— Bon, si vous insistez… Comme vous le savez, je n'étais pas autorisé à me rendre au Daïs. Je n'avais pas passé les Épreuves et Amarah n'était pas disposée à me laisser m'y rendre, me trouvant trop jeune et pas assez mature.

Opléa tourna sa grosse tête vers lui. Tout le monde eut le loisir de l'entendre ronronner :

— *Tu n'es pas obligé de leur dire, Mel. Cela ne regarde que nous.*

— Fais pas ta rabat-joie, gronda Douce, laisse-le raconter son histoire !

Les yeux d'obsidienne la transpercèrent et elle rentra la tête dans les épaules, la mine penaude. Même après toutes ces années, la louve faisait toujours son petit effet.

— J'y tiens, lui répondit Melhen avant de reporter son attention vers Moira, Douce et les deux loups restés immobiles.

Il se racla à nouveau la gorge, le teint blafard.

— J'étais assez intrépide et imprudent, à cette époque. Je m'étais persuadé que trouver mon loup ne serait pas un problème et je méprisais l'avis des adultes. Je le sentais au fond de moi, c'était le bon moment et je n'étais pas prêt à attendre encore plusieurs années.

Moira l'avait aussi senti. Elle s'était battue contre son envie perpétuelle de s'y rendre contre l'avis du Conseil, mais n'avait été freinée que par l'exemple de Melhen, ce jeune garçon de douze ans qui n'avait pas trouvé le bon loup.

— C'était vraiment étrange, poursuivit-il, accaparé par ses souvenirs. Lorsque je me suis retrouvé sur cette barque, c'était comme si la mer ne voulait pas de moi et cherchait à me renvoyer sur la berge. J'ai lutté. J'ignore où j'ai trouvé la force de continuer, mais j'ai lutté. Lorsque je suis arrivé au Daïs, la neige avait presque fondu.

— Quoi ? s'écrièrent les deux filles d'une même voix.

Même Shae et Acajou paraissaient dubitatifs. Le peu de souvenirs qu'ils avaient de leur terre natale n'était que neige et froid.

Melhen hocha la tête d'un air grave.

— Parfaitement. La neige s'étiolait et les arbres fleurissaient. Aujourd'hui encore, Amarah a du mal à me croire. Elle reste persuadée que mon esprit s'est égaré ce jour-là. Pourtant, c'est la vérité. Le problème qui s'est posé, c'est qu'avec un tel climat, la plupart des bêtes qui peuplaient le Daïs sont sorties de leur état d'hibernation. Et comme vous le savez, les mutations font rage là-bas et la moindre bébête qui peut paraître adorable devient vite… un fléau. J'ai passé deux semaines à lutter contre des colonies de fourmis grosses comme des pouces à l'odorat surdéveloppé. Elles se nourrissaient de tout, et lorsqu'elles se déplaçaient en colonie, elles étaient capables de terrasser un ningwë.

Moira n'en croyait pas ses oreilles.

— *Ferme la bouche si tu ne veux pas baver*, se moqua Shae en la bousculant légèrement.

Elle lui tira la langue avant de reporter son attention sur le jeune homme.

— Un soir, elles m'ont littéralement pris au piège, en plein milieu de la clairière dans laquelle je me cachais pour échapper aux colibris venimeux. Je n'étais pas parvenu à dormir depuis des jours, car j'essayais de les semer. Je me suis écroulé dans une espèce de fourmilière géante, épuisé. Le lendemain, à mon réveil, j'étais secoué de convulsions et plein de cloques.

— Je me souviens de ça, approuva Douce avec une grimace dégoûtée. Tu étais revenu plein de croûtes purulentes, d'ampoules et de boursouflures. Maman m'avait interdit de te poser des questions.

Son frère haussa les épaules pour dissimuler sa honte.

—J'ai déliré pendant plusieurs jours, mais au moins elles m'ont laissé tranquille, après ça.

—Tu disais qu'elles se nourrissaient de proies plus grosses qu'elles, ne purent s'empêcher de couper Moira. Comment se fait-il que tu n'aies pas été dévoré ?

—J'allais y venir. Lorsque j'ai repris conscience, il y avait une louve. Elle était allongée sur un tapis de vieilles herbes jaunies et m'observait avec méfiance. Quatre petits étaient lovés contre son ventre. En voulant m'échapper, j'étais tombé directement dans la gueule du loup. Ou du moins de la louve, si vous préférez. Et les fourmis étaient reparties sans demander leur reste. Au fil des heures, j'ai compris qu'elle me tolérerait juste le temps que j'aille mieux. Paraît-il que les loups du Daïs ne sont pas du tout comme ceux destinés à un abel. Ils sont purement sauvages et sans pitié. Or, elle n'a ni essayé de me chasser ni de me dévorer.

Et pourtant, il y avait des exceptions partout. La mère de Shae avait tiré Moira d'une avalanche, mettant ainsi sa propre vie en péril. Ça non plus, ce n'était pas un comportement d'animal sauvage.

Melhen marqua une pause, la voix enrouée.

—J'aurais dû m'en tenir là et repartir à la recherche de mon loup… ailleurs.

Ne dis pas ça.

C'était la voix d'Opléa. Son regard s'était transformé en une requête, presque une supplication à l'adresse du jeune cournol.

—C'est la vérité. Je n'aurais pas dû faire ce que j'ai fait, et je n'en suis pas fier.

—Et tu as fait quoi ? demanda Douce qui ne semblait pas s'apercevoir à quel point il lui en coûtait d'avouer tout cela.

—J'ai attendu que la louve parte chasser et j'ai volé Opléa. Elle était si… mignonne, sans défense, charmante, bouleversante…

Il posa sa main sur la patte de sa compagne.

—Je pense que sa mère savait ce que je m'apprêtais à faire, mais elle m'a laissé agir et ne m'a pas attaqué pour s'assurer que je serais à la hauteur. Je n'étais pas digne et Opléa ne m'était pas destinée. Pourtant, ça n'a pas d'importance à mes yeux, elle a rempli cette partie de moi qui cherchait désespérément quelque chose à quoi se raccrocher. Jamais plus je n'irai au Daïs chercher le loup qui doit me revenir, Opléa me suffit.

Moira comprenait parfaitement. Si ça avait été elle, le doute n'aurait pas été au rendez-vous. L'appel du loup était tellement fort chez ceux qui étaient amenés à en trouver, que le reste importait peu.

Un silence presque religieux suivit les derniers mots de Melhen qui baissa les yeux, le rouge aux joues. Moira lui posa une main rassurante sur l'épaule, ignorant le regard d'avertissement de sa louve.

—Ta réaction est normale, Mel. C'est tout à ton honneur d'avoir bravé l'autorité de tes aînés pour partir à l'aventure.

—C'est surtout enfantin, nuança celui-ci avec amertume.

—Et alors? On fait tous des choix irréfléchis dans la vie, mais regarde où le tien t'a mené. N'est-ce pas ce que tu voulais?

Opléa eut un léger sursaut en entendant ces quelques mots.

—Tu as raison, approuva Melhen, il n'y a rien à regretter.

Sur le chemin du retour, bien plus calme, ils croisèrent Sando qui les attendait aux abords de la cité, là où les premières maisonnettes étaient bâties.

Le temps n'avait plus de prise sur l'abel, âgé d'une centaine d'années. Son éternelle chevelure brune lui tombait sur les épaules et son port altier lui conférait toujours autant de charme.

— Je vous attendais, fit-il simplement.

À cet instant, Kalenken sortit de derrière une bâtisse, plus imposant que tous les loups réunis.

— Une grande nouvelle pour toi, Moira. Je dirais même… une bonne nouvelle.

L'intéressée resta figée sur place, le souffle retenu. Sans savoir pourquoi, elle sentait que cette annonce allait changer le cours de sa vie.

— De quoi parlez-vous ?

Une flamme malicieuse s'alluma dans les prunelles de l'abel.

— Que dirais-tu d'un petit voyage ?

— Un voyage ?

C'était plus fort qu'elle, elle ne pouvait s'empêcher de répéter ce que son interlocuteur lui disait.

— Tu as bien entendu. Un voyage. Que toi et Shae allez devoir faire. Un voyage que tu as désiré entreprendre à l'instant même où ton destin s'est mis en marche.

Moira secoua la tête sans comprendre, ses boucles soyeuses volant autour de son visage. Derrière elle, Melhen et Douce affichaient des mines tout aussi interrogatrices.

— Te souviens-tu du jour où je suis venu te chercher à Mänsamel ? Te souviens-tu de ce que je t'ai promis ?

Ce fut comme si une boule se formait brusquement dans son estomac pour remonter dans sa gorge, l'étranglant à moitié. La surprise, la peur de mal comprendre et l'espoir… Un indicible espoir tourmentait son cœur à cet instant. Ce fut à peine si elle sentit les émotions de Shae à qui elle était connectée en permanence, comme si elle était parfaitement seule dans sa tête et dans son cœur.

—Je… Je me souviens, oui, bredouilla-t-elle.

—Alors prépare tes affaires. Vous partirez dans trois jours. J'en ai discuté avec les membres du Conseil et ils savent que ça te tient à cœur. Malgré leur envie permanente de te protéger envers et contre tout, ils se sont retrouvés à court d'arguments face à nos moyens de persuasion.

Il lui adressa un sourire éclatant, tandis que les yeux de Kalenken semblaient rire de sa mine abasourdie.

Moira ne pensa même pas à les retenir lorsqu'ils tournèrent les talons. Elle resta plantée en plein milieu de l'allée, ses genoux s'entrechoquant violemment. Douce s'approcha d'elle, moins tourneboulée, mais plus que jamais fureteuse.

—De quoi parlaient-ils?

Melhen fit un pas vers elle lui aussi et la jeune fille se sentit examinée sous toutes les coutures. Seul Shae savait à cet instant. Et sa conscience satisfaite pesait sur elle comme une chape rassurante.

—Mon père. Sando me propose d'aller voir mon père.

Moira caressa une dernière fois la pile de lettres avant de les ranger dans la cassette ouvragée. Leur nombre avait encore augmenté et bientôt, celle-ci serait trop petite pour toutes les contenir.

Deux nuits. Il ne lui restait que deux nuits à patienter avant de filer à dos de loup en direction de Mänsamel.

Les années étaient passées. Des années durant lesquelles elle avait espéré que ce jour viendrait. Et à présent, une semaine tout au plus la séparait de Léon.

Avait-il beaucoup vieilli? Et la chaumière, tenait-elle encore debout? Tant de questions se bousculaient dans sa tête que Shae, fourbu, s'était retiré de son esprit avant de s'endormir dans le lit à baldaquin, faisant s'affaisser la couche de plusieurs centimètres.

N'y tenant plus, la jeune fille sauta au pied du lit et vérifia une dernière fois le contenu de sa sacoche à bandoulière. Certes, elle avait encore trois jours pour préparer ses affaires, mais le faire dès maintenant conférait à la nouvelle une impression de réalité. Plier un gros pull et le rétrécir dans le sac au moyen d'un sortilège, astiquer la selle en cuir brun de Shae, nettoyer soigneusement son épée… Elle avait tout fait, excitée comme elle était.

Le sommeil ne la rattrapa que tard dans la nuit. Elle s'endormit, la boîte sous le bras, en position fœtale sur son lit et les couvertures éparses autour d'elle.

Les pas claquèrent mécaniquement sur les dalles en marbre. Les souliers du marcheur étaient luisantes et probablement hors de prix. L'homme qui les chaussait devait être quelqu'un de très riche, ou du moins de haut placé. Il s'arrêta devant une porte volumineuse, gardée par deux soldats immobiles. Ils n'esquissèrent pas un geste pour l'inviter à pénétrer dans la pièce attenante.

—Laissez-moi entrer, leur ordonna l'homme d'une voix nasillarde.

Il avait un visage mince et creusé, son menton pointu était muni d'un bouc repoussant. Il transpirait la malfaisance, malgré sa tenue de religieux qui se voulait chaste et engageante.

— C'est un ordre.

—Impossible, Monseigneur, lâcha un des soldats au regard vide. Le roi nous a sommés de ne laisser entrer personne. Il est en plein conseil stratégique.

— Sache, espèce de sous-fifre, que ça m'est complètement égal, siffla-t-il. Cela concerne son fils !

Pour prouver ses dires, il agita un rouleau de parchemin à l'apparence officielle sous le nez des soldats. Cette fois-ci, ces derniers échangèrent un regard indécis.

— Si vous ne m'ouvrez pas tout de suite, vous le regretterez ! Par Guardian, j'en fais la promesse.

Les gardes s'écartèrent en s'inclinant bien bas, cette fois.

L'homme poussa les portes qui tournèrent sur leur battant sans un bruit. Autour d'une table circulaire aux pieds taillés comme des griffes siégeaient cinq hauts représentants, la tête penchée sur une carte de la région. L'homme distingua tout de suite le roi, tant par sa prestance que par la crainte qu'il inspirait dès que l'on posait les yeux sur lui. Ce dernier leva ses prunelles d'acier trempé vers le nouveau venu.

— Que vient faire un homme d'Église à un conseil, tu peux me le dire, Chaofe ?

Le dénommé Chaofe s'agenouilla, le front embrassant le sol et la sueur perlant à la tempe. Il était rouge d'embarras et son cœur semblait vouloir sortir de sa poitrine tant la peur d'être torturé après la nouvelle qu'il s'apprêtait à annoncer à son souverain lui glaçait le sang. Il n'avait à présent plus rien de l'homme qui traitait un des membres de la garde royale de « sous-fifre ».

Ce fut d'une voix blanche qu'il s'exprima :

— Mon bien aimé roi. Je m'excuse d'une telle intrusion, mais j'ai une nouvelle de la plus haute importance à vous transmettre.

Un silence de mort suivit ses paroles, seulement rompu par le souverain.

— Eh bien, parle, tant que tu es là. Je t'écoute.

— Une missive, Sir, bégaya Chaofe en entortillant ses doigts dans sa toge. Elle parle de votre jeune fils.

— Zendel ?

—Non Sir, le cadet. Il a disparu.

Les poings blancs du roi s'abattirent sur la table massive, la faisant dangereusement trembler. Le prêtre sursauta. Son teint, quelques secondes auparavant blafard, avait tourné au vert olive. Il semblait au bord du malaise… ou du vomissement.

— Que dis-tu ?

—Il… Il a été enlevé. Et les témoins ne parlent pas d'humains, mon roi. Il chassait dans la forêt d'Argan, paraît-il, et une armée de cournols lui est tombée dessus.

— C'est impossible, nia le souverain de sa voix caverneuse. Les cournols n'oseraient jamais traverser les alentours bordant Fall Marma jusqu'à atteindre Argan. Ils me craignent beaucoup trop.

—Il faut croire que…

Chaofe se musela à temps. Cette fois-ci, durant une infime seconde, son cœur avait cessé de battre. S'il avait poursuivi sa phrase, le roi lui aurait sûrement fait couper la langue, si ce n'était la tête.

—Je veux dire… C'est certain, ils le détiennent et s'en serviront comme moyen de pression contre vous. Nous devons demander à la jeune Oracle… Cette Nakéa…

—Je ne ferai pas appel à cette gamine diseuse de bonne aventure, cracha le souverain avec dédain. Elle n'est bonne à rien pour l'instant. Ses pouvoirs sont encore bien trop imprécis. Non, mon instinct me souffle qu'un jour, elle me sera utile, même si ce n'est pas encore le moment. Nous répondrons par la force, car à l'évidence, les abels sont derrière tout cela.

—Les abels, Monseigneur ?

—Tu as bien entendu. Les abels. Plus précisément, cette sale parasite d'Amarah. Nous allons donc attaquer à la source. Pas pour la briser, oh non, pas tout de suite. Nous allons d'abord jouer… Jouer comme elle joue avec la vie de mon fils.

Chaofe se tut, les yeux toujours rivés sur le sol immaculé. Le roi semblait avoir oublié sa présence. Près de lui, ses conseillers ne pipaient mot. Tout le monde respectait plus que sa propre vie la réflexion du nephel.

—Amenez-moi Emetrial, dit-il après de longues secondes de silence. J'ai besoin de m'entretenir avec lui.

—Sir, intervint timidement un vieil homme aux cheveux gras, attablé à sa droite, cela signifie-t-il qu'il n'y aura pas de conseil concernant la décision d'ordre militaire que vous comptiez prendre?

—En effet. Je veux Emetrial. Maintenant!

Le conseiller regarda autour de lui, croyant qu'il s'adressait à quelqu'un d'autre, puis la tête respectueusement baissée se traîna vers la sortie, courbé comme un vieux saule.

Le roi se tourna vers Chaofe, la mine mauvaise.

—Déguerpis, prêtre, avant que je décide de te faire écarteler.

L'homme s'inclina bien bas avant de baragouiner:

—Merci d'épargner ma vie, mon roi. Que Guardian vous protège.

Le souverain bomba le torse avant d'éclater d'un rire dément.

—Guardian? Pauvre fou, tu n'as pas idée à quel point tes paroles sont fades…

Moira se réveilla en sursaut, envahie par un sentiment d'effroi. Elle eut à peine le temps de reprendre son souffle que l'esprit de Shae se frottait déjà au sien.

—Qu'est-ce qui se passe? Moira, parle-moi, bon sang!

—Tu as vu ce que j'ai vu?

—Non, et c'est cela qui m'inquiète.

La jeune fille ne répondit pas et sauta du lit avant de courir vers la porte.

— *Tu fais quoi ? Attends !*

Les oreilles dressées au-dessus du crâne, Shae semblait dépassé. En quelques pas souples, il la rattrapa alors qu'elle se serrait dans un châle et descendait les marches du porche.

— *Je t'ai sentie sombrer. Moira, j'ai vraiment eu peur. C'était comme si tu n'étais plus là, comme si pendant plusieurs minutes tu n'étais plus reliée à moi. C'était quoi ?*

— *Je… Je l'ignore. J'ai juste fait un rêve.*

Elle accéléra l'allure, distançant son ami encore sous le choc.

— *Impossible,* s'entêta-t-il. *Quand tu fais un rêve, je le ressens comme tel. Cette fois-ci, c'était totalement différent. Je te l'ai dit, je n'avais accès à rien, ton esprit avait littéralement disparu.*

Il avait raison. Ce n'était pas un rêve normal.

— *Tu comptes aller voir Amarah*, constata-t-il.

Elle opina du chef en bifurquant dans une des allées. Ce fut là qu'elle aperçut deux silhouettes qui marchaient d'un bon pas juste devant eux.

— Mutiane ! Melhen !

Les deux Maolen se retournèrent avant de stopper net leur course, la mine affolée.

— Toi aussi ? Tu as fait ce rêve ? demanda l'amazone, les yeux luisants, tel un chat en pleine nuit.

— Oui. Qu'est-ce que ça signifie ?

— Rien de bon, j'en ai peur. C'est pour cela qu'il faut aller prévenir Amarah. Elle seule saura quoi faire.

Ce fut presque en courant qu'ils atteignirent le palais encore éclairé par des lampions en lévitation. Durant leur court trajet, Moira eut le temps de conter à Shae tout ce qu'elle avait vu. Le loup ne paraissait pas plus comprendre qu'elle ce qui venait de se passer.

Je vous accompagne, fit-il simplement en s'effaçant devant eux pour les laisser pénétrer dans le palais.

Ils traversèrent d'un bon pas les couloirs vernis et chaleureux qui n'avaient rien des sombres allées froides et austères de leur rêve. Sans ménagement aucun, Mutiane frappa à grands coups sur le battant de la porte qui laissait filtrer un rai de lumière.

Amarah les accueillit, plus resplendissante que jamais. Elle parut sincèrement étonnée de les voir débarquer à une heure aussi tardive.

— Mais… Que faites-vous ici ? Je m'apprêtais à aller me coucher.

— Vous le saurez si vous nous laissez entrer, répondit Melhen.

La reine s'exécuta de bonne grâce, ses yeux de biche ne quittant pas leurs mines chiffonnées.

— Nous avons tous les trois fait le même rêve, commença Mutiane.

— Cela ne m'étonne guère, répondit immédiatement Amarah d'un air las.

Ils la fixèrent sans comprendre. Elle se sentit obligée de s'expliquer :

— Vous êtes Maolen. Une part de lui vit en vous. Alors il est normal que par moments, mon père vous envoie certaines informations. J'imagine que si vous vous tenez devant moi ce soir, c'est que la vision qu'il vous a apportée était intéressante.

— Plus que ça, même, renchérit Mutiane les mains sur les hanches. Pourquoi n'en avez-vous pas parlé avant ?

— Parce que ce n'était qu'une hypothèse, à l'origine. Mon père et moi n'étions pas sûrs des effets d'une greffe de magie. Le fait qu'il ait été tué par le roi vous relie indirectement à lui et vous fait voir des choses qui méritent qu'on y prête attention. C'est le premier rêve que vous faites en commun ?

Ils échangèrent un regard entre eux.

—Je l'ignore, se décida à répondre Moira. Pour ma part, j'ai déjà fait ce genre de rêves. Notamment la scène du combat final entre votre père et Donovan. Puis des pilleurs qui trouvaient sous votre lit quelque chose ressemblant à…

—Un coffre, complétèrent en chœur Melhen et Mutiane.

Amarah leur lança un regard sévère.

—Vous êtes Maolen, répéta-t-elle en martelant le dernier mot. Si vous ne communiquez pas plus, comment voulez-vous être en mesure de vaincre Donovan?

Elle se laissa aller sur un divan, les volutes de sa robe tombant gracieusement sur la moquette à gros poils.

—Expliquez-moi ce rêve qui vous rend si nerveux.

Mutiane se chargea de lui retranscrire l'objet de leurs visions. La reine manifesta un grand intérêt dès qu'elle entendit les mots «fils de Donovan». Une étincelle de satisfaction vint même animer ses iris troublants.

—Bien. C'est une excellente nouvelle, finit-elle par dire. Vous avez donc devancé la missive que le peuple cournol a déjà dû m'envoyer.

Ils la dévisagèrent, surpris au plus haut point.

—Que voulez-vous dire? interrogea Moira.

Amarah se redressa sur son séant avec lenteur.

—Nous étions convenus d'un plan avec le chef des cournols. L'idée était de prendre Donovan au dépourvu en enlevant un de ses fils. Ce qui, soit dit en passant, n'est pas une mince affaire. Les cournols ont parcouru un long voyage pour se rapprocher des terres les plus protégées du pays. Le but était que Donovan perde toute contenance et attaque n'importe comment, quitte à employer ses forces de manière désordonnée, nous laissant une plus grande chance d'atteinte. De plus, en détenant son fils, nous nous assurons un moyen de pression considérable.

Moira crut mal entendre.

— C'est de la folie pure et simple ! Vous savez que nos peuples n'ont aucune chance contre le roi.

Amarah secoua négativement la tête.

— Bien sûr que non. Nous vous avons vous.

C'était impossible, leur reine délirait, pensa la jeune fille. Comment pouvait-on uniquement se baser sur un trio mal organisé et incapable de travailler ensemble ?

— Je sais à quel point l'idée d'être la clé de cette guerre vous fait peur, mais ayez confiance, suivez votre instinct. Maolen vous guide.

Mutiane éclata, ne parvenant plus à contenir sa rage :

— Vous vous rendez compte de ce que vous êtes en train de dire ? Vous déclarez ouvertement la guerre à un nephel fou à lier, tout en ayant en tête de vous servir de son fils comme appât ! Les nephilim sont très rares, donc très proches les uns des autres. Vous en attaquez un et c'est la caste entière qui rapplique !

Melhen acquiesça, la mine renfrognée. Amarah s'insurgea :

— Pour qui me prends-tu, Mutiane ? J'ai conscience de tout cela, ma décision n'a pas été prise à la légère. Seulement nous sommes tombés d'accord, il faut bien commencer par quelque chose. Enlever le fils de Donovan est une manière de lui montrer que nous ne sommes pas terrés chez nous, espérant nous faire oublier. Il y a déjà trop longtemps que nous sommes occupés à ne rien faire de concret. Il faut agir, par Chimère !

— Vous tapez trop fort. Il sera en rage, il va raser nos contrées sans sourciller. Il se battra bec et ongles pour libérer son descendant.

Les lèvres d'Amarah se retroussèrent en un sourire indulgent.

— Donovan ne se mettra pas directement en danger. Croyez-moi, il enverra d'abord une armée en petit nombre destinée à récupérer son fils. Une fois qu'il obtiendra ce qu'il veut – s'il l'obtient – il attendra que nous venions à lui. Se contentant de mettre des armées en travers de notre route, comme des pions sur un échiquier. Vous savez, j'ai connu son père, je sais comment il fonctionne et de quelle manière il pense. Sauf qu'il n'y parviendra pas, car je suis prête à riposter. Nos alliés nous rejoindront et nous saurons nous défendre, rendre coup pour coup.

— C'est du suicide, insista Moira qui s'avachit sur le siège le plus proche. Nous ne le vaincrons jamais. Qui vous dit qu'il ne viendra pas en personne pour sauver son fils ?

Amarah eut un sourire entendu.

— Les nephilim ne jurent que par leur famille, ça tout le monde le sait. Les liens qu'ils tissent entre eux sont plus des liens de fierté que des liens d'amour. Donovan n'ira jamais jusqu'à mettre sa propre vie en péril pour sauver son fils. D'autant plus que si sa progéniture vient à mourir, il aura tout de même un autre descendant pour lui succéder. Dans le pire des cas, il pourrait envoyer un nephel, mais d'une lignée éloignée. Quelqu'un qu'il ne craindra pas de perdre.

— *Quelle étrange façon de considérer sa famille*, raisonna la voix de Shae.

La reine haussa les épaules.

— Tout le monde n'a pas le grand cœur des races opprimées. C'était une chose que mon père se plaisait à répéter. Je trouve qu'elle résume bien ce que sont les nephilim : des êtres assoiffés de pouvoir, ne coopérant que parce que ça les rend plus forts. Rien d'autre.

Elle se tourna vers Moira.

—Je sais que tu dois aller voir ton père à Mänsamel. Rien ne presse, mais j'aimerais – en tant que première mission Maolen – que toi, Melhen et Mutiane vous rendiez à Imoegla, la cité des cournols, pour réceptionner le fils de Donovan et le ramener jusqu'ici. Je tiens à ce que vous partiez tous les trois, avec Shae et Opléa. Vous faire accompagner par une armée serait imprudent.

Ses propos ne laissaient pas la possibilité d'un refus, bien que son ton fût doux et complaisant. Amarah savait se faire comprendre sans élever la voix.

Mutiane en revanche, n'avait pas dit son dernier mot :

—Amarah, commença-t-elle en tâchant de paraître calme, vous n'y pensez pas. Vous me demandez à moi et deux enfants d'aller chercher l'un des fils du plus puissant nephel du pays ?

—Hé ! protesta Melhen, courroucé. On n'est plus des enfants. J'ai vingt-deux ans, je te signale !

L'amazone lui jeta un regard noir.

—C'est ce que je dis, tu es encore un enfant. Tu es avec moi ou contre moi ?

—Je ne suis pas avec toi quand tu tournes les choses de cette façon.

Il pointa un doigt sur son torse, les sourcils joints.

—Je sais me battre. Si Amarah souhaite que j'aille chercher le prisonnier, je le ferai. Mais que tu nous relègues au rang de simples marmots, ça, je ne le tolère pas !

Mutiane serra les mâchoires, mais ne répondit rien. Melhen s'adressa alors à la reine, toujours aussi mal luné :

—Il y a autre chose que je n'apprécie pas… c'est que nous, Maolen, ne soyons pas mis au courant des stratégies du Conseil.

Cette fois-ci, l'intéressée s'empourpra.

— C'est entièrement ma faute. J'ai tendance à vous voir encore comme les enfants que vous étiez, toi et Moira. Dorénavant, il me paraît juste que vous preniez part aux Conseils.

Elle se passa une main lasse sur le visage avant de soupirer bruyamment, faisant tomber le masque de la reine fraîche et toujours à la hauteur.

— Vous n'avez pas idée à quel point ma tâche en tant que souveraine est âpre. Tout était si simple lorsque mon père gouvernait encore…

Ils échangèrent un regard gêné, n'étant pas habitués à assister à une telle démonstration de faiblesse chez elle. Même Mutiane avait l'air dans ses petits souliers. Elle continua, un peu radoucie :

— Il y a autre chose que vous devriez savoir. Il semblerait que Nakéa soit toujours vivante, je l'ai entendu dans ce rêve. Il la maintient en vie, en attendant que son pouvoir grandisse.

—Je m'en doutais. C'est bien dans l'esprit tortueux de Donovan de garder certaines cartes dans sa manche.

—J'aurais plutôt tendance à dire qu'il est difficile de cerner quelqu'un comme Donovan, objecta l'amazone.

—J'ai connu son père, Mutiane, martela Amarah sans ciller. Je sais comment le fils fonctionne. Sa plus grande faiblesse réside dans sa fierté. Et c'est sa fierté qui le perdra. À l'heure qu'il est, Donovan sait que les cournols ont enlevé la prunelle de ses yeux. Que de telles créatures, qu'il considère comme des sous-races, soient venues à bout des moyens de défense placés autour de son fils heurte son ego.

— Vous avez connu son père ? répéta Melhen qui semblait n'avoir entendu que cela.

Amarah soupira.

— C'est une bien longue histoire. À l'occasion, je vous en toucherai un mot. Après tout, on a dit qu'on ne se cachait plus rien, maintenant.

Ces dernières paroles signaient la fin de l'entretien. Elle se leva pour les accompagner jusqu'à la porte.

— Ne vous polluez plus l'esprit avec toutes ces interrogations. N'hésitez pas à vous consulter si jamais les visions se manifestent de nouveau. Et n'oubliez pas, des Maolen qui se concertent sont des Maolen plus forts.

La porte claqua sur ces derniers mots, laissant Moira, Melhen et Mutiane sur le perron.

Malgré leur discussion avec la souveraine de Sanshee, rien n'avait entamé l'enchantement qu'éprouvait Moira à l'idée de retrouver son bien-aimé père. Bien sûr, l'idée d'être considérée comme une mercenaire placée sous les ordres d'un supérieur ne lui plaisait guère. Jusqu'ici, elle n'avait fait les choses que pour elle-même, indépendamment des autres. Heureusement, son bonheur occulta bien vite ces agacements futiles. Pas grand-chose n'avait de la valeur face à ses prochaines retrouvailles. Après huit années d'absence, l'enfant revenait au pays, et ça ne pourrait que surprendre son père !

Le lendemain, lorsque la lumière du jour se déversa dans sa chambre, ce fut sa première pensée et non pas le rêve de la veille.

Un sourire béat aux lèvres, elle chercha la présence réconfortante de Shae. Celui-ci était déjà réveillé depuis longtemps et chassait en compagnie d'Acajou. Il semblait si occupé qu'il ne remarqua pas son intrusion mentale. Quelle importance, elle avait tant de choses à faire avant de partir que la présence du loup n'était pas nécessaire.

Après s'être lavée et habillée, la jeune fille se rendit chez Ismeline, par habitude. À sa grande surprise,

Mutiane se tenait sur la terrasse, en grande conversation avec cette dernière.

—Tiens, te voilà, fit-elle en l'apercevant, je comptais venir te voir.

—Que se passe-t-il?

—On part cet après-midi. J'espère que ton loup est bien reposé, car il va devoir porter une charge supplémentaire sur son dos.

Le cœur de Moira fit une pirouette sur lui-même tant elle était heureuse d'entendre ces mots.

D'humeur joueuse, elle s'entendit répondre:

—Ça, il faudra en parler avec Shae. Je ne suis pas chargée de décider qui aura la chance de le chevaucher avec moi.

Elle eut droit à l'une des œillades furibondes de Mutiane. Malgré sa grande expérience en temps qu'amazone, elle n'y connaissait rien en matière de loup daïsien, quoi qu'elle s'efforce de faire croire.

—Tu te moques de moi? Tu es sa maîtresse, oui ou non?

—Ce n'est pas comme ça que ça marche, protesta Moira. Tu devrais savoir que les daïsiens ont un amour-propre, comme tout un chacun. Shae est mon ami, pas mon animal de compagnie.

Son interlocutrice haussa les épaules avec indifférence, tandis qu'Ismeline hochait la tête pour exprimer son approbation. Cela ne faisait aucun doute, l'amazone n'était pas prête à se rendre au Daïs, si tant était que ce fût possible. Ses racines faisaient d'elle une femme indépendante, ne préférant compter que sur elle-même. C'était à peine si elle tolérait d'être une Maolen et il était donc peu probable qu'elle «s'encombre» d'un loup, même si cela apportait une force supplémentaire dans leur équipe.

—Peu importe, bougonna-t-elle d'un mouvement

de main las. Parles-en avec Shae. Opléa ne voudra jamais de moi.

— Ça, c'est certain, ironisa Moira. Elle ne supportera pas que tu passes tes mains autour de la taille de son petit protégé.

L'envie de rire de Mutiane était contagieuse. L'amazone partageait son hilarité même si elle se gardait bien de le montrer. D'une certaine façon, elle était un peu comme Opléa, mais en mille fois plus dangereuse encore.

— Quoi qu'il en soit, prépare bien tes affaires. Je viendrai vous chercher, toi et Melhen. Je ne tenais pas à patienter encore deux jours et prendre le risque de me faire distancer par les soldats de Donovan. Je doute que les cournols survivent sans aide.

— Les cournols peuvent être étonnants et pleins de ressources, objecta Ismeline, amusée. La preuve, j'en ai un à la maison.

Chapitre XIX
L'ange égaré

L'Asséchante était comme dans ses souvenirs. Imprenable et inaccessible.

Cela faisait deux jours qu'ils erraient en son cœur, évitant scrupuleusement les montagnes craquelées qui la bordaient et qui, le soir venu, étaient susceptibles de vomir sur les vallées de sable des goules puantes.

Amarah leur avait conseillé de suivre Melhen, car il était doté d'un prétendu instinct de cournol infaillible lorsqu'il s'agissait de retrouver son chemin dans le désert. Cependant, ce dernier ne semblait pas plus s'orienter qu'un poussin dans une étable. Moira avait essayé de jouer de son pouvoir, comme elle l'avait déjà fait par deux fois dans les bois, mais c'était comme si le désert était dénué d'âme et ne représentait qu'une vaste étendue sans vie.

Le voyage en compagnie de ses deux compagnons était étrangement silencieux. Mutiane arborait en permanence la mine ombrageuse dont elle avait le secret et Melhen se taisait de frustration, du fait qu'il soit incapable de *sentir* la présence de ses pairs.

La jeune fille aurait adoré discuter, car il était bien connu que les conversations présentaient l'avantage de faire passer le temps plus vite. Enjouée, elle avait tenté plusieurs fois de lancer un sujet, mais personne ne faisait l'effort de réagir comme elle l'espérait.

Pour compenser, Shae, toujours fringuant et de bonne humeur, acceptait de jacasser dans sa tête. Elle ne put s'empêcher de glousser à l'écoute de certaines remarques déplacées de son ami, ce qui lui valut plus d'une fois les regards courroucés d'Opléa.

Shae ne tenait plus en place. En tant que daïsien, c'était la première fois qu'il s'aventurait sur des terres qui lui étaient inconnues. Il marchait d'un bon pas, désireux plus d'une fois de dépasser la louve grise. Son excitation avait vite contaminé Moira, qui ne pouvait réprimer son excitation à l'idée de revoir Mänsamel et son père.

Amarah leur avait demandé de passer d'abord à Imoegla, la cité cournoléenne, afin d'aller chercher le prisonnier. Il était prévu qu'ils finissent par l'ancien village de la jeune fille. Cette décision arbitraire n'avait agacé Moira qu'un temps. Ce sentiment fut très vite remplacé par la fébrilité qui l'animait à mesure que le temps passait. Ses craintes restaient néanmoins vivaces : et si son père n'aimait pas ce qu'elle était devenue ? Les peintures pouvaient être parfois si trompeuses… À force de se triturer la conscience de la sorte, elle était parvenue à attraper une atroce migraine.

Le désert était silencieux comme un tombeau et rien ne semblait pouvoir troubler cette sérénité. Les seuls vraiment incommodés par la chaleur restaient Shae et Opléa qui haletaient, essayant de se débarrasser de leur impression d'étouffer. Moira avait retroussé ses manches, délassé son corset en cuir et relevé sa chemise sur son ventre, priant pour qu'une petite brise soulage son corps aussi brûlant qu'une fournaise. Les bras de Mutiane qui entouraient sa taille la dérangeaient encore plus, mais elle tâchait de ne pas s'en plaindre. Cette dernière ne semblait pas le moins du monde indisposée et pas une goutte de sueur ne venait entacher sa tenue immaculée.

— Tu penses qu'on en a encore pour longtemps? se risqua à demander la jeune fille.

Melhen plissa le nez, essayant de se concentrer malgré le soleil qui dardait ses rayons droits dans ses yeux.

— Je n'en ai pas la moindre idée. Je ne suis pas venu ici depuis dix-huit ans, je te rappelle. Il ne me reste aucun souvenir de ma vie antérieure.

— Eh bien, creuse-toi un peu plus la tête, répondit Mutiane, laconique. Tu n'es pas un cournol pour rien, alors trouve le chemin.

Le jeune homme était tellement fatigué qu'il ne pensa même pas à s'insurger.

— Tu serais dans le même cas que moi si les rôles étaient inversés.

— Je connais Menëka comme ma poche, rétorqua-t-elle, sur la défensive.

— *Parce que tu y as vécu une bonne centaine d'années*, précisa Opléa, acide.

Avec décontraction, l'amazone fit vrombir au creux de sa main un tourbillon factice d'une étrange couleur rougeâtre. Elle l'envoya dans l'arrière-train de la louve. En la percutant, le tourbillon se transforma en un jet de sable totalement inoffensif. La surprise avait fait faire un écart à une Opléa furieuse.

— *Comment oses-tu?* gronda-t-elle en montrant ses crocs aiguisés.

Cependant, personne n'intervint. Les autres étaient bien trop impressionnés pour rétorquer quoi que ce fût.

— Comment as-tu fait cela ?

— Comment j'ai fait quoi ? persifla Mutiane entre ses dents.

Moira et Melhen échangèrent un regard.

— Cette forme de magie… est-ce une parade des amazones ?

Cette fois-ci, Mutiane parut franchement étonnée.

— Bien sûr que non. C'est arrivé avec le pouvoir de Maolen, il y a de ça un petit moment.

Ayant plus d'expérience, l'amazone était munie d'une plus grande force qu'eux deux réunis, mais la même pensée traversa l'esprit des jeunes gens. Et si eux aussi y parvenaient ?

— Je vous signale qu'elle m'a attaquée ! Et personne ne dit rien. Même toi, Melhen, pleurnicha Opléa.

— Oh, pardon, lâcha Melhen qui revenait à la réalité. Mutiane, ce n'est pas le moment de gaspiller toute ton énergie dans des sorts ridicules.

— Des sorts ridicules ? Il n'y a pas cinq secondes, tu me regardais avec tes yeux de merlan frit, rétorqua-t-elle en serrant les poings. Puis tu n'es pas en droit de me parler sur ce ton. Je ne dilapiderais pas toute ma force ainsi si ça ne faisait pas des jours que l'on tourne en rond comme des idiots. La faute à qui, tu peux me dire ?

— Aie confiance en Melhen, murmura Moira d'une voix apaisante.

— J'ai confiance en toi, ajouta-t-elle ensuite dans l'esprit du cournol.

Celui-ci tourna la tête dans sa direction et lui adressa un regard à la fois épris et las. Légèrement rougissante, elle baissa les yeux. La relation ambiguë qu'ils entretenaient la mettait toujours aussi mal à l'aise.

À la tombée de la nuit, ils décidèrent de s'arrêter, le plus loin possible des plaines situées à l'est. La température était tombée de plusieurs degrés, si bien qu'ils allumèrent un feu pour réchauffer une marmite de soupe aux navets. Malgré les flammes qui montaient haut dans le ciel, Moira grelottait avec vigueur. Rien de comparable avec le gel du Daïs, mais tout de même. Shae l'enveloppa de sa carrure rassurante et elle se retrouva enfouie sous une montagne de poils soyeux.

— Mutiane, appela-t-elle timidement, tu veux venir te réchauffer ?

L'intéressée, qui fixait le feu léchant le sable à quelques pouces d'elle, la regarda d'un air absent.

— Non merci, je n'ai pas froid. Et je compte monter la garde, cette nuit.

— *Elle n'a pas chaud, elle n'a pas froid… Je commence à me demander si elle vient du même monde que nous*, plaisanta Shae.

— *Probablement pas. Même si elle avait froid, elle se refuserait à nous l'avouer. Mutiane a sa fierté.*

Shae émit un gémissement qui aurait pu passer pour un rire.

— *Il ne faut pas exagérer. Ce n'est pas parce qu'elle a froid que ça la fait passer pour faible. Les amazones sont décidément de bien étranges créatures.*

— *C'est vrai. Nous ne savons pas grand-chose à leur propos. Peut-être qu'elle ne craint réellement pas le froid. En tout cas, elle n'a pas chaud. J'étais la seule à transpirer à grosses gouttes sur ton dos.*

— *Il n'empêche que Mutiane doit être un spécimen à part, même dans le monde des amazones. Je serais prêt à en mettre ma patte au feu !*

Moira haussa les épaules sans répondre. La Maolen était un mystère à elle seule. La jeune fille avait renoncé à la comprendre depuis longtemps. Même si toutes deux partageaient un lien fort et indestructible, certaines interrogations restaient sans réponse.

— Bonne nuit, souffla Melhen qui avait remonté sa grande couverture sur lui et sa louve.

— *Bonne nuit*, répondirent Moira et Shae d'une même et unique voix.

Seule Mutiane resta muette, les genoux ramenés sous son menton. Elle semblait déterminée à rester dans cette position toute la nuit.

Lorsqu'une pluie d'étoiles filantes se déploya au-dessus de leurs têtes, plongeant le désert dans une explosion de couleurs kaléidoscopiques, ils avaient déjà fermé les yeux et dormaient profondément.

Le matin suivant, Moira fut la première à soulever ses paupières gonflées de sommeil. Jusqu'ici, elle n'avait eu l'occasion de voir l'Asséchante que secouée par les tempêtes. Ces trois derniers jours, pas un vent, pas une bourrasque n'étaient venus faire s'envoler les sablons. L'horizon était clair et un film de chaleur au loin donnait l'impression d'être dans un four géant.

Elle repoussa doucement la grosse patte de Shae passée sur son ventre et se redressa en époussetant les grains de sable venus s'accrocher à ses habits. La transpiration en avait collé dans son dos et sur sa nuque. De grosses plaques rouges ornaient sa poitrine, et elle aurait juré qu'il en était de même pour son visage.

À quelques mètres de là, Opléa dormait encore, sa cage thoracique se soulevant à un rythme régulier. Mutiane était déjà loin, perchée sur une dune, les mains sur les hanches tandis que Melhen manquait à l'appel.

Sans bruit, Moira entreprit de ranger la marmite et les affaires diverses traînant dans leur camp de fortune. La casserole cabossée était prête à fondre et elle dut prendre un tissu pour la tenir à bout de bras. La canicule était de plus en plus insoutenable et oppressante. Ils avaient intérêt à trouver Imoegla rapidement s'ils ne voulaient pas cuire sur place.

— Un peu d'aide ? chuchota une voix masculine à son oreille.

Elle se retourna pour faire face à un Melhen décontracté, les mains dans les poches. Ses cheveux mouillés de transpiration étaient négligemment décoiffés. Même au réveil, il restait étonnamment séduisant.

— Pas la peine, je m'en sors très bien, répondit-elle en bouclant son propre sac.

Le jeune homme se passa une main sur le front.

— Pouah ! Cette chaleur me tuera.

— Pour un cournol, c'est d'une surprise.

Il émit un délicieux rire de gorge.

— En tout cas, je dois avouer qu'en ce qui concerne le glamour, tu me bats à plates coutures. Tu arbores de gracieux coups de soleil sur le nez.

Elle lui administra une bourrade fraternelle.

— C'est une réplique digne de Douce. Elle commence à déteindre sur toi, fais attention.

— Et le pire c'est qu'elle me manque, cette cloche.

Il prononça sa dernière phrase non sans une pointe de mélancolie. Cette fois-ci cependant, pas un seul de ses sentiments ne vint heurter la conscience de la jeune fille. Melhen avait décidé de garder ses émotions pour lui, ce matin.

— Les gens ne peuvent s'empêcher d'attendre de moi que je montre des compétences typiques de mon peuple. Ce qu'ils oublient, c'est que je n'ai vécu que quatre ans auprès d'eux et donc que je suis incapable de me souvenir ce que j'ai appris là-bas.

— Tu dis ça parce que tu doutes sans arrêt de toi.

Il était difficile pour le jeune homme d'être à la hauteur. Mi-cournol, mi-abel, il ne serait jamais totalement considéré comme l'un ou comme l'autre en tant qu'Hybride.

— C'est faux. J'essaie d'avoir confiance en moi. Seulement... je ne sais même pas ce qu'un cournol est censé faire. Mes parents sont morts durant la guerre, j'ai été confié à un peuple qui m'était totalement étranger, et je dois faire avec. Je n'ai aucune piste. Aucune.

Sa voix se brisa et il secoua tristement la tête.

— J'ignore même pourquoi je te dis ça. C'est bête.

La jeune fille se rapprocha de lui et lui enserra la taille en posant sa joue sur son torse. Melhen la dominait de deux bonnes têtes et elle sentit son cœur doubler de cadence. Il répondit à son étreinte comme un noyé.

— *On est dans le même bateau. Alors autant se serrer les coudes, tu ne crois pas ?* murmura-t-elle en y mettant toute la douceur qu'elle put.

Il ne répondit pas, se contentant de poser son menton sur le sommet de sa tête.

— Bon, les amoureux, on y va ? Vos démonstrations mièvres commencent à devenir longues et je risque d'avoir envie de vomir si vous continuez comme ça.

Les deux jeunes gens s'écartèrent l'un de l'autre avec lenteur. Mutiane s'était déjà avancée et secouait le sable incrusté dans sa chevelure moussue.

Lorsque Shae et Opléa consentirent à se réveiller, ils reprirent la route. De temps à autre, Melhen jetait un coup d'œil en direction de Moira. Coup d'œil qu'elle s'appliquait à éviter tant qu'elle le pouvait.

— *Que t'arrive-t-il ? Je te sens troublée, mais ton esprit reste parfaitement clos*, demanda enfin Shae qui paraissait intrigué par son silence prolongé.

Moira s'empourpra violemment et fut contente de savoir que son loup ne pouvait pas la voir.

— *Juste... Juste Melhen, à vrai dire.*

Shae n'insista pas. Il avait compris. Il suffisait de regarder le jeune cournol pour comprendre qu'il était irrémédiablement attiré par elle.

Le voyage se poursuivit, morne et dénué de bonne humeur. Ce ne fut qu'en fin d'après-midi qu'ils entrevirent un semblant de perspective. Melhen paraissait se souvenir de quelques petites choses :

— Je suis déjà venu ici.

— Tu en es bien sûr ? insista Mutiane qui ne paraissait pas le moins du monde convaincue. Je suis persuadée d'être déjà passée par là.

Il hocha la tête, la mine déterminée.

— Je reconnais cet endroit.

Moira se garda bien d'envenimer la situation. Cette partie du désert lui rappelait les paysages qu'elle voyait depuis plusieurs jours. En son for intérieur, elle avait le sentiment d'être déjà passée par là. Même Shae restait dubitatif.

— Croyez-moi, persista Melhen, c'est bien ici. Opléa, allons plein nord.

— *Mel, je…*

— Écoute-moi, c'est par là. Cet endroit m'évoque plein de choses. Je… Je ne saurais pas l'expliquer.

La louve s'exécuta de mauvaise grâce. Shae hésita avant de lui emboîter le pas, visiblement partagé.

— *Il délire, Moira. La chaleur lui fait voir des choses qui n'existent pas.*

— *Faisons-lui confiance. Après tout, on ne perd rien à le suivre. On se dessèche au soleil depuis plusieurs jours. Ça ne changera pas grand-chose de se perdre plus encore sachant que l'on est déjà perdu !*

Melhen avait raison. Après avoir gravi une dune de sable géante, une immense fortification se dévoila. À la fois ouverte sur le désert et fermée aux yeux du monde, la cité était dotée d'une multitude d'arches en son flanc et tendait son dôme en or vers le soleil implacable. Imoegla apparaissait aux yeux des plus avertis et lorsque vous la trouviez, elle éblouissait les environs.

Moira se tourna vers Melhen qui ne pouvait détacher les yeux de sa ville natale.

— Bravo, tu as réussi.

Même Mutiane approuva, l'air satisfait. Ce qui était rare chez elle.

— *Quelqu'un sait comment nous allons entrer ? Je ne vois de gardes nulle part,* marmonna Shae.

Il disait vrai. Maintenant qu'elle en prenait conscience, Moira constata que la ville semblait à l'abandon.

— Tu es certain que les cournols sont établis ici? interrogea Mutiane à l'attention du jeune homme.

Melhen paraissait aussi perdu qu'eux.

— Comment veux-tu que je le sache? Je suis presque sûr qu'on est à Imoegla. Une sorte de pressentiment. Si les cournols avaient changé de ville, vous ne pensez pas qu'Amarah nous l'aurait dit?

Il eut à peine terminé sa phrase que le sol se mit à trembler sous leurs semelles. Un grondement sortit des abysses de la terre, se rapprochant dangereusement de leur groupe. Instinctivement, Moira dégaina son épée à la poignée diaphane et enfouit plus encore sa main libre dans la toison de Shae qui émit un grondement, prêt à défendre leurs vies.

— Qu'est-ce que...

Et ce fut là qu'ils les virent.

Deux scorpions géants, noirs et luisants, arrivaient droit sur eux, leurs pinces cliquetant furieusement en direction des intrus. Quatre paires de pattes s'enfonçaient dans le sable et les propulsaient à toute vitesse vers leurs cibles.

Ils se tinrent tous prêts, Mutiane la garde relevée et Melhen l'arc bandé. Shae et Opléa les flanquaient, prêts à déchiqueter les nouveaux arrivants.

Alors qu'ils s'apprêtaient à attaquer, les scorpions s'arrêtèrent à quelques mètres. Ils étaient aussi grands que les loups et leurs ocelles noirs et brillants semblaient regarder partout à la fois. En les observant plus attentivement, la jeune fille s'aperçut qu'ils étaient chevauchés.

Un homme aux cheveux coupés très courts sauta lourdement à terre, un sabre à l'angle anormalement accentué accroché à sa ceinture. Ils eurent tout le loisir d'apercevoir le demi-cercle surmonté de petits points tatoué sous son œil, similaire à celui qu'arborait Melhen, tandis qu'un tissu amarante claquait dans son dos, emporté par la brise. Pas un sourire n'éclairait son visage rogue.

— Qui êtes-vous et que venez-vous faire sur des terres qui ne sont pas les vôtres ?

Mutiane s'avança d'une démarche fière, pas du tout intimidée par cette entrée en matière. Elle ignora prodigieusement les deux arachnides géants.

— Nous sommes venus chercher le prisonnier, par ordre de la reine Amarah.

L'homme ne semblait pas l'avoir entendu. Ses yeux sombres ne quittaient pas Melhen qui dansait d'un pied sur l'autre.

— Tu es Téomen.

— J'étais, répondit immédiatement le jeune homme.

— Et désormais tu te nommes ?

— Melhen.

— Bien.

Il n'ajouta rien à ce sujet et son visage buriné resta impassible. Faisant demi-tour, il se remit en selle sur le scorpion qui n'avait pas bougé et lança d'une voix forte :

—Je vous en prie, suivez-nous. Et bienvenue à Imoegla.

Les larges portes qui se fondaient avec le reste de la muraille s'ouvrirent sur leur passage, poussées par une force invisible. Derrière les remparts fortifiés, le soleil inondait toujours de sa touffeur irrespirable le sol en pierre. Des centaines d'hommes et de femmes s'arrêtèrent en pleine activité, les yeux fixés sur les nouveaux venus. Il était rare de voir des étrangers dans le désert et leurs regards avides les reluquaient sans aucune pudeur.

J'ai l'impression d'être nu, plaisanta Melhen pour détendre l'atmosphère.

Il n'était pas rassuré pour autant et jetait de fréquents coups d'œil en direction des deux scorpions juste derrière eux, craignant manifestement une attaque surprise.

Tous s'écartèrent sur leur chemin, quelques enfants à la peau joliment cuivrée essayaient de se rapprocher pour toucher par chance un des étrangers, mais ils étaient vite rattrapés par des mères à la mine effrayée. Le peuple des cournols avait beau avoir traité un pacte vieux de plusieurs millénaires avec les abels, il n'en demeurait pas moins craintif.

C'est ce qui arrive lorsque deux races ne cohabitent que peu ensemble. Les différences finissent par effrayer, déplora Shae.

L'homme au crâne rasé descendit à nouveau de sa monture qui fila sans demander son reste, suivie par le deuxième scorpion, débarrassé de la charge du deuxième cournol, jusqu'ici resté muet.

—Laissez vos loups dehors. Ils sont trop grands pour entrer dans le temple.

De toute évidence, les cournols n'étaient pas familiarisés avec les canidés. Moira perçut distinctement le mécontentement de Shae. Les daïsiens, très fiers, se considéraient comme indépendants, même s'ils partageaient le quotidien des abels. Être comparés à de vulgaires canassons les horripilait.

Les trois Maolen traversèrent une arche à l'arcade ovalaire, encadrée de pierreries pailletées d'or. Elle donnait sur une pièce agréablement fraîche et surchargée de breloques. Chichement décorée, elle n'en paraissait que plus petite. Un autel, surmonté d'une statuette couleur crème, siégeait dans un coin.

Confortablement assis sur un pouf tressé et écarlate, un homme torse nu fumait une grosse pipe écaillée. Il leva à peine les yeux vers les nouveaux venus, occupé à laisser s'échapper des formes spiralées de sa bouche à l'haleine chargée par le tabac.

— Roi Daedra, trois étrangers sont parvenus aux portes de la ville. Parmi eux, un ancien natif de notre peuple, Téomen, fils de Juviciàn, désormais prénommé Melhen.

Le roi des cournols le congédia d'un mouvement du menton et l'homme fit claquer le tissu faisant office de porte.

Il les surplombait tous, sauf peut-être Mutiane. Sur son ventre rebondi reposait un étrange collier, semblable à une sphère réfléchissant la lumière.

— Êtes-vous venus à dos de loup ?

Sa voix était caverneuse et autoritaire. Cet homme devait être intimement respecté par ses semblables. Seule l'amazone se décida à prendre la parole :

— En effet, roi Daedra. Ils se trouvent à l'extérieur de votre maisonnée, étant trop imposants pour entrer. C'est un honneur pour nous de faire votre connaissance.

Le chef des cournols ne répondit pas tout de suite. Ses pieds chaussés de mules délicates s'enfoncèrent dans le coussin placé près de lui. Il les lorgna pendant plusieurs minutes sans rien dire.

— Une amazone aussi sombre que l'ébène, une jeune fille à la chevelure en feu et un cournol qui n'en est pas vraiment un. Amarah me surprendra toujours.

Moira se racla la gorge, un peu mal à l'aise. Que voulait-il dire par là ? Certes, ils n'avaient pas les allures d'une équipe de choc, mais ils étaient abels et préparés au combat.

— Nous sommes ici uniquement pour…

— Réceptionner l'ange égaré. Je sais déjà tout ça.

Un ange égaré ? Cette fois-ci, même Mutiane ouvrit la bouche sans qu'un son n'en sorte.

— Que voulez-vous dire ?

Le roi tira de nouveau sur sa pipe avant de faire sortir une fumée noire et âcre de ses narines dilatées. Il prit tout son temps pour formuler sa réponse, conscient de la tension qui régnait entre eux.

— Eh bien, c'est la seule appellation qui lui correspond, à ce jeune homme. Nous l'avons trouvé dans la forêt d'Argan. Il s'est laissé attraper comme un lapereau perdu. J'en suis venu à me demander si ce n'était pas un plan d'infiltration tout droit sorti de l'esprit torturé de Donovan. Ou s'il n'avait pas été exilé, quelque chose comme ça.

— Impossible, répondit Melhen sans exorde. Donovan était hors de lui lorsqu'il l'a appris.

Daedra lui jeta un regard suspicieux, les lèvres pincées de mécontentement. L'espace de quelques secondes, Moira crut qu'il allait lui demander comment il avait eu ces informations, mais il n'en fit rien. Quelque chose d'autre semblait le chiffonner.

— Tu n'as plus rien d'un cournol, tu le sais, ça ?

C'était dit avec une teinte de regret dans la voix. Melhen accusa le coup sans sourciller.

— Ce n'est pas à vous d'en juger. Vous ne me connaissez pas.

Moira appréhenda une véhémente altercation, mais à la place, le roi eut un rire guttural qui les fit tous sursauter.

— Tu as du cran, je dois l'admettre. Revenir après tant d'années, ton petit bijou accroché au front et nous demander quelque chose…

Melhen s'apprêtait à répondre vertement quand une tout autre voix s'éleva dans leurs têtes :

— *Nous sommes venus ici pour une seule raison : ramener ce nephel à notre reine. En nous rendant chez vous, nous étions à des lieues d'imaginer pareil accueil, si froid et moqueur. Il serait intéressant que vous nous expliquiez si le pacte fait avec le peuple des Fronts Marqués vous importe autant que vous le prétendez.*

C'était Opléa. Elle avait passé sa grosse tête à travers la peau tannée recouvrant l'ouverture du temple et semblait furieuse de voir Melhen malmené par le chef des cournols.

— Elle a raison, renchérit Moira, j'ai toujours entendu dire que les cournol étaient des individus chaleureux et intègres. Croyez-vous que ce jeune homme ait choisi son destin ? Bien sûr que non, il a été désigné par le hasard et a dû apprendre à vivre avec, tout comme nous. Nous sommes venus chercher un nephel. Si vous préférez, nous pouvons tout de suite oublier les semblants de civilité et passer à l'essentiel.

Elle reprit son souffle le plus discrètement possible. Elle ne supportait pas que Melhen fût rabaissé de la sorte, lui qui n'avait rien demandé. Ce dernier lui lança un regard reconnaissant.

— Ton caractère s'accorde parfaitement à ta chevelure, jeune abel, répondit simplement le roi en s'avançant vers elle. Comment t'appelles-tu ?

— Moira, fille de Léon.

— Et qu'es-tu, Moira fille de Léon ?

Elle hésita quelques secondes. Daedra lui était de plus en plus antipathique à mesure que les secondes passaient. Et elle ne comptait pas se garder de le lui faire savoir.

— Je suis une humaine. Si bien que je ne tolérerai aucune remarque désobligeante à ce sujet, que ce soit pour moi ou mes compagnons. Vous avez beau avoir conclu un accord tacite avec notre reine, cela ne vous donne pas pour autant le droit de juger de nos origines. Autrement, nous nous verrons obligés de juger des vôtres. Et vous comme nous, savons qu'il vaudrait mieux ne pas s'aventurer sur un tel sujet épineux.

Elle était allée trop loin et le savait très bien. Mutiane qui se trouvait juste à côté lui pinça le bras pour lui intimer de se taire. Moira lui jeta un coup d'œil courroucé.

— *Tu sais que j'ai raison.*

— *Là n'est pas la question.*

— *Je ne le laisserai pas nous traiter comme des moins que rien. Qu'il y ait un pacte ou non. Cela m'est égal.*

Mutiane émit un soupir exaspéré.

— Elle est jeune, roi Daedra, ne lui en tenez pas rigueur.

— Mais elle a raison, avoua l'intéressé d'une voix blanche. Je suis impardonnable et je ne fais pas honneur à mon peuple en agissant de la sorte. Je vous prie de bien vouloir excuser mon comportement, si peu bienveillant.

— *Vous oubliez que deux de vos hôtes restent heurtés par votre attitude*, résonna la voix de Shae, dont la contrariété n'échappait à personne.

Le roi inclina humblement la tête, la main sur son gros ventre. Il parla d'une voix forte, de manière à être entendu de l'autre côté de la cloison :

— Pardonnez-moi, amis loups. Je ne tenais pas à vous offenser.

— *Tu vois, Mutiane ? Il faut se faire respecter d'emblée, autrement c'est qu'ils nous marcheraient sur les pattes ! Tu as beau avoir un siècle d'expérience derrière toi, il te reste de nombreuses choses à apprendre.*

Les poings de l'amazone se contractèrent violemment en entendant les railleries d'Opléa. Elle devait lutter pour garder son calme. Le reste du voyage s'annonçait passionnant si elles continuaient de se parler à bâtons rompus.

Après s'être répandu en excuses sucrées, le roi les invita à le suivre. Lorsqu'ils émergèrent du temple, ils aperçurent des centaines de visages curieux se bousculer pour les voir. D'un geste de la main, ils les saluèrent à la cantonade, répondant aux sourires et évitant les regards irrités.

Daedra les conduisit vers une bosse de sable à peine visible. Deux cournols s'y trouvaient, emmitonnés dans de grands foulards cachant la moitié de leurs visages tannés par le soleil. À la vue de leur roi, ils s'inclinèrent puis époussetèrent le sable à leurs pieds. S'y cachait un loquet en métal rouillé qu'ils tirèrent avec force. Un vieil escalier s'enfonçait dans la pénombre.

— Où cela mène-t-il ?

— Ce sont nos cachots, répondit le souverain, une bonne cachette qui peut donner du fil à retordre à nos ennemis si jamais nous sommes attaqués. Nous avons ménagé des aérations presque indétectables pour que nos prisonniers – si rares soient-ils – ne meurent pas d'hypoxie.

Le perron en bois pourri craqua dangereusement sous leurs pas et Moira, en fermant la marche, se tint aux murs qui l'entouraient. Avant que la trappe ne se referme au-dessus d'eux, elle eut le temps d'apercevoir la grosse tête de Shae. Celui-ci n'était pas du tout rassuré.

Il régnait une odeur de renfermé et l'oxygène se faisait rare. Soudain, les torches accrochées au mur s'allumèrent spontanément, éclairant une longue galerie. La jeune fille croisa le regard de Melhen, reflet de sa propre appréhension. Ils prirent chacun une torche et avancèrent à travers le couloir étriqué.

Bientôt, le tunnel s'élargit, laissant place à une pièce au plafond bas et aux proportions moindres. Une ombre gisait derrière des barreaux en métal, couchée dans une mare d'eau stagnante.

— Mes soldats l'ont longtemps traqué, attendant qu'il se trouve seul. Contrairement à ses congénères, il est très solitaire et aime particulièrement chasser. Il n'a pas été aisé de le trouver. C'est qu'il est rapide et furtif, ce gamin. Un de mes pisteurs a eu la mauvaise idée de lui porter un coup bien senti sur la nuque, si bien qu'il est resté inconscient pendant plusieurs jours. Quand il a daigné se réveiller, mes conseillers et moi-même avons jugé plus prudent de l'endormir au moyen du Sable, qui draine aussi son énergie. Vous comprenez, nous ne connaissons pas vraiment l'étendue de la force d'un nephel. Il pourrait tous nous éliminer et s'échapper.

— Comment le nourrissez-vous, depuis tout ce temps ?

Le roi haussa les épaules avec une petite moue.

— On ne sait pas vraiment de quoi ils se nourrissent. Nos légendes racontent que ce sont des créatures qui mangent les âmes des gens. On n'allait tout de même pas lui présenter sur un plateau d'argent quelques condamnés à déguster…

Moira n'écoutait déjà plus. Ses oreilles avaient commencé à émettre un tintinnabulement dès l'instant où elle s'était approchée de la cellule.

En quelques enjambées dynamiques, elle dépassa les autres et colla son visage contre les barreaux froids et dévorés par la rouille.

— Tu ne devrais pas trop t'approcher, prévint Daedra. On ne sait pas de quoi ils sont capables.

Elle l'ignora.

D'ailleurs c'était comme si sa vision périphérique se brouillait. Seule la silhouette échouée dans la pièce exiguë retenait son attention.

D'abord elle ne vit rien, puis en rapprochant sa torche, elle distingua des rangées de plumes délicates, d'un noir de jais. En réalité, il s'agissait d'immenses ailes bien fournies de la taille d'un humain. Leurs bords festonnés recouvraient comme une corolle un corps musculeux et profondément endormi. Le cœur de Moira se mit à battre la chamade.

— Sortez-le.

— Moira ? est-ce que tout va bien ?

— Sortez-le, je vous dis, répéta-t-elle d'une voix désincarnée.

Le roi s'éclaircit la gorge.

— Tu n'y penses pas ! Il faut attendre que les gardes s'en chargent. On ne sait jamais, il pourrait…

Trop tard. D'un mouvement de main négligent, la jeune fille fit voler en éclat la barrière qui la séparait du nephel. Des volutes de fumée pâle venaient d'encercler ses doigts, telle une brise ronflante. Le verrou lâcha et tomba au sol avec un bruit métallique qui fit grincer les dents de tout le monde. Ses compagnons eurent à peine le temps de se protéger la vue avec leurs bras qu'elle avançait déjà dans la pièce, ne pouvant détacher ses yeux de l'inconnu. Ce fut à peine si elle perçut Shae s'insinuer dans son esprit :

— *Qu'est-ce que tu fais ? Tu as perdu la tête ? Tu as entendu le roi, on ne sait pas ce qu'ils sont capables de faire. Il est peut-être en train de feindre le sommeil !*

La jeune fille foula de ses bottes le sol jonché d'un semblant de paille qui lui servait de couche. Arrivée à sa hauteur, elle n'hésita pas un instant. Pliant les genoux, elle frôla les deux excroissances qui avaient poussé dans son dos. Les plumes étaient soyeuses et chaudes, comme douées de vie. Moira poussa sur l'une d'entre elle pour faire basculer le prisonnier sur le dos. Avant même de distinguer son visage, elle savait.

C'était lui.

Le petit garçon dans les bois.

L'enfant à l'arc.

Il se tenait là, affaibli, amoindri et pourtant comme dans son souvenir.

Son visage semblait avoir été taillé à la serpe. Son menton volontaire et ses lèvres bien dessinées d'une pâleur alarmante lui donnaient un air sévère. Ses cheveux, aussi sombres que ses ailes, tombaient sur des épaules musculeuses. Même s'il n'avait plus rien du jeune chasseur dans la forêt près de Mänsamel, elle savait pertinemment qu'il s'agissait de lui.

— *Tu le connais ?* s'étrangla Shae qui n'en croyait pas les images qu'elle lui renvoyait à l'esprit.

Elle ne répondit pas et se contenta de passer une main sur sa joue mangée par une barbe naissante. Le jeune homme bougea légèrement la tête, mais n'ouvrit pas les yeux.

— Que fais-tu? demanda abruptement Melhen en s'avançant à son encontre.

Là encore, c'était comme si les voix lui semblaient lointaines, comme si elle les percevait derrière un mur capitonné.

— Écarte-toi.

Moira se sentit poussée vers l'arrière et sa torche lui échappa.

— Non!

— Qu'est-ce qui te prend, à la fin?

Elle se traîna vers le prisonnier, repoussant les mains qui tentaient de la retenir. Une envie irrépressible de le protéger et de s'envelopper dans ses ailes fabuleuses la taraudait.

La vie lui jouait de ces tours… Il y avait quelques années de ça, elle et ce garçon étaient face à face et aujourd'hui, le destin les réunissait de nouveau.

D'une oreille distraite, elle discerna la rumeur d'une conversation échangée à voix basse, dans son dos. Trop occupée à contempler le prisonnier, elle n'y prit pas garde.

— Peut-être que les nephilim ont un certain pouvoir de séduction, hasarda Melhen.

— Tu confonds avec les amazones, répondit Mutiane. Je n'ai jamais vu une telle chose. Elle semble… envoûtée.

— À dire vrai, l'interrompit Daedra, j'ai déjà assisté à un événement semblable. Si c'est le cas, ce n'est vraiment pas bon signe.

— Que voulez-vous dire?

Alors qu'il s'apprêtait à répondre, un bruissement d'ailes puissantes retentit au-dessus de leurs têtes, ainsi que des cris de villageois effrayés.

— *Remontez! Remontez vite!* hurla Opléa.

Moira leva un regard hagard en direction du plafond.

— Que se passe-t-il ?

— Nous devons remonter, beugla Melhen en la tirant par le bras. Imoegla est attaquée !

— Non ! Je ne partirai pas sans lui.

— Par Chimère, tu as perdu la tête !

— Moira, du calme, intervint Mutiane. On ne comptait pas le laisser ici. C'est notre mission. Attrape-le, Melhen.

Le jeune cournol marmonna des paroles inintelligibles entre ses dents, mais s'exécuta avec brusquerie. Il souleva le nephel qu'il porta à la manière d'un sac de pommes de terre.

Moira se redressa, inquiète. C'était comme si elle sortait d'un songe. L'étonnement passé, elle s'inquiétait désormais autant pour leurs vies que pour celle du beau prisonnier.

— Dépêchons-nous de remonter à la surface, souffla Melhen qui ployait sous le poids de sa charge, la vue pratiquement cachée par les ailes majestueuses.

Personne ne vint leur ouvrir la trappe. Le roi lui-même se chargea de la faire basculer sur le côté.

Lorsqu'ils émergèrent des cachots, ce fut le chaos.

Des plumes noires jonchaient les dalles sableuses, emportées par la légère brise. Les villageois couraient en tous sens, se protégeant le visage d'un ennemi invisible.

— *Shae, que se passe-t-il ?* demanda Moira en cherchant son compagnon des yeux.

Il lui fallut attendre quelques secondes avant d'obtenir une réponse. Son ami fut lent à répondre.

— *Tiens, te voilà sortie du pays des rêves. Venez nous prêter main-forte ! Nous sommes à la fontaine des jouissances, au centre de la ville.*

— La fontaine des jouissances, répéta-t-elle machinalement.

Daedra hocha la tête avant de se mettre à courir aussi vite que son ventre imposant le lui permettait. Ils traversèrent à toute allure des rangées de jardins privés sur lesquels s'échouaient de temps à autre quelques grains de sable.

À la hâte, Mutiane et Melhen rabattirent leurs cheveux sur leur front pour cacher leur gemme. Ce n'était pas le moment de prendre des risques inutiles.

La fontaine des jouissances était une grande place jalonnée par des plantes exotiques et des palmiers nains. En son centre siégeait une statue de marbre de sept pieds de haut. La place de la cité avait des allures de paradis, si on occultait les mines épouvantées des cournols qui fuyaient sous l'assaut d'on ne savait quoi. Ici, les plumes étaient encore plus nombreuses et ils eurent tous le temps d'embrasser la scène des yeux.

Cinq corps inertes dans lesquels les dents aiguisées des loups s'étaient fermement plantées gisaient au sol. Ils arboraient des cuirasses dorées ainsi que des capes pourpres déchirées.

Des soldats de Donovan.

Ce qu'ils virent ensuite leur glaça le sang : Opléa et Shae luttaient contre un nephel. Un jeune homme brun et charpenté qui les évitait avec adresse, légèrement en lévitation. Ses ailes serties de reflets rougeâtres brassaient l'air avec lenteur, soulevant derrière lui une longue pèlerine de voyage.

La jeune fille tira son épée, prête à venir en aide à son loup. C'était la première fois depuis le Daïs que Shae se trouvait réellement en danger, et l'idée que son adversaire puisse le blesser lui était insupportable. Le bruit de Devtil contre son fourreau attira l'attention du nephel qui porta son regard dans leur direction. Un sourire torve vint étirer des lèvres anormalement fines, dévoilant une dentition régulière.

— Tiens, tiens, regardez ça, chiens galeux ! Vos maîtres viennent d'arriver. Qu'attendez-vous pour leur faire la fête ?

Sa remarque accentua un peu plus la fureur de Shae et d'Opléa qui tentèrent une attaque au flanc. Il les esquiva sans difficulté, les mains dans les poches.

— Je m'attendais à un peu plus de combativité.

Sûr de lui, il chassa une mèche tombant devant ses yeux d'un mouvement gracieux.

— Que veux-tu ? demanda Melhen.

Les yeux noirs de leur ennemi le transpercèrent.

— Tu oses me tutoyer. Moi ?

— Cela n'a guère d'importance, intervint Mutiane. Pars d'ici, tu n'es pas le bienvenu.

Il éclata de rire avant de reprendre brusquement son sérieux. Son attitude était saccadée, inhumaine.

— Rendez-moi le prince. Moi et mes soldats sommes venus pour ça, je ne partirai pas sans lui.

— Il faudra nous passer sur le corps, pour cela, répondit Mutiane d'un air dégagé.

Le nephel pencha la tête, se réjouissant d'avance face à cette possibilité.

— Avec plaisir, belle amazone.

Dans un brassage faisant s'envoler du sable, il fila dans la direction de Melhen qui tenait toujours le prisonnier à bout de bras. Il fut stoppé par Moira qui se jeta en travers de son chemin. Elle tombait à pic : sa lame toucha plus qu'elle n'effleura les côtes du jeune homme. Il grimaça de fureur, la colère le rendant encore plus terrible.

— Tu n'aurais jamais dû faire cela, abel. Les sous-races de ton genre subissent une sentence pire que la mort pour un pareil acte.

— Tes sentences ne m'effraient pas, déclara-t-elle en se campant en position d'attaque.

— *Tu es complètement folle !*

— Écarte-toi, je m'en charge.

— *Laisse-moi faire, il est trop fort pour toi !*

Les voix de ses compagnons résonnaient dans sa tête dans un brouhaha incontrôlable. Sans répondre, la jeune fille se ferma à leurs supplications, portant toute son attention sur l'intrus. Celui-ci ne semblait pas partager sa nervosité et s'humectait déjà les lèvres avec volupté.

— Une belle jeune fille telle que toi… Je vais tirer un immense plaisir à te tuer.

Sortie de sa cape, une épée rouge flamboyait déjà à son bras. Elle était beaucoup plus longue que la sienne, mais plus lourde aussi. Moira jeta un œil vers Shae qu'elle voyait avancer, la truffe retroussée.

— Reste où tu es, lui cria-t-elle. Je peux m'en occuper.

Elle fonça tête baissée, prête à en découdre. Leurs lames s'entrechoquèrent avec une telle force qu'elle sentit un spasme faire convulser ses muscles. D'un mouvement sec, elle le repoussa, plongeant vers ses jambes, mais il avait déjà fait un pas sur le côté et la toisait, toutes dents dehors.

— Ton cœur bat à coups redoublés, ton sang affluant vers ton cerveau cogne contre tes tempes et tous tes sens sont en éveil. Ton corps entier est tendu dans un seul et même but : me vaincre. Malheureusement, tu es bien trop menue, bien trop inexpérimentée.

— Personne n'est en mesure de décider à l'avance de l'issue d'un combat.

— Tu parles sans savoir, c'est affligeant.

— Ça l'est encore plus de s'imposer dans une ville où on n'est pas invité.

Le nephel la regarda avec une intensité redoublée.

— Tu parles trop, abel. Sais-tu ce que mes semblables font aux pipelettes comme toi ?

—Je pense que vous n'aurez pas le temps de me le faire savoir, rétorqua-t-elle en se ruant derechef sur lui.

Elle tenta de lui cingler le visage de sa lame, mais il fut plus rapide et se déroba sans effort apparent. Sa main gantée vint se poser sur le tranchant de son épée, ignorant la force qu'elle déployait pour la dégager.

—Mon nom est Khan. Je tenais à ce que tu le saches avant de mourir.

Moira para le coup avec aisance, consciente qu'il ne s'agissait que d'un jeu pour son adversaire. L'esprit en ébullition, elle réfléchissait à la manière d'en venir à bout. Le dénommé Khan semblait doué d'une plus grande conservation qu'elle et sur l'endurance, elle ne gagnerait jamais.

—Je suis habitué à ce que les femmes se soumettent à ma volonté. Que tu oses te mesurer à moi est, je dois l'avouer, délicieusement divertissant.

—Il faut un début à tout.

—Tu es amusante, mais je vais tout de même te faire ravaler ta gouaille, histoire que tu admettes ma supériorité.

Elle ne répondit pas et pinça les lèvres. Il cherchait à la distraire, c'était évident. S'il avait le don de savoir ce qui se passait dans son corps, elle était formée pour connaître les failles d'un sujet.

Patiente, elle attendit qu'il prenne les devants et en contrant, remarqua un imperceptible mouvement de flexion au niveau de son genou gauche. Un mouvement qui n'était pas destiné à attaquer, mais à prendre appui. Certes, ses offensives étaient cuisantes et empreintes d'une force supérieure à la sienne, mais il semblait fragilisé par un handicap oublié.

Alors elle ne réfléchit plus et dans un parfait arc de cercle, visa la carotide, coup qu'il était prêt à parer, aussi mollement que les précédents. Sauf qu'au dernier moment, Devtil changea de trajectoire pour aller violemment percuter la rotule de son ennemi. Avec un grognement furibard, il ploya sous l'assaut, la main crispée sur la douleur invisible. D'un mouvement ralenti, il leva la tête vers elle. Son expression dégoulinait de toute la profonde haine qu'il ressentait à son égard.

—Je n'oublierai jamais chacun de tes traits, abel. Crois-moi, arrivera un jour où tu devras répondre de ton acte.

Il rangea son arme dans son fourreau et s'éleva dans les airs. Sans un regard de plus, il s'éloigna, laissant derrière lui une rangée de plumes aussi noires que l'ébène.

Moira s'assura que tout le monde allait bien. Shae avait une vilaine plaie suintant derrière l'oreille qu'elle se dépêcha de soigner par la magie. Elle perçut sa colère à son encontre face à ce qu'elle venait de faire.

—Te rends-tu compte à quel point c'était ridicule? Tu aurais pu te faire tuer.

—Je ne suis pas en sucre, protesta-t-elle gauchement.

—Mon devoir est de te protéger. Là, tu nous as tous pris au dépourvu, sans nous laisser le choix de prendre une décision. Tu...

—De toute manière, c'est terminé, il est parti. Il n'y a plus lieu de polémiquer.

—M'ouais. En tout cas, s'il fallait décerner le trophée des réactions les plus insensées, je voterais pour toi !

Elle se redressa et tourna le dos à son ami encore secoué. Melhen s'avança vers elle et de son bras valide – celui qui ne tenait pas le prince – la serra contre lui sans un mot en lui déposant un fervent baiser dans les cheveux. La jeune fille se laissa aller, soulagée d'être encore vivante. Seulement, autre chose la titillait en cet instant. Elle se dégagea de l'étreinte de son ami et pencha la tête vers le nephel.

— est-ce qu'il va bien ?

— Ça n'a pas d'importance, répondit le jeune homme durement.

Son visage s'était de nouveau fermé et un de ses sentiments nouveaux se fraya un chemin jusque dans la conscience brumeuse de la jeune fille. Melhen était jaloux. Tout simplement jaloux qu'elle accorde de l'attention à un autre garçon que lui.

— Si, ça en a, protesta-t-elle en lui cachant l'étendue de ses émotions. Amarah ne tient pas à ce que nous le ramenions mort.

Elle voulut s'écarter, mais il lui tint le bras, l'obligeant à lui faire face.

— Tu mens. Il y a autre chose. On en a été témoins, tous autant que nous sommes. Qu'est-ce qui t'a poussé à faire exploser la porte de la cellule de ce bellâtre ? Et pour l'amour de Chimère… Pourquoi le regardes-tu comme ça, à la fin ?

Sa voix tournait à l'hystérie. Se voulant rassurante, Moira leva la paume vers lui en signe de paix.

— Tu exagères. Tu exagères toujours.

Il secoua la tête, presque dégoûté de ce qu'il avait vu. Mutiane s'avança alors vers eux.

— D'un côté, Melhen n'a pas vraiment tort, tu t'es comportée d'une bien étrange manière. Maintenant que j'y pense, compléta-t-elle en pivotant vers le roi Daedra, toujours immobile, vous nous avez dit avoir déjà assisté à une telle chose par le passé. Pourriez-vous éclairer notre lanterne ?

Le roi paraissait au bord de l'apoplexie. Son teint olivâtre s'accrut lorsque ses yeux se posèrent sur Moira.

— Ce n'est pas à moi de vous annoncer une telle nouvelle. D'autant plus que rien ne le prouve *vraiment*.

— Prouve quoi ? interrogea Melhen.

Daedra haussa les épaules, au comble du malaise.

— Demandez à Amarah. Ce que vous avez vu ne concerne pas les cournols. À mon humble avis, ce qui s'est passé dans les cachots n'augure rien de bon. Vous pouvez me croire.

Sur ces derniers mots, il s'excusa platement auprès d'eux, leur signifiant qu'il était de son devoir en tant que roi d'aller se rendre compte par lui-même de l'étendue de la perte engendrée par l'arrivée d'un nephel vengeur sur leur territoire.

Chapitre XX
Le chant de l'amazone

Les conditions difficiles du désert leur importaient peu désormais. Leur mission était une réussite, mais après le périple d'Imoegla, le voyage avait pris une tournure des plus étranges.

Daedra leur fit clairement comprendre qu'il était temps pour eux de quitter la capitale des cournols pour terminer ce qu'ils avaient à faire. Mutiane insista pour qu'ils rentrent à Sanshee, afin de ne pas prendre le risque de se faire subtiliser le prisonnier, mais Moira n'en démordit pas : elle avait l'autorisation d'Amarah d'aller voir son père, elle n'allait pas renoncer maintenant.

Suite à l'attaque tragique de Khan et de ses comparses, les cournols dénombrèrent deux morts, une mère et son enfant. Les circonstances de ces tristes décès restaient à définir, mais il suffisait de voir les longues fentes barrant leurs poitrines pour comprendre ce qu'il s'était passé.

—*Des morts gratuites. Ces pauvres gens n'avaient rien demandé*, soupira Shae.

Il n'avait toujours pas digéré le comportement de Moira, mais consentait à lui adresser de nouveau la parole. La jeune fille savait qu'elle était allée trop loin. Elle-même aurait été furieuse d'être mise de côté si les rôles avaient été inversés.

Afin d'éviter un nouvel éclat, elle évitait de partager avec son loup ses pensées du moment. Pour la simple et bonne raison qu'une seule personne, hormis son père, lui triturait les méninges à l'heure actuelle.

Le nephel.

Il était là, couché sur la croupe d'Opléa, se balançant au rythme des pas de la louve qui trottinait paresseusement devant eux. Melhen ne se montrait pas tendre avec le prisonnier. D'abord baladé tel un sac à patates dans tout Imoegla, il gisait à présent sur le ventre, ses longs cheveux noirs cachant la moitié de son visage inconscient. Ses ailes s'étaient effacées d'elles-mêmes, laissant sur ses omoplates des taches rosâtres significatives. Moira n'aimait pas du tout la manière dont il était trimbalé. Certes, aux yeux des autres, il restait un ennemi des abels, indigne de toute attention, mais quelque chose chez lui la fascinait et le voir malmené ainsi la dérangeait au plus haut point.

— Tu ferais mieux de t'intéresser à des choses plus importantes, souffla Mutiane à son oreille, la faisant sursauter.

— Qu'est-ce que tu veux dire ?

Un petit ricanement sec s'échappa des lèvres de l'amazone.

— Ne me prends pas pour une idiote. Je suis une fille moi aussi et je sais à quoi tu penses.

— Ne parle pas trop fort, lui intima-t-elle.

Elle accompagna sa phrase d'un regard en biais vers Melhen, ne tenant pas à ce que le jeune homme entende leur échange.

— Il le sait déjà, rétorqua Mutiane. Il a conscience que tu craques pour un nephel. Ce qui, à mon avis, est répugnant. Il n'est pas dans notre camp, tu n'as pas le droit.

Avant que Shae ne se charge de la défendre, Moira répliqua vertement :

— Tu ne sais pas ce qui s'est passé. Froide et impersonnelle comme tu es, je doute que tu sois en mesure de comprendre ce qui m'a animée.

Mutiane haussa un sourcil hautain, pas piquée par sa réponse cinglante.

— Je serais prête à parier que tu ne sais pas toi-même ce qui t'a pris. Et les amazones ne gagent jamais de rien, imagine donc à quel point je suis certaine de ce que j'avance.

Elle enveloppa le prisonnier d'un regard pensif.

— Je le conçois, c'est un beau garçon, mais pas au point de faire exploser théâtralement la grille de sa prison.

— Merci pour ton avis, mais je n'ai plus envie de parler de ça, lâcha Moira, plus gênée que jamais.

— À ta guise. Dorénavant, essaie de contrôler tes émotions. Ça donne une image épouvantable de nous aux peuples alliés.

Les paroles de Mutiane se frayèrent un chemin dans son esprit et la travaillèrent plusieurs heures durant. Sa réaction dans les cachots lui semblait soudain très puérile, immature et surtout inexplicable. Il n'était pas dans ses habitudes d'agir sur une impulsion. Quelque chose d'étrange s'était passé et se passait toujours. La silhouette évanouie du nephel l'attirait irrémédiablement et elle se languissait de le voir se réveiller.

Quand ils s'arrêtèrent pour la nuit, l'obscurité mauve commençait doucement à s'abattre sur le désert. Ils n'échangèrent pas un mot en mangeant. L'otage avait été mis de côté, sur le dos et les membres attachés à l'aide d'une corde. Moira coulait un regard vers lui de temps à autre, consciente néanmoins que Melhen et Mutiane surveillaient le moindre de ses faits et gestes.

— *Pourquoi te sens-tu si proche de lui ? Parce qu'il t'a épargnée à Mänsamel ?*

Shae voulait comprendre. La tête penchée sur le côté, il la fixait sans ciller. Elle se passa une main sur le visage, lasse. Elle ne désirait pas tout lui expliquer maintenant. Cependant, elle se força à répondre :

— *Je pense. Son frère, lui, ne m'aurait pas fait ce cadeau.*

— *Parce qu'il a un frère ?*

— *Oui. Son nom est Zendel, je crois. Je l'avais lui aussi aperçu dans la forêt et il était vraiment féroce. Tout son contraire.*

— *Peut-être un moment de faiblesse. Ça arrive à n'importe qui.*

Moira secoua la tête.

— *Quelqu'un qui exempte sa victime d'une mort certaine ne peut pas être foncièrement mauvais.*

Tu brandis cet argument comme s'il pouvait expliquer ton comportement.

Il avait dit cela d'une voix caressante, cherchant à lui faire prendre conscience de l'irrationalité de son jugement.

— *Je dis simplement qu'il ne mérite pas d'être traité comme un pestiféré. Il a le droit au bénéfice du doute. Peut-être n'est-il pas comme son frère… Pas comme son père.*

— *Et tu prendrais le risque de lui donner sa chance ? Il a vécu toute sa vie sous la coupe de Donovan, entouré par sa haine et sa cruauté. Même pour la personne la plus droite qui soit, il est difficile de faire autrement que de ployer l'échine.*

Il marqua une pause, jugeant des réactions auréolant le visage de la jeune fille.

— Crois-moi, lorsqu'il se réveillera, la première chose qu'il aura à l'esprit sera de tuer toutes ces basses races qui l'entourent.

— Je suis sûre que non.

Avec douceur, le loup géant passa sa tête volumineuse sous son aisselle, comme il avait l'habitude de le faire étant petit.

— Tu sais ce que j'aime chez toi ? Tu parviens à voir le meilleur en chacun de nous, même chez les pires personnes. Méfie-toi néanmoins, cette qualité est à double tranchant, tu pourrais en faire les frais. Certains individus sont mauvais, ni plus ni moins. Ce prince a été élevé comme un nephel, il demeure dangereux, quoi que ton instinct te souffle.

Moira hocha la tête distraitement, pesant le pour et le contre. Un nephel restait un nephel, quoi qu'on en dise. Elle avait eu le loisir de voir Zendel à l'œuvre avec sa venyr. Il était mauvais jusqu'à la moelle. Ce n'était peut-être pas ses gènes qui le conditionnaient ainsi, mais bien l'éducation qu'il avait reçue et qu'il recevait encore. Et si le façonnage d'un père sur son fils avait également influencé le prisonnier ? Et si aujourd'hui, il n'avait plus rien à voir avec le garçonnet dans le bois jouxtant son village natal ?

— Tu ne le sauras que quand il reprendra ses esprits, conclut Shae.

— À moins qu'il fasse semblant.

— À moins qu'il fasse semblant, c'est vrai.

Tel un automate, elle fit glisser la boucle de son sac en toile. Elle en sortit un parchemin usé, amené par instinct, certaine qu'il allait lui servir.

— *Que fais-tu ?* demanda le loup en relevant la tête.

— Je note tous les renseignements que j'ai concernant Khan, cela pourrait nous être utile afin de découvrir le point faible de son espèce.

— Tu devrais peut-être en parler avec Melhen et Mutiane. C'est votre rôle en tant que Maolen de découvrir ensemble leurs secrets.

Elle tourna la tête en direction des intéressés qui mangeaient en silence leur soupe froide. Hâtivement, ils baissèrent les yeux lorsqu'ils se virent observés. La jeune fille aurait mis sa main au feu qu'à cet instant, ils discutaient mentalement à son sujet.

— Je n'y tiens pas. Ils pourraient se servir de ce point faible pour faire souffrir le prisonnier.

Cette fois-ci, elle distingua parfaitement le charivari de pensées qui se bousculait dans l'esprit de son compagnon. D'autant plus qu'une fois exprimée à voix haute, cette réflexion lui sembla ridicule et vide de sens.

— Je ne te comprends pas. Pourtant, je suis le mieux placé pour analyser tes réactions. Sa famille a tué et tue des innocents chaque jour.

— Sa famille. Pas lui.

— Tu n'en sais rien. Tu n'as pas la moindre idée de qui il est.

— Je sais ce qu'il n'est pas. Et en l'occurrence, il n'est pas mauvais. Quoi que tu dises…

Si Shae avait pu soupirer, il l'aurait fait, tant il était exaspéré.

— Tu peux l'affirmer juste parce que tu l'as observé dans sa prison dégoûtante ?

— Non. Parce que je l'ai vu par le passé. J'ai senti ce qu'il ressentait. Un peu comme avec… toi.

La comparaison révulsa son ami comme jamais. Il gronda sourdement, attirant un peu plus l'attention de Melhen, Mutiane et Opléa sur eux.

— Te rends-tu compte de ce que tu insinues ? Tu compares notre relation avec…

— Je sais. Je suis désolée. Je n'arrive simplement pas

à l'expliquer. Ce qu'il s'est passé dans ces bois était tellement fort… La seule fois où j'ai éprouvé un tel sentiment, c'était le jour où je t'ai repêché dans ce lac. Je t'ai aimé dès l'instant où mes yeux se sont posés sur toi.

Elle avait conscience de blesser Shae en disant cela, mais il méritait de connaître la vérité. Les mots écorchaient ses lèvres, la peur de le voir lui tourner le dos nouait son estomac et son cœur saignait de lui asséner une telle nouvelle. C'était l'authenticité de ses sentiments, et Shae l'apprendrait un jour ou l'autre, comme toujours.

Il connaissait chaque chose, sans qu'elle eût besoin de parler. Il savait qu'elle considérait Melhen comme un ami susceptible de devenir plus, que Mutiane était une personne qu'elle cherchait à apprécier, que Douce resterait l'une de ses plus proches amies et la sœur qu'elle n'avait jamais eue, que Sando et Ismeline avaient été ses piliers dans les moments où son père lui manquait le plus.

Il ne lui aurait pas fallu longtemps pour comprendre que le nephel n'avait pas qu'une place de captif dans sa vie. Qu'il était plus que ça.

Moira ne tenait pas à ce qu'il l'apprenne en analysant ses rêves pendant qu'elle dormait, où quand elle n'y prendrait pas garde, dans un moment de faiblesse. On ne pouvait pas cacher ses secrets longtemps lorsque quelqu'un d'autre avait accès à vos pensées.

Shae semblait abattu et complètement sonné, comme s'il avait reçu un uppercut dans l'estomac.

— Tu ne le connais même pas.

La voix n'était qu'un chuchotement dans son esprit, un bruissement de pensées aussi douloureux à entendre qu'un hurlement.

—Je ne contrôle rien, Shae ! J'ai l'impression de n'être qu'une marionnette. On se joue de moi. Toi, je

veux bien t'accepter dans ma vie. Je désire plus que tout te garder près de moi pour toujours. Mais pour lui, je n'ai rien demandé. Je me sens juste extrêmement proche, trop proche. Ne me demande pas pourquoi ni comment, je n'en ai pas la moindre idée. C'est ainsi. Je ne te prierai pas de l'accepter, mais juste d'essayer de te faire à cette idée. J'aimerais le détester comme vous tous, mais je n'y arrive pas. Je suis persuadée qu'il a son rôle à jouer dans nos vies et qu'il a une certaine importance dans la mienne.

Les mots s'échappaient de son esprit sans qu'elle ne puisse en gérer le flot. Les phrases se formaient contre son gré, comme si quelqu'un d'autre les prononçait à sa place. Tout était vrai, elle le savait.

Le gouffre noir du regard de Shae se ferma quelques secondes, alors qu'il tentait d'assimiler toutes ces nouvelles. Enfin, il consentit à la regarder.

—*Je comprends.*

— *Vraiment?*

—*S'il m'était interdit de t'aimer, je le ferais quand même, quoi qu'en disent les autres.*

Elle lui sourit timidement avant de se serrer contre lui. Inspirant à fond dans son poil soyeux, elle glissa mentalement:

— *Tu es vraiment le meilleur des amis.*

—Que disait-il déjà? Il parlait de ton rythme cardiaque, je crois.

Moira essuya la sueur qui lui tombait sur le front.

—Il doit pouvoir déceler les changements physiologiques qui régissent le corps de ses victimes, hasarda Mutiane.

Melhen hocha la tête, visiblement d'accord.

—Très bien je l'écris, fit la jeune fille en inscrivant par magie les derniers mots de l'amazone sur le parchemin.

Ils avaient repris la traversée de l'Asséchante tôt le matin même et passaient le temps en essayant de découvrir l'étendue des pouvoirs des nephilim.

Shae et Opléa avaient accéléré l'allure, mais pas assez pour qu'ils fussent ballottés ou dans l'impossibilité de se parler.

— À quoi ce pouvoir pourrait-il leur servir? demanda Melhen, peu convaincu.

— Ça me paraît évident, rétorqua Mutiane avec suffisance. Déjà, lors d'un interrogatoire, ils peuvent déterminer si une personne fabule ou non, car notre corps laisse entrevoir des détails infimes lorsque nous mentons. De plus, durant un combat, notre organisme est soumis à certaines tensions. Sans parler des contraintes et des blessures. Et ça, je pourrais mettre ma main à couper qu'ils sont capables de l'exploiter. Un peu comme tu l'as fait, Moira.

L'intéressée leva le nez de son parchemin où l'écriture courait à toute vitesse, noircissant les espaces vierges.

—J'aurais pensé que cette douleur au genou était commune à tous les nephilim.

— Oh non, affirma Mutiane. C'est une blessure singulière, cela ne fait aucun doute. Les nephilim n'ont aucun point faible physique, cela s'entend. Ce serait trop simple, sinon. Maolen l'aurait tout de suite remarqué et il s'en serait servi.

— Alors à quoi penses-tu? demanda Melhen.

—Je ne pense à rien, bougre d'idiot! Si je savais quelque chose, crois-moi que j'aurais déjà tué ce petit avorton de Khan!

Alors qu'elle mettait un point final à son rapport, Moira se tourna vers eux.

— Moi je pense que leur seule faiblesse est l'orgueil, comme l'a dit Amarah. Ils sont sûrs d'eux et de leur puissance. Comme s'ils étaient invincibles.

— Ils le sont sûrement, invincibles. Et toi tu es tellement tête brûlée que tu n'as pas hésité à te jeter dans ce combat, reprocha le cournol en levant un sourcil mécontent.

Il était de plus en plus désagréable avec la jeune fille et ne pouvait s'empêcher de lui envoyer des piques de temps en temps. Piques qu'elle s'évertuait à ignorer, même si elles l'atteignaient plus qu'il ne le pensait.

À son grand soulagement, Shae intervint :

— En tout cas, Moira est parvenue à le chasser, elle a agi. Et où étais-tu, toi ? Caché dans les jupes de Daedra, non ?

La mâchoire de Melhen s'ouvrit en grand tant il était estomaqué. Le loup géant ne s'en était jamais pris à lui auparavant. Mutiane laissa échapper un rire bref sans lever le nez de son propre parchemin.

— Shae a raison, Moira lui a fait peur. Et puis tu as trouvé son point faible à lui.

— Point faible qu'il se dépêchera d'aller guérir, souffla la jeune fille.

— Pas nécessairement. Il y a des blessures magiques qui ne guérissent jamais.

— Il sera prêt pour le prochain combat. Il ne se laissera plus avoir et protégera sa rotule, tu peux me croire.

Un silence suivit ses paroles. Moira avait exploité la faiblesse physique d'un nephel et cela ne pouvait se reproduire deux fois.

Le reste de la journée se déroula ainsi, à faire des suppositions. Hélas, ils n'aboutirent à rien de bien concluant. Si bien que le soir venu, la jeune fille ne fut pas mécontente de fourrer son cinquième parchemin rempli d'une écriture désordonnée au fond de son sac. Rédiger un rapport par la magie ne sollicitait pas beaucoup d'énergie pour quelqu'un de sa condition, la plume crissait toute seule sur le papier, parfait reflet de ses pensées prédominantes. Seulement un autre type de fatigue commençait à l'assaillir. Une fatigue psychologique, après des heures passées à réfléchir intensément.

Avec tous les récents événements, elle pensait de moins en moins à Léon, même si l'idée de le revoir la réjouissait toujours autant. D'autres préoccupations pesaient désormais sur son cœur : le désespoir d'avoir blessé Shae pour toujours, la peur de ne plus jamais recevoir un sourire de Melhen… Plus rien n'était pareil depuis qu'ils avaient quitté Sanshee. Et une voix dans sa tête lui susurrait que les changements n'étaient pas près de s'arrêter là.

La boussole s'affolait entre les doigts de Mutiane. Celle-ci serrait les dents et n'avait plus décroché un mot depuis presque une heure, laissant Opléa et Shae se fier à leur intuition afin de trouver le chemin.

— Tout aurait été tellement plus simple si Kalenken nous avait accompagnés, remarqua tristement Moira. Il connaît l'Asséchante comme sa poche.

Mutiane tapa sur le cadran, comme si cela pouvait la réparer. L'aiguille se tournait d'est en ouest, folle comme jamais.

— Cette boussole est inutile, gronda-t-elle. Amarah aurait dû le savoir.

— Peut-être est-ce la chaleur qui la détraque, hasarda Melhen.

— Peu importe. Nous sommes perdus et il n'y a que cette boussole pour nous aider.

Moira se garda d'envenimer la situation et préféra se taire. La mauvaise humeur était plus que palpable et il aurait suffi d'une remarque mal placée pour faire jaillir le feu de la colère de l'amazone. Et cela, personne ne le souhaitait.

Bientôt, leurs réserves commencèrent à s'épuiser et ils finirent par prendre réellement peur. Les loups étaient de gros mangeurs et de gros buveurs, il ne leur restait presque rien.

—*Je sais que nous sommes ceux qui épuisent les vivres*, lança un soir Shae, alors qu'ils s'apprêtaient à s'endormir.

Moira tenta de le rassurer.

—*Ne dis pas de bêtises, nous mangeons tous pour trois, c'est normal qu'il n'y ait plus rien.*

Cette nuit, leurs estomacs respectifs grondaient de concert.

—*Peut-être devrions-nous, Opléa et moi, aller chasser quelques goules. Cela ne doit pas être si mauvais que ça. Et ça nous permettra de tenir.*

La jeune fille éclata de rire, rouvrant les craquelures de ses lèvres desséchées.

—*Crois-moi, c'est une mauvaise idée. Les goules sont la dernière chose que tu aurais envie de te mettre sous la dent. Mort de faim ou non.*

Il paraissait peu convaincu, alors elle lui expédia l'une des dernières images qu'elle avait de la créature des ténèbres. Une tête chauve, une odeur putride et un corps décharné. Shae ne put s'empêcher de frissonner.

—*Tu as raison, même affamé, je n'oserais les manger. Dire que l'on va devoir traverser les tunnels de la montagne. Mutiane dit qu'on n'en croisera pas si on y va à la bonne heure.*

Mutiane t'a dit n'importe quoi. Lorsque nous y sommes passés, en pleine nuit, les goules se trouvaient à l'intérieur et à l'extérieur. C'était… terrifiant.

Ce fut à son tour de frémir à l'évocation des souvenirs qu'elle avait du mont Setemùnia. Ce soir-là, Sando et Kalenken avaient failli en mourir et ces moments passés dans les tunnels souterrains restaient les plus éprouvants de toute sa vie.

Shae s'étira de tout son long.

— Une chose est certaine, c'est que l'on ne risque pas de rencontrer les goules à l'allure où on va. Si on ne trouve pas notre chemin rapidement…

Il ne termina pas sa phrase, laissant le loisir à la jeune fille de s'imaginer le pire. Ils pourraient mourir de faim et de soif. Le prisonnier risquerait de se réveiller et de devenir incontrôlable.

Le chef des cournols leur avait bien dit que leur sortilège d'endormissement ne ferait pas effet encore très longtemps. Et entre elle, Melhen et Mutiane, personne ne savait jeter un tel enchantement si jamais l'otage venait à ouvrir les yeux. À cette pensée, Moira se tourna vers le jeune homme, allongé et paisible. Sa barbe couronnait son visage, lui donnant un air encore plus attrayant. Son torse musclé se soulevait régulièrement, signe qu'il n'était pas en mauvaise posture.

— Ne le dévore pas des yeux ainsi, Melhen te regarde.

Elle baissa précipitamment le regard, rose d'embarras.

— Ça n'a plus d'importance, désormais. Il a tourné la page en ce qui me concerne.

Shae eut un ronronnement amusé.

— Tu sais aussi bien que moi que c'est faux. Melhen t'aime presque autant qu'il adule Opléa.

— Tout comme il aime Douce. J'ai grandi avec lui, c'est normal que je représente quelque chose à ses yeux.

— Tu t'enfonces dans tes mensonges. Regarde la vérité en face, il est amoureux de toi. Il l'a toujours été.

La conversation la mettait de plus en plus mal à l'aise et elle s'efforça de se vider la tête. Cette histoire de sentiments devenait ridicule ! Melhen n'avait jamais été amoureux, il était simplement attiré par elle.

Ça lui passerait, comme avec toutes ses anciennes conquêtes. La jeune fille en était persuadée.

— Il fut un temps où tu hésitais. Tu as failli céder à ses avances. Puis le nephel est entré dans la danse et à cet instant, il n'a plus compté comme c'était le cas avant.

Elle ne répondit pas et s'appliqua à isoler son esprit, hors d'atteinte de son ami. Celui-ci lui administra un gentil coup de langue sur la joue avant de s'enrouler autour d'elle.

Elle eut du mal à trouver le sommeil. Sa conscience ne lui laissait aucun répit. Il y avait tant de choses auxquelles penser, tant de mystères à résoudre et tant de relations à redéfinir. Pour un esprit déjà torturé, cette histoire supplémentaire était de trop.

Le lendemain en fin d'après-midi, le mont Setemùnia se dessina à l'horizon.

Moira le reconnut tout de suite : irrégulier, sablonneux et surtout très haut, perçant l'azur du ciel.

Trouver leur chemin sans carte ni boussole digne de ce nom avait été un pur hasard.

L'humeur de chacun s'était nettement améliorée et même Opléa consentait à échanger quelques mots avec eux. Leur voyage touchait presque à sa fin. À partir de là, Mutiane pouvait les guider. L'amazone avait infiltré plus d'une fois les villes portuaires d'Hibendrill et connaissait les terres officielles de Donovan comme sa poche.

Les loups partirent au grand galop pour gagner la montagne avant la nuit, oubliant la faim et ses conséquences funestes. Moira savait que ce n'était que temporaire. Viendrait un moment où les forces leur manqueraient et où ils devraient puiser dans la magie contenue dans leurs gemmes. Pour le moment, personne n'en parlait.

Arrivés au pied de l'imposante montagne, ils la grimpèrent. Ce fut une flopée de réminiscences qui submergea la jeune fille lorsqu'ils s'assirent sur le plateau plus ou moins aplani du mont. Ici, elle avait lancé son premier sort pour guérir Sando et sa propre blessure dans le dos. Blessure ayant laissé une hideuse cicatrice dans sa peau et qu'elle n'avait jamais voulu faire disparaître, tenant à se souvenir pour toujours de cette aventure.

— Si je comprends bien, nous devons attendre que les goules sortent pour nous y engouffrer, lança Mutiane, pour la forme.

Moira hocha la tête en signe d'assentiment.

— Ça sent mauvais, répliqua Melhen. Vraiment très mauvais.

La nuit tomba sans qu'ils s'en aperçoivent, les plongeant dans des ténèbres à peine chassées par une lune à demi pleine. Bientôt, ils entendirent les pas des goules raclant le sol et leurs gargouillis parfaitement abjects. Elles sortirent par centaine, se bousculant maladroitement pour gagner l'atmosphère glacée du désert et ainsi infecter les environs.

Ce fut l'amazone qui donna le signal de départ. Néanmoins, à la surprise générale, elle se tourna vers Moira.

— As-tu quelques conseils à nous donner avant que l'on ne coure à notre propre perte ?

— Nous devrions sortir nos armes. Évitez par tous les moyens de toucher les goules. Elles sont sourdes et aveugles, mais pas insensibles. Elles attaqueront si vous les frôlez.

— Très bien, allons-y, déclara le cournol en sautant avec agilité sur la croupe d'Opléa.

— Nous ne pourrons pas avancer à dos de loup. Les tunnels sont trop étroits. J'ignore même comment il nous sera possible de transporter le prince.

Déçu, Melhen mit pied à terre et repositionna le prisonnier, laissant ses bras et ses jambes pendre de chaque côté du dos de la louve.

— Comme ça, tu penses que ça ira ?

Elle répondit d'un haussement d'épaules faussement indifférent.

Tous dégainèrent leurs armes et entreprirent de descendre précautionneusement la paroi abrupte. Moira fut la dernière à amortir sa chute dans le sable.

— Tu ouvres la marche ? l'invita Mutiane.

Ce fut son premier vrai sourire depuis le début de leur voyage. Vu les circonstances, pensa amèrement Moira, il n'y avait pas vraiment lieu de se réjouir. Encore une fois, les amazones étaient pleines de surprises.

La jeune fille sentit la présence de Shae dans son dos, ainsi que son souffle chaud et presque rassurant en cet instant de grand stress.

— *Tu ne préfères pas que je passe devant ?*

— *Comme si je voulais que tu prennes les risques à ma place. Non, c'est inutile, je suis venue ici une fois, je pense me souvenir du bon chemin.*

— *Tu penses ? Je croyais que c'était un simple tunnel.*

— *En vérité, c'est un labyrinthe.*

Le loup manqua de s'étrangler.

— *Tu plaisantes, j'espère…*

— *Pas du tout, c'est la vérité. À l'époque, c'*était Kalenken qui nous guidait, m*ais je crois savoir comment nous éviter un égarement.*

Son ami ne lui demanda plus rien, conscient que toutes ses questions l'angoisseraient davantage.

Elle appliqua le sortilège que Mutiane leur avait appris quelques heures plus tôt, ce qui donna à ses yeux une teinte dorée et lui fit voir le monde sous un jour différent. Jetant un œil en direction des deux

Maolen, elle discerna leurs regards jaunes la fixant à travers l'obscurité. À présent, ils pouvaient tous trois voir dans le noir. Shae et Opléa n'avaient pas besoin de tels sorts, étant déjà de nature nyctalope.

Juste avant d'entrer, Moira lança dans leurs esprits :

— *Bouchez-vous le nez, pour ceux qui le peuvent. Ou alors, respirez par la bouche.*

Retenant sa respiration, elle s'engouffra dans le trou béant. Il ne lui fallut pas longtemps avant de devoir à nouveau trouver de l'air. C'était comme dans son souvenir, mais plus lumineux maintenant qu'elle était en mesure de distinguer les parois du tunnel.

Les relents fétides la prirent au nez comme une morsure et elle s'arrêta de respirer derechef. Derrière elle, la voix de Melhen chuchota :

— Quelle horreur ! C'est infect !

Elle retint un sourire, imaginant le jeune homme parfaitement stupéfié par les effluves s'échappant des passages sombres et humides.

À présent qu'elle voyait plus ou moins correctement, les dimensions de l'espace lui parurent changées. Lorsqu'elle avait neuf ans, le tunnel lui avait semblé exigu. Aujourd'hui, il était carrément minuscule. Sa tête touchait presque le plafond rond et des gouttes tombaient le long de la cloison rocheuse à rythme régulier, pouvant rendre n'importe qui fou à force d'entendre ce bruit.

Comme elle l'avait deviné par le passé, les passages s'entrecroisaient, donnant sur des endroits insoupçonnés et inconnus. Elle s'assura d'abord de regarder de part et d'autre d'une ouverture avant de s'engager, ne désirant pas croiser une goule puante.

Son esprit fonctionnait à toute allure. En plein milieu du passage, elle s'arrêta et projeta sa conscience vers l'avant. Le seul moyen de trouver le bon chemin était de faire comme dans le bois des Murmures. Sa vision se brouilla au profit de celle engendrée par ses pensées, parcourant l'ensemble du mont Setemùnia dans ses moindres recoins. Les tunnels étaient encore remplis de ses habitants et on pouvait même y trouver quelques nids isolés, plein de bébés goules braillant comme des oisillons affamés.

—*Je sais où nous devons aller*, annonça-t-elle finalement en bifurquant dans le passage suivant.

— *C'est pas trop tôt*, lui répondit Opléa.

La louve avait beau être désagréable, tout le monde savait qu'elle cachait sa terreur derrière son agressivité. Même Shae ne releva pas, tant il était effrayé.

—*Je t'ai vue sentir des goules dans la montagne. Elles ne sont pas toutes sorties, n'est-ce pas ?*

—*Je te l'avais dit.*

Elle avançait très lentement, ralentissant parfois pour livrer passage à une créature poisseuse. À chaque fois, elle était obligée de rappeler ses compagnons à l'ordre car, la collant de trop près, ils la cognaient au moment d'un arrêt.

Ils durent avoir recours à un subterfuge lorsqu'une goule s'écarta brusquement de son chemin initial pour venir dans leur direction, à l'angle d'un tournant. Mettant leurs forces en commun, ils lancèrent un sort inversant les densités de leurs corps. Ainsi, la goule les traversa comme s'ils avaient été des fantômes. Elle ne les frôla pas et poursuivit son chemin sans réagir.

—*Mon cœur a failli s'arrêter de battre*, gémit Shae.

Il tremblait sur ses pattes. Moira avait été forcée de puiser dans ses forces, à l'instar de ses compagnons. Ils devaient absolument sortir d'ici.

Elle décida d'accélérer le pas. Chaque fois qu'elle était obligée de projeter son esprit dans les dédales des galeries, elle s'épuisait un peu plus. Cependant, il lui fallait tenir. Puiser dans sa pierre de lune ne suffirait pas. Il n'y aurait pas assez de magie pour combler sa faiblesse actuelle, cela ne faisait aucun doute.

Le chemin s'éternisait et ils étaient tous persuadés que le jour ne tarderait pas à se lever. C'était beaucoup plus long que Moira ne l'avait pensé, mais jamais elle ne pensa à s'arrêter. Ses jambes cédaient sous son poids et chaque fois Shae la rattrapait de justesse de son museau retroussé.

—*J'ai soif! est-ce qu'il reste encore de l'eau?* demanda Melhen.

—*Non*, répondit simplement Mutiane.

—Arrêtez de communiquer par la pensée. D'ailleurs, cessez de parler tout court, vous vous affaiblissez, rappela Moira qui tentait de ne pas montrer son découragement.

Pourtant, elle la voyait, cette projection lunaire dans son esprit. Elle sentait presque la fraîcheur de l'air sur son visage. Ils n'étaient plus très loin.

Malgré cela, elle n'en oubliait pas le vide intersidéral de son estomac et sa vision de plus en plus floue. Cela faisait deux jours qu'ils n'avaient ni bu ni mangé, et leurs corps protestaient avec vigueur. Lorsque le désespoir pointait son nez, le courage de tenir bon se faisait loin.

Son palpitant rata un battement lorsqu'elle aperçut la lueur douceâtre du dehors.

—*Nous y sommes, un dernier petit effort*, les enjoignit-elle.

Sans qu'elle ne le décide, ses jambes se mirent à courir, évitant adroitement les quelques goules obstruant le passage.

La brise sur son visage fut comme une caresse divine. Elle respira à pleins poumons, bientôt suivie par ses compagnons.

— Par Chimère, jura Mutiane d'une voix pâteuse en s'agenouillant sur l'herbe secouée par le vent. Je n'aurais jamais cru dire ça un jour mais merci, Moira. Tu nous as sortis de là !

La jeune fille ne pensa même pas à répondre à cette première démonstration de reconnaissance tant sa gorge était sèche. Elle s'étendit de tout son long sur le sol, appréciant sa douce fraîcheur et la légère rosée parsemant la mauvaise herbe. Ses muscles se détendirent et elle aurait même pu s'endormir si un hurlement n'avait pas retenti dans sa tête.

— *ATTENTION !*

Il était trop tard, Melhen avait volé sur plusieurs mètres avant de s'effondrer lourdement par terre. Opléa poussa un hurlement déchirant à faire frémir n'importe qui. Elle se débarrassa d'une secousse du poids mort du nephel et s'élança vers son ami. En plein milieu de la plaine verdoyante, une goule grisâtre les lorgnait de ses yeux morts, dégageant une odeur rance.

Opléa renifla Melhen avant de tourner la tête vers la créature, toutes dents dehors. Elle galopa jusqu'à la frêle silhouette squelettique, grognant comme jamais personne ne l'avait entendue grogner. Sa mâchoire puissante s'arrima au torse de la goule, mais celle-ci plaça ses mains de part et d'autre de ses crocs et d'une force surhumaine étira démesurément sa gueule.

Moira aurait voulu fermer les yeux sur ce qu'elle était en train de voir. La louve se débattait comme une forcenée, essayant de se retirer et d'ainsi échapper à l'emprise de son adversaire. Des jappements de douleur s'échappaient de sa gorge.

Shae voulut lui venir en aide, mais sans même un regard dans sa direction, la goule lui fourra un pied dans l'estomac, ce qui l'envoya s'échouer à plus de dix mètres, contre les sacs de voyage. Assister à la chute de son loup agit comme une poussée d'adrénaline sur Moira. Elle sauta sur ses pieds avant de s'élancer vers la créature. Elle avait presque l'impression de s'envoler. Consciente d'avoir bêtement laissé son épée dans l'herbe, elle se jeta néanmoins au cou de du monstre. Son premier réflexe fut d'attraper son visage et d'y planter les ongles. La goule lâcha les mâchoires d'Opléa qui s'écarta vivement, avant de s'attaquer à la jeune fille. Cette dernière perdit l'équilibre et tomba au sol dans un bruit mât. Elle recula le plus vite possible, évitant les mouvements de balancier des bras de son ennemie, aussi efficaces que des couperets. Au dernier moment, elle roula sur le dos et se redressa, prête à en découdre. Mutiane faisait déjà face à la goule avec une décontraction typiquement féline. Elle attendit patiemment que la créature se rapproche, attirée par l'odeur que la brise lui renvoyait. L'amazone sauta avec agilité en tournant sur elle-même dès qu'elle fut assez proche. Ses jambes encerclèrent le cou de la goule à hauteur des chevilles. En équilibre sur ses épaules, Mutiane saisit de ses deux mains l'os maxillaire de la créature et tira d'un coup sec. La goule s'écroula lourdement dans la poussière. Morte.

Mutiane l'enjamba avec désinvolture en s'essuyant les mains l'une contre l'autre.

— Et voilà le travail, lâcha-t-elle, guillerette. C'est pour cela qu'il ne faut pas me sous-estimer, n'est-ce pas, Opléa ? J'ai tout de même plus de cent ans d'expérience derrière moi.

Plus jamais la louve n'oserait faire une remarque sur l'âge avancé de l'amazone. Celle-ci leur avait prouvé être plus forte qu'eux tous réunis.

La fatigue musculaire et psychologique rattrapa Moira qui tomba durement sur les fesses.

— Shae, est-ce que ça va ?

Le loup léchait sa patte foulée avec un air malheureux.

—Juste un peu sonné. C'est pour Melhen que je m'inquiète.

La jeune fille coula un regard vers le jeune homme qu'Opléa essayait désespérément de réanimer en le poussant du museau. En quelques pas, Mutiane fut à leurs côtés.

—Ne le touche plus, Opléa, tu pourrais aggraver d'éventuelles fractures.

La louve obéit immédiatement et s'écarta du corps inerte. Moira se traîna avec difficulté vers eux et arrivée à leur hauteur, retint sa respiration. Le visage de Melhen avait violemment cogné une paroi rocailleuse et présentait de sérieuses contusions.

Mutiane se pencha, frôlant son menton de ses cheveux. La peau mate du cournol tournait au gris et il semblait endormi pour toujours.

Moira sentit les larmes lui monter aux yeux. C'était impossible. Il ne pouvait pas mourir ainsi.

—Il ne respire plus, constata tranquillement l'amazone en posant une main sur sa poitrine, et je crois qu'il a quelques côtes cassées, aussi. Il n'est pas impossible que l'une d'elles ait perforé un poumon.

Elle ne paraissait jamais pouvoir se départir de son calme désarmant, alors que pas bien loin, Moira était à deux doigts de s'arracher les cheveux.

—Tu veux dire qu'il est mort ?!

—Pas encore.

—Laisse-moi faire. J'ai déjà guéri avec le pouvoir de Maolen. Je peux…

—Hors de question. Tu ne tiens même pas sur tes jambes, tu vas te tuer à la tâche. Non, laisse-moi l'examiner.

—Ne reste pas comme ça alors, fais quelque chose ! s'époumona la jeune fille, les yeux révulsés par la panique.

Mutiane la fit taire d'un mouvement de main.

—On se calme, d'abord. Je suis en train de chercher ce qui cloche. Ne reste pas dans mes pattes. Shae, occupe-t'en.

Ses doigts délicats pianotèrent sur le torse du jeune homme, tandis que Moira était tirée par le col à la manière d'un louveteau récalcitrant par Shae lui-même.

—Je veux voir ce qu'elle compte lui faire.

— Tant que tu restes ici et que tu ne la distraies pas…

Les mains de l'amazone effectuaient maintenant d'étranges arabesques compliquées et des psalmodies s'échappaient de ses lèvres charnues.

—Je ne supporterai pas de le perdre.

—Je sais.

Un son étrange s'éleva dans l'air lourd. La voix de Mutiane était dégagée et remarquablement grave. Si la jeune fille n'avait pas été aussi épuisée, elle aurait certainement lutté contre l'attraction engendrée par ce chant tribal. L'amazone parlait dans une langue inconnue, très loin de ce qu'elle connaissait, et encore plus mélodieuse que le shaan.

Conquise, elle s'enroula dans ses bras en se balançant d'avant en arrière. Le bien-être courant dans ses vaisseaux ne lui semblait pas naturel du tout, mais étrangement, il n'était pas déplaisant.

Lorsque le chant cessa de vrombir dans ses entrailles, un sentiment de profonde frustration l'envahit. Elle aurait aimé que jamais cela ne cesse. Soulevant les paupières, elle fronça les sourcils pour échapper à la vigueur du soleil.

Le ciel était plus bleu que jamais et les arbres voisins trop verts. Éblouie par ses couleurs excessivement pures, elle cligna des paupières afin de s'habituer à cette nouvelle luminosité. Mutiane se tenait toujours près de Melhen. Elle lui tournait le dos et la regardait, un demi-sourire moqueur qui comme à son habitude, laissait ses pupilles rouges de marbre.

— Que s'est-il passé ? demanda Moira en s'accoudant dans l'herbe, trop faible pour se relever en une fois.

— Vous avez fait un gros dodo, répondit Mutiane, toujours aussi indéchiffrable.

Du menton, elle lui montra Shae qui dormait, enroulé sur lui-même et Opléa qui avait posé sa tête ainsi qu'une de ses pattes grises sur le flanc de ce dernier. Tous deux roupillaient d'aise.

— Mais…

— On arrête les questions. L'heure n'est pas aux explications, on verra cela plus tard.

— Non, protesta la jeune fille avec humeur, tu ne fais que te défiler. C'est ta spécialité. Explique-moi ce qu'il s'est passé.

Mutiane soupira bruyamment avant de se lever pour venir s'asseoir juste à côté d'elle. Leurs genoux se touchaient et Moira trouva cette soudaine proximité étrange.

— Je n'ai pas le droit de le dire, chuchota l'amazone, comme si elles étaient épiées.

— Tu es une Maolen. Tu as le droit… Non, que dis-je ? tu te dois de partager tes secrets avec nous !

Pendant une fraction de seconde, elle crut que l'amazone allait lui rire au nez en répliquant qu'elle pouvait toujours rêver. À la place, les traits de son visage s'affaissèrent et elle capitula :

— Très bien. Je te dois bien ça, après tout. Les amazones ont des pouvoirs quelque peu différents de ceux que tu connais déjà. Nous n'avons pas de « réservoir à magie » contrairement à nos cousins abels. Alors pour compenser, la déesse Chimère nous a donné un pouvoir d'attraction inépuisable. estimant que ce n'était pas suffisant, nous avons été dotés de deux autres facultés.

Celle de prédire l'avenir et de soigner comme de heurter. Nos chants apaisent les douleurs, les tensions et les souffrances. Ils atteignent tous ceux qui l'entendent. Et vous étiez tellement bien que vous vous êtes endormis.

— Tu sais lire l'avenir ?

— Pas moi. Les Oracles restent peu répandus, mais ça existe.

— Et Melhen ?

— Melhen va très bien. J'ai agi à temps, mais ça n'aurait sûrement pas été le cas si tu avais continué à t'interposer de la sorte.

Moira piqua un fard, gênée. Au fond d'elle, le soulagement occultait tout autre sentiment. Le chamboulement de sa vie n'était pas pour aujourd'hui. Son ami, son frère, allait bien.

D'un même mouvement, les deux jeunes femmes tournèrent la tête au moment où Shae s'étira voluptueusement en bâillant.

— *Quelle sieste divine ! J'ai raté quelque chose ?*

Chapitre XXI
L'adieu à l'innocence

Une fois sortis du désert et du mont Setemùnia, les choses devinrent plus délicates encore.

Moira s'attendait à ce que la suite de leur voyage fût plus tranquille, mais elle se fourvoyait. Contrairement à son premier passage avec Sando et Kalenken, elle constata que le nombre de soldats patrouillant autour du moindre village avait été doublé, sans compter les combattants en embuscade qu'ils avaient remarqués à proximité des points d'eau naturels, susceptibles de devenir un lieu de repos pour d'éventuels pérégrins. Les hommes de Donovan étaient fort reconnaissables avec leur armure complète qui les trahissait au moindre pas et leur mante écarlate qui claquait dans le vent.

Plus d'une fois, Moira et ses compagnons tentèrent d'échapper à leur vigilance et furent à deux doigts d'être repérés. Ce ne fut que le soir venu qu'ils se permirent de dormir au fond d'une petite caverne abritée des bourrasques, loin du village le plus proche. Shae et Opléa les délaissèrent quelques heures pour partir chasser. D'eux tous, ils étaient les seuls à encore tenir sur leurs pattes sans trembler, étant d'une consistance plus robuste.

Ils revinrent quelques heures plus tard, chargés de faons et de dindons sauvages. Moira sentit immédiatement son ventre émettre un bruit de protestation, tant la vue de la viande l'alléchait.

Ce soir-là, au clair de lune, ils organisèrent un véritable festin où la bonne humeur s'était peu à peu installée. Même Mutiane consentit par deux fois à esquisser un sourire réservé. Un record, pour ainsi dire.

Melhen avait été une source de préoccupation pour Moira et Opléa. Elles n'avaient pu s'empêcher de le couver toute la journée, trouvant son hématome à la tempe encore trop impressionnant pour le laisser sans surveillance. Cependant, le jeune cournol assurait qu'il allait mieux et son appétit en attestait, au grand soulagement de tous.

Pour la première fois depuis leur périple, l'atmosphère demeura légère et les tensions s'étaient apaisées avec le chant de Mutiane, comme si ces quelques notes avaient ravalé rancœurs et harassement. L'amazone précisa bien que cet état de béatitude ne durerait qu'un temps.

— Tu devrais le faire plus souvent, remarqua Moira en mordant avec appétit dans sa cuisse de dinde bien tendre et juteuse

— Quoi donc ? fit mine de s'interroger l'amazone.

— Chanter. On ne s'est jamais aussi bien entendus. Et j'ai l'impression que rien ne pourra entacher notre bonne humeur à tous.

Mutiane resta impassible et repoussa sa gamelle.

— À force d'entendre nos chants, les gens finissent par ne plus être affectés. Que ce soit pour les blessures physiques ou les souffrances psychiques.

Elle marqua une pause, la mine soudain plus grave.

— Nos chants ont de nombreuses fonctions. Tu m'as vu en user pour soigner le corps et l'âme, mais mon peuple peut s'en servir dans le but de dénouer ce qui a été noué. Une santé de fer, un corps énergique… Ils peuvent être des élixirs, comme des poisons mortels.

—Alors je suis heureuse que tu ne te sois pas trompée de rengaine, claironna Moira en gloussant comme une enfant.

Sa remarque fut loin de dérider Mutiane qui poursuivit :

—J'ai entendu dire que Donovan s'était *désintoxiqué* en s'assénant jour et nuit ces mélodies par une des nôtres. Tu sais, mes congénères qu'il retient captives…

Elle pinça les lèvres et une ombre de chagrin traversa son visage d'ébène.

—Notre chant ne fait son effet que s'il est nouveau, aux oreilles des gens. C'est pourquoi nous devons l'utiliser à bon escient.

La jeune fille ne trouva rien à répondre et préféra garder le silence. Mutiane s'était à nouveau refermée comme une huître. Elle semblait avoir retrouvé son humeur taciturne, incluant une quantité astronomique de fantômes et de douleur en elle. Moira se maudit d'avoir parlé sans réfléchir.

Dommage que les récitatifs de Mutiane n'eussent pas d'effet sur ses propres blessures. Car l'amazone semblait torturée, et de multiples façons différentes. Il suffisait de l'observer : elle n'était pas heureuse, ne servait la cause des abels que parce qu'elle y était contrainte par le puissant sortilège de Maolen. Elle n'avait plus de famille, plus de patrie à laquelle s'identifier et personne à aimer.

Moira se voulait à l'écoute vis-à-vis d'elle, mais Mutiane avait l'air de cacher bien des démons et il était peu probable qu'elle en informe qui que ce fût.

Alors, la jeune fille se contenta de poser ses doigts sur le poing serré de l'amazone. Lorsque les yeux vermillon rencontrèrent ses émeraudes, elles se sourirent tristement.

La bourgade de Mänsamel n'avait pas changé. Les chaumières affichaient toujours leur apparence pauvrette et les habitants ployaient le dos sous le poids de la dure vie qu'ils menaient. Le village était connu pour ses odeurs particulières, à cause du soufre renfermé dans les montagnes embuées. Et ça non plus, ça n'avait pas changé.

Non, tout était comme Moira l'avait laissé. Si ce n'était peut-être le rempart de soldats en uniforme réglementaire barrant les quatre entrées du village. Léon n'avait pas menti à ce sujet, Mänsamel grouillait de gardes.

Cachés dans les bois bordant le hameau, ils étaient arrivés quelques heures plus tôt.

Dans le dos de Moira, ses compagnons élaboraient déjà des plans saugrenus afin d'y pénétrer sans être reconnus. La jeune fille ne les écoutait que d'une oreille, toute son attention fixée sur les allées et venues des soldats qui bloquaient le passage, armés d'épieux et de rapières.

De là où elle se tenait, elle pouvait apercevoir quelques villageois agripper leur capuche ou resserrer le col de leur paletot pour échapper à la morsure des bourrasques, tandis que leurs modestes vêtements tourbillonnaient dans leur sillage. Un tel climat n'était pas commun en cette période de l'année. N'importe quelle personne de la campagne aurait dit qu'il s'agissait d'un mauvais présage.

Constatant que les tractations dans son dos tournaient à la dispute, Moira se retourna.

— Faites un peu moins de bruit. Ce serait complètement idiot de se faire remarquer alors que nous sommes si près du but !

Elle trépignait d'impatience, ce qui la rendait irascible. Ses mains avaient déjà arrangé ses cheveux à de multiples reprises.

Mutiane leva les yeux au ciel. Son mauvais caractère n'avait pas tardé à revenir au grand galop.

— Réveille-toi, tu crois vraiment que les mercenaires ne remarqueront pas que ta jolie frimousse est horriblement suspecte ? Sans parler de ta pierre de lune. Là, ce sera le pompon. C'est pour ça que l'on est si occupés à en discuter tandis que toi tu rêvasses. Maintenant, viens par là, s'il te plaît. J'aimerais avoir ton avis sur la question.

La Mutiane qui la laissait mener la danse dans le labyrinthe des goules n'était plus. À la place se tenait une femme impérieuse à la poigne de fer. Moira ne chercha même pas à protester.

— Où se trouve la maison de ton père, exactement ?

La jeune fille se pencha au-dessus de son épaule et montra du doigt un emplacement dans le schéma rustique gravé dans une vieille écorce d'arbre.

— Ici, dans l'angle de la deuxième ruelle. Entre l'atelier de teinture et la maison d'une vieille dame nommée Guendra. Enfin, j'ai bien peur de ne pas me souvenir de tout…

— L'idée serait que tu ne te trouves pas nez à nez avec quelqu'un que tu connais et qui te retienne trop longtemps. Le temps nous est compté et tu seras plus en sécurité chez ton père qu'à découvert en pleine rue.

— D'autant plus que les autres habitants s'attendent à ce que je sois morte.

L'amazone leva brusquement la tête vers elle.

— Tu plaisantes, j'espère.

— Non, pourquoi ?

— Comment penses-tu que des habitants paranoïaques, effrayés et superstitieux réagiront lorsqu'ils verront une gamine de leur bourgade revenir d'entre les morts, la bouche en cœur ?

Moira n'y avait jamais songé. Il était vrai que la peur des autres dieux régnait au sein des villages les plus reculés. Pour eux, la mort était un sujet immuable, que seules les divinités, autres que Guardian, pouvaient abolir. On ne revenait pas d'entre les morts, c'était impossible. À moins que quelque chose de magique fût derrière tout ça. Et justement, les soldats n'hésiteraient pas à se saisir d'elle si jamais des soupçons de sorcellerie se portaient sur sa personne.

— J'ai tout de même grandi, bredouilla-t-elle faiblement. J'ai dix-huit ans, désormais. Lorsque je suis morte à leurs yeux, j'étais une enfant de dix ans.

Mutiane mit ses mains sur ses hanches, le visage dur.

— Il y a beaucoup de rousses, là où tu vis ?

— Non, répondit-elle d'une voix à peine audible.

— Alors on est d'accord, tu ne peux pas t'y rendre comme ça.

— J'y ai pensé, figure-toi, objecta la jeune fille avec véhémence, piquée au vif par ses propos arbitraires. Lorsque je suis allée dans une ville humaine avec Sando, il s'était simplement caché derrière sa grosse capuche de voyage. Les gardes n'y avaient vu que du feu.

Mutiane soupira, exaspérée.

— Les circonstances sont totalement différentes, maintenant. Pense à tous ces soldats dont on a dû se cacher depuis notre sortie du mont Setemùnia. Donovan demande que le pays entier soit passé au peigne fin. Jamais ces gardes ne te laisseront passer sans te faire retirer ta pèlerine, tu peux en être certaine.

— Tu as une meilleure idée, peut-être ? railla-t-elle. Tu penses pouvoir faire disparaître toutes nos caractéristiques d'abel d'un claquement de doigts ?

Pour toute réponse, Mutiane l'agrippa vivement par le bras.

— Qu'est-ce que tu fais ?

— Tais-toi.

Personne ne pipa mot. Tous les regards convergeaient vers l'amazone dont les yeux roulaient dans leurs orbites. Une voix désincarnée retentit dans leurs têtes. Elle chantait dans sa langue natale de sa voix puissante et envoûtante.

Au bout de quelques minutes, l'attention se porta sur Moira. Surprise, elle les observa tour à tour, notant leurs mines éberluées.

— Je croyais qu'on ne devait jamais mettre de mot sur les sortilèges.

Mutiane haussa les épaules.

— Encore un truc d'amazone. Notre magie est très différente de la vôtre.

Shae s'approcha d'elle et la renifla avec méfiance. Moira leva une main pour le toucher. À sa grande surprise, il esquissa un bref mouvement de recul.

— Bah quoi ?

— *Pardonne-moi. Tu sembles si… différente.*

Pour prouver ses dires, il projeta une image dans son esprit pour qu'elle se voie. L'adolescente aux manières abeliennes avait laissé place à une jeune fille au visage plus rond, plus avenant. La chevelure qui encadrait son visage était désormais brune, bien lustrée, et elle arborait des prunelles chocolat brillantes d'excitation. Ces changements l'intriguèrent au point qu'elle porta une main à ses lèvres, pour s'assurer qu'elle ne rêvait pas.

— Qu'est-ce que tu as fait ? murmura-t-elle d'une voix blanche.

—J'ai changé ce qui faisait de toi la fille de ton père, répondit Mutiane. Tu devrais me remercier, c'est en ces traits que mon talent d'amazone vient de s'exprimer. À présent, personne ne sera en mesure de te resituer.

La jeune fille sentit la moutarde lui monter au nez.

— Ça, c'est certain. Même mon père serait incapable de deviner qui je suis vraiment !

En quelques mots prononcés en langue amazone, Mutiane venait d'anéantir ses chances d'être reconnue.

— C'est ton père, non ? fit son interlocutrice avec flegme. À toi de le convaincre que tu es bien sa petite Lilith.

Moira baissa les yeux, écœurée. Si elle n'avait pas appris à se maîtriser, elle se serait certainement jetée sur Mutiane à cet instant, tous ongles dehors.

Sentant bouillir sa rage, Shae se rapprocha un peu plus d'elle.

—*Malgré ces changements, tu es toujours toi. Ton père le verra, j'en suis certain.*

Elle lui adressa un sourire qui n'en était pas vraiment un. Son loup répondait toujours présent pour rattraper au vol les choses qui la blessaient.

— *Va voir ton père et profite de chaque seconde passée avec lui.*

—*Je sais que ça te tenait à cœur de le rencontrer. Je suis désolée.*

—*Je serais bien plus désolé si tu n'avais pas pu arriver jusqu'ici. Ne pense pas à moi, focalise-toi sur ton bonheur. C'est ce qui compte.*

— Fini de pleurnicher, changez-vous et enfilez ça !

Moira se prit en pleine figure un paquet de linge

à l'odeur de moisissure. Cela raviva sa colère. Elle lança un de ses regards peu amènes vers l'amazone, laquelle prenait un plaisir manifeste à tout vouloir contrôler.

Sentant l'animosité palpable autour d'elle, Mutiane se sentit obligée de s'expliquer :

— Eh bien quoi ? Vous ne comptez tout de même pas vous rendre dans cet endroit sans un plan et avec votre visage d'ange pour seul laissez-passer, j'espère !

Le long du sentier, à quelque cent mètres de là, les soldats virent deux silhouettes approcher du village.

Il s'agissait d'un homme et d'une femme, à en juger par leurs tailles respectives. Leurs bottes semblaient avoir souffert d'un long voyage et les capes flottant derrière eux étaient trouées par endroits. Lorsque les deux voyageurs furent assez près pour l'entendre, le chef de la section fit un pas en avant, sa lance levée dans leur direction.

— Oh ! On s'arrête ici, étrangers. Retirez votre capuche et mettez vos armes bien en vue.

Moira et Melhen échangèrent un regard avant d'obéir. Le rideau de cheveux bruns déferla sur les épaules de la jeune fille. Elle observa les marionnettes du roi en tentant de cacher son mépris. Ces hommes avaient l'air bien sûr d'eux, alors qu'ils étaient loin de se douter qu'elle pourrait les mettre en pièces à la moindre accroche.

— *N'y pense même pas,* ronronna la voix amusée de Shae.

— Ça fera toujours moins d'ennemis contre qui se battre le moment venu…

Elle savait que ce n'était pas le moment d'élaborer des plans de cet acabit. Elle n'était venue que pour une chose.

—*Regardez-les tous avec attention,* ordonna Mutiane. *S'il y en a un parmi eux qui est magicien, il verra tout de suite le subterfuge.*

—*Qu'est-ce que tu veux dire ?*

—*Les talismans, il les verra. Mon sortilège d'effacement ne fonctionne qu'avec les humains n'ayant jamais eu recours à la magie.*

Les yeux marron de la jeune fille fouillèrent les environs, à la recherche d'un soldat un peu suspect. Tous semblaient aussi simples d'esprit les uns que les autres. Il y en avait même un qui, la bouche à moitié ouverte, laissait s'écouler un long filet de bave sur le menton. Donovan n'avait pas posté l'élite de ses guerriers dans un village aussi insignifiant, cela ne faisait aucun doute.

—*Il n'y a pas de danger, je pense. À moins que tu considères un humain salivant à la manière d'un gastéropode comme un magicien potentiel.*

Au cours de ses longues années d'apprentissage, Moira avait retenu que les magiciens étaient de simples hommes au service du roi. Ce dernier, à l'aube de son règne, avait fait brûler des bibliothèques entières cachées dans des villages plus vieux que lui, vestiges de la mémoire des Anciens. Néanmoins, avant de tout réduire en cendres, il avait récupéré des opuscules rédigés par de grands thaumaturges. Et lorsqu'un humain dénué de pouvoir se mettait à sérieusement étudier la magie, il devenait un magicien. Bien moins expérimentés que de vrais thaumaturges, les magiciens étaient méprisés par les ennemis de Donovan, considérés comme des usurpateurs. Il était contre nature de s'approprier les connaissances des autres sans subir la colère de la communauté restreinte des thaumaturges.

Moira soutint le regard suspicieux du garde sans sourciller. Celui-ci osa s'avancer un peu plus près d'eux.

—J'ai dit vos armes ! Personne entrera avec ne serait-ce qu'un branchage noueux.

Elle repoussa sa cape derrière elle et donna sa dague de piètre valeur de bon cœur. Ce n'était pas cette arme émoussée qui lui permettrait de venir à bout d'un ennemi. Ses mains seules suffiraient.

Le soldat s'en empara et la jeta derrière lui sans la quitter des yeux, avant de faire de même avec celle de Melhen. Celui-ci lança mentalement à la jeune fille :

—*Ils sont drôlement méfiants. Je croyais que le village dans lequel tu vivais n'était même pas connu de Donovan lui-même.*

—*Il faut croire qu'il en est autrement, désormais.*

Le garde fit les cent pas d'une démarche rigide, manifestement ravi d'avoir des suspects à interroger. Vu l'isolement certain dans lequel se situait Mänsamel, les visiteurs devaient se faire rares et leur venue ne pouvait que pimenter leur morne journée. Plusieurs fois, les prunelles de l'homme s'attardèrent sur le sobre décolleté de Moira avec une lueur de convoitise. Celle-ci lui aurait bien administré une claque ou deux et à en juger par l'échauffement de l'esprit de Melhen, il en était de même pour lui.

—Que fait une jeune femme habillée de la sorte en dehors d'un village ?

Elle baissa les yeux sur ses vêtements. En plus de la cape de voyage mangée par les mites, elle avait troqué ses délicats habits abeliens contre des modèles plus *humains.* Le tout n'avait rien d'affriolant, bien qu'elle ressemblât plus à une rôdeuse qu'à une vague paysanne.

—C'est interdit par la loi d'Hibendrill ?

—C'est pas habituel.

—Je ne suis pas une femme habituelle.

—*Bien répondu*, se gaussa Shae.

—D'où vous venez ?

— De Termoren. Mon frère et moi vivons avec notre veuve de mère. On vient juste voir Léon, son frère.

Le soldat fit la moue.

— Vous vous ressemblez pas beaucoup pour des frères et sœurs. Qu'est-ce qui vous a poussé à quitter Termoren ?

— On vous le répète, martela Melhen, nous venons voir Léon, notre oncle.

— C'est la première fois qu'on vous voie dans le coin, insista le soldat, au comble de la circonspection.

— Parce qu'avant, il n'y avait pas de militaires autour de la ville.

— La dernière fois que vous êtes venus, c'était quand ?

— Il y a huit ans, mais Maman est tombée malade et nous ne pouvions pas voyager et la laisser seule. Maintenant, elle va mieux. On voulait saluer notre oncle et le rassurer.

Moira ignorait d'où sa faculté à mentir aussi promptement lui venait. Quelques heures plus tôt, elle, Melhen et Mutiane avaient répété ce qu'ils diraient, mais ce qui venait de franchir ses lèvres n'était pas inscrit dans le script.

Les petits yeux inquisiteurs du factionnaire se rétrécirent davantage.

— Vous voulez nous faire croire que votre mère a été souffrante pendant huit ans et que maintenant qu'elle va mieux, vous la laissez pour rendre visite à votre oncle ?

— Eh bien oui, c'est ça, approuva Melhen avec autant d'aplomb que la jeune fille. Nous aimons beaucoup notre oncle.

Il y eut un grand silence. Les gardes regardaient leur chef, en attente de sa réponse. Celui-ci ne paraissait pas vouloir en rester là, cependant.

— Comment vous avez dit qu'il se prénommait, déjà ?

— Léon. Il avait une enfant à l'époque, mais elle est morte. Pneumonie, je crois.

— Allez le chercher, somma le soldat à ses acolytes.

Le vague sourire flottant sur les lèvres de Moira se crispa. Le moment fatidique était arrivé. D'ici quelques minutes, son père se tiendrait devant elle et tout se jouerait. S'il ne la reconnaissait pas, Melhen et elle seraient bons pour être jetés dans la basse-fosse avant de rencontrer le roi.

— *Il te reconnaîtra*, assura Melhen.

Il chercha sa main dans les plis de sa cape qu'elle lui donna, angoissée.

Les soldats revinrent alors au pas de course, tenant chacun par un bras un homme courbé.

Moira retint un haut-le-cœur à la vue de son père. Léon avait beaucoup vieilli. Les soucis et le temps avaient eu raison de son sourire chronique. Pourtant, lorsque ses yeux se posèrent sur sa fille, ils étaient les mêmes : bruns, pétillants et pleins de cette chaleur humaine qui le caractérisait si bien.

— Que puis-je faire pour vous, messieurs ? Vos soldats m'ont traîné jusqu'ici sans une explication, comme un vulgaire fripon.

— La ferme, pedzouille ! Tu parles quand on te l'ordonne. est-ce que tu connais ces deux culs-terreux, oui ou non ?

Léon ne broncha pas sous l'insulte, mais un léger retroussement de lèvres laissa deviner qu'il se retenait de ne pas répondre par une grossièreté.

La jeune fille ne put s'empêcher de lui jeter un regard suppliant, priant intérieurement pour qu'il la reconnaisse, malgré ce nouveau visage.

Quelques secondes s'écoulèrent.

— Pour sûr que je les connais.

— Vous voyez, renchérit Melhen, c'est notre oncle. On ne l'a pas vu depuis huit ans, c'est même étonnant qu'il nous ait reconnus, après toutes ces années.

Le vieil homme ferma la porte derrière lui, plongeant l'unique pièce de la chaumière dans la semi-obscurité. Soudain, sortie de nulle part, une bougie pourfendit la pénombre, suivie d'une autre. Et le visage barbu de Léon leur apparut. Ses iris exprimaient une gravité que la jeune fille ne lui avait vue qu'une seule fois : le jour où elle avait quitté Mänsamel.

— Papa…

Il la dévisagea quelques secondes sans réagir, puis un panel d'émotions traversa son visage ridé : chagrin, choc, peur, surprise et même colère.

L'envie de pleurer la tiraillait et sans y prendre garde, une larme roula le long de sa joue pour se perdre dans le creux de son cou.

Léon s'approcha d'elle avec lenteur, comme si elle était une biche qui s'apprêtait à s'enfuir au moindre signe de danger. Sa main pleine de callosités repoussa doucement les cheveux qui cachaient en partie son visage. Moira frissonna sous le contact à peine perceptible de ses doigts sur sa peau.

— Papa, répéta-t-elle, implorante.

Il ne répondit pas tout de suite et ses yeux parcoururent ce visage qui n'était pas le sien. La jeune fille accepta cette analyse sans broncher. Léon n'avait pas l'air de comprendre. Il ne savait pas.

Contre toute attente, elle se sentit attirée dans ses bras. Un déferlement d'amour fit gonfler son cœur. Ne croyant pas à son bonheur, elle resserra son étreinte autour de la taille de son père. Tout contre elle, Léon était secoué de sanglots, le visage noyé par les larmes.

Toujours à l'écart, Melhen les observait, le sourire aux lèvres.

Au bout de plusieurs minutes d'effusion, Léon s'écarta légèrement et encadra le visage de Moira entre ses mains. Ses yeux exprimaient le plus profond étonnement.

— Lilith, tu…

— Oui ?

Il fit le tour de son visage avec son index, ayant du mal à formuler ce qui l'intriguait.

— Ta jolie chevelure… La chevelure de ta mère…

— C'était un sortilège pour échapper à la vigilance des gardes. Nous devions ressembler à des humains. Et on s'est dit que si un des habitants me voyait avec toi, il aurait tout lieu de croire que tu avais menti et que je n'étais pas morte.

Léon acquiesça distraitement. C'était le cadet de ses préoccupations.

— Très bien. Quand te verrai-je telle que tu es ?

— Le sortilège est très inconstant. Ça peut-être tout de suite comme dans plusieurs heures.

Moira entreprit d'essuyer une goutte courant le long de la pommette du vieil homme. Elle lui sourit franchement. Un sourire comme elle n'en avait jamais esquissé depuis de longues années.

— Comment m'as-tu reconnue ?

— Je t'aurais reconnue même si un troisième œil t'avait poussé en plein milieu du visage. Tu n'es pas ma fille pour rien, je te signale !

Ils ne purent s'empêcher de s'esclaffer.

Léon posa lourdement ses fesses sur le fauteuil à bascule, encore sous le choc. Melhen en profita pour s'approcher.

— Enchanté, monsieur, je suis Melhen. Un ami de votre fille.

Le ton employé par le jeune homme ne laissait planer aucun doute quant à la nature de ses sentiments. Et cela, son père le remarqua sans tarder. Il ne se gêna pas pour le détailler sans vergogne.

— Tu es un cournol, c'est bien ça ?

Cette fois-ci, les deux compères ouvrirent la bouche sans rien dire. Léon éclata d'un rire communicatif.

— J'ai beau n'être qu'un paysan, je ne suis pas sans savoir certaines choses. Puis c'est évident que tu n'es pas humain, avec ou sans la marque du Sable. D'ailleurs, je me demande où ces gardes avaient la tête. Je crois qu'ils ont tous du sang de troll dans les veines, ces balourds.

— Tu aurais peut-être préféré que Melhen soit arrêté par les soldats, plaisanta la jeune fille.

— Qui sait ?

Ils échangèrent un regard complice, comme au bon vieux temps. Melhen en revanche ne semblait pas avoir compris la plaisanterie et les croyait réellement sérieux.

— Sans vouloir vous heurter, Monsieur Léon, j'ignorais que vous aviez des griefs contre mon peuple natal.

— Des griefs ? Ça alors, en voilà une idée ! Penses-tu que si j'avais quelque chose contre vous j'aurais confié la prunelle de mes yeux à une bande de Fronts Marqués ?

Le jeune homme ne savait plus où se mettre et la voix faussement sévère de Léon avait ôté tout semblant de couleur sur son visage décomposé. Faire bonne impression était très important pour lui, et Léon n'avait pas tardé à s'en rendre compte. Il prenait grand plaisir à en jouer, facétieux comme il était.

— Papa, ça suffit, intervint-elle en se retenant de sourire, tant la situation lui paraissait comique. Melhen est quelqu'un de… timide.

Léon pouffa avant de tendre le poing en direction du cournol. Celui-ci lui renvoya son geste, toujours aussi blême.

—Je plaisantais, petit. N'as-tu jamais entendu parler de l'humour des humains ?

Le père et sa fille continuèrent de rire en observant le sourire forcé d'un Melhen qui aurait aimé se trouver trente-six pieds sous terre.

Léon claqua ses paumes sur ses cuisses, excité comme jamais.

—Alors, racontez-moi. Comment cela se fait-il que vous veniez aujourd'hui tout particulièrement ?

—Nous avons obtenu l'autorisation de la reine, suite à une mission à remplir.

—Quel genre de mission ?

Moira coula un regard interrogateur vers Melhen. Étaient-ils en droit d'en parler avec quelqu'un qui n'était pas dans la confidence ?

—*Après tout, il s'agit de mon père.*

—*Demandons à Mutiane…*

Mais celle-ci se trouvait bien trop loin pour que leur connexion mentale perdure.

—Ça n'a pas d'importance, c'est mon père de toute façon. Pas un ennemi.

—Les cournols sont parvenus à attraper un des fils de Donovan.

Le paysan, qui la seconde d'avant paraissait détendu, se redressa de son siège, l'air alarmé.

—Vraiment ?

—Oui, acquiesça-t-elle. Nous étions chargés de le ramener à Sanshee, mais pas sans passer te voir avant.

Elle vint s'asseoir sur ses jambes, comme lorsqu'elle était enfant. Cependant, Léon paraissait toujours aussi inquiet.

—Vous voulez dire qu'un nephel se trouve dans le coin, avec vous ? Ce n'est pas une bonne idée.

— C’est également ce que nous avons pensé, mais Amarah a dit que…

— Vous allez contrarier le roi. Et celui qui contrarie le roi en paye toujours plus que sa propre vie.

Moira secoua la tête, loin de s’attendre à pareille réaction.

— Papa, il ne nous arrivera rien. Jusqu’ici tout va bien.

— Pour l’instant. Vous n’avez pas idée à quel point c’est dangereux de s’en prendre à un nephel. Ils sont très attachés à leur famille. Prendre en otage un des fils de Donovan c’est comme… comme mettre la main dans la meule à grains. Vous le regretterez à coup sûr.

Ses mots étaient prononcés avec une telle ferveur qu’une sourde peur monta du ventre de la jeune fille pour s’épanouir dans sa poitrine comme les corolles d’une fleur empoisonnée. Elle se leva prestement, assaillie par un profond sentiment de malaise. Jamais Amarah ne les aurait envoyés à leur perte de la sorte. Si elle savait à quel point le prisonnier représentait une menace, elle ne les aurait pas chargés d’une telle mission. Et surtout, elle n’aurait jamais pris la décision d’enlever un personnage si haut placé.

Léon sembla lire dans ses pensées.

— Oh, ne vous inquiétez pas, Donovan prendra sa revanche en temps et en heure. Je ne tiens juste pas à ce que mon unique fille en fasse les frais.

Juste près d’elle, Melhen se trémoussait, lui aussi en proie à un mauvais pressentiment.

— L’attaque de Khan n’était peut-être pas l’œuvre de Donovan. Il n’est pas dans les habitudes d’un roi prudent d’attaquer sans renforts supplémentaires.

— Sauf s’il a assez confiance en sa caste pour mettre en pièces une ville tout entière de cournols. Mel, j’ai failli y laisser ma peau. Khan est un adversaire hors pair.

Le jeune homme ne paraissait pas convaincu par cette hypothèse.

— Tu as bien entendu ton père, et Amarah avant lui. Les nephilim sont très attachés à leurs semblables. Donovan doit être une sacrée crapule pour envoyer un de ses représentants se débarrasser d'une cité entière !

— Cela prouve que nous ne sommes rien à ses yeux. Il peut nous écraser d'un simple coup de talon.

— Sauf qu'il nous sous-estime grandement. Khan n'est pas parvenu à libérer le cadet, une chance pour nous. Mais il risque de taper plus fort, la prochaine fois.

Léon ne semblait pas avoir remarqué leur échange mental et poursuivait :

— Je t'en prie ma chérie, fais très attention. Soyez prudents durant votre voyage du retour. Et même après cela. Donovan ne s'encombrera pas de simagrées, il vous attaquera à la source.

— Voyons papa, nous sommes à peine arrivés que tu parles déjà de mon départ.

Elle passa ses doigts dans sa tignasse folle. Ce simple geste sembla le détendre considérablement et il se laissa aller contre sa chaise.

— Tu as raison. Nous n'en sommes pas là. Promets-moi seulement d'en parler à ta souveraine. Elle vit en autarcie dans sa ville, elle n'a pas conscience de ce que les petites gens vivant sous l'emprise d'un royaume dictatorial peuvent entendre.

— Vous entendez beaucoup de choses ? l'interrogea Melhen.

— Les soldats qui gardent les entrées de Mänsamel sont des imbéciles finis. Ils parlent à tort et à travers et surtout boivent plus que de raison, la nuit venue. C'est pour cela que je me rends tous les soirs à la taverne. Pour les écouter. Et si jamais j'entends ne serait-ce que quelque chose de louche, je me charge d'envoyer un courrier à Sando.

— Et Kaleb, continue-t-il d'aider les abels ?

— Kaleb n'est plus qu'un ivrogne et un bon à rien. Comme la plupart des mänsameliens, il part chaque soir se saouler au rhum et à la bière. Les soldats exigent de prendre du bon temps avec des filles de joie. Des filles de joie, Lilith… J'en viens à regretter les sermons et les offices du Père Gé.

Mänsamel n'avait plus rien du village tranquille et sans histoires que Moira avait laissé derrière elle. Son père se faisait la même réflexion puisqu'il dit :

— Depuis l'arrivée de ces démons, plus rien ne va comme avant. Les gourgandines gagnent mieux leur vie que les fermières, alors je te laisse imaginer quelle voie les jeunes filles avec qui tu as grandi ont choisi d'emprunter. La plus facile. Et je suis totalement impuissant, moi. La seule chose qu'il me reste à faire, c'est de regarder et espérer que toute cette folie cesse un jour.

— Tu ne te sens pas coupable de rester passif ? Je t'ai connu bien différent.

— Je me déteste un peu plus chaque jour, affirma-t-il. Que pourrais-je faire, hein ? Un homme seul ne peut lutter et défier l'autorité de tous ces soldats. Je me disais justement qu'il vous serait possible de faire quelque chose. Après tout, je ne suis pas un Front Marqué…

— Pourquoi seulement compter sur les abels ? Les humains eux aussi doivent se lever et protester. Tous ne sont pas corrompus par le vice et la cruauté. Tu te rends coupable de ce qui se passe ici.

La moustache de Léon frémit sous le reproche. Pourtant, Moira n'avait pas cherché à être présomptueuse.

— Je te trouve drôlement impudente, jeune fille. N'oublie pas à qui tu t'adresses. Tu as vécu trop longtemps coupée de tout pour comprendre ce genre de choses.

Le vieil homme s'était levé, plutôt fâché. Son visage avait viré au rouge pivoine, seul signe de sa contrariété si on oubliait sa poitrine se soulevant avec force.

— C'est mon ressenti, c'est tout. J'ai connu un homme qui se battait contre la propagande d'un prêtre véreux, qui me racontait des histoires de revanche et de respect. Je ne te reconnais plus, papa...

— Tu parais si forte, mais au fond, tu ne sais pas grand-chose. Tu n'as encore rien vu de la vraie vie, celle qui se déroule en dehors des terres abeliennes. Tu ne sais pas ce que nous avons eu à endurer. Tu n'étais pas là lorsque les personnes soupçonnées de sorcellerie étaient brûlées au bûcher, sans autre forme de procès. Et puis, où étais-tu quand les enfants de ces prétendus thaumaturges étaient battus à mort sur la place publique ?

—Je n'étais pas là ! rugit Moira de toutes ses forces. Car tu m'as abandonnée aux mains de personnes que tu ne connaissais pas !

Le silence tomba comme un couperet. La jeune fille ne quittait pas son père des yeux, le souffle court. Un fossé aussi large que profond les séparait à cet instant. Tout était terminé. Le bonheur et l'excitation de se retrouver n'existaient plus. Elle avait devant elle un homme usé par les épreuves et surtout un lâche. Léon avait abandonné. Il avait refusé de se battre pour son village, afin de le reprendre aux mains des soldats.

— Alors quoi ? articula-t-il en levant les paumes au ciel. Aurais-tu préféré que je me fasse tuer en essayant de sauver tout le monde ?

— Bien sûr que non, rétorqua-t-elle avec fermeté. J'aurais voulu que tu sois le héros que tu as toujours été pour moi. Je pensais être la fille d'un homme courageux qui défiait les injustices. Tout comme tu as refusé de participer aux mascarades du Père Gé, tout comme tu m'as toujours défendue face aux autres – sa voix se brisa – tout comme tu as su garder mon secret pendant de longues années.

Léon s'essuya bruyamment le nez, les yeux noyés de tristesse. Son menton tremblait alors qu'il prononçât les mots qu'elle craignait d'entendre :

— Eh bien, tu vois, je ne suis plus cet homme-là.

Elle sentit deux mains la saisir par les épaules en geste de réconfort, mais ne pensa pas un instant à se laisser aller contre le torse de Melhen, étant trop en colère pour cela. Néanmoins, des larmes silencieuses coulèrent sur son visage, tandis qu'elle cherchait à étouffer la douleur et la déception qui l'étouffaient presque.

Durant de longues secondes, personne ne parla. Ils restèrent tous figés, plongés dans leurs pensées. La jeune fille était persuadée que si elle tentait de dire quelque chose, la situation irait de pis en pis.

À l'entrée, des bruits de pas se rapprochèrent bien avant que les coups ne soient toqués à la porte. Tous trois échangèrent un regard avant que les deux intrus ne se cachent dans un coin sombre de la pièce, hors de vue du visiteur.

Léon s'avança lourdement jusqu'à la porte et l'ouvrit pour accueillir le nouveau venu. Au son de la voix nasillarde qu'elle connaissait bien, Moira serra les dents.

— Bonjour Léon. Je ne vous dérange pas, j'espère ?

— Qu'est-ce que vous voulez ? répliqua celui-ci, pas d'humeur à badiner.

Son interlocuteur eut un petit rire calculateur.

—J'ai entendu des éclats de voix venant de chez vous. Alors je tenais à m'assurer que…

— Tout va bien. Au revoir.

— Attendez !

Le pied du visiteur bloqua le battant que le paysan s'apprêtait à refermer.

—Je sais que vous vivez seul, mon cher ami. Et il n'est pas dans vos habitudes de recevoir qui que ce soit dans votre semblant de foyer. Alors je ne vous le demanderai qu'une seule fois... Qui se trouve avec vous ?

Les doigts de Melhen se refermèrent sur l'avant-bras de Moira. Sûrement pour l'empêcher de faire quelque chose de stupide et d'inconsidéré.

— Ce ne sera pas nécessaire de le demander deux fois, croyez-moi. Il n'y a personne ici, nia son père.

— Alors vous ne verrez certainement aucune objection à ce que je prévienne les soldats que vous pratiquez de la magie chez vous, je suppose ?

Sans plus réfléchir, la jeune fille se précipita vers son père, se dégageant de l'emprise de son ami qui tenta au dernier moment de la retenir.

— *Ne fais pas ça !*

Son visage au sourire factice vint s'encadrer dans l'ouverture de la porte, juste sous celui de Léon.

— Belle journée, Père Gé, n'est-il pas ?

Le prêtre semblait au bord de la crise cardiaque. La main sur la poitrine, ses lèvres se mirent à bouger toutes seules alors qu'il récitait des psaumes censés le protéger des mauvais sorts. Cet énergumène n'avait pas changé. Il était toujours aussi détestable et l'odeur d'oignon qui émanait de son corps osseux n'avait, elle non plus, pas disparu.

À en juger par sa réaction, elle devina que le sort de Mutiane s'était dissipé. Le père Gé l'avait bien reconnue.

— Vous avez la réponse à votre question. Mon père ne parlait pas tout seul. Je suis venue lui rendre visite.

—Lilith ! Tu es… tu es morte.

La jeune fille eut un sourire encore plus large. Elle aurait aimé lui cracher au visage, mais devrait s'en abstenir afin de trouver une solution face à l'énorme problème qu'elle venait de créer.

—Pas exactement. À vrai dire, j'étais partie. En voyage. Je suis simplement revenue dire bonjour à mon père.

Les yeux du prêtre s'attardèrent sur la pierre de lune qui brillait sur le front de la jeune fille. La peur qui se lisait sur son visage s'estompa, au profit d'un rictus mesquin.

—Ah oui ? Et où étais-tu durant tout ce temps ?

—Ça ne vous regarde pas. Et si vous continuez à fourrer votre gros nez partout, je me trouverai dans l'obligation de vous briser la nuque.

—Cela ne sera pas nécessaire.

La voix désincarnée qui répondit ne sortait pas des lèvres du Père Gé. D'ailleurs, celles-ci formaient un parfait « o », donnant à ses traits une mine grotesque. Dans un ensemble parfait, les yeux de Léon et de Moira se baissèrent vers la poitrine de l'homme de foi. Une main à la carnation pâle, désagrégée et pleine de cloques sortait de son corps, les doigts fins remuant doucement, non sans délectation.

L'étonnement des témoins était sans borne. Moira ne parvint pas à esquisser un geste, trop médusée pour réagir.

La poigne sortit avec une lenteur exagérée du torse du Père Gé dans un horrible bruit de succion et celui-ci tomba sur le perron. Un trou béant laissait jaillir un sang noir de sa poitrine défoncée.

Instinctivement, Moira attrapa son père par le col avant de le pousser derrière elle.

—Mel ! Viens là, s'il te plaît.

Elle ne l'entendit pas approcher. Plus précisément, elle n'entendait plus rien, sinon un son infiniment aigu qui titillait son ouïe.

La silhouette qui lui faisait face était grande, vêtue d'une longue tunique en toile noire. Cette mince barrière dissimulait tout son corps, à l'exception du bas de son visage. Une bouche vermeille aux dents gâtées. Son menton était sillonné de traînées blanchâtres étrangement solidifiées, un peu comme de la cire. Si Moira avait jamais eu peur dans sa vie, cette vision d'horreur dépassait tous ses pires cauchemars.

Elle sentit une main la tirer en arrière, tandis que Melhen cherchait à s'interposer.

—*Non!*

Sa conscience était comme embrumée et elle ignorait si le jeune homme l'avait entendue. Cependant, elle réussit à faire un pas en avant.

—*Ne tente rien. Appelons Shae, Opléa et Mutiane.*

est-ce qu'elle avait rêvé ces mots? En tout cas, pour une raison qu'elle ignorait, Melhen se trouvait à nouveau entre Léon et la créature. Elle le vit dégainer de sa botte de chasse un poignard qu'il envoya droit devant lui. Au dernier moment, la silhouette se volatilisa dans un mouvement de cape.

—Moira, reprends-toi! lui hurla Melhen en la secouant sans ménagement.

—Comment l'avez-vous appelée?

Ce n'était pas le moment, mais Léon semblait déconnecté. À l'instar de la jeune fille, il ne se rendait pas compte de la gravité de la situation.

Moira cligna des paupières plusieurs fois avant de retrouver ses sens en alerte.

—Que… Qu'est-ce que c'était?

Melhen avait déjà fermé la porte et regardait par la fenêtre en repoussant le rideau de broderie.

— Aucune idée, mais c'est le chaos, là dehors.

— Oh…

Il tourna son visage inquiet vers eux. Ses yeux exprimaient la panique la plus totale.

— Je ne sais pas pourquoi, mais le village est attaqué par ces créatures. Nous devons appeler les autres pour qu'ils nous viennent en aide.

Moira le rejoignit et jeta un œil vers l'extérieur. Melhen avait raison, c'était le chaos. Les gens couraient en tous sens, tentant de sauver ce qu'ils avaient de plus précieux. La débandade s'était jetée sur le village alors que les innocents étaient rattrapés par des monstres vêtus de sombre et flottant à quelques centimètres au-dessus du sol. Elle n'avait jamais rien vu de tel.

Son père ouvrit la porte en grand, sa bêche à la main. Ses yeux exprimaient une sombre détermination.

— Je vais te prouver que tu as encore des raisons d'être fière de moi.

— Non. Toi, tu ne bouges pas d'ici.

Sans lui laisser le temps de protester, elle le repoussa et jeta son arme de fortune dans un coin de la pièce. Elle s'empara du couteau de cuisine abandonné sur l'unique table de la chaumière et s'élança, Melhen sur les talons.

Ses pas la portèrent sur le perron et elle se replia précipitamment. La peur, la souffrance et l'affliction assiégèrent son corps tout entier. Le pouvoir de Maolen qui la rendait sensible à toute forme d'émotions extérieures était en train de la paralyser d'effroi. Près d'elle, Melhen vivait le même tourment. Refouler tout ce mal fut difficile, mais en quelques secondes, ces sentiments étaient enfermés, non sans effort, dans un coin de son esprit.

La cloche perchée au sommet de la vieille église émettait un bruit strident, incitant les villageois à sauver leur vie au plus vite. Un nuage de poussière cachait la vue des plus distraits, soulevé par les créatures repoussantes qui flottaient sur place, telles des silhouettes fantomatiques.

La voix de Melhen tenta de couvrir le brouhaha qui montait jusqu'à eux.

— Sauve ton père tant qu'il en est encore temps.

— Je ne laisserai pas les habitants aux mains de ces choses.

Le jeune homme attrapa au vol un cheval fou qui avait échappé à la vigilance de son propriétaire. L'animal s'ébroua avant de s'arrêter, les oreilles plaquées en arrière. Moira attrapa son père par le bras avant de l'aider à prendre place.

— Et toi ? Que vas-tu faire ?

— Faire ce en quoi je suis la plus douée. Me battre.

Le vieil homme s'essuya le visage d'un revers de main en reniflant.

— Dis-moi que tu me retrouveras.

— Je te retrouverai.

— Ta mère serait fière de toi, tu le sais, ça ?

Cette phrase avait comme un goût d'adieu.

Moira regarda autour d'elle, s'assurant que le danger était encore loin, et se hissa sur la pointe des pieds pour piquer un rapide baiser sur la joue râpeuse de son géniteur.

— Pardon pour tout à l'heure. Je n'aurais pas dû.

Sans attendre, elle claqua sa paume contre l'arrière-train de l'étalon qui se cabra légèrement avant de filer au triple galop.

Son regard croisa celui de Melhen.

— Tu penses qu'il s'en sortira ?

— Je l'espère de tout mon cœur.

À partir de cet instant, sachant son père épargné par le malheur qui s'était jeté sur Mänsamel, Moira ne pensa plus à rien. Elle s'élança dans la foule et fit de son mieux pour aider les innocents à sortir du village. Les créatures paraissaient être à la fois partout et nulle part. Elles prenaient leur temps pour tuer les personnes croisant leur chemin. On aurait pu croire qu'elles éprouvaient un macabre plaisir à cette débâcle. Moira les observait du coin de l'œil et en compta pas loin de douze. Elles étaient dispersées et toutes en action.

Délaissant les habitants, la jeune fille se jeta sur l'une d'elles qui avait déjà enfoncé sa main dans l'abdomen de sa victime, une femme blonde, encore dans la fleur de l'âge. Avec une lenteur exagérée, elle en sortit les tripes dans un bruit d'aspiration insupportable. Le sang coulait à gros jets et la femme s'écroula, les yeux roulant dans leurs orbites.

Moira serra les dents.

— Hé toi, là !

La silhouette se tourna vers elle. Son menton crayeux dégoulinait de sang noir et ses lèvres démesurément fines laissaient voir un gouffre plein d'immondices.

La jeune fille n'hésita pas un instant, son couteau trancha net la tête de son ennemi qui voltigea plusieurs mètres dans les airs avant de s'effilocher dans une fumée noire, tel du papier désagrégé.

La mort de leur comparse attira immédiatement l'attention des autres créatures qui levèrent leur visage aveugle vers elle, abandonnant au sol les pauvres mänsameliens qui n'avaient pas eu le temps de fuir. Elles s'approchèrent, plus tranquilles que jamais.

— Allez-y, je vous attends, fanfaronna Moira.

En réalité, elle n'en menait pas large et son cœur battait à toute allure. Les créatures se disposèrent en cercle autour d'elle, leurs rochets s'envolant dans le vent comme les ailes de chauves-souris.

La première s'abattit sur la jeune fille sans prévenir, la main tendue. Main que Moira se fit un plaisir de trancher d'un coup sec. Un liquide épais et blanc macula ses manches. De la cire.

Pas un cri ne s'échappa de la gorge invisible de son ennemi, tandis qu'il cachait son moignon dans les replis de sa cape. C'était comme s'il était immunisé contre la douleur. En revanche, une grimace qui ressemblait à un sourire étira ses lèvres écarlates alors qu'il tendait tranquillement l'autre main. Son voisin fit de même et approcha en glissant sur le sol.

Il n'eut cependant pas le temps de l'atteindre.

Shae, la gueule béante, s'empara de son tronc avant de secouer la tête avec fureur, comme si son adversaire était une poupée. La créature se disloqua littéralement avant de disparaître en ne laissant qu'une flaque de cire sur le sol.

Le loup se lécha le museau avant de dire :

— Beurk ! Ils n'ont même pas de goût.

Les autres silhouettes encapuchonnées s'enfuirent paresseusement. L'une d'entre elles pointa un long doigt décharné vers une bâtisse abandonnée et quelques secondes plus tard, un geyser de feu s'échappa des fenêtres cassées.

Une fumée noirâtre envahit rapidement les environs. Le feu se propageait sur d'autres bâtiments.

Mutiane s'était déjà élancée dans l'un d'eux afin d'évacuer les familles cachées à l'intérieur, pensant être en sécurité en demeurant hors de vue des mystérieux attaquants.

Ces derniers s'étaient d'ailleurs volatilisés et Moira décida que la priorité n'était pas là. Shae sur les talons, elle s'enfonça entre les poutres carbonisées prêtes à lui tomber sur la tête d'une des maisonnettes. Celle-ci renfermait une unique enfant d'à peine cinq ans, debout dans son lit à barreaux. Elle pleurait à chaudes larmes et la jeune fille l'attrapa à bout de bras, quelques secondes avant que la charpente ne s'écroule à cet endroit dans un embrasement de cendres rougies.

La fillette serrée contre elle, Moira courut vers la sortie, uniquement guidée par Shae qu'elle tenait par le garrot. Le feu lui brûlait les rétines et ses sens, pourtant développés, ne l'aidaient aucunement à s'y retrouver dans pareille fournaise. Heureusement, son ami paraissait insensible à tout cela. Il ne craignait ni les blizzards furieux, ni les incendies ronflants. Quoi qu'en disent les jaloux, les loups étaient les meilleurs compagnons qui fussent, et elle s'en rendait compte chaque fois que le danger tentait de les prendre de revers.

En sortant de la maisonnette, elle s'aperçut que l'air était presque aussi irrespirable qu'à l'intérieur. L'opacité avait envahi la bourgade et on n'y voyait plus à deux mètres.

— Mutiane ! Melhen !

Seul le bois consumé répondit à son appel. Les pleurs de la fillette sur son épaule brisaient l'étrange silence qui s'était abattu tout autour. Moira la redressa légèrement afin d'observer son visage plein de suie.

— Comment t'appelles-tu ?

— Molly.

— Qui est ta maman, Molly ?

— Aénor. Et mon papa s'appelle Georges.

Moira ne put s'empêcher de s'amuser de la situation. Aénor avait finalement eu un enfant…

— Je doute que ce soit le moment de nous appesantir sur ce genre de détails.

Elle secoua la tête et essuya les traînées pâles laissées par les larmes de l'enfant.

Tu as raison.

Plantant son regard dans celui, apeuré, de Molly, elle lui dit :

— Je suis Lilith et je connais ta maman. Nous allons la chercher ensemble. D'accord ?

Pour seule réponse, l'enfant enserra son cou de ses petits bras avant de poser sa tête blonde sur son épaule.

Moira n'aurait su dire depuis combien de temps ils déambulèrent dans le village sans rencontrer âme qui vive. Où qu'elle posât les yeux, les cadavres s'amoncelaient comme des piles de feuilles volantes. Démembrés, éventrés, viscères à l'air, elle les reconnut à peine. Pour son plus grand dégoût, il y avait énormément d'enfants. Des enfants qu'elle n'avait jamais rencontrés, certainement des enfants dont elle connaissait les parents. Tout comme elle connaissait la maman de Molly. Cette dernière était toujours perchée à la manière d'un singe contre son corps fatigué. La main de Moira s'était depuis longtemps posée devant ses yeux pour lui cacher les horreurs environnantes.

Bientôt, l'odeur de viande grillée devint insupportable et Shae lui proposa de sortir du village afin de faire un constat des dégâts.

Ce fut aux abords de la sortie ouest qu'elle les aperçut. Quatre ombres penchées vers le sol.

Melhen, Opléa, Mutiane et Aénor.

Leur soulagement fut sans nom et ils se mirent à courir.

Aucun d'eux ne releva la tête lorsque Moira et Shae parvinrent à leur hauteur. Sur chaque visage s'imprimait une émotion qui ne présageait rien de bon.

Chapitre XXII

Le deuil d'une vie

Le chagrin.

Pourtant, ce n'était pas un sentiment qui devait être étranger, vu tout ce qui venait de secouer Mänsamel, mais la force de cette expression sur leurs visages alarma Moira.

Ses pas se firent plus rapides, son cœur semblait s'évertuer à passer entre les mailles de ses côtes.

Les yeux d'Aénor se tournèrent vers elle et un soupir s'échappa de sa gorge tandis qu'elle reprenait sa fille des bras de Moira.

— Oh merci, du fond du cœur, merci !

Là encore, bien que son visage respirât le soulagement, elle était mélangée à autre chose. Quelque chose de totalement contradictoire et différent. Quelque chose ressemblant à…

De la compassion, devina Shae.

Son instinct lui soufflait de se rapprocher un peu plus près de ses amis restés courbés sur un point qui lui était encore invisible. Seule Mutiane se leva et lui barra le passage avant qu'elle n'aperçoive quoi que ce soit.

— Écoute, tu dois savoir que…

La peur au ventre, Moira la repoussa sans ménagement.

Et découvrit son père.

Une plaie béante laissait couler un flot de sang autour de bordures déjà coagulées. Léon était toujours conscient, sa tête reposait sur un tas de tissus, tandis que son corps secoué de quelques soubresauts frissonnait. Ses yeux noirs d'encre ne quittaient pas le visage de sa fille. Elle se laissa tomber à genoux, le visage décomposé et un horrible élancement dans la poitrine.

— Que s'est-il passé? demanda-t-elle d'une voix blanche.

Léon s'apprêtait à répondre, mais voyant que cet effort lui coûtait, elle posa un doigt tremblant sur ses lèvres craquelées par les respirations forcées.

— Je t'aime et je te demande pardon pour tout. Je n'aurais jamais dû dire ce que j'ai dit. Tu es… Tu es tout pour moi. Et tu ne vas pas mourir.

Elle s'adressait déjà à Mutiane, une paume posée sur la plaie sanguinolente pour endiguer l'hémorragie.

— Il ne va pas mourir, n'est-ce pas? Tu vas chanter pour lui comme tu as chanté pour Melhen.

L'amazone se mordit la lèvre.

— C'est… C'est l'œuvre des Pantins de Déchue. Nous sommes totalement démunis contre ces créatures, car… car elles n'ont pas été engendrées par les dieux.

— Qu'est-ce que ça veut dire, ça? rétorqua la jeune fille en la fusillant du regard.

Mutiane baissa la tête.

— Ça veut dire que je ne pourrai pas le guérir. Il a été attaqué par une forme de magie que les amazones ne savent pas combattre.

Les yeux fous de Moira la transpercèrent tels les éclairs d'un orage. Ses mèches rousses fourchaient, lui donnant un air si inquiétant que Mutiane elle-même fit un pas en arrière.

— Tu mens ! Tu ne le veux pas, c'est tout !

Se tournant vers son père elle poursuivit :

— Je vais te sauver, papa. Tu peux compter sur moi.

— *Moira, tu ne peux pas…*

— Tais-toi, Shae ! rugit-elle. Tu ne sais rien, d'accord ? Une part de Maolen vit en moi.

Elle passa une main dans les cheveux de Léon avant de poser ses lèvres sur son front durant plusieurs secondes. Celui-ci trouva la force de porter ses doigts sur son visage qu'il encadra maladroitement. Ses yeux exprimaient un amour infini qui noya encore plus son cœur de chagrin.

Déterminée, elle s'évertua à imaginer tous les moyens de guérison qu'elle connaissait. Elle se servit même de l'immense réserve de sa gemme. Réserve qu'elle s'était évertuée à ne jamais épuiser en huit ans. Amarah lui avait dit de ne l'utiliser qu'en dernier recours. Et aujourd'hui était un jour de dernier recours.

Pas un enchantement ne fonctionna, la plaie ne se referma pas, les joues de Léon restèrent pâles et les frissons furent loin de s'estomper.

— C'est impossible, souffla Moira, il doit y avoir un moyen.

Léon se mit à sourire. Un de ses sourires dont il avait le secret.

— Il n'y en a pas, mais merci d'avoir essayé.

— Ne dis pas n'importe quoi ! Je peux t'aider, je dois juste…

Il serra sa main avec ferveur pour la faire taire.

— Tu sais, ce n'est pas très grave. Je vais retrouver ta maman. Je pense qu'elle ne m'attendait pas si tôt, mais ça lui fera une surprise.

Moira renifla avant de pleurer franchement. Elle pleura sur ces huit années de perdues, sur ces choses qu'elle n'avait pas eu le temps de lui dire, ces souvenirs qu'elle avait amassés comme des trésors. Elle n'était plus Moira. Juste une Lilith apeurée de voir le premier homme de sa vie mourir dans ses bras, juste l'enfant bizarre qui courait pieds nus dans les champs, poursuivie par son père qui lui sommait de remettre ses souliers. Elle était la petite fille qui s'endormait contre le torse d'un vieil homme fourbu au coin du feu.

—J'ai encore besoin de toi. Il y a des choses que je n'ai pas pu te dire.

—Je les connais déjà, ces choses. J'ai même eu l'occasion de rencontrer Shae.

Le loup s'approcha d'eux avant de poser le museau sur son épaule, un gémissement déchirant roulant dans sa gorge. Une complainte faisant écho à l'état actuel de la jeune fille.

—Il a l'air très gentil. C'est vraiment l'ami qu'il te fallait.

Elle posa sa tête sur la poitrine de Léon. Ses mains tannées par la vie trouvèrent sa chevelure qu'il caressa tendrement.

—Tu es le plus beau cadeau qu'il m'ait été donné d'avoir. Je regrette de ne pas m'être plus battu. Tu avais raison, j'ai ça dans le sang, je suis le père de Moira. C'était normal que je prenne part au combat, même si j'en ai pris conscience un peu trop tard, à mon grand regret.

—Tu veux dire que tu n'as pas fui avec le cheval?

—C'est ce que je veux dire. Ça me fait une belle blessure de guerre, tu ne trouves pas?

Le ton de plaisanterie qu'il employait lui déplaisait. Ce n'était pas ce qu'elle voulait entendre.

— C'est ma faute si tu en es là, sanglota-t-elle. Si je ne t'avais pas mis cette pression…

— Tu n'as fait qu'énoncer une vérité. Non, mais tu m'as vu ? Moi… en train de filer comme un voleur tandis que ma fille cro… croise le fer avec des créatures sorties des ténèbres pour sauver tout un… village.

Ces mots se faisaient saccadés et il peinait de plus en plus à articuler chaque phrase. Moira se lova un peu plus contre lui.

— Tu as toujours été un homme d'action.

— C'est vrai. Ton absence me… me l'avait malheureusement fait oublier.

— Je ne sais pas comment je ferai sans toi.

— Je serai toujours là. On ne se débarrasse pas de moi aussi facilement, de toute façon.

Il toussa sèchement avant de poursuivre.

— Tu es en bonne compagnie. Deux loups, un cournol et une amazone. Je ne m'en fais pas. Je t'aime, ma chérie.

Un sourire triste aux lèvres, Moira ferma les yeux, chassant les larmes qui affleuraient le long de ses cils. Elle écouta le rythme cardiaque de Léon ralentir progressivement. Elle n'eut aucune réaction lorsque le dernier battement, faible et à peine perceptible, retentit à son oreille. C'était comme si rien ne s'était passé. Les mains de Léon étaient toujours dans ses cheveux, son corps dégageait la même chaleur. Elle resta prostrée ainsi sans se soucier du temps qui passait.

Est-ce que ses compagnons se tenaient toujours autour d'elle ? Cela lui importait peu, de toute manière. Elle aurait seulement voulu que les jours s'écoulent ainsi, qu'elle se laisse périr.

— Combien de temps penses-tu qu'elle va rester comme ça ?

Moira aurait aimé se boucher les oreilles. Ils étaient encore là ! Et à présent, ils discutaient, la troublant dans sa quiétude amère.

Fermez-la, c'était ce qu'elle leur aurait volontiers craché, mais son corps semblait avoir été coulé dans les fondations d'un fort. Elle n'aurait su dire si elle était là depuis une minute ou des journées entières. Le corps de Léon avait nettement refroidi à présent, mais elle restait tout contre lui, espérant lui communiquer un peu de sa propre chaleur.

Tout était terminé. Comme c'était injuste ! Ils venaient juste de se retrouver, cela ne pouvait pas s'arrêter ainsi ! On ne pouvait pas lui retirer sa présence maintenant.

— Tu dois te lever.

Deux mains l'attrapèrent sous les aisselles, mais elle résista, les bras fermement glissés autour de la taille de son père.

— C'est terminé, tu ne peux plus rien faire.

Ils n'en savaient rien. Personne ne savait.

Cette fois-ci, les mains se firent plus fermes et la jeune fille se sentit soulevée, telle une poupée de chiffon.

Melhen la portait. Elle sentait son odeur de sable et étrangement, cela fit remonter dangereusement son précédent déjeuner dans sa bouche.

C'est à peine si le peu de force qui lui restait lui permit de tourner la tête vers son défunt père dont le teint était devenu cireux. Mutiane se chargeait de lui. D'ailleurs, Mutiane avait cette agaçante habitude de se charger de tout.

Elle fut emmenée à l'arrière de la maison en ruines. La maison dans laquelle elle avait grandi. D'un œil indifférent, elle observa la toiture affaissée sur l'unique pièce qui l'avait abritée durant des années. Les lattes de lambris semblaient avoir été pulvérisées par un souffle destructeur. Les derniers pans de murs restés debout étaient calcinés et les débris des quelques effets, vaisselles et meubles de Léon avaient été réduits en une fine poussière de cendres. Même le poêle à bois avait souffert de l'incendie, des plaques métalliques fondues adhéraient désormais au sol noir de suie.

C'était tout ce qu'il subsistait de sa vie d'avant. Le reste n'existait plus.

L'arrière de la chaumière semblait avoir été légèrement épargné, pour une raison qu'elle ignorait. La tombe de sa mère, surmontée de la dalle funéraire, s'y trouvait toujours, intacte, bien que noircie. On ne pouvait plus y distinguer l'épitaphe gravée par Léon, des années auparavant.

Melhen la déposa avec douceur, tandis que Shae et Opléa creusaient dans la terre meuble, juste à côté du lieu de repos de Laora. Lorsque le trou fut assez grand, Mutiane se pencha pour y mettre le corps de Léon. Moira se traîna jusqu'à lui au moment où la terre était jetée sur son visage saillant. Ses joues restèrent sèches, comme si elle avait évacué toute l'eau contenue dans son corps, mais un affreux sentiment d'abandon la submergeait. Lorsque le monticule de terre cacha entièrement la dépouille du défunt, Mutiane fit apparaître par magie une pierre tombale. C'est Shae qui lui donna l'idée de ce qu'il fallait y graver :

À Léon, un homme qui a travaillé dur toute sa vie,
Qui a aimé et choyé sa famille comme personne,
Restera à jamais dans le cœur des gens qui l'aiment,
À jamais.

Moira ignora ostensiblement les yeux d'Aénor qui scrutaient son minois avec un mélange de crainte et de curiosité non assouvie. Son attitude était comme une gifle après tout ce qui venait de se passer.

— Comme tu as changé, Lilith.

— Heu, je doute que ce soit le moment de parler de cela, rappela Melhen avec nervosité.

Leur mine inquiète ne lui faisait ni chaud ni froid, mais elle détestait être évaluée comme un animal de foire.

— *Tu n'es pas un animal de foire*, ronronna Shae en s'approchant d'elle et en frottant la tête contre sa manche avec tendresse.

La petite Molly tendit une main curieuse vers la toison satinée du loup géant. Avec brusquerie, Aénor attrapa son bras.

— Non, ma chérie. Ne le touche pas, il pourrait te mordre.

— Nous sommes des abels, intervint Melhen.

— Les abels ? Ils existent vraiment ?

— Bien sûr. Il faut vous trouver un abri. Il n'y a plus rien à construire ici.

Aénor regarda autour d'elle, perdue.

—Je pensais que nous pourrions vous accompagner.

Ses joues bombées se teintèrent d'un rouge vif.

—J'ai vu mon mari et beaucoup d'habitants se diriger vers les bois qui jalonnent le village. Je n'ai pas eu le temps d'aller les rejoindre, je cherchais Molly…

Moira leva la tête vers eux.

— Les bois. Vous avez laissé le nephel là-bas ? Tout seul ?

Ils échangèrent un regard, étonnés qu'elle manifeste de l'intérêt pour une chose aussi insignifiante après les derniers événements.

—*Je vais aller le chercher*, répondit simplement Opléa.

La respiration d'Aénor s'accéléra. Elle venait de comprendre que les loups étaient doués de parole. Au grand soulagement de tout le monde, elle garda le silence.

Quelques minutes plus tard, la louve revint, l'otage négligemment jeté sur son dos.

—*Il n'avait pas bougé. Et l'humaine avait raison, les bois regorgent d'habitants effrayés. Ils ont détalé comme des lapins en me voyant. En revanche, aucune trace des Pantins de Déchue, ni des soldats de Donovan.*

Lorsque Melhen lui saisit la main, Moira se laissa faire et ne rechigna pas à le suivre. Après un dernier regard en direction de son père, elle tourna les talons.

Comme Aénor l'avait affirmé, de nombreux habitants avaient tout de même réussi à échapper à la vigilance des Pantins de Déchue. Sur chaque visage s'affichait le poids du deuil et de la souffrance. Quelques mères blottissaient contre elles leurs bambins, les doigts amaigris par des années de privation. Moira détourna les yeux, incapable de supporter toute cette tristesse qui transparaissait sur leurs visages pâles.

Aénor et Molly se jetèrent dans les bras de Georges - manifestement bien vivant - et ils restèrent ainsi durant un long moment.

Quelques personnes la reconnurent, mais un regard de Mutiane les fit taire, ce qui était loin de déplaire à la jeune fille.

—Nous ne vous voulons aucun mal, ce n'est pas nous qui sommes responsables de ces tueries, lâcha Melhen, les mains levées en signe de paix.

Les habitants se serrèrent les uns contre les autres néanmoins, tels des animaux effrayés cachés dans leur terrier. Les pleurs des nourrissons couvraient les rumeurs au sein du groupe. Ils devaient être une vingtaine, ce qui relevait de l'exploit, sachant que les créatures n'avaient pas eu l'air de vouloir laisser beaucoup de vivants sur leur passage.

— La ville la plus proche est Termoren, énonça Mutiane. Si vous partez maintenant, vous y serez en quelques jours de marche, quelques semaines, tout au plus. Qui sera le meneur du groupe ?

Un jeune homme se détacha du reste des habitants, l'air encore éprouvé. Il croisa à plusieurs reprises le regard d'une Moira stupéfaite. Elle n'avait eu aucun mal à reconnaître Odryen, le garçon de son âge qui avait tant de fois essayé de devenir son ami. Sous quelques mèches rebelles qui retombaient sur un front haut, son regard débordait d'une détermination qu'elle ne lui avait jamais vu du temps où elle vivait à Mänsamel.

— Très bien, viens par ici, l'invita l'amazone. Je vais incorporer dans ton esprit le chemin à prendre pour t'y rendre.

Melhen sortit de sa vieille botte une deuxième dague, subtilisée au dernier moment lorsqu'ils étaient entrés dans Mänsamel. Il l'observa avec insistance quelques secondes, jusqu'à ce que la lame se mette à briller d'une lueur insoutenable. Elle n'était désormais plus émoussée.

Avec solennité, il le tendit à Odryen.

— Prends-la. Elle te sera utile si tu rencontres des bandits sur la route.

Mutiane hocha la tête.

— Oui, mais si tu empruntes le chemin que je t'ai indiqué, il n'y a pas de raison que vous soyez attaqués.

Odryen se saisit avec empressement du poignard. Ce n'était pas grand-chose, mais il suffisait de peu parfois pour sauver sa vie. Et personne ne désirait que les survivants partent sans être un minimum armé.

Opléa s'enfonça dans le bois, puis en revint quelques secondes plus tard, la gueule chargée de branches résistantes. Avec habileté, Melhen les ensorcela une par une afin de les rendre assez tranchantes pour être dangereuses.

Il adressa un sourire tendre à Moira, qui ne parvint cependant pas à le lui rendre.

— Tenez. Ça pourrait vous être utile.

Les villageois ne se firent pas prier et des rumeurs de remerciements secouèrent la petite assemblée. Ce furent même des soupirs de soulagement qui leur répondirent lorsqu'ils leur donnèrent les sacs pleins de gibiers, de fruits et d'herbes à cuire trouvés la veille.

Une fois que Mutiane en eut terminé avec Odryen, ils les laissèrent s'éloigner en priant intérieurement pour que le plus dur soit derrière eux. Après les épreuves que ces pauvres gens avaient vécues, il était préférable que plus rien de fâcheux ne leur arrive.

— Nous aurions pu les accompagner, marmonna Moira d'une voix atone.

— Ce n'est pas notre mission, rappela Mutiane. Nous devons amener le nephel à Sanshee.

La jeune fille aurait voulu lui cracher tout son fiel. L'amazone était de ces personnes qui ne voulaient à aucun moment s'écarter du plan établi. Sans surprise et ennuyeusement conformiste. Cependant, elle se garda de le lui dire, de peur de laisser éclater une rage qu'elle ne contrôlerait pas et qui n'aurait rien à voir avec son hostilité envers Mutiane.

Un gémissement étouffé leur parvint. Sur le dos d'Opléa, le prisonnier commençait à s'agiter, certainement à deux doigts de se réveiller. Melhen interrogea immédiatement l'amazone du regard, comme si l'organisation du groupe ne dépendait que d'elle.

— Ce n’était pas prévu, ça.

— *En tout cas, c’était à prévoir*, nota Shae.

— *Cela ne signifie qu’une chose. Nous devons nous dépêcher de rentrer à Sanshee. Ce serait dommage de devoir le bâillonner et l’attacher pour éviter qu’il ne s’échappe à la moindre occasion*, renchérit Opléa.

— On peut toujours lui donner un nouveau coup sur la nuque pour être sûr qu’il ne nous pose pas de problème en cours de route, proposa Melhen.

— Tu t’entends parler? intervint Moira en fronçant les sourcils. On ne va rien lui faire du tout.

Elle tendit le cou pour observer le nephel. Repoussant les mèches barrant son visage harmonieux, elle ignora l’étrange chaleur montant de son abdomen, signe que même après la mort de son père, elle était en mesure de ressentir autre chose que de la douleur. Il dormait toujours, mais ses yeux bougeaient derrière ses paupières closes, comme s’il était en proie à un cauchemar.

— Ne tardons pas, il faut partir.

Ses compagnons restèrent néanmoins immobiles, la mine soucieuse.

— Tu es sûre de ne pas vouloir faire…

— Quoi donc?

Mutiane sembla hésiter avant de poursuivre:

— Un dernier tour?

Autrement dit, faire ses adieux à Léon. Une bonne fois pour toutes.

Non, Moira n’y tenait pas. De toute manière, Léon n’était plus là. Son esprit avait rejoint celui de sa mère. Il ne restait qu’une enveloppe charnelle, dénuée de souvenirs et de sensibilité.

La jeune fille détacha son fourreau de la selle de Shae pour le boucler autour de sa taille. Le visage déterminé, elle répondit simplement:

— Plus rien ne me retient. Allons-y.

Elle ne craignait plus rien. Les mercenaires planqués en repérage dans les fourrés, les goules puantes attaquant à l'aveugle et la chaleur oppressante du désert ne lui faisaient plus peur.

Finalement, les humains, tout comme les autres espèces peuplant ce pays, prenaient des précautions pour tout et n'importe quoi. À quoi bon éviter ce qui était inévitable ? Quitte à évoluer à découvert sur ces terres hostiles, Moira embrasserait volontiers le danger à pleine bouche.

La conscience discrète de Shae se mêlait à la sienne, fouillant dans le gouffre noir qu'étaient devenues ses pensées, le soir, alors qu'elle tombait dans l'inconscience. Il se faisait du souci. Tout le monde s'inquiétait pour elle, de son absence d'effroi.

Pourtant, trois choses étaient en mesure de lui faire vraiment une peur bleue : les spectres de son passé, la hantise de son présent et la crainte de son futur.

Qu'allait-il advenir d'elle désormais ? Une orpheline qui avait vu son père mis en terre alors qu'elle sortait tout juste de l'enfance. Persuadée qu'elle maîtrisait les situations de danger, habituée à exceller dans tout ce qu'elle entreprenait, Moira l'avait condamné dès l'instant où elle lui avait permis de monter ce cheval qui piaffait d'impatience. Elle aurait dû le garder à ses côtés tout le long de la boucherie et par la suite forcer les abels à accepter Léon sur les terres de Sanshee. Ils l'avaient bien fait pour Nedril l'herboriste, de toute façon !

Son instinct lui avait joué un sale tour. Si ses propres pressentiments se faisaient la malle, sur quoi pouvait-elle compter ?

Rien ne lui aurait fait plus plaisir que de remonter le temps pour ne plus réitérer ses erreurs.

— *Tu n'as pas fait d'erreur*, tenta de la rassurer Shae.

— Évidemment que si. Et cesse d'entrer en moi comme ça, siffla-t-elle, acide.

— Je sais des choses. Et je sais que ce n'est pas vers moi que s'oriente ta colère. Que puis-je faire pour t'aider ?

La jeune fille leva un visage furibond vers lui.

— Es-tu en mesure de me ramener mon père ?

Un long silence s'installa entre eux, seulement brisé par les bruits de craquements que faisaient leurs pas sur les branches mortes.

— Non.

— Alors tu ne peux pas m'aider.

— Je suis donc condamné à supporter les flagellations mentales que tu t'infliges sans rien dire ? Je ne suis pas un loup commun, Moira. Tes pensées et les miennes s'entrelacent intimement. Quand tu souffres, je souffre.

— Je ne t'impose pas mes tortures. Il te suffit de te retirer de mon esprit pour ne plus en pâtir.

— Ça ne marche pas comme cela et tu le sais très bien, insista-t-il d'une voix égale.

Son comportement pernicieux le heurtait, voilà ce qu'il cherchait à lui faire comprendre. Shae n'était pas responsable de la mort de Léon. Il n'était arrivé que bien plus tard. Comment faire bonne figure devant quelqu'un qui connaissait tout de vous ? C'était encore possible devant Mutiane et Melhen, mais Shae… Shae ne serait jamais dupe.

— Mon père est mort. Dans mes bras, lâcha-t-elle simplement.

Les yeux sombres du loup se fermèrent avec paresse. En toute circonstance, son compagnon restait stoïque et incroyablement serein.

— Le deuil est une étape de la vie très difficile. Il ne partira pas par enchantement, laisse-toi du temps.

— Comment le sais-tu ?

— Je le sais, c'est tout. Un truc de loup.

Il entoura son cou de son propre poitrail, lui offrant ainsi une sorte d'écharpe de neige, aussi douce que la plus fine des soieries. Son affection fit monter un sourire triste aux lèvres de la jeune fille.

Mutiane choisit cet instant pour se retourner, observant la scène qui se jouait dans son dos. Cela faisait au moins une bonne dizaine de fois qu'elle jetait un œil dans sa direction pour s'assurer qu'elle ne leur ferait pas faux bond. Cette précaution, étrangement, amusait Moira plus qu'elle ne l'agaçait.

— *Dis-lui que je n'irai nulle part.*

— *Je le lui ai déjà dit. Elle ne veut rien savoir.*

— *Elle n'a pas confiance en moi.*

— *Elle sait juste ce que ce genre d'événement est capable de produire sur des gens comme toi.*

— *Comment peut-elle savoir quoi que ce soit ? C'est une amazone. Elle est aussi sauvage et asociale que ceux de son espèce. Elle n'y connaît rien aux sentiments.*

Sa remarque blessante, bien que prononcée par la pensée, parvint sans mal à s'insinuer dans l'esprit de Mutiane. Moira le vit à sa manière de serrer les poings. Elle préférait nettement que l'amazone fût brusque et mordante avec elle que compatissante. D'une certaine façon, ça l'aidait. La preuve, à cet instant, la jeune fille aurait volontiers encastré la tête de Melhen dans un arbre pour effacer ses traits de commisérations stupides.

— *Tu ne sais pas grand-chose de Mutiane*, répondit simplement Shae.

— *Parce que toi oui ?*

Le mouvement d'assentiment de tête du loup fit couler en elle une vague de profonde jalousie. Le loup essaya de l'apaiser :

— *Pas parce qu'elle me l'a dit. Quand elle dort, Mutiane laisse échapper quelques bribes de ses souvenirs. Ne sois pas dure avec elle.*

Il lui administra un petit coup de langue affectueux.

—Elle aussi a vécu des choses moches, et je peux t'assurer qu'elle se retrouve dans ce que tu subis aujourd'hui.

Peut-être. Cela dit, ça ne signifiait pas qu'aujourd'hui, toutes deux pouvaient brusquement devenir amies. Pas pour une telle raison.

À la tombée de la nuit, l'Asséchante était encore loin. La jeune fille avait refusé de monter sur le dos de Shae et préférait marcher près de lui, ce qui avait considérablement ralenti leur allure. Personne ne s'en plaignait. D'une certaine façon, aucun d'entre eux n'avait envie de reprendre le train d'enfer par lequel ils étaient venus.

—Je reviens.

Opléa s'ébrouait avec délice, débarrassée du poids de Melhen et du prisonnier. Elle et Shae partirent chasser, même si leur démarche manquait sérieusement d'entrain.

Mutiane était déjà à l'œuvre pour élaborer une formule afin d'allumer un feu qui ne lui demanderait pas de mobiliser trop de magie. Melhen, lui, ramassait du bois un peu plus loin.

Moira en profita pour s'approcher du nephel de plus en plus agité et tira vers elle sa sacoche en cuir. Il était en nage. Avec douceur, elle souleva sa tête qu'elle posa contre sa cuisse et caressa son front.

C'était un ennemi.

Bien que cette affirmation traîne en permanence dans sa tête, elle ne pouvait s'empêcher ce geste d'affection. Ouvrant son sac, elle en sortit sa gourde en peau de chèvre. Comme s'il avait conscience de ce qu'il se passait, le prisonnier entrouvrit légèrement la bouche.

Moira ignorait si les nephilim se nourrissaient ou buvaient, mais si elle comptait le nombre de jours durant lesquels leur prisonnier était resté inanimé, cela faisait bien longtemps qu'il avait besoin de se rafraîchir. Même si ses lèvres n'étaient pas craquelées par la soif.

Elle fit couler une rasade d'eau dont quelques gouttes glissèrent le long de ses lèvres bien dessinées. Après quelques secondes d'attente, il déglutit et parut se sentir mieux. Elle réitéra l'action deux autres fois avant de décider que cela suffisait. La tête du nephel bougea légèrement avant de se repositionner, un peu plus près de son ventre.

— Qu'est-ce que tu fais ?

La pile de bois sec tomba aux pieds de Melhen. Ses yeux jetaient des éclairs.

Prise en faute, Moira s'écarta vivement de l'otage dont la tête heurta le sol avec un bruit mât.

— Je… Je lui donnais à boire.

Le jeune cournol s'approcha d'elle, la souffrance transpirait dans chacun de ses traits. Lorsqu'il se pencha et colla presque son nez au sien, elle retint sa respiration, troublée.

— Je sais que ce n'est pas facile pour toi, mais ne va pas reporter ton manque d'affection sur un de nos ennemis. Ce serait trop bête.

Pensait-il réellement au bien-être du peuple en disant cela ? Ou était-ce simplement son cœur de jeune homme épris qui parlait ?

Penaude, elle baissa la tête, n'osant lui dire qu'elle ne pouvait pas s'en empêcher. Même en deuil, elle continuait de ressentir des choses.

— Très bien, répondit-elle à contrecœur.

Mieux valait ne rien dire, il ne méritait pas ça.

À son grand soulagement, Mutiane arriva à cet instant, des brindilles lévitant à hauteur des épaules.

Avec habileté, elle les envoya d'un mouvement de doigt sur le tas de bois qui s'enflamma sur le champ.

—Je vais chercher quelques herbes et champignons pour accompagner la viande, proposa Moira, pressée de se soustraire de l'attention du cournol.

Elle ignora leurs mines soupçonneuses et marcha d'un pas décidé en direction de la forêt, désireuse de mettre la plus grande distance possible entre elle et ses compagnons de route.

Il y régnait un calme presque religieux, si on oubliait les lièvres creusant leur terrier, les merles sautant de branche en branche et la rumeur d'un ruisseau voisin. Ce lieu apaisant permit à la jeune fille de se vider la tête, loin de la pitié des autres.

Léon était décédé depuis trois jours. Le choc passé, elle avait l'étrange impression que tout cela tenait du rêve ou de l'hallucination.

Lorsqu'elle se réveillait le matin, en sueur suite à un cauchemar, il y avait toujours deux petites minutes durant lesquelles un espoir fou s'emparait d'elle. Il s'agissait d'un simple rêve, personne n'était mort. Puis après le soulagement venaient les souvenirs, et elle sombrait dans sa léthargie diurne.

À force de se remémorer ces derniers moments à Mänsamel, ceux-ci avaient fini par devenir flous et vagues. Ce leurre lui était bénéfique, car l'esprit entre deux eaux, elle se prenait à croire que rien de tout cela ne s'était réellement passé et que son père vivait toujours dans sa vieille masure, le dos courbé sur une des lettres qu'il comptait lui envoyer.

Shae appelait cela la période de déni. La jeune fille s'interdisait de le comprendre, mais une partie d'elle avait conscience que son esprit préférait arranger la situation à sa guise pour la préserver. Et à son grand soulagement, ses compagnons respectaient cela. Personne ne lui martelait l'état de la situation, même si les événements restaient figés dans chaque regard qu'ils posaient sur elle.

Ici au moins, dans cette forêt dense, Moira ne sentait plus l'attention se porter sur elle. Il était inutile de continuer à revêtir ce masque qui lui épargnait des souffrances qu'elle ne se sentait pas prête à endurer pour le moment.

Au bout d'une heure, elle revint sur ses pas et y trouva ses compagnons, en cercle autour du feu. Melhen posait la vieille casserole creuse au-dessus des braises.

— Une soupe de blaireau. Tu as trouvé des champignons ?

— Rien de comestible.

En vérité, elle avait complètement oublié qu'elle s'était rendue dans la forêt pour cette raison. Personne ne fit la moindre remarque. Cette absence de réaction lui pesait. Elle aurait voulu être un peu rabrouée et stimulée, car ces derniers jours, les autres avaient tendance à la manipuler avec douceur.

Le repas se déroula dans le calme absolu. Bien que le ragoût fût délicieux, il avait dans la bouche de Moira une saveur fade et insipide. Au bout de deux cuillerées, elle tendit son bol à Melhen qui se chargea de le terminer avec appétit.

— Tu devrais manger. Il te sera impossible de tenir le rythme lorsque nous atteindrons le désert.

— Ne t'inquiète pas pour moi.

Shae resta longtemps à l'observer sans réagir. Elle savait que son état le préoccupait plus que de raison, et malgré ses maigres efforts, le loup était loin d'être rassuré. Pourtant, il ne protesta pas lorsqu'elle approcha son corps amaigri du sien, cherchant la chaleur réconfortante de sa fourrure soyeuse. Son museau humide frôla ses pommettes en signe d'affection. Elle plongea sans tarder dans des rêves agités et cauchemardesques.

L'humeur de Moira ne s'améliora pas les jours qui suivirent. Au bout d'une trentaine de lieues, ses jambes se dérobèrent sous elle et elle fut obligée d'accepter la sollicitude de ses compagnons. Elle remonta à dos de loup.

Seule Mutiane ne prenait pas la peine de lui faire la conversation, ce dont lui était reconnaissante. En dehors de l'amazone, tout le monde la traitait comme si elle était un fragile objet de faïence qui menaçait de se briser à la moindre manipulation. Même Opléa s'était assagie, prête à rendre service.

Malgré la probabilité – quoique faible – que les soldats fussent à leurs trousses, personne n'avait émis le désir de forcer l'allure. La fatigue, les mélanges d'émotion et la vie continuellement au grand air avaient amenuisé leur énergie et chacun essayait d'économiser le peu de volonté qui lui restait.

Au bout de cinq jours au lieu de trois, ils parvinrent au mont Setemùnia et malgré les protestations, Moira insista pour les guider, comme à l'aller. Elle n'hésiterait pas à venir à bout des poignées de goules qui auraient le malheur de croiser son chemin. Secrètement, elle nourrissait l'espoir d'un combat, histoire de chasser toute cette énergie néfaste qui la démangeait depuis que les Pantins de Déchue lui avaient échappé.

Hélas, pas une créature ne montra le bout de son nez décharné. C'était comme si les tunnels avaient été désaffectés, car rien ne vint perturber leur ascension. Pourtant, la jeune fille avait une conscience aiguë de leur présence, terrées dans les recoins profonds de la montagne. Les goules étaient bel et bien là, mais peu désireuses de se montrer.

Une fois à l'air libre, elle se sentit déçue, alors que les soupirs de soulagement de ses compagnons parvenaient à ses oreilles.

La traversée de l'Asséchante fut presque trop courte à son goût. Son corps ne manifestait jamais le désir de s'abreuver ou de se nourrir. Encore moins de se reposer. Seul son esprit fonctionnait à toute vitesse et lui refusait ne serait-ce que quelques secondes de repos. Malgré leurs haltes fréquentes, elle n'attendait que l'heure de repartir.

Au bout de quatre jours supplémentaires, le bois des Murmures apparut au loin. Elle n'éprouva ni joie ni délivrance. Au contraire, il faudrait sourire, saluer et tout raconter. Tout dans les moindres détails. Et ça, elle n'y tenait pas vraiment non plus

Le lendemain, ils franchirent la barrière de protection toujours placée sur le gracieux petit pont reliant les deux régions.

Sando et Kalenken les attendaient avec la plus grande impatience et mécaniquement, Moira se laissa aller contre eux. Il n'en fallut pas plus pour qu'ils se doutent que quelque chose n'allait pas. Ni l'un ni l'autre ne posa de questions.

Opléa transféra le nephel toujours endormi contre le flanc de Kalenken et ils s'éloignèrent en direction des cachots de la cité. Moira se sentit tirée par Mutiane lorsque celle-ci se dirigea vers le palais d'Amarah. La reine se tenait dans l'entrée et ses yeux s'ouvrirent comme des soucoupes à la vue de Moira.

— Que lui est-il arrivé ?

— Nous vous expliquerons plus tard, répondit précipitamment l'amazone. Je viens vous faire notre rapport.

Moira lui coula un regard vitreux pendant qu'elle expliquait dans les moindres détails leur voyage.

Shae, Melhen et Opléa ponctuaient son récit de précisions supplémentaires, qu'elle n'écoutait que d'une oreille distraite. En revanche, au moment de conter l'épisode de Mänsamel, Mutiane resta très évasive, sûrement pour en parler plus intimement, quand Moira ne serait plus présente.

Lorsqu'elle se tut, Amarah dit simplement :

— Il serait temps de ramener Moira chez elle. Tu as besoin de repos, ma chérie.

Sa main fraîche pinça légèrement le menton de la jeune fille. Celle-ci ne répondit pas, l'œil hagard. Après tout, pourquoi pas ? Elle préférait être loin, très loin lorsque Mutiane se risquerait à évoquer la mort de Léon.

— Je m'en charge, répondit immédiatement Melhen en l'attrapant par le bras.

Il la porta presque jusqu'à la sortie. Elle eut juste le temps d'entendre les pensées de Shae qui la regardait partir.

— Je te rejoindrai vite.

Les ruelles étaient vides et elle en fut soulagée. Supporter les regards intrigués des habitants aurait été de trop. C'était une chose d'ignorer la pitié de ses amis, c'en était une autre d'être la source de commérages d'une ville entière.

Lorsqu'elle buta contre un caillou fiché dans le sol, Melhen la retint sans effort. Voyant qu'elle était à deux doigts de s'effondrer, il la souleva de terre sans la quitter des yeux. Elle le fixa à son tour avant de se serrer contre lui, la tête nichée dans son cou.

D'un mouvement de pied, il ouvrit la porte et l'amena jusqu'à sa chambre. En chemin, elle eut le temps de se voir dans le miroir. Pas étonnant qu'Amarah eût fait cette tête. Son visage était sillonné d'un mélange de terre, de sable et creusé par la faim. Des cernes dévoraient ses pommettes et ses yeux étaient devenus ternes, injectés de sang.

Melhen la déposa avec douceur sur le lit moelleux. La texture était si attrayante qu'elle ne doutait pas de s'endormir dès que la couverture serait posée sur son corps exténué.

Le jeune homme chassa une mèche qui lui barrait le front.

—Je vais chez Nedril. Il pourra te donner un bon petit remontant.

—Je ne veux pas de remontant.

—Tu as besoin de repos. Après…

—Après je devrais réapprendre à vivre, compléta-t-elle.

Ses mots étaient prononcés d'une voix morne, alors qu'au fond, l'éventualité de la chose la répugnait.

—Tu es la personne la plus courageuse que j'ai rencontrée.

—Je n'ai aucun mérite. Je n'ai même pas été fichue de *le* sauver.

Il se pencha et déposa un baiser sur son front. Loin de l'apaiser, ce geste fit courir un frisson de lassitude le long de son échine. À présent, elle voulait tout oublier dans le sommeil. Avant qu'il ne s'écarte, elle l'attira à elle et posa sur sa joue un chaste baiser.

—Merci d'être là, Mel. Merci d'être toi.

Chapitre XXIII
Divine Opale

Quand Moira ouvrit les yeux, sa chambre était plongée dans la pénombre, uniquement éclairée par le feu qui ronflait dans l'âtre de la cheminée. Shae était pelotonné au pied de son lit. Il avait dû se contorsionner de multiples façons différentes pour réussir à pénétrer par la mince porte d'entrée.

La jeune fille repoussa doucement sa couverture pour éviter de le réveiller et remarqua qu'on lui avait retiré ses vêtements de voyage. Affublée d'une robe de chambre fort bien ajustée, elle ne s'était pas sentie aussi propre depuis longtemps. S'asseyant devant sa coiffeuse, elle posa ses mains sur son visage. Ses cheveux étaient aussi lisses et bien coiffés qu'avant son départ de Sanshee. Nulle trace de cernes, et les décoctions de Nedril avaient raffermi ses joues creuses.

Comme si rien ne s'était passé.

S'il n'y avait pas eu son teint hâlé qui attestait de son récent voyage dans le désert, elle aurait presque pu douter des derniers événements.

— *Tu as bien dormi ?*

Elle se détourna de son reflet pour faire face à son ami.

— Je pense. Depuis combien de temps je…

— Trois jours. Nedril nous a conseillé de ne pas casser ton cycle de réparation. Des foutaises, si tu veux mon avis. Tu es en pleine forme.

La jeune fille franchit les quelques mètres la séparant de son loup avant d'enrouler ses bras autour de son puissant poitrail. Sans un mot, elle l'attira vers elle et ferma les yeux.

Au bout de quelques minutes, il se risqua à demander ce qui le turlupinait :

— Tu vas mieux ?

— Il me semble.

Le visage de Léon continuait de danser devant ses yeux et elle ne se sentait pas encore prête à accepter l'éventualité de ne plus jamais lui reparler.

— En fait, non. Non, ça ne va pas.

Shae s'écarta légèrement pour mieux l'observer.

— Que veux-tu dire ? Que se passe-t-il ? Tu as mal quelque part ?

— Ce n'est pas ça. Ces Pantins de Déchue. Ils ont tué tant de monde. Ils l'ont tué, lui. Et maintenant, ils se baladent en toute impunité dans Hibendrill. C'est injuste.

Elle ne pouvait toujours pas se résoudre à prononcer son prénom à voix haute. C'était encore bien trop frais. Shae, quant à lui, ne comprenait pas où elle voulait en venir.

— Il n'y a rien qui puisse les arrêter. Ce sont des monstres uniquement contrôlés par le roi Donovan et par leur Déchue. C'est Amarah qui nous l'a dit.

— Je parlais de vengeance. Les attaquer à la source, en éliminer le plus possible. Ou du moins, tuer les Pantins qui ont osé s'en prendre à lui et à tous les autres habitants de Mänsamel.

Le loup secoua lentement la tête.

— C'est quelque chose de tellement… humain, la vengeance. Je t'avoue que ça me dépasse. Penses-tu que commettre ces crimes te fera aller mieux ? Non, bien sûr que non.

— À mes yeux il ne s'agira pas de crimes. Ces créatures viennent tout droit des abysses, je ne ferai que rendre service à la population.

— Oui, mais par désir de revanche. Laisse le temps faire son œuvre, n'agis pas sur un coup de tête. Tu viens tout juste de rentrer.

Moira baissa la tête. Son ami ne comprenait pas. C'était plus dur que tout d'attendre que la douleur s'estompe. Il lui fallait agir et rien ne pourrait lui faire plus plaisir que de planter les têtes crayeuses des Pantins sur des lances acérées. Ils avaient enflammé et dépouillé Mänsamel de ses bonnes âmes, c'était impardonnable.

Le temps passe, quoi que l'on désire. Prolonger un moment agréable, immortaliser son bonheur comme on grave sur un arbre les initiales de l'être aimé, c'était impossible dans le monde où Moira vivait. La grande horloge de la vie ne cessait de faire entendre son agaçant tic-tac, signe que le temps continuerait de défiler, insensible aux désirs et aux prières des plus fragiles.

Après des journées entières passées confinée chez elle, la douleur n'avait pas trépassé dans le cœur de la jeune fille. Chaque fois qu'elle se remémorait ce qui avait été, une lame venait triturer un peu plus ses entrailles, rouvrant les blessures qu'elle aurait voulu lécher comme un animal condamné.

La nuit lui offrait un répit qui était le bienvenu, loin des autres et de leur sollicitude nauséeuse.

Car chaque jour se déroulait de la même façon : un sourire forcé s'amenait sur ses lèvres lorsque la mine faussement timide de Douce venait s'encadrer sur les vitres de sa fenêtre. Et enfin, celle-ci entrait.

Douce babillait, comme à son habitude, sans se soucier que Moira l'écoutât ou non. Ces moments avaient quelque chose d'agréable, de charmant. Douce ne la forçait pas à faire la conversation, même si mettre son masque de franche bonne humeur était de rigueur. Bien sûr, ses sourires ressemblaient plus à des grimaces, ses rires à des sanglots étouffés et sa décontraction à une horrible farce. L'effort qu'elle déployait pour cacher son chagrin était colossal, son existence lui semblait factice, prisonnière d'une brume épaisse. Ses sens restaient engourdis lorsque son amie bavardait, enchaînant les ragots et les plaisanteries sans s'apercevoir que Moira était déjà loin.

Un après-midi, alors que Sando était venu lui donner un cours de shaan, il avait abattu son poing sur la table.

— Maintenant ça suffit, Moira !

Pensive, elle avait levé la tête du gros volume qui reposait sur ses genoux. L'expression empreinte de colère qui illuminait les pupilles noires de son mentor la déconcerta. Cela faisait quelques heures qu'ils étaient plongés dans leurs recherches respectives et s'il y avait eu une conversation d'engagée, la jeune fille ne l'avait pas remarquée.

— Qu'ai-je fait ? demanda-t-elle avec déférence.

—Justement, tu ne fais rien. Tu restes ainsi, apathique et morose toute la journée. Douce n'en peut plus, moi de même.

Cette fois-ci il était injuste, même si – elle se devait de l'avouer – ses remarques étaient fondées sur une part de vérité. Elle faisait des efforts ! La preuve, à cet instant précis, elle devait se faire violence pour lui prêter toute l'attention qu'il demandait.

Malgré cela, c'était plus fort qu'elle. Tout l'ennuyait et impossible de ne pas considérer les choses avec platitude. Ce qui auparavant était susceptible de l'amuser n'était plus qu'ennuyant à souhait.

—Je vous demande pardon.

—Je n'attends pas d'excuses.

Il semblait hésiter, presque craintif de l'effet que pourraient avoir ses paroles sur elle.

—Tu dois te bouger, cesser de te renfermer sur toi-même et t'ouvrir à ce qui t'entoure.

—D'accord, je vais essayer.

Sando était loin d'être dupe. Moira lui disait exactement ce qu'il avait envie d'entendre pour avoir la paix. Las, il poursuivit :

—Nous ne pouvons pas t'aider si tu refuses notre aide.

—Je l'accepte. D'ailleurs, nous sommes ensemble en ce moment même.

—Oui, mais tu inquiètes tout le monde. Tu es absente…

—Vous n'avez pas de raison de vous inquiéter. Je vais bien.

Elle tenta même un sourire rassurant, qui, sans qu'elle le sache, laissa ses yeux de marbre. Sando soupira bruyamment, dépassé.

—Que pourrions-nous faire pour que tu ailles mieux ?

Cette fois-ci, il avait attiré son attention. Elle attendait qu'on lui pose cette question depuis de longues semaines. Elle savait que son mentor détesterait sa réponse lorsqu'il l'entendrait.

—Je veux me venger de ceux qui ont fait ça à mon père.

La chape de silence s'abattit dans la pièce tandis que Sando la fixait, incrédule.

— Tu veux quoi ?

Amarah se retint au bord de son fauteuil royal, les yeux écarquillés. Derrière elle, Alec et Sando affichaient des mines renfrognées.

— Je veux me venger. Les retrouver et les tuer.

Aucun plan précis ne germait dans son esprit. Depuis qu'elle avait émis son souhait à voix haute, la jeune fille se sentait quelque peu revivre. La douleur était certes, ravivée, laissant les lèvres tailladées de ses blessures offertes au tranchant de la situation, mais ce n'était plus grand-chose face à la pensée douceâtre qu'elle pourrait faire payer ses agresseurs. Ce regain d'énergie lui permettait de se sentir plus vivante qu'elle ne l'avait été depuis longtemps.

— Nous ne pouvons pas accepter une telle chose.

— J'ai fait des recherches, protesta-t-elle en sortant un livre de sa cape. Les Pantins de Déchue se cachent dans les plaines de Chollah-Wirid. J'aimerais aller les traquer.

Amarah vint s'asseoir tout près d'elle. Son sourire mélancolique lui mit le cœur au bord des lèvres tant elle en avait assez de leur prévenance à deux plumes de bronze.

— Ces plaines sont très loin, le sais-tu ? Aller dénicher des Pantins directement dans leur nid serait du suicide.

— Pas autant que ne rien faire, répondit-elle, la voix brisée. Ici, je dépéris. Il me faut un but dans la vie.

— Très bien. Et une fois que tu auras supprimé ceux qui ont tué ton père, que comptes-tu faire ? Tu n'auras plus de dessein à mettre en œuvre et tu retomberas dans tes sombres pensées…

Elle avait raison, même s'il était impossible d'en jurer. Ce n'était tout simplement pas possible de se remettre si les tueurs pouvaient toujours se promener impunément sous son nez. Le désir de tuer l'asticotait à mesure que le temps passait, transformant son affliction en sourde colère.

Voyant que la jeune fille ne répondait pas, Amarah passa une main dans sa longue chevelure avant de dire :

— Nous allons en discuter. Tu peux te retirer.

Moira ne broncha pas, le visage fermé. Lorsqu'elle tourna les talons, trois paires d'yeux se consultèrent, s'inquiétant de cette mine jaunâtre et de ces cernes violets qui la caractérisaient depuis déjà bien trop longtemps.

Le vent plaquait ses cheveux contre son visage, occultant sa vue de temps à autre. Le liseré qui maintenait ses boucles rousses en place s'envola sans crier gare et elle n'esquissa pas un geste pour le rattraper.

Les montagnes lui étaient familières et Moira pouvait se vanter de les connaître comme sa poche. Avec une vélocité et une habileté déconcertantes, acquises au fil des années, elle franchit quelques mètres, le souffle court. Son sang imprégna un peu plus la roche escarpée et les crevasses vicieuses, mais elle n'en avait cure. Épuiser son corps était le seul moyen de vider son esprit et d'en chasser tous ses fantômes. Inlassablement, elle grimpait le long des parois mortelles, ignorant les fréquentes poussées d'adrénaline de Shae qui la scrutait d'en bas. Parfois, un caillou roulait sous sa chaussure, la menaçant de faire une chute de plus de cinquante pieds. L'exercice physique était galvanisant, même s'il risquait de tuer le loup d'un arrêt cardiaque, tant celui-ci s'inquiétait pour elle.

Shae tolérait ses écarts juste parce qu'il était le seul à pouvoir pénétrer dans son esprit et ainsi ressentir le gouffre qui minait son existence. Cela ne le dérangeait pas de la suivre dans ses excursions dignes d'une folle à lier, tout simplement parce qu'il savait que l'épuisement l'aidait à ne pas trop penser.

Quand Moira se hissa sur le rebord friable qui surplombait la vallée, elle soupira. Cette fois-ci, ça avait été presque trop facile. Les montagnes, pourtant craintes par les plus audacieux, ne lui semblaient que trop aisées à franchir. Les cascades et les bois se dessinaient à travers le brouillard. Elle ne se sentait plus si petite et avait l'impression de dominer tout ce monde.

Shae la rejoignit bientôt, trottinant le long du sentier creusé par de nombreux marcheurs avant lui. Sans un mot, il vint s'asseoir juste à côté d'elle, entremêlant ses pensées aux siennes. Ils observèrent l'horizon, apaisés.

Moira chérissait ces instants. Ils étaient les seuls où elle s'accordait d'être elle-même, loin des fabulations qu'elle servait aux questions de ses proches.

Son loup ne l'interrogeait jamais. Il savait déjà tout, se contentant d'être présent. Elle ne se forçait pas à faire la conversation et appréciait le mutisme de son ami qui lui rendait service dans des moments de communion tels que celui-ci.

Dans le silence, ils regardèrent le soleil disparaître derrière la cime des arbres, avec cette habituelle explosion de couleurs chatoyantes qui contrastaient avec leur humeur générale. De là où ils se trouvaient, la chaleur de l'astre les atteignait presque, peignant sur leurs visages des couleurs ocres et joyeuses.

C'était le moment de la journée que Moira préférait. Une habitude incontournable où elle et Shae se retrouvaient pour partager ces instants connus d'eux seuls.

Une fois qu'ils furent plongés dans une semi-obscurité, il demanda :

— *Veux-tu que nous rentrions ou préfères-tu rester encore un peu ?*

— *Rentrons, je ne voudrais pas qu'Ismeline s'inquiète.*

Et Ismeline n'était pas la seule à se faire du mouron. Ses amis ne cachaient pas leur tourment face à son étrange comportement. C'était devenu bien pire depuis qu'elle avait avancé l'idée de prendre sa revanche sur les Pantins de Déchue.

Hormis Shae, personne n'avait compris que Moira était restée la même. Cette partie d'elle que tout le monde semblait craindre avait toujours été là, tapie dans l'ombre, n'attendant que le moment propice pour se montrer.

Cette situation aurait dû lui être pesante. Toutefois, à son grand contentement, il y avait certains éléments qu'elle était capable de mettre de côté. Malgré sa sensibilité retrouvée, des sujets la laissaient toujours de marbre. L'inquiétude des gens qui l'aimaient en faisait partie.

— *Ne dis pas cela.*

— *C'est pourtant la vérité. Plus rien ne compte vraiment.*

— *Pas même moi ?*

Un long gémissement franchit les mâchoires de Shae.

— *Toi, c'est différent.*

— *Bien sûr que non. Je suis comme les autres. Je m'inquiète de ton bien-être.*

— *Toi et moi, c'est la même chose. Nous ne sommes qu'une seule et même personne. Quand je parle des autres, ce n'est pas à toi que je pense. Sans vouloir te vexer.*

Shae leva les yeux au ciel. Il avait déjà entendu pire.

—Le problème c'est que tu oublies qu'à côté de ta préoccupation actuelle, il y a des dizaines d'autres problèmes qui te concernent aussi.

—Comme ?

—Les nephilim, répondit le loup à brûle-pourpoint.

Autrement dit, le nephel qui croupissait dans les cachots de la cité.

—C'est Amarah qui se charge de ce problème.

—Ce n'est pas ce que j'ai compris. Elle a eu l'air très intriguée, voire carrément curieuse, lorsqu'on lui a décrit ton comportement à Imoegla.

Moira haussa les épaules avec indifférence. Ce genre de sujet ne la passionnait plus comme avant. Bien que ne plus voir le prisonnier lui provoquât un certain pincement, elle avait bien vite balayé ce sentiment, autre que le deuil, du répertoire de ses émotions.

—Cela ne t'intéresse pas plus que ça de savoir ce qu'Amarah en pense ?

—Et que voudrais-tu qu'elle pense ? Je suis un peu folle, voilà tout.

La tête de Shae se balada sur le côté en signe de dénégation.

—Il n'y a que toi pour te considérer comme folle. Crois-moi, c'était autre chose. J'ai même cru percevoir une certaine peur lorsqu'elle a demandé plus de détails sur ta façon de te comporter avec lui.

—Ce n'est pas dénué de sens, elle doit se dire que mon deuil me fait lentement perdre l'esprit. Elle a besoin de ces trois petits protégés pour sauver le monde. J'en ai assez d'entendre sans arrêt la même rengaine.

Elle accompagna sa réponse d'une grimace lasse, ne voulait pas trop creuser dans ses ressentis, ce soir. La peur de ce qu'elle pouvait y trouver était trop vivace.

Accélérant le pas, elle passa devant le loup afin d'éviter d'autres interrogations, mais celui-ci ne semblait pas en avoir terminé :

— *Tu ne te poses pas plus de questions que ça sur tes sentiments ?*

— *Comment ça ?*

Tu voues une haine certaine envers les Pantins. Tu sais que ceux-ci sont loyaux envers Donovan, le père du garçon pour qui tu en pinces…

— *Je ne…*, commença Moira.

— *Si, ne le nie pas. Tu en pinces. Alors que tu sais que sa race est la pire qui soit. Il tue des innocents tous les jours et pourtant, tu le regardes toujours avec tes yeux de merlan frit.*

— *Je n'ai pas des yeux de… Enfin… Ce n'est pas la même chose*, souffla-t-elle.

La couleur qui avait envahi ses pommettes et faisait chauffer ses oreilles amusa Shae. Elle réagissait enfin, après des semaines de tentatives de sa part.

— *Alors explique-moi. Je ne demande qu'à comprendre.*

— *Je n'ai pas envie d'en parler. Je ne saurais même pas quoi dire.*

Elle se tut un instant avant de bredouiller :

— *Je n'y arrive pas, d'accord ? Je suis incapable de t'expliquer, tout simplement parce que je suis préoccupée par d'autres choses. Je pense à mon père, à ma culpabilité, à ma haine…*

Shae renonça. La jeune fille n'était pas prête, trop accaparée par ses propres démons pour se tracasser avec ceux qu'il lui assénait dans l'espoir de la voir réagir.

Melhen, Mutiane et Moira furent convoqués par Amarah, deux jours après la brève discussion que la jeune fille avait eue avec cette dernière. Elle ignorait pourquoi ils étaient demandés, ni ce que l'on attendait d'elle. À vrai dire, elle serait volontiers restée au fond de son lit, en cette belle matinée.

Amarah les regarda tour à tour, s'attardant un peu plus sur la mine toujours aussi chiffonnée de Moira. Avec les quatorze heures de sommeil – voire parfois plus – qu'elle s'octroyait habituellement, la jeune fille aurait dû être en pleine forme. Pourtant, son visage portait toujours les stigmates de ses nuits agitées.

Amarah regrettait déjà ce qu'elle s'apprêtait à dire, mais la sécurité du royaume en dépendait. C'était Sando qui avait fini par la convaincre. Comme toujours lorsque cela concernait les Maolen. Elle, avait une fâcheuse tendance à vouloir couver ses protégés comme des nouveau-nés. Cependant, leurs forces respectives grandissaient à vue d'œil et elle devait apprendre à lâcher prise.

Moira était à des lieues de se douter qu'un sujet pareil préoccupait la reine, trop absorbée avec ses soucis étriqués. Pourtant, lorsque les mots tant attendus franchirent les lèvres peintes d'Amarah, un frisson d'excitation courut le long de sa colonne vertébrale.

— Moira, tu as ma bénédiction. Tu peux te rendre aux plaines de Chollah-Wirid.

Mutiane redressa brusquement la tête, furibonde.

— Vous plaisantez, j'espère ?

Amarah prit un air innocent.

— Je ne vois pas de quoi tu parles.

— Bien sûr que si. Moira s'en fiche de vivre ou de mourir.

— C'est pour cette raison que tu l'accompagneras. Toi aussi, Melhen.

Le jeune homme opina. En ce qui le concernait, il n'en aurait pas été autrement, cela allait de soi. Mutiane ne comptait pas en rester là :

—Je tiens à ma vie. Une amazone ne ferait pas le poids contre un Pantin de Déchue.

— Une amazone telle que toi, si. Pour que nous puissions établir un plan digne de ce nom, il faut que vous soyez en mesure de vous battre avec tout votre cœur. Si pour cela il faut en passer par ces maudites plaines, alors ainsi soit-il. Moira ne servira en rien la sécurité de Sanshee si elle a dans l'idée de se venger des Pantins.

— Vous acceptez qu'elle assouvisse son besoin, mais il s'agit d'un caprice, Amarah, ni plus ni moins ! C'est ridicule !

—Je te signale que je suis encore là ! explosa Moira, douchée par une telle réaction.

—Et alors ? Tu n'as pas l'air de t'intéresser à autre chose qu'à ta petite personne. Cela ne change rien à la donne !

Moira aurait voulu l'envoyer rouler bouler dans un coin de la pièce. Sa réaction ne l'étonnait pas particulièrement, mais sa façon de le faire savoir l'horripilait comme jamais.

Elle fut freinée dans son envie par un léger bruit provenant d'une porte coulissante derrière la tapisserie royale. Un homme de grande taille venait de faire son entrée.

Pour sûr, il s'agissait d'un abel, mais un abel qu'il ne lui avait jamais été donné de rencontrer jusqu'ici. Son front piqué d'une gemme d'un vert anis était surmonté d'un immense tricorne, lui-même orné d'une plume d'autruche qui reposait sur ses cheveux soigneusement coiffés. Une moustache fournie et taillée au millimètre près couvrait ses lèvres charnues et son regard cyan était souligné par une épaisse ligne de sourcils broussailleuse.

Tout le monde se tut lorsqu'il pénétra dans la pièce et retira son énorme chapeau. Malgré son accoutrement extravagant, il paraissait totalement à l'aise.

Amarah le présenta d'un geste de main, visiblement soulagée que la dispute eût tourné court :

— Je vous présente le capitaine Yùlan. C'est un abel venant de Saloma, la ville côtière au sud d'Hibendrill. C'est lui qui vous amènera dans les plaines de Chollah-Wirid.

Elle accompagna sa remarque d'un regard appuyé vers Mutiane.

— J'espère sincèrement que tu changeras d'avis et que tu accepteras d'accompagner Moira.

— Ai-je seulement le choix ? grinça l'amazone.

— Mets-toi à sa place. Si tu en avais eu l'occasion, tu l'aurais fait. Je me trompe ?

Pour toute réaction, elle eut droit au regard courroucé dont Mutiane avait le secret.

Les abels n'avaient pas le pied marin. Ils aimaient taquiner les vagues, mais pas naviguer dessus.

Sanshee n'était pas une île et ses habitants se sentaient mieux sur la terre ferme, si bien qu'aucun navire, sinon les chaloupes moisies accrochées à des piquets, ne venait montrer sa proue dans les parages.

Excepté aujourd'hui.

Le vaisseau gigantesque aux yeux d'un non-connaisseur était assez vaste pour tenir en respect d'éventuels pirates. Sur sa coque moussue et verdâtre étaient gravés deux mots en langue humaine : « Divine Opale ». Un nom bien clinquant pour cette bicoque sans âge.

Yùlan assurait que les marins qu'il engageait avaient son entière confiance et remplissaient diverses missions à son compte depuis des années. Quand Moira, Melhen et Mutiane se rendirent sur la plage pour rencontrer l'équipage, ils ne virent qu'une équipe de bras cassés, certains trop jeunes, d'autres en âge de se chauffer une tisane au coin du feu. Il n'y avait qu'une minorité de colosses tout en muscles. Ils affichaient tous cette expression de ceux à qui il ne faut pas chercher des poux. Leurs sourires inexistants témoignaient de la dureté de leur métier. Le plus étonnant restait le fait que Yùlan ne recrutait que des humains. Pas un seul abel ne faisait partie de son équipe.

— Nous traverserons l'océan Songua par le sud, les informa-t-il. Afin d'éviter les tourbillons, nous devrons faire un petit détour vers la mer Cernée.

Rien qu'à cette idée, sa silhouette gigantesque grelotta légèrement.

— Quelque chose ne va pas ? s'inquiéta Melhen.

Le capitaine hésita avant de jauger son équipage.

— Pour les humains, la mer Cernée est un peu considérée comme une mer maudite. La plupart des navires qui s'y risquent n'en réchappent pas. Et pour ceux qui disent y avoir survécu sans anicroches, si vous voulez mon avis, ce ne sont que des bonimenteurs. On n'en revient jamais.

— N'y a-t-il pas un moyen d'éviter cette mer ?

— Oh, il y en a un. Si marcher pendant plusieurs mois ne vous fait pas peur. Ça resterait le moyen le plus sûr.

— Nous passerons par la mer, trancha Mutiane. On a assez perdu de temps comme ça. Quand pouvons-nous partir ?

Le capitaine Yùlan la contempla avec un mélange d'étonnement et d'admiration avant de répondre :

— Demain, si cela vous convient.

— Très bien.

Sans un mot de plus, elle fit volte-face, la démarche raide de ceux qui maîtrisent leur colère. Moira répondit à la mine interrogatrice du capitaine par un haussement d'épaules.

— Elle a ses humeurs, pardonnez-la.

Melhen pouffa discrètement avant de reporter son attention sur la jeune fille. Se sentant observée, elle tiqua.

— Quoi ?

— Non rien. Tu as repris des couleurs.

Comme pour prouver ses dires, ses joues s'empourprèrent davantage. Rieur, il l'attrapa par le cou avant de lui ébouriffer les cheveux.

Moira agitait distraitement la main en direction de ses amis restés sur la terre ferme.

Les derniers événements l'avaient quelque peu désarçonnée, en particulier la brusque animosité qui brillait dans les iris de Mutiane depuis l'altercation au palais. La jeune fille avait pensé qu'après une nuit passée à cogiter, l'amazone aurait fini par peser le pour et le contre et ainsi, oublier la fureur qui l'animait. C'était mal la connaître.

Perchée dans les cordages, elle regardait déjà au loin, prenant ainsi initialement ses distances avec le reste de la compagnie. Encore vexée par son comportement, Moira n'avait de toute manière pas l'intention de faire un pas vers elle. La longue traversée qui les attendait ne serait donc pas faite de discussions forcées.

Quoique, peut-être bien que si, pensa la jeune fille en glissant un regard vers Douce, accrochée au bastingage comme une enfant. Cette dernière avait mobilisé tous ses pouvoirs de persuasion afin de faire flancher Ismeline. Acajou et elle n'en pouvaient plus d'être sans arrêt tenus à l'écart de leurs allées et venues en Hibendrill.

Alors que Moira aurait tué pour avoir la paix, elle se retrouvait coincée sur un pont en compagnie de sa meilleure amie, plus bavarde qu'une jacasseuse. Le seul avantage que la venue de Douce impliquait était qu'elle lui permettrait de mettre ses idées sombres de côté en attendant de retrouver les Pantins de Déchue.

Les paroles de Mutiane trouvaient encore écho en elle. Et si la jeune fille amenait ses amis tout droit à la mort ? Et si, pour un désir aussi égoïste que celui de se venger, elle brisait la vie de personnes qui l'aimaient ?

La colère liée à la mort de Léon était encore omniprésente, mais plus le temps passait, plus son chagrin s'ouvrait aux rapports qu'elle entretenait avec les autres. La jeune fille commençait à prendre conscience qu'elle n'était pas seule et que ses choix avaient des conséquences.

Face à cette nouvelle source d'angoisse, Melhen s'était efforcé de la rassurer :

— Si on te suit, ce n'est pas parce qu'Amarah nous en a donné l'ordre.

— Pour toi, bien sûr, mais Mutiane est venue à contrecœur. Tu ne peux pas le nier.

Le jeune homme avait réfléchi quelques secondes avant de répondre :

— Si elle n'avait pas été invitée, crois-moi qu'elle aurait trouvé un prétexte pour nous accompagner. Par exemple, que nous sommes encore trop jeunes et que les Pantins ne feront qu'une bouchée de nous.

Shae avait émis un drôle de rire. Jusqu'ici silencieux, il observait leur échange de son œil bienveillant.

Voyant qu'elle ne se déridait pas, Melhen posa une main sur sa nuque avant de lui en caresser le creux de son pouce. Bientôt, elle se retrouva le nez dans son cou, humant son odeur.

— Ne t'inquiète pas. Mutiane t'apprécie vraiment. Elle est comme ça, c'est tout.

Un raclement de gorge indiscret les fit se retourner. Douce les regardait, un sourire malicieux accroché au coin des lèvres.

— Il me semble que je dérange, mais si Shae a le droit de regarder, je ne vois pas pourquoi il me serait interdit de faire de même.

Ils rirent tous. Même Moira se laissa aller à esquisser son amusement.

La nuit tomba rapidement sur Divine Opale. Les marins s'étaient rués dans les cabines et leurs ronflements gras tintaient cette nuit fraîche d'une touche bruyante.

Douce, Melhen, Acajou et Opléa les avaient également rejoints, laissant Moira et Shae sur le pont, en proie à la brise qui s'engouffrait dans les voiles.

Passé l'étonnement de se retrouver ici, la jeune fille, accoudée au bastingage, laissait la brise froide caresser son visage. Ça aurait été mentir que de dire qu'elle était en paix avec elle-même. Néanmoins, elle se sentait mieux. Mieux parce qu'elle approchait de son but. Bientôt, elle pourrait exhiber les têtes des Pantins en signe de victoire.

Shae ressentait très bien son changement de comportement. Il semblait plus détendu de la voir sereine, bien qu'assaillie par des pensées morbides.

Moira se pencha pour apercevoir les remous des vagues s'écraser contre le flotteur du bateau. Sa grosse tresse bascula sur son épaule, léchée par les gouttelettes qui leur parvenaient en hauteur.

Pendant plusieurs minutes, tous deux se laissèrent bercer par les balancements réguliers, sans parler.

— *Essaie de ne pas passer par-dessus bord*, se moqua Shae. *Je n'aimerais pas venir te repêcher.*

— *Il faudra bien, je l'ai bien fait pour toi*, répondit-elle sur le même ton.

Ils échangèrent un regard complice, de ceux qu'ils ne s'étaient pas envoyés depuis longtemps.

Puis brusquement, l'embarcation se mit à tanguer anormalement et la jeune fille fut à deux doigts d'être emportée au large. Heureusement, les puissantes mâchoires de Shae s'étaient refermées sur son avant-bras à temps.

Les roulis qui cognaient contre la coque se firent plus insistants, et tous deux durent se raccrocher à ce qu'ils trouvaient. Pour Moira, qui s'était étalée sur le plancher et avait glissé de plusieurs mètres, ce fut le mât qui se dressait haut dans le ciel sombre.

Un tambourinement retentit dans le sol. Elle imaginait bien les marins tomber de leur hamac et se relever, hagards.

— Réduisez la voilure ! aboya une voix couverte par la tempête.

Deux pieds se matérialisèrent sous les yeux de Moira. Levant la tête, elle reconnut Mutiane qui venait de descendre des cordages. Celle-ci lui tendit une main dont elle se saisit avec reconnaissance.

— Le temps se dégrade, cours te mettre à l'abri, s'il te plaît.

L'urgence de la situation semblait avoir endormi sa rancœur et d'un geste fraternel, elle tapota un instant le dos de la jeune fille. Puis elle s'éloigna pour aller aider les hommes affairés dans les gréements. Sa voix autoritaire s'adressa à quelques mousses occupés avec les filins :

— Mettez à la cape ! Toi, là, au lieu d'attendre que la mort vienne te pêcher, vas larguer les amarres avec lui à l'avant du bateau. Toi, rends-toi à la cale pour arrimer les cargaisons et les effets de chacun. Dépêchez-vous. Je vais ceinturer le navire.

Le bateau sembla capoter et cette fois-ci, Moira ne trouva rien à quoi se raccrocher. La gravitation lui jouait des tours et ses jambes se dérobèrent sous elle, l'envoyant s'écraser contre la balustrade à laquelle, par chance, elle se rattrapa au dernier moment.

Le vent s'était levé sans prévenir. À cela se rajoutaient les brusques roulis venant s'écraser à proximité. Moira ne tenait plus que par deux doigts. À travers tout ce chaos, Shae s'élança dans sa direction pour lui venir en aide. Les vergues ployaient dangereusement sous les bourrasques.

Il était déjà trop tard.

Ses doigts humides et glissants cédèrent sans prévenir, et elle eut presque l'impression de s'envoler. Le choc ressenti lorsque son dos claqua contre la surface de l'eau fut cuisant et une vague de panique la submergea. L'eau était glacée et à travers son hébétude, elle vint s'engouffrer dans sa bouche, la faisant cracher avec vigueur.

La mer démontée tentait de l'ensevelir et de la noyer, comme ça avait été le cas de nombreuses fois auparavant.

Pendant une fraction de seconde, une étrange pensée malsaine s'insinua en elle. À quoi cela servait-il de lutter comme une forcenée ? Aspirait-elle seulement à quelque chose ? Ça semblait si facile de se laisser aller et de tendre les bras à la mort. Après tout, elle n'était plus bonne à rien…

C'en était presque réconfortant, d'abandonner la partie.

Déjà, ses jambes cessaient de brasser dans le but de maintenir sa tête hors de l'eau. L'idée de mourir ne lui paraissait plus si inenvisageable. Elle comprit qu'en partant à Chollah-Wirid, elle n'avait jamais envisagé de revenir et comptait s'éteindre en vengeant son père.

Le courant l'emportait dangereusement vers la coque et, les jambes engourdies, elle cessa de lutter pour de bon.

Son esprit commençait déjà à fonctionner au ralenti, embrumé et semi-conscient. Pourtant, une infime partie de la perception qui lui restait discerna Shae, qui venait de sauter à l'eau. Était-elle en train de rêver? Pourtant, la silhouette qui nageait avec force dans sa direction paraissait si réelle…

Lorsque ses doigts pratiquement inertes agrippèrent une touffe de poils ondoyant au milieu du sel, un étrange sentiment de sécurité l'envahit. Elle s'entendit dire:

— *Tu n'aurais jamais dû faire ça.*

— *Ne dis pas n'importe quoi. À mes côtés, tu peux soulever des montagnes.*

— *Je ne veux plus soulever des montagnes. Je suis fatiguée.*

— *Tu n'as pas intérêt à m'abandonner,* gronda-t-il. *Beaucoup de personnes tiennent à toi et comptent sur ta présence de longues années durant. Moi le premier.*

La voix de Shae commençait à éloigner les limbes d'inhibition qui flottaient autour d'elle.

D'ailleurs, sans lui, elle ne serait sans doute jamais parvenue à attraper la corde lancée par les marins qui les observaient sur le pont.

Puisant dans ses dernières forces, la jeune fille tira sur ses bras pour se hisser jusqu'en haut. Elle faillit lâcher prise tant son étonnement était grand lorsqu'elle aperçut Shae flotter dans les airs à sa hauteur, remonté à l'aide de la magie par une Mutiane concentrée.

Au cours d'un ultime effort qui la laissa vide et rompue, des mains l'attrapèrent sous les aisselles pour la ramener sur le sol ferme. Une couverture fut jetée en travers de ses épaules, tandis qu'elle claquait violemment des dents.

Shae s'ébroua jusqu'au bout de la queue avant de lui lécher abondamment le visage. Encore sonnée, elle le repoussa gentiment.

Sortis des dortoirs, Melhen et Douce titubaient, encore assommés de sommeil, ne comprenant pas ce qui se passait.

— Moira, est-ce que tout va bien? demanda un Melhen anxieux, ses yeux s'attardant sur ses cheveux trempés.

— Je... Je crois que ça va, oui, répondit-elle, la voix pâteuse.

Le jeune homme se débarrassa de sa chemise, sous son regard médusé.

— Qu'est-ce que tu...

Il fit une boule avec son vêtement avant de le presser contre la tempe de Moira. Leurs visages se touchant presque, il murmura:

— Tu saignes. Tu as dû t'entailler la peau durant ta chute, ou alors être expédiée contre un rocher. Ça ne m'étonnerait pas, avec une telle houle.

Elle n'eut pas le temps de répondre. Un autre violent balancement les fit littéralement décoller du sol et des cris retentirent un peu partout. Déséquilibrée, la jeune fille eut le réflexe de se tenir à Shae dont les griffes étaient fermement ancrées dans le plancher.

À l'instar de l'océan, il régnait sur le pont une grande effervescence. La pluie tombant des nuages bas était devenue diluvienne et faisait écho aux bourrasques torrentielles qui se déchaînaient sur les lieux.

Trois armoires à glace de marins se matérialisèrent devant eux. Sans ménagement aucun, ils les poussèrent vers les cales. Moira ne discuta pas et suivit le mouvement. Elle n'y connaissait strictement rien en matière de bateau et n'avait même plus l'énergie de mettre la main à la pâte.

Un des mastodontes se glissa tant bien que mal à travers la porte. Le visage rond comme une bille et les yeux anormalement rapprochés, il affichait une mine stupide.

Le silence tomba lorsqu'ils furent tous dans les dortoirs. Il y régnait une odeur nauséabonde : un mélange de transpiration et de vieilles pommes de terre. Il fallait lutter pour ne pas se pincer les narines.

Melhen se chargea de refermer la coupure qui coulait à grosses gouttes sur la joue et dans le cou de Moira. Elle ne put s'empêcher de soupirer d'aise lorsque la douleur disparut dans un chuintement caractéristique.

— Ça ne me plaît pas trop de rester sagement ici, pendant que tout le monde lutte contre la tempête, grommela Douce.

— *J'ai entendu Mutiane l'ordonner aux gaillards qui nous ont enfermés ici*, répondit Opléa. *Je crois qu'elle n'a pas confiance en nous.*

Melhen se passa une main sur le visage, effaçant les dernières traces de pluie.

— En fait, je pense qu'elle a fait ça parce qu'à ses yeux, nous ne sommes que des enfants encore en âge de porter des langes.

Il s'adressait au colosse qui dansait d'un pied à l'autre. Celui-ci bredouilla d'un air bête :

— Oh, vous savez, moi… je fais qu'obéir aux ordres. Le reste, je m'en tamponne, si vous voyez c'que j'veux dire.

— Alors que nous pourrions aider, soupira Moira en posant une main sur le battant de bois.

— On n'y connaît rien, rétorqua Melhen. Pas plus tard que tout à l'heure, j'ai appris que bâbord était le côté gauche du navire. Tu étais au courant, toi ?

Moira n'eut pas l'occasion de réagir face à sa réplique. Le navire venait de faire un nouvel écart et elle fut projetée contre le flanc d'Acajou, qui réussit à se réceptionner en douceur.

— Au fait, la héla Douce, que t'est-il arrivé ? Tu as l'air de sortir du bain.

—Je suis passée par-dessus bord, merci de le remarquer. C'est Shae qui est venu me chercher.

Leurs regards se croisèrent. Ni l'un ni l'autre ne comptait dire que, durant un laps de temps, elle avait abandonné l'idée de vivre.

—Tu aurais dû faire plus attention, la réprimanda Melhen. Si jamais il t'était arrivé quelque chose…

—Tout va bien, le rassura la jeune fille, je n'ai rien. J'ai juste besoin d'un peu de repos.

Pour illustrer ses propos, elle s'assit sur le siège le plus proche, essayant tant bien que mal de cacher sa grande faiblesse.

Douce, qui se laissait machinalement glisser sur le sol en fonction des mouvements du bateau, cogna contre un coffre en bois avec un bruit sourd. Se massant le coude, elle l'ouvrit en faisant grincer les jointures.

—Tiens, un jeu de cartes ! Ça vous tente, une partie de mogawii ?

Le marin ne se fit pas prier et trottina vers elle avec un rictus de simple d'esprit.

Moira se retint de sourire avant d'aller s'asseoir en tailleur sur une planche surélevée, en face de son amie. Melhen les rejoignit bientôt et Douce commença à battre les cartes.

Quant à Shae, Acajou et Opléa, ils s'isolèrent dans un coin de la pièce et s'étalèrent de tout leur long. Seules leurs oreilles pivotaient d'un côté, puis de l'autre, attentives au moindre bruit suspect.

Et des bruits suspects, il y en avait. Le sol en haut devait être aussi glissant qu'une patinoire, car des bruits de chute se faisaient souvent entendre. À cela venaient se rajouter les hurlements, les ordres et les jurons.

—À toi, pioche ! invita Douce sans se soucier du chahut qui régnait au-dessus de leurs têtes. Au fait, vous vous appelez comment ?

— Higor, mad'mozelle, répondit le marin en rougissant légèrement.

— Croyez-vous que nous allons mourir, Higor ?

Le ton sur lequel Douce avait posé sa question était neutre, presque badin, comme s'ils parlaient de la pluie et du beau temps.

— Pour sûr que non ! On a connu de plus grosses bourrasques que ça, vous pouvez m'croire ! Il en faut bien plus pour désarmer not' vieille Divine Opale.

Il paraissait certain de ce qu'il avançait, mais Moira secoua la tête. Définitivement, Higor était un simplet. Et elle refusait de prendre pour argent comptant ce qu'il disait.

Shae semblait grandement s'amuser du cours de ses pensées :

— *Tu es un peu dure avec ce pauvre Higor. Il a pourtant l'air si ingénieux…*

Un petit ricanement s'échappa des lèvres de la jeune fille, faisant se retourner toute l'assistance.

Cela faisait des semaines qu'elle n'avait pas ri et tout le monde s'étonnait que ça arrive aujourd'hui, et surtout maintenant, dans de telles circonstances.

— C'est Shae qui disait quelque chose de drôle, lâcha-t-elle pour se justifier, l'index pointé sur le loup qui affichait une mine innocente.

Soudain, la porte s'ouvrit, laissant voir le capitaine Yùlan, trempé jusqu'aux os. La majestueuse plume orange sur son chapeau pendait désormais tristement, dépouillée par endroits.

Tous se levèrent pour l'accueillir.

— est-ce que tout va bien ?

— La tempête commence à perdre en violence. Nous sommes sauvés.

En remontant sur le pont supérieur, ils furent saisis par le désordre engendré par la tempête. Il n'y avait là que quelques blessés, rapidement soignés par les chants que leur prodiguait Mutiane dans un chuchotis. Celle-ci passait de marin en marin, aussi pimpante que d'habitude, comme si la pluie avait oublié de la tremper comme les autres.

Un sourire froid lui vint aux lèvres quand elle les aperçut.

— Alors, la sieste a été bonne ?

— *Grâce à toi, oui*, répondit Opléa avec amertume.

— Je n'avais pas le choix. Après tout, je ne voulais pas avoir votre mort sur la conscience.

Ses yeux écarlates s'arrêtèrent sur Moira qui déglutit, mal à l'aise.

— Je n'ai jamais demandé à qui que ce soit de venir avec moi. C'est Amarah qui…

— Oui, ça va, je connais la chanson, coupa Mutiane. Mais tes drôles de lubies nous affectent tous.

— *Laisse-la tranquille*, intervint Shae. *Elle n'y est pour rien et tu casses du sucre sur la mauvaise personne.*

L'amazone ferma les yeux quelques instants, inspira par le nez pour se calmer, puis tourna les talons sans un mot de plus. Ce n'était pas aujourd'hui qu'elle serait conciliante avec Moira. Cette dernière afficha une mine indifférente, peu disposée à montrer à quel point son comportement la heurtait.

Le reste de la nuit, la jeune fille le passa perchée dans son hamac, les yeux grands ouverts. Il lui était impossible de s'assoupir avec tous ces ronflements à crever les tympans, sans parler des regards insistants de Shae qui pesaient dans son dos. Il s'inquiétait et elle ne pouvait pas l'en blâmer. Elle s'évertuait à feindre le sommeil pour avoir la paix, ne se sentant pas capable d'endurer une conversation avec lui à ce sujet.

Son esprit s'était fermé dès lors qu'elle avait senti cette souffrance indicible, cette peur paralysante qui assaillait l'un des êtres qu'elle aimait le plus au monde.

Chapitre XXIV
Larmes de cire

Contre toute attente, un sublime soleil vint les cueillir le lendemain matin. Inondant le pont, il enjoignait les marins à se dorer la pilule. C'était sans compter la poigne ferme du capitaine, qui avait les yeux partout et n'excusait aucune paresse.

Moira aidait du mieux qu'elle pouvait. Après s'être couverte de ridicule en tombant dans la mer démontée, elle n'avait eu d'autre choix que de faire profil bas en donnant un coup de main.

Heureusement, les loups de mer voyaient cet incident comme une fantastique aventure. Aucun d'entre eux ne savait nager, ce qui était, à en croire les on-dit, relativement courant dans le corps marin. Moira avait été assaillie de questions en tout genre sur les sensations éprouvées à deux doigts de la mort. Leur intérêt manifeste était si enfantin qu'elle ne put que répondre les choses qui pouvaient le plus leur plaire.

Ce fut une vague d'émotion proche de la jouissance qui secoua son public lorsque Shae renchérit l'histoire en parlant d'un requin qui les avait frôlés.

— *Tu en fais des tonnes*, lui reprocha Moira. *Il n'y a jamais eu le moindre requin.*

— *Oui, mais eux le pensent!* se gaussa-t-il, fier comme un coq.

Lorsque le cercle d'admirateurs fut une énième fois repris à l'ordre par le capitaine Yùlan, les deux amis en profitèrent pour rejoindre leurs compagnons de route sur le pont principal. Douce avait la moitié du corps au-dessus du parapet et vomissait tripes et boyaux. À ses côtés, Melhen se bouchait le nez, tout en lui tapotant le dos du bout des doigts.

— Que lui arrive-t-il?

Le visage au teint pâlot de la blondinette se retourna et elle marmotta:

— Le mal de mer.

Et elle se remit à vomir à gros jets.

Moira se retint de faire de même. L'odeur n'était pas bien différente de celle dégagée par les goules, ce qui n'était pas peu dire.

— Si j'avais su que c'était ça de partir à l'aventure, j'aurais hésité avant de m'embarquer là-dedans, ronchonna Douce.

Avec un remerciement rauque, elle attrapa le torchon qu'Acajou tenait dans sa gueule et essuya les derniers résidus de son repas traînant sur son menton.

— Quoi, tu regrettes de nous avoir accompagnés? cingla Melhen.

—Je ne te ferai pas ce plaisir, grand frère. Et ne me regardez pas de cette façon! Ça me rend malade d'être sur un bateau, ça pose un problème à quelqu'un?

Envolée l'habituelle bonne humeur qui la caractérisait si bien. Divine Opale avait fait d'elle une fille très irritable.

Alors qu'elle se penchait à nouveau en déclenchant des gargouillements tout bonnement insupportables, Moira et Shae entreprirent de s'éloigner discrètement. Le plus loin possible des effluves dégoûtants ayant envahi le pont.

Il n'y avait pas grand-chose à faire sur le navire, sinon paresser au soleil ou jouer à des jeux d'argent le soir venu, en compagnie des marins fourbus par leur journée.

Moira fut heureuse de constater qu'Ismeline avait pris soin de glisser au fond de son sac le quatrième volume de *Grandes légendes abeliennes*, un de ses livres préférés.

Lorsqu'elle ne s'isolait pas pour broyer du noir au fond de son hamac ou le nez dans son ouvrage, les mousses l'accueillaient volontiers parmi eux et elle en apprenait un peu plus sur leurs rôles respectifs au sein de l'équipage.

— Le jour de la tempête, j'ai entendu Mutiane dire qu'il fallait mettre le bateau à la cape, qu'est-ce que cela signifie ? s'enquit-elle, un jour.

Les yeux du dénommé Higor s'illuminèrent tant les questions sur sa profession lui faisaient plaisir.

— Mettre à la cape, ça veut dire placer le bateau en travers du vent et de la mer, ça diminue la vitesse et ça permet d'éviter les tangages intempestifs.

Il accompagna son discours d'une représentation grossière, alignée sur le sol au moyen d'une chope de bière et d'un simple bout de bois.

— *C'est fou ce qu'ils semblent intelligents lorsqu'on leur parle de mâts, d'encre et de voiles*, ironisa Shae, ce qui fit naître deux minuscules fossettes au creux des joues de la jeune fille.

Le soir, les marins se réunissaient tous pour boire et chanter des chansons paillardes, faisant grincer les dents de Mutiane.

Après trois longues journées, Douce sombrait peu à peu dans l'irritation. Habituée aux grands espaces, la blondinette ne supportait plus l'endroit restreint et confiné auquel elle avait affaire, sans compter ses nausées fréquentes qui faisaient s'écarter d'elle tous les avertis.

Mutiane était le plus souvent invisible aux yeux de tous. Même dans un endroit aussi restreint, elle réussissait à s'éclipser sans laisser de traces. Il arrivait qu'on l'aperçoive, accoudée au mât à plusieurs mètres au-dessus du sol. L'amazone était à l'aise en n'importe quelle situation, que ce fût dans la forêt, le désert ou sur l'eau. Restait à savoir si elle pourrait survivre dans le froid du Daïs.

Être sur ce bateau aidait grandement Moira. Elle n'était pas chez elle, donc peu susceptible de se laisser aller trop longtemps dans le dortoir, sachant que les allées et venues y étaient fréquentes. De plus, cette inactivité forcée la forçait à réfléchir aux événements passés.

Comme souvent, Shae lui était d'une grande aide et lui permettait d'y voir plus clair. Contrairement à Melhen et à sa présence quasi quotidienne dans leurs pattes. Le jeune homme semblait avoir besoin de vider son sac, mais elle était loin d'être prête à l'entendre parler de tout ce qu'il avait sur le cœur.

Au fond de lui, Melhen était persuadé qu'ils ne survivraient pas à ce qui les attendait. Volontairement, il laissait çà et là des bribes de sa conscience dans le brouillard qui faisait office d'esprit à la jeune fille. Cette dernière savait donc que le cournol ne pouvait plus supporter cette prétendue amitié qu'ils entretenaient et attendait plus de sa part. Par moments, il oubliait de verrouiller son esprit et elle pouvait percevoir la profonde jalousie qui le consumait au souvenir de ce qu'il s'était passé chez les cournols, à Imoegla. Le nephel trottait continuellement dans la tête du jeune homme, au point que ces triturations empêchaient Moira de dormir, tant il ne faisait pas d'effort pour les cacher.

Il arrivait qu'elle fût tentée de s'énerver et de lui conseiller vertement d'être un peu plus pudique avec ses ressentis, mais elle se retenait à chaque fois. Il aurait été égoïste de faire passer toutes ses frustrations sur ce pauvre garçon qui ne demandait qu'à être aimé.

Douce était toujours d'attaque pour l'aider à évacuer son agacement. Ainsi, elles se battaient tous les matins. D'abord à mains nues, puis armées de leurs épées. Son amie était une véritable guerrière dans l'âme et une combattante hors pair. Se mesurer à elle lui procurait un plaisir sans nom. Bien sûr, Douce était encore loin d'égaler l'aisance de Sando, mais elle approchait du but.

Tout le monde fut soulagé lorsque la terre se montra, après presque une semaine de voyage où les odeurs corporelles commençaient à devenir insupportables au sein du navire.

Moira ne s'attendait pas à voir une terre aussi sèche et poreuse lorsque les plaines et les vallons apparurent sous ses yeux. Étrangement, rester à bord du bateau lui semblait tout de suite plus agréable que ratisser un endroit aussi aride.

Le capitaine Yùlan donna l'ordre de lâcher l'encre et de poser l'échelle de coupée. Il était évident, à en juger par leur teint blafard, que pas un mousse ne viendrait se joindre à eux durant leur périple.

— Vous ne nous en voudrez pas, déclara le capitaine en triturant maladroitement son grand chapeau, si nous ne vous accompagnons pas.

— Bien sûr que non, répondit Mutiane. De toute façon, ce n'était pas prévu. Amarah nous a bien dit de vous laisser sur place.

Son interlocuteur se détendit.

Moira s'empara de ses effets, boucla son sac et descendit du ponton, non sans avoir remercié l'équipe d'embarcation. Higor essuya une larme en les voyant s'éloigner. Finalement, ils étaient plutôt chouettes, ces trois Fronts Marqués…

Les nuages bas dans le ciel s'étaient rapprochés pour ne former qu'un amas compact noir et menaçant. Les terres de Chollah-Wirid paraissaient hors du temps. Impossible de dire si c'était le matin ou le début de soirée. Une atmosphère unique en son genre imprégnait les plaines anguleuses et plus rien ne semblait avoir la précision et la clarté du monde qu'ils avaient connu.

Ce mystère qui entourait les environs n'entama en rien la détermination de Moira. Shae, humant les odeurs que lui renvoyait une lourde brise humide, était aux aguets, tout comme ses congénères. Les arbres aux rares feuilles régnaient en maître. Sur le chemin, ils ne rencontrèrent pas âme qui vive. Des cris de corbeaux résonnaient parfois au-dessus de leurs têtes, trouvant écho sur les parois vallonnées.

— *C'est lugubre ici,* trembla Acajou. *Je suis d'avis que nous restions sagement à découvert, loin de toutes ces végétations mortes.*

Personne ne fit d'objection. Dans l'ombre, les branches des arbres ressemblaient à de longs doigts crochus. Cet endroit aurait pu faire fuir les plus braves.

Après plusieurs heures passées à marcher au hasard, pas même une piste ne se dégageait devant eux. C'était comme si les lieux n'avaient jamais été explorés.

Mutiane étudiait chaque parcelle avec la plus grande acuité. Souvent, elle se baissait pour effleurer une motte de terre, ou passer la main sur un endroit précis d'un arbre.

— Les Pantins flottent au-dessus du sol, pas étonnant qu'aucune trace de pas ne soit visible. En revanche…

Elle plia les genoux pour attraper un bout de tissu retenu par une branche basse.

— La forêt est de notre côté.

Sa phrase fut à peine terminée que l'échantillon s'embrasa dans sa main. Mutiane le jeta vivement au loin.

— Ce n'est pas le vêtement d'un simple maraudeur. Nous sommes sur la bonne piste.

L'amazone était la plus expérimentée de tous, même si elle n'avait jamais mis les pieds aussi loin dans la région.

À présent qu'ils se trouvaient sur les terres des Pantins, les réflexions de Moira s'entrechoquaient. Elle avait eu le temps de beaucoup réfléchir sur Divine Opale. La sécurité de ses amis comptait plus que son insatiable désir de vengeance, et jamais elle ne se pardonnerait d'être responsable de la mort de l'un d'entre eux. Respirant un bon coup, elle lança à la cantonade :

— Rentrez.

Tous les visages se tournèrent pour la dévisager.

— Qu'est-ce que tu dis ? s'étonna Melhen.

— Repartez sur le bateau, je me chargerai des Pantins de Déchue.

Même si j'y laisserai ma peau, pensa-t-elle en son for intérieur.

— Ne raconte pas n'importe quoi, on vient avec toi.

— Laisse-la continuer, coupa Mutiane, l'observant attentivement, comme si elle la voyait pour la première fois.

La jeune fille déglutit avec difficulté avant de poursuivre :

— C'est pour moi impensable de vous embrigader dans cette quête qui, je le sais, est perdue d'avance.

Elle les regarda tour à tour, fouillant leurs esprits respectifs.

— Vous irradiez d'appréhension, je le sens. Vous savez que l'endroit où nous allons est sans issue. Je refuse de vivre avec votre mort sur la conscience, alors retournez sur Divine Opale, je viendrai vous rejoindre.

— *Pas question !* grogna Shae dont le poil s'était hérissé. *En ce qui me concerne, je m'y refuse. Toi et moi ne faisons qu'un, il serait contre nature que je te laisse filer sans moi.*

Il ignora superbement la supplique muette qu'elle lui adressa.

— Il en est de même pour moi, soutint Douce. Je ne suis pas ta meilleure amie pour rien !

— Et moi… commença Melhen.

— Taisez-vous !

Moira les avait arrêtés d'un mouvement de main las.

— Vous ne comprenez pas.

— Au contraire, il me semble que je comprends très bien.

La voix de Mutiane était sèche et coupante. L'ombre sur son visage n'augurait rien de bon.

— Tu es en train de t'ouvrir au monde, tu commences à franchir une nouvelle et dernière étape de ton processus de deuil.

Elle faillit s'étrangler de surprise.

— Tu racontes vraiment n'importe quoi.

— C'est la vérité. Tu t'inquiètes pour chacun de nous, ce qui signifie que tu prends peu à peu conscience des conséquences qu'une telle aventure peut avoir sur tes amis.

Ainsi, Mutiane se considérait comme une amie. Cette idée ne lui déplut pas.

La voyant toujours interdite, l'amazone poursuivit :

— Désormais je suis partante pour continuer le voyage, car je sais qu'en rentrant à Sanshee, tu seras utile à notre cause.

Moira secoua la tête, dubitative. Personne ne l'écouterait, c'était évident.

— Et si jamais l'un de vous venait à mourir ?

— On te promet de ne pas mourir, objecta Douce qui avait du mal à garder son sérieux. Croix de bois, croix de…

— Ce n'est pas un jeu, riposta la jeune fille. Ça ne l'a jamais été. Quand je vois où nous avons atterri, j'ai très peur pour la suite.

— *Ne te fais pas de bile*, ronronna Shae. *On est tous ensemble, tu comprends, ça ? Nous sommes prêts à donner notre vie pour toi.*

— *Justement… je ne mérite pas ça…*

— *Tu comptes pour nous tous, même pour Mutiane et Opléa, quoi qu'elles en disent.*

Si on se référait aux gargouillements qu'émettaient leurs estomacs, la nuit était déjà bien avancée. Pourtant, rien dans le ciel ne laissait penser que les heures s'écoulaient. Les nuages étaient toujours aussi gris et un éclair scintillant venait les zébrer quelquefois, faisant vrombir le sol de façon menaçante.

Le feu laissait s'envoler quelques braises dans les airs, parsemant le ciel noir d'une infime source de lumière.

Le repas fut un peu plus animé que d'habitude. Ils discutèrent de choses et d'autres dans une ambiance décontractée. Moira était loin de partager leur insouciance. La périphérie de leur camp attirait souvent son attention. Après l'attaque de Mänsamel, elle savait que les Pantins se feraient un plaisir de les prendre par surprise.

— Détends-toi, lui conseilla Melhen.

— Désolée, mais je n'y arrive pas. Ils peuvent être n'importe où.

Ses yeux s'arrêtèrent sur Mutiane qui mangeait un morceau de lard du bout des lèvres, son autre main occupée à tisonner le brasier.

Elle se risqua à lui demander :

— Pourquoi tu m'en veux de vouloir me venger ?

L'amazone s'arrêta brusquement de mâcher. La jeune fille s'attendait à lire dans son regard de la fureur, ce qui ferait, comme toujours, dilater ses narines. À la place il n'y avait qu'un gouffre de tristesse.

Tout le reste du groupe retint son souffle. C'était inhabituel d'entendre quelqu'un poser une question aussi directe à l'amazone. Moira crut que celle-ci allait tout bonnement l'ignorer.

— Parce que j'ai déjà été dans ton cas et que je suis bien placée pour savoir que ta colère te perdra.

C'était dit d'une voix égale et parfaitement neutre, contrastant avec la douleur évidente contenue dans ses pupilles satinées. Contre toute attente, Moira ouvrit la bouche, puis la referma. Elle s'attendait à tout sauf à ça.

Le silence de mort qui s'était abattu sur leur campement se prolongea, mettant tout le monde mal à l'aise. Même Douce n'osait piper mot.

— Tu dois accepter la mort de ton père. C'est comme ça. Tu n'as pas d'autre choix que de lâcher prise, si tu veux t'en sortir.

Son corps devint gourd, comme paralysé par ces derniers mots.

— Tu ne peux pas comprendre, contra-t-elle dans un chuchotis.

— Si, bien sûr que si. Autrement jamais je ne me permettrais de te dire une chose pareille.

L'espace de quelques instants, l'amazone sembla vouloir éclater en sanglots. Cette émotion fugace disparut aussi vite qu'elle était arrivée, aspirée dans les deux rubis durs qu'étaient ses iris. Elle passa une main fébrile dans sa chevelure, au comble du malaise.

— J'ai perdu mes parents lors du conflit de Kalöf, il y a une quarantaine d'années. Ils sont morts de la main d'un Pantin de Déchue.

— Pourquoi tu ne me l'as jamais dit ?

— Je n'ai pas l'habitude de me confier à qui que ce soit. Le chagrin reste entier après toutes ces années et je n'aime pas en parler.

— Tu t'es vengée ?

— Oh que oui. J'ai traqué le Pantin qui avait eu raison d'eux. Jusqu'aux confins de l'île Fei.

— Alors tu n'as pas à me reprocher de vouloir faire de même.

— *Moira*, la prévint Shae.

Mutiane hocha la tête, abattue.

— Et je le regrette. Ça n'a pas ramené mes parents, ça n'a fait que me consumer au fil des années. Regarde donc ce que je suis devenue : une marginale, une solitaire. Si tu m'avais rencontrée avant la guerre, jamais tu ne m'aurais reconnue. Ne fais pas la même erreur que moi, s'il te plaît.

Difficile d'imaginer l'amazone diamétralement opposée à ce qu'elle était aujourd'hui.

— Alors tu voudrais que je fasse demi-tour ? Que j'abandonne ?

— Je n'ai jamais dit ça. Je comprends ta soif de revanche, ton envie de faire payer ceux qui ont semé la mort dans ton village. Si tu ne combats pas les Pantins, ça te hantera le restant de ta vie. Non, Moira. Venge ton père, mais n'oublie pas, une fois que tout sera terminé, il faudra en rester là. La colère annihile le bon sens et elle ne fera que te nuire. Léon aurait voulu que tu laisses tout cela derrière toi. Ta haine ne doit en aucun cas obscurcir ton cœur et ton jugement.

La jeune fille laissa ses paroles l'imprégner sans répondre. Ce qu'elle venait d'apprendre changeait radicalement sa façon de voir les choses. L'amazone apportait la lumière dans son monde englouti par l'ombre.

Plus personne ne parlait. Ces révélations laissaient les plus bavards estomaqués. Douce, elle-même ne pouvait détacher son attention du visage déconfit de l'amazone.

Les plaines de Chollah-Wirid n'étaient pas de simples vallons ouverts sur des paysages fabuleux. Tout d'abord, parce qu'il n'y avait pas de paysages fabuleux, juste un horizon sombre et inquiétant.

Certains espaces de cet environnement traître étaient des leurres pour les non avertis.

Lorsque Douce et Acajou s'enfoncèrent dans un marais visqueux, le prenant pour une motte d'herbes folles, la surprise fut totale.

Après ce fâcheux épisode qui avait laissé la jeune abel et son ami trempés et recouverts de minuscules nénuphars, chacun avait décidé de prendre ses dispositions afin de ne pas subir le même sort.

Mutiane ouvrait donc la marche. Armée d'un simple bâton long jusqu'à la taille, elle tâtait chaque parcelle de terre un peu suspecte, suivie de près par ses compagnons.

Personne n'avait reparlé des confidences faites par l'amazone, mais la sincérité de ses paroles en intriguait plus d'un. Qu'elle se fût dévoilée de la sorte prouvait que Moira était sur une pente raide et risquait de basculer du mauvais côté à tout moment. Tout cela donnait matière à réflexion.

La journée s'échelonna sans la moindre piste quant à la présence des Pantins.

Le lendemain matin, Shae pensa flairer une piste.

—*Je reconnaîtrais leur odeur fétide n'importe où.*

—*Je ne me rappelle pas avoir senti un quelconque effluve, à Mänsamel*, remarqua Moira.

Pourtant, il avait raison. Quelque chose avait changé dans le paysage. La nature, déjà pauvre et lugubre, était ici proche de la putréfaction. S'il y avait jamais eu des feuilles sur les arbres et des fleurs offertes au soleil, elles n'existaient plus depuis longtemps. Il ne restait sur le sol sec que les vestiges d'une vie passée.

—est-ce que les Pantins de Déchue ont toujours été ici? demanda Douce, penchée sur les restes d'un buisson qui semblait carbonisé.

—Pas que je sache, répondit Mutiane qui ne cessait de jeter de fréquents coups d'œil partout autour d'eux. L'histoire des Pantins est assez obscure. On sait simplement qu'ils se sont réfugiés ici il y a un demi-siècle et qu'ils se sont rangés aux causes de Donovan, sans nous accorder la moindre pitié. Ils ont fait de terribles dégâts lors de la bataille des Cinq Vies qui nous a opposée au roi.

—est-ce qu'ils sont... est-ce qu'ils ont une conscience? Des sentiments?

Mutiane se rembrunit.

—Vu la façon dont ils se délectent en tuant leurs victimes, je serais tentée de dire que non.

Elle se figea brusquement, bientôt imitée par Moira qui avait également entendu l'étrange chuintement.

—Qu'est-ce qui vous prend? interrogea Douce, étonnée.

— Un bruit inhabituel, répondit Melhen d'un air grave.

Émergeant des arbres morts, un Pantin flottait dans les airs, rigide. Ce n'était pas un de ceux qui avaient attaqué Mänsamel. Son menton était trop pointu pour cela et la cire qui avait séché dans le coin de ses lèvres grises et mal dessinées était plus abondante. Elle formait de grosses croûtes disgracieuses sur sa peau, à la manière de verrues. Ses deux mains, longues et cadavériques, étaient entrecroisées devant lui. Perché en lévitation, il paraissait très tranquille.

— Notre princesse vous attend.

Ils se concertèrent brièvement du regard. S'ils s'étaient seulement attendus à cela !

— Vous avez voyagé bien longtemps, sans jamais nous trouver. À présent, notre souveraine vous laisse l'occasion de prendre contact avec nous.

— *Il ment*, fulmina Opléa. *C'est un piège.*

— *Nous n'avons pas le choix*, répondit Acajou sur le même ton. *Tu l'as entendu, nous ne les trouverons que s'ils le décident. Et ils ont décidé.*

Mutiane se trémoussa, partagée. Puis brusquement, elle se tourna vers Moira.

— *Qu'est-ce que tu décides ? C'est à toi de prendre cette décision.*

La jeune fille jaugea leur interlocuteur sans cacher sa haine. La moitié de son visage ne laissait rien voir des émotions susceptibles de l'habiter. Peut-être ne ressentait-il rien du tout, après tout. Il ne fallait pas se laisser prendre par leur manque d'affliction, car ces Pantins étaient dangereux et certainement désireux de les éliminer jusqu'au dernier. Pour les serviteurs de Donovan, un bon abel était un abel mort.

— Suivons-le, répondit la jeune fille d'une voix ferme.

Elle ignora les protestations d'Opléa et de Melhen. Après tout, ils étaient libres de ne pas venir. Elle ne forçait personne.

— *Ils te suivront jusqu'au bout du monde*, murmura Shae de sa voix toujours paisible. *Même s'ils n'approuvent pas, ils restent tes amis.*

— *Des amis qui risquent de mourir parce que je viens de prendre une décision insensée.*

— *On ne met jamais la charrue avant les bœufs. Attendons de voir ce qui nous attend.*

Le Pantin ne laissait rien transparaître, pas même une expression de satisfaction.

— Suivez-moi.

Après un instant d'hésitation, ils obéirent. Moira était montée sur le dos de Shae, bientôt imitée par ses compagnons. Si jamais ils devaient fuir, autant être prêts.

— *Tu fais une erreur, Moira,* résonna la voix éreintée d'Opléa.

— *Tu n'es pas obligée de venir.*

— *Il le faut. Melhen et moi surveillons tes arrières.*

Elle ne répondit pas. C'était la première fois qu'elle échangeait des paroles aussi peu distantes avec la louve. Pour qu'Opléa mette son impossible caractère de côté, c'est qu'elle devait prendre la situation très à cœur.

Le Pantin fit demi-tour et flotta le long d'un sentier mangé par les mauvaises herbes, assez lentement pour que les loups le suivent à vitesse moindre. La distance entre leurs ennemis par nature restait assez conséquente. On ne savait jamais, avec pareilles créatures.

Les minutes s'écoulèrent en silence, seulement rompues par le bruit des coussinets des loups sur le sol jonché de feuilles mortes. Ils montèrent le long d'un vallon, contournant un ravin peu profond.

—*C'est immonde!* protesta soudain Shae en secouant ses pattes avec vigueur.

Ses griffes collaient à une sorte de pâte blanche et gluante. En réalité, le Pantin laissait dans son sillage de la cire, infestant la moindre parcelle de nature restée vivante.

—*Fais avec, Shae. Ça semble être l'une des merveilleuses particularités de ces créatures*, lui répondit Acajou.

—Dis-toi que ça a peut-être des propriétés curatives, plaisanta Douce dans un demi-sourire.

—Ce n'est pas le moment de faire des blagues, les coupa Mutiane, la mine orageuse.

Après cette intervention, plus personne ne parla. D'autant plus qu'ils parvenaient au but.

Au sommet de la vallée, des ruines s'érigeaient comme des plantes grimpantes. Malgré l'attaque de la végétation qui s'était approprié les lieux, on distinguait parfaitement le caractère royal de l'endroit.

—Où sommes-nous, d'après vous? demanda Melhen.

Les fondations de pierre s'étaient effondrées sur un sol poussiéreux, semblable à un amas de cendres. Seuls quelques pans de murs restaient debout, noircis et calcinés. Quelques arcades trônaient encore par endroits, mais il ne restait plus rien de l'évidente splendeur d'antan.

—Bienvenue chez moi, jeunes gens et jeunes daïsiens. Je suis la Déchue. La Dame Déchue.

La voix sembla quelques instants résonner partout à la fois. Jusqu'à ce qu'au sommet de marches défoncées, une ombre apparaisse.

La silhouette était bien plus frêle, plus menue aussi, que les Pantins. Le grand linceul blanc qui la recouvrait cintrait fermement ses hanches, relevant une poitrine fournie et une taille svelte. Il retombait au sol dans une multitude de plis ondoyants.

Son visage, comme celui des Pantins, n'était visible qu'à moitié. Ses lèvres pulpeuses, roses et aguicheuses dévoilaient une rangée de dents si pures que c'en était déstabilisant. Son menton, aussi petit que celui d'un enfant, était creusé d'une unique fossette.

Cette femme devait être très belle, malgré la cire qui ruisselait du haut de son visage, lui donnant l'impression de verser des larmes en permanence. Des larmes de cire.

— Vous ne me connaissez certainement pas. Les gens de vos contrées évitent de raconter mon histoire, si tragique soit-elle. Je suis un peu la honte d'Hibendrill.

— Que voulez-vous dire ? claironna Douce.

Moira se retint de lever les yeux au ciel. La curiosité maladive de son amie devenait sérieusement encombrante. Shae se faisait d'ailleurs la même réflexion.

— *Mets-la en veille, Douce !*

La Déchue descendit de quelques marches. Contrairement à ses sujets, elle ne flottait pas au-dessus du sol et était chaussée de jolies mules.

— J'ai été du bon côté, moi aussi, murmura-t-elle, il y a longtemps de cela. Jusqu'à ce que mon propre père me trahisse.

— Nous ne sommes pas venus pour écouter vos pleurnicheries, coupa Moira qui avait déjà dégainé Devtil.

Un sourire tendre fit frémir les lèvres de la Déchue et celle-ci ouvrit les paumes en signe de consentement.

— Très bien. Vous avez fait tout ce chemin pour éliminer mes Pantins qui ont tué les habitants d'un village insignifiant, il y a quelques mois.

— Pas seulement, cracha l'amazone avec une pointe de dégoût. En ce qui me concerne, vous êtes la dernière qui n'a pas reçu son châtiment. Vous vous souvenez de Clare et Roy, le couple d'amazones ?

— Pas vraiment. Beaucoup d'amazones figurent sur mon tableau de chasse, j'en ai peur, gloussa la princesse, l'air songeur.

— J'ai poursuivi leur tueur comme du gibier. Il ne reste plus que vous.

Elle s'avança de quelques pas, prête à porter son coup, mais rencontra une barrière invisible. Un souffle brûlant naquit autour de la protection jusqu'ici invisible, l'envoyant s'écraser aux pieds de ses compagnons. Tout le monde put la voir durant une infime seconde : c'était une bulle recouverte d'un champ de force qui protégeait la souveraine des lieux. Cette dernière n'avait pas bougé et se tenait devant eux, parfaitement décontractée.

— Ta colère est tellement… abelienne. Cela ne te réussit pas de côtoyer cette Front Marqué aux cheveux de rouille.

Le visage de la Déchue se tourna vers Moira. Celle-ci s'étonna qu'elle puisse la distinguer, malgré le voile qui lui entravait la vue.

— Tu es remarquablement jolie, lui lança-t-elle d'une voix où perçait la tristesse. Peut-être qu'avec tes traits et ton opulente chevelure, j'aurais pu atteindre les buts que je m'étais fixés.

— Qu'entendez-vous par là ? demanda Moira, qui ne parvenait pas à cacher sa surprise face à ce compliment inattendu.

La Déchue ne répondit pas et reporta son attention sur Mutiane.

— On m'a toujours décrit les amazones comme des femmes froides, à l'instar des madones. Insensibles et aussi fortes que le roc.

— Ce ne sont que des légendes. En réalité, nous ne savons être chaleureux qu'avec les gens qui le méritent. Vous êtes responsable de la mort des gens que j'aimais plus que ma propre vie.

— C'est ce que je dis : en restant trop longtemps près de cette abel, tu t'es assagie, tu es devenue faible. Aussi faible qu'une humaine.

Elle soupira.

— Les humains sont si fragiles. Des sentiments aussi ridicules que l'amour, l'amitié, la fraternité sont bons pour les autres. abels, cournols, amazones... Vous vous êtes laissés contaminer par cette faiblesse. Le plus déplorable, c'est que les nains se sont pris au jeu. Je n'ai jamais vu tant de mièvreries dans leur comportement.

Quelque chose dans son discours titilla Moira. Sa voix transpirait trop le ressentiment. La Déchue semblait faire une grande différence entre les démons des autres et les siens.

— Que vous est-il arrivé pour que cette faiblesse, comme vous l'appelez, vous consume à petit feu ?

Elle avait touché juste. La pâleur de craie de la Dame laissa place à un rouge cramoisi. Ses lèvres se pincèrent, mais elle répondit néanmoins avec hargne :

— Avant d'être en cire, j'étais faite de chair et de sang. J'étais une princesse naine très convoitée. Adulée par mon peuple, appréciée pour mon incroyable beauté qui faisait se bousculer des centaines de jeunes nobles à ma porte, on pouvait dire que j'étais bien plus belle que n'importe qui. Pour mon plus grand malheur, mes goûts en matière d'hommes se révélaient très pointilleux. Mon père désespérait de jamais me voir épouser un prince. Un jour, j'ai croisé un des sujets du palais. Un jeune palefrenier du nom d'Hermance. Sa beauté était égale à la mienne, bien qu'il y ait plus de grâce et d'authenticité chez moi, je me dois de l'avouer.

«Durant des semaines, je l'ai suivi, j'ai observé ses moindres faits et gestes. Il était ce qu'il me fallait. Tout ce que je recherchais. Et sa lignée peu reluisante n'émoussait en rien mon désir pour lui. Le seul problème résidait dans le fait qu'il fût déjà engagé à une espèce de grossière erreur de la nature. Une suivante de ma mère, le corps si ingrat que je me demandais ce qu'un bel homme comme Hermance pouvait lui trouver. Elle avait un pouvoir d'attraction sur lui, et il lui était très attaché.

«Alors j'ai attendu une nuit, cachée dans le couloir du palais jouxtant les appartements de ma mère. La boniche venait de quitter la chambre, les bras chargés de robes à laver. Je n'ai pas hésité et l'ai poignardée. D'abord, à quelques centimètres au-dessus du cœur, en plein dans un poumon, puis directement dedans. Elle n'a pas crié. D'ailleurs, je pense qu'elle n'avait plus de souffle pour cela. Personne n'a réussi à m'impliquer dans ce meurtre. D'ailleurs, qui aurait pu accuser une princesse de renom, aussi belle et délicate qu'une rose ? J'étais à des lieues d'imaginer qu'Hermance, le cœur brisé par la perte de sa bien-aimée, remontait peu à peu jusqu'à moi dans ses investigations pour trouver le coupable. Je pense qu'il a dû avoir la puce à l'oreille lorsque j'ai commencé à lui faire de pressantes avances. Il a fait l'erreur de me repousser et voyant que je ne pouvais pas l'avoir, il était hors de question que quelqu'un d'autre l'ait. J'étais fermement décidée à mettre fin à ses jours, mais il a agi quelques heures avant moi. Un soir, il s'est introduit dans ma chambre et a versé une marmite d'huile bouillante sur l'entièreté de mon corps. J'ai pris feu lorsqu'il a jeté sur moi la cire rougie d'une bougie. C'était sa vengeance.

«Après cela, mon père, voyant ma beauté évanouie, m'a reniée pour mes fautes et mon crime. J'ai été envoyée en exil sur les terres perdues accolant le royaume. Elles sont aujourd'hui ce que l'on appelle les plaines de Chollah-Wirid. Certains de mes sujets, soldats et serviteurs, se sont rangés à ma cause et m'ont accompagnée dans ma vengeance. La haine dans mon cœur a réveillé en moi des pouvoirs insoupçonnés. J'ai transformé mes fidèles en créatures à mon image. Et comme vous pouvez le voir, je me suis moi-même drapée dans un linceul cachant ma laideur aux rares visiteurs tels que vous.

« Constatant que je ne pouvais atteindre ni mon père ni Hermance, j'ai rejoint les rangs de Donovan. Ce nephel qui comprend mes tourments a su trouver les mots. Et sachant que les nains sont du côté des abels, je me suis tout naturellement tournée vers leurs ennemis naturels. Même si mon ancien peuple est très pacifiste et n'a pas l'habitude de se joindre aux batailles, j'attends avec impatience le jour où je me retrouverai devant ce père qui m'a reniée et qui a fait de moi une Déchue.

Moira était soufflée. Soufflée par la cruauté de cette naine capricieuse. En vérité, son père avait bien fait d'exiler cette jeune fille uniquement préoccupée par sa petite personne.

— Que comptez-vous faire une fois que vous aurez tué votre père ? La vengeance ne vous rendra pas ce en quoi vous teniez.

Il lui semblait encore entendre les mêmes paroles franchir les lèvres de Mutiane, la veille.

— Le roi Donovan m'a promis un royaume à ma hauteur, ainsi qu'un nouveau visage, bien plus beau encore que celui que la nature m'avait offert. Et je compte bien reprendre ce qui m'appartient de droit. Le royaume des nains me revient ! J'asservirai tous ceux qui sont restés fidèles à mon père et je tuerai jusqu'au dernier ceux qui refuseront de me jurer allégeance.

— Ça suffit, siffla Mutiane qui avait resserré sa garde. J'en ai assez entendu. Retirez tout de suite cette jolie bulle de protection avant que je ne le fasse moi-même.

La Déchue eut un sourire éclatant.

— Cela m'étonnerait que tu puisses, amazone. Vous ne représentez qu'une portée de chatons, à mes yeux.

— *Aidez-moi*, dit Mutiane en serrant les dents.

Moira comprit rapidement ce qu'elle attendait avant même de fouiller dans son esprit. Joignant sa conscience à la sienne et à celle de Melhen, elle sentit bouillir en ses compagnons une magie phénoménale, nourrie par la colère et l'envie d'exterminer cette race à tout jamais.

Leurs pouvoirs rassemblés démontraient une force si importante qu'elle faillit lâcher prise durant une poignée de secondes. L'esprit des loups s'entrelaça à leur magie, formant un bloc si compact qu'il fit vibrer la caillasse au sol.

Des Pantins apparurent et pénétrèrent dans la bulle de protection érigée par la Déchue. Celle-ci demeurait immobile, son horrible sourire ironique accroché au visage. Il se transforma en une mine déconfite lorsque l'air se mit à vrombir.

La barrière ne leur posa aucun problème. À six, ils étaient plus forts que n'importe qui. Elle explosa en projetant des éclats de verre à travers la vallée. Ils rebondirent sur les Maolen sans les toucher.

— C'est impossible, chancela la Dame Déchue.

Puis se reprenant, elle ordonna d'une voix tranquille :

— Occupez-vous d'eux, Pantins. Je ne veux pas de prisonniers.

Ses fidèles s'approchèrent lentement, les mains déjà tendues dans leur direction. Moira les reconnut immédiatement et son sang ne fit qu'un tour. Les voilà, ceux qui avaient exterminé les habitants de Mänsamel. Il y avait même celui à qui elle avait tranché la main, quelques semaines plus tôt. Son moignon grossièrement suturé dépassait légèrement de sa manche noire.

Tous se disposèrent dos contre dos, afin de faire face aux créatures qui les encerclaient.

— *Ce n'est pas par la force que nous les aurons, Mutiane*, remarqua Moira.

— *Que proposes-tu ?*

— *Nous sommes les Maolen. Servons-nous de ce qu'il nous a légué.*

Elle ouvrit la paume de sa main et un tourbillon miniature s'enroula autour de son poignet, se transformant bientôt en une boule dense et lumineuse. C'était la première fois qu'elle faisait de sa magie quelque chose de pleinement visible et la façon dont la lueur blanche enveloppait son poing laissait à penser que l'énergie contenue à l'intérieur était formidable. Elle fut bientôt rejointe par Melhen qui puisait déjà dans sa propre gemme. Il n'y avait pas d'étrange bourrasque blanche qui sertissait sa main, mais plutôt un réseau d'éclairs azuréens, tout bonnement impressionnant.

La peur, l'excitation et l'urgence de la situation décuplaient leur capacité et Moira encadra de ses dix doigts la masse d'air dont la pression augmentait considérablement au fil des secondes.

Avec un sourire narquois et sans réel effort, Mutiane matérialisa sa propre boule d'énergie, un entrelacement d'anneaux compliqué d'une chaude couleur rubis. Reposant en équilibre sur son index, elle n'attendait que d'être lancée sur ses ennemis.

— *Ensemble ?*

— *Ensemble !*

D'un même mouvement, ils tendirent leurs mains, paumes vers le ciel, et trois jets de lumière s'enroulèrent avant de s'élever sur plusieurs mètres. La terre se mit à trembler à mesure que l'épaisseur de leurs raies lumineuses grandissait. Dirigeant leurs consciences sur leurs ennemis, ils attaquèrent.

Les jets se divisèrent brusquement avant de frapper plus fort que la foudre les douze silhouettes macabres. Leurs bures s'effilèrent, comme attaquées par de l'acide, les laissant pour morts. Leurs corps pâles finirent par disparaître dans une volute de fumée noire.

Moira eut à peine le temps de sortir Devtil que de nouvelles créatures se ruaient déjà sur elle. Cette fois-ci, elles avaient décidé de laisser de côté leur apparente équanimité.

Il n'était plus question de réutiliser ses pouvoirs. Ils mettaient du temps avant d'atteindre une telle puissance. Pourtant, la jeune fille fut étonnée de sentir une étrange forme d'énergie tout près d'elle.

Se dérobant habilement de l'emprise d'un Pantin qui lui avait saisi le bras, elle s'autorisa à jeter un coup d'œil.

—*Shae ! Que t'arrive-t-il ?*

Celui-ci avait refermé sa mâchoire sur le cou de sa victime avec une force qu'elle ne lui avait jamais vu. Sa fourrure était balayée par une énorme bourrasque, faisant onduler son poil brillant.

—*Je ne sais pas de quoi tu parles. Je suis en pleine forme !*

—*Justement…*

Elle n'eut pas le temps de poursuivre, car un de ses adversaires avait sorti une arme de son voile épais. Elle ressemblait en tout point à une épée, mais son manche était bien plus large que la moyenne et la lame formait d'étranges rides tranchantes.

— *Méfie-toi, Moira*, intervint la voix de Mutiane. *Ce n'est pas n'importe quelle arme !*

Cette dernière se battait avec l'énergie du désespoir, envoyant de temps à autre une boule incandescente au visage de ses ennemis. Étant constitués essentiellement de cire, ceux-ci ne tardèrent pas à s'enflammer avant d'être consumés sur place.

— *Pas mal*, apprécia Moira

Elle dut effectuer un brusque écart en arrière, courbant son corps avec la grâce que nécessitait la danse abelienne, afin d'éviter le tranchant de l'épée du Pantin. Il avait posé les pieds au sol et se déplaçait avec l'aisance d'un chat. Moira était plus habile encore. Les heures d'entraînement avaient musclé son corps et elle se contorsionnait, se hissait toujours plus haut pour éviter la lourdeur de son arme. Elle chercha plusieurs fois à lui porter un coup mortel, mais son adversaire se montrait rusé et esquivait chacune de ses attaques sans difficulté.

Une partie de son esprit n'était cependant pas accaparée par le combat qu'elle menait. À travers les yeux de Shae, elle observait son propre affrontement. Le loup était assailli par une immense félicité, doublée d'une bonne humeur désarmante.

— *Que t'arrive-t-il ?* ne put-elle s'empêcher de répéter.

— *Aucune idée, mais je ne me suis jamais senti aussi bien de toute ma vie !*

Sa grosse patte se posa fermement sur un des pans de la bure du Pantin qu'il combattait. Celui-ci essaya de s'échapper, mais dans le mouvement, le tissu dévoila un corps maigre et trop grand. Des perles de cire gouttaient le long de sa peau crayeuse. Le plus choquant restait son visage. Aussi rond que celui d'un bébé, dénué de cheveux. Les yeux aux orbites vides étaient tout simplement cauchemardesques. Shae lança un aboiement, laissant jaillir de sa gueule une véritable tornade qui balaya la créature. Cette dernière tenta un repli, mais la magie se refermait sur elle comme une cage brillante, la laissant parfaitement démunie. Quand elle disparut, Moira délaissa quelques secondes son attention pour se tourner vers son ami.

— *C'est mon pouvoir, ça !*

Shae se mit à rire intérieurement avant de s'élancer vers sa prochaine victime, fier de ses nouvelles capacités. Ses poils ébouriffés formaient autour de lui un étonnant halo de lumière.

L'épée qui s'abattait sur elle entra dans son champ de vision et Moira se baissa de justesse, échappant ainsi à une décapitation en règle. Son adversaire ne l'avait pas oubliée. Exaspérée, elle enfonça Devtil dans l'estomac du Pantin, jusqu'à la garde. Il bougeait encore les bras, alors elle retourna son arme dans tous les sens, entaillant ses entrailles. Satisfaite, elle le vit se transformer en une poussière de fumée emportée par la brise. Elle se débarrassa de la cire qui enduisait sa lame en l'essuyant sur son pantalon.

Les deux prochains adversaires arrivaient chacun d'un côté, leurs épées pendant le long de leurs bras. La jeune fille se pencha et croisa les bras sur son gilet en cuir. Attrapant les manches de ses poignards, elle les envoya en même temps en plein cœur de leurs cibles. Elle ne prit pas la peine de vérifier qu'ils succombaient à cette blessure mortelle. Ses tirs ne rataient plus depuis des années.

Se redressant, elle marcha tranquillement vers la Dame Déchue qui n'avait pas bougé de sa place initiale.

Du coin de l'œil, elle aperçut Opléa, entourée d'une belle aura bleutée, se jeter sur deux Pantins, tandis qu'à quelques pas de là, Melhen, perché sur les épaules de sa victime tirait violemment sur son menton pour désarticuler son cou.

La Déchue eut un mouvement de recul à peine perceptible, même si sa moitié de visage encore visible restait imperturbable.

— Tu… Tu ne peux rien contre moi. Tu n'es qu'une abel. J'en ai éliminé des milliers comme toi ! Vous pouvez peut-être tuer mes serviteurs, mais cela ne veut pas dire que vous me tenez, moi. Je sens la haine qui anime tes sens, mais la mienne est plus grande encore.

Ses mots coulèrent en Moira comme un acide, brûlant ses veines et ses entrailles. Contre toute attente, un sourire s'invita sur ses lèvres. Devtil retourna dans son fourreau sans qu'elle ne cille devant la princesse.

— Vous avez tort et n'avez pas vécu assez longtemps pour comprendre comment la force fonctionne, dit-elle. La haine n'est qu'un carburant temporaire. Que vous reste-t-il en définitive ? Sinon votre cœur aussi consumé qu'un vieux bout de bois sec ? Je vous en veux, à vous et à vos semblables de m'avoir enlevé une partie de moi. De m'avoir pris mon père. Mais ce n'est pas pour cette raison que je vous tuerai. Je vous tuerai parce que vous n'apportez rien de bien dans ce monde. Je vous tuerai pour apporter la paix.

Tout en parlant, elle avançait avec une lenteur délibérée vers l'estrade de pierre. La Déchue fit à nouveau un pas en arrière.

— Même si je ne suis plus là, il y aura Donovan pour vous réduire à néant, ricana-t-elle. Et la haine ne meurt jamais dans nos cœurs, même lorsque notre corps pourrit sous terre. Je hais ton peuple, je hais les nains et je maudis tous les autres ! Crois-moi, je me suis fait un plaisir de répondre aux ordres de Fall Marma en mettant ce village minable à sac.

Moira ferma brièvement les yeux. Il était hors de question qu'elle se laisse déstabiliser par ses propos scandaleux.

— Pourquoi vous a-t-il ordonné de faire une chose pareille ?

— Tu ne devines pas ? C'est dans les petites bourgades que la magie et les espions se cachent. Donovan ne veut pas perdre son temps dans des interrogatoires sans fin. Raser tous les villages et ne laisser que les grandes villes est son dessein du moment. Toi et tes amis vous êtes trouvés là au mauvais moment.

— Et en tant que joujou de Donovan, vous avez obéi aux ordres. Comme c'est bien.

Les lèvres de la princesse tremblèrent violemment, signe qu'elle perdait ses moyens.

— J'étais belle, pleine de majesté et d'éclat ! Et je le serai de nouveau. Ce n'est pas vous qui m'empêcherez d'atteindre mon but.

— Que vous croyez ! Il faut croire qu'Hermance avait vu depuis longtemps le vrai revers de votre personnalité. Il n'avait pas tardé à comprendre qu'au fond, vous étiez dénuée de toute beauté, car la haine vous a rendue laide. Votre âme est putréfiée.

— Du haut de tes petites années dans ce monde, tu te targues de tout connaître ? Tu ne sais rien de rien. Je ne me laisserai pas faire sans en découdre ! Attaque-moi si tu l'oses !

Elle pencha la tête sur le côté, presque amusée.

— Pas aujourd'hui, Dame Déchue. J'ai le sentiment que le moment n'est pas encore venu pour vous. Retournez voir votre cher maître, comme le bon toutou que vous êtes, et rapportez-lui que Maolen le salue.

Cette fois-ci, le teint de la Dame avait viré au livide. Son bras se plaça légèrement devant elle, comme si elle se protégeait de ses mots.

— Ce… C'est impossible. Maolen est mort depuis longtemps, maintenant.

— Et pourtant, il est encore là et prêt à mener cette guerre de front… Dépêchez-vous de partir avant que je ne change d'avis.

La Dame Déchue ne se le fit pas dire deux fois. Relevant son linceul, elle tourna sur elle-même avant de disparaître dans un tourbillon gracieux.

Voyant leur souveraine partie, les rares Pantins restants l'imitèrent, laissant leurs adversaires éberlués.

— Pourquoi l'as-tu laissée partir ? ragea Douce qui se massait la tempe. Il était presque mort, le mien !

— Ce n'était pas le moment.

Son amie la regarda comme si elle avait perdu la tête.

— Tu plaisantes, j'espère ! Tu es venue pour te venger, il fallait nous dire que tu ne comptais pas finir le travail déjà bien entamé.

Moira ne put s'empêcher de s'amuser de la situation. Douce semblait avoir pris un certain goût au corps à corps.

— Tu as bien fait.

C'était Mutiane. Elle avait sondé avec la plus grande discrétion les pensées de la jeune fille et approuvait sa décision. Près d'elle, Melhen hocha la tête à son tour, satisfait.

Douce ouvrit la bouche, effarée.

— De quelle planète venez-vous ?

— *Il ne fallait pas tuer tous les Pantins*, expliqua Shae qui les avait rejoints. *C'est déjà un miracle que nous en ayons éliminé un si grand nombre. En épargner quelques-uns pour qu'ils rapportent les faits au roi est plus… intéressant. Le message que la Déchue lui délivrera aura de quoi le glacer d'effroi.*

— Plus intéressant ? La bonne blague ! Je croyais

qu'on était censés se balader incognito, ici ! L'histoire de Maolen devait rester secrète.

— Ce n'est plus tout à fait le cas, répondit Moira d'une voix ferme. La Dame n'a pas très bien compris la portée de ma nouvelle, elle a déduit qu'il était toujours vivant, comme avant. C'est une bonne chose.

Le feu de la vengeance avait été aspiré durant sa conversation avec la Déchue. À présent, elle comprenait, les enjeux étaient désormais tout autres.

— C'est terminé. Nous ne nous cacherons plus. C'est ce que Maolen aurait voulu.

Chapitre XXV
Amère vengeance

Moira posa l'index sur sa gemme, appréciant ses angles taillés en de multiples facettes.

Dans un étrange chatouillis, une partie de sa magie quotidienne la quitta pour se réfugier dans le bijou qui se mit à luire d'une jolie couleur nacrée.

— Penses-tu qu'il y en a beaucoup, dedans ? s'enquit une voix dans son dos.

La jeune fille sourit au reflet d'Ismeline que lui renvoyait le miroir. Celle-ci brossait ses cheveux avec la douceur que seule une mère pouvait manifester.

— Je pense. Lorsque j'essaie de l'inspecter, je sens comme une immense énergie. Je me demande comment toute cette magie peut être contenue dans une si petite chose.

Elle réfléchit quelques instants, puis marmonna d'un air songeur :

— J'imagine que la magie à l'état brut n'est pas quelque chose de consistant.

— À mon avis, c'est plus compliqué que ça.

Ismeline la retourna vers elle pour mieux la scruter. Avec fierté, elle posa sa paume fraîche contre sa joue.

— Parfait. Tu feras très bonne impression, là-bas. J'ai presque réussi à raffermir tes joues. Tu as trop maigri, ces derniers temps.

— Ça n'a pas d'importance, répondit Moira en se redressant.

La robe la moulait agréablement, mettant ses courbes en valeur. Elle tombait au sol avec cette beauté que seules les tenues abeliennes savaient faire. Le tissu était plus doux que de la soie, lui donnant l'impression qu'elle se baignait déshabillée dans un cours d'eau. Le dos nu laissait entrevoir sa chute de reins ainsi que deux infimes fossettes de chaque côté.

Ismeline ne put s'empêcher de faire la moue.

— Tu es certaine que tu ne veux pas que je m'occupe de ta cicatrice ? Il me reste encore assez de magie pour aujourd'hui.

— Non, merci.

Le stigmate barrait irrégulièrement son dos sur toute la longueur et suivait le trajet de sa colonne vertébrale pour se perdre sur sa hanche droite. Unique souvenir d'une nuit particulière, passée en compagnie des goules. Elle était blanche et légèrement boursouflée, mais découverte avec cette somptueuse robe, cette cicatrice rappela à la jeune fille la réalité. Un semblant d'horreur enveloppé dans une tenue merveilleuse.

Melhen entra à cet instant, vêtu de ses habits les plus splendides. Ismeline avait réussi – non sans mal – à dompter sa touffe de cheveux châtains en les coiffant avec sophistication, rabattus en arrière. Le jeune homme s'arrêta net en voyant Moira, la bouche entrouverte.

— Tu… Tu es sublime.

Le rouge aux joues, elle marmonna un vague « merci ».

— Tu sais, si la Dame Déchue te voyait là, tout de suite, elle te déchiquetterait sur place.

Elle lui sourit avant de prendre le bras qu'il lui offrait.

— Je suppose que c'est un compliment.

— Attention à vous, retentit la voix d'Ismeline, alors qu'ils passaient la porte. Pas de bêtises et pensez à tenir votre langue !

— Oui, Maman, répondit Melhen en levant les yeux au ciel.

La nuit glacée lui tira un frisson, mais Moira refusa la veste qu'il lui tendait.

Cela faisait deux jours qu'ils étaient revenus des terres de la Dame Déchue. Le retour s'était déroulé sans encombre et les marins n'en avaient pas cru leurs yeux en les voyant embarquer sans la moindre égratignure.

La dure réalité s'imposait plus facilement que Moira l'avait présumé. Sa colère s'était évaporée comme neige au soleil et la mort de son père était plus ou moins acceptée, même si elle préférait laisser ses sentiments contradictoires de côté, attendant qu'ils fassent moins mal.

Amarah avait failli faire une crise cardiaque lorsqu'ils étaient arrivés plus tôt que prévu. À la surprise générale, elle ne leur avait demandé aucune explication, les informant simplement qu'ils seraient conviés à un banquet réunissant le Conseil pour parler de leurs aventures.

Ce jour était arrivé et Moira devrait répondre de ses actes.

Elle savait que ce soir-là, elle était particulièrement à son avantage, mais le parfum, le maquillage et la coiffure recherchée la mettaient plus mal à l'aise qu'autre chose. Ce qui ne l'arrangeait pas, car il lui faudrait toute son assurance pour convaincre les abels que sa décision était la bonne.

— Nous avons terminé de nous cacher.

— Qu'entends-tu par là, au juste ?

Les tables des convives étaient regroupées de façon

à ce que tous puissent voir la jeune fille qui s'était levée de son siège et s'adressait à l'assistance.

Le Conseil avait été trié sur le volet. Seules huit personnes étaient conviées à la table d'Amarah, dont deux issues des cités abeliennes voisines à Sanshee. Sans compter les Maolen, ainsi qu'Opléa et Shae.

Il était temps pour Moira de s'exprimer. Pour l'occasion, elle avait soigneusement ficelé son discours. Nedril l'herboriste venait de l'arrêter, les sourcils froncés.

—J'ai laissé la vie sauve à la Dame Déchue, et je lui ai sommé de dire à Donovan que Maolen le saluait.

Certains membres du Conseil se figèrent, la fourchette en l'air, d'autres parurent avoir avalé de travers. Constatant que le silence s'éternisait, Mutiane se leva à son tour. Pour l'occasion, elle était vêtue d'une robe écarlate si époustouflante qu'elle en donnait le vertige.

—Je pense que Moira a bien agi.

—Ce que vous pensez, chère amazone, n'a pas la moindre importance, coupa un des membres aux cheveux de jais. Vous ne seriez pas tombés sur la tête, par hasard? Nous comptions sur cette information cruciale pour prendre Donovan par surprise.

—Et alors? Qu'est-ce que ça aurait changé? s'enflamma Melhen. Il serait quand même venu pour nous éliminer les uns après les autres.

—À votre avis, continua Moira d'une voix égale, que va aller lui dire la Dame? Que Maolen est toujours vivant. Et que trois représentants des cournols, abels et amazones sont venus lui annoncer la nouvelle avant d'éliminer ses Pantins un à un. Donovan va donc se préparer à combattre un homme: Maolen, ainsi que trois peuples qui se sont alliés pour le défier. Il pense connaître Maolen, ses forces et ses faiblesses, mais il ne se doute pas un instant que nous sommes trois Hybrides. La surprise sera totale.

— Vous ne maîtrisez rien ! fit remarquer une voix dans l'assistance.

— Oh que si ! intervint Melhen. Nous sommes parvenus à mettre nos pouvoirs en commun pour tuer pas moins de dix-huit Pantins !

Une rumeur étonnée secoua le petit groupe.

— De plus, poursuivit le jeune homme imperturbable, nos pouvoirs ont affecté nos loups, Opléa et Shae. Ceux-ci ont manifesté des dons très…

— Des dons ? Des loups avec des dons ? coupa Amarah en battant des cils. C'est impossible.

— *C'est pourtant ce qui s'est passé*, répondit Shae de son calme habituel. *J'ai senti en moi courir une puissante magie. C'était la première fois.*

— Et il a soufflé sur un des Pantins.

— Q…Quoi ?

—*J'ai soufflé*, confirma le loup. *En aboyant, une bourrasque s'est échappée de ma gueule, semblable à celles qui émanaient des mains de Moira.*

La reine semblait ne pas en croire ses oreilles.

—Je n'ai jamais entendu parler d'une chose pareille, même du temps de mon père.

— Les daïsiens ont toujours été de grandes énigmes, Ab Amarah, répondit son voisin de gauche. Nous savons qu'ils sont dotés de pouvoirs encore méconnus.

— Et quand bien même, mon cher Éole, interrompit Amarah, il a été prouvé que les loups ne démontrent pas d'aptitude avant au moins une bonne centaine d'années. Un âge qu'aucun de nos loups, depuis mon père, n'a réussi à atteindre. Et si je ne m'abuse, Shae n'est âgé que de trois ans.

— Son corps était entouré d'une étrange lumière, tout comme celui d'Opléa. Je pense qu'il en aurait été de même si Mutiane avait également eu un loup, l'informa Melhen.

— *C'est exact*, répondit Opléa. *J'ai ressenti la même chose.*

— C'est cela qui fait notre force, conclut Mutiane. Donovan s'attend à exterminer un abel dont il connaît les tactiques et la façon de mener un combat. Même si la Déchue lui parle de nous, il ne s'inquiétera pas plus que cela. Nous ne sommes rien d'autre que des sous-races anémiques à ses yeux.

— Des sous-races anémiques ? Vous avez éliminé une bonne partie de sa garde rapprochée et elle se doute bien que…

— Il n'est pas difficile de cerner la Déchue, ma reine, contra Mutiane. Elle est vaniteuse. Jamais elle ne nous décrira comme des forces de la nature auprès de Donovan. D'autant plus qu'il lui a promis un royaume et une nouvelle apparence. Si elle lui relatait sa défaite, sa récompense pourrait s'envoler. Là est sa faiblesse. Là est notre chance.

La belle amazone commença à faire les cent pas autour du regroupement, ses yeux s'arrêtant sur chaque membre attablé.

— Quant à d'éventuels loups, je pense que Donovan les envisage, mais qu'il est bien loin de s'imaginer leur puissance comparée à celle des membres de sa propre caste. Le prendre par surprise, c'est ce que vous vouliez ? Eh bien, voilà, vous êtes servis. Nous sommes prêts à souhaiter la bienvenue à ce cher suzerain d'Hibendrill. Qu'en dites-vous ?

Les membres du Conseil se consultèrent du regard, se chuchotèrent à l'oreille en pesant le pour et le contre. Pour finir, certains hochèrent lentement la tête. Mutiane sourit à Moira. Pas un de ses sourires forcés, non. Un vrai sourire. Celui qu'on adresse aux amis.

Shae était parti se coucher. La ville s'endormait lentement, tandis que la longue traîne de Moira flottait derrière elle, emportée par une brise venant de l'est.

Son chignon savamment coiffé était défait par endroits, laissant s'échapper des mèches ondulées sur les côtés de son visage. Ismeline serait déçue de voir qu'elle n'avait pas pensé à resserrer les multiples épingles qui emprisonnaient sa chevelure dans une apparente décence.

Hélas, Moira n'était pas décente. Elle avait déjà abandonné ses chaussures à talons hauts sur le perron de sa maison et ses pieds nus foulaient les pavés immaculés de la cité.

Elle ne cherchait qu'une chose depuis son retour à Sanshee, et lorsque l'arcade en marbre, fermée par un grillage étroit, lui apparut au coin d'une rue déserte, gardée par deux Murmures impassibles, elle fut soulagée de l'avoir trouvée si tôt.

— Bien le bonsoir, Dame Moira.

— Bonsoir, messieurs. est-ce que je peux descendre ?

Les deux soldats hésitèrent avant de se consulter muettement.

— Nous n'avons reçu aucun ordre interdisant votre présence, mais méfiez-vous, ma Dame. Ce n'est pas n'importe qui.

L'un d'eux se pencha pour ôter le grillage retenu par une multitude de cadenas. Il tendit la main vers eux et effectua une série de gestes rapides. Les cadenas s'ouvrirent quelques secondes plus tard.

— Merci.

Contrairement aux cachots d'Imoegla, ceux de Sanshee étaient bien éclairés sur toute la longueur et le couloir restait assez large pour laisser passer un gros loup.

En s'enfonçant dans les souterrains, l'air se raréfia, mais Moira n'y prêta aucune attention. Des lézardes surmontaient le plafond haut, donnant l'impression qu'il pouvait s'écrouler à tout instant.

Le cœur de la jeune fille rata un battement lorsque les cellules lui apparurent. Il s'agissait d'une prison magique aux barreaux inexistants, bien différente de celles que l'on trouvait à Imoegla.

Quelquefois, le champ de force transparent qui empêchait le prisonnier de prendre le large laissait voir un filament de couleur, signe qu'il était impossible de s'échapper sans recevoir une bonne décharge électrique, susceptible d'assommer un grizzli. Il arrivait aussi qu'une mince ouverture apparaisse, bien trop petite cependant pour laisser passer un corps entier. Les abels qualifiaient ce phénomène de faille magique.

Assis sur un tabouret branlant, l'air reposé, il était là.

Ses paupières se soulevèrent lentement, dévoilant les yeux qu'elle n'avait jamais réussi à oublier.

— Toi.

Ce n'était pas une question, pas un reproche. Juste une plate constatation. Il scrutait la jeune fille sans la moindre animosité. Celle-ci s'arrêta juste devant le bouclier magique.

— Moi.

Il se leva. Ses muscles fermement dessinés jouèrent sous sa peau avec une grâce sans pareille. Ses doigts frôlèrent le champ sans qu'il n'ose y toucher. Seuls quelques centimètres les séparaient.

— Je me demande qui est l'ange, à présent.

Moira baissa les yeux sur sa tenue, bien trop habillée pour une visite à un prisonnier.

— Mes ailes noires n'ont pas encore décidé de pousser.

Un sourire éclaira son visage. Un adorable sourire qui fit monter en elle une vague de désir irrépressible. Il n'y avait plus aucun doute, c'était lui, l'ange.

— Quel est ton nom ?

Ses doigts pâles se tendirent dans sa direction avant de s'arrêter juste à quelques millimètres de sa joue satinée. La jeune fille retint son souffle.

— Moira.

Elle osa le regarder franchement. L'innocence enfantine qu'il affichait endormi avait déserté ses traits. Il n'était plus que séduction.

— Helian.

Helian. Helian. Ce prénom carillonna dans son esprit, dans son cœur, la comblant au plus profond de son être. Elle esquissa une moue timide.

— Dame Moira ? Tout va bien, en bas ?

La main du nephel se retira brusquement.

Le charme venait d'être rompu.

Cachant sa déception, elle se racla la gorge avant de se détourner précipitamment.

— Moira !

Dans sa bouche, son prénom n'avait brusquement plus la même consonance. Il était roulant, chaud, attractif. Là encore, elle ne put retenir le frisson qui lui parcourut l'échine.

— Tu reviendras ?

— Peut-être, balbutia-t-elle.

Une lueur d'amusement traversa ses prunelles d'acier fondu.

— Alors reviens vite.

L'envie de faire demi-tour pour ne serait-ce qu'effleurer sa peau de marbre la taraudait. Refoulant ses bas instincts, elle poursuivit son chemin avant de remonter les escaliers de pierre qui la menaient à l'air libre.

— *Vraiment?*

Shae ne montra aucun signe d'étonnement face à ce qu'elle venait de lui raconter.

—Je pensais que ça allait te mettre en rage.

— *Tu sais, plus rien ne me sidère avec toi. Je me doutais qu'une fois en meilleure forme, tu descendrais le voir.*

Il pencha la tête sur le côté, en proie à une profonde réflexion.

—*Je peux percevoir avec netteté ce que tu as ressenti en sa présence, et même pour une attirance, je la trouve démesurément forte. Penses-tu que ce soit dû à sa condition de nephel?*

—*Aucune idée*, répondit-elle, les joues rosies rien que d'y penser. *Je... Je ressens encore tout plein de choses. À Imoegla, la présence de Khan n'a eu aucun effet de cet ordre sur moi.*

— *C'est tout de même étrange. On devrait en parler à Amarah.*

—*Non, s'il te plaît, tout sauf ça. Elle va m'interdire l'accès aux cachots et je ne pourrai plus retourner le voir.*

—*Ah, parce que tu comptais t'y rendre à nouveau?* s'étonna-t-il.

La jeune fille baissa la tête, l'air dans ses souliers.

—*Je lui ai promis.*

Elle s'en voulait d'imposer ce secret à son loup. D'un autre côté, elle se sentait soulagée de pouvoir en parler librement à quelqu'un. Le choc passé, Shae avait fini par accepter la possibilité que la jeune fille se sente proche de quelqu'un d'autre que lui. Qu'il mette son ressentiment de côté prouvait qu'elle était plus importante que toutes les jalousies du monde.

—*Penses-tu qu'il soit digne de confiance? Maintenant que tu as pu lui parler...*

Elle prit son temps avant de répondre. Elle s'était souvent posé la question depuis qu'ils étaient partis chercher l'otage dans la cité cournoléenne.

—*Je ne sais pas du tout, mais il ne me fera pas de mal, ça, j'en suis certaine.*

—*est-ce que le fait qu'il ne t'ait pas fiché sa flèche dans le crâne influence d'une quelconque manière ta réponse ?*

Le regard qu'elle lui lança le déconcerta. Une lueur fiévreuse luisait dans ses pupilles vertes. Moira n'était plus elle-même.

— *Comme tu me l'as conseillé, j'essaie de rester la plus objective possible. Je m'efforce de mettre cet épisode de côté et, très franchement, je pense qu'il ne me veut pas de mal. Puisque tu en parles, c'est vrai, il ne m'a pas fiché sa flèche dans le crâne, et ça joue forcément sur mon opinion.*

—*Il avait peut-être peur que tu ne cries.*

Le corps de Shae fut secoué de soubresauts. Il riait.

—*J'en conviens, mon raisonnement est un peu tiré par les cheveux.*

Pour toute réponse et dans l'espoir de le faire taire avec toutes ses questions, elle se pressa contre lui, enfouissant son nez dans son poitrail. Le bien-être provoqué par ce contact était toujours là et la combla d'un bonheur retrouvé. Et il eut pour avantage de faire perdre le fil à Shae.

Le lendemain, Douce vint la réveiller, l'épée à la main, prête pour un combat. Elle n'avait pas digéré être vaincue par Moira la veille et désirait prendre sa revanche.

La jeune fille n'était pas vraiment d'humeur. Elle aurait volontiers paressé au lit une heure de plus avant de se glisser comme un congre dans les cachots. C'était sans compter la farouche détermination de son amie qui ne tenait pas à lui laisser un moment de répit.

L'entrée de Melhen dans sa chambre sans s'annoncer fut le pompon de la matinée.

— Hop, hop ! Tu t'arrêtes là tout de suite, gronda Douce, un doigt menaçant se balançant devant son nez. Elle est avec moi, ce matin.

— Alors je te la pique l'après-midi. Hein, Moira ? Ça te dirait que l'on travaille ensemble sur nos pouvoirs ?

La jeune fille s'apprêtait à répondre par la négative, mais son air de chien abandonné parfaitement attendrissant eut raison de sa détermination. Levant les mains au ciel, elle abdiqua :

— Très bien. Par contre, je ne serais pas contre un peu d'intimité. J'aimerais faire ma toilette en paix, sans craindre d'être dérangée, ainsi que prendre mon petit-déjeuner. Seule.

Elle insista le plus possible sur le mot « seule », leur faisant ainsi comprendre que pour le moment, ils étaient indésirables.

— Bon, parfait ! râla Douce. Mais ne traîne pas trop, je t'attends sur le perron.

Melhen s'éclipsa avec la discrétion d'un ours, musardant de-ci de-là dans la pièce et peu désireux d'abandonner la jeune fille dans ses appartements.

— À cet après-midi, lança-t-il tout de même, avant de fermer la porte derrière lui.

Moira s'écroula à nouveau sur le lit, ses yeux fixant le plafond immaculé.

Cette nuit, elle avait fait un rêve. Un merveilleux rêve, qui s'était vite transformé en un terrible cauchemar.

Les nuages n'avaient en réalité pas la consistance qu'elle croyait. Elle pensait que les oiseaux aimaient s'y dégourdir les pattes, comme s'il s'était agi d'une pail-

lasse aux effluves délicieux. Il n'en était rien. Les nuages n'étaient que des chimères, fumées illusoires loin des cocons que l'on pouvait s'imaginer.

Elle les traversa et sentit les gouttelettes de rosée imprégner sa robe ainsi que sa peau. Sous elle, Sanshee n'était qu'un minuscule point dans le paysage, aussi irréel que ce qui l'entourait.

Ce fut à cet instant qu'elle s'aperçut que deux mains la tenaient fermement par les hanches. Tournant légèrement la tête, elle lui sourit.

Helian.

Son visage avait perdu de sa pâleur translucide et sa barbe n'était plus là, soulignant un peu plus son menton volontaire. Ses magnifiques cheveux tombaient négligemment sur ses épaules et les immenses ailes brillantes dans son dos brassaient l'air avec cette lenteur démesurée qu'elle avait déjà eu l'occasion d'admirer.

— Tu es dans mon monde, maintenant.

Elle se laissa attirer contre son torse puissant, appréciant le délicieux courant de chaleur parcourant chaque membre resté en contact avec la peau du jeune homme. Ses bras s'enroulèrent d'eux-mêmes autour de son cou pour une étreinte à la fois douce et passionnée. Une odeur vint picoter ses sens : un mélange de fleurs et de soleil. Qui disait que les nephilim avaient tout des êtres maléfiques ?

— Qu'est-ce qui nous arrive ? demanda-t-elle.

Inutile d'en dire plus. Il avait très bien compris ce qu'elle entendait par là.

— Je l'ignore. Je sais juste une chose : je refuse que cela cesse.

Son sourire tendre dévoila une rangée de dents parfaites. Elle l'étreignit un peu plus fort, comme si à tout moment, tout pouvait s'arrêter. Le nez dans ses cheveux, il émit un léger soupir, seul signe qu'elle aussi avait un pouvoir d'attraction sur lui. Un petit rire roula ensuite dans sa gorge pour dissimuler sa gêne.

— Moi aussi. C'est si agréable.

Elle plongea dans son regard profond, oubliant le reste du monde.

Alors que leurs lèvres s'apprêtaient à se joindre, elle fut lâchée dans le vide, dégringolant comme une poupée de chiffon.

Pourquoi l'avait-il laissée tomber ?

Se dévissant la tête pour l'apercevoir une dernière fois, elle constata qu'une immense main gantée de cuir blanc avait fendu le ciel pour se saisir de ses ailes, l'empêchant de venir la rejoindre. Elle éprouva un intolérable sentiment de perte en voyant qu'ils étaient désormais séparés par les lois de la gravité. Elle ne voulait pas le perdre. Jamais.

— Réveille-toi maintenant ! Réveille-toi ! hurla-t-il en se débattant de toutes ses forces.

Mais elle tombait et le sol se rapprochait de plus en plus vite.

— Je n'y arrive pas, gémit-elle.

— Réveille-toi !

— Je te dis que je n'y arrive pas !

Sa voix se perdit dans le son sifflant à ses oreilles.

— C'était une bien piètre vengeance que tu as accordée à ton défunt père, tu ne crois pas ? Oublier sa mort dans les bras d'un démon, n'as-tu pas honte ?

Dans sa chute libre, le visage de la Dame Déchue apparut. Ou du moins son visage recouvert du linceul cachant aux yeux du monde les stigmates de sa haine.

— Tu devrais continuer à te battre, et chercher à me retrouver. Te venger. Car pour l'instant, tu ne fais que repousser l'échéance. Tu perds ton temps avec Helian. Tu perds ton temps avec Helian.

Elle aurait voulu lacérer le visage transparent qui

riait à présent de manière hystérique. Se bouchant les oreilles, elle s'obligea à l'exclure de ses pensées.

Je dois me réveiller. Je le dois !

— C'est une vengeance bien amère pour un homme qui a donné sa vie pour sa fille.

Non ! Pitié, que cela cesse !

Réveille-toi !

La voix de Shae retentit dans son esprit avec la force d'une morsure. Hébétée, elle ouvrit les yeux avant de se porter la main au front. Ses membres étaient fourbus, comme si cette chute de plusieurs milliers de mètres avait réellement eu lieu. À la seule différence qu'elle était toujours entière et bien vivante.

À son chevet, Shae et Douce l'observaient, inquiets.

— T'en mets du temps pour te préparer. Tu ne m'avais pas précisé que tu comptais roupiller encore un peu.

Moira se souleva avec précaution.

— Je me suis rendormie ? Oh, pardonne-moi, Douce, je n'ai pas… Enfin j'ai…

— Qui c'est, Helian ? demanda abruptement son amie.

Shae baissa les oreilles.

— Tu murmurais son nom dans ton sommeil.

— Aucune idée, mentit la jeune fille d'une voix blanche. Maintenant, promis je me prépare, attends-moi dehors, d'accord ?

La blondinette soupira avant d'obtempérer.

En se levant du lit, Moira faillit perdre l'équilibre. Si Shae n'avait pas été là pour la retenir, elle se serait très certainement étalée comme une crêpe.

— Tu n'es pas vraiment en état de te battre. Douce sera sûrement heureuse de gagner ce combat.

— Ce n'est pas le sujet.

— Je sais.

— Tu as vu mon rêve ?

Le loup garda le silence quelques secondes, pesant le pour et le contre quant à la réponse à lui donner. Elle se sentit gênée face à la possibilité qu'il ait eu accès à ce fantasme.

— En effet.

— Alors qu'est-ce que tu en penses ?

Ce ne sont que des rêves, tu sais.

Elle secoua la tête.

— Mes rêves ne sont jamais de simples rêves. Ils cachent toujours quelque chose…

— Je ne sais pas, Moira.

— Ce n'est pas la réponse que j'attends.

Shae soupira mentalement.

— C'est pourtant la seule que j'ai à te fournir. Ton père te manque et de toute évidence, tu culpabilises parce que tu te remets peu à peu de son absence. Tu as l'impression de combler sa perte en essayant de lier une relation avec le prisonnier. Bien entendu, la personne qui te le fait savoir est la Dame Déchue, celle qui est responsable de sa mort et qui reste l'une des dernières créatures à avoir prémédité le sort funeste des habitants de Mänsamel.

Moira ne trouva rien à répondre. La théorie du loup se tenait.

— Alors ?

— Alors quoi ?

— Tu culpabilises ?

— J'imagine que oui, un peu.

Son père n'était pas mort depuis si longtemps que ça. Quatre mois, tout juste. Bien peu pour pleurer quelqu'un qui avait bercé une bonne partie de son enfance.

Le choc de sa mort passé, c'était comme si elle se débattait pour enfermer ses vieux démons dans des tiroirs trop petits pour les contenir.

— *Tu n'as aucune raison de t'en vouloir. Ton père est maintenant aux côtés de ta mère. Ils veillent sur toi.*

— *C'est ce que tout le monde me dit.*

Ne voulant pas poursuivre cette conversation plus longtemps, elle se rendit dans la salle de bains et plongea littéralement la tête dans la bassine d'eau, désireuse de se remettre les idées en place. L'eau fraîche eut cet effet, en plus de lui réfrigérer les sinus.

Après une rapide toilette, elle s'habilla en vitesse et rejoignit son ami resté dans la chambre. Ensemble, ils se rendirent à l'extérieur où Douce les attendait en tapant du pied avec impatience.

— Ah, c'est pas trop tôt.

Elles durent s'y mettre à deux pour faire sortir le loup par la porte principale.

— Tu as encore grandi, souffla Moira sous l'effort. Il va falloir oublier d'entrer dans la maison, désormais.

— C'est dommage, remarqua Douce. Le problème c'est simplement la porte. Car les pièces sont assez grandes pour le contenir. Vous devriez peut-être envisager de casser ce mur pour construire une ouverture plus large.

Moira haussa les épaules. Les portes et les murs n'étaient pas en haut de sa liste de priorité.

— *Je dois aller chasser, je meurs de faim*, lui dit Shae. *Tu penses t'en sortir seule, à partir de maintenant ?*

— *Je pense que je survivrai, merci*, railla-t-elle.

Sans demander son reste, le loup partit rejoindre Acajou et Kalenken à l'orée du bois.

Le reste de la matinée se déroula sans anicroche. Moira et Douce se rendirent dans l'arène à ciel ouvert, le lieu de combat le plus prisé par les jeunes abels. Sando avait toujours préféré le hangar isolé, mais Douce aimait les crissements des épées s'entrechoquant et les grognements des combattants voisins. L'arène était une belle bâtisse en vieille pierre poreuse et tapissée de sable. D'immenses arches polies par le temps et le climat entouraient les gradins.

À deux reprises, la jeune fille laissa son amie gagner, désireuse de ne pas lui saper le moral et peu encline à faire un effort pour donner le change.

Ce ne fut qu'au bout d'une heure d'entraînement qu'elle remarqua Sando à quelques pas, nonchalamment assis sur les marches rocailleuses.

— Bonjour, les filles. Vous allez bien ?

Douce lui fit de grands mouvements de main pour l'inviter à approcher.

— Salut, Sando ! Votre avis sur ma façon de combattre ne serait pas de refus.

— Bien sûr, avec plaisir, mais seulement si Moira se résout à cesser de te laisser gagner.

L'intéressée baissa le nez, penaude, tandis que son amie se tournait vers elle, outrée et les mains sur les hanches.

— Qu… Quoi ? Depuis tout ce temps, tu m'offres des victoires gratuites ?

— Non, pas du tout.

Sando lui lança un regard entendu.

— Tu n'as pas l'air en forme, ce matin.

— Vous trouvez aussi ? gronda Douce d'une voix menaçante. Je serais très curieuse de savoir ce qui te prend, ces derniers jours…

— Rien du tout, protesta mollement Moira en évitant leurs regards.

Sando se réceptionna avec agilité sur le sol et approcha sans un bruit.

— Douce, relève ta garde, c'est à cause de ça que tu t'es pris ce coup sur la tempe, à Chollah-Wirid. Moira, je te l'ai toujours dit, écarte les jambes, tu gagnes en stabilité.

Il les enjoignit à commencer le combat. L'effort pour se concentrer et donner du sien fut colossal pour la jeune fille. Dans son esprit ne flottaient que les visages d'Helian et de Léon, tandis que l'image de Douce esquivant ses maigres offensives restait dans un coin de sa tête.

Voyant son amie agacée, elle s'efforça d'y mettre un peu plus de cœur, et lorsque sans effort, elle désarma son adversaire, le visage de Douce s'éclaira.

— Ah ! La voilà qui se réveille.

— C'est normal que tu aies perdu, remarqua Sando. Tu étais raide comme une branche de chêne. Essaie de te détendre.

— Et ne tiens pas ton manche de cette façon, compléta Moira en mimant le geste. Ton index ne doit jamais être tendu, c'est toute ta paume qui doit l'encercler.

— Je manie mieux mon arme ainsi, protesta Douce.

— Ça, c'est ce que tu crois ! s'exclama Sando. En tordant ton poignet de la sorte, tu perds en amplitude.

Les conseils s'éternisèrent et la blondinette, soucieuse de bien faire, ne broncha pas une seule fois et approuva chaque remarque de bonne grâce. Ce qui laissa du répit à Moira qui s'ennuyait ferme.

Vers midi, lorsque le soleil fut à son zénith, elles décidèrent de mettre fin au massacre et tombèrent nez à nez avec Melhen qui les attendait.

— est-elle de meilleure humeur que ce matin? demanda-t-il à l'adresse de sa sœur.

Cette dernière se mit à ricaner alors que Moira lui administrait un petit coup de poing amical sur l'épaule.

— Si on rentrait à la maison pour manger?

Ismeline fut heureuse de les voir, pour une fois, arriver à l'heure. Il régnait dans la cuisine une pagaille impressionnante, signe qu'elle s'était démenée pour le repas d'aujourd'hui. Un délicieux arôme embaumait la pièce, faisant rugir les ventres des jeunes gens.

Au menu, elle avait préparé du faisan sur un lit de pommes de terre bien juteuses et de haricots verts.

En enfournant une première bouchée dans sa bouche, Moira s'aperçut qu'elle mourait de faim. L'ambiance familiale autour de la table la ramena en arrière, au moment où tout semblait normal et qu'aucun nephel ne hantait ses pensées. À cette époque, son père et elle correspondaient et sa plus grande préoccupation résidait dans le fait qu'elle devrait se coltiner Alec le lendemain matin. Ces soucis-là lui paraissaient bien anodins, aujourd'hui.

Coulant un regard vers Ismeline qui riait à gorge déployée devant une plaisanterie de Douce, elle se rendit compte que l'abel n'avait pas été aussi détendue depuis longtemps. Elle s'était fait des cheveux blancs en voyant deux de ses enfants partir à l'aventure, puis trois. Elle avait vu Moira s'enfoncer dans la dépression sans pouvoir y changer quoi que ce soit. Son instinct de mère en avait pris un sacré coup, ces derniers mois. Heureusement, ses traits relâchés prouvaient qu'elle avait eu raison de prier Chimère chaque nuit en suppliant que les enfants qu'elle aimait lui reviennent sains et saufs.

Ismeline ne se rendit même pas compte que Moira décryptait à cet instant chacune de ses pensées, émue au possible. Elle s'était comportée de manière si égoïste, oubliant que son état inquiétait son entourage. À présent, il était temps de se rattraper.

Même s'ils étaient à l'aube d'une nouvelle guerre, elle devait réparer les pots cassés avant qu'il ne fût trop tard.

— Merci, chuchota-t-elle, alors que Melhen et Douce venaient de s'éclipser.

Ismeline, qui débarrassait la table en chantonnant, se tut.

— Pourquoi me remercier ? s'enquit-elle, étonnée.

— Pour tout. Pour m'avoir élevée comme ta fille, pour m'avoir soutenue à chaque moment.

— Et pour toutes les crises cardiaques que j'ai failli faire ces dernières années, plaisanta l'abel.

Elle reposa ses assiettes avant de rejoindre la jeune fille. Repoussant ses cheveux derrière son épaule, elle embrassa son front avec tout l'amour de mère qu'elle avait à lui transmettre.

— Tu n'as pas à me remercier.

— Bien sûr que si. Tu as été comme une deuxième maman, pour moi.

— Ce que tu me dis me touche, répondit Ismeline, et je te considère en retour comme ma fille. Je sais que rien n'a été facile pour toi, mais sache que nous sommes ta famille et que tu peux compter sur nous en toute situation.

Moira lui sourit avant de la prendre dans ses bras.

Douce et Melhen revinrent à cet instant.

— On peut venir, nous aussi ?

L'aura bleutée enveloppa ses paumes d'une caresse ronflante. Les rais de lumière s'épaissirent et émirent une lueur presque insoutenable. Impressionnée, Moira cligna brièvement des paupières pour ensuite reporter son attention sur cette source de magie fabuleuse. Les boucles de Melhen volaient autour de son visage, comme si le vent jouait dedans. Son regard profond se vrilla au sien et un sourire heureux flotta un instant sur ses lèvres.

— Attrape !

Dans un bruit assourdissant, les langues azuréennes se détachèrent de ses poings pour filer sur

Moira qui dut se jeter sur le côté afin de les éviter. La paroi rocheuse explosa en un millier de petites pierres tranchantes, l'obligeant à décrire un arc circulaire devant son visage pour ne pas être touchée.

Melhen n'était pas décidé à lui accorder le moindre répit et envoya sa deuxième attaque, sans attendre qu'elle se relève. Par réflexe, la jeune fille tendit les paumes vers lui et repoussa la lueur comme elle l'aurait fait d'une simple balle. La sphère d'énergie vint s'écraser dans l'eau avec fracas, faisant naître une vague haute de plus d'un mètre. Durant le bref contact avec ses propres mains, la sphère avait laissé une légère rougeur sur sa peau, proche de la brûlure.

— Pause !

Le cournol suspendit son geste au dernier moment en écarquillant les yeux.

— Tout va bien ?

Moira se redressa tant bien que mal et épousseta sa tenue pleine de terre.

— On fait aller. Il faut dire que je ne m'attendais pas à des attaques si cuisantes.

—Je me suis entraîné, avoua-t-il, content du compliment.

Il l'invita à essayer et redressant les épaules, la jeune fille laissa le pouvoir glisser sur sa peau avec lenteur. Dans un mélange de couleurs phosphorescentes, sa magie se forma d'abord dans sa poitrine, avant de venir vrombir dans chacun de ses membres. Elle sentit sa crinière folle claquer en tous sens et baissa les yeux sur ses doigts. En les bougeant légèrement, les filaments de lumière blanche changeaient de sens et gagnaient en puissance. Maolen leur avait vraiment offert un présent hors du commun.

Sans prévenir, elle fonça sur Melhen qui, pris au dépourvu, se contenta de rester immobile, préparé à parer une attaque physique. Elle porta son premier coup sur sa nuque, mais il la stoppa, presque machinalement. Lorsque leurs doigts s'entrelacèrent et que la brume lumineuse passa de sa peau à la sienne, il poussa un juron. Sa peau rougie affichait déjà de douloureuses cloques et Moira profita de son étonnement pour laisser sortir les langues nacrées de sa paume. Elles vinrent s'enrouler autour du cournol et le soulevèrent de terre.

— Pause !

Presque immédiatement, la magie se résorba et il tomba à s'en écorcher les genoux.

— Par Chimère, Moira, que m'as-tu fait ?

Amusée, elle lui tendit une main pour l'aider à se relever.

— Tu n'es pas le seul à avoir travaillé le pouvoir de Maolen. Lorsque j'ai vu ce que nous étions capables de faire à Chollah-Wirid, j'ai eu envie de tester mes aptitudes.

Melhen hocha la tête d'un air entendu.

— Tout pareil. Ça m'a tellement intrigué…

Il porta un doigt à sa bouche et le suça consciencieusement.

— Tu fais quoi, là ?

Il lui montra la cloque qui bombait son index.

— Notre pouvoir est assez incandescent. La faute à qui, tu peux me dire ?

En oubliant ce pan de roche qui s'était détaché de sa place initiale, les cascades Desmée offraient toujours ce havre de paix que la jeune fille aimait tant.

Le souffle court, elle s'étala de tout son long sur l'herbe et leva les yeux vers le ciel dépouillé de ses nuages. Et dire que quelques heures plus tôt, elle se trouvait tout en haut et traversait ces fumées illusoires aux côtés d'Helian…

Elle fut tirée de ses pensées lorsque Melhen se coucha brusquement près d'elle. Leurs épaules se touchèrent et la jeune fille s'amusa de cette technique d'approche si peu déguisée.

— Peu déguisée, tu dis ?

Elle se dévissa le cou pour lui adresser une moue faussement fâchée.

— Ça, c'est un coup bas. Tu n'as pas le droit de lire dans mes pensées sans prévenir.

— Bah voyons. Pour une fois que ton esprit n'est pas verrouillé à double tour, je me devais d'en profiter. Alors comme ça, je suis un gros balourd qui ne sait pas s'y prendre ?

Moira gloussa comme une gamine.

— Je me disais seulement qu'avec toutes les filles que tu as amenées aux cascades, tu serais un peu plus expert en la matière…

— Tu n'as pas idée.

Cette fois-ci, elle s'esclaffa franchement.

— Je veux bien te croire sur parole, vu le nombre de cœurs que tu brises à la seconde.

Melhen retrouva immédiatement son sérieux.

— Tu n'es pas comme toutes les filles que j'ai amenées. Aucune ne t'arrive à la cheville.

Ces quelques mots eurent le don de chasser l'amusement de Moira. Oh non, elle ne voulait pas s'aventurer sur cette pente glissante.

Lorsqu'il se redressa pour mieux l'observer, elle s'appliqua à fixer un point imaginaire au-dessus de sa tête. Les choses ne restaient jamais simples et bon enfant avec Melhen…

De son pouce, il commença à tracer des cercles dans le creux de son poignet. Cette fois-ci, elle ne pouvait plus l'ignorer.

— Pourquoi tu fais ça, Mel ?

Il haussa un sourcil.

— Ne me dis pas que tu l'ignores.

Elle cilla, troublée.

— Ce n'est pas… Enfin, c'est un peu rapide, tu vois.

— Rapide ? Nous nous connaissons depuis presque dix ans. Qu'y a-t-il de rapide là-dedans ?

Son expression tendre s'était transformée en mine soupçonneuse.

— Tu ne me cacherais pas quelque chose, par hasard ?

— Oublie tout ça.

Désireuse de mettre fin à cette conversation gênante, elle tourna la tête sur le côté, tentant d'afficher une expression dégagée et décontractée.

Elle aurait dû s'en douter. Melhen n'attendait que le moment propice pour se rapprocher d'elle.

— Non, je n'oublie pas.

Il attrapa son menton pour planter son regard fiévreux dans le sien.

— Ça fait longtemps que j'attends que l'on en parle. J'ai patienté en espérant que tu me donnes une explication. Je t'ai embrassée il y a trois ans, Moira ! Et aujourd'hui, je meurs d'envie de recommencer. Pourquoi tu me repousses sans arrêt ?

— Tu veux vraiment qu'on en parle là, maintenant ?

— Je ne tiens pas à te forcer la main.

— Tu es en colère, Mel. Rien de bon ne sortira de cette conversation.

— Très bien, lâcha-t-il avant de laisser retomber son bras.

Une bouffée de culpabilité envahit la jeune fille, l'étouffant presque. Elle n'était aucunement prête à discuter. L'observant de biais, elle constata qu'il paraissait fort contrarié.

— Mel, je suis désolée. Je ne voulais p…

— Garde ta salive. Ce n'est rien.

Il se redressa et sans un regard pour elle, entreprit de monter les marches menant à la cité. Moira resta couchée, immobile, partagée entre la tristesse et la culpabilité.

Pourquoi avait-elle refusé une conversation, au juste ? Que craignait-elle de dire que Melhen ne sache déjà ? Une petite voix lui souffla la réponse sur un ton de conspiratrice. Ah oui, le nephel. Voilà, c'était ça.

Que dirait Léon, s'il savait ? Depuis sa mort, Moira avait tendance à se demander si chacun de ses actes serait approuvé par son père. C'était devenu une obsession. De là où il reposait, Léon devait sûrement la voir et commenter tout ce qu'elle faisait. La scène dans les cachots avait certainement dû le mettre hors de lui. Il avait donné sa bénédiction pour Melhen. Pas explicitement, mais Moira savait lire entre les lignes. Et il n'était même pas envisageable de croire qu'Helian pouvait trouver grâce à ses yeux. Qu'elle s'amourache du fils de Donovan aurait de quoi lui faire friser la moustache.

Ce qu'il dirait, c'est qu'elle serait mieux avec ce cournol qui se pliait en quatre pour être remarqué, qui mettait chaque jour sa vie en danger par peur qu'il lui arrive quelque chose.

Et qu'aurait-elle répondu pour se défendre et se démarquer d'Helian ? Que Melhen était quelqu'un de bien, mais quelqu'un de trop bien pour elle. La vraie raison, c'était que le nephel errait dans ses pensées comme un fantasme inassouvi. Mais ça, Léon aurait-il été seulement capable de le comprendre ?

Chapitre XXVI
Le lien de trop

Les remises en question n'en finirent pas d'assaillir l'esprit déjà écorché de Moira. Ses propres envies lui jouaient des tours et elle avait fini par se détester pour cela.

Alors que quelques mois plus tôt, la jeune fille se demandait s'il existait un lendemain pour elle, voilà que son esprit voguait vers des projets en tout genre. Le plus envahissant de tous était de descendre dans la cellule magique et converser avec Helian. Le bon sens la rattrapait toujours et elle devait se faire violence pour ne pas s'y rendre dès que l'occasion se présentait.

Afin d'éliminer tous ces désirs d'interdits, elle suivait Shae dans ses parties de chasse, dans une forêt anonyme accolée au bois des Murmures. Pousser son corps dans ses derniers retranchements afin de traquer faons et dindes sauvages lui permettait de ne pas trop penser. Sa frénésie quotidienne plaisait à Ismeline, bien que leur partie de chasse ne leur apporte que quelques mulots et dindons nains. Lorsqu'elle ne chassait pas, Moira grimpait en haut des arbres centenaires et revenait les bras chargés de baies et de fruits juteux.

Quoi qu'elle s'efforçât de dire ou de penser, tous les matins lorsqu'elle claquait la porte derrière elle, ses yeux se portaient en direction des cachots, gardés à toute heure du jour et de la nuit par des soldats abeliens. Cette voix venait toujours à ce moment précis pour lui susurrer de céder à la tentation et de descendre retrouver le prisonnier. Moira rejetait en bloc cette envie. Les probables désirs de Léon passaient avant ses propres convoitises.

Shae avait d'ailleurs été intrigué par ce brusque retournement de situation.

— *Comment peux-tu savoir ce que ton père aurait voulu ?*

—*Je le connais. Il m'a confié à Sando pour que je puisse m'échapper de l'emprise des nephilim. Il aurait été horrifié de savoir que je cherche à retrouver l'un d'entre eux.*

— *Tu l'as dit toi-même, Helian t'a épargnée il y a des années de ça. Ce n'était pas lui que tu cherchais à fuir.*

Moira secoua la tête, butée.

— *Mon père aurait réprouvé cette attirance.*

— *Cette attirance va bien au-delà des règles et des convenances. J'y ai beaucoup réfléchi et je pense que…*

Il se tut, prenant conscience du regard surpris que la jeune fille portait sur lui.

— *Quoi ? Tu penses à lui tout le temps*, se justifia-t-il. *Je peux t'assurer que je le sais, car son nom trotte dans ma tête en permanence. Donc quand tu y penses, ça m'oblige à y penser aussi.*

Il vint s'asseoir près d'elle, les flaques noires de ses yeux perdues dans le vide.

— *Tu es une personne attachée à ses valeurs, et par conséquent, il est contre nature que tu en pinces pour un être qui devrait te dégoûter au plus haut point.*

— *Que cherches-tu à me dire, Shae ?*

— Qu'il est étrange que tu mettes de côté tes principes et tes convictions pour ce nephel. Le plus étonnant, c'est que lui décide de délaisser les siens. J'imagine que Donovan l'a élevé dans la haine des autres peuples. Alors comment expliques-tu qu'il ne te repousse pas ou ne te rie au nez ?

Moira leva brièvement le menton en l'air, en pleine réflexion.

— C'est peut-être une ruse destinée à sortir de sa prison.

— Ou un lien que personne n'avait prévu…

— Tu n'en as pas assez de parler de liens ? Je suis liée à toi, puis d'une autre façon à Melhen et Mutiane. C'est impossible qu'il existe quoi que ce soit de prédestiné entre moi et Helian.

Shae abandonna, visiblement découragé. Sentant sa déception, elle tenta de se justifier :

—Je ne sais plus trop où j'en suis. Lorsque nous sommes allés le chercher à Imoegla, j'ai tout de suite pris sa défense. J'ai changé, aujourd'hui. En dehors d'ici, je ne sais pas en qui je peux avoir confiance. Mon intuition me dit qu'Helian est quelqu'un de bien, mais ma raison me souffle autre chose. Donovan est monté sur le trône et ce n'est pas en faisant des courbettes qu'il y est parvenu. Ses ancêtres se sont battus comme des forcenés pour prendre le contrôle d'Hibendrill. Si Donovan est mauvais, pourquoi Helian et son frère ne le seraient-ils pas ?

— C'est un raisonnement bien obtus, répondit simplement Shae.

— Peut-être bien.

Un coup frappé à la porte interrompit leur discussion mentale. Sando passa sa tête dans l'ouverture.

—J'espère que je ne vous dérange pas.

— Pas du tout, répondit Moira.

—Je venais te parler de quelque chose… d'important. Je peux entrer ?

Elle hocha la tête. Il semblait gêné. Et pourtant, avant même qu'il n'en vienne au fait, la jeune fille savait déjà de quoi il désirait parler.

— C'est à propos du prisonnier.

Les gardes avaient dû lui en toucher un mot, c'était évident. Pourtant, l'expression de malaise peinte sur les traits de son mentor témoignait d'une plus grande gravité encore.

Affichant une mine polie et neutre, elle s'entendit dire :

— En quoi cela me concerne-t-il ?

— Il a parlé de toi. Enfin… il t'a mentionnée. Très souvent. Pour ne rien te cacher, il n'avait que ton nom à la bouche.

Elle sentit une vague de panique la balayer comme un typhon, faisant flageoler ses genoux.

— Moi ? Vraiment ?

— Vraiment, confirma Sando.

— Et qu'a-t-il dit à mon sujet ? s'enquit-elle d'une voix anormalement aiguë.

— Qu'il acceptait de nous donner des informations, à la seule condition qu'il ait le privilège de te parler avant.

— Oh.

—Je n'en sais pas plus. Il ne veut rien dire de plus.

— Comment me connaît-il ?

— D'après lui, il s'est souvenu de toi lorsque vous êtes allés le chercher dans la cité cournol. Je pense qu'en ce qui concerne ton nom, il a dû l'entendre ici. L'isolation est mauvaise entre les souterrains et les rues voisines.

Ce que Sando ignorait, c'est que le nephel avait menti, et uniquement dans le but de taire la venue de la jeune fille dans les cachots, quelques jours plus tôt.

À Imoegla, il était profondément endormi et ne pouvait se souvenir de quoi que ce fût.

Shae se faisait la même réflexion.

— *Si ça, ce n'est pas pour te protéger, je ne vois pas de quoi il s'agit…*

— Ça m'oblige à mentir à Sando et je déteste ça. J'ai l'impression de les trahir.

— *Parce que tu n'as pas crié sur tous les toits que tu étais allée voir le prisonnier ? N'exagère rien.*

— Aurais-tu une idée de la raison pour laquelle il demande que tu sois là ? s'enquit Sando, les sourcils froncés.

Moira battit des paupières rapidement, confuse. Avant de répondre, elle aspira une goulée d'air pour se donner le courage nécessaire.

— Non, pas la moindre.

Ce n'était qu'un innocent mensonge, rien de bien grave…

Pourtant, ça la mettait dans une position délicate. Afin de couvrir les dires fallacieux d'Helian, elle avait dû rajouter un mensonge par-dessus. Et cela à Sando. L'abel qui l'avait amenée jusqu'ici, à qui elle s'était confiée de nombreuses fois.

Pour Helian, Sando ne ferait pas de concessions. Si elle expliquait ce qui se passait, elle passerait pour une folle. Après les récents événements survenus suite à la mort de Léon, il valait mieux taire ce qu'elle ressentait en son for intérieur.

La jeune fille s'excusa en percutant une jeune abel de son âge, un panier rempli de fruits au bras, alors qu'elle marchait les yeux fixés sur ses chaussures. Levant le regard, elle aperçut Melhen à une vingtaine de mètres. Voyant qu'il s'avançait vers elle, elle bifurqua brusquement dans une ruelle. L'engouement des habitants à cette heure de la journée afin de troquer tapisseries, nourriture et bibelots avait dû l'avaler dans la foule, car le cournol continua son chemin sur la pointe des pieds, dans l'espoir de la trouver.

La jeune fille s'adossa contre le mur froid, avant de prendre une grande inspiration.

La nouvelle attitude qu'elle avait décidé d'adopter avec Melhen n'était pas la solution, juste une échappatoire temporaire.

Bien sûr, s'il n'y avait pas eu le nephel, les choses auraient été bien plus faciles. Elle ne se serait pas creusé les méninges pour chercher une solution qui ferait le bien.

Appuyant sa tête contre la pierre incurvée, elle sentit les larmes lui monter aux yeux.

Elle était ridicule.

Un jour viendrait où il faudrait parler à Melhen. Lui dire la vérité. Surmonter la honte que constituait son attachement puéril.

Ses jambes se remirent en marche toutes seules. Elle fit demi-tour pour revenir dans l'allée très empruntée. Melhen n'était pas très loin et lui tournait le dos.

Elle devait lui parler. Maintenant.

Alors qu'elle ne se trouvait qu'à une longueur de bras de lui, elle tourna brusquement sur le côté, cachée par un immense panier de robes en dentelle porté par deux femmes plantureuses. Le cœur battant, elle se maudit intérieurement.

Non, pas maintenant.

À proximité des cachots, il n'y avait plus de gardes. Observant autour d'elle, la jeune fille les vit penchés sur un étalage, en train de goûter avec régal de la viande de sanglier grillée qui cuisait à la broche.

Elle fourragea dans son esprit pour se souvenir du mouvement de main sibyllin qu'avait effectué le soldat le jour où elle avait rendu visite à l'otage. Reproduisant le vague souvenir qu'elle en avait, elle fut satisfaite de voir les cadenas cliqueter, bien ouverts.

Les torches brûlaient toujours, retenues par magie dans les airs, réchauffant les murs froids à l'atmosphère lugubre.

Helian se tenait au fond de sa cellule, négligemment assis dans son lit, le dos contre la paroi lisse du mur. Contrairement à la dernière fois, il avait enfilé une vieille chemise sale qui, étrangement, lui donnait l'air encore plus attrayant.

Un sourire séduisant éclaira son visage lorsqu'il la vit, faisant battre son cœur à toute allure. Il était beau à en tomber par terre.

—Je savais que tu reviendrais, mais j'avais envisagé que tu le fasses plus tôt.

—À l'origine, je ne comptais pas revenir.

Son sourire mourut sur ses lèvres, tandis que ses épais sourcils se rejoignaient.

—Pourquoi tu dis ça?

—Pourquoi tu voulais me voir?

La jeune fille tentait de cacher le tremblement de sa voix, mais en vain. La colère sourdait en elle. La présence de ce nephel ne faisait que compliquer sa vie déjà pas très facile. Et où était-elle, maintenant? Au fond d'une prison malodorante, à parler avec l'ennemi numéro un de la cité.

—Je ne sais pas vraiment, répondit Helian en passant une main dans sa barbe de plusieurs jours. Je voulais te voir. Faut-il une raison?

—Oui. Un de mes amis m'a dit que tu refusais de nous aider, à moins que je vienne te parler.

Un air de déception se peignit sur les traits de son interlocuteur.

—Alors c'est pour ça que tu es venue?

— Là n'est pas la question. Tu m'as mise dans une situation délicate. Je déteste avoir à mentir à mes proches.

— Je suis désolé.

Il paraissait sincère.

— C'était le seul moyen pour moi de te revoir. Ne t'inquiète pas, je parlerai aux membres de ton peuple. Je leur dirai tout ce que je sais.

— Vraiment ? ne put-elle s'empêcher de demander, suspicieuse.

— Vraiment, confirma-t-il. Tu vas t'en aller, maintenant que tu as eu ta réponse ?

Radoucie, elle s'assit contre le rebord en pierre faisant office de siège.

— Non.

— Pour quelle raison ?

— Faut-il une raison ?

La nuit devait être déjà bien avancée, car plus aucun bruit ne rythmait la cité.

Shae était entré en contact mental avec elle une fois et n'avait pas semblé plus inquiet que cela lorsque la réponse de la jeune fille lui était parvenue des souterrains.

Elle avait consacré plus de temps qu'il n'était envisageable en compagnie d'Helian. Pourtant, ses pieds étaient fermement ancrés dans le sol et malgré le manque de confort qu'offrait son siège rudimentaire, elle ne ressentait aucunement l'envie de partir. Durant plusieurs jours, elle avait lutté contre le désir indicible de le voir, invoquant son père et tout un tas de raisons diverses et variées, mais elle n'avait pas réussi à se fixer cette limite.

Puis la réaction de Shae la confortait dans l'idée qu'elle ne faisait finalement rien de mal.

Elle ne libérerait pas Helian. Ils se contentaient de discuter.

— Tu sais, si je l'avais voulu, je n'aurais eu aucun mal à détruire cette barrière magique et m'envoler vers Fall Marma, remarqua le nephel, sans le moindre soupçon d'arrogance.

— Je m'en doute. Pourquoi ne l'as-tu pas fait, d'ailleurs ?

— Déjà parce que les soldats me font boire un breuvage écœurant tous les matins à l'aube et qu'il neutralise une grande partie de mes pouvoirs. La preuve, mes ailes se sont rétractées.

— Tout s'explique, railla Moira.

— Laisse-moi terminer ! Ensuite, parce que je n'ai pas la moindre envie de m'en aller.

Il la fixa intensément, comme si d'un simple regard, il réussirait à la convaincre de sa bonne foi.

— Bah voyons.

— Cesse d'être aussi cassante, murmura-t-il avec un sourire enjôleur. Je sens au fond de toi que tu es toute retournée.

Cette fois-ci, elle se raidit avant de lui administrer une œillade meurtrière.

— Je rêve où tu te sers de tes pouvoirs sur moi ?

— Je t'ai dit que je n'avais plus de pouvoirs. C'est un don qui n'est pas magique, une sorte de sixième sens. Je sens tout ce que tu sens, c'est viscéral. Je n'y peux rien. Je le perçois avec une force inhabituelle chez toi.

— Cela doit faire des nephilim de très bons chasseurs.

— Oh, oui. Sauf que mes semblables n'aiment pas chasser. Ils préfèrent être servis sans lever le postérieur de leur trône. Je dois l'avouer, c'est très appréciable d'avoir cet avantage sur les autres. Connaître le moindre de leurs sentiments, rien qu'en écoutant les battements de leur cœur…

— Ton ami aussi se vantait de pouvoir le percevoir. Ça me dérange que vous ayez cette capacité…

Pour illustrer ses paroles, ses joues s'empourprèrent. Qu'Helian fût en mesure de deviner son trouble alors qu'elle était incapable de savoir s'il mentait ou non la rendait nerveuse.

— Mon ami ? Je n'ai pas vraiment d'amis…

— Un de tes semblables, alors.

— Tu connais son nom ?

— Oui, un certain Khan. Il a cherché à te sauver, mais je lui ai botté les fesses, si tu veux tout savoir.

Les épaules du nephel furent secouées d'un rire irrésistible.

— Khan battu par une fille. Ça a dû être cuisant.

— Je peux te l'assurer !

— J'aurais aimé voir ça. Comment t'y es-tu prise ?

— Une vieille blessure au genou.

Le regard d'Helian s'embrasa. Il semblait se souvenir.

— Une vilaine plaie, cadeau de la Dame Déchue en personne qu'il avait un peu trop chatouillée. Les lames de ces créatures annihilent toute possibilité de véritable guérison.

Helian ne lui apprenait rien. Son propre père était mort par la faute d'un de ces fichus couperets.

— J'aurais donné n'importe quoi pour voir ça, gloussa-t-il.

— Si tu avais cessé de roupiller, tu aurais certainement pu.

Ils se sourirent avant de baisser les yeux en même temps.

— Ça n'a pas l'air de te déranger plus que cela qu'un membre de ta caste ait été battu par une ennemie.

Helian parut réfléchir quelques instants.

— C'est un peu plus compliqué que ça. Il y a toujours eu une certaine rivalité entre Khan et moi. Le fait qu'il se soit pris une déculottée me fait plus rire qu'autre chose.

— J'ai pourtant entendu dire qu'il y avait un grand esprit de famille entre les nephilim.

— Il y en a un. Bien qu'il soit possible que je n'ai pas hérité de ce gène de la lignée.

Moira pencha la tête, tiraillée entre l'envie de le sonder pour voir ce que cachait vraiment cette petite tête bien remplie et celle de s'en aller sans chercher à en savoir plus.

— Je ne te crois pas.

— Et pourquoi ?

— Tu es comme eux. Tu es un nephel.

— Pourtant je n'ai émis aucune résistance en étant enlevé par les cournols. Je me suis laissé cueillir comme une fleur.

— Qu'est-ce qui t'a pris de faire ça ?

— Si jamais mon père venait à mourir, tout le monde sait que la couronne reviendrait à mon frère, Zendel. Moi, j'ai toujours été… différent. Ce n'est un secret pour personne.

Il semblait triste, à présent. Comme si un énorme poids venait de s'abattre sur ses épaules.

— C'est pour cela que tu t'es laissé faire ? Parce que tu es différent ?

— Je l'ignore. Je ne ressentais pas l'envie de lutter et j'avais le sentiment que je devais être ailleurs.

— Comme un ange gardien, peut-être, se moqua la jeune fille.

Helian la regarda avec plus d'intensité encore.

— J'y ai pensé, figure-toi.

Seul le rire de Moira lui répondit. Helian, un ange gardien. C'était d'un ridicule !

— Pourquoi te moques-tu ? C'est pourtant très sérieux.

— Tu m'excuseras, mais le jour où les nephilim feront office de gardiens du bien, les cochons auront des ailes.

La soirée se déroula tranquillement, faite de taquineries et de confidences. Lorsque les premières conversations leur parvinrent de l'étage au-dessus, la jeune fille se rendit compte qu'ils avaient bavardé sans la moindre interruption.

Il était tellement aisé de passer une nuit entière à plaisanter aux côtés d'Helian… Le jeune homme était plein d'esprit et d'humour. Au fil des heures, elle avait appris à l'observer au-delà de ses traits aquilins qui lui donnaient cet air arrogant. Un air pourtant trompeur. Il s'écartait de tout ce que sa famille inspirait aux peuples persécutés.

En remontant à l'air libre, sous le regard ahuri des soldats, Moira se dit que décidément, le sort s'acharnait sur elle. Elle s'attachait à quelqu'un qui lui était, par principe, interdit de côtoyer.

Ismeline haussa un sourcil interrogateur lorsqu'elle pénétra dans la maison, les paupières tombantes et les cheveux ternes.

— D'où sors-tu comme ça ?

— Heu… de chez moi.

Encore un mensonge. Et de deux. Cette fois-ci, à une personne aussi appréciable qu'Ismeline.

— Mauvaise nuit ? Si tu veux mon avis, tu as besoin d'un remontant.

En lui ébouriffant la crinière, l'abel lui plaça une tasse de lait de chèvre sous le nez.

— Melhen et Opléa sont sortis tôt, ce matin. Ils ne devraient plus tarder.

Moira hocha la tête en soufflant sur son lait brûlant. Depuis leur dispute, Melhen et elle ne s'étaient pas retrouvés dans une pièce aussi exiguë et elle craignait le moment où ils se tiendraient l'un en face de l'autre.

Douce entra à cet instant, bâillant à s'en décrocher la mâchoire.

—Jour, grommela-t-elle avant de se verser un peu de jus qu'elle but d'une traite.

Melhen arriva à son tour, les bras chargés de pâtisseries et de pains. Son visage se métamorphosa lorsqu'il vit que Moira était déjà attablée. Celle-ci tenta de chasser son sentiment d'être une traîtresse et rentra la tête dans les épaules. Le jeune homme continuait de sourire d'une oreille à l'autre. Il ne s'imaginait pas un instant à quoi elle occupait ses soirées.

Ils déjeunèrent dans une ambiance décontractée, en omettant les réponses entrecoupées de Douce et la mine fripée de Moira.

Lorsqu'ils eurent terminé, cette dernière prit tout son temps en débarrassant la table et en aidant Ismeline à tout nettoyer. Melhen lui glissait de fréquents coups d'œil et elle devinait qu'il attendait qu'elle termine pour lui proposer de passer la journée avec lui. Son visage plein d'espoir lui noua un peu plus l'estomac.

La tête de Shae dans l'entrebâillement de la porte lui tira un soupir de soulagement.

—*J'ai pensé que tu aurais aimé passer du temps avec moi*, remarqua le loup lorsqu'ils furent tous deux dehors.

—*Je ne pouvais rêver meilleure échappatoire.*

Elle s'aperçut que son ami mâchonnait quelque chose dans le coin de sa gueule.

—*Qu'est-ce que c'est?*

—*Oh, simplement un petit-déjeuner tardif*, répondit-il avant d'engloutir le reste du pauvre animal qui avait eu le malheur de tomber sous ses crocs acérés.

Ils se dirigèrent vers le bois des Murmures, le seul endroit où ils étaient à peu près certains de ne croiser personne et de fuir les oreilles indiscrètes.

Contrairement à lorsqu'elle était enfant, en y pénétrant, Moira ressentit avec force la présence des esprits neutres de la forêt.

À l'occasion de la fête annuelle de l'ère de rébellion, des guirlandes de lumignons avaient été accrochées aux arbres noueux bordant la cité. Cette célébration était l'occasion pour les abels de fêter, une fois de plus, l'arrivée des disciples de Maolen, leur plus grande source d'espoir.

Shae se mit à trottiner, zigzaguant entre les arbres. Moira l'imita. Les abels n'avaient pas la célérité des loups, mais couraient néanmoins plus vite que la majorité des humains. C'était devenu un de leurs entraînements favoris. Shae galopait de plus en plus vite et la jeune fille essayait de suivre le rythme. L'exercice se révélait d'autant plus difficile que les arbres barraient souvent son chemin, l'obligeant à bifurquer de temps en temps.

Les pas des deux amis s'accordaient à la perfection. Leurs âmes intimement liées les faisaient évoluer à l'unisson, sans qu'ils eussent besoin d'y réfléchir.

Le destin des abels et des loups géants était bien d'être toujours ensemble. Le sentiment de plénitude vivace dans les cœurs de ceux qui étaient liés leur conférait une force dont leurs ennemis ne pourraient jamais jouir.

Sans se concerter, ils s'arrêtèrent. Moira se pencha en avant pour reprendre son souffle. Shae était vraiment l'être en qui elle pouvait totalement se fier. Le lien que Maolen avait essayé de reconstituer en divisant son âme en trois n'était qu'une pâle copie, comparé à l'amour qui existait entre son ami et elle. Mutiane et Moira se parleraient toujours à bâtons rompus et la jeune fille chercherait toujours à éviter Melhen.

Dans une petite clairière abandonnée, ils s'assirent sur un tapis de mousse et elle sortit de sa besace quelques morceaux de viande séchée qu'ils se partagèrent.

Inutile de parler, ils se comprenaient à demi-mot et depuis la mort de Léon, ils n'avaient plus pris la peine de passer du temps de cette manière, ayant oublié de profiter de l'instant présent.

La présence presque magique de Shae avait pour effet d'apaiser les craintes et les questions de la jeune fille et bientôt, elle se retrouva la tête contre son flanc à observer le jour décliner, agrémenté par une brise fraîche aux effluves salés venue de l'océan Songua.

La fête battait son plein sur la place qui bordait la façade antérieure du palais. Autour de la statue de la déesse Chimère, des enfants tournoyaient en se tenant la main, légèrement en lévitation. Leurs rires francs dévoilaient de jolies quenottes.

Des guirlandes de fleurs pendaient au-dessus des têtes des convives, tandis que ceux-ci, un verre à la main, devisaient joyeusement des événements ou scrutaient la foule dans l'espoir de voir les reines de la soirée.

L'une d'entre elles tentait déjà de s'éclipser au détour d'une ruelle, sa robe volant dans son sillage. Un gros loup blanc la suivait de près d'une démarche élégante, la langue pendante.

— C'est très impoli, ce que tu fais là.

Pour seule réponse, la jeune fille se mit à rire.

— Tu es certaine que tu veux que je t'accompagne? Après tout, c'est ton ami, pas le mien.

— Justement, j'aimerais que tu me dises si j'ai raison de m'attacher à lui. Ton avis compte pour moi.

Les paroles de Moira le touchaient, mais Shae le cacha bien et émit simplement un grognement un peu bourru.

Helian l'attendait, ses bras musclés aux veines saillantes tendus vers la bulle ensorcelée que constituait sa prison. Moira vit tout de suite qu'il essayait de masquer son sourire. Il était enchanté de la voir.

— Te voilà.

— Je t'ai manqué? Il pencha la tête sur son épaule en riant avant de secouer la tête.

— Pas du tout. J'attendais mon repas de ce soir qui n'est toujours pas arrivé.

Shae s'assit à quelques mètres d'eux, distant et méfiant. Helian retrouva immédiatement son sérieux en le voyant.

— C'est un de vos loups, n'est-ce pas?

— C'est le mien, précisa Moira.

Ils se jaugèrent durant quelques secondes sans rien dire. Shae ressemblait à une statue de sel tant il était tendu, à l'instar du jeune homme qui paraissait avoir été coulé dans le bronze.

Le daïsien soupesait le pour et le contre de cette entrevue. Pour lui, le nephel représentait une menace, mais il comptait beaucoup pour Moira. De ce fait, cela faisait pencher la balance et rendait son dilemme cornélien.

La jeune fille ignorait ce qui se passait dans la tête d'Helian. Quelque temps auparavant, elle avait tenté de le sonder, mais rien à faire. Son esprit était barricadé à double tour et offrait une résistance comme jamais elle n'en avait vu dans sa vie.

Rien d'étonnant quand on savait d'où il venait.

Il ne semblait même pas s'être aperçu de sa tentative d'intrusion, tant il avait eu l'habitude de se défendre toute son existence.

Enfin, Shae consentit à redresser une de ses oreilles, ce qui était le signal pour détourner leur attention à tous deux.

—Je l'ai amené ici parce que c'est important pour moi qu'il voie avec qui je passe autant de temps, expliqua-t-elle.

Helian ne laissa rien paraître, mais elle discerna son léger haussement de sourcil.

—Il est au courant que tu viens me rendre visite depuis le début?

—Évidemment. Je n'ai aucun secret pour lui.

—Je serais curieux de savoir ce qu'il sait à ton sujet.

Son expression était redevenue gentiment moqueuse, ce qui la fit sourire, rajoutant une légère rougeur sur ses pommettes.

—*Moi, c'est ce qu'il y a dans ta tête, que je serais curieux de connaître.*

Le jeune homme grimaça face à l'assaut mental de Shae qui était plus puissant que celui des Maolen. Moira se souvint de la première intrusion de Kalenken dans son esprit, parfaitement désagréable.

—Qu'est-ce que c'était? demanda Helian, abasourdi.

—Shae. C'est le seul moyen pour lui de communiquer.

—Ah, parce qu'il a un nom, aussi?

Un grondement sourd roula dans la gorge du loup pour toute réponse. Il n'appréciait pas d'être relégué au rang de simple animal. Le nephel leva les mains en signe de paix.

— D'accord, pardon. Je ne voulais pas te vexer… Shae.

Les menaces de son ami cessèrent tandis qu'il acquiesçait de sa grosse tête poilue, satisfait de son effet. Moira s'approcha de lui avant de lui caresser le poitrail avec tendresse.

— Il est mon meilleur ami, et son approbation quant au fait que je te fréquente compte pour moi.

Le nephel hocha la tête. Il avait un peu perdu de sa superbe face aux humeurs du daïsien géant.

— Sont-ils nombreux, dans votre cité ?

— Les loups ? Non. Il n'y en a que quatre pour le moment.

— Je suis ravi de te rencontrer, Shae.

Pour montrer sa bonne foi, il tendit sa main vers la bulle du champ de force. Le loup se pencha non sans circonspection pour le renifler.

— *Alors ?* lui demanda Moira.

— *Il a besoin de prendre un bain.*

— *Je ne parle pas de ça,* protesta-t-elle avec lassitude.

— *Je le sais, mais je ne peux pas répondre à ce que tu me demandes. Je n'ai pas d'avis tranché sur lui. Il faudra qu'il fasse ses preuves.*

Helian les observait avec attention.

— Donc si je comprends bien, vous êtes en train de parler, là ? Alors ? Que dit-il ?

— Que pour obtenir sa confiance, tu devras prouver que tu en es digne.

— Je crois que je suis prêt à le prouver.

— Tu crois ?

— Je ne suis pas sûr moi-même de la décision que je dois prendre.

La jeune fille pencha la tête, intriguée. Shae plissa les yeux, signe que le nephel avait retenu son attention.

Il était vrai que leurs discussions ne concernaient jamais la place qu'occupait le jeune homme au sein de la caste de Donovan. D'ailleurs, celui-ci ne parlait pas de sa vie passée, éludant sans arrêt les questions.

— *Que veux-tu dire, exactement ?* s'enquit le loup.

— Que ma condition de nephel a toujours déterminé ce que j'étais destiné à accomplir. Un prince, peut-être même un roi.

De vieux démons crispèrent ses traits harmonieux.

— Et si je n'avais pas envie d'être comme mon père ?

— Tu n'y es pas obligé, répondit Moira à brûle-pourpoint.

— On ne m'a jamais demandé mon avis.

— *Moi je te le demande. Qu'est-ce que tu aimerais ?*

Helian fixa Shae sans le voir avant de répondre :

— N'est-ce pas évident ? J'ai choisi mon camp le jour où je me suis refusé à tuer Moira.

— Oh, souffla-t-elle, tournant au cramoisi.

Deux paires d'yeux se tournèrent vers elle.

— Alors... tu te souviens ?

Helian pencha la tête d'un air grave.

— Je me souviens de tout dans les moindres détails.

— *Tu es de notre côté ?*

— Je n'ai même pas le droit d'être du vôtre.

— Bien sûr que si, tu l'as.

— Ah oui ? Explique-moi ce que je fais ici.

Pour appuyer ses paroles, il ouvrit les bras, montrant ainsi les conditions d'hygiène douteuses dans lesquelles il vivait depuis plusieurs semaines.

— Je ne partage pas les idéologies de mon père et dans votre cité, je suis considéré comme un indésirable, un homme à abattre. Alors dis-moi, Moira. Où suis-je le bienvenu ?

La jeune fille ne répondit pas et d'un mouvement de main, créa une petite brèche dans la cellule magique d'Helian. Elle attrapa ses doigts à travers l'ouverture, qu'elle posa sur sa poitrine, là où se trouvait son cœur. C'était la première fois qu'ils se touchaient et le contact de leurs peaux fit courir des frissons le long de son épiderme.

— *Ici, tu as ta place*, murmura-t-elle dans son esprit.

Les barrières mentales érigées autour de la conscience du jeune homme furent balayées lorsqu'il reconnut sa voix.

— Tu en es certaine ?

— J'ai confiance en toi, je ne vois pas ce qu'il te faut de plus.

Un léger mouvement dans sa vision périphérique attira son attention et la jeune fille tourna la tête.

À l'entrée du cachot, Amarah, Sando et Kalenken les observaient.

Helian retira vivement sa main de la poitrine de Moira et ils reculèrent, penauds. L'entaille dans le champ de force se referma dans un bruit sourd dès qu'ils s'éloignèrent.

— Je peux savoir ce qui se passe, ici ?

C'était Sando. Il paraissait hors de lui. Jamais la jeune fille ne l'avait vu ainsi. Près de lui, Kalenken ne bougeait pas et affichait une mine inquiète. Amarah ne parvenait pas à chasser l'expression ahurie de son visage.

— Sando ! s'écria Moira avec l'énergie du désespoir. Ce n'est vraiment pas ce que vous croyez.

— Et qu'est-ce que je crois, d'après toi ? fulmina-t-il. Que tu pactises avec l'ennemi, ni plus ni moins !

— Pas du tout, jamais je ne vous trahirais ! Helian n'est pas…

— Qu'en sais-tu ? C'est son fils ! Tu comprends ça ? Je n'ai pas passé toutes ces années à t'enseigner leurs méfaits pour que tu tombes sous le charme du premier nephel venu !

Le teint de l'abel virait peu à peu au pourpre, tandis qu'il s'époumonait contre elle.

— Écoutez au moins ce qu'elle a à dire, protesta Shae.

— Toi aussi, Shae ? Par Chimère, il vous a contaminés, je ne vois pas d'autre explication !

— *Ce n'est pas sa nature qui détermine ce qu'il deviendra*, insista pourtant le loup. *Il a le droit à sa chance. Tout comme Moira a eu droit à la sienne.*

— Assez avec toutes ces sottises ! Vous me décevez, tous les deux.

Moira sentit les larmes affluer. Ces derniers mots étaient comme une gifle. Elle avait déçu Sando. Seule la colère la poussa à desserrer les mâchoires :

— Pourquoi n'écoutez-vous pas Shae ? Sous prétexte qu'Helian est un nephel, vous le condamnez sans même avoir pensé à parler avec lui.

Sando secoua la tête, dégoûté. Moira poursuivit, criant presque :

— Donovan ne laisse pas l'occasion à ses ennemis de parler. Il les tue sans autre forme de procès. En réagissant de la sorte, vous ne valez pas mieux que lui. Helian n'a pas demandé à naître dans cette famille. C'est injuste !

Sando suffoqua sous le reproche.

— T'entends-tu parler ? Ai-je vraiment devant moi l'enfant qui criait vengeance pour la mort de son père ?

Elle encaissa le coup sans broncher.

— Qu'est-ce qui te dit qu'il est digne de recevoir ton attention ? demanda alors Amarah d'une voix atone. Pourquoi es-tu descendue toutes ces fois aux cachots ?

Ainsi, la reine avait pris connaissance de ses allées et venues dans les souterrains de la cité…

— Parce que je le reconnaissais. J'ai rencontré Helian lorsque je vivais encore à Mänsamel.

Leurs regards se croisèrent et s'accrochèrent.

— Comment ça ? insista Amarah.

— Dans la forêt. Il aurait pu me tuer, ce jour-là. Je n'étais qu'une petite paysanne couverte de terre.

— Mais je ne l'ai pas fait, compléta le nephel d'une voix rauque et troublée.

— Et pourquoi ?

Moira restait suspendue à ses lèvres. Oui, pourquoi ? Il aurait pu mettre fin à ses jours. À la place, il s'était ravisé.

Helian était différent. Différent de ce « messire Zendel » qui martyrisait sa venyr rondouillarde.

— Parce que je n'étais pas comme ça. Parce que quoi qu'en disent les autres, il s'est passé quelque chose entre elle et moi. Je ne lui ferai jamais de mal. Jamais.

Sando émit un bruit de bouche outré. Si Helian n'avait pas été dans sa cellule magique à cet instant, il lui aurait certainement administré un soufflet.

— Si ce n'est pas une honte ! Comment osez-vous vous associer à elle ?

— J'en ai tout autant le droit que vous ! rétorqua le jeune homme avec froideur.

Amarah leva la main pour les apaiser, dévoilant ses poignets délicats encerclés de bracelets. Leur tintement fit taire tout le monde.

Ses yeux en amande scrutèrent avec attention le prisonnier, tandis qu'un sourire étirait lentement le coin de ses lèvres.

— Tu as raison, Helian. Tu as le droit de t'associer à Moira. Et crois-moi lorsque je te dis que je sais de quoi sont faits tes ancêtres.

— Ma reine…, protesta Sando.

— Non, mon ami. Ta propre haine t'aveugle. Ce garçon est un adulte, il n'est pas sot. S'il avait voulu corrompre Moira, il l'aurait fait depuis longtemps et serait déjà sorti de sa prison. Il n'en est rien, et ça va bien au-delà de sa condition de nephel.

— *Tu comprends où elle veut en venir, toi?* lança Shae à l'adresse de la jeune fille.

— *Pas le moins du monde.*

— Gardes !

La voix à la fois douce et autoritaire d'Amarah alerta les soldats qui rappliquèrent en vitesse. Moira les reconnut sans peine. C'étaient eux qui lui avaient ouvert la première fois.

— Libérez-le, ordonna-t-elle simplement.

Des yeux ronds comme des billes se tournèrent vers elle.

— C'est un ordre.

Les gardes n'insistèrent pas et obéirent. La barrière éclata comme une bulle et Helian fit deux pas hésitants hors de sa prison. Amarah lui posa une main sur l'épaule.

—Je suis persuadée que tu n'es un danger pour personne. Si Moira est importante pour toi, la cité l'est aussi, car jamais tu ne sauras lui faire du mal en détruisant ce à quoi elle tient.

— Amarah, je crois que vous avez perdu la tête, s'indigna Sando.

— *Non*, répondit Kalenken qui ne s'était pas encore manifesté. *Au contraire, je pense qu'elle sait très bien ce qu'elle fait.*

L'abel lui jeta un regard encore plus outrancier. Être abandonné dans une situation comme celle-ci par son plus fidèle ami devait lui être difficile à digérer.

— Merci de votre confiance, déclara Helian. Co… comment pouvez-vous être certaine que je ne vous ferai pas faux bond ?

Une lueur amusée dansa dans les yeux d'Amarah.

— Parce que je crois aux liens qui vous unissent. Pour Moira, c'est peut-être le lien de trop, mais en ce qui me concerne, je sais que ça ne vous desservira pas, à la condition que tu ne sois pas tenté de changer de camp et de rejoindre les rangs de ton père.

— Je ne serai pas tenté.

— Alors dans ce cas, tu es libre d'aller où bon te semble.

— Attendez ! l'interrompit Moira. Vous nous cachez quelque chose. C'est extrêmement louche que vous le laissiez partir sans discuter.

La reine soupira.

— Eh bien, c'est ma décision. Patience, mon petit. Le jour viendra où vous comprendrez ce qui m'anime. En attendant, contentez-vous d'obéir.

Elle se tourna vers Sando qui semblait prêt à éclater de fureur, tel un buffle enragé.

— Elle a bravé l'autorité et bafoué les règles sans sourciller. Elle a pris la défense de ce nephel, s'est opposée à toi avec la véhémence que seule une femme éprise est en mesure de démontrer. Tout ça, pour lui. Et aujourd'hui, je le surprends une main sur son cœur. Il faudrait être aveugle pour ne rien voir.

Chapitre XXVII
Le temps des révélations

Les maigres explications d'Amarah étaient loin de suffire à expliquer sa décision de libérer un prisonnier, sans autre forme de procès. Bien que sa réaction eût grandement choqué tout le monde, rien ne pouvait entacher le soulagement de Moira à l'idée qu'Helian fût sorti de sa cellule nauséabonde.

Le soir même, alors que la fête se déroulait toujours dans le centre de la cité, ils s'étaient discrètement dirigés vers la maisonnette qu'elle occupait, priant pour ne croiser personne.

Amarah leur avait promis de faire une annonce publique le lendemain, mais ils n'étaient pas à l'abri de réactions excessives, si jamais l'otage censé se trouver plusieurs pieds sous le sol était découvert cette nuit-là. En montant sur le palier, un grincement de porte les alerta. Ismeline sortait de chez elle à l'instant et les observait, ses jolies lèvres peintes arrondies par la surprise.

— Que se passe-t-il, ici ?

— Nous étions aux cachots et Amarah a donné l'ordre qu'on libère Hel… le nephel. Je voulais donc lui proposer un toit.

—Je vois, répondit simplement Ismeline.

Elle se tourna vers Helian sans la moindre animosité.

—J'imagine que la reine va nous expliquer les raisons de ce revirement demain. En attendant, jeune homme, je vais te donner quelques serviettes pour que tu puisses prendre un bain. Sans vouloir te vexer, tu as l'air d'en avoir grandement besoin.

C'était tout Ismeline : penser d'abord au côté pratique de la chose et repousser les questions rhétoriques.

Helian baissa les yeux sur sa tenue de va-nu-pieds et accepta volontiers la pile de tissus épais qui venait d'apparaître dans les mains de l'abel.

—Puis-je vous toucher un mot, Moira et Shae ?

La jeune fille hocha la tête. Le moment qu'elle craignait le plus était arrivé.

Ismeline attendit patiemment qu'Helian disparaisse dans la maison pour se tourner vers eux.

—Pourquoi Amarah a-t-elle pris une telle décision ?

—*Nous l'ignorons*, répondit Shae avant que la jeune fille ne prenne la parole. *Elle nous a surpris dans les cachots avec le nephel et a ordonné aux gardes de le relâcher en prétendant qu'il ne ferait jamais de mal à qui que ce soit ici.*

—Parce qu'il est attaché à Moira, coupa Ismeline, les paupières mi-closes.

—Comment le sais-tu ? interrogea la jeune fille, stupéfaite.

L'abel se frotta les tempes avec lassitude.

—Oh, je sais beaucoup de choses, ma chérie. Beaucoup de choses…

Sur cette dernière remarque, elle leur ordonna d'aller voir où en était Helian et de l'inviter à aller se coucher.

—Tu dormiras avec Douce, cette nuit. En attendant, ce jeune homme occupera tes appartements. Tu n'y vois pas d'inconvénient, j'espère ?

—Pas du tout.

— Très bien. Alors, bonne nuit.

Après un dernier soupir, elle réajusta le châle sur ses épaules et s'enfonça dans l'obscurité des allées, les laissant sur le perron.

— Je m'attendais à ce qu'elle explose, comme Sando.

— Moi aussi. Elle m'a l'air de savoir de quoi parlait Amarah.

— Elle s'est bien gardée de nous le dire.

Ils retrouvèrent Helian immergé jusqu'au cou dans la baignoire, caché par plusieurs centimètres de mousse. Son air décontracté laissait deviner qu'il n'était pas le moins du monde pudique.

— Ismeline a dit que tu dormirais ici cette nuit.

— Parfait. Et où dormiras-tu ? Avec moi ?

Elle ignora sa mine taquine du mieux qu'elle put, sentant déjà son cuir chevelu picoter, signe qu'elle rougissait jusqu'aux oreilles.

— Je serai dans la maison voisine. Il y a à manger sur la table de l'entrée, cet endroit s'adapte par magie à chacun de tes besoins. N'hésite pas à te servir. Bonne nuit.

La jeune fille referma la porte à contrecœur. L'envie de rester un peu plus en compagnie d'Helian la taraudait, mais ce soir, ils en avaient assez fait.

Shae l'attendait à l'entrée et ne fit pas de remarque, même s'il ne ratait rien de ses pensées saugrenues.

En entrant dans la chambre au plafond bas de Douce, elle s'effondra dans le lit, encore tout habillée. Ses boucles auburn s'éparpillèrent autour d'elle, l'enveloppant comme une couronne.

Les habitants de Sanshee ne s'étaient pas gênés pour faire savoir que la présence d'Helian était indésirable.

Après l'annonce publique et ô combien contestée de la reine, tous les regards avaient convergé vers Moira qui aurait aimé se cacher six pieds sous terre. Ceux-ci allaient du choc à l'agressivité ouverte. De toute évidence, la décision prise par Amarah était loin de faire écho aux *desiderata* du peuple abelien.

— Comment pouvez-vous mettre notre ville en danger sans même sourciller ?

— Ce monstre peut parcourir nos rues et tuer nos enfants impunément que vous ne diriez rien ! C'est scandaleux !

— Votre père Maolen n'aurait jamais toléré pareille chose !

— Calmez-vous, je vous prie.

La voix d'Amarah était à peine plus haute que précédemment. Ses accents autoritaires eurent l'effet escompté, car la rumeur s'évanouit au bout de quelques secondes.

À sa droite, Ismeline ne bougeait pas, mais était certainement responsable de cette aura subite et apaisante.

— Ma décision de libérer ce jeune homme n'est pas irréfléchie, bien au contraire. Certes, pour le moment vous êtes loin de l'approuver, mais dites-vous que la présence d'un nephel dans notre camp n'est pas une idée folle.

— Ce garçon reste l'un des leurs ! hurla quelqu'un dans la foule. Qui vous dit qu'il ne livrera pas des informations cruciales à son père ?

— Ça n'arrivera pas. J'en mettrais ma main à couper, se défendit Amarah avec fougue.

Moira haussa un sourcil. Sa main à couper ? Décidément, la reine cachait bien quelque chose. Après avoir laissé l'enfant de son ennemi moisir dans une cage, elle était prête à se porter garante de lui. Ça n'avait aucun sens…

Près d'elle, Shae se faisait la même réflexion, la queue remuant latéralement, signe qu'il réfléchissait intensément.

— *Il se passe quelque chose de pas net. Son comportement n'a rien de logique.*

— *Si elle continue de prendre la défense d'Helian, elle aura une rébellion sur le dos.*

— *J'en doute. Les habitants se sont déjà tant reposés sur sa stabilité réconfortante que sa tentative de les rassurer finira par les apaiser.*

Et Shae disait vrai. Après quelques grognements mécontents, la foule finit par s'éloigner, la mine bougonne.

Lorsqu'ils se furent tous dispersés, Moira et Shae s'approchèrent de l'estrade installée pour l'occasion.

Amarah évitait soigneusement leurs regards et faisait mine de farfouiller dans la pile de papiers posée devant elle. Très vite elle dut se rendre compte qu'ils n'abandonneraient pas l'idée de lui parler et les considéra franchement.

— Je sais très bien ce que vous aimeriez me demander. Je vous demande simplement un peu de temps, afin que la réponse donnée vous convienne. est-ce trop demander ?

— *Non, pas du tout*, bredouilla Shae, pris au dépourvu.

— Très bien. Veuillez m'excuser, maintenant.

Sans autre forme de cérémonie, elle s'éloigna à grands pas, les mèches rebelles de son chignon ondulant le long de sa nuque.

Ismeline, qui n'avait pas bougé, posa une main sur l'avant-bras de Moira.

— Je sais que ça vous turlupine sévèrement, mais laissez-lui le temps de vous expliquer.

— Tu as une idée de ce qui se passe ? voulut savoir la jeune fille.

— C'est possible.

— Donc tu lui fais confiance. Tu penses qu'elle

a une raison valable pour se mettre la totalité du peuple à dos.

Ismeline hocha la tête avec grâce.

—Je lui fais confiance, évidemment. Amarah n'est pas reine pour rien. Elle est soucieuse de la sécurité et du bonheur de son peuple. Si elle a libéré ce nephel, c'est qu'il y a une bonne raison.

Les deux amis la regardèrent s'éloigner sans un mot.

— Vous semblez bien préoccupés par cette histoire de piaf.

Melhen et Opléa venaient de les rejoindre. Quelque chose dans l'expression du jeune homme déplut immédiatement à Moira. C'était comme s'il faisait de son mieux pour cacher une espèce de colère à son encontre.

— Pourquoi ? Pas vous ? rétorqua-t-elle, sur la défensive.

Melhen leva les yeux, comme absorbé dans la contemplation du ciel.

— Comme tout le monde, bien sûr. Mais bon, moi je n'ai pas l'impression d'avoir influencé le jugement d'Amarah.

— *Viens-en au fait*, gronda Shae qui commençait à perdre patience. *Là, tu tournes simplement autour du pot.*

Le jeune homme ne semblait pas pressé de parler et Opléa répondit à sa remarque froide par un retroussement de babines menaçant.

— Tu as quelque chose à me reprocher, Melhen ? Alors vas-y, je t'écoute.

— Vraiment ? Je peux ? Mon avis n'avait pourtant pas l'air de vraiment compter, ces derniers temps.

Il était possible que la jeune fille l'eût un peu mis de côté dernièrement… Non, en réalité, elle l'avait carrément évité, comme elle s'appliquait à le faire depuis très longtemps. Aujourd'hui plus que jamais, cette rancœur semblait remuer au fond de Melhen comme une bête en cage. Surtout lorsque le nom d'Helian était au bord de toutes les lèvres.

— Dis-moi ce qui te tracasse, proposa-t-elle, un peu lasse.

Le cournol fourra les mains dans ses poches et rétorqua, renfrogné :

— Tu partais le voir en cachette, je le sais. Sando me l'a dit. Tu es parvenue à négocier sa liberté avec Amarah et voilà que maintenant, il dort dans ta couche.

— Une minute, coupa-t-elle. Je n'ai rien négocié du tout ! Et il n'avait nulle part où dormir, je n'allais pas le laisser dehors !

— Si, tu pouvais !

— *Tu exagères, là,* protesta Shae.

Melhen semblait fermement décidé à ne rien lâcher. Moira vit rouge.

— Ce n'est pas ma faute, tu peux le comprendre, ça ? Helian n'est pas un ennemi, il ne s'est jamais senti à sa place au sein de sa famille.

C'était comme s'adresser à un mur. La jeune fille savait qu'elle usait sa salive en vain.

— Oh, parce que tu penses qu'il allait affirmer le contraire ? Comme tu es naïve…

— Je choisis de le croire.

Il s'avança et lui attrapa le bras avec brusquerie.

— Parce que tu as fondu devant ses beaux yeux. Ne le nie pas, je t'ai vue à Imoegla. Tu es mordue de lui ! Tu oublies qui il est et tous les méfaits qu'il a accomplis.

— Tu n'as jamais pris le temps de lui parler. Tu ne sais rien de lui. Alors je t'interdis de le juger !

Elle se dégagea violemment de son étreinte de plus en plus douloureuse.

— Tu es jaloux. Jaloux parce que je m'entends bien avec un autre que toi.

— Pas du tout, nia-t-il.

— Si tu n'es pas avec moi, sur ce coup-là, je considère que tu es contre moi !

Shae confirma ses paroles d'un mouvement de tête rageur et tous deux tournèrent les talons, la démarche fière.

Pas à un seul moment ils ne virent la silhouette tapie dans l'ombre qui n'avait rien perdu de leur conversation. Une lueur dansante dans les yeux, Helian suivait du regard ses deux nouveaux alliés.

La réaction de Melhen, contrairement à celle de Sando, n'avait rien d'étonnant. Moira le connaissait depuis suffisamment longtemps pour savoir que le jeune homme était de nature possessive. Dans sa fierté froissée de cournol, Melhen refusait aveuglément de se rallier à sa cause.

Le lendemain, sa colère retombée, Moira avait frappé à la porte de sa chambre, dans l'espoir d'avoir une conversation plus posée avec lui, mais il était déjà parti. Toute la journée durant, elle l'avait cherché. Sans même le croiser. Il restait introuvable et très certainement occupé à lui échapper.

Helian, en revanche, ne la lâchait pas d'une semelle et elle était loin de le déplorer. Accompagnés de Douce qui l'avait tout de suite adopté au sein de leur groupe, ils étaient partis nager aux abords de l'océan Songua durant plusieurs heures, s'éclaboussant avec bonne humeur et se mettant constamment au défi. Leurs journées n'avaient pas été aussi légères depuis longtemps.

En début d'après-midi, Helian avait voulu leur montrer son habileté à manier un arc. Si la petite forêt accolée au bois des Murmures paraissait si peu habitée, le jeune homme leur avait prouvé qu'il suffisait de bien y regarder. Il n'y avait pas que des arbres gorgés de vie. Si on savait se faire assez discret pour se fondre dans le paysage, on pouvait observer d'incroyables créatures dérivées de ce que Moira avait connu dans son enfance : des cerfs aussi musculeux que des lions, aux bois parsemés de fleurs multicolores, des sangliers dotés d'écailles aussi pourpres que les environs, presque indissociables du reste de la forêt. Les bras chargés de lapins gras aux oreilles rondes, d'un paon à la robe telle des milliers d'yeux et d'une biche aux pattes fourrées, ils s'étaient déchargés de leur butin sur la table d'Ismeline qui avait ouvert de grands yeux.

Tout en préparant le repas du soir, elle s'excusa auprès d'Helian de ne pas pouvoir le convier à sa table :

— Tu comprends, Melhen deviendrait fou de rage si…

— N'en dites pas plus, c'est normal. Je n'ai aucune envie d'être le responsable d'une dispute familiale.

Ismeline le couva d'un regard abattu. Finalement, elle aussi avait fini par succomber au charme naturel du jeune homme et aurait aimé le chouchouter comme son instinct maternel lui soufflait de le faire. Malgré tout, elle prit soin d'envelopper une cuisse de biche dans un torchon et de verser un grand bol de bouillon qu'elle lui tendit alors qu'il prenait congé.

— Je t'accompagne, proposa Moira en fermant la porte derrière eux.

Ils franchirent les quelques mètres qui les séparaient de la maison et s'assirent sur le perron. Les yeux gris d'Helian brillaient dans la pénombre comme des diamants et elle se sentit rougir. Heureusement qu'il ne pouvait pas la voir à cet instant.

— Merci de prendre mon parti dans cette histoire. C'est… réconfortant de t'avoir à mes côtés.

— J'aurais aimé que les choses soient différentes.

— Moi aussi.

Il garda le silence pendant quelques secondes, manifestement hésitant à poursuivre.

— Qu'est-ce qu'il y a ? voulut savoir Moira.

— J'ai cru comprendre que j'étais la cause de ta dispute avec un de tes amis…

— Melhen. C'est vrai, nous avons eu quelques mots.

— Je suis désolé.

— Ça n'a pas d'importance.

— Si, ça en a. Il compte pour toi, tout comme ce Sando. Par ma faute, tu te retrouves déchirée. Je ne voulais pas t'imposer cela.

Moira soupira pour cacher sa nervosité.

— J'ai choisi mon camp. J'ai choisi de te faire confiance.

— Pourquoi ? Qu'ai-je de si spécial pour que tu aies envie de prendre mon parti ?

— Je ne sais pas. Et toi, qu'est-ce qui t'a convaincu de te rallier à notre cause ?

Il haussa les épaules, tout aussi perdu.

— Je ne sais pas non plus. J'ai seulement connaissance que vous œuvrez pour le bien. Et ça me suffit, pour l'instant.

— Pourtant, si je n'avais pas été là, peut-être te serais-tu échappé à l'heure qu'il est.

— Il est vrai que je fais tout ça en grande partie pour toi, parce que je comprends tes motivations et ton besoin de sécurité après toutes ces épreuves. D'un autre côté, je suis fatigué de la cruauté quotidienne à laquelle j'ai assisté toutes ces années. Je veux être du côté du bien. Pour une fois.

Elle ne répondit rien, se contentant de s'imprégner de ses paroles. Sa voix rauque était aussi envoûtante qu'une des ballades de Mutiane et bientôt, elle se surprit à rêvasser.

— Je vais rentrer, lâcha finalement Helian.

— Oh, très bien, s'empressa-t-elle de répondre en cachant sa déception. Bonne nuit, alors.

— Attends.

Il la retint d'une main sur sa cuisse, laissant des frissons la parcourir toute entière. Le contact entre leurs deux peaux lui faisait toujours autant d'effet.

Confuse, elle obéit.

Sa main remonta jusqu'à sa joue qu'il encadra avec douceur. Sa paume était sèche, mais chaude, à l'image des intonations de sa voix. Avec une lenteur insupportable, ses lèvres effleurèrent ses pommettes comme les ailes d'un papillon, électrisant chaque parcelle de son épiderme.

— À demain.

Les mots, chuchotés à son oreille, lui procurèrent un plaisir insoupçonné.

Un grincement leur fit lever la tête. De l'autre côté de la rue, elle distingua Melhen, un pied sur une marche, qui les observait.

— Il l'a ensorcelée, il n'y a pas d'autre explication.

Encore une fois, le cournol laissait traîner ses pensées, insouciant de savoir si Moira était en mesure de les capter ou non. Ce qu'elle discerna en premier, c'était la sourde colère qui grondait en lui.

La colombe en papier s'était posée sur le rebord de la fenêtre qu'Ismeline avait ouverte quelques minutes plus tôt. Moira cligna des paupières, alertée par le bruissement du parchemin et les roucoulements incessants. La main inerte de Douce pendait mollement sous son nez, effleurant son épaule par moments. La jeune fille la repoussa, sans s'inquiéter de la réveiller ou non, et se frotta les yeux avant d'attraper à pleine main le message inopportun.

Il était courant d'envoyer des oiseaux en papier par la magie. Ils permettaient de délivrer des messages au sein de la cité, et cela ne demandait aucune participation animale.

La colombe était scrupuleusement pliée et se laissa docilement ouvrir.

Réunion du Conseil ce matin au lever du soleil. Pas de retard autorisé.

C'était clair, net et précis. Alec avait certainement écrit ce mot. Moira reconnaîtrait cette calligraphie dure et sèche n'importe où.

Or, le soleil dans le ciel semblait indiquer qu'elle était sacrément en retard. En vitesse, elle ramassa des habits au hasard qu'elle s'empressa d'enfiler. Clopinant dans la pièce en essayant de mettre son pantalon, elle heurta violemment le cadre du lit de Douce et étouffa un juron. Celle-ci se redressa avec une moue, les cheveux décoiffés.

— Qu'est-ce que tu fais ?

— Une missive du Conseil. Je devrais déjà y être.

Son amie laissa retomber sa tête sur l'oreiller et reprit ses ronflements là où elle les avait laissés.

La dernière botte enfilée, Moira dévala les escaliers, sauta les cinq dernières marches qui la séparaient du plancher, attrapa au vol une tartine que lui envoya Ismeline et s'engouffra dans l'air encore frais de la matinée. Shae l'attendait et sans un mot, elle grimpa sur son dos en s'accrochant à ses poils. Il galopa à toute vitesse.

Plusieurs paires d'yeux courroucés la dévisagèrent durement lorsqu'elle entra dans la salle du Conseil, hors d'haleine. Melhen et Mutiane se trouvaient déjà là et elle s'assit entre eux en essayant de se faire la plus petite possible.

Ce ne fut que quelques minutes plus tard qu'elle s'aperçut qu'Helian les honorait de sa présence, flanqué entre deux abels qui avaient éloigné leur siège de lui. Il lui adressa un clin d'œil, visiblement très à l'aise, malgré l'évident froid qu'il jetait aux alentours. Elle faillit défaillir en s'apercevant qu'il était encore plus beau que la veille, ses cheveux mouillés par le bain lui tombant sur le front avec charme.

La salle du Conseil était immaculée, presque épurée. Dénuée de tapisseries, elle enveloppait la réunion d'un côté à la fois neutre et élégant. La table en marbre autour de laquelle ils siégeaient croulait sous la paperasse et la plume du greffier faisait de furieux va-et-vient alors que rien n'avait encore commencé.

— Veuillez me pardonner mon retard, bafouilla Moira.

Amarah repoussa ses excuses d'un mouvement de main.

— Ce n'est rien. L'essentiel, c'est que vous soyez tous là en ce jour particulier.

Les membres du Conseil ne cachèrent pas leur curiosité.

— Vous vous demandez sûrement pour quelle raison je vous ai tous fait venir.

— Nous nous demandons surtout quelle mouche vous pique ces derniers temps, reine Amarah, fit remarquer Alec qui était assis à sa droite. Sans vouloir vous manquer de respect, vos décisions de ces derniers jours sont très intrigantes et je serais tenté de dire que c'est sûrement le résultat d'un trop grand surmenage.

Amarahbaissalesyeuxsurlui.Malgrésonairtoujours affable, ses yeux semblaient brûler de colère, ce qui fit taire net son interlocuteur.

—Merci de cette soudaine… sollicitude, Alec, mais ma décision n'a rien à voir avec un affairement quelconque. J'avais les idées très claires, ce jour-là.

—Permettez-moi d'en douter. Vous gouvernez notre peuple depuis encore peu de temps et c'est bien normal qu'avec toutes ces responsabilités surviennent quelques erreurs de jugement.

—Je te demande pardon? rétorqua-t-elle sèchement. Parce que selon toi, je ne remplis pas les rôles d'une reine?

Alec ne se démonta pas.

—Bien sûr que si. En tant que votre bras droit, je serais tenté de vous inviter à vous reposer et à me laisser prendre les décisions qui incombent à votre rang.

Moira sentit la peur lui parcourir l'échine. Il n'était tout de même pas sérieux… Alec avait toujours manqué de subtilité, mais là, son aplomb s'apparentait à de la perfidie.

—Je suis d'accord avec lui, retentit soudain la voix de Melhen.

Il s'était levé de son siège et son visage durci par la fureur faisait vibrer l'air autour de lui. Un film grésillant collait à sa peau et les poings serrés, il luttait pour ne pas exploser.

—J'ai tendance à penser que votre appréciation et votre discernement ont été floués par le charme et les pouvoirs de cet étranger.

Moira secoua la tête, dépitée. Les choses s'annonçaient mal si le cournol venait à s'en mêler. Même Helian avait quelques difficultés à prendre sur lui, si on en croyait son léger froncement de sourcils et son sourire ironique évanoui.

Amarah redressa fièrement le menton.

— D'autres sont-ils du même avis ?

Quelques mains se levèrent timidement. En regardant autour d'elle, Moira fut horrifiée de constater qu'il s'agissait de la majorité. Sur quatorze membres, neuf était d'avis qu'Amarah déclare forfait. Mutiane, à côté d'elle, n'avait pas sorti les mains de ses poches et son visage n'exprimait en rien le fond de ses pensées.

— Si je comprends bien, vous seriez prêts à voter pour que je cède les rênes de mon royaume à Alec, résuma-t-elle avec une pointe de dégoût dans la voix.

— Temporairement, s'empressa de préciser celui-ci, sans se départir de ses airs mielleux.

— Moi, je ne suis pas d'accord, intervint Moira, le cœur battant la chamade.

Avec lenteur, elle se leva à son tour.

— Jusqu'ici, l'appréciation de notre reine a toujours été sans failles. Je suis d'avis de reconsidérer cette décision de donner les pleins pouvoirs à Alec.

Ce dernier accusa le coup sans sourciller.

— Pour quel motif ?

— Parce que vous êtes fidèle à votre reine, pour commencer. Si elle a pris cette décision, elle doit avoir ses raisons.

Amarah pencha la tête en un remerciement muet.

— En effet, j'ai d'excellentes raisons de penser que ce jeune homme n'est pas une menace pour notre peuple.

— Vous n'avez que votre instinct comme preuve de ce que vous avancez, plaida Alec. Ce qui est bien maigre devant le Conseil. Vous n'êtes pas sans savoir que depuis toujours, les membres de cette assemblée ont autant de pouvoirs que le souverain sur la politique de la cité dans les affaires majeures. La présence de ce… ce fils de tortionnaire est une affaire majeure.

—J’en ai parfaitement conscience, répondit Amarah. Voilà pourquoi j’ai de quoi prouver ce que j’avance. Si cela ne vous dérange pas, bien entendu…

Elle avait prononcé sa dernière phrase d’un ton si courtois qu’il en devenait presque insultant.

—Bien sûr que non, bredouilla un Alec embarrassé avant de se rasseoir.

Amarah ouvrit les bras et ses doigts fins montrèrent un point devant elle, obligeant l’assistance à se retourner.

—Voici donc la preuve que je suis encore digne de gouverner.

Dans le mur qui lui faisait face, une porte venait de se matérialiser avant de tourner sur ses gonds. Une mule en émergea, suivie d’une cheville délicate sertie d’un petit bijou brillant. Puis une robe aussi fluide que de l’eau épousant un corps qui incarnait la perfection. Enfin, un visage.

Tout le monde retint son souffle en la voyant entrer au ralenti. Ses mouvements étaient à la fois étudiés et spontanés. Fermes et gracieux. Autoritaires et distingués.

Shae laissa échapper un long glapissement incontrôlé.

—Je vous présente Chimère. La *déesse* Chimère.

Face à une telle apparition divine, Amarah ne paraissait plus aussi raffinée. Sa beauté pourtant à couper le souffle venait d’être balayée par un visage d’une finesse inégalée, aux traits si délicatement dessinés qu’ils en étaient presque irréels. Sa peau couleur perle brillait légèrement sous la lumière des bougies. Ses immenses yeux se posèrent brièvement sur Moira. Celle-ci remarqua qu’ils n’avaient jamais de couleur fixe. Tantôt d’un blanc laiteux, ils apparaissaient par moments d’un bleu des fonds de mer et d’autres fois aussi dorés que de l’or fondu.

À l'image de ses yeux fabuleux, sa chevelure immodérément longue était sans cesse en mouvement et la couleur tirait vers le vénitien. Le plus souvent.

Lorsqu'elle parla, chacun frémit. Une voix grave aux accents roulants. Bien trop grave pour son physique incarnant la perfection féminine.

— Ma présence était nécessaire afin de maintenir une certaine cohésion au sein de ce Conseil. Ne pensez-vous pas ?

Alec lui-même déglutit, le front plissé.

— À aucun moment je n'ai cherché à être désobligeant envers notre reine.

— Oh, vraiment ? ne put s'empêcher de railler Moira.

Les yeux à présent lie-de-vin la dévisagèrent avec avidité.

— Va jusqu'au bout de ta pensée, jeune Lilith. Je serais curieuse de savoir ce que tu penses d'une telle situation.

Elle l'avait appelée Lilith… Plus personne ne l'appelait Lilith.

Passé l'étonnement, la jeune fille répondit :

— Ce que j'en pense ? Eh bien, je connais personnellement Helian. C'est un nephel, ça tout le monde le sait, mais semble oublier que sa race ne fait pas de lui ce qu'il désire devenir.

— Et qu'aimerait-il devenir, selon toi ? demanda Chimère d'une voix caressante.

— Quelqu'un de bien. Il a vécu trop longtemps sous la coupe de Donovan. Il voudrait faire ses preuves. Comment est-ce possible si chacun s'évertue à dire que rien n'est récupérable, chez lui ?

Un silence suivit ses paroles, que seule Chimère brisa.

—Je te remercie pour ton témoignage. Puis-je te toucher ?

— Pa… pardon ?

Elle coula un regard questionneur à Amarah qui hocha la tête. Sa chaise racla bruyamment le sol et elle approcha de la déesse. Ses mains diaphanes se posèrent sur le sommet de sa tête et elle ferma les yeux. Il ne lui fallut que quelques secondes pour la libérer et se tourner vers Amarah.

— Tu avais raison. Elle l'a bien.

— Elle a quoi ? intervint Melhen, sans se soucier de paraître grossier.

D'un mouvement de main négligent, Chimère fit apparaître un siège identique aux leurs et la chaise d'Alec se poussa sur le côté sans que celui-ci n'ait son mot à dire. Entre lui et la reine, la déesse vint s'asseoir avec une grâce inégalable.

— Commençons par le commencement, voulez-vous. Je m'apprête à vous conter l'un des secrets les mieux gardés de notre temps. Et d'après Amarah, vous êtes les individus les plus dignes de confiance, même si en mon for intérieur, je suis tentée d'en douter. Votre manque de fidélité envers votre reine me désole. Sachez-le. Passons. Donovan lui-même n'a jamais pris connaissance de ce que je m'apprête à vous dire. Il ne devra surtout pas l'apprendre avant le moment propice.

Tout le monde resta suspendu à ses lèvres. Elle poursuivit :

— Artos était ton grand-père, Helian, tu en as sûrement déjà entendu parler.

C'était la première fois depuis le début de la réunion que quelqu'un s'adressait au jeune homme. Le nephel ne parut pas surpris de ce soudain intérêt et répondit laconiquement :

— Vaguement. On m'a toujours dit que c'était un homme très friand de croisades.

—En effet. La soif de pouvoir de Donovan vient en grande partie de l'influence qu'a jouée son propre père dans sa vie. Artos considérait les autres races comme inférieures et impures.

—Jusqu'ici, rien n'a changé, trancha Melhen. Donovan est du même avis.

Moira aurait voulu le pincer pour qu'il se taise, mais devinant sûrement ses intentions, le cournol s'était décalé sans qu'elle puisse l'atteindre.

—Sa guerre contre nous a officiellement commencé lorsqu'il nous a chassés des territoires qui nous revenaient de droit.

—Nous? interrogea un des membres à l'autre bout de la table.

—Nous, confirma la déesse. Il fut un temps où les dieux se mêlaient à la vie de leurs conceptions. Au commencement, les abels, amazones, nains et cournols vivaient en communauté. Lorsque les maisons ont commencé à brûler, lorsque les familles se sont lentement désagrégées, chaque race s'est retranchée dans les confins d'Hibendrill, dans l'espoir d'y trouver la paix.

—Nous vivions tous ensemble? répéta Mutiane, dubitative.

—Eh oui. Chacun de vous l'a oublié, mais la vie interespèces est possible. Chandra, ma sœur, est la conceptrice des nains, Ephiomis, le père des cournols. Nous étions convenus qu'un mélange était la meilleure chose qui puisse arriver à notre monde. Puis les humains sont apparus. Nourris par la haine grandissante de notre frère cadet Guardian, les nephilim ont commencé à peupler les régions ouest du pays. À leur tête, un représentant fourbe et foncièrement mauvais: Hämon.

—Mon arrière-grand-père, lança brusquement Helian, le visage de marbre.

— Ton arrière-grand-père. Il a longtemps régné main dans la main avec Artos, lui communiquant cette haine des autres espèces. Leur but premier était d'éradiquer les amazones, combattants hors pair aux savoirs anciens, secrets et précieux. S'en prendre aux amazones n'est jamais sans risque. À cette époque, leur chef était Inawé, une Oracle très puissante et fort respectée par ses semblables. Lorsque son premier fils né a été enlevé, torturé puis tué sous les ordres d'Hämon, Inawé est devenue folle de rage et tout son pouvoir s'est alors révélé.

Elle marqua une longue pause, laissant l'assistance s'accrocher un peu plus à ses dires.

— Elle l'a maudit, prédisant que chaque enfant de sa lignée serait susceptible de traîner son nom dans la boue. Et lui avec.

— Quelle était cette malédiction ?

— Inawé connaissait le profond mépris que les autres races d'Hibendrill inspiraient à Hämon. Elle a prédit qu'à chaque nouvelle génération, un homme de sa lignée serait joint, dès la naissance, par des liens plus forts que le sang à une jeune fille choisie aléatoirement dans la région. La seule condition, c'est qu'elle ne serait pas une nephel, mais soit humaine, abel, amazone ou naine.

Moira s'arrêta de respirer. Tout s'expliquait. L'attirance sans nom qui l'obligeait à aller vers Helian n'était que le fruit d'un blâme.

— En tant que Dieux, nous avons une position privilégiée lorsqu'il s'agit de connaître les secrets les mieux enfouis. Sur les nephilim, nous savions une chose : Artos, fils d'Hämon, était issu d'une lignée d'Hybride. De son vivant, sa mère s'était éprise d'un abel de passage du nom d'Olorin, un vagabond féru de voyages. Artos a été élevé parmi les nephilim, bien qu'en réalité, il soit en partie Front Marqué. Cela, Inawé l'ignorait et en formulant sa damnation, le sort ne s'est pas lié à n'importe quelle race de la région, mais à des abels. En somme, un nephel sera nécessairement obligé de s'attacher à une abel. C'est ainsi qu'Artos a subi les répercussions de cette infortune. Il s'est entiché d'une Front Marqué que vous connaissez tous très bien.

Les yeux de Chimère s'arrêtèrent sur Amarah qui rosit.

— Oui, votre reine était liée à Artos.

— Comment est-ce possible ? rugit Alec en se redressant brusquement.

Moira entendait déjà tinter à ses oreilles le mot « trahison ».

— C'est pourtant la vérité, confia Amarah dans un murmure. Artos et moi étions épris l'un de l'autre. Cet amour aurait dû signifier la fin de la guerre. C'est ce qu'Inawé cherchait.

— Il en a été autrement, confirma Chimère, car même s'il ne désirait que le bonheur de sa bien-aimée, Artos s'est mis à échafauder des plans pour réduire toutes les races à néant. Par des moyens détournés.

— Il était persuadé qu'en me taisant ses sombres desseins, il me préserverait. Il avait réussi à se persuader que ma famille et mes amis n'étaient qu'un frein à mon épanouissement total. Dans sa psychose profonde, il pensait que mon bonheur résidait dans le fait que je sois avec lui et rien d'autre.

Elle retroussa les lèvres, en proie à une émotion douloureuse.

— Lorsque j'ai appris dans quoi il trempait, je n'ai pas eu d'autre choix que de le supprimer. Du poison dans son verre a suffi. Quand une malédiction vous tombe dessus, agir à son encontre vous semble inenvisageable et totalement impossible. J'ai dû faire un travail immense sur moi-même pour le pousser à boire dans cette coupe. C'était comme de tuer mon père ou mon loup. Le faire a déchiré un pan de mon âme. Un pan de moi-même. J'ai fait ce qui était juste pour mon peuple, je n'avais pas d'autre choix.

Des milliers de larmes brillaient dans ses yeux, mais elle les retint fièrement.

—Je vis tous les jours avec ce poids, car même après la mort, mes sentiments pour Artos demeurent intacts. Donovan ne s'est jamais douté de notre idylle et Inawé nous a donné toutes les cartes en main pour le vaincre, lui et sa caste. C'est l'unique moyen.

Un silence religieux suivit ses paroles. Certains membres baissaient les yeux sur leurs mains, n'osant plus regarder leur monarque, d'autres semblaient perdus, ne sachant quoi penser.

—À présent, intervint Chimère, c'est au tour de Moira et d'Helian de vivre avec ce fardeau. Le doute n'est pas permis, la malédiction a pris sur vous avec une grande facilité. Moira, tu es à moitié abel, alors tu n'as pas pu échapper au risque d'être liée à un des fils de Donovan.

—Vous en parlez comme si c'était une tare, fit remarquer Helian qui avait croisé les bras sur son torse.

—Pour moi, c'en était une, expliqua Amarah. Cet amour m'a brisée. Vous, ce n'est pas la même chose. Helian, tu me sembles très différent de tes semblables. Je n'avais jamais vu un tel tempérament chez les nephilim, mais il faut croire que tout est possible. Tu m'as l'air d'être un garçon bien et si vous êtes d'accord, nous pourrions faire de votre lien une arme contre Donovan. Il suffirait que tu sois de notre côté.

Helian ne la regardait plus. Ses prunelles incandescentes vrillaient les iris apeurés de la jeune fille.

—Je suis du côté de Moira.

Chapitre XXVIII
Entre haine et trahison

Ce fut en sortant du palais que le premier coup partit. Il toucha Helian à la mâchoire et le fit tituber une fraction de seconde. Avant que Melhen ne puisse lui asséner un nouveau crochet, il se retrouva à terre, la tête contre les dalles froides. De fureur, Helian en oublia de se contrôler et les immenses excroissances sur ses omoplates jaillirent sans prévenir, battant l'air furieusement.

— Arrêtez ! cria quelqu'un en essayant de couvrir leurs grognements bestiaux.

Sando se décida à les séparer, non sans mal. Melhen essuya la perle de sang suintant de sa lèvre fendue.

— Qu'est-ce qui te prend, à la fin ? gronda Helian.

— Tu veux le savoir ? J'en ai marre que tu charmes ton petit monde sous prétexte que Moira et toi êtes liés. Tu les as peut-être tous dupés, mais moi, je vois très clairement dans ton jeu !

— Je n'ai jamais cherché à charmer qui que ce soit. Pose-toi seulement quelques instants et réfléchis-y.

Melhen leva les yeux derrière son épaule et y trouva Moira qui avait encerclé sa poitrine dans ses bras, comme pour se protéger. Presque implorant, il lui dit :

— Reprends-toi. Je ne te reconnais plus.

Elle n'esquissa pas un geste dans sa direction, frissonnant violemment sous l'émotion.

— C'est moi qui ne te reconnais plus, Mel. Helian a raison, réfléchis à tout ça sérieusement. Tu prendras peut-être conscience de la gravité de tes réactions.

Elle se détourna pour ne pas qu'il voie les larmes déborder de ses paupières gonflées. Douce se rapprocha de son frère et passa une main sous son épaule pour qu'il se relève. Il se dégagea avec humeur et s'éloigna à grands pas.

— Je voulais éviter ça. Tu n'aurais pas dû.

Helian s'approcha d'elle et l'enveloppa dans sa carrure rassurante. Moira huma son odeur en fermant les yeux.

— Oui, mais c'est une décision que je choisis de prendre.

Leurs bras enroulés dans une étreinte fugace, les jeunes gens avancèrent dans la rue. Ils firent mine d'ignorer les regards des habitants braqués sur eux, cachés derrière des rideaux ou délaissant leurs flâneries pour se repaître du spectacle qu'ils offraient.

— Ce garçon est amoureux de toi, ça ne fait aucun doute.

— Je sais. On est télépathe entre nous, je te rappelle. J'ai conscience de tout ce qu'il pense et vice-versa.

— Raison de plus pour ne pas te le mettre à dos en me fréquentant.

Elle se raidit avant de lui faire face.

— Qu'essaies-tu de me dire, au juste ?

Helian se passa une main dans les cheveux en esquissant une grimace.

— Si je comprends bien, vous deux et Mutiane êtes les Maolen. Nous ne vaincrons pas mon père si vous refusez de faire équipe.

— Alors tu es en train d'insinuer que…

— Que je comprends à quel point ta position dans ce conflit est délicate.

Il effleura sa joue d'une caresse aérienne.

— Tu es importante pour moi. Et je suis persuadé que s'il n'y avait pas eu cette malédiction, tu le serais quand même.

— Qui sait, c'est possible. Mais ?

— Mais Melhen est ton ami. Je refuse d'être responsable de tout ça.

— C'est lui qui t'a attaqué.

— Il t'aime, Moira ! C'est normal qu'il m'ait attaqué. Il vient d'apprendre que toi et moi, suite à un sort lancé par une Oracle, sommes prédestinés à nous aimer. Avoue que le coup est difficile à encaisser.

Sans se soucier des rides plissant son front, elle passa une main sur sa mâchoire bleuie et ses lèvres frémirent.

— Pourquoi tu souris ? Ça n'a rien de drôle.

Elle ne répondit pas et le considéra avec amusement. Helian se disait mauvais, comme sa famille. Au fond, il était bien plus soucieux de faire le bien que la majorité des personnes qu'elle avait connue. Une bouffée d'attendrissement la submergea et elle enfouit son visage dans le creux de son épaule. Ses bras fermes se refermèrent à nouveau autour d'elle, tandis qu'il la berçait.

— Tu mérites mieux qu'un nephel. Tu mérites Melhen.

— Ne dis pas ça, souffla-t-elle, tout contre lui. Tu n'as pas le droit de prétendre une chose pareille.

Ils se séparèrent à contrecœur et le jeune homme entra dans la maison, non sans lui adresser un dernier sourire mélancolique. Le cœur serré, elle resta plantée à l'entrée jusqu'à ce que les bruits de ses bottes sur le parquet s'estompent.

—Ne t'inquiète pas, les choses finiront par s'arranger.

Shae l'avait rejointe de sa démarche furtive.

—Oh, tu étais là depuis tout ce temps.

Il frotta contre sa nuque son museau duveteux, sa manière à lui de l'embrasser. Ils firent demi-tour et marchèrent au hasard à travers les carrefours tortueux.

—Je n'ai pas pu m'empêcher de vous suivre. Il faut dire que malgré les années de guerre qu'il y a eu entre vos peuples, vous formez un très beau couple.

Moira émit un petit rire bas.

—Nous ne sommes pas un couple.

— Vous en aviez juste l'air, alors.

—Je ne sais pas trop ce que nous sommes, en fait. La malédiction voudrait que nous soyons amants.

—Et toi, que veux-tu?

Elle fit la moue.

—Bonne question. Je n'ai pas de réponse pour le moment. Tout est allé si vite…

—Laisse donc le temps à ces deux gaillards de digérer la nouvelle et en attendant, ne te triture pas trop l'esprit.

Les paroles du loup étaient pleines de sagesse, comme souvent. Ne trouvant rien à lui opposer, la jeune fille se contenta d'assentir de la tête.

Le lendemain, ce fut avec réserve que Sando proposa à Helian de le suivre pour un entraînement intensif, en préparation de l'assaut qu'Amarah comptait lancer dans quatre semaines. Il avait été décidé qu'ils commenceraient par libérer les villages à proximité des sentiers boisés. Ceux-ci étant infestés par les Pantins de Déchue.

Moira voyait en cette invitation inattendue une proposition de trêve avec le nephel. Sa réaction vive à l'égard des deux jeunes gens n'était plus qu'un souvenir et toute colère tombée, il s'était décidé à hisser le drapeau blanc.

Lorsque les portes du hangar coulissèrent, la jeune fille fut étonnée d'y trouver à l'intérieur un Melhen boudeur, Mutiane, Douce, Ismeline, Alec, une poignée de jeunes Murmures musculeux et tous les loups. Douce donna l'accolade à Helian qui lui répondit par un clin d'œil amical, sous la mine ombrageuse du cournol.

Sando se plaça en face du petit comité, un étrange sourire fendant son visage.

— Vous pensez tout connaître de Sanshee car, pour la plupart, vous y vivez depuis votre naissance. Avec la reine Amarah, nous avons eu une idée. La croisade pour notre liberté approche, mes amis, et nous nous devons d'être au mieux de notre forme. Voilà pourquoi, dans le plus grand des secrets, nous avons décidé de construire une salle très spéciale.

Sa main effectua une courbe gracieuse et un amoncellement de meubles abandonnés s'écarta et vint s'empiler dans un coin laissé libre. Sur le mur désormais bien visible, un dessin apparut. Fait d'arabesques divers et d'embranchements complexes, Moira reconnut l'esquisse d'une porte. Bientôt, le bois de chêne se matérialisa, suivi d'un lourd loquet surmonté d'une tête de loup en bronze.

— Pourquoi n'ai-je jamais été mis au courant de cette construction ? siffla Alec d'une voix autoritaire.

— Pour la simple et bonne raison que c'est un projet que j'ai soumis il y a quelques mois à Amarah, et non à vous.

Moira se retint de pouffer devant la mine déconfite du bras droit.

Sando ouvrit la porte et s'enfonça dans l'obscurité, talonné de près par le reste des invités. Une fois la porte passée, on n'y voyait plus rien à un mètre, et la jeune fille se contenta de poser une main sur le flanc de Shae qui la guida sans mal.

Un escalier en colimaçon descendait dans les profondeurs de la cité. Il s'enfonçait bien plus bas que les cachots et l'impression d'étouffer envahit peu à peu la jeune fille alors que les mètres de terre au-dessus de leurs têtes s'additionnaient.

Helian, qui avait toujours eu l'habitude de l'altitude et du grand air, cachait bravement son angoisse. Elle l'entendait respirer avec peine.

Arrivés en bas de l'escalier, les torches s'allumèrent, dévoilant une salle aux proportions conséquentes, rectangulaire, capitonnée et très propre.

Des armes et des parcours d'obstacles compliqués habillaient la pièce. Tout ici appelait à venir se démener. Mais ce n'était pas tout…

— Nous avons pensé qu'un bon entraînement devait s'accompagner d'adversaires de taille et pourquoi pas de combats à mort. C'est pourquoi je vous présente les gnörs.

Un nouveau mouvement de main et une porte en métal se souleva de quelques centimètres avant de glisser sur elle-même.

Ils étaient de taille variable, mais de corpulence solide. Les mottes de paille indiquaient qu'on les avait cousus à la va-vite et que l'esthétisme n'était qu'un détail accessoire. Leurs visages avaient été confectionnés à l'identique : en toile, festonnés avec des fils leur accordant un immense sourire qui atteignait presque les petites boules de tissu sur le côté, faisant office d'oreilles. En revanche, bien que leurs corps fussent garnis de paille, ils se mouvaient avec une agilité tout à fait vivante et même franchement agile. Les coutures étaient plus serrées aux endroits stratégiques.

— On dirait des…, commença Moira.

— Épouvantails, termina Mutiane, tout aussi stupéfaite.

Les bonshommes de paille vinrent se placer en file ordonnée, juste derrière Sando. Leur démarche militaire prouvait qu'ils ne pouvaient être contrôlés que par magie.

— Pour créer les gnörs, nous nous sommes inspirés des épouvantails que l'on trouve dans les champs des paysans humains. Ils ne sont pas vivants à proprement parler, mais assez forts pour vous désarmer. Je puise dans ma magie pour les faire vivre aujourd'hui, l'espace de quelques heures. Lorsque l'entraînement sera terminé, un autre groupe prendra la relève et un nouveau moniteur donnera un peu de ses réserves pour les ramener à la vie. Comme nous manquons de temps, nous allons directement commencer par les combats rapprochés. Sortez tous vos épées et que le spectacle commence. Il y en a un pour chacun de vous !

Moira fit un pas en avant, ses yeux parcourant les visages grotesques des gnörs. L'un d'eux tourna mécaniquement la tête dans sa direction avant de s'avancer, la faisant reculer précipitamment. Sa main de paille avait fermement empoigné une épée retenue au mur par des crochets en métal.

— *Ne commence pas à stresser*, la prévint Shae. *Dis-toi qu'ils ne sont pas vraiment programmés pour nous faire du mal.*

La lourde arme s'abattit sur elle avec une précision inouïe. Moira eut tout juste le temps de se baisser et de placer son bouclier au-dessus d'elle. Le choc tinta à ses oreilles, comme si elle s'était approchée d'une cloche bruyante.

— *Tu disais qu'ils n'étaient pas programmés pour nous tuer, c'est ça ?*

— *Oups.*

La jeune fille leva les yeux au ciel avant d'être contrainte de faire un saut sur le côté pour éviter le tranchant du badelaire. Il était bien plus rapide et plus fort qu'un homme moyen, calquant sans mal ses mouvements sur ceux de Moira qui ne pouvait qu'esquiver en priant pour qu'il se fatigue.

Dans sa fuite désespérée, elle remarqua Alec, en proie aux attaques fulgurantes de son gnörs. L'abel se battait avec une force de bourrin. Ce fut sans pitié qu'il déchiqueta son adversaire après un coup de pied bien senti dans le péroné. Le gnörs rangea son épée avant de ramasser les mottes de pailles éparpillées par terre. Il s'effaça devant Alec qui vint s'asseoir près de Sando.

Ismeline, quant à elle, dansait littéralement devant son épouvantail, aussi insaisissable qu'une brise furtive. Moira eut juste le temps de voir briller un poignard dans sa botte qu'il était déjà planté dans la gorge du gnörs.

La jeune fille revint à la réalité lorsque la lame siffla à son oreille et qu'elle se jeta en arrière, faisant craquer une bonne douzaine de ses vertèbres. Elle para le deuxième coup en y mettant toute la force qu'elle avait et crocheta son avant-bras. Il perdit l'équilibre au moment où elle tourna sur elle-même et lui accrocha le pied. Son épée fendit l'air avant de se poser juste à la naissance de son cou empaillé.

Le gnörs cessa de bouger et resta couché sur le dos tandis qu'elle abaissait sa garde.

Essuyant son front ruisselant de sueur, elle partit rejoindre ses professeurs assis sur le banc. Ils n'étaient pas ses instructeurs pour rien, car les premiers à avoir maîtrisé leur adversaire. Sans compter Shae, Opléa et Acajou qui n'en avaient fait qu'une bouchée.

— Pas mal du tout, la félicita Sando. Attention à ne pas te laisser distraire. Sur le champ de bataille, les soldats de ton peuple seront nombreux à tomber.

Tout à loisir, elle s'autorisa à regarder le combat mené par ses compagnons. Helian était incontestablement le plus à l'aise dans cette épreuve et prenait tout son temps pour épuiser son gnörs. Il lui avait raconté qu'il fréquentait assidûment un précepteur chargé de le faire combattre plusieurs heures par jour, au château. Manifestement, les exercices intensifs auxquels il n'avait pu échapper durant ces longues années se révélaient efficaces, car il menait son gnörs par le bout du nez. Il le trompait avec adresse, maîtrisant son épée avec tant de dextérité que les coups pleuvaient à toute vitesse.

—Tu vois, c'est un atout certain pour notre cause, chuchota Ismeline à l'adresse de Sando.

—Tu t'enflammes trop, répondit celui-ci. Nous n'avons qu'un seul nephel de notre côté. Donovan, lui, viendra avec toute sa caste.

Moira se détendit. Au moins commençait-il à imprimer l'idée qu'Helian était dans leur camp. Elle faillit lâcher un soupir de contentement lorsque son gnörs tomba, la tête tranchée.

Avec courtoisie, Helian accepta les chaleureuses félicitations d'Ismeline d'un mouvement de menton. Il vint se placer près de Moira qui tâcha de repousser son émoi lorsque leurs cuisses se touchèrent.

En revanche, tout le monde retint son souffle quand dans un bruit atroce, le cimeterre du gnörs de Douce lui entailla la peau, à hauteur de l'épaule. La blondinette ouvrit la bouche en une plainte informulée, choquée. De fureur, elle enfonça profondément son épée dans le corps de son adversaire avant de se tourner vers Sando, les poings sur les hanches.

—Vous ne nous aviez pas dit qu'ils chercheraient *réellement* à nous tuer.

—J'ai parlé d'un combat à mort, n'est-ce pas suffisant? se défendit-il, les sourcils joints.

Outrée, Douce referma la bouche et vint vers eux à grands pas.

— Ce n'est pas normal. Vous avez besoin de nous, dans cette bataille. Quel intérêt auriez-vous à nous tuer ?

— L'idée dans tout ça est de vous aider à vous préparer du mieux possible. Si vous avez devant vous un adversaire prêt à vous éliminer, vous vous entraînerez avec plus d'ardeur.

Douce haussa les épaules.

— Et quand bien même, je refuse de m'exercer en prenant le risque de mourir à tout instant.

— C'est pourtant le but de la guerre, jeune fille, rétorqua Alec avec acidité.

— Vous, votre avis ne m'intéresse pas, riposta-t-elle, une main levée pour le stopper dans sa réplique.

Le ton monta et bientôt, ils passèrent des propos encore respectueux à tous les noms d'oiseaux. Personne ne vit Melhen et Mutiane venir à bout de leur gnörs en même temps, dans une synchronisation parfaite. Non, tous les regards étaient tournés vers la dispute ayant éclaté entre un petit bout d'abel, les joues rosies par le mécontentement, et le bras droit de la reine qui semblait avoir avalé tout rond une noix.

— Ça, c'était de l'entraînement !

— Tu l'as dit.

Moira finit de relacer sa botte avant de se tourner vers Helian. Ce dernier semblait aux anges.

—Je n'avais jamais assisté à ce genre d'exercice. Au palais de mon père, lorsque je ne combattais pas mon précepteur, Zendel se chargeait de me faire ma fête. Et il vaut au moins dix gnörs.

La jeune fille grimaça. Helian était un combattant hors pair, une véritable perle dans leur armée. Si son frère Zendel parvenait à le rosser, ça devait être un adversaire effrayant.

—Je te rassure, pour nous aussi c'est une nouveauté. D'ailleurs, l'interlude entre Douce et Alec n'était pas pour me déplaire.

—Je suis d'accord.

Ils échangèrent un clin d'œil complice.

Un bruit de pierre retentit dans leur dos, les obligeant à se retourner. Sando était le dernier à être sorti. Les bras chargés d'effets divers, il les salua du bout des lèvres.

—Attendez ! le pria Moira.

Elle se sentait coupable des derniers événements et voir son mentor et ami aussi froid avec elle ne la laissait pas de marbre. Sando patienta de bonne grâce.

—Oui ?

—Je sais que par ma faute, vous êtes en colère. Je vous ai mis au pied du mur et je vous demande pardon.

Elle se tut, la gorge serrée.

—Ce n'est rien, finit par répondre son mentor, radouci. C'est toi qui avais raison.

—Vrai... vraiment ?

Sando eut un rire gentil.

—Je n'aurais jamais dû te juger sans te connaître, Helian. Tu m'as l'air d'être quelqu'un de bien. Si on en oublie... d'où tu viens.

Helian accepta la remarque avec un plaisir évident. Sando poursuivit :

—Si c'est uniquement le bonheur de Moira que tu recherches, alors je n'ai pas le droit de me mettre en travers de votre chemin.

—C'est en effet ce qui compte le plus à mes yeux.

Ils se sourirent. Puis Sando lui tendit le bras qu'il prit pour une poignée de main solennelle. Ce simple geste était symbolique. Sando avait décidé d'accepter Helian dans leurs rangs.

Et de quatre, pensa Moira intérieurement.

À partir de cet instant, les choses allèrent de mieux en mieux. En voyant Sando, une personnalité influente au sein de la cité, considérer Helian comme l'un des leurs, les habitants avaient consenti à se montrer moins réticents.

Ça avait commencé avec Nedril, qui frappa à sa porte un matin pour lui proposer un élixir de sa confection, destiné à lui couper les ailes. D'après lui, s'il voulait tant que cela se dissocier de sa famille, retirer ce qui faisait de lui un nephel ne pourrait pas lui manquer. Amarah s'était montrée cependant fermement opposée à cette idée, persuadée que ses deux excroissances pourraient lui sauver la vie lors d'un combat.

Puis ce fut le tour de Mutiane, qui au fond n'avait pas vraiment de grief contre lui. Elle avait avoué à Moira que Melhen s'était mis dans une colère noire en apprenant qu'Helian et elle étaient désormais partenaires de chasse.

Ce dernier ne mangeait toujours pas à la table d'Ismeline, la faute au jeune cournol qui ne tolérait pas que son nom fût prononcé en sa présence.

Sa relation avec Moira se détériorait à vue d'œil. La jeune fille ne supportait pas de le voir aussi borné, même lorsqu'il s'apercevait que les personnes les plus circonspectes finissaient par adopter Helian. Durant les quelques entraînements qu'ils avaient en commun, les deux jeunes gens s'évitaient au mieux. Sauf un jour où, durant une séance contre les gnörs, ils avaient dû faire équipe et communiquer. Dans la voix du cournol perçait encore le ressentiment et elle s'était contentée du strict minimum.

Pourtant, Melhen lui manquait. Sa sollicitude, sa tendresse et leur complicité avaient disparu avec l'arrivée du nephel dans leurs vies. La jeune fille savait très bien qu'il lui était possible de retrouver tout ce qu'elle avait perdu avec lui. Les conditions étaient simples : elle devrait mettre de côté Helian, malédiction ou pas. Et ça, elle ne s'en sentait pas capable.

Un soir, alors qu'elle lisait dans son lit et que Shae l'avait rejointe, sa tête posée sur ses genoux, elle eut envie de se confier et lui raconta le dilemme qui accaparait ses pensées. Celui-ci, comme à son habitude, trouva les mots justes :

—*Tu n'as pas à choisir. Tu as eu le malheur d'être la proie de beaucoup d'enchantements. Tout d'abord tu es arrivée ici, pour apprendre que tu étais une abel, doublée d'une des trois Maolen. Ensuite, tu me trouves moi et ta personnalité se retrouve liée à la mienne. Pour couronner le tout, tu apprends qu'une malédiction te frappe et t'oblige à tenir plus qu'à ta propre vie au fils de notre ennemi juré. Tu es pieds et poings liés face à tout cela. Et ce que Melhen te demande, c'est de renier une partie de toi, celle qui aime Helian.*

—*Alors selon toi, que devrais-je faire ? Aller le voir pour lui dire tout ça ?*

Même si elle était persuadée de ne pas être aussi charismatique que Shae.

—*Non. Tu dois laisser le temps faire son œuvre. Melhen tient à toi, mais sa possessivité a pris trop de place. Un jour, il s'apercevra qu'il s'est comporté en égoïste.*

—*J'aimerais simplement qu'il comprenne qu'il y a de la place pour lui dans mon cœur.*

—*Il saura un jour, crois-moi.*

Légèrement tranquillisée, elle s'endormit rapidement.

Le lendemain cependant, ses craintes resurgirent et la peur d'avoir perdu Melhen pour toujours l'envahit. Elle repoussa les couvertures avant de s'élancer dans le couloir. Le jeune cournol sortait justement de sa chambre. Il parut surpris de la voir devant lui, les cheveux ébouriffés et en chemise de nuit.

—Je voulais te parler.

Immédiatement, son visage se ferma et il fit mine de l'écarter pour passer.

—Je ne vois pas ce que nous avons à nous dire.

—Bien sûr que si, moi j'ai des choses à te dire.

Adieu les conseils de Shae. Elle ne supporterait pas de lire une journée de plus la déception dans son regard.

—Je sais ce que tu ressens pour moi.

Cette fois-ci, Melhen parut très embarrassé et fixa ses pieds. Moira poursuivit :

—Si tu crois que je suis perdue, eh bien tu te trompes. Tu penses que ma raison est obstruée par de quelconques charmes de nephilim ? Là encore, tu fais erreur. Il y a quelque temps, j'étais loin d'imaginer que j'étais prédestinée à quelqu'un. Je ne pensais pas à toutes ces choses.

—Et maintenant ? Maintenant, tu y penses ?

—est-ce que j'ai vraiment le choix ? Chacun de tes regards est là pour me rappeler que je suis prise au piège. Tu voudrais que je choisisse entre toi et Helian et si je ne le fais pas…

—Tu perdras l'un de nous deux.

—Pas du tout. Réfléchis, si je le choisis lui, tu ne voudras plus entendre parler de moi, mais si je te choisis toi… Eh bien, Helian me laissera partir. Il sait ce que tu représentes à mes yeux et respecte cela.

Melhen se porta une main au front et expira bruyamment.

—Vas-y, je t'en prie, tu peux le dire.

—Dire quoi ?

— Que je ne pense qu'à moi.

Il posa son index sur les lèvres de Moira qui s'apprêtait à démentir ses propos.

— Pas une seule fois je n'ai pensé à ce que tu pouvais ressentir face à tout ça.

— Tu n'as qu'à me le demander.

Ses yeux bleus se mirent à briller d'une nouvelle flamme d'espoir.

— Qu'est-ce que tu penses de tout ça ?

Elle répondit en choisissant avec précaution ses mots, désireuse de ménager la fierté – déjà bien entamée – du jeune homme :

— Avant même de revoir Helian, j'étais dans le flou. J'avais conscience de tes sentiments à mon égard, mais je t'ai toujours considéré comme un frère. Jusqu'à ce baiser, avant que je me rende au Daïs. À présent, j'apprends qu'une damnation pèse sur moi, et tu me demandes de faire un choix alors qu'en mon for intérieur, je n'en suis pas capable. Vous faites tous les deux partie de moi.

— L'aimes-tu ?

— Je tiens à lui. Autant que je tiens à toi. Mel, je ne t'aime pas comme tu désires être aimé.

Elle avait volontairement omis de dire qu'en présence d'Helian, son corps ne répondait plus. L'attraction qu'il y avait entre eux dépassait l'entendement. Tout comme en présence de Melhen elle se sentait aussi naturelle et spontanée qu'une enfant. Elle ne pouvait se passer ni de l'un, ni de l'autre.

— Au moins, ça a le mérite d'être honnête, grommela-t-il.

Timidement, elle se laissa aller contre lui. Il accepta son étreinte et ses mains enlacèrent sa taille avec force. La jeune fille ferma les yeux, soulagée d'avoir dissipé provisoirement les nuages sur leur relation.

— Je dérange ?

Moira aurait voulu s'écarter, mais Melhen la tenait fermement dans ses bras et elle ne put que se dévisser le cou pour sourire faiblement à Helian.

— Pas du tout.

— Qu'est-ce que tu fais là ? s'impatienta le cournol avec acidité.

Elle lui écrasa soigneusement le pied, lui rappelant qu'il devait au moins bien se tenir.

Helian les dévisageait tour à tour, son regard d'acier ne laissant rien entrevoir de ses pensées. Pensées que Moira aurait rêvé connaître, même si pour l'heure elle était horriblement gênée.

— Je venais simplement vous chercher, tous les deux. Un Conseil d'urgence a été exigé par Amarah.

Sur le chemin du palais, personne ne parla et Moira marcha entre eux avec le sentiment d'être une ignoble profiteuse.

Pourtant, ses petits problèmes personnels furent rapidement balayés lorsqu'Amarah les accueillit, la mine grave. Quelques personnes étaient venues grossir les rangs. Nedril et Suavë – son éternel châle en zibeline déployé sur ses frêles épaules – se trouvaient là, juste à côté d'une jeune femme aux paupières lourdes qu'on leur présenta comme Clarisse.

Moira salua de la main la vieille thaumaturge qui n'avait pas changé, après toutes ces années. Cette dernière lui adressa un de ses sourires édentés.

— Nous avons pris connaissance d'une nouvelle très inquiétante, commença Amarah. Nos soldats Murmures auraient aperçu une armée dans les bois, portant les armoiries de Donovan.

— Personne ne peut s'y retrouver dans ce bois, de toute manière, assura Alec, sans se départir de son calme.

—Peut-être, mais avec de la volonté, ils finiront par découvrir notre portail.

—Justement, intervint Mutiane, il sera là pour les empêcher de passer. C'est de la magie puissante, j'ai moi-même contribué à le renforcer. Des humains seraient incapables de le traverser et des nephilim non plus. Ils ne connaissent rien à nos sortilèges.

—Le voilà, l'autre problème. C'est qu'il n'y a pas que des nephilim et des humains.

Amarah se tut, le temps de regarder Suavë et Clarisse d'un air navré.

—Il y a aussi des thaumaturges.

Les deux femmes pâlirent brusquement. Moira sentit sa gorge s'assécher.

Des thaumaturges… dans le camp de Donovan.

—C'est impossible, chevrota Suavë.

—Pour sûr, je m'y suis aventurée en personne pour en attester. Il y a des thaumaturges. J'ignore combien, mais suffisamment pour faire de sérieux dégâts.

Suavë se prit la tête dans les mains, anéantie.

—Il est trop tard pour appeler des confrères de ma connaissance. Ils ne seront pas là à temps. Si tant est qu'ils acceptent de rejoindre notre cause.

—Ils ont sûrement été corrompus, trancha Sando.

—Mes semblables ne sont pas véreux ! explosa la vieille dame. Leur aide ne s'achète pas ! J'ignore ce que Donovan leur fait subir, mais ce n'est pas normal. Ça non…

—Ce que veut mon père, temporisa Helian, c'est nous déstabiliser. Il sait que des thaumaturges seront avec nous durant la bataille et il compte sur la présence de ses propres armées pour nous ébranler.

Suavë leva la tête de ses paumes parcheminées.

—Qui es-tu pour t'adresser à moi, sale avorton ? Tu n'as pas ta place ici, de toute manière.

Helian se leva brusquement. Ses ailes venaient de jaillir dans son dos et envoyèrent sa chaise culbuter dans un coin de la pièce. Moira dut se pousser pour ne pas être giflée par les rangées de plumes sombres.

—J'y ai ma place autant que vous, vieille bique! Votre peuple trahit les abels, tandis que le mien tente de les exterminer depuis des milliers d'années. Alors, où est la différence?

La thaumaturge ne trouva rien à dire et se contenta de soutenir son regard avec défi. Helian n'en avait pas terminé:

—On m'a reproché beaucoup de choses dans ma vie. De ne pas être aussi fort et monstrueux que mon frère, d'être trop renfermé et à présent d'avoir choisi mon camp. Maintenant, ça suffit! Pour ceux qui ne l'auraient pas encore compris, je suis de votre côté! Je ne m'empresserai pas de filer tout rapporter à mon paternel! À présent, veuillez m'excuser.

Ses ailes se rétractèrent aussi rapidement qu'elles étaient apparues, laissant deux trous dans sa chemise. Helian tourna les talons et gagna la porte qu'il claqua violemment derrière lui.

Il laissa dans la pièce des visages choqués et éberlués.

Moira croisa le regard d'Amarah qui acquiesça silencieusement. Repoussant sa chaise, elle sortit elle aussi, ne trouvant rien à dire de théâtral pour illustrer son propre départ.

Elle découvrit Helian assis sur les marches de l'escalier, adossé à une tapisserie opulente. Ses cheveux tombaient devant ses yeux tandis qu'il tenait sa tête dans ses mains. Les doigts de la jeune fille pressèrent son épaule avec douceur.

—Suavë n'est qu'une ourse mal léchée.

Elle n'eut droit qu'à un mince sourire. Helian était très triste. N'y tenant plus, elle l'attira à elle et le jeune homme posa sa tête contre sa poitrine, tel un enfant chagriné. Ils restèrent ainsi quelques instants.

— Je n'aurai jamais ma place nulle part.

— Tu dis des bêtises. Les gens commencent à t'accepter.

— Alors explique-moi ce qui vient de se passer avec cette vieille mégère.

— Elle vient d'apprendre qu'une partie des rares thaumaturges peuplant Hibendrill s'était rangée du côté de ton père. Avoue que c'est tout de même difficile à encaisser.

— Peut-être.

Il posa ses coudes sur ses jambes, en pleine réflexion.

— Tu t'es réconciliée avec Melhen ?

Elle toussota, sentant déjà ses joues s'enflammer. Ce qui ne put échapper à Helian qui avait conscience de tout ce qui se déroulait dans son corps.

— Tu as le chic pour changer de sujet. Pour te répondre, oui. Nous avons… conclu cette trêve par une accolade.

— J'ai vu.

Elle battit des paupières rapidement avant d'oser le regarder pour de vrai.

— Ne t'inquiète pas. Je n'ai pas le droit de t'en vouloir. Tu le connais depuis très longtemps. Je ne peux pas rivaliser avec lui.

Oh non, voilà qu'il se montre raisonnable, se dit-elle en le scrutant avec attention. Helian avait ce don de paraître aussi vulnérable qu'inaccessible. Difficile de savoir ce qu'il avait en tête à ce moment précis. Elle s'éclaircit de nouveau la gorge avant de déclarer :

— Tu viens ? Je comptais aller m'exercer dans la salle d'entraînement avant que tous tes anciens sujets se ramènent à Sanshee.

Pour seule réponse, Helian éclata de rire avant de prendre la main qu'elle lui tendait.

Chapitre XXIX
Les effluves de la mort

Pour ceux qui avaient eu l'opportunité de s'entraîner ces dernières semaines, l'annonce de l'arrivée prochaine des armées de Donovan laissait plus ou moins de marbre. En revanche, une grande effervescence régnait au sein des autres foyers où les gens stockaient une bonne partie de leur magie dans des joyaux que porteraient ceux amenés à combattre en première ligne.

Moira accepta, non sans réticence, le collier enchâssé d'un gros diamant orange que Sando glissa autour de son cou.

En projetant son esprit contre le bijou, elle constata qu'il était rempli d'un joli réservoir de pouvoir. Ses supérieurs lui avaient recommandé de commencer par utiliser cette réserve avant de puiser dans la sienne, tout en le faisant avec une certaine parcimonie. Avec la puissance des sortilèges que la jeune fille avait l'habitude de lancer, ce surplus ne tarderait pas à s'épuiser après un sort minime. Utiliser ces joyaux ne lui plaisait guère. C'était comme transporter autour de son cou le pan de l'âme d'un des habitants qui avait sacrifié sa magie pour elle, même s'il était vrai que cette énergie ne servirait pas autant à ceux qui resteraient au sein même de la cité.

En temps normal, Amarah aurait exigé que tout le monde fût sur le front, mais les effectifs de l'armée à venir n'étaient pas conséquents au point de mobiliser tous les habitants. Seuls les meilleurs combattants devaient répondre à l'appel et ils étaient nombreux à compter sur les Maolen pour régler ce problème majeur.

Chaque soir, lorsque la lune montait haut dans le ciel, tous se rendaient dans la salle du palais pour délibérer des choix à venir. Les plus sages pensaient qu'il ne fallait pas faire démonstration des pouvoirs grandissants des trois compagnons et d'attendre une guerre à plus grande échelle pour prendre le roi et ses sujets par surprise. D'autres estimaient que les thaumaturges ennemis étaient trop puissants et donc susceptibles de leur donner du fil à retordre. Il fallait donc laisser les Maolen employer leurs pouvoirs.

Les débats s'étaient prolongés jusque tard dans la nuit, au point que Moira en était venue à sérieusement douter de l'issue du combat.

Restait une question que tout le monde se posait. D'après le dernier rapport Murmure, Donovan n'était pas à la tête de son armée. Alors pourquoi envoyait-il un si modeste bataillon ? Ce fut Helian qui avança une réponse qui mit tout le monde d'accord :

— Il cherche à me récupérer, mais comme je ne suis que le cadet de sa lignée, donc pas si important que ça, il estime qu'une petite armée suffira à me reprendre. J'imagine qu'ils chercheront à faire diversion, tandis qu'une poignée d'hommes ouvrira les cachots. Mon père n'a jamais eu peur de Sanshee.

C'était le grand avantage d'avoir Helian dans leur camp. Ayant vécu des années sous la coupe d'un monarque qui leur enseignait son art et ses stratégies, il avait fini par apprendre à réfléchir comme lui. Nombreuses furent les opinions qui changèrent à propos de leur nouvel allié, durant cette période.

La programmation des gnörs changea, elle aussi, laissant les guerriers plus fourbus que jamais. Sando les avait rendus plus féroces, ce qui n'était pas peu dire.

À mesure que les jours passaient, les Murmures remettaient des rapports de plus en plus inquiétants au Conseil. L'armée de Donovan approchait dangereusement du portail magique et ils estimaient qu'elle se trouvait à environ un jour et demi de marche de Sanshee. En s'associant, les thaumaturges ennemis pouvaient très bien venir à bout de cette protection dérisoire.

Lorsque Moira entendit l'effectif de leurs ennemis, elle crut en avaler sa langue. Un minimum de quatre cents soldats lui semblait tout simplement colossal. Pourtant, à en croire Helian, ce n'était qu'un grain de sable dans le désert. Donovan disposait de bien plus de forces et à moins que cette offensive ne fût un piège, il avait décidé de leur laisser une chance de riposter.

L'agitation était à son comble.

Atanian, le forgeron de la cité, était réquisitionné de partout et n'arrêtait pas, ces dernières heures. La centaine de combattants amenée à se battre avait été harnachée d'armures oblitérées du symbole des abels : la tête d'un loup noir sur un étendard rouge sang.

Les cuirasses semblaient peser des tonnes, mais c'était sans compter l'ingéniosité d'Atanian qui façonnait ses armatures avec un métal connu de lui seul, aussi léger et solide qu'un diamant. Sa couleur tirait vers l'argent et sa brillance était sans égal.

Amarah décida de ne pas laisser la possibilité à leurs ennemis de les prendre par surprise sur leur propre terrain. Ainsi, aux alentours du portail de protection placé sur le pont, elle et ses conseillers se décidèrent à poster leur armée à cet endroit.

Avec une force que personne ne lui soupçonnait, elle envoya les arbres environnants ramper à couvert. Leurs racines sortirent de terre et tels les tentacules d'une pieuvre, ondoyèrent sur le sol pour rejoindre un endroit indiqué par la reine. Cette dernière leur expliqua que les âmes de leurs ancêtres résidaient en ces végétaux et qu'il était hors de question de les perdre lors d'une bataille.

La désertion des arbres avait ouvert un immense champ de bataille, et seuls les pétales de roses tapissaient encore l'herbe tendre.

Afin de protéger au maximum Sanshee, des tentes furent érigées aux abords du terrain vague, permettant à tout le monde de se préparer sur place.

Moira se trouvait dans l'une d'entre elles, en compagnie de Shae, et enfilait un haubert assez court sous son corselet. Contrairement aux autres, elle avait refusé une tenue complète, préférant être libre de chacun de ses mouvements. Une fois sa dernière botte fourrée enfilée, elle se tourna vers Shae pour lui mettre sa propre armure. Son ami avait hérité de la protection de Vanyae, le loup d'Amarah, mort au combat lors de la bataille des Cinq Vies. Elle batailla longuement pour la lui enfiler, mais le résultat fut à la hauteur de ses espérances. Des écailles de métal couleur émeraude recouvraient l'encolure de Shae, à l'image de l'armure de la jeune fille. Son flanc et son ventre étaient eux aussi protégés, ne laissant ouvert qu'une partie du dos afin d'y placer la selle sur laquelle Moira grimperait. Seules ses pattes restaient libres de tout métal, lui conférant une agilité inchangée. Enfin, la jeune fille plaça une dernière écaille brillante au-dessus de sa tête, laissant passer ses oreilles dans les fentes prévues à cet effet.

Elle recula pour juger du résultat.

— *Alors ? Ai-je l'air suffisamment féroce ?*

— *Je n'aimerais pas faire partie de l'équipe adverse, si tu vois ce que je veux dire.*

Satisfait, Shae parada à la manière d'un étalon, faisant cliqueter son armure en crânant. Moira ne put retenir un rire, qui mourut rapidement dans sa gorge lorsqu'elle se souvint de la gravité de la situation.

Ils n'étaient pas là pour jouer.

Avant de sortir, elle ceignit Devtil à sa ceinture et la tapota. Sa manière à elle de se rassurer.

À l'extérieur, tout le monde était fin prêt. Les nuages grisâtres avaient aspiré toute couleur dans le paysage et bien qu'il ne fût pas loin de midi, rien ne laissait voir que la journée était déjà bien entamée.

Opléa et Acajou étaient également vêtus d'une armure semblable à celle de Shae, mais aucun d'eux ne la portait avec tant de panache. À les voir, personne n'oserait se mesurer à eux.

— Prête ?

Melhen, à l'aise dans son armure complète, se tenait juste à côté d'elle.

— Prête.

— Fais attention à toi. Je sais que tu es douée au combat, mais…

Il se tut quelques secondes, soudain troublé.

— Bref, fais attention à toi.

Elle lui sourit avec nervosité, tremblante d'appréhension.

Helian et Douce les rejoignirent bientôt, caparaçonnés dans leurs tuniques anguleuses.

Le jeune homme se contenta de se placer de l'autre côté et lui prit furtivement la main. Leurs doigts s'entrelacèrent brièvement, le temps qu'ils se communique leur chaleur. Pas besoin de mots, ce geste avait suffi à lui faire comprendre tout ce qu'elle devait savoir.

L'armée de Sanshee avait été scindée en quatre bataillons. Alors qu'ils commençaient à prendre place, Amarah, vêtue de pied en cap d'une tenue à la fois élégante et mortelle, glissa quelque chose dans la main de Douce :

— Les cachots.

La blondinette parut déçue, mais obtempéra. Moira jeta un regard interrogateur à la reine.

— Ismeline refuse de la voir partir en première ligne. Tu comprends, elle a toujours essayé de suivre votre rythme, à toi et à Melhen, mais le risque est trop grand. C'est pourquoi sa tâche consistera à faire prisonniers les soldats qui se rendront dans les cachots pour sauver Helian.

— Vous pensez qu'elle sera assez forte pour maîtriser ces hommes ?

Amarah eut un sourire confiant.

— Douce est astucieuse. Je ne m'inquiète pas pour elle.

Moira observa son amie courir vers la cité sans un regard de plus vers ce qu'elle laissait derrière elle. L'idée de ne plus la revoir lui était insupportable.

— Ne t'inquiète pas, la rassura Melhen. Moi aussi je crains pour sa vie, mais elle est tellement débrouillarde qu'elle trouvera sans mal un moyen de duper ces soldats.

— Je l'espère.

Les archers, perchés sur la cime des arbres qui bordaient le côté antérieur du champ, testaient encore la fiabilité de leurs armes. Ils étaient presque invisibles, leurs combinaisons moulantes se fondant à la perfection dans leur environnement.

— *Regarde*, lança soudain Shae.

Suivant son regard, la jeune fille eut la désagréable surprise de discerner Sando, debout sur une branche haute qui semblait si fragile que c'en était étonnant qu'il ne bascule pas.

— *Je ne savais pas qu'il faisait partie des archers.*

Son ami devina son inquiétude.

— *Il est plus expérimenté que toi et moi réunis. Ne te fais pas trop de souci.*

Elle acquiesça, pourtant pas du tout rassurée.

Chaque abel assez à l'écoute de ses sens put deviner que la procession approchait avant même de la voir. Lorsqu'ils émergèrent du couvert des arbres, tout le monde retint sa respiration. Leurs rangs étaient empreints d'une grande rigueur, d'une grande force aussi.

Moira éloigna son esprit d'elle-même, à la rencontre des nouveaux venus. La majorité ne pensait pas à protéger ses pensées et elle ne put y lire que de la volonté, mêlée à un certain soulagement de constater que les Fronts Marqués n'étaient finalement pas si nombreux que cela.

Helian décrivit la plupart d'entre eux comme des combattants aguerris, dont le cœur battait à un rythme très sportif et apaisé.

Elle dénombra une dizaine de thaumaturges, pas plus. Ce qui pourtant représentait un sacré morceau, sachant qu'ils étaient extrêmement rares. D'ailleurs, la bouche de Suavë se tordait en un rictus consterné face aux traîtres qu'elle avait eu l'occasion d'apprendre à connaître.

Il y avait également une vingtaine de chefs de bataillon, montés sur de nerveux destriers. La formation rigide des soldats poursuivit son ascension uniforme, le pas décidé.

Moira fut surprise de constater qu'Amarah avait eu une meilleure idée que de les mettre en première ligne, plus brillante encore, et dans l'unique but de limiter les pertes.

Les gnörs se frayèrent un chemin parmi eux pour se mettre en avant. Ils étaient légèrement modifiés, en vue du conflit à venir. Leurs lourdes cuirasses ne laissaient de prise à aucune arme et les colliers pendant à leur cou et regorgeant de magie donneraient du fil à retordre à leurs adversaires.

Enfin, après un long silence, le son d'une trompette retentit, strident et menaçant. La formation ennemie se déploya et les soldats de Donovan se mirent à courir dans leur direction en hurlant à qui mieux mieux.

Les gnörs restèrent impassibles et immobiles, mais au moment de l'impact, leurs lames se soulevèrent brusquement, envoyant les ennemis au tapis dans un déferlement de sang.

Au même instant, les archers placés en arrière tirèrent en tous sens et les flèches se mirent à pleuvoir sur des humains plus que surpris. Ils tombèrent un à un et seuls ceux qui avaient assez de chance pour échapper à l'œil aiguisé de Sando et de ses compagnons d'armes durent faire face aux gnörs. Lorsque la première ligne cassa, Moira prit appui sur ses jambes pour grimper sur le dos de Shae. Celui-ci lança un hurlement retentissant, bientôt imité par Kalenken, Opléa et Acajou. Ils se ruèrent vers le bain de sang.

Haut perchée, Moira avait l'avantage.

L'assaut était d'une violence inouïe, mais les crocs de Shae empalaient leurs adversaires avec une telle aisance que leur nombre ne lui sembla plus si inquiétant. Pourtant, le couvert des arbres continuait de vomir plus de fantassins encore.

Bien qu'ils ne fussent pas si bons que cela au combat, ils avaient l'avantage du nombre et la jeune fille se demanda si Amarah ne les avait pas trop surestimés. D'ailleurs, cette dernière tranchait les cous à tout-va, une épée fine et légèrement recourbée dans chaque main.

Sans mal, Moira donna un coup de bouclier dans le crâne d'un des soldats qui se jetait sur elle. En entendant le bruit de casserole que l'impact provoqua, Shae pivota sur lui-même, et l'homme fut coupé en deux. À quelques mètres d'eux, Helian venait d'assommer son adversaire et s'apprêtait à embrocher son corps inanimé.

Une main empoigna la cheville de la jeune fille qui n'eut pas le temps de s'accrocher au pommeau de la selle de son loup. Elle s'écrasa lourdement sur le sol et eut tout juste le temps de rouler sur le côté avant que son ennemi ne la transperce de sa lame.

— *Moira !*

— *C'est bon, je m'en occupe !*

Shae acquiesça avant de désarmer un des hommes d'un seul coup de reins.

Plusieurs combattants se jetèrent sur elle en rugissant. Elle les abattit un à un, sans se soucier des cris et de la souffrance qu'elle sentait poindre dans les tréfonds de son esprit. Sa lame crissa contre le métal des plastrons avant que le sang ne jaillisse sous ses yeux.

La jeune fille se redressa et fit face à son nouvel adversaire, un mastodonte de deux bons mètres de haut. Son casque avait glissé de son visage, laissant voir un visage carré, creusé d'une vilaine cicatrice sur la joue. Contrairement à ses compagnons d'armes, il avait une énorme hache portée à bout de bras avec laquelle il faisait des moulinets et son sourire torve promettait bien des souffrances.

Sûr de sa victoire, il fit quelques pas en avant. Elle jaugea son adversaire sous toutes les coutures, puis sans prévenir, recula de quelques pas avant de foncer sur lui. De surprise, le colosse abaissa bêtement sa garde et Moira y vit une opportunité en or de porter son coup. Elle sauta le plus haut possible, sa botte trouva une prise sur la cuirasse de l'homme tandis qu'elle tournait sur elle-même. Son épée fendit l'air sans hésiter. La tête du géant roula dans la poussière et le reste de son corps, secoué de soubresauts, tomba en avant.

Légèrement aveuglée par les massacres voisins et le sang éclaboussant sa tenue, Moira s'aperçut que le flux et le reflux de leurs ennemis l'avaient grandement éloignée de Shae. Une légère blessure colorait son pelage blanc à hauteur du museau, mais il ne semblait pas en souffrir, encore sous l'emprise de l'adrénaline.

Elle s'élança dans la mêlée pour lui venir en aide, mais le sang empoissant la terre meuble lui fit perdre l'équilibre et elle dérapa. Fort heureusement, Helian apparut à ses côtés et sans mal, la rattrapa avant qu'elle ne s'étale tout à fait.

— est-ce que tu vas bien ?

Elle opina brièvement du chef, essoufflée.

— Attention ! hurla le nephel en la tirant d'une secousse sèche.

Ils durent se baisser en même temps alors que l'alfange d'un soldat menaçait de les couper en deux. S'ensuivit un ballet mortel et violent. Moira ignorait si elle était là depuis dix minutes ou une journée. Seul le nombre de morts sous ses coups lui permettait de garder pied avec la réalité. Elle s'éloigna quelque peu du jeune homme lorsque trois combattants sautèrent sur elle en même temps. Elle esquiva de justesse leurs coups lourds et désordonnés et finit par en venir à bout après de longues minutes éprouvantes.

Essuyant son front moite, elle grimaça. Une désagréable sensation de démangeaison la prit au crâne et elle lutta de son mieux pour protéger sa conscience.

Un thaumaturge vêtu d'une bure, les cheveux lisses et grisonnants ramenés en une natte, descendit avec majesté de son étalon pommelé. Derrière lui, Moira vit Suavë s'escrimer contre l'un d'entre eux, les traits déformés par la haine.

— Depuis quand les thaumaturges grossissent les rangs des plus cruels ? ne put-elle s'empêcher de crier.

— Depuis que les plus cruels ont quelque chose à leur offrir, répondit l'homme, sans se départir de son calme.

À pas comptés, insensible au sang éclaboussant ses sandales, il s'approcha d'elle. Pas une épée ne pendait à son bras, ses mains étaient simplement prêtes à se joindre.

— Je sens les pouvoirs qui fermentent en toi, jeune Front Marqué. Prépare-toi à un combat magique.

La jeune fille rangea Devtil dans son fourreau avant de se concentrer. Une étrange boule dure naquit dans la paume de son adversaire. Au début petite et presque inoffensive, elle se mit à grossir dangereusement, grise et brillante.

Le cœur de Moira rata un battement quand il envoya son arme devenue incandescente droit dans sa direction. La boule fendit les airs et quelques secondes plus tard, s'arrêta dans sa course avant de revenir en arrière. Elle s'ouvrit en deux, et un souffle puissant se manifesta dans son sillage. Moira se sentit aspirée ; la boule cherchait à l'attirer en son sein !

— Non !

D'un mouvement instinctif, elle avait levé la main juste devant son visage, cherchant à se protéger. L'aspiration magique disparut immédiatement et l'étrange objet explosa en un millier de débris. Sa cape prit feu et elle s'en sépara en la piétina avec énergie.

La deuxième boule s'élança vers elle, sans s'arrêter, cette fois-là. Elle aurait pu lui roussir les sourcils si Moira ne s'était pas baissée, ventre contre terre. Le thaumaturge ne lui laissa aucun répit. Finalement, las et irrité, il lui lança :

— Cesse de faire le singe et bats-toi ! Utilise ta magie !

Sa magie ? Matérialiser un sort puissant n'allait pas être évident. Son adversaire, lui, ne puisait pas dans ses réserves personnelles et se contentait de lui jeter des objets mortels. Moira regarda ses paumes qui, rapidement, furent entourées de leur habituelle brume bénigne.

Le thaumaturge partit d'un rire tonitruant.

— C'est tout ce que tu as ? Une petite bourrasque ?

Il envoya une autre de ses armes. Contrairement aux autres fois, elle ne chercha pas à se dégager et la reçut de plein fouet. Un nuage de poussière remonta jusqu'aux yeux des soldats qui se couvrirent le visage en toussant grassement. Quand il se risqua à soulever les paupières, il put voir la jeune fille toujours debout, faisant rebondir la sphère métallique dans sa main. Pris de peur, il fit mine de s'éloigner.

— Oh non, ne partez pas tout de suite, ronronna-t-elle.

Ses lèvres se retroussèrent.

— Ne vous inquiétez pas, je ne suis pas le genre de personne à utiliser ses propres armes contre quelqu'un.

Pour prouver qu'elle ne mentait pas, elle replia ses doigts sur sa paume et l'objet disparut dans un bourdonnement.

— En revanche, je voulais vous montrer ce que mes petites bourrasques sont capables de faire.

Les effluves opalescents sortirent de son corps entier avant de venir traverser celui du thaumaturge. Hébété, celui-ci baissa les yeux sur sa cotte percée à des centaines d'endroits. Il s'écroula en arrière, les yeux révulsés, l'air encore choqué de ce qui venait de se passer.

Moira s'essuya les mains, satisfaite de son tour, et attrapa le bijou qui pendait encore à son cou. Il n'avait été utile que pour un seul sort, finalement.

Ce fut un autre assaillant, une lame serpentine au poing, qui la coupa dans sa rêverie, mais avant qu'elle n'ait le temps de riposter, Shae s'était déjà jeté sur lui et arborait dans sa gueule une cuisse ensanglantée.

— Celui-ci t'embêtait, je ne voulais pas te déranger.

Ce dernier mort mit fin aux hostilités. Il restait encore par endroits quelques rares combats, mais pour la plupart, c'était terminé. En traversant le champ de bataille, Moira ne put retenir un frisson en voyant le sol rougi par le sang des soldats qu'elle avait connus. Certains avaient son âge, d'autres l'avaient vue arriver à Sanshee, quelques années plus tôt. Beaucoup trop étaient morts.

Elle prêta main-forte à une équipe venue une fois les choses calmées et aida à mettre les blessés sur des brancards de fortune. Pour ceux qui ne survivraient pas si on les déplaçait, elle décida de les guérir à l'aide de sa conscience, comme elle avait eu l'occasion de le faire avec Georges. Le processus prit très longtemps chez un homme dont la blessure à la tempe saignait copieusement. Lorsqu'elle rouvrit les yeux pour sourire au soldat, elle remarqua que Melhen et Mutiane, le visage couvert de sang, étaient occupés à faire de même. Au moins étaient-ils toujours en vie.

Son soulagement fut à son apogée lorsque du brouillard émergèrent les silhouettes d'Helian, d'Amarah, d'Ismeline, de Sando et de Kalenken. Ce dernier boitait, mais semblait tout de même en pleine forme.

— Beaucoup de familles pleureront cette nuit, déclara la reine en s'accroupissant pour clore à jamais les paupières d'un abel mort, une lance plantée dans le tronc.

Chapitre XXX
L'éveil

Les mouches grouillaient déjà à proximité des corps ensanglantés. La terre était rêche et sale. Personne ne voulait utiliser ses pouvoirs pour nettoyer ce carnage. Le désir de se souvenir de ces pertes restait vivace dans le cœur de chaque habitant.

Le combat n'avait duré qu'une poignée d'heures et Moira, qui s'était demandé plus d'une fois si elle verrait ou non le soleil se coucher, observait la lente ascension de la lune dans le ciel étoilé.

Montée sur Shae, elle supervisait le retrait des corps de ses alliés vers Sanshee. Les morts seraient lavés, parés de leurs plus beaux vêtements pour ensuite être rendus à la terre de leurs ancêtres.

Même si ses proches n'avaient pas péri dans cette rixe, la jeune fille se sentait endeuillée et la peine rongeait son cœur.

Douce était revenue du cachot, fière comme un coq. Fière parce qu'en buvant la potion qu'Amarah lui avait fournie, elle était parvenue à reproduire de sa personne une copie parfaite d'Helian. Lorsque les soldats du roi étaient venus pour le chercher, elle les avait menés en bateau jusqu'au bout, couchée sur sa paillasse en foin. Les mercenaires ne s'étaient pas rendu compte qu'ils se trouvaient face à un imposteur et avaient suivi leur prince jusqu'aux escaliers menant à la surface. Douce leur avait fermé la grille au nez, avant de la sceller par magie. Ensuite, elle s'était appliquée à les narguer après avoir repris sa forme de jeune blondinette. Son récit avait déridé beaucoup d'abels, bien que le moment ne fût pas à la franche rigolade.

Quelques longues heures plus tard, le palais royal était réquisitionné pour tous les blessés transportables. Amarah s'était servie dans ses réserves personnelles pour faire apparaître une cinquantaine de lits moelleux. Après cet exploit, elle avait vacillé et deux Murmures de sa garde rapprochée l'avaient retenue de justesse.

— Que la reine aille se reposer, je me charge de tout ! déclara Mutiane.

Toujours fringante, on avait du mal à croire qu'elle sortait d'une bataille éprouvante. Elle se chargea de la logistique et du confort des blessés. En revanche, elle se refusa à chanter, se sentant trop faible pour cela.

Moira aida du mieux qu'elle put. Les nombreux blessés encore vivants arboraient des blessures minimes, ne touchant pas d'organes vitaux, si bien qu'elle se contenta de leur fournir un peu de gnôle et d'appliquer de l'onguent avant de bander leurs plaies.

Dans le lit voisin, un horrible craquement retentit, suivi d'un hurlement à glacer le sang. Helian remettait en place un humérus déboîté à l'intérieur de sa capsule articulaire.

Leurs regards se croisèrent brièvement avant qu'elle ne cille, un peu gênée de se montrer aussi sensible.

La nuit se déroula lentement, à recoudre des plaies comme à rassurer les blessés. Durant sa garde, Moira put voir certains abels au chevet d'un proche, pleurant à chaudes larmes dans les draps. Bientôt cependant, elle n'y tint plus et dut sortir de la pièce, l'odeur de chair infectée devenant tout bonnement insupportable. Elle tomba sur Melhen qui lui tendit le seau qu'il tenait entre les mains. Reconnaissante, la jeune fille vomit dedans, principalement de la bile. Essuyant sa bouche, elle remercia son ami du bout des lèvres. Les doigts de ce dernier se posèrent sur son menton afin de relever sa tête. Inquiet, il lui murmura :

— Tu es épuisée, va te coucher.

— Non, c'est inutile. Ça va beaucoup mieux, maintenant.

Pour achever de le convaincre, elle redressa les épaules et eut un sourire forcé. Melhen roula des yeux.

— Je ne suis pas dupe, tu sais ? Je vois bien que tu es au bout du rouleau. Va te coucher, je te dis.

La jeune fille se laissa convaincre et se rendit chez Ismeline. Cette dernière veillait encore, assise à table, les yeux dans le vide. Moira se fondit dans l'obscurité et marcha sur la pointe des pieds jusqu'à l'escalier. Lorsque son pas fit grincer le vieux bois, la voix d'Ismeline retentit dans son dos :

— Pense à te débarbouiller le visage avant d'aller au lit.

— Très bien.

Cependant, elle n'esquissa pas un geste, les yeux fixés sur la silhouette de la femme qui lui tournait le dos.

— Pourquoi tu n'es pas au lit ?

L'abel se passa une main sur le visage, comme pour en retirer toute la gravité qui y transparaissait.

— Je repense à tous ces humains que j'ai tués, aujourd'hui.

— Pourquoi ?

Ismeline se tourna pour lui faire face.

— Et pourquoi pas ?

— Tu as combattu durant ces deux dernières guerres. Les morts qui viennent se rajouter aujourd'hui ne sont que de nouveaux poissons dans la mare.

Moira craignit de l'avoir vexée, mais contre toute attente, la consternation imprimée sur ses traits fit place à un certain amusement.

— Nous en reparlerons demain matin, si tu veux bien. Tu pourras me dire si aucun de tes morts ne sera venu hanter tes rêves.

C'était dit sans animosité, ni fiel. Plutôt avec fatalité. Ismeline avait conscience de ce qui l'attendrait au moment où sa tête toucherait l'oreiller.

En entrant dans la chambre, Moira couvrit Douce dont la couverture avait glissé au sol. Puis, elle gratta Shae entre les deux yeux. Il ne dormait pas et l'attendait.

— *Comment vas-tu ?* voulut-il savoir.

— *Fatiguée, j'imagine. Et toi ?*

— *Je ne sais pas trop.*

Lui aussi se sentait mal après cette journée où l'armée de Donovan s'était disloquée, emportant avec elle bon nombre de leurs compagnons de vie.

Ismeline avait raison. Il lui fallut plusieurs heures avant de trouver le sommeil. D'abord, elle se remémora les scènes qui avaient eu lieu, se projeta du point de vue de ses ennemis. Elle imagina la satisfaction qu'ils avaient dû ressentir en n'apercevant que peu de Fronts Marqués prêts à combattre, puis enfin leur désenchantement en voyant les pans de leur procession se démantibuler à mesure que le jour déclinait.

Lorsqu'enfin son esprit divagua, elle sombra dans une léthargie proche du cauchemar. Les visages de tous ceux qu'elle avait tués s'entrecroisaient, la suppliaient ou la couvraient d'insultes. Des coups se perdaient et des mains la plaquaient contre le sol. Ce n'était qu'à cet instant qu'elle prenait conscience que son corps était immergé dans une eau boueuse et nauséabonde. Les doigts pinçaient sa peau, l'obligeaient à engloutir des litres d'eau. Elle crachait, se débattait et hoquetait, mais rien à faire, ils allaient la noyer.

L'impression d'étouffer était pourtant bien réelle. À son réveil, elle était en nage et un étrange sifflement s'échappait de ses lèvres parcheminées. Douce, qui se trouvait à son chevet, lui tendit une bassine qu'elle s'empressa de prendre avant d'y déverser le peu que contenait encore son estomac. L'effort de contraction que ses muscles produisaient lui faisait mal aux côtes et elle posa ses pommettes brûlantes entre ses mains.

— C'était si horrible que ça, au front ? s'enquit son amie, le front plissé.

Moira opina du chef, encore trop tourneboulée pour parler. Elle évita le regard anxieux de Douce et roula sur le côté pour s'extirper de sa couverture. Après avoir mis un peu d'ordre dans sa tenue, elle descendit avec lourdeur les marches menant à l'étage inférieur.

Ismeline était là où elle l'avait laissée la veille. Ses grands cernes violets prouvaient qu'elle n'avait pas bougé de la nuit. Tranquillement, comme s'il n'y avait rien eu, elle buvait un bouillon de poule tout en regardant par la fenêtre.

Lorsque Moira arriva à sa hauteur, la mine défaite, elle se garda de lui demander si sa nuit avait été aussi mouvementée qu'elle le lui avait prédit.

Sans un mot, la jeune fille sortit.

Au-dehors, les familles affligées transportaient leurs proches décédés et les mouchoirs étaient au coin de tous les yeux. Moira se ferma à toute la souffrance qu'elle percevait. Elle commençait à avoir l'habitude…

En entrant dans sa propre maisonnette, elle y trouva Helian qui faisait les cent pas dans la pièce à vivre. Sa nuit blanche avait sérieusement entamé ses traits toujours relâchés.

— Je t'attendais, fit-il simplement.

— Que se passe-t-il ?

— Tu devrais t'asseoir, avant tout.

Cela ne présageait rien de bon et, inquiète, elle obéit, les yeux fixés sur son teint blafard.

— Dis-moi tout. Tu me fais un peu peur, là.

— Je vais m'en aller.

— Quoi ?

— Écoute…

Il parla. Il parla tant que Moira en perdit le fil des heures et l'écouta sans broncher. Helian lui raconta tout ce qu'il avait ressenti depuis son arrivée ici. Il insista bien sur le fait qu'il n'avait pas eu l'impression d'être aussi utile sur le champ de bataille que l'on en attendait de lui. Plus d'une fois, la jeune fille tenta de protester contre sa façon de tourner les choses à son désavantage, mais il n'en démordit pas et resta campé sur ses positions.

Au bout d'un certain temps, elle baissa les épaules.

— Tu es sûr d'en être capable ?

— Certain.

— Tu sais que quoi que tu dises, personne ne cautionnera ta démarche. Surtout dans un moment pareil.

— J'en ai conscience, mais ça fait trop longtemps que ça dure. Ce que je fais contribuera par la suite à une victoire des abels sur les nephilim.

— Tu veux dire que tu ne fais pas ça pour toi ?

Helian hésita avant de répondre.

— Peut-être un peu, mais tu es la mieux placée pour comprendre ce dilemme. Ce n'est pas un caprice, c'est réellement une nécessité.

— Bien sûr, mais rien n'est écrit à ce sujet.

— Tout ne se trouve pas dans les livres, Moira.

Elle ferma les yeux avant de presser sa joue contre sa paume tendue, mettant tout son attachement dans ce geste.

— Alors ainsi soit-il.

Quelques heures plus tard, adossée contre le battant de la porte, elle regardait Helian s'éloigner, sa besace sur le dos et un bâton de marcheur au poing. À partir d'aujourd'hui, plus rien ne serait pareil.

— C'est une mauvaise idée, clama rageusement Alec. Donovan s'attend à ce que nous attaquions par là, et ce chemin est certainement infesté de Pantins !

— Que proposez-vous, alors ? persifla Mutiane. Il n'y a aucun autre moyen. Notre flotte est bien trop ridicule pour oser s'en prendre à lui par la voie des mers. Les Pantins ne sont pas invincibles.

— Ne croyez-vous pas que nous avons perdu assez d'hommes comme cela ?

— Avec un tel raisonnement, autant jeter les armes tout de suite. Une bataille implique des pertes, c'est ainsi.

Moira était assise, les mains sagement posées sur les genoux, et observait Mutiane et Alec se renvoyer la balle, inlassablement. À ses côtés, Melhen piquait du nez avant de se reprendre brusquement, hébété. Même Shae avait succombé à la tentation de sommeiller et s'était replié sur lui-même dans un coin de la pièce.

La nuit était bien avancée, mais les débats, eux, n'avaient pas avancé du tout.

— Et si nous passions par les chutes de Moromen ? suggéra l'amazone. Il y a un canal qui nous enverra directement vers le cœur d'Hibendrill.

Alec ricana avec suffisance.

— Quelle idée ridicule ! Le courant à cet endroit n'est pas contrôlable, même pour de bons navigateurs. Vous vous attendez à quoi, lorsque nous serons bien en vue du port Fäyen ? Hisser le drapeau blanc ?

— Nous aurons fait tout ce chemin pour nous battre, n'est-ce pas ? Alors c'est ce que nous ferons. Nous mettrons en pièces le comité d'accueil et ce sera la ligne droite vers Fall Marma. Donovan aura posté sa marmaille de Pantins aux abords de l'Asséchante, ou mieux encore, dans les chemins boisés. Ce sera une belle surprise…

Alec serra les poings, à court d'arguments.

— C'est ridicule, cracha-t-il simplement.

— Moi je pense que c'est une excellente idée, remarqua Amarah.

— Mais… Il y a bien trop de risques !

— Qu'est-ce qu'une guerre sans prise de risques ? Et puis je ne vois pas d'autre solution. Moromen est un territoire que nous avons possédé il y a longtemps. J'ai encore les plans de ce labyrinthe dans ma bibliothèque. Donovan ne doit pas se douter un instant que nous passerons par là. C'est une excellente idée, Mutiane. Bon travail.

Son bras droit prit une étrange couleur verdâtre. Mutiane lui jeta un sourire torve. Il faudrait peut-être intervenir avant que ces deux-là en viennent aux mains.

— La reine a parlé, répondit finalement Alec, avec l'impression qu'on lui arrachait une dent.

Maolen était connu pour être friand des grands espaces. Lorsque le sort l'avait désigné comme nouveau souverain de Sanshee, il avait dû renoncer à cette liberté et contraint de vivre dans le palais, par mesure de précaution, afin de protéger au mieux son peuple. En contrepartie, il avait fait construire à l'arrière de l'immense demeure un imposant jardin, bordé de rosiers grimpants aux pétales délicats. Des rangées de plantes inconnues s'alignaient les unes derrière les autres dans une organisation scrupuleuse.

Sur un petit banc de pierre placé contre une haie soigneusement taillée, Moira était dans ses songes, apaisée par la sérénité qui transparaissait en ces lieux. Shae, à ses pieds, ronronnait d'aise en laissant le vent ébouriffer son poil.

Ils avaient découvert cet endroit récemment, après s'être rendu compte que l'atmosphère régnant dans le palais devenait lourde, passé une journée.

— Ainsi, tu es là.

La tête de la jeune fille pivota brusquement. Chimère l'observait, vêtue d'une de ses robes à la consistance inconnue et aux couleurs changeantes. Moira en avait oublié à quel point elle était belle.

— Que faites-vous ici, déesse ?

Ignorant son ton légèrement acide, l'intéressée se laissa glisser près d'elle.

— Je te cherchais, tout simplement. Pourquoi cet air de reproche dans ce si joli regard ?

La jeune fille essaya du mieux qu'elle put de ravaler le sarcasme qu'elle sentait poindre en elle.

— Vous n'étiez pas là. Lorsque nous nous sommes battus pour nos vies, vous n'étiez pas là.

La main de la déesse repoussa une de ses mèches derrière son oreille. Ses doigts étaient frais, presque glacés, et elle ne put retenir un mouvement de recul en frissonnant.

—Je n'étais pas là, c'est exact. J'ai une bonne raison à cela.

—Je vous écoute.

Un papillon aux ailes membraneuses d'une jolie couleur bleutée vint se poser au creux de la paume de Chimère, et elle parut perdre le fil de la conversation.

— Alors ? insista la jeune fille avec impatience.

Les yeux dorés parsemés de rubis se tournèrent vers elle avec une expression énigmatique. Puis ils se reportèrent sur le lépidoptère, obligeant Moira à suivre son regard. Maintenant qu'elle étudiait l'insecte plus attentivement, elle lui trouvait une étrange ressemblance avec celui guéri à Mänsamel, plusieurs années en arrière.

— est-ce que c'est…

— À toi de me le dire, coupa la déesse d'un air entendu.

— C'est impossible, de toute façon.

— Ah oui ?

Elle se gratta le crâne, partagée.

— Comment savez-vous, pour le papillon ?

L'idée que Chimère lui eût envoyé ce papillon pour la séparer de son père et ainsi, l'obliger à se rendre à Sanshee lui paraissait saugrenue. Quoique, à bien y réfléchir, ce n'était pas une hypothèse si farfelue que cela…

— Vous m'observiez ?

— C'est probable.

— Alors pourquoi n'avez-vous rien fait ? Quand Maolen nous a légué ses pouvoirs, quand mon père est mort ou encore quand cette foutue bataille a eu lieu ?

Chimère leva le bras, laissant le papillon s'envoler. Shae tendit le museau vers lui, désireux de lui courir après à la manière d'un louveteau.

— J'ai généré les abels et les amazones. Ils sont mes enfants, la chair de ma chair, mais arrive un jour où il faut laisser partir ses enfants, renoncer à les relever lorsque leurs genoux s'écorchent au sol. Ce n'est qu'ainsi qu'ils apprendront de leurs erreurs.

— Vous avez fait souffrir inutilement des gens. Vous les avez laissés mourir ! On ne parle plus de genoux écorchés, on parle de mort !

— *Ce n'est pas de sa faute*, protesta Shae avec douceur. *Tu ne peux pas la blâmer pour quelque chose dont elle n'est pas responsable.*

— *Si elle l'est. Elle nous a créés.*

— La mort est le processus normal de la vie, sourit Chimère. Sans la mort, les gens ne prendraient pas la peine de vivre. Je n'ai fait que vous donner la chance de profiter de votre existence, c'est aujourd'hui à vous de la saisir.

— J'ai voulu disparaître lorsqu'ils ont tué mon père.

— Je sais, mais à présent tu es là, à discuter avec moi. N'est-ce pas une preuve suffisante qu'il est possible d'être heureux, même avec cette menace constante au-dessus de nous ?

— Que se passerait-il si vous interveniez dans cette guerre ?

— Vous n'apprendriez rien. Lorsque Chandra, Ephiomis et moi-même avons décidé de créer des êtres à notre image, nous nous sommes juré de ne jamais interférer dans les conflits. Il n'y a que Guardian, poussé par son désir de conquête, qui n'a pas respecté les termes de notre arrangement.

— Pourtant, vous êtes intervenue lorsqu'Amarah avait besoin de quelqu'un pour plaider en sa faveur.

— Disons que j'ai simplement contribué à faire avancer l'histoire.

Moira secoua la tête. La vision de Chimère la dépassait complètement. L'impression de n'être qu'un pion dans les projets des dieux la percuta de plein fouet, et le goût amer de la déception lui resta dans la bouche.

Si la déesse avait une idée de l'incompréhension de son interlocutrice, elle n'en montra rien. Ses yeux se baissèrent sur la ceinture de la jeune fille.

— Oh, c'est toi qui as hérité de ma chère Devtil.

Il fallut un temps à la jeune fille pour comprendre de quoi elle parlait.

— L'épée, vous voulez dire ? En effet, c'est Atanian qui me l'a donnée.

— Puis-je ?

À contrecœur, elle tira la lame de son fourreau avant de la lui tendre. Elle ne se séparait jamais de son arme et ressentit un profond manque lorsque la poignée passa de ses mains à celles de Chimère.

— N'est-ce pas elle que vous brandissiez lors d'une guerre ? demanda-t-elle avec suffisance.

— C'est exact.

— Je croyais que les dieux n'entraient pas dans les conflits de leurs sujets.

La déesse eut un petit rire cristallin.

— Tu m'en veux et j'en suis sincèrement désolée. Pour répondre à ton accusation, ce n'était pas un combat mettant en scène des êtres vivants, mais nous-mêmes. Nous luttons encore contre le contrôle de Guardian. Car quoi que tu t'imagines, nous aussi, dieux, avons des différends à régler.

Elle soupira avant de rendre son arme à Moira.

— Tu as passé ta vie entière à douter de moi. Je te demande de me croire. À mes yeux, tu fais partie de mes enfants. Range Devtil, c'est une amie fidèle, prends-en soin. Je suis ravie qu'Atanian te l'ai confiée.

La jeune fille fut tentée de répondre à son sourire, mais encore rancunière, elle se contenta de partir sans un mot.

Shae sautillait en tous sens, en proie à une bonne humeur contagieuse.

—Calme-toi, tu me donnes le tournis! Pourquoi cette excitation?

—Je n'ai pas le droit de te le dire. Allez, monte!

Elle obéit et enroula ses doigts dans ses poils pour ne pas tomber. Le loup galopa, laissant l'air s'infiltrer entre ses oreilles, la langue pendante tant il se sentait en joie.

Il l'amenait vers les cascades, qui étonnamment étaient vides de monde alors qu'en temps normal, les enfants y batifolaient volontiers. Et pour cause, la concentration d'abels se trouvait ailleurs.

Sur la colonne de pierre la plus haute, celle qui donnait sur l'océan Songua, celle d'où elle adorait plonger, les gens hurlaient à s'en exploser la voix.

Un indicible espoir s'infiltra dans le cœur de la jeune fille et elle descendit précipitamment du dos de son ami avant de jouer des coudes dans la foule pour se frayer un chemin.

Son sourire s'élargit davantage en voyant la silhouette encore un peu lointaine ramer dans leur direction. Les cheveux claquant au vent, elle dévala les escaliers et s'élança vers le banc de sable. Elle regarda le nouveau venu arriver et lorsque la barque glissa dans un crissement sur le sol, il sauta à terre. Elle se jeta dans ses bras en criant, heureuse de retrouver son odeur, ses étreintes et le goût de sa peau teinté d'effluves de sel et de pins.

Helian bascula la tête en arrière pour rire à gorge déployée. Un rire qui auparavant, n'avait encore jamais franchi ses lèvres. Puis il reporta son attention sur la jeune fille dont la course folle avait apporté une touche de rose à ses pommettes.

Enfin, il s'écarta d'elle et ce fut à cet instant que Moira remarqua la bosse anormale à hauteur de son cœur. Repoussant les pans de sa veste, il en sortit un petit tas de couvertures. Entre les plis rêches du tissu, confortablement lové dans le creux du bras de son maître, le loup d'Helian les observait de ses immenses yeux ambrés.

ÉPILOGUE

Satheene faisait les cent pas, agacée au possible. À ses pieds gisait un vase d'une valeur inestimable qui avait eu le malheur de se trouver sur son passage. Les roses d'un rouge sanglant s'étaient déversées sur le sol, au milieu des débris sur lesquels ses bottes élégantes marchaient rageusement.

—Je l'avais dit ! Donovan n'a pas voulu m'écouter. À présent, personne ne sait où il est et c'est de sa faute !

Zendel l'empoigna violemment par le bras, la plaqua contre le mur avant de la bâillonner de sa main aussi grosse qu'un battoir.

— Tais-toi ! Père a beau tenir à toi comme à la prunelle de ses yeux, il n'acceptera jamais une telle insubordination.

—Je m'en contrefiche ! hurla la jeune femme de toutes ses forces. Qu'il m'entende, c'est de sa faute ! À cause de lui, nous avons perdu Helian.

La gifle fut cuisante et l'envoya s'échouer sur le sol, au milieu des fragments de cristal. Furieuse, elle se massa la joue avant de se jeter sur le jeune homme dans un grognement animal. Ils roulèrent par terre avant d'être stoppés par une tapisserie. À califourchon sur elle, Zendel lui maintint les bras plaqués au sol.

— Tu te calmes, oui ? Ton hystérie n'y changera rien !

— Tu ne l'as jamais voulu dans la famille ! Jamais ! C'est pour ça que sa perte ne te fait rien !

Au lieu d'une gifle, ce fut un coup de poing qui chercha à l'atteindre, mais Satheene fut plus rapide et d'un mouvement de pied bien coordonné, inversa les rôles.

Outré, Zendel la somma de le lâcher, mais avec un rire dément, la jeune femme se garda bien de le faire.

— Tu n'es pas mon roi. Je peux faire ce que je veux de toi !

— Satheene, cesse donc ce tapage, je t'en prie, résonna une voix mesurée dans leur dos.

La température descendit de quelques degrés et avec empressement, les deux jeunes gens – dans un enchevêtrement maladroit de jambes et de bras – parvinrent à se relever en essayant de reprendre contenance.

— Tu avais quelque chose à me soumettre, peut-être ?

La jeune femme commença courageusement :

— Aucun membre de ton armée n'est revenu, Donovan. Helian est toujours introuvable et je…

— Et tu quoi ? Penses-tu être de taille à t'infiltrer chez eux et me ramener mon fils ? J'ai envoyé ces hommes et ces thaumaturges pour une seule et bonne raison : affaiblir nos ennemis. Nous retrouverons Helian très bientôt. Tu peux compter sur moi.

Zendel épousseta ses habits princiers avant de réajuster la chevalière à son doigt qui ne le quittait jamais.

— C'est ce que je lui ai dit, père.

Donovan hocha la tête avec satisfaction.

— Croyez-moi, ceux qui retiennent mon fils captif prieront pour ne pas avoir été tués durant cette dernière bataille.

Un rire guttural s'échappa de ses lèvres, bientôt imité par Zendel et Satheene, emplissant la pièce d'un écho qui promettait le sang, la souffrance et la mort.

IMPRIM'VERT
Votre imprimeur agit pour l'environnement

Par ce logo, nous témoignons d'une volonté de réduire les impacts environnementaux liés aux activités de l'imprimerie. Nous choisissons un imprimeur impliqué dans la réduction des gaz à effet de serre.

Le choix de nos papiers assure que la production a été faite à partir d'un produit à base de bois et a suivi le cahier des charges d'une gestion durable des forêts européennes.

Composition : Evert Justine

Achevé d'imprimer en France en avril 2018

Dépôt légal : 1er semestre 2018